文春文庫

奇術師の幻影

カミラ・レックバリ
ヘンリック・フェキセウス
富山クラーソン陽子訳

文藝春秋

目次

主な登場人物

ヴィンセント・ヴァルデル……メンタリスト
ミーナ・ダビリ……ストックホルム警察本部特捜班の刑事
ユーリア・ハンマシュテン……同特捜班班長　息子ハリーが生まれたばかり
クリステル・ベンクトソン……同班の刑事
ルーベン・ヘーク……同右
アーダム・ブローム……同右
サーラ・テメリック……スウェーデン警察庁国家作戦部分析課員
ミルダ・ヨット……法医学委員会所属の監察医
ローケ……ミルダの助手
ニクラス・ストッケンベリ……ミーナの前夫　法務大臣
ヴァルテル・ストッケンベリ……ニクラスの父　元判事
ナタリー……ミーナとニクラスの娘
トール・スヴェンソン……ニクラスの報道官
ハラルド・スヴェンソン……トールの祖父　ナチス協力者
ヨン・ラングセット……失踪した実業家　投資会社〈コンフィド〉の役員

ヨセフィン・ラングセット……ヨンの妻
グスタヴ・ブロンス……ヨンの同僚
ペーテル・クローンルンド……同右
マーク・エーリック……失踪したミュージシャン
エリカ・セーヴェルデン……失踪した自己啓発講師
ヴィヴィアン……地下鉄トンネル内に住むホームレス
トルケル……ユーリアの夫
アストリッド……ルーベンの娘
エリノール……ルーベンの昔の恋人　アストリッドの母
ラッセ……クリステルのパートナー
アネット……殉職したペーデル刑事の妻
マリア……ヴィンセントの妻
ベンヤミン……ヴィンセントの長男　二十一歳
レベッカ……ヴィンセントの長女　十七歳
アストン……ヴィンセントとマリアの息子　十歳
ウルリーカ……ヴィンセントの前妻　マリアの姉

奇術師の幻影

残り十四日

夕食のテーブルの向かい側に座る家族を見つめながら、ニクラスはゆっくりと食事をとっていた。今日はまだ十二月十七日、彼としてはクリスマスの装飾にはまだ少し早いのだが、それでも、もう飾り始めようと、娘と決めていた。だから、テーブルには白磁製の小さなサンタクロースが置いてあり、部屋はクリスマスツリー用のストリングライトの暖かい光で明るく照らされている。今から室内にツリーを置くとクリスマスイブまでもたないだろうと考えた二人は、食卓の上の照明器具にストリングライトを吊るして、照明代わりにしていた。

彼の娘は、赤と緑のきらきら光る小さなＬＥＤの付いたニットのセーターを着ており、彼のほうはこの食事を称えるべくクリスマスカラーである赤のネクタイをしている。ただし、スーツはいつものアッシュグレーだ。はしゃぐにも程度というものがある。

フォークを口に運んだ。ショウガとチリペパーと蜂蜜をかけてグリルしたパイナップルだ。本音を言えば、料理の皿に果物が載っているのは好まないのだが、パイナップルは娘の大好物だ。あの子なら、ジューシーな神戸ビーフよりパインのほうを好んで食べるだろう。そうなれば、彼の分のビーフが増えるわけだ。

食卓の他の二人も彼と同じくらい食事に気を取られていて、彼に見つめられていることに気づいていないようだ。そのほうがいい。恐らく自分はかなり間抜けに見えるだろうから。でも、どうしようもなかった。つまるところ彼は、満足感のようなものを覚えていた。新鮮な感覚だった。結局のところはそれほどの苦労は要さずに手に入れたものではあったけれど。

彼は社会的にかなりの成功を収めた。けれど、輝かしい経歴など必要なかった。

娘とは本当に素晴らしい暮らしをしていると思っている。けれど、それが高級住宅街エステルマルム地区リネー通りのマンションである必要はなかった。

家族三人が食卓を囲む、必要なのはそれだけだ。

半年前に起きた彼に対する暴行未遂は、タブロイド紙に嗅ぎつけられてしまったが、それももう過去の話だ。今も警護を強化した生活を送ってはいる。彼の雇用主が安全と感じるまで、最低あと半年はこういう生活が続くことになるだろう。でも、自分に警護がつくようになって長いから、もはや家族のようなものだ。

家族。

それに尽きるのだ。十六歳の娘は一人前の女性になりつつある。世間について娘に教えるという点で、彼はそれなりにうまくやってきたつもりだ。パパなんて嫌い、と言われることももちろんあるが、それはティーンエージャーには付きものの台詞だろう。彼の真向かいには前妻が座っている。半年前に、二人がこんな形で付き合えるようになると言う人間がいたら、彼は信じなかっただろう。まったく。でも、「時はすべての傷を癒してくれる」という決まり文句は正しかったのだ。そして今ここで、現代的な家族の典型みたいに、二人は早過ぎるクリスマスディナーを食べている。憎み合うことなく。クリスマスプレゼントの交換までしたくらいだ。

胸がいっぱいになった彼は、潤んだ目を他の二人に見られないよう、窓の外に目をやった。暗くなった外では、雪が穏やかに心地よく降っている。まるで絵葉書のようだ。まさにこの瞬間の自分の人生にも同じことが言える。肩の緊張をまるで感じないのは数年ぶりだ。頭痛の始まる気配もない。

玄関から、だれかが呼び鈴を押したことを知らせるブーッという音がした。娘は驚いたように、皿から視線を上げた。

「だれだろう?」彼女が言った。「土曜日なのに。今晩は三人でクリスマスの食事をするから仕事はしないって、パパ、約束したじゃない」

「一体だれだろう?」彼は本気でそう言いながら、椅子から立ち上がった。「きみたち二人のうちのどちらかなんじゃないか?」

前妻も娘も、頭を左右に振った。

ニクラスはホールへ出て、玄関ドアへ向かった。

「サンタクロースの代行サービスなんて予約してないよね」キッチンから娘がけだるそうに叫んだ。

呼び鈴を鳴らしたのがだれであろうと、通りに立つ警護官たちが安全を確認してから建物に入れている。警護から事前の電話連絡もなかったということは、顔を合わせる前に心構えをする必要のない相手ということだ。玄関ドアの内側の高解像度画面に、ドアの反対側に立つ人物が映っている――自転車用ヘルメットと胸に赤い星マークの付いた制服の男性。肩には雪が付いている。宅配会社〈インテ・バーラ・ポスト〉だ。なるほど、そういうことか。

「はい?」ニクラスはドアを開けて言った。

「ニクラス・ストッケンベリさんですか?」少し息を切らしながら言って、男は小さく黒い封筒を差し出した。「どうぞ。お届け物です」

封筒には何も貼られていない。ニクラスは額にしわを寄せて、それを受け取った。封筒を裏返してみたが、そこにも何も書かれていない。

「差出人はだれなんですか?」彼はそう言いながら、視線を上げた。

男はもうそこにはいなかった。封筒を渡すや否や、六階下の通りに停めてある自転車に向かって駆け下り始めていた。きっと次の目的地への配達指定時間をすでに過ぎているのだろう。

ニクラスはドアを閉めて、封筒を開けた。小さくて白い紙が入っている。引っ張り出してみると、上質の名刺だ。名前は書かれておらず、代わりに、数字のようなものが描かれている。大きな8で、その下半分の、線で囲まれた部分が塗りつぶされている。数字の下には、電話番号が書いてある。ほかには何も書かれていない。

ニクラスは眉をひそめた。見覚えのないシンボルだし、知らない電話番号だ。だが、頭のどこかで、それが何かすぐに分かった。いつか来るだろうと何年も覚悟はしていたものの、目にしなくて済むことを望んでいたメッセージ。蓋をして、人生から締め出してきたもの。そして今もなお、それを受け入れる準備はできていなかった。

もちろん、ただの広告の可能性だってある、彼はそう考えた。

これが何のメッセージなのか知る方法はひとつだけだ。彼は上着の内ポケットから携帯電話を取り出して、その番号にかけてみた。手が震えていた。

呼び出し音が三回鳴ったところで、録音した女性の音声が聞こえてきた。

「ニクラス・ストッケンベリさま。サービス期間の終了をお知らせいたします。ご満足いただけましたでしょうか。お客様の命は、あと……十四日間……一時間……十二分……です」

メッセージを握りつぶそうとするかのように、彼は携帯電話を握りしめた。喉が締めつけられるようだった。肺に空気が入っていかない。世界がグルグル回り始め、彼は転ばぬよう壁に手を置いて体を支えた。

キッチンから笑い声が聞こえてくる。彼の娘と前妻が何かを楽しんでいる。

ニクラスは、玄関マットにがっくりと膝を突いた。高価で厚いマットを購入したのは幸いだった。さもなければ、膝を傷めていただろう。彼は目を細めて、考えを集中させようとした。この日が来ることは分かっていた。もうずっと長いこと、こうなると分かっていた。でも、考えることを拒んできた。自分は逃れられると願ってきた。

だって、ずっと前のことだから。

「パパ、どこ行っちゃったの？」娘が叫んだ。「ねえ、もしサンタの衣裳に着替えてるんなら、マスコミに垂れこんじゃうからね」

彼はまた壁に手をついて体を支え、ゆっくりと立ち上がり、数回咳払いをしてから、肺を空気で満たして震えを抑えようとした。それから、キッチンへ戻った。

彼に目をやった食卓の二人は、すぐに笑うのをやめた。

「だれだったの？」娘が怯えた声で言った。「パパ、真っ青よ」

前妻がすぐに立ち上がった。

「倒れる前に腰かけて」そう言って、彼を椅子に押し付けた。

彼女は、彼の額に手を当てて熱を診た。

「だれでもない」彼が言った。「部屋を間違っただけだ」

「汗びっしょりよ。発作か何か？　服《の》んでる薬とかある？　救急車を呼ぶ？　ねえ、ニクラス」

彼は向きを変えて、娘に微笑みかけようと努めた。

「心配はいらない、ナタリー」彼が言った。「少しめまいがしただけだ」

ナタリーは戸惑ったように母親に目をやった。ニクラスは肩に置かれた前妻の手をどけて、その手を少しの間握った。

「ありがとう、ミーナ。でも、救急車の必要はない。すぐによくなるさ。もうすぐすべて終わる」

　窓の外で降る雪は、もう穏やかで心地よくなかった。それは冷たくて情け容赦なく、彼を冬の刑務所に孤立させるものだった。彼は動くことも脱出することもできない。

逃げ場などどこにもないのだ。

あと二週間で、彼は死ぬことになる。やり残したことがまだたくさんあるのに。彼はミーナに目をやり、何か言おうと口を開けてから閉じた。二人のためにできることはすべて済ませただろうか？　ナタリーにとって自分はいいパパだっただろうか？　二人は、彼がいなくなって悲しむだろうか？　職場の仲間たちは、何と言うだろうか？

　ナタリーのセーターが、彼を励ますように赤と緑の光を放っている。

　本当に死にたくない。

例の名刺が、彼の手から床に落ちた。彼はそのままにしておいた。

ニクラスは深くため息をつきながら、顔を擦った。

ここ二十年はうまくいっていた。とてもうまくいっていた、とすら言える。なのに、まさに彼がつい先ほどミーナに言ったように、彼の命はもうすぐ消えてしまう。

あと十四日、一時間と十二分で。けれど、今残っているのは十二分ではなく、恐らく十分だけだろう。

＊

ヴィンセントは、カールスタ市スカーラ劇場の楽屋の床に横たわっていた。天井の電気を消して、化粧鏡の周りの照明だけを点けている。鏡を囲む熱い電球は、ありがちな想像上の劇場の舞台裏が現実と一致する数少ないもののひとつだ。生まれてこのかたハリウッドに刷り込まれてきたせいに過ぎないのだろうが、鏡を囲む電球が彼には美しくロマンチックに思えた。

パフォーマンスは一時間前に終わっている。スタッフたちは、楽屋の一階下にある舞台でセットの片づけに精を出している。大道具や小道具やたくさんの照明を解体し、大型トラック二台に積み込むことになる。積み込みは現地の運搬スタッフの仕事で、スウェーデン芸能エンタテイメント分野の伝説的ツアーリーダーのオーラ・フックスの経験をもってしても、作業終了まで三時間近くかかる。二時間にわたるヴィンセントの華やかなショーには、少なくとも七時間にわたる大勢の人々の地味な仕事が必要だということを人々は知らない。しかも毎晩のことなのだ。

床の上で彼は慎重に体勢を変えた。リノリウムの床は信じられないほど硬い。彼はソファをちらりと見上げて、あそこに横たわったほうがよかったか、と思った。でも今となってはもう遅い。じっとここに横になるしかなかった。

スカーラ劇場は奇数、つまり不愉快な数字だらけだ。舞台から天井までは五メートルの高さ。彼に言わせれば六メートルがよかった。天井には十七の大綱が下がっていて、そこに照明や舞台装置が固定できるようになっている。これも、いい数字とは言えない。でも五と十七を足せば二十二になるし、二が二つある。このほうがいい。二と二を足せば四。これは今回のツアー中にここスカーラ劇場で彼が行う公演の総数だ。

ハンガーには彼の衣装が掛かっている。今日はスリーピースでショーに臨んだ。何と言っても、クリスマス前の最後のパフォーマンスだ。3《スリー》ピース。しまった。そこまで考えなかった。スーツ着用ということは、ショーが終わると汗まみれ、ということでもある。だから、彼は楽屋に入るや否や、衣装を脱ぎ捨ててTシャツとアンダーパンツだけの姿になった。もしだれかがたまたまドアを開けたとしても、衣装のまま床に横たわっているより、この格好のほうが少しは死んでいないように見えるかもしれない。彼は独りでほほ笑んだ。失敗から学ぶということだ。

一階下の舞台から聞こえた凄まじい音に、彼はビクッとした。何かが壊れたような音だ。オーラの罵声が、ヴィンセントにまで聞こえてきた。でも、知らないほうがいいこともある、と彼はずっと前に学んでいた。キャリアの最初の頃、組み立てや解体作業の両方に手を貸していた。何ひとつ手伝わず自分のパフォーマンスのことしか頭にない、お高くとまったアーティストの話を耳にしたことがあったヴィンセントは、自身はそんなふうになるまいと思っていたのだ。だが、自分は邪魔でしかないとすぐ気づいた。作業が終わるまで、彼が干渉しないほうがすべての関係者にとっていいのだ。

つまり、トラックへの積み込みが終わるまで、少なくともあと一時間はこの硬い床の上に横たわっていられるということだ。猛烈な頭痛が戻ってきたことを考えると、彼にとっては幸運だった。彼の横のテーブルには、内側に白い顆粒が残った空っぽのコップが置いてある。発泡錠剤のトレオ。彼は少し前から、頭痛薬を使用していた。カフェイン入りのものが好みだった。もう一錠服もうか思案したが、恐らく効かないだろう。代わりに、彼は目をギュッと閉じてため息をつきながら、頭痛が消えるのを待った。でなければ、多少は治まってくれるのを待った。過去のツアーでは、ショーの後で感じるのは疲労だけだった。頭が多少ぼんやりはしていたかもしれない。だが、頭痛を感じることはなかった。半年ほど前から、ショーの後に頭痛が現れ始めた。常時こんな状態になるまでに、たいして時間はかからなかった。強いときもあれば弱いときもあるが、いつものことになった。鈍痛。うっとうしい。頭痛を感じない状態がどんなだったのか、彼にはもう思い出せなかった。

老いの兆候だとは信じたくない。五十歳まではまだ数か月残っている。それに、今シーズンの公演は以前よりきつい内容でもない。となると、考えられるのは二つ。脳に腫瘍があるか、心因性の疾患だ。前者とは考えにくい。頭痛以外の症状が見られないからだ。だが、この頭痛が病変もないのに勝手に生じたものだとして、理由は一体全体何なのだろう？　それで何を訴えようとしているのか？

ミーナがここにいてくれれば、と彼はいつものように思った。彼女ならうまく答えてくれることだろう。ミーナの娘や、自己啓発団体を率いていた女性ノーヴァらを巻き込んだ夏の事件以来、彼女とは二、三回しか会っていない。二人ともそれぞれ忙しかったせいもある。彼は新しいショーの準備で、ミーナは新たな捜査で。それに加えて、犯罪捜査以外の理由で顔を合わせるには、ハードルがまだ高いと感じていたせいもあった。会えたときは、いつも時間が足りない気がした。彼女といるとヴィンセントの頭痛は和らぐ。彼の心の奥深くに棲みついている暗い影も鳴りを潜める。

ミーナが所属する特捜班は、警察上層部の信頼をますます得ていた。つまり、ミーナは仕事に追われることが多いということだ。そうでないときは、ヴィンセントのエージェントである〈ショーライフ・プロダクションズ〉のウンベルトが、わざと嫌がらせをしているのかと思う正確さで、ヴィンセントのツアーとミーナの休みがぶつかるスケジュールを組んだ。彼女の上司と彼のマネジャーが共謀して、ヴィンセントとミーナを引き離しておこうとしているようだった。

それに、例の件もある。彼の自宅の仕事部屋にある謎めいたパズルだ。まだ彼女に話す踏ん切りがついていなかった。このことも、会いづらい理由だった。考えてみると、頭痛の原因はあのパズルだというのもありうる。秋の間、前より増してパズルの解明に努力を費やしたが、謎は解けないままだった。ただし、このパズルが示唆する脅威を深刻に受けとめるべきだということは分かっていた。

半年前に彼に最初のメッセージを送りつけてきた人物がだれであろうと、とても根気強い人間なのは明らかだ。ヴィンセントはそのことでミーナに迷惑をかけたくなかった。これは彼が一人で解決しなくてはいけないことだ。

それでも、ショーが終わるたび、彼女が舞台裏で待っていることを願った。イェーヴレ市で二人が初めて出会ったときのように。そんなことなど、もちろん起こりはしなかった。彼女には彼女の生活があり、彼には彼の生活がある。最後に残るのは、あまりにも会う機会が少な過ぎるという事実だった。

その一方で、夏の終わり以来、家族と過ごす時間は大幅に増えた。足を骨折したせいで松葉づえ生活となり、数か月間、舞台に立つことができなかった。その代わり、彼は結婚以来初めて、妻のマリアの望みどおりに毎晩——日中もなのだが——自宅にいることになった。だが、数日も経つと、妻はそこまで強く彼の在宅を願わなくなった。子供たちですら、どうして彼がずっと家にいるのか怪しむようになった。

彼の中の暗いものも蠢《うごめ》き始めた。

だから、彼がツアーを再開させたことをだれよりも喜んだのは家族だった。それ以来、彼は二倍の速度でショーをこなしてきた。一日二公演のときも多かった。常に自分を忙しくしておくのが大切なのだ、そうすれば考えても詮ないことに気をとられることもない。

彼は天井を見上げた。脳細胞が燃え尽きてしまうこともあるのだろうか。脳を酷使して壊してしまうことなんてできるのだろうか。恐らくできない。でも、調べてみようと思った。というのも、カールスタ市スカーラ劇場の床に横たわる今、ここで、彼が感じているのはそんな気分だったからだ。彼はため息をついてから目を閉じ、ミーナに話そうと思っている話題リストに「頭痛」を付け加えた。

＊

アカイは、地下鉄のプラットホームを断固とした足取りで歩いていた。自分のすべきことを心得ているように見える者にはだれも疑問を抱かないことを、彼はずっと前に学んでいた。身に付けている黄信号の色のベストも一役買っていた。こんな夜遅い時間に地下鉄を利用する疲れた人々の目に、逆説的だが、このベストはとまらなかった。地下鉄で働く者の一人に過ぎない。だから注意を惹かないのだ。彼がここで働いているというのは、ある意味正しかった。ただし、人々が思っているような形ではではない。

プラットホームの突き当りに着くと、彼は天井の監視カメラに顔を向けないよう心掛けながら、小さなフェンスを開けた。通常の整備士が職場に向かっている——ただそれだけのことだ。とはいえ、カメラにはバッグの中でスプレー缶がぶつかり合う音が捉えられないのはラッキーではあった。

フェンスを開けて階段を下りれば、列車の走るトンネルに降りられる。本当を言うと、彼はトンネルの中にいるのは好きではない。あまりにも危険だからだ。新しい列車は古いものよりうんと静かだ。つまり、トンネルに侵入するグラフィティ・アーティストにとっては、事故の危険性が増すということだ。

けれども彼は、ずいぶん以前に彼独自の芸術的表現へと転じていた。グラフィティはアマチュアがすることだ。彼の仕事の軸足はポスターやステンシルアートにある。九〇年代レトロ風のスタイルだ。もちろん、彼が崇拝してきた芸術家バンクシーの正体がもはや謎ではなくなってしまう前と状況が同じとは言えないが、自分はそんなレトロスタイルを最先端のレベルに引き上げた、とアカイは思っている。旧市街《ガムラ・スターン》で開催された彼の展覧会がその証拠だ。彼のことなどろくに知らない人たちが彼の作品に対してどれほどの額を支払うのかを知ってショックを受けた。「アカイ」はアーティスト名に過ぎない——「バンクシー」と同じだ。本名を明かすつもりはない。彼の正体はアート界の謎にするつもりだった。

トンネルの中に数メートル入ると、ヘッドライトを点けた。トンネルは、作業員が線路に近づき過ぎずに動けるよう、幅広くなっている。もう少し行けば整備室があることを彼は知っていた。友人の彼女が地下鉄を運営するMTR社の技師で、その部屋をよく使用している。アカイはその女性の誕生祝いに、整備室をびっしりデコレーションしてやると、友人に約束していたのだ。明日の朝、出勤してきた彼女が部屋に入ると、壁がいつものコンクリートではなくなっている、というサプライズだ。代わりに壁にあるのは森だ。壁はどこも木と茂みに覆われ、その中には、ヨン・バウエル（一八八二年〜一九一八年。スウェーデンの画家）にインスパイアされたようなトロールの家族がいたりする。すごい作品になるはずだ。

彼は、以前自分がトンネルの中に描いた絵を通り過ぎた。トンネルに住む知人たち数人を描いたものだ。その友人たちの一人の顔の上に「スッシ参上」と落書きがしてある。芸術への冒瀆だ。

足の下の砂利が音を立てた。ヘッドライトの光で、少し先の整備室が見えた。大きな砂利の山をよけてから、そこで立ち止まった。何かおかしい。砂利の山の方を振り返った。彼の股ほどの高さだ。トンネルに砂利があっても、そうおかしなことではない——ここには何があっても不思議ではないからだ。けれど、山のところどころから白いものが突き出ていた。その白さに、映画で見たことのある何かが頭に浮かんだが、はっきりとは思い出せない。砂利を少し払い落としたところで何なのか悟り、彼は一歩後ずさった。

骨だ。

だれかが悪趣味な冗談で置いたのだ。他に説明のしようがない。でも、こんなに大きい骨の動物って何だろう？　骨を一本引っぱり出そうとしたとき、砂利の山が動き、一番上の部分が崩れ落ちて、骨がさらに現れた。頭蓋骨だ。ヘッドライトの光を浴び、彼を見て冷ややかな笑みを浮かべている。

人間の頭蓋骨。

叫ぶのが先だったのか走るのが先だったのか、アカイには分からない。いずれにせよ、彼が両方ともやったのは間違いない。

残り十三日

　ミーナは、目の前の皿の上のオープンサンドをうっとりと見つめていた。かなりの前進だ。以前なら、朝食には密封パックされたヨーグルト以外考えられなかった。でも今は、何に晒されたかも分からないようなサンドイッチを食卓で食べている。しかも昨日はニクラスの家で夕食を楽しんだ。彼があんなふうにめまいを起こしたのは楽しいことではなかったけれども。でも、普段はこんなことは起こらない、とナタリーが断言してくれたし、彼もすぐに回復した。ミーナのアドバイスを真剣に受けとめて、彼が今朝、医者に診てもらうことを願った。

　自分の娘と前夫ととる夕食。人生というのは、時に本当に理解し難い道をたどるものだ。彼女の人生はまっすぐで容易なものだったとはとても言えない。ナタリーとの関係は、二歩進んでは一歩下がるチャチャチャのステップのようなものだった。それでも二人は、ゆっくりながらもここまでたどり着いた。家族三人揃っての夕食がとれるまでに。ミーナはオープンサンドイッチを一口かじり、バターとチーズとパプリカと、シロップ入りのパンの薄切りの織り成す味を感じた。栄養という点では、スポンジケーキを一切れ食べるのと変わらないことは自覚している。でも、何と言ってもクリスマスなのだ。

　ヴィンセントはどんなふうにクリスマスを過ごすのだろう。もちろん家族と一緒なのだろうが、親戚も大勢交えて盛大に祝うのだろうか、それとも、もっと穏やかに祝うのか。心がちくっと痛んだが、これは嫉妬かもしれないという考えは振り払った。彼に会えなくて寂しかった。彼が夏にナタリーの命を救って以来、ほんの二、三回連絡を取り合っただけだ。理由はいくつかあった。第一に、二人はお喋りが得意ではない。第二に、ミーナは娘との危うい関係をゆっくり着実に育てあげるので手いっぱいだった。ペーデルの死も心にぽっかり穴を空けた――深い悲しみに直面すると、どうしても周囲と距離ができるし、それは必要なものでもある。

いまは亡き同僚のことが頭に浮かび、ミーナの目が瞬いた。
二人がお互いにとってどの程度大切なのか彼女には分からないというちょっとした問題もあった。自分の許容範囲だと定めている以上に、彼女はヴィンセントのことを頻繁に考えてしまう。でも彼には家族がいる。そして彼の妻はとても嫉妬深い。邪魔をしたくはなかった。

だから彼女は仕事に没頭し、それを彼と会わない口実としてきた。

これ以上考えなくてもいいように、彼女は無理やり自分の注意をテレビの朝番組に集中させた。アーティストのニクラス・ストレムステットがスタジオで『ロウソクを灯して』を披露するようだ。あの歌のオリジナルは、ニクラスがいたトリアードというトリオではなかったか。残る二人の歌手を思い出そうとしたが、頭に浮かんだのは、オーループ（一九五八年～。スウェーデンのシンガーソングライター）とアンデシュ・グレンマルク（一九五三年～。スウェーデンのシンガーソングライター）だけだった。この二人がニクラス・ストレムステットと組んでいたトリオの名前はGESだ。火を灯したロウソクで飾られたスタジオで歌が始まった。彼女は不本意ながらクリスマスの雰囲気に惹き込まれていくような気がした。元々、クリスマスは嫌いだ。子供時代のクリスマスは、平穏とはほど遠いものだった。母方の祖母宅に移ってからは落ち着いたものになったにせよ、とても簡素だった。

ミーナは立ち上がり、コーヒーのお代わりを取ってきた。腰かけるときに、居間のテーブルの上の携帯電話を横目で見た。少なくとも、ヴィンセントにショートメッセージでクリスマスの挨拶くらいは送るべきだろう。問題は、彼がそのメッセージをどう読み取るかだ。けれど、『メリー・クリスマス』をその意味以外に解釈するのはかなり難しいのではないだろうか？『メリー・クリスマス』は『メリー・クリスマス』だ。友人同士で楽しいクリスマスを祝う、ということだ。

彼女は手を伸ばして電話を取って、書き始めた。削除した。また書いた。削除。書いた。『メリー・クリスマス』の後にスマイルマークを入れ、すぐに後悔した。ヴィンセントのようなタイプの人には、スマイリーを送らないほうがいい。彼女は顔文字を消し、『メリー・クリスマス』はそのままにした。それから、送信を押した。

テレビでニクラス・ストレムステットが歌い終わったとき、彼女はすでにメッセージを送ったことを後悔していた。

＊

一週間以上、雪の日が続いていた。ティーレセーにあるヴィンセントの自宅の周りの土地や木々は、分厚い綿に覆われたように見える。幼い頃は雪が好きだったが、大人になってから、そんな感情はなくなった。今手にしているスノースコップが関係しているのかもしれない。自分で雪かきをする羽目になると、雪がそう面白いとは言えなくなる。

おまけに昨夜はカールスタのスカーラ劇場から『ナイトライナー』と呼ばれるツアー用寝台バスに乗って帰ってきたため、体が凝っていた。彼が眠りに落ちたのは、バスが朝四時にストックホルムに着いて、同じような夜行ツアーバスとともにバーンヒュースブローンに停車していたときだ。停車中のバスの中でヴィンセントが眠れたのは三時間で、家までのタクシーの中では朦朧《もうろう》としていた。

ヴィンセントがキッチンの窓をちらりと見ると、家族が朝食をとっていた。アストンとレベッカが学校へ行く前に通路の雪かきをしておく、と彼は約束していた。スコップを雪に押し込んでできる限り多くの雪を持ち上げ、白い雪の下のどこかにある芝生の上に投げ捨てた。彼の目の前に雪のない小さな長方形ができあがり、道路へ続く砂利道が姿を現した。まずまずのスタートだ。でも、あとどのくらい仕事が残っているかを示すものでもあった。

腰に手を当てて体を伸ばした。目の前の空気が吐息で白くなった。本格的な寒さの到来だ。雪が積もるのは――仮に積もるとしたら――一月が多い。ここまで南に来ると、せいぜいぬかるみができるくらいだ。だが、今年はどの予報でも、近年にないレベルの雪が降り、寒い冬になると言っている。彼の家の敷地ではすでに、少なくとも二十センチの積雪だ。まだ十二月の半ばを過ぎたばかりだというのに。彼が見つめるなか、せっかくきちんと雪かきした長方形は、降りたての雪で粉をかけたように白くなっていく。

シーシュポス。

彼は、ギリシャ神話に登場するシーシュポスだ（苦労した作業がすぐに無駄になるという意）。

彼はため息をついてから玄関へ戻って、スコップを壁に立てかけた。子供たちにえっちらおっちら道路まで歩いて、学校へ行ってもらうことになりそうだ。ヴィンセントがドアを開ける間もなく、オーバーオールを着たアストンが飛び出してきた。

「雪がもっと積もってる！」息子が叫んだ。「雪大好き！」

アストンはドサッと仰向けになって、両腕を上下に動かしたり脚を開閉させたりして、スノーエンジェルを作り始めた。寒さはまったく気にならないようだ。

「パパ、午後から雪洞《かまくら》を作ろうよ。でなきゃイグルーとか。いいでしょ？」

子供の頃に遊んだ雪洞が、ヴィンセントの頭に浮かんだ。といっても、その中には入れなかったのだが。雪洞といっても、スコップで農場に積み上げた雪の山をくりぬいて作った狭い通路と変わらなかったからだ。彼は身震いをした。あんな通路に這って入るなんて無理だ。ただ、気持ちは理解できる。あんなふうに自分自身の世界を築くのには、どこか刺激的なものがある。少なくとも頭の中では、だれもが自分なりの世界を築いている――ひとりひとりの現実は異なるからだ。だけど……

「パパ？」目の前に立つアストンが言った。「頭の中に雪が入っちゃったとか？」

ヴィンセントは目をパチパチさせた。雪洞を作るには雪がもっと必要だ、と言おうと口を開けたときに、マリアが出てきて戸口に立った。

「雪洞は作らせないから」彼女は腕を組んで、断固とした口調で言った。「崩れるかもしれないじゃない。すごく危険よ。それに、革の手袋とヒューゴ・ボスのジャケット姿で雪かきをするなんてあり得ない。普通の人みたいに、もっと実用的な冬着を着たら？」

もちろん、彼女が正しい。服装に関しても雪洞に関しても。けれど彼はダウンジャケットも、みんながかぶっているような大きなポンポン付きのニット帽も持っていない。それに、崩れないように雪洞を作る方法だってあるのだ。バックミンスター・フラーよろしく六角形を組み合わせればいい。あるいはブロックをアーチ状に組み合わせれば、重量が分散される。だから、もう少し雪があれば……。そこでマリアの視線に気づいて、咳払いをした。

「ママの言うとおりだ」ヴィンセントは言った。「それにイグルーを作るには氷が必要だ」

「だったら」アストンはまた、雪の上に寝そべった。「冷凍庫で氷を作ればいい！」

「おいおい、うちの冷凍庫の容量は二百七十八リットルだぞ」ヴィンセントが言った。「それが七段の棚で分割されている。イグルーの外法寸法は……」

背後から、妻が大きく咳払いするのが聞こえた。

「つまり、うちの冷凍庫だと小さ過ぎるんだ」彼は言った。「それより、おまえのリュックサックはどこだ？」

マリアはため息をつきつつ、リュックサックを取りに家へ入っていった。アストンは身を起こして、雪玉を作ろうとしていた。ヴィンセントは、だれに向けた雪玉なのかを悟った。

「そうだ、出かけられるよう、うちに入って車のキーを取ってこなきゃな」彼は言って、素早く向きを変えた。

敷居をまたぐ前に、雪の塊が彼に当たった。背後でアストンが高笑いをしていた。

マリアは玄関ホールで、アストンのリュックサックに着替えを詰めていた。

「それはそうと」ヴィンセントが言った。「クリスマス休暇中の子供たちの居場所を調整しようと思って、きみのお姉さんに連絡を取ろうとしたんだけど、携帯電話の電源を切っているようなんだ。もう何日もそういう状態でね。どこかに出かけているのかい？」

マリアはズボン下を一枚、リュックサックの中に手荒に押し込んだ。

「ウルリーカとはずっと長いこと話をしてない」彼女はつっけんどんに言った。「自分の前妻のことくらい、自分でチェックしてよね」

「そう努めているじゃないか」ヴィンセントが言った。「ただ、彼女らしくないんだ」

彼は車のキーを取りに、キッチンへ入った。同時に、携帯電話を手にして、ウルリーカに電話をかけてみた。

以前と同様、出ない。

できるだけ早く連絡をくれるよう、ショートメッセージを打った。何しろ、クリスマスまであと数日だ。

ミーナからメッセージが届いていた。「メリー・クリスマス」、それだけ。どう返答すべきか迷った。自分たち二人の関係を明確にしろ、と挑発しているようなメッセージに見える。いま二人はお互いの間の平衡点にいて、バランスがどちらに傾いてもおかしくない。もし彼が同じくらい短い返事を送ったら、今後二人の関係はうわべだけの儀礼的なもので、それ以外の何ものでもない、と認めることになる。逆に、もっと個人的な答えを返したら、同僚以上の関係になりたい、と示すことになる。そうなると、じゃあ、どんな関係なのかという問いが詰まったパンドラの箱を開けることにつながる。

メリー・クリスマス。

何てことだ。

さらに熟考してから画面をオフにして、電話をポケットにしまった。考える時間がもっとあるときに、返事を書けばいいことだ。

「パパ、いつになったら出かけるの?」外からアストンが叫んだ。「遅刻しちゃうよ!」

「今すぐ!」ヴィンセントは叫び返した。

一瞬、ウルリーカの職場に電話をして、彼女は病気か何かなのか確かめようと考えた。でも、ヴィンセントがそこまで妻の姉に心遣いを示すと、マリアが一言二言口を挟んでくるだろう。ウルリーカには、時間があるときに連絡をしてもらうしかない。

彼は調理台の上から素早く車のキーを取り、外へ出る前に仕事部屋に立ち寄った。ドアに鍵がかかっているかチェックしたかった。家族のことを考えて、一か月ほど前から自分の部屋に鍵をかけるようにしていた。部屋の中に何があるかを家族のだれかに見られたら、彼が答えられない質問をされるだけでは済まない。恐れだって抱くだろう。彼が抱いているのと同じくらいの恐れを。

*

「人骨なのは確かなの?」

ミーナは、深く穏やかに息をするよう努めた。目下自分がいる場所ほど、できれば避けたい環境はない。ストックホルムの地下鉄網を形作る、暗く汚れたトンネルの中。そのうえ、凍えるような寒さだ。いつもなら寒さは好きだが、限度というものがある。人々の吐息は白く、彼女は少しでも体を温めようと両腕で自分の両肩を抱え込んでいた。

「はい、鑑識は確信しています。そのうちの一人は骨学者なんです」そう言って、アーダムはあくびをかみ殺した。「骨の研究者です。鑑定に自信があるんでしょう。でなければ、まだ日も出ていない中で自分たちがこんなところまで引っぱり出されることはないと思います。こんな時間に起きているなんて、自分にはめったにないことなんですが」

その声を聴くかぎり、彼もまた、この息苦しいトンネルが好きではなさそうだった。

「あと、この区間は列車が確実に走らないようにしてあるのよね」そう言って、懐中電灯の一筋の光の中、恐る恐る片足をもう片足の前に置いた。

何かが稲妻のような速さで、彼女の足元を走り抜けた。それが何なのかを見る余裕も、悲鳴を抑える余裕も彼女にはなかった。

心臓がひどく高鳴って体から跳び出しそうだったが、前進せよと歯を食いしばって自分に強いた。少し先はもう少し明るく、人々が動いている。それを目にして、ミーナは暗闇にいる恐怖から感情を遮断できるようになった。あとは、自分を待ちうける任務に焦点を合わせるだけだ。

「おはよう《グッド・モーニング》、ミーナ。それにアーダム」鑑識班班長はそう言って、軽く会釈した。「『グッド』とはとても言えない朝だが」

元は山積みの砂利だったらしき箇所を指差した。鑑識員たちが砂利のほとんどを払い落としており、きちんと積まれた骨がそこにある。

「人骨なのは間違いない。さっと目視したところでは、すべて同じ人物のものだろう。ただし、確定するのは、法人類学者が台の上に骨を並べてきちんと鑑定してからだが」

ミーナは寒気に耐えられるよう両腕を擦りながら、骨の山を見つめた。積み重なった骨は、祭壇のように見える。きちんと配列され、左右対称に置かれ、てっぺんに頭蓋骨が据えてある。どことなく儀式的な感じがしたが、そんな感情に引きずられないよう意識した。こんな初期段階での決めつけは危険だ。この捜査が自分たちの班に任されたことは少し意外ではあった。古い人骨の発見といった事案は、通常自分たちのところには回ってこない。だが、人骨が発見された状況のせいで、通常とは異なる対応となったのだろう。

「身元確認できるようなものは？」彼女が訊いて脇によけると、アーダムが入ってきた。

近寄り過ぎたりして事件現場を汚染しないよう、注意を払った。すべきではないと知りながらも、ミーナは周りを見回す衝動を抑えられなかった。照明が設置され、現場の大部分を照らしている。パニックが再び湧き上がってきた。どこもかしこもゴミだらけで、光の当たらない暗い場所を何かが動き回っている。ネズミに違いないと思って、ミーナは身震いをした。

ここに来るのは、これが初めてではなかった。新米刑事の頃、容疑者を追って、このトンネルに下りてこなくてはいけなかったことが数回ある。ここに住んでいる人間がいることも知っている。世間を離れ、現実から身を隠し、闇に生きる人々。それがどんなことなのか、ミーナには想像もつかない。

彼女は話しかけてきた鑑識員に注意を向けて、照明が当たらない暗闇を動き回るものへの関心を逸らした。

「身元確認ができるようなものは、まだ何も見つかっていません。衣服も身分証明書類もなし。ゴミから犯人に結びつくＤＮＡが採取できるかもしれませんので、遺体を中心に広い範囲を設定して、そこにあるものすべてを採集してから、分析に回します。とはいうものの、何か見つかったにしても、これを発見して通報してきた自称〝芸術家〟のものだと思いますが。でも、頭蓋骨に歯が残ってるので、身元確認の助けにはなるでしょう。それに、大腿骨にひどい骨折の痕が残っています。数箇所で折れ、その後、治癒した痕がありました」

「大腿骨を骨折ね……」考え込むようにミーナは言った。「どれくらいの期間、骨はここにあったと思いますか?」

「何とも言えませんね。それはミルダに訊いていただかないと。少なくとも数か月というところでしょうか。置かれたばかりというふうには見えませんから。でも当て推量以上のものじゃありません。繰り返しになりますが、それはミルダの仕事ですから」鑑識員は言った。

ミーナはアーダムを見つめ、彼も自分と同じことを推測しているか確かめた。彼は骨の山を見つめながら、眉間に深いしわを寄せていた。それから、目を輝かせて、ミーナのほうを向いた。

「もしかして……」

「ええ、そのもしかしてじゃないかと」ミーナが言った。「すぐにユーリアに連絡する」

二人は無言で骨の山を見つめた。もしもこれが、二人が想像しているあの人物の亡骸だとすれば、マスコミは大騒ぎするだろう。そして、いくつもの新たな疑問を生み出すことになる。

*

ルーベンは冷や汗をかいて目覚めた。夢の中でペーデルの顔を見た。ここのところしょっちゆうだった。ペーデルの肌は灰色で、後頭部のかなりの部分が失われている。でも、夢の中で恐ろしいのはそのことではない。恐ろしいのはペーデルの視線だ。何か言いたげにルーベンを見つめ、覗き込んでくる目。そのせいでルーベンは目覚めた。ペーデルは何も言う必要はない。ルーベンはすでに、彼のメッセージを理解していたからだ。

いつなんどき終わりが来るか分からないですよ。

これがペーデルから彼への教訓だ。人生には選択可能な道が二つあり、どちらも恐ろしい。ひとつ目の選択肢は、ルーベンの準備ができる前に人生が終わってしまうこと。もうひとつは、もしそんなふうに人生が終わらない場合、彼は老いるということだ。日に日に年を取っていくのだ。彼は大きく息を吸い、顔を擦った。年を取る必要なんてあるものか。もうひとつの選択肢よりひどいくらいだ。

暗闇の中でだれかが動き、彼の横で寝具が音を立てた。やばい。まだいたのか。若い子をお持ち帰りすると、これだから厄介だ。三十歳以上の女性なら、それぞれ自分の家で目覚めて二度と顔を合わせないほうが二人にとっていいことくらいは心得ている。経験が浅い若い子は、添い寝して朝にいちゃつくのがいい、とまだ信じている。朝食を一緒にとか、その他の馬鹿げたことをするとか、そういうロマンチックな妄想を抱いている。実際には、情事の後、日が明けてから顔を合わせるのが好ましいわけがない。

とりわけ、日光で彼の年齢がさらけ出されるのはいただけない。

彼は携帯電話の時計アプリに目をやり、小声で毒づいた。昨夜、何らかの理由で、アラームをオフにしてしまったようだ。仕事に遅刻してしまう。しかも、夜遅くにユーリアから連絡が入っている——何かが発見されたらしい。ルーベンがレストラン〈リッシュ〉の前でナンパしている時に、地下鉄で何かが起きていたということか。まあ、今のところは班の他のメンバーたちに任せておけばいい。

左脚のふくらはぎが突然引きつり、彼は苦痛の悲鳴を堪えようと唇をかんだ。横で眠る女性を起こさぬよう注意を払いながら、マッサージをしようと、脚を体のほうに引き寄せた。筋肉を叩いた。カチカチだ。少し前から、脚がつるようになっていた。前日の夜に摂取する水分が少な過ぎると、水分不足で朝にけいれんが起きる。でも、その一方で、水分を十分に補給すると、夜中に二、三回トイレに行く羽目になる。おっさん症状だ。

老い、老い、老い。

娘のアストリッドがティーンエージャーになる頃、彼女の人生に父親はもういないことだろう。

彼は、深くため息をついた。情けなかった。そんなことは分かっていた。年を取りたくないという理由からだけでなく、異性の尻を追いかけるという以前の習慣に逆戻りしてしまったからだ。そのことを伝えると、彼の心理カウンセラーであるアマンダは、彼の横っ面を張り飛ばさんばかりの反応をした。けれど、どうしようもないことだ。アマンダはまだ若いから、理解できないのだ。

彼はベッド脇のテーブルに手を伸ばして、そこにあるカプセルから二錠取った。いわゆる健康サプリだ。ネットで見つけた代物で、精力剤でもありテストステロン生成にも一役買うのだという。彼はただのインチキだと思っていた。それでも一応念のため、一年分の料金を払っていた。一か月あたり六百クローナ。彼はカプセルを呑み込んでから、自分の横の人物を見ようと掛布団を上げた。横向きに寝るその女性のヒップは、彼から十センチしか離れていない。彼女に出会ったのは、彼がまた通い始めた、ストゥーレプラーンにある馴染みのバーの前だった。ナンパに失敗して帰宅しようと思った矢先、外に立ってタバコを吸う彼女が目に入った。彼は近寄って、制服は好きかと訊いてみたところ、バーの店内では効果がなかったのに、ここでは違った——どうしようもないほど陳腐な決まり文句であったにせよ。

彼は、滑らかなヒップに手を置いて、溢れんばかりの彼女の肌のぬくもりを感じた。この子はエンミという名前だったはずだ。いや、エミリーだったかもしれない。とにかく、yで終わる名前だ。

彼がヒップを愛撫し続けると、彼女は眠たそうに、彼に寄ってきた。ユーリアには待ってもらい、アマンダには何とでも言わせておくさ。人生はあまりにも短い。ペーデルだって夜ごとはっきりと教えてくれているではないか——人生、いつなんどき終わりが来るか分からないのだ。

*

ヴィンセントは仕事部屋で座っていた。彼の背後の本棚は、ここ数年の間に、本の収納場所というより展示棚になってしまっていた。二年半前に〈達人メンタリスト〉が〝魔術師の匣《はこ》〟

事件の解決に協力したと世間に知れ渡ってからというもの、熱狂的なファンが彼に解かせようと、パズルや言葉遊びやなぞなぞを送ってくる。謎解きほど彼にとって楽しいものはないと思っているのだろう。けれど彼らは、あのとき彼が死にかけたことは知らない。

それに、ファンたちは完全に間違ってはいない。謎を解くことは楽しいと思う。時間があるときには。送り付けられてきたものの多くはシンプルだ。一番よくあるのはファンレターをジグソーパズルよろしく細かく切り分けて送ってくるものだが、もっと野心的なものもある。その中で一人、ヴィンセントが過去に見たこともない難解なパズルを送ってくる匿名の人物がいる。自作ではなく、世界のあちこちで作られたものを送ってきているらしい。送り主がこのジャンルに詳しいのは明らかだ。同一人物だと分かったのは、いつも同封してくる手書きのメッセージからだった。メッセージは大抵なぞなぞ形式になっていた。

しかし、今焦点を向けているのは、別のタイプの謎解きだ。具体的に言えば、机の上の壁に貼ってある謎だった。初めてミーナと一緒に仕事をしたときに、彼女が自分のアパートに貼っていたのと同じタイプのマインドマップだ。さまざまな手掛かりをコラージュしたもの――幸運に恵まれれば、関連性を明らかにしてくれたり、隠れたパターンを示してくれるような手掛かり。ただし、ヴィンセントの部屋の壁に貼ってあるのは写真やメモではなく、物理的な物体で、時系列に沿って並べられ、それぞれの下にメモを書いた付箋紙が貼ってある。

家族を仕事部屋に入れなくなった理由がこれだ。彼が完全にいかれてしまった、と家族に思わせるのはうまくない。このコラージュの意味を悟られるのは、もっと悪い。ヴィンセントにとっては、壁に貼られたものが何を意味するのか明白だからだ――彼に危害を加えたい人物がいる。

その人物を敵とは考えたくなかった。宿敵？　いや、それでは言葉が強過ぎる。自分の影、ではどうだろう？　かもしれない。というのも、問題の郵便が届くたびに、彼の中の影が活気づくのだ。まるでその影はもう彼の中に棲んでおらず、現実の世界にいて、彼を威嚇しているというように。

しかも、この影はそれを投じるものと同じ形を――いくらか歪んではいても――している。これらを送ってきた人物が何者であるにせよ、そいつは彼の思考を細かく把握しているようだった。彼自身の悪夢バージョンが送ってくるというように。それだ、と彼はうなずいた。〈影法師〉が適切な呼び名だ。

時系列の一番左に、ラミネート加工を施した古い新聞記事が貼ってある。幼い頃のヴィンセントの写真が載った〈ハランド・ポステン〉紙の記事で、彼の母親が中で死ぬことになった奇術用の箱が背景にかすかに写っている。

奇術、悲惨な結末を迎える！

もう数えきれないほど、この見出しを読んできた。二年半前にこの記事をルーベンに送った人物がいる。そのせいでヴィンセントは、ある連続殺人の最重要容疑者となった。結局、事件は消息不明だった彼の姉のイェーンの仕業だったと判明したが、記事を送ったのも姉だとヴィンセントは当初考えていた。弟のヴィンセントに一連の殺人の罪を着せるというのが彼女の計画だったからだ。だが、送り主は姉ではなかった。ただ、報道のせいで、ヴィンセントの過去が明らかになってしまった。長い時間をかけて考えないようにしてきた過去だ。その事実が公にならないよう、警察がかろうじて阻止した。

その記事の下には、テトリス風のパズルのピースをテープで貼り合わせたものが貼ってある。姉の死後まもなく送り付けられ始めたものだ。毎回パズルを組み合わせると新聞記事のアナグラムが浮き上がり、その三種のパズルを重ね合わせると、ＳＫＹＬＤＩＧ（有罪）という言葉ができあがるという手の込んだものだった。このパズルは、彼をカルト集団〈エピキューラ〉での出来事（『罪人たちの暗号』参照）から遠ざけようとするために、犯人が送ってきたものだと思っていた。自分の抱えた苦痛をもとにして教えを作り上げ、ミーナの娘ナタリーまでも殺しかけた犯人。だが、犯人が死ぬ直前に知った事実から、パズルはルーベンに新聞記事を送ったのと同一人物から送られてきたのだと悟った。

彼の〈影法師〉から。

テープで貼り合わせたパズルのピースの横には、最後に届いたテトリス風のパズルに同封されていたクリスマスカードが貼ってある。そこには不穏なメッセージが書かれている。そのカードを受け取ってから四か月が過ぎたが、彼にはその謎がまだ解けていない。

おまえは何も学ばない。わたしは待つことに疲れた。

そして、覚えておくように。責めを受けるべきは他のだれでもなく、おまえであることを。他の道を行くこともできた。しかしおまえは選ばなかった。

だからわれわれは、おまえのオメガに到達した。

すなわちおまえの終わりの始まりに。

追伸　もしおまえが今、なぜこんなに早くパズルのピースを受け取ったのか不思議に思っているならば、それはおまえも知るように、オメガはギリシャ語アルファベットの24番目の文字だからだ。24を2で――おまえとわたしで――割れば12。ゆえに24／12となり、つまりはクリスマスイブ（スウェーデンでは日／月と表記する）。
一足早いメリークリスマスを贈ろう。

自分の終わり《オメガ》に関するメッセージを受け取ったヴィンセントは、その場合自分の始まり《アルファ》が何か、すぐに追求し始めた。何が始まりなのかが分かれば、終わりが何か理解しやすくなるかもしれなかった。そうすれば、わが身を守れる。

見つけるのに時間はかからなかった。答えはまたも例の古い新聞記事にあった。記事の写真の中に。彼の〈影法師〉は写真内の奇術箱の輪郭をペンでなぞって、線がAを形作るようにしていたのだ。アルファのAを。

つまり、終わり《オメガ》を告げるものは、あそこで始まったのだ。

クヴィービッレのあの農場で。

ママの死とともに。

彼がヴィンセント・ボーマンであることをやめて、ヴィンセント・ヴァルデルになったあのときに。

しかし、「終わり」を告げるメッセージと入れ替わりに、プレゼントが郵送されてくるようになった。クリスマスでもないのに、クリスマスプレゼントが届くのである。最初のプレゼントは、〈エピキューラ〉事件の捜査が終わってすぐの夏に送られてきた。荷物には、彼の知らないレネゲーズというラップグループのシングルレコード『アルファ・オメガ』が入っていた。

そのEPレコードは、ジャケットの各角に粘着剤を付けて、新聞記事の右に貼ってある。その下には、彼が調べたレコードに関する情報を書いた付箋紙が貼ってある。情報は多くない。歌がクーレイド・レコードから発売されたのは一九八七年で、レコードレーベルは赤。でも、このグループが発表したのはこの一曲のみのようで、歌詞も何も伝えてくれなかった。だから、それ以上は何もしなかった。

その一か月後の九月に、彼はクリスマスプレゼントとして新たなレコードを受け取った。届いたのは、レッド・ツェッペリンのアルバム『アルファ&オメガ』。希少品で、LP四枚組の海賊盤ライブ。入手はまず不可能な商品だった。彼はレコードを取り出して、レコードが入っていたボックスを、また壁に貼った。

タイトル以外にも、その前に受け取ったレコードとの共通点がある。この作品も一九八七年の発売だったのだ。

ヴィンセントは、この数字が何を意味するのか百も承知だった。本の873ページに彼を導くことで、姉のイェーンがヴィンセントに思い起こさせた数字だ。7月8日午後3時。ママの最後の夏。七歳だった彼が、庭に敷いた毛布の上で手品を披露したとき。

87は7月8日のこと。

ママの誕生日。

クヴィービッレの農場での。

またもや。

レコードの右には、十月のクリスマスプレゼントが掲げてある。このときはミニカーが入っていた。正確に言うと、ドイツ軍警察車のオペル・オメガ。名前にアルファは入っていない。けれども、オペル・オメガが発売され始めた年式は一九八七年。そして、そのミニカーの縮尺は、当然ながら1／87。

ママ。

奇術箱。

イリュージョン。

SKYLDIG（有罪）。

十一月になって、プレゼントの送り主はアルファとオメガへの関連性から完全に手を引いて、明確過ぎるプレゼントに路線を変えた。まず奇術用の箱を受け取った。正確には、状態良好の中古品『ザ・グレート・フーディーニ・マジック・スターター・セット』。ヴィンセントはグーグルで検索する必要すらなかった。プレゼントそのものが、十分な情報を提供した。

ハリー・フーディーニは、水を満たした水槽からの脱出トリックで名声を得た脱出王だ。〝魔術師の匣〟事件で、ヴィンセントとミーナがミンク農場で閉じ込められ、殺されかけたのと同じタイプの水槽。フーディーニを取り上げることで、母と母が脱出できなかった箱のことをほのめかしているのも間違いなかった。擦り切れたパッケージをひっくり返して裏側を読むまでもなく、ヴィンセントには想像できた。フーディーニの名前が書かれているその奇術セットの製造年が一九八七年だったのは、何ら驚くことではなかった。

あれ以来、ヴィンセントは何のプレゼントも受け取っていないし、欲しくもなかった。すでに半年前に彼の〈影法師〉が、迫りつつある日のことをカードに書いてきていたからだ。

　オメガはギリシャ語アルファベットの24番目の文字……24を2で――おまえとわたしで――割れば12……クリスマスイブ……一足早いメリークリスマスを贈ろう。

おまえとわたし。

クリスマスイブ。

今日は十八日だ。クリスマスイブまであと六日。この人物が何を企てているにせよ、それはその日に始まる。彼のオメガが。そして、それが何を暗示しているのか、彼にはまだ分からなかった。

ヴィンセントは、また壁のプレゼントを見つめた。

クーレイド・レコード。彼とミーナがカルトについて学ぶ目的で訪れた専門家は、ジョーンズタウン（「人民寺院」なる大規模なカルトを率いたジム・ジョーンズが南米ガイアナに築いたコミュニティ）の信者たちは、グレープ味のジュース〈クールエイド〉に毒を入れたものを飲んで集団自殺をしたと語っていた。〈エピキュラ〉信者たちによるエストラ・レアルス高校での行動に似ている。

入手がまず不可能な海賊版アルバム。彼の好みのジャンルではないかもしれないが、それでも、ヴィンセントがアナログレコードを収集していることを知っている人物ということだ。

警察車。ミーナを示唆しているのだろう、とヴィンセントは解釈した。

子供向けの奇術セット。〈影法師〉は、彼が子供の頃奇術が大好きだったことと、成人してからミーナと一緒にフーディーニの水槽で溺死しかけたことを知っている。

関連性は明確だ。このすべての背後にいるのがだれであろうと、ヴィンセントの過去を非常によく知っているだけにとどまらず、彼の警察への協力に関しても詳しい情報を摑んでいる。

このことは何としてもミーナに話さなくては。ずっと前に話しておくべきだったのだろうが、半年前にテトリス風のパズルと一緒にあのメッセージを受け取ってから、彼を阻む何かがあった。おまえには当然の報いだ、とささやく小さな声だ。正しいのは〈影法師〉で、結局のところ、言うなれば、彼は有罪なのだと。

問題は、何の罪を犯したのかだった。

*

「トンネルの中では大丈夫でしたか？」

ミルダの助手ローケの同情的な口調にミーナはイラっとしつつも、肩をすくめた。彼女の……特殊な振舞いが人々の話題に上るのは、受け入れるしかない。

「勤務中は恐怖感を退けられるから」彼女は素っ気なく言った。

ローケは、彼女の言いたいことを理解したようだった。

「ぼくたちが仕事をするときも、似たようなものです」彼は言った。「一歩離れるんです――でも自分たちの前の台に横たわるのが人間だということを忘れるほどは離れてはならず、感情にのみ込まれずに自分がなすべきことができる距離をとるんです」

「まさにそれ」ミーナはそう言って、彼に微笑みかけた。

いつもならとても口数の少ないミルダの助手と、これほど長く話をしたことはなかった。

「ミルダならもうすぐ来ます。元の旦那さんと電話で話をしているのが聞こえちゃって」消毒済みの金属製トレイに器具をいくつも並べながら、彼は申し訳なさそうに言った。

「大丈夫よ。待ってるわ」ミーナは、軍隊のごとく正確にトレイの中身を分類するローケの細長い指の動きに心を奪われていた。

無菌室で静けさがこだまする。ミーナはこの沈黙をどうやって破ろうか、懸命に思案した。

「それより、どんなキャリアを目指しているの？　次のステップは監察医のポスト？」

ミーナは内心悪態をついた。これじゃまるで口をつぐむティーンエージャーを前にした進路指導員だ。慎重にメスを置き、ローケは一瞬、笑みを浮かべた。

「普通はそうなんでしょうね」彼が言った。

金属トレイにぶつかる音をまるで立てずに次々に器具を置いていく彼を、ミーナは感心しながら見つめていた。

「ですが、ぼくの職業上の野心に立ちはだかる大きな障害がありましてね。それは、ぼくが満足しているということなんです」

彼は肩をすくめた。ミーナは、さらに興味を覚えて彼をじっくりと見つめた。めったに聞かない言葉だ。満足。

「ぼくは何不自由なく暮らしているんです。ですから、かように均衡を保っているものを変えることは、見事に機能している平衡を崩すだけではないかと思うんです。仕事には満足しているし、出世や経済的な上昇を求めて躍起になる必要もない……噂に聞いてらっしゃるかもしれませんが、ぼくは遺産のおかげで経済的にはかなり恵まれています。監察医の裕福な助手――まるで珍獣ではありませんか。だから噂になるんです。ぼくは人生に必要なものを手に入れています。こんなに恵まれている人間などおりましょうや。満足している人間などというものが。ですから、これを贈り物と見なして、ありがたきものと受け止めているのです。野心なんて、わが人生の全き円を狂わせてしまうだけなんです」

ミーナは答えなかった。ローケが立て続けにしゃべったという事実は言うまでもないが、その内容を把握するので精いっぱいだった。しかも、滑稽なほど仰々しい言葉が満載だ。けれど一方で、これほど洞察に満ちた話を聞くのは久しぶりだった。ミーナ自身もつい自分はどの程度満足しているのか考え込んでしまった。自分の人生について。自分の生き方について。

「驚嘆するほど状態のよい骨です」目の前の人骨をほれぼれと眺めながら、ローケが言った。

ミーナは適切な答えを探したが、何も浮かばなかった。骨を指さしながら、ローケは続けた。

「ここを見てください。生物的残余が何も残っていない。肉がすべてなくなっているんです。極めて稀ですよ。もうひとつ気になるのは……」

「遅くなってごめんなさい！　ちょっと……トラブルがあったものだから。でも、もう大丈夫！　聞くところによると、トンネルで見つかった人骨の身元について考えがあるんですって？　仕事が速いわね」

　部屋に入ってきたミルダは、器具を載せたトレイのそばに立つローケに近寄った。彼は控えめにその場を離れた。ミーナはうなずいて、目の前の金属の台に並べてある骨を指した。

「ここです。大腿骨の骨折。実は四か月にわたって消息不明の有名人がいるんです。ヨン・ラングセット。二、三年前にエベレスト山に登ったときに転倒して脚を骨折しています。かなり話題になったと思うのですが」

「ああ、思い出したわ。彼を山から下ろす際に、シェルパ族の道案内が一人亡くなったので議論になった人？」

「ええ、そのとおり。彼が消息不明だと報道されたときにその話がまた取り上げられたので、トンネルの中で脚に骨折痕があるのを見たときに、すぐ頭に浮かんだんです。勘違いかもしれません。脚を骨折する人は多いですからね。ですが、そこから手を付けるだけの価値はあるのではないかと」

　ミルダはうなずいた。

「同感。まずは法歯学者に歯の写真を撮りにくるよう連絡しましょう。そうすれば、彼の歯科医のカルテと一致するかどうか確かめられる。その間、わたしはこの人骨を検査する。まだ何か見つかるかもしれないし」

「それがいいと思います。いつでも連絡してください」

「さもなければ、すぐにでもまたここへ来て、ドアをノックするんでしょ？」ミルダは笑ったが、その目は笑っていなかった。

疲れた様子だったので、ミーナは何か問題でもあるのか訊こうとしたが、やめておいた。プライベートな面で、彼女はいつも苦労してきた。ドアを閉める前に、ぐったりと台に数秒間もたれるミルダの姿が目に入った。それから体をぶるっと振って自分に活を入れた彼女は、ビニール手袋に手を伸ばした。

*

サーラ・テメリックは自分のパソコンから視線を上げた。国家作戦部《NOA》（国家運用部とも。スウェーデン警察庁の一部門で警察活動を監督する）で最も近しい同僚のテレーサが、彼女の前に立っていた。アメリカに越す前、サーラはテレーサの上司だった。それ以後、二人は異なる分野の担当となったが、部内でサーラが一番信頼しているのがテレーサだった。

「硝酸アンモニウムについて訊きたいんだけど」挨拶すらせずに、テレーサが言った。

サーラは驚いて、目をぱちくりさせた。

「そうね、塩《えん》の一種で」彼女はそう言って、パソコンで長い時間書き物をし過ぎたせいで凝っている両腕を伸ばした。「窒素を多く含んでいるから肥料に使用されている。興味深いことに、加熱すると笑気ガスを発生する場合がある。ただし、肥料を製造する際には、他の物質で薄めることが多い。というのも、濃縮されると爆発を引き起こす危険性があって……」

サーラは話を中断した。テレーサの質問の意図が見えた。そんなことも気づかないなんて。

「ごめんなさい」彼女はそう言って、ため息をついた。「スウェーデンに滞在中に、ザカリーとレアが夏にスウェーデンの農場を訪れるのも悪くないって考えている最中だったものだから。

だから、つい考えがそっちに向かっちゃって。でも、ＮＯＡの関心は肥料ではないものね」

彼女はノートパソコンを閉めて、机の天板に肘を載せて頬づえをついた。アメリカ人の元夫は、この姿勢を「愛嬌のあるポーズ」と呼んでいた。彼はどんなものでもうまい言葉で言えたものだった。彼がアメリカに残ることにした理由以外は。

「硝酸アンモニウムは、手製爆弾によく使用される物質のひとつでもあるわね」彼女は言った。「可燃物と混合すると爆発の危険性がうんと高まるし、それに伴う被害も大きくなる。加えて、酸化剤でもあるから、爆発しない場合でも炎に余分な酸素を供給して燃焼を促進し、消火が困難になる。硝酸アンモニウムを含む肥料ＡＮＰＰもＮ34も、厳密に言えば爆薬として機能する。窒素肥料に過ぎないにもかかわらず。違う？」

「さすが」テレーサは、そう言いながら笑った。「あなたがわたしの上司だった理由が理解できたわ」

「でも、どうしてそんなこと訊くの？」

テレーサはサーラのオフィスのドアを閉めてから、続けた。

「実は、スコーネ県の農場に製品を売っている企業数社から報告があった」彼女は小声で言った。「だから、あなたが肥料に結びつけたのは、あながち間違いではなかったわけ。まさしく硝酸アンモニウムが消えたということなのよ。盗難。失われた量は計十トン。われわれＮＯＡが耳をそば立てるのに十分過ぎる量よね。二〇一五年に中国天津で起きた大規模な爆発事故を覚えてる？　原因は硝酸アンモニウムだった」

サーラはよく覚えていた。事故後も驚くほど長期間、爆発のスチル写真がニュースで流れていたし、インターネットでは、もっと長い間見られた。「でも、あのとき爆発したのは八百トンくらいじゃなかった?」彼女が言った。「で、今回消えたのは十トン?」

「そうだけど、あの事件のときの硝酸アンモニウムは爆薬の材料としてのものではなかった。なのに、あの爆発は宇宙からも観測できた」

サーラは驚いたように口笛を吹いた。

「港のひと気のない地区で発生したにもかかわらず、死傷者は約千人」テレーサは続けた。「十トンの硝酸アンモニウムが爆発物に使われたら、どれほどの効果をもたらすかなんて知りたくないわ。例えば市街地でとか。何もかも粉々よ」

「十トンの硝酸アンモニウムを盗んだ理由は、他にもあるんじゃない?」サーラが言った。「爆弾製造の目的とは限らないでしょ?」

「じゃあ、その他の理由って?　肥料のコストを支払いたくない農場経営者とは考えにくいんだけど」

もちろん、テレーサの言うとおりだ。サーラは眉間にしわを寄せて、目の前の空間を見つめた。爆破予告は今に始まったことではない。スウェーデンのすべての大都市や、場合によっては小都市も、定期的にいろいろな形の爆破予告を受ける。そのほとんどは、単に恐怖を煽るのが目的だ。

今回は違う。何の脅迫もしてこない。テレーサの推測が正しければ、非常に大きい爆弾を密かに製造しようとしている人物がいるということだ。だとすると、かえってたちが悪い。その人物は恐らく本気だからだ。

「こんなクリスマスプレゼントなんて、ありがたくもないわ」サーラが言った。「だけど、選り好みはできない。じゃあ、その爆弾を見つけるために、何をすべきなのかしら?」

＊

今では、会議室に集合すると、不思議な気持ちになるのが常だ。全員、何かが欠けている気がする。だれかが欠けている感覚になる。ペーデルの椅子に腰かける者は、まだだれもいない。自分たちが失ったのがどんな人物だったのかを常に思い出せるよう、空いたままの状態にしていた。

ユーリアは、次々と部屋に入ってくる特捜班のメンバーをじっと見つめた。アーダムを除いて。夏にペーデルが殉職した後、自分自身も含め、班の全員を強制的にデブリーフィングに参加させたが、それにどれほどの意味があったかユーリアには分からなかった。自分の回復具合を見る限り、効果はゼロだった。腹部にはいまだ重い塊のような悲しみが残っている。軽くも重くもなっていない。そして、一件の責任は最終的にリーダーである彼女にのしかかるのは避けられなかった。警察での序列と責任分担は明確だ。幾多の眠れぬ夜を費やして、事案の進行を各段階に沿って調べ直し、自分には何か別の選択肢はなかっただろうか、あの結末に至らずに済む手立てはなかっただろうかと考え続けた。しかし、どんなに詳しく調べたところで、他にできることはなかった、という結論にしか達しなかった。警察の内部調査も同じ結果だった。だからと言って、悲しみが軽くなるわけではまったくない。彼女は背筋を伸ばし、みんなの注意を引こうと咳払いをした。

「よろしい、全員揃いましたね」そう言って、ホワイトボードへ向かった。「最初に指摘しておきますが、今回の捜査の目的ははっきりしていません。死体遺棄を含む不法行為なのはほぼ確実ですが、果たして故殺ないし謀殺に該当するか否かは、現段階では何とも言えません。ですから、今のところ、この事例に関しては頭をオープンにして当たってほしい。いいですか？」

ボッセがよろよろと歩いてきて、彼女の足元に座った。嘆願するように見上げられたユーリアは、かすかに微笑みながら、ポケットから犬用のお菓子を出して与えた。彼女とこの犬の間には合意が結ばれている。お菓子をあげたユーリアがクリステルの足を指すと、ボッセはすぐに従った。彼女はそれから真剣な顔つきに戻り、ホワイトボードを指した。そこには彼女が貼った一枚の写真があり、その下には名前が書かれている。

「ヨン・ラングセット」そう言った。「八月十日、つまり四か月と八日前から消息不明、手掛かりはありません。四十一歳、投資会社〈コンフィド〉の常務取締役ならびに共同所有者。家族は妻と子供三人。当時、〈コンフィド〉の違法取引に対する捜査が進行中だったことから、マスコミは、ヨンは海外へ逃亡したのではないかという報道を大々的に展開しました」

「欲にまみれた青二才ってのは」クリステルは呟きながら、ボッセの耳の後ろを掻いてやった。

「善良な人間から年金を騙し取るものさ」

「個人的な意見は胸にしまっておくように、クリステル」ユーリアは胸の前に腕を組んで、厳しく言った。

彼女は、いまだにアーダムに視線を向けない。ほんの一、二時間前に彼の裸体が自分の上にのしかかっていたこと、それどころか彼女の中にいたことが、眼つきでばれてしまう、と確信していたからだ。行為が済んだ自分の顔に、誘惑と罪悪感の両方が大文字で書かれているような気にいつもなる。けれどアーダムは常に、彼女は変わらず冷静で厳しい表情をしていると保証してくれる。恐らく彼は正しい。二人が、不快なまでに人の心を読む能力の持ち主ヴィンセント・ヴァルデルと同じ部屋に居合わせることがない限り、秘密が表に出ることはないだろう。

「ですが、ヨン・ラングセットは国外へは行っていなかった」彼女は続けた。「地下鉄のトンネル内で発見された人骨が彼のものであることが立証されました。よく気づいたわね、ミーナ。片方の大腿骨の骨折痕が、エベレスト山での事故の際に撮影されたレントゲン写真と一致した。歯も彼のかかりつけの歯科医のレントゲン写真と一致した、とミルダも確認しています」

「わたしが法医学委員会を訪れたときに、ミルダの助手ローケが興味深い指摘をしていました」ミーナが言った。「あの骨が異常なほどきれいだと。問題は、それが発見場所のせいなのかどうかです。トンネルの中のネズミがかじったからきれいになったとか？」

「だとしたら、骨に歯の痕がついているはず」ユーリアが言った。「そういったことは聞いていない」

「ところでミーナ、どうやってあんな汚らしいトンネルの中に入れたんだい」ルーベンはそう言って、笑った。

ミーナに睨まれながらも、彼は続けた。

「それより、ネズミは見かけたか？　あそこにはこれくらい大きいやつもいるって聞いてるけど」彼は親指と人差し指を十センチほど開いて、意味ありげな視線を彼女に送った。「目と目

った。

「あら、ごめんなさい。てっきりあなたのモノの大きさかと思ったわ」ミーナが素っ気なく言った。

クリステルの鼻からコーヒーが吹き出た。

「熱ちっ！」彼がうなった。

ユーリアはため息をついた。

「はい、気を引き締めて、集中するように」彼女は、ルーベンとミーナを睨んだ。「あなたたち二人は、ラングセットの妻に事情聴取。クリステル、今回の事件に光明を投じるような記述がアーカイブにないか、調べてください。アーダムは〈コンフィド〉の事案の担当捜査員に話を聞くように。で、ペーデル、あなたは……」

彼女はおし黙った。こんなことを言ってしまうなんて。目に涙が浮かんだのを気づかれまいとメンバーに背を向けたが、遅過ぎることは百も承知だった。静けさが部屋の壁と壁の間をこだました。感情を吞み込んで向き直った彼女は、ペーデルの空の椅子を見ないよう努めた。

「以上」こもった声で言った。

刑事たちが部屋を出た後、ユーリアはゆっくりとペーデルの椅子に歩み寄って、背もたれに片手を置いた。三つ子が誕生して以来、いつも疲労で半分眠っているような顔をしていた彼が、目の前に浮かんだ。いつも明るくて思いやりのある人物でもあった。彼が去った後の大きな穴を埋めるのは不可能だ。でも、彼なしで続けていかなくてはならない。仕事は配慮などしてくれない。

彼女はため息をつき、自分のオフィスへ向かった。早急に記者会見を開く必要がある。ヨン・ラングセットの名を公表したら、マスコミは跳びつくことだろう。彼女は、その混乱を少なくともコントロールしようと試みる必要がある。ペーデルへの思いは脇に追いやらなくては。

彼らはトンネルの中を走っていた。真っ暗だったが、彼らはトンネルの隅々まで知り尽くしていた。列車がいつ来るのか、どのくらい素早く壁に体を押しつけなければいけないか、プラットホームに上がらなければいけないか、あるいは通路や小さい空間に滑り込まなければいけないか、知っていた。どこを右に曲がってどこを左に曲がるべきなのかを知っていた。そして、住まいにいつも戻ってこられた。ここが彼らの家。彼らの領土だった。

後ろから聞こえる足音がどんどん近づいてきたので、彼は可能な限り速度を上げた。両足を凸凹の床に速く強く打ちつけながら急いだが、すぐに、うなじにだれかの吐息を感じた。

彼は立ち止まった。これから起きると分かっていることを待ち焦がれていた。抱擁を。背後から彼を強く抱きしめてくれ、安心感を与えてくれる腕、彼の滑らかな頰を擦る無精ひげを。

「ほら！　捕まえたぞ！」

案の定、パパは彼に両腕を回してきた。彼を自分の胸に強く押しつけ、ハグしてきたパパの大きなジャケットの柔らかな革を、彼は感じた。パパは湿気とタバコと、自分たちの住まいの周辺にいつもかすかな霧のように漂っている甘ったるいにおいがした。パパは、パパのにおいがした。

「さあ、お遊びはこれくらいにして、食べ物を探さなきゃな」パパは言って、彼から腕を離した。「お腹がグーグー鳴ってるよ」

彼は渋々うなずいた。

地上に出るのが好きではなかった。耳と目がひっきりなしに刺激されて、こちらを見つめる人たちがいて、ひどく眩《まぶ》しくて騒々しかった。

彼は地下の優しい集団の中に残っていたかった、安心できて愛を感じられるここに。仲間たちの元に。

だけど、食べ物を見つけなくてはならなかった。

地上のくずかごにゴミが一番入っているのは、大抵昼食の直後だった。食べ物の残りが捨ててあった。最後の誕生日にもらった時計を見ると、もうすぐ二時。急がないと。

彼はパパの手を取った。一緒にいる限り、地上の世界なんてそれほど怖くなかった。

「あのネズミの話が冗談なことくらい、気づいただろうが？」

ミーナが急にパトカーをカーブさせたので、ルーベンはドアの上のアシストグリップを強く握った。二人がパトカーに乗り込んでから、彼女は一言も口を利いていない。彼はこれ以上彼女の機嫌を損ねないよう、心の中でだけため息をついた。ユーモアが通じない人間はもちろんいるが、彼女がその一人だということがどうしても頭に滲みこんでいなかった。

「あそこが空いてる」

彼が空いているスペースを指すと、ミーナは不愛想にハンドルを切り、駐車させた。二人が向かう先の住所はナルヴァ通り。そりゃそうだろう、とルーベンは皮肉に思った。やましいことをして金を稼ぐ野郎どもは、大抵このあたりのエステルマルム地区に住んでいるんだ。

「ふてくされ続けるつもりですか、それとも、そろそろ任務に取り掛かるおつもりですかね？」パトカーを降りながら、ルーベンが言った。

ミーナの義務感に訴えるのがいつも効果的だとルーベンは知っていた。彼女が気にかけるのは仕事だけのようだ。彼女とヴィンセントは寝たことがあるのか、いまだに気になってはいたものの、想像するのは難しかった。ミーナとセックスを結びつけようとしても、全身を覆うビニールの防護服が思い浮かぶだけだ。それとゴム手袋。

「ふてくされてなんかいませんから」彼女は言った。「話す気分じゃなかっただけ。職務はもちろんこなします」

彼女は玄関のインターホンにラングセットという名前を見つけて、呼び出しボタンを押した。数秒後にドアが開く音がしたので、二人は中へ入った。豪華なエントランスホールの左にある名札を見て、ラングセット家は最上階に住んでいることが分かった。やっぱりだ。

「くそっ、こんなところに住んでるのか」嫉妬を隠し切れずにルーベンが言った。大理石と金がふんだんに使われたホールを見た時点で、そんな嫉妬が心に押し寄せていた。

「わたしの好みじゃない」素っ気なく言ったミーナは、エレベーターに乗り込んだ。

ルーベンは黒い格子のドアを閉めて、ボタンを押した。不安を抱かせるような軋み音を聞きながら、二人はゆっくり七階へ上がっていった。

七階に着くと、部屋のドアが少し開いていた。ポニーテールの金髪の女性が不安な表情で立って二人を待っていた。あの女をベッドに誘うのは難しいだろうかとルーベンは無意識に考えながら、エレベーターの格子ドアを開けた。

「ヨンのことですね?」彼女はそう言って、二人が部屋に入れるよう、脇に寄った。

玄関ホールも素晴らしかった。とてつもなく大きく、床は他の部屋へ続くピカピカの寄木張りだ。天井には、ルーベンの家の居間よりも大きそうなクリスタル・シャンデリアが下がっている。

「こちらにいらっしゃりたいとはお電話で伺いましたが、用件は伺っておりません。ヨンが見つかったのですか?　あの人はどこにいるんです?」

不安そうな表情が怒りに変わった。二人の前を歩くその女性は、居間に入っていった。難なくパデル（スカッシュに似た室内球技）のコートに造り替えられそうな大きさだ。

「あの人が卑怯な手段を選んだのは分かっています」彼女は続けた。「わたしと子供たちを残して逃げたんです。きっと、愛人も連れていったのでしょう。主人が行方不明になってから、三人の女性から電話がありました。三人ですよ。主人は、その女性たちと不倫をしていたそうです。電話をしてきたのが三人なら、あと何人いたものやら」

彼女は二人に腰かけるよう、大きくて白いソファを指した。腰かけたルーベンは、十センチほど体が沈んだような気がした。雲の上に着陸したような気分だった。

「ヨセフィンさんですね？」そう言ったミーナも腰かけた。

「あら、すみません。わたしがヨセフィン・ラングセットです」

彼女は二人の名前を訊くこともなく、二人に自己紹介をさせる隙も与えずに話し続けた。ヨセフィン・ラングセットはラルフ・ローレンの広告から切り抜かれたような容姿をしている、とルーベンは考えた。輝く金髪を完璧なポニーテールにしている。高価そうな白いシャツの裾を、えらく高かったに違いないジーンズに入れている。ジーンズの下には、確実にシモーヌ・ペレールの下着を身に付けているはずだ。ルーベンは、彼女をバックから攻めながらポニーテールを強く握る自分の姿が想像できた。そのとき、稲妻のように激怒するカウンセラーのアマンダの顔が目の前に浮かび、彼は唾をゴクリと呑んだ。気持ちを入れ替えなくては。

「それで、ヨンはどこにいたのですか？」ヨセフィンは、二人の向かいにあるソファに座った。

「ケイマン諸島？　バハマ？　ドバイ？　スウェーデンと犯罪人引き渡し条約を締結していな

い国がどこなのかも知りませんけど。でも、あの人はドバイが好きで、休暇を取って家族で行ってては、〈ワン&オンリー〉リゾートホテルに宿泊していたんですよ。〈ワン&オンリー　ザ　パーム〉にね。主人は今、あそこにいるんですか？」

ミーナはルーベンと視線を交わした。それから話し始めた。

「われわれはヨンさんを発見はしたのですが、ドバイででではありません。警察が見つけたのは、ご主人の……遺骨です。誠に遺憾ですが、ご主人は亡くなったとお伝えしなくてはなりません」

とてつもなく大きいマンションの部屋が静まり返った。唯一聞こえるのは、少し離れた部屋でだれかが掃除機をかける、くぐもった音だった。ヨセフィンはソファの背にもたれて、虚ろに窓の外に目をやった。ルーベンも同じ方向を見つめた。路地に並ぶ、雪で覆われた木々の向こう側にオスカル教会が見える。あの教会のオルガンがスウェーデンで最大級のものであることを、彼はどういうわけか知っていた。そんなことが記憶に残っているなんて不思議だ。

「わたしは主人に……どうしようもなく腹を立てていました」先ほどとは違う口調で、ヨセフィンが言った。「あの人はわたしを苦境に追いやった。三人の子供の面倒を見なくてはならないわ、法執行機関と検察官はドアをバンバン叩くわ、マスコミは次々に記事を書いて、主人と、主人のいわゆる仲間たちを最悪の詐欺師呼ばわりするわ。この界隈を歩けばみんなにじろじろと見られる。カールソンス校の保護者たちは、わたしと口すら利いてくれません。それに、電話をかけてきた、あの女たち……わたしは……わたしは、あの人は逃げたと思っていた。そして、わたしは激怒していた。でも、あの人を愛してもいるんです……」

ヨセフィンは、声を殺して泣き始めた。

　ふかふかのソファに座るルーベンは、居心地悪く身をよじった。期待しながら頭に浮かべていたセックスシーンは、跡形もなく消えていた。女性に泣かれると、つい平常心を失ってしまう。

「ヨンさんと敵対関係にある人間はいませんでしたか？」ミーナはそう言ってから、自分のジャケットのポケットに入っているパッケージから、ティッシュを一枚引っ張り出した。

「何十億という大金をめぐる混乱の真っ最中にいましたから」ティッシュを受け取ったヨセフィンは言った。「確実にいたでしょうね。でも、わたしは実態をまるで把握していないのです。検察当局がどう思おうとね。主人は仕事、わたしは育児と家事。わたしたちの仕事は、明確に分担されていた。会社のほうはどう、と訊くと、あの人はいつも『順調だ』と答え、その話題はそれで終わりでした。わたしがあなたたちなら、彼の仲間たちに話を聞くところです」

　彼女は大きな音で鼻をかんでから、ティッシュをテーブルの上に置いた。

「ご主人に危害を及ぼす可能性のある人物は、他にいませんでしたか？」ルーベンが慎重に訊いた。「そうしかねないような……女性とか？」

　ヨセフィン・ラングセットは鼻を鳴らした。

「電話をかけてきた女たちはせいぜい二十歳ちょっとで、さほど頭が切れる印象は受けませんでした。わたしはヨンのことなら十分知っているつもりですから、あの人があんな女の子たちと深い関係になるとは思えません。一時的な遊び相手に過ぎなかったのでしょう。それより、主人の死因は何なのですか？」

「問題はそこです」ルーベンが言った。「分からないのです。ですが、殺害されたという可能性は排除できません」

ヨセフィンは激しくあえぎ、また泣き始めた。

「ショックなのはお察しします」ミーナはそう言って、ティッシュをもう一枚取り出した。

「ですが、どんなことでもいいので、話してくだされば大変助かります。頭に浮かんだことは他にありませんか?」

ミーナがヨセフィンに新しいティッシュを渡しながら、テーブルの上の使用済みのティッシュから大きく開いた目を離せないことに、ルーベンは気づいた。

「分かりませんが」ヨセフィンはまた鼻をかんだ。「行方不明になる数週間前から、主人の様子がおかしくなり始めたんです。うまく説明できないのですが、被害妄想というか……常にカーテン越しに外の通りをこっそり横目で見るとか、よく夜中に起き上がっては、部屋中を歩き回っていたようでした。外出したときには、しょっちゅう振り返っていましたし。ですが……」彼女は一息入れて、肩をすくめた。「迫っていた裁判のせいだったのかもしれません。ともかく、わたしはそう解釈しました。グスタヴが、みんなひどいプレッシャーに晒されている、と言っていましたし。主人はマスコミを避けようとしていただけだ、と推測していました」

「グスタヴとは?」ルーベンが言った。

「グスタヴ・ブロンス。ヨンの同僚で、共同所有者の一人です。わたし、彼とは親しいんです。ヨンが秘密にしていることを、グスタヴはよく教えてくれました、わたしたち二人が……まあ、どうでもいいことですが」

「ご主人のヨンさんがそんなふうに変わってしまったことを、どう受け取られましたか?」ミーナが言った。

ヨセフィンは床に目をやった。

「そりゃ、嬉しくはなかったですよ。実はわたし、主人が行方不明になる前の週末に、自分だけの時間が少しほしくて〈エレリー・ビーチ・ハウス〉に宿泊したのですが、今になってひどい罪悪感を抱いていることは、ご想像できますよね」

彼女は、使ったばかりのティッシュを、テーブルの上にある使用済みのティッシュの横に置いた。ルーベンの目に映ったのは、急いで目を背けるミーナだった。

「それで、これからどうなるのですか？」ヨセフィンはそう言って、二人を交互に見た。

ルーベンは咳払いをした。

「監察医が調べ終わるまでは、警察側が……ヨンさんを……もう少し預かることになります。その後はご遺体をお渡ししますので、なすべき式典を手配していただけます」

「主人はどこで発見されたのですか？」

「地下鉄です」ミーナが言った。「トンネルの中で」

ヨセフィンは、当惑した表情でミーナを見つめた。

「地下鉄の中ですって？　あの人はそこで何をしていたのですか？　生涯を通して、地下鉄に乗ったことがない人なのに」

何てことだ、ルーベンは思った。そんな人間がいるとは。

「詳細はまだ不明です」ミーナが言った。「判明していることはわずかにありますが、捜査の妨げになる危険があるので、お教えできません。ですが、ヨンさんが発見されたと知ったマスコミが押しかけることになると思います。あなたが何をすべきかこちらから指示は出せませんが、ご意見は最低限に抑えていただければ幸いです」

「マスコミには何か月も追いかけられてきましたから、正直なところ、連中と話す気はさらさらありません」ヨセフィンは断固として言った。

彼女は玄関先で二人を見送った。そのときの彼女の握手は、驚くほど力強かった。

狭いエレベーターがきしむ音を立てながらゆっくり六階下に下る間、ミーナは消毒液を手に擦り込み、ルーベンはヨセフィン・ラングセットのヒップの形を思い出そうとした。でも、目の前に浮かぶのは、ヒップではなく、大きく口を開いたヨンの頭蓋骨だった。

＊

「あなたの周りの警護を強化するよう、国家保安局を説得したほうがいいですよ」腕を組んだトールが言った。「暗殺されたアンナ・リンド（一九五七～二〇〇三年。スウェーデンの政治家。暗殺時には外相）やイング＝マリー・ヴィーセルグレーン（一九五八～二〇二二年。スウェーデンの精神科医）を忘れないでください。夏の終わりにあなた自身に起きた出来事は言うまでもありませんが。危機一髪だったじゃないですか。そのうえ、われわれが防いだ、国民には知られていない暴行未遂事件は何度あったと思っているんです？　わたしたちは物騒な時代を生きているんですよ。ニクラス・ストッケンベリ氏、あなたは明らかに狙われている。警護を強化してもらうだけで、スタッフはみんな安心して眠れるようになりますって。それに、あなた自身だってそうなんじゃないですか？　目の下のくまがそれを物語っていますよ」

「はいはい、分かったよ、トール」ニクラスは、苛立ったように髪を掻き上げながら言った。

「ただ、同意できないね。きみが十分だと思うような安全レベルを導入した生活なんて耐えられないよ」

ニクラスがよく眠れていない、というトールの指摘は正しかった。彼は机の上にある、厚過ぎる覚書に手を伸ばして取ってから、この報道官が彼の意図を読み取りその場を離れてくれることを期待して、読むふりを始めた。けれども、トールがそれとない意思表示を理解してくれることは稀だ。思ったとおり、彼はその場に残ったままだ。

「考え直してください」トールはそう言って、額にしわを寄せた。「自分自身のためでなくてもいいですから、せめてナタリーさんのためを思って」

「ああ、分かったよ。ティーンエージャーの娘は、どこへ行くにもついてくる控えめとは言い難い警護がますます増えるのを、さぞ喜ぶことだろう。あの子の社会生活に奇跡を起こすことだろうね。やっとのことで、何とか築き上げた生活なんだけどね」

「そのほうがましですよ、娘さんだって生きていられるわけですから」上着の下襟から目に見えない屑を取り除きながら、トールがボソボソ言った。

二人がプライベートで付き合うことはまったくないが、ニクラスには自分の報道官の洋服ダンスの中が難なく想像できる。ずらっと並ぶ、まったく同じスーツ。その横には白いシャツが並んでいる。スウェーデンの国家記念日に彼がいつも身に付ける、スウェーデンの小さな旗が付いたネクタイを除くと、ネクタイも同じものが掛かっているのだろう。そして、その下の棚には、ピカピカに磨いたイタリア革の同一の黒い靴が並んでいるに違いない。トールはバリエーションを好む男ではない。だが、忠実で優れた報道官だ。ニクラスが今のポストに就いて以来、ずっと一緒に仕事をしている。ただ、トールは諦めが悪いところがある。

「娘の責任はぼくが担っている」ニクラスが言った。「きみの配慮には感謝するよ。だけど、少し口やかましくなってきているぞ。わたしは今の警護レベルで満足している。夏に起きたような出来事だって、日常的に起こるわけじゃないし。そこそこ普通の生活がしたいんだよ」

百パーセント正しくはなかった。彼は満足などしていない。レーザーサイトを手にした男性十人に常時自分の背後に立っていてほしい、少なくとも、これから二週間は。けれど、多分役には立たないだろう。どんなに大勢の警護をつけようと、時計はカウントダウンをし続けるのだ。

「まあ、上司はあなたですから。でも、ぼくの言っていることはお分かりですよね」トールは呟いてから、さっさと部屋を出ていった。

ニクラスは、机の上の千ページ以上の厚い覚書に視線を移した。集中できない。心臓が激しく鼓動している。前日、夕食を終えてミーナが帰宅してから、彼はラム酒入りのグラスを片手に夜中過ぎまで座っていた。ナタリーには何でもないと何度も言ったが、本当のところ、どんな夢を見るのか恐ろしくて、床に就く勇気がなかった。でも、心配するだけ無駄だった。最終的にベッドに入ってから、一睡もできなかった。

今朝、真っ先にあの電話番号にまた電話をかけた。メッセージは同じだった。十四日でなく、十三日に変わっていたこと以外。

トールは、ニクラスの目の下のくまを指摘していた。でも、実際にはもっと深刻だった。彼は、椅子から立ち上がれるかどうかも分からなかった。無力感にがっちり摑まれていた。厚い書類の束を押しのけてから年季が入った木と革製のオフィスチェアを後ろへ押しやって、長い両脚を机の上に載せた。

上着のポケットの中で、例の名刺がくすぶって焼け焦げの穴を空けそうだ。馬鹿げている。何もかも馬鹿げている。低質のアクション映画の中にでもいるようだった。あるいは、愚劣なサスペンス小説とか。こんなこと、起きるはずがない。現実では起こり得ない。それでも、警戒すべきだった。自分としたことが。

なぜなら、選択をしたのは彼だから。新たな条件を受け入れて、自分の人生を生き続ける選択を。そして彼は、自分に与えられた利益を受け入れた。スウェーデン政府《ローセンバード》までずっと彼を導いた利益だ。

ニクラスは名刺を取り出して、シンボルを見つめた。それから、何も書かれていない裏面を上にして、名刺を机の上に置いた。周りの壁に掲げられた写真の中から、前任者たちが厳しい目で見下ろしている。彼らは、自分をどこへ導くか分からないような道を選択したのだろうか？　道徳的に正当なのか分からない道を選んだのだろうか？　そして、その代償を払う羽目になったのだろうか？　恐らく、何らかの形でそうなのだろう。

ニクラス・ストッケンベリが唯一分かっているのは、座って待っていても始まらないということだ。何かしなくてはならない、何でも構わない。自分は物事をコントロールできているという実感を得なくてはならない。そして、一番重要なことから始めるべきなのだ。

ニクラスは携帯電話を取り出した。心臓がまだ激しく鼓動していたので、息を深く吸って、呼吸が確実にほぼ正常に戻るまで待った。必要以上に他人を不安にさせても意味がない。それから、前妻の番号を押した。

＊

ヴィンセントは、食料品を買いに出かけていた。帰宅して玄関ドアを開けると、居間から自分自身の声が聞こえてきた。家の中に入る前に足を踏み鳴らして雪を落として靴を脱ぎ、ジャケットを玄関ホールに掛けてから、食品の入った買い物袋をキッチンに置いた。声はまだ聞こえてくる。居間に入って、理由が分かった。ベンヤミンとレベッカがソファに座り、ヴィンセントの舞台をテレビで観ていた。ちょうど観客の中から金髪の女性を舞台に上げて、次の演目の手伝いをしてもらうところだった。

「あなた個人にとって特別な意味合いを持つ数字を、ひとつ頭に浮かべてください」テレビの中でヴィンセントが女性にそう言って、メモ帳とペンを手渡した。「その数字を書き留めてください。でも、メモ帳は自分のほうに向けて、他の人に見えないようにしてください。特に、わたしには見えないように」

ヴィンセントは顔をしかめた。彼の警察への協力が公になって以来、Ｖｉａｐｌａｙ（スウェーデンの動画ストリーミングサービス）は彼のパフォーマンスを配信し始めた。ベンヤミンとレベッカが観ているのは、彼の初めてのショーだった。

「どうしてそんなものを観ているんだ？」彼が言った。「それに学校はどうした、レベッカ？」

「パパが恥ずかしくなるように観てるのよ」テレビから目を逸らさずに、レベッカが言った。

「女性ばかり舞台に上げるのはどうして？　すごく性差別的だと思うんだけど。あと、わたしのクリスマス休暇は今日から。アストンのもあと二日で始まるから、覚悟しといて」

「いつもってわけじゃないさ」彼は自己弁護をした。「女性を舞台に上げるって話だけど。女性のほうが向いている演目だってあるし、男性のほうがいいものもある。感情を扱う演目だと、女性のほうがいい。男性と比べて自分の感情をはっきりと見せてくれるからね」

「ちょっと、パパ！」

レベッカはショックを受けたようだ。

彼は肩をすくめた。今どきの考えとはちょっと違うかもしれないが、少なくとも舞台の上では当てはまることが多い。

テレビの中のヴィンセントは、その女性を一分間は観察した。それから石板を取り出して、素早く数字を十六個書き留めた。一列に数字が四つ、それが四列になるように分割した。

ああ、あのショーか。彼はこの演目のことをすっかり忘れていた。

「感情に関係あるようには見えないんだけど」レベッカが言った。「最後の演目に数学の宿題を披露してるわけ？」

「これはいわゆる『魔方陣』ってやつだ」ヴィンセントが言った。「昔からある数学の問題で、起源は紀元前百九十年の中国。もっとも、当時は3×3に数字を並べたんだが、パパが演るのはもっと複雑でね。この応用例が考え出されるまで、さらに八百年かかったと思う。厳密に言うと、インドで」

「今度は歴史の授業ってわけ？」レベッカはため息をついた。「パパがちゃんと聞いていたかどうか確かじゃないけど、わたしの学校のクリスマス休暇は始まってるんですけど」

「それより、おまえたちは『魔方陣』を見たことがあるはずだ」ヴィンセントは顔を輝かせながら言った。「ちょっと待ってろ。バルセロナに行ったときの写真のアルバムを取ってくるから！」

レベッカの言うことには一理あるが、数年前に家族であそこへ行ったときに、娘はバルセロナで大いに楽しんだ。あれを見せたら、おもしろいと思ってくれるはずだ。ヴィンセントは本棚に並ぶアルバムの中から、目当てのものを探した。彼はパソコンにただ保存するよりは、印刷して実物の写真アルバムにするほうが好きだ。腰かけてアルバムをめくるほうがずっと心地よいし、パソコンに保存してある五万枚もの写真の中から、見つけたいものを見つけるのは容易でないからだ。

「あった！」彼は、探していたアルバムを引っ張り出した。

ソファのレベッカとベンヤミンの間に腰かけて、建築家アントニ・ガウディによる素晴らしい未完の大聖堂〈サグラダ・ファミリア〉の写真が見つかるまでページをめくった。子供たちが二人とも興味深そうにうかがい始めたのが、目の片隅に映った。思ったとおりだ。

「これ」彼は一枚の写真を指した。「建物の正面の多くの装飾を手掛けた彫刻家スビラックスによる、〈受難のファサード〉と呼ばれる作品」

写真は、詳細を近接撮影したものだ。壁に十六の数字が4×4のマス目の中に配置されるよう刻まれている。

「どの縦列の数字を足しても、合計33になる」彼が言った。「それに、横四行の数字を行ごとに足しても33。斜めの方向で四つの数字を足しても同じ。四つの角にある数字を合わせてもそうだ。合計が33になる組み合わせは、実は、三百十とおりある。多くのキリスト教徒が信じている、イエス・キリストが死んだとされるときの年齢だよ」

ベンヤミンは写真に指を走らせながら、無言で計算した。

「これ、すごいよ」彼は、うなずきながら言った。

ヴィンセントは、満足げにうなずいた。そう、すごかったのだ。それに、素晴らしい数学的偉業だ。彼は、自分の指を写真に置いた。

「しかも、それだけじゃ十分じゃないというように、この数字のマスにはメッセージが隠されているんだ」彼は言った。「ほとんどの数字は一度しか用いられていないのに、繰り返し使われているものがある、10と14が二回ずつ登場しているんだ。それを合計すると48。昔のラテン語のアルファベットにおける、ＩＮＲＩという文字の位置の合計でもある」

レベッカは、ぽかんとして彼を見つめた。

「ＩＮＲＩとはもちろん、Iesus Nazarenus Rex Iudaeorum の頭字語、つまり、キリストの十字架にポンテオ・ピラトが刻んだ『ナザレのイエス、ユダヤ人の王』」

ヴィンセントは、意味ありげに眉毛を動かした。

「まったく、もう」レベッカはそう言いながら、手で顔を覆った。「メンタリストだらけ」

テレビでは、ちょうどヴィンセントが、マスの中に書いた十六の数字の合計が、縦横斜めどの方向に合計しても15になることを実演していた。

「あなたの存在を介して、この数字がわたしの頭に浮かんだのです」テレビの中のヴィンセントが、隣に立つ女性に言った。「そして、わたしが何をしようと、この数字は常にわたしを15

に導いてしまう。不思議だ。どうして15なのかさっぱり分からないのです。あなたにとって、特別な意味を持っているとか？」

女性は、今にも泣きだしそうだった。

「人生の伴侶と結婚している年数です」驚いた彼女が言った。「今日がわたしたちの結婚記念日なんですよ」

彼女がメモ帳を裏返すと、そこには赤で大きく15と書かれていた。その横には、小さなハートの絵も描いてある。

レベッカは吹き出した。

「まあ、パパがどうやったのかは分からないけど」娘は言った。「だからといって何かが変わるわけじゃないから。結局は数学の宿題じゃん。世界一のオタクパパだわ。それより、食料品を袋から出したほうがいいんじゃないの？」

「ベンヤミン、頼むよ！」ヴィンセントはそう言いながら、まず写真アルバムを、それからテレビの中の自分を指した。「本当にすごいだろ？」

「すまないけど、パパ」ベンヤミンが言った。「レベッカの言うとおりだよ」

「参ったな」彼はため息をついてから立ち上がって、アルバムを戻しにいった。

でも、少なくとも、ベンヤミンはつまらないふりをしているだけなのは分かっていた。長男は、パターンを見つけたり複雑な構造を分析したりするヴィンセントの能力を受け継いだだけでなく、ときには父親をしのぐほどなのだ。

食料品の入った買い物袋が置いてあるキッチンに向かうヴィンセントの頭の中に残っていた

のは、ショーの中の女性の言葉だった。人生の伴侶。この言葉は大嫌いだった。心の友という表現も同じくらい嫌だ。こうした観念は、人と人との関係性に理不尽な要求を押しつけてくる。この手の言葉は現実を反映してすらいない。でももし、そんなことが現実にあって、心の友なるものが存在するのなら、事態をさらに悪くするだけだ。彼にとっての心の友はミーナだからだ。そうなると、彼の人生は、さらに面倒なものになる。

*

クリステルが机の下の脚を伸ばすと、ボッセは不満げに上半身を起こした。良心の咎めを感じたご主人様は両足を元の位置に戻して、ボッセがまた足の上に横たわれるようにした。それと同時に、クリステルは警察のデータベース〈デュール・トゥヴォー〉にログインして、ヨン・ラングセットの名前を打ち込んだ。彼の失踪に関して何か見つからないか調べたかった。ミーナがあれほど迅速にこの件をラングセットに結びつけたのはお手柄だった。通常だと遺体の身元特定には時間がかかるが、ミーナが該当しそうな人物を挙げてくれたおかげで、ミルダがラングセットのかかりつけの歯科医から彼の歯のレントゲン写真を難なく入手し、二十四時間も経たずに一致することが明らかになった。あとに残るのは一番の難題だ。この投資家が殺害されたのか否か。殺害されたとしたら、その動機と犯人を突きとめることだ。

　クリステルは、目を細めながら画面を読んだ。ラッセはメガネをかけたほうがいいと彼にしつこく言うが、今までのところは拒否してきた。虚栄心からではない。そんなものはとうの昔に捨てた。自然が初めから彼にアドニスのような美しい容姿を与えてくれたわけではないことを受け入れているからだ。むしろ、時の移ろいの速さを示すものは、すべてのものがいずれ終焉を迎えることを痛切に思い出させるものでもある、という理由からなのだ。そして、生まれて初めて、クリステル・ベンクトソンは死を恐れている。なぜなら、生まれて初めて、幸せを感じているからだ。それは馴染みのない、怖くなるほどの感情だ。でも、一番怖いのは、今の自分には失うかもしれない大きなものがある、と考えることだ。ラッセとの将来に賭けてみようと決めるまで、ありったけの勇気を振り絞った。自分の本当の姿を見せなくてはならないからだ。いちかばちかの賭けだったし、それは今も続いている。

だから――メガネはかけない。

彼はオープン・プラン式のオフィスの奥の隅を睨んだ。どこかの馬鹿がクリスマスソングのプレイリストをスタートさせ、今スピーカーから『メール・ユール』が大音量で流れていた。通常だと、こんな音量でオフィス中に音楽を流すのは許可されるわけがないのだが、今年はまるで警察本部の全員がクリスマスを祝うことを黙って受け入れたかのようだった。どこへ行こうと、くつろいだクリスマスの雰囲気が漂っている。でもクリステルは、クリスマスソングを好んで聴き始めるほど幸せになることは決してないだろう。くだらない。最悪なのは、十月の段階ですでにクリスマスの音楽をかけ始める連中だ。

両足に暖かい掛布団のようなボッセを載せたまま、彼は画面に集中して、うっとうしいクリスマスソングを締め出そうとした。文字がはっきり見えるよう、さらに目を細め、ヨン・ラングセットの失踪に関する情報にゆっくり目を通していった。ブラウザーを開き、新聞記事をグーグルで検索する。ずいぶんたくさん出てきた。マスコミの関心は凄まじく、憶測記事は数えきれないほどだ。しかし、ほとんどが自発的な失踪説だった。秘密口座に預けた大金を引き出す術のある暖かい島にでもいるのだろうと。状況を見るに、あり得なくもない推測だ。だが、それもまったくの間違いだったと判明したわけだ。

ヨンが行方不明になる前、〈コンフィド〉をめぐるスキャンダルがタブロイド紙の貼り紙広告を賑わせていた。高齢者を意図的に罠にはめて貯金を騙し取る、髪を後ろに撫でつけた鼻持ちならない男ども――人々はもちろん心底から嫌悪感を抱いた。設立者たちはリーディンゲー地区に豪華な住居を構え、エステルマルム地区にエレガントなマンションを購入し、高速車を乗り回し、シャンパンや高価なスーツや時計を買いまくり、サンモリッツやイビサ島やドバイやモルディブへ旅行三昧、という自堕落な生活を送っていた。すべて裕福でない人々から巻き上げたカネで。それが刑事告発と世論による弾劾で突如として終わりを告げた。クリステル自身、ヨンの失踪前からすでに報道を追っていた。あの手のバカどもが当然の報いを受けることほど、満足感を味わわせてくれるものは多くないからだ。

ヨンの行方不明を通報したのは彼の妻で、八月十日の朝のことだった。前日の晩に通報しなかった理由を訊かれた妻は、ヨンは会食に出て彼女の就寝後に帰宅することが多いから、と答えている。だが朝はいつも自宅にいたのだという。夫が帰宅していなかったので、彼の秘書に電話をしたところ、夫は前日職場に来なかったと聞かされた。そこで、何かあったと察した。

それから大騒ぎになり、警察による捜索が開始された。ヨンの妻、同僚、その他居場所を知っていそうな者からの事情聴取のファイルがある。しかし、判明したのは、彼があの日の朝、職場に向かうためとおぼしき状態で自宅の玄関を出た後、目撃した者はだれもいないということだけだった。警察はそれ相応の努力をしていた――だから捜査に関して非難されるべきことはない。だがしかし、とクリステルは思った、さらに一歩、踏み込もうとする者がいなかったのではないか。ヨンはスウェーデンを離れ、最高な健康状態で快適に暮らしている、とだれもが確信していたからだ。

部屋の一番奥のスピーカーから流れるクリスマスソングが、『フェリス・ナヴィダ』に切り替わった。うっとうしい。うっとうしいったらありゃしない。

母親が大のクリスマス好きだったことから、彼は子供の頃、過剰なまでにクリスマスの祝賀を体験させられた。だからクリスマスが近づくと虫唾が走るのだと悟るのに、いかなる心理学者も必要ない。だが彼は、新たなクリスマス・マニアを自宅に招き入れてしまった、と悔やみつつ認めざるを得なかった。ラッセが十一月半ばから家のデコレーションを始めたがったので、二人は協定を結んだのである――クリスマスソングは夜と週末のみ、十二月十五日以降とする。つまり、今や彼は職場でも自宅でも悲惨な状態にあるということだ。

数え切れないほどのクリスマスソングを数時間にわたって聞かされ続けた後、クリステルは座り心地の悪いオフィスチェアで伸びをした。データに保存されているヨン・ラングセットに関する情報とネットで見つかった彼の失踪に関する記事をすべて読み終えたが、何ひとつ新しいことは分からなかった。これはと思うことも、謎解きの糸口もまったく見つからなかった。まるでヨンはマンションを出てから忽然と消えてしまったかのようだった。その四か月半後に、地下鉄のトンネルで彼の骨が発見されるまで。

クリステルは眉をひそめた。探すとなれば、取っ掛かりはいくらでもある。年齢、職業、人間関係、地理、性別、友人、家族。データベースに収集されている膨大な情報のなかに埋もれた関連性を、たったひとつの小さな事柄が明らかにしてくれることがあり、それが何千もの潜在的な人間関係のなかに隠れている。膨大な量のアーカイブの中から、そんな小さな手掛かりを指先ひとつで見つけることこそが彼の強みだ。目の前の画面を何ページもスクロールしながら。

ヨン・ラングセットは、通常の失踪者とは大きく異なる被害者と言える。今となっては殺された可能性もあるからなおのこと。犯罪歴は多くない。死んだ者の名前を検索すると見つかることの多い薬物取引や組織犯罪、人身売買、窃盗その他もろもろへの関与は出てこない。殺人の被害者のほとんどは、明らかにリスクの高い行動に関連しているものだ——死を招きかねない種類のことであったり、すこし考えればそうなりかねないと分かるような行動に。だからといって自業自得だとクリステルは言いたいわけではない。警察の観点から見れば、そういう結果を招く原因を突き止めるのはそう難しくない場合が多い。単にそういうことだ。

ヨン・ラングセットが犯罪捜査の真っ只中にいたのは事実だ。だが経済犯罪が死に至るような暴力事件に発展するのは非常に稀だし、こういった社会層ではまずない。暴力に頼ることの少ないタイプの者たちだからだ。匿名で安全なコンピューターディスプレイの陰から、他人のカネを強奪することに慣れた人間たち。注文仕立ての高価なスーツとイタリア製の革靴に身を包んだ略奪者たち。武器を入手する手段すら持たない。自分たちの脳が武器であり、マグナム銃やルガーは不要なのだ。

ヨン・ラングセットがカネを騙し取られて逆上した老人に殺されたのでないとしたらの話だが。クリステルは含み笑いをした。殺人はもちろん笑いごとではない。でもそれはちょっとした詩的正義（法や現実とは異なる痛快な因果応報）なのではないだろうか。

「おれたちのクリスマス・ハムが逃げた！」オープン・プラン式のオフィス内に流れる一九八八年のヒット曲の歌詞に、クリステルはクスクス笑い始めた。ヴァーナー＆ヴァーナーだ。スヴェン・メランデル（一九四七〜二〇二二年。スウェーデンのジャーナリスト、コメディアン）とオーケ・カートー（一九三四〜二〇一六年。スウェーデンのジャーナリスト、脚本家）のコミカルな音楽コンビ。少なくとも彼らにはユーモアのセンスがあった。今日の若者たちが携帯電話で観ながら笑うドタバタ喜劇的なユーモアとはわけが違う。クリステルは、ユーモアのレベルが人の知性のバロメーターだと見なすタイプの人間だが、彼に言わせると、そういう考えの人間はどんどん減ってきていた。

彼はため息をついて、また伸びをした。このデータベースのどこかに、捜査を進展させる何かがあるはずだ。いつもそうだ。必要なのは根気。そして、根気なら彼には余るほどある。

*

ミーナは自分の行動をはっきり意識しないまま、車に鍵をかけた。少し前の電話での会話のことで頭がいっぱいだった。こんなことが起きるなんて、にわかには信じ難かった。ニクラスが電話をしてきたのだ。職場に。最近、娘と前夫には二人の自宅で頻繁に会うようにしていたが、会うのはあくまでも二人の家でだった。なのに今ニクラスが、ナタリーをしばらくミーナの元に住まわせられないか、と訊いてきたのだ。

思いがけない問いに、ミーナは本能的に断ろうと思った。でも、ニクラスは訊いただけでなく、懇願してきた。彼が決してしないことだ。二人は再び顔を合わせるようになってはいたが、今までニクラスは、ナタリーの上位の親は自分で、娘が帰属するのは彼の家であることを明確にしてきた。物事は変わる——最近ミーナが肝に銘じなくてはならなかったことだ。彼女の生活のすべてが変わってしまった。彼女は単純にノーと言うことはできなかった。そうしてナタリーが彼女のところに住むことになった。あと二時間で来るとのことだったので、ミーナは急いで帰宅する羽目になった。

彼女は部屋に上がって、ドアの鍵を開けた。まずは掃除だ。本来ならそんな必要はない。理性的に考えると、今朝家を出たときと同じくらい部屋が殺菌状態なのは分かっている。でも、感情が何か違ったことを言っていた。それに、部屋は受け入れ態勢が整っているとしても、彼女自身はまったくそうではなかった。

脱いだ靴を玄関マットの上に置いてから、部屋と部屋の間をゆっくり行ったり来たりし始めた。こんなことをしたら、座るよりも埃が立つのは分かっていたが、じっとしていられなかった。彼女のアパートは、彼女の城であり要塞だ。ヴィンセントが来るまでは、彼女だけのものだった。なのに、今から娘がここに住むのだという。何が何だか分からないうちに、堀の跳ね橋は下ろされていた、ということだ。

問題は、ナタリーをどこに寝かせるかだ。唯一妥当な選択肢は仕事部屋だが、あそこは常に、掃除用品や低価格なショーツとキャミソールのお徳用セット、使い捨て手袋や箱入りの手指消毒液や消毒ジェルでいっぱいだ。ナタリーをあの部屋に入れたら、今後あの子はここに戻る気をなくすのではないか。在庫をしまう場所を見つける必要がある。でも今それを解決する余裕はない。

ミーナは手袋をしてバケツをせっけん水で満たすと、マイクロファイバー・クロスで壁を含むアパートの部屋中の表面の埃を拭き始めた。それが終わると掃除機を出して、急いで全体にかけた。その後、掃除機がけで埃が舞い上がったかもしれないから、また表面を拭き始めた。ナタリーが来るまで、あと一時間。

掃除で少し汗ばんだので、シャワーを浴びるしかなかった。封を切ったばかりのチューブに入ったピーリングクリームを体全体にまんべんなく塗るよう心掛けた。熱湯なら体に付着した可能性のある埃をすべて流してくれるだろうが、汗と死んだ皮膚は頑固だ。このクリームで、もう使われていない皮膚細胞がすべて取り除けるのだという。

ミーナは、毎時に人体から三万から四万の角質細胞が落ちることを知っている。重さにして〇・〇九グラム。一時間に。だから、二十四時間で彼女から約二グラムの皮膚が剝がれ落ちることになる。毎日、一年中。考えただけで吐き気を催した。脚にクリームをもっと強く擦り込んだ。小さく硬いクリーム内の粒子が、皮膚を心地よく擦ってくれる。

そんな角質についての考えが消える前に、自分のアパートの部屋全体が、目に見えない皮膚片で覆われている様子が頭に浮かんだ。どんなに掃除をしようと、その皮膚片は絶えず増え続ける。皮膚片だけから成る彼女の実物大のコピーが居間にできあがるまで、どのくらいの時間を要するのだろうか？　暗算してみた。一年で彼女から剝がれ落ちるのは……嘘、八百グラムに近い。一キロにわずかに足らないほどの量。死んだ肌だけで。

彼女は四つんばいになり、まぶしいほどきれいな床排水溝の蓋に顔を寄せて、シャワーのなかで咽《むせ》び始めた。

運よく涙は出なかった。こんなことをしている余裕はない。ナタリーがもうすぐ来る。急げば、体全体をピーリングクリームでもう一度擦る時間はあるかもしれない。

*

ペーテル・クローンルンドは、ほぼ二週間前からクローノベリ留置所に身柄を拘束されている。つまり、警察本部のすぐそばにいるということだ。ユーリアは頭の中で、留置所訪問の必要事項をすべて済ませたか確かめた。訪問許可はある、事前に電話を入れた、身分証明書も持参している。すべてオーケーだ。

遠くからアーダムが近づいてくるのが見えた。署から直接来た彼女が、短距離を歩くだけだから、とカーディガンを羽織っただけなのに対して、彼はカナダグース・ジャケットに帽子と手袋をがっちり身に付けている。外は零下数度の寒さだ。ユーリアはジャケットを着てこなかったことを後悔した。歩いたのはほんの短い距離なのに、寒さはもう彼女の衣服を貫通していた。でも、もうすぐ二人は暖かい建物内へ入れる。

「やあ、待たせた？」彼は息を切らしながら言って、彼女をハグした。

そのハグにぎこちなく応えた彼女は、ヒップに彼の手を、耳に彼の吐息を感じた。抱擁からすり抜け、彼の視線を避けた。人生はあまりに複雑で、クリスマスが近づいているせいで、すべてが何倍も複雑度を増している。こんなことになるなんて思いもよらなかった。でも、職場での仕事の後の飲み会でボックス入りの白ワインを少し飲み過ぎただけで、彼女はアーダムに惹かれる気持ちを抑えられなくなったのだった。彼の探るような視線を背中に感じながら、彼女は留置所の入り口をくぐった。

「今回に限っては、法制度がここまで時間をかけてよかったわね」彼女は言った。「もしペーテル・クローンルンドがすぐに拘束されていたら、彼はすでに釈放されていて、今頃われわれの管理の届かないところにいたでしょうね」

留置所の入り口は殺風景で威嚇的だ。セキュリティーチェックは厳しい。この留置所は、警察ではなくスウェーデン刑務所ならびに保護観察所の管理下にあるため、二人を迎え入れた女性は、保護観察所の制服を着ている。

「身分証明書は？」

アーダムもユーリアも各自の警察手帳を差し出し、綿密なチェックを受けた。

「ペーテル・クローンルンド？」

ユーリアはうなずいた。

「ええ、電話で面接の予約を入れてあります」

女性は答えず、青いプラスチックの箱を差し出してから、何かを要求するように二人の靴を指した。ユーリアもアーダムもこの留置所には何度も訪れたことがあるので、手順は知っている。足を踏み鳴らしてできるだけ靴の雪を落としてから、一足ずつ靴をX線検査用の箱の中に入れた。個人の所持品もすべて別の箱に入れなくてはならない。ユーリアは結婚指輪も外すべきか迷ったが、念のため指から外して箱に入れた。指輪を外す間、アーダムに目をやる勇気は出なかった。

その後、金属類を身に付けていないか、スキャナーを通ってチェックを受ける。金属探知機ゲートを通り過ぎたところで、最後の瞬間が待ち受けている。舌を出して荒い息をしながら辛抱強く座って待っていた大きなシェパード犬が、命令に素早く応えた。

「リッシ、探せ」

待ってましたとばかりに犬はすぐにユーリアとアーダムの元へ駆け寄り、二人のにおいを嗅いだが、薬物発見を知らせるしぐさはしなかった。二人は中へ入ることを許された。

鮮やかな色の壁の面会室に案内された。

「他の部屋が満室なので、家族用の部屋になりました」留置所看守が言って、一面の壁に描かれている動物の絵を顎で指した。

「トイレはあそこにあります。コーヒーは飲まれますか？」

二人はうなずいてから腰かけて、ペーテルを待った。彼は十三日拘束されているので、検察官が彼の勾留延長有無の決断を下すまであと一日しかない。

〈コンフィド〉の主要株主で最高経営責任者のペーテル・クローンルンドがドアを開けて入ってきたので、二人は立ち上がった。新聞・雑誌で目にした写真に写る、あのペーテルとはまったく違う表情をしている。パーティー会場でシャンパングラスを手にし、イビサ島やマルベーリャでのパーティーで派手な夏服を着ていたのと同じ人物とは思えないほどやつれて見える。脂ぎって汚れた髪、灰白で青ざめた肌、そして、かすかに漂う汗の臭い。在監者はみんなシャワーと洗剤を使用できることをユーリアは知っているが、監房に入れられたショックで個人の衛生への関心をすっかり失うことも珍しくない。

「こちらから話すことはもう何もありませんから、弁護士と話をしてください。明日ここから釈放されるんです」ペーテルはそう言って、運ばれてきたコーヒーに強欲に手を伸ばした。

「われわれは、あなたの話を聞くためにここへ来たわけではありません」アーダムが素っ気なく言った。「ヨン・ラングセットさんのことをお聞きしたいのです」

「ヨン……」

ペーテルは頭を横に振ってからコーヒーを一口すすって、熱過ぎて顔を歪めた。ユーリアは、自分のコーヒーを慎重に吹き冷ました。

「ああ」彼はとげとげしく言った。「ヨンはぼくたちの中でだれよりも賢かったから、片手にタブロイド紙、もう片手に金髪の美女でも抱えて、どこかうんと遠いところにいるんじゃないですかね。ぼくはここにいるっていうのに」

ペーテルは脂っこい髪を掻き上げた。ユーリアは、アーダムと素早く視線を交わした。ペーテルがヨンに関する情報を得ているか不確かだったが、まだ知らないことを願っていた。自発的に出てくる最初の反応から、重要な情報がたくさん入手できるものなのだ。

ユーリアは素早く決断をした。ペーテルには、彼の同僚の骨が発見されたことを知らせない――まだはっきりとは言わない。アーダムに警告の視線を送ると、彼はすぐに理解したようだった。

「なぜヨンさんが国外へ脱出したとお考えですか？」彼女が言った。

ペーテルは肩をすくめた。「当然そう考えるでしょ？　実際、それが理にかなっている。で、自分は、クソみたいなクローノベリ留置所に放り込まれた」

彼は、大げさに両腕を広げてみせた。

「ですが、あなたは無実なんですよね？」アーダムが言った。

ユーリアは、彼が声にとげとげしさが紛れ込むのを阻めなかったことに気づいた。ペーテルは上唇を歪めた。

「ええ、無実ですよ。でもこの国じゃ、そんなのどうでもいいんでしょう。スウェーデンで金を儲けるのは汚いこと。みんな賃金労働者でなくちゃいけない。みんな同等に貧乏じゃなくちゃならない。ぼくがセーデルテリエにいた若い頃は、ぼくのすることに関心を向けた人間なんていなかった。ぼくが、他のみんなと同様、大したことがなかった頃はね。だけど、今は違う。ぼくが金持ちで勝ち組になった今はね。そうなると、ハイエナどもが寄ってくる。国民の家スウェーデンなんてクソ食らえだ。出る杭は打たれる。ぼくは今、その報いを受けているってわけですよ。ヨンは賢いから、そこのところを理解して逃げたんでしょ」

「そう確信しているわけですか？」アーダムが言った。「彼が姿を消す前、それらしきことを言っていたんですか？」

「うーん、言ったわけじゃないけど」ペーテルはそう言って、またコーヒーを飲もうとした。

「だけど、彼は何かをやろうとしていた」

「なぜそう思うんですか？」

アーダムは身を乗り出した。彼のTシャツの下の胸筋がくっきりと浮かび出た。ユーリアは、その胸筋に目をやらないよう努めた。さもなければ、あの胸筋に触れたときの感覚が頭に浮かんでしまう。

「まあ、取るに足りないことですよ。説明するのは難しいのですが」

「話してみてください」ユーリアが言った。「できる限りで構いませんから」

「はあ、最後の一か月、やつはひどくおかしかった。やたらビクビクしていた。常に肩越しに後ろを見ていたな」

「その他には？」ユーリアが言った。

「言葉にするのは少し難しいんですが」ペーテルは、眉間にしわを寄せながら言った。「だれかに追われてでもいるみたいな感じだったんですよ。オフィスの行き帰りのルートをいろいろ変えてみたり、受付のセキュリティーを強化したり。みんなで外食するにも、出口が二つあるところしか予約を許さなかった。みたいな感じです。それが毎日なんです。だけど、〈ダーゲンス・インドゥストリー〉紙のうっとうしい記者がうちのビジネスを探り始めたのと同時期だったから、それでパニックになってるんだって思ってたんですよ。人によってストレス対処法って異なるじゃないですか。で、ヨンの場合はああなんだろうなと。だから、あいつが蒸発しちゃってもまったく驚かなかった、ってのが本音ですかね」

「でも、それは彼らしくなかったと？」

ユーリアはコーヒーの味見をして、顔を歪めた。ちょうどいいくらいの熱さにはなっていたが、味はまるでネズミ駆除剤だった。

「ええ、まったく。ヨンほど落ち着いた人間には出会ったことがないんですよ。何事にも自制心を失うことはなかった。会議でヨンほど真顔を保てる人間はいなかったし。運動をしても、汗すらかかないんですから。髪をきっちり整えて、スーツにはきちんとアイロンがかかっていた。何年も前に人生でひどく辛い時期があった、と彼が言ったことはありますが、信じられないですよ。ヨンはミスター・パーフェクトだった」

「突然、そうでなくなるまでは」

「ええ、そのとおり」

その場が静まり返った。ユーリアは壁の絵を見つめた。ジャングルの楽しそうな動物がテーマのようだ。サルが一匹、木の枝からぶら下がっている。つがいのゾウが水を噴きかけている。何かに高揚しているようなシマウマ。ハリーなら気に入っただろう。とはいえ、あの子を喜ばせるには、それほど多くを必要としない。とても朗らかな赤ん坊で、ドアノブひとつで大笑いさせられるような子だ。

ユーリアは息子への思いを振り払った。ハリーのことを考えると、夫のトルケルへの思いにつながってしまう。ひいては自分には家族がいるという事実に。今のところは、だけれど。

「ヨンさんに敵がいたということは？」ユーリアをじっと見つめたまま、アーダムが訊いた。

彼女は自分の気持ちが表情に出ていたことを悟り、子供向けの絵で心に浮かんだ考えを鎮めるよう自分に言い聞かせた。彼女は身を乗り出した。

「ドラマチックなことは何もないね」ペーテルは、頭を左右に振りながら言った。「そりゃ、われわれの世界では、だれかに痛手を与えてしまうことはありますよ。付きものです。だけど、彼に害を加えようという人を生むほどのレベルじゃない。だから、敵はいません。あいつは日光浴を楽しむ生活を送っているって、いまだに思ってますよ」

「ヨンさんは亡くなりました」ユーリアが突然言った。

ペーテルはたじろいだ。彼の顔がますます青白くなった。魚のように口をパクパクさせながら、ユーリアを見つめた。ユーリアは待った。最初の反応は重要だ。でも、ペーテルの行動を見れば、彼がヨンの死を知らなかったのは明らかだ。

「死んだ？　どうして？　何が？　だれが？」

真珠の数珠のように次々と、質問が彼の口を衝いて出た。机の縁を強く握った彼の指関節が白くなった。

「捜査の詳細はお教えできませんが、彼が亡くなったということは、失踪前の彼の行動が、殺害された原因に関連している可能性があるということです」

「殺害された？」

「目下われわれは、そういう想定で捜査を行っています。ですから、もう一度思い出してみてください。ヨンさんの行動で、何か印象に残っていることはありませんか？　彼が言ったことや、あなたが目にしたことで」

ユーリアはまた椅子の背にもたれて、隠し事をしていないか確かめようと、彼の顔をじっくり観察した。しかし、頭を左右に振る彼の表情は、隠し事がなく率直に見えた。

「いいえ、自分たちの……ビジネス以外に結びつけて考えたことなんてありませんでした」

「分かりました。では、これくらいにしておきます」彼女はそう言って立ち上がった。

壁の動物たちが話しかけてくる前に、その場を離れる必要があった。動物たちの存在をそれほどまでに強く感じていた。そして、動物たちが象徴していることも。

「明日釈放されるんですよ」コーヒーカップを強く握りしめながら、ペーテルが弱々しく言った。

「幸運を祈りますよ」アーダムはそう言ってうなずいた。

その声には明らかに皮肉がこもっていた。

面会室を出た二人は、ペーテルを迎えに来た看守とすれ違った。ユーリアは、絵の中のゾウの視線を背中に感じた。

*

ナタリーが法務省のエレベーターを出ると、トールがすでに受付で彼女を待っていた。彼女を目にして、彼はにっこり笑った。

「ナタリー、久しぶり」彼は大きな声で言った。「見違えたよ」

彼女は、半年前に何度も顔を合わせたことを忘れてしまったのか訊こうかと思った。あのときは、〈エピキューラ〉の裁判でナタリーが証言をする必要があるか否か話し合った。でも、今のトールのコメントは、受付の男性に向けたものだろうと思った。彼女があのカルト教団の騒動に巻き込まれたことはできる限り内密にされてきたし、これからも、そう装い続けるようだ。

ナタリーは十六歳だったため、証言義務があるとのことだったが、彼女が法務大臣の娘であることから保安問題が生じた。最終的にあの背の高い刑事が証言することになった。〈エピキューラ〉の信者たちが自殺したり殺し合おうとしたときにあの場にいたあの男性。アーダムとかいう名前だった。とは言っても、あの事件が起こったとき、ナタリーはノーヴァと一緒だったのだ。そしてノーヴァは死んだ。

「こんにちは、トール」彼女は言った。「あなたもずいぶん背が伸びましたね」

彼の頰をつねりたくなったが、それはさすがにやり過ぎだと思った。

彼はついてくるよう手で彼女に合図を送り、二人は無言で馴染みの廊下を歩いた。彼女の父のオフィスに着くまで、トールは何も言わなかった。それから、彼は唇をすぼめた。

「きみのお父さん、今日はどうしたのか知らないけれど、何か分かったら教えてくれないか。ぼくとは口を利きたくないようなんだよ」

それから、彼は去っていった。

ナタリーはクスクス笑いを抑えてドアをぞんざいにノックしてから、中へ入った。彼女の父親は机の後ろに腰かけて、見たこともないほど厚いファイルの中身を読んでいた。机の上は書類だらけだ。まるでパパらしくない。自宅のパパの机の上に、書類が一度に二枚以上置いてあるのを見たことがない。でも、昨日の夕食以来、パパはおかしい。嫌な予感がした。

「よく来たな、ナッティ」父親は顔を上げて言った。「実はおまえの母親と話をした。これからしばらくの間、おまえはママのところで暮らすのがいいんじゃないかと思うんだ」

「えっ、うーん……」彼女は、前に出しかけた足を止めた。「随分……突然だね。二学期が始まったら、一週間おきにママのところに住むみたいなこと？　そんなことしたいかどうかも分かんない。今までどおりでいいじゃない」

「おまえがあそこにしばらく住むべきだ、と言っているんだ。今すぐに。用意ができ次第。待つ必要なんてないだろ、こんないいアイデアなんだから」

　彼は微笑んでみせようとしたが、まったくうまくいかなかった。

「二人だけの時間だって必要だろう」彼はそう続けてから、体を反らせた。「ママのところでクリスマスを迎えるのはいいんじゃないか？　ついでに新年もどうだ？」

　ナタリーは父親を見つめた。ワイシャツはしわしわだ。まずあり得ないことだ。髪も梳《と》かしていないようだ。

「パパ、何かあったの？」彼女は言った。

「何かあったって？　何もないさ。まったくないよ。ちょっと働き過ぎただけだ」

　嘘をついているのは明白だった。でも、ナタリーは父にプレッシャーをかけたくなかった。パパの言うことにも一理あるかもしれないから。彼女はここ数か月でゆっくりミーナのことを知り始めていて、自分は母親のことが好きなのだろうと気づいた。すごく変わっているが、それでも死ぬほど退屈な人間よりはましだ。けれど、彼女のところで暮らすと考えると尻込みした。とても大きな一歩だ。けれど、パパが言うように、ミーナと二人きりで過ごすのも悪くないかもしれない。

　ママと。

　何とかなるかも。

「どうなることやら」彼女は不安げに言った。

「それはよかった。すぐにでもあそこへ行って、彼女と休暇のことを話すといい。電話で、おまえが行くと伝えてある」腕時計にちらりと目をやった。「向こうはもうおまえを待っている。

住所を渡しておくよ」

「わたしにも決めさせてくれて、どうもありがとう」彼女は不機嫌に言った。

心の一部はパパに反発したがっていた。いつも彼女の意向を訊かずに人生を支配してしまうことに抗議したかった。いつもそうだ。娘の意見を考慮することなく、彼女にとって何がいいのか決める。でもミーナの生活に少し興味もある。自分の戦いは自分で選ぶしかない。

「分かった。どうせ今、何もすることがないし」彼女は言った。

彼女は机の上にあった紙切れに父親から教えられた住所を書いて、ポケットに入れた。

「うちに戻って荷物をまとめる前に、ひとつだけ質問させて。わたしがここに来なくちゃいけない理由ってあった？　だって、パパはもうすべて決めていたじゃない。わたしにメッセージを送ってくれれば、それでよかったのに」

父親は答えずに、少しの間娘を見つめた。それから数回瞬きをして、手のひらで目を擦った。

「おまえの顔が見たかったんだ」そう言った。「あと何回、見られるか分からないから。おまえも大きくなってきたことだし」

いかにもお涙頂戴な映画音楽が聞こえてきそう、と軽口を叩きたかったが、父親の様子を見て、正直不安になった。父親が過労のときはどうなるか知っているが、今回は何かが違う。どう対処していいのか分からないような何かがある。しばらく離れ離れになるのも悪くないかもしれない。

「わたしがいない間、トールには優しくしてあげてよね」彼女はそう言って、廊下へ出ようとドアを開けた。「あの人には新しい犬用のおもちゃ《チューイトイ》か何か必要だと思う」

＊

キッチンに立つレベッカは、ヴィンセントがコーヒーメーカーの上の壁に掛けたカレンダーを見つめていた。その額に深いしわが寄っていた。ヴィンセントが見つけてきたのは、毎月のモチーフが数学の問題というカレンダーだった。可愛らしい子猫とか元気をもらえる名言ではなく。

ヴィンセントはレベッカの肩越しに、十二月の問題を見ていた。フェルマーの定理。この問題を入れるなんて、カレンダー製作者は少し意地悪だ。というのも、この謎を世界中の数学の天才たちが解くのに三百六十年近くかかったからだ。ピエール・ド・フェルマーが一六三七年にこの問題を証明できたと書き残しつつも、紙の余白がないからと、その詳細を都合よく省略したのである。一九九〇年代になって証明はなされたが、それは一六〇〇年代には知られていない数学に頼ったものだった。ヴィンセントは独り笑った。ピエール・ド・フェルマーは数学の世界にいっぱい食わせたのだ、とヴィンセントは信じている。これこそユーモアだ。

「フェルマーの問題を解こうとしているのか？」彼は娘に言った。「だったら、時間がかかるぞ。証明を書き起こしたらレンガと同じくらいの厚さになると思う」

「はあっ？　まさか、手間がかかるだけじゃん」彼女が言った。「普通の人間なら、壁に数学の問題なんて掛けないって。学校の数学で十分。ただ分かんないのは、どうしてパパは十二月二十一日と二十四日と二十八日を丸で囲んだのかってこと。出かけるの？　クリスマス休暇の真っ最中に？　それに、二十二日に中央駅まで送ってくれるって約束したじゃない。キャンセルするなんて言わないでよね」

「もちろん駅まで送るさ」ヴィンセントは言った。「そのスキー旅行には、ドゥニも一緒に行くのか？　だって、フランスのアルプス地方へ行くんだろ？」

「一緒に行くのはエーディットとシーグリッド」レベッカはきつい口調で言った。「ドゥニなんて、死ねばいいのに」

　ヴィンセントが最新状況についていっていないのは明らかだった――レベッカのフランス人の彼氏は、完全に過去の存在のようだ。

「じゃあ、おまえはクリスマス中うちにいなくてもいいのに、パパはいなくちゃダメってことかい？」そう言って娘に目配せした。

　レベッカは、どんな父親も破壊できるような目で、ヴィンセントを睨んだ。ヴィンセントが松葉づえに頼って家に留まっている数か月間に、娘はこの目つきに磨きをかけた。

「冗談抜きに」彼は言った。「この日付を丸で囲んだのはパパじゃない。マリアに違いない」

「あっそ」レベッカはそう言って、肩をすぼめた。「パパが駅まで送ってくれるなら、それでいいけど」

　娘は自分の部屋に入って、ドアを閉めた。ヴィンセントは、娘の部屋にずいぶん長いこと足を踏み入れていないことに気づいた。彼女が親元を離れたら、あの部屋から何が見つかるのだろう？　多分地雷だ。彼の名前入りの。

　彼はカレンダーに視線を移した。21と24と28は確かに丸で囲んである。思わず彼は、頭の中で足してみて、ハッとした。73。二十一番目の素数。数字の21と7と3も、奇妙な関連性を持っている。7×3が21だからだ。そのうえ、7と3と21と73を二進法で書くと回文数になる。つまり、前から読んでも後ろから読んでも、同じ数字になるということだ。それぞれ、111、11、10101、1001001となる。73の素数としての性質も、同じことが言える。後ろから読んでも素数になる素数のひとつなのだ。つまり37。この特徴を持つ数がエマープと呼ばれているというマニアックな事実を思い出して、ヴィンセントは微笑んだ。「エマープ《EMIRP》」の語源は「素数《PRIME》」の逆綴りなのだ。数学者たちも、たまにはユーモアのセンスを見せる。そのいい例がフェルマーだ。

ヴィンセントは頭を抱えた。後頭部に鈍痛を感じ始めた。脳を興奮させ過ぎると生じるあれだ。

彼は最後にもう一度、丸で囲まれた数字をちらりと見ずにはいられなかった。

何か引っかかる。

21。24。28。

指摘はできないが、何だか……不安を抱かせる。

ヴィンセントは眉間にしわを寄せた。最初の日付まであと三日。マリアが何をするつもりなのか、忘れずに訊かなくては。

*

シャワーを終えたミーナがちょうど衣服を身に付けたときに、玄関の呼び鈴が鳴った。緊張で体が軽く震えていることに気づいた。彼女の娘。彼女の家に来た。もう後戻りはできない。

コーヒーを出すのがいいのだろうか？　お菓子でも買っておくべきだった？　だとしたら、どんなお菓子がいい？　こういうときにどうするものなのか分からなかった。

ミーナは、深呼吸を一回してからドアを開けた。戸口に立って、ナタリーが不安そうな微笑みを浮かべていた。片手にキャスター付きのスーツケース、もう片方の手にミーナの住所らしきものを書き留めた紙切れを持っている。

「あっ……」そう言ったナタリーの顔から微笑みが消えた。「トレーニングをしたばかりとか？　真っ赤だから」

「えっ、いや、そうじゃなくて……」ミーナはそう言って、黙ってしまった。

ナタリーは彼女の問題のことをもちろん知らない。もうしばらく知られないままにしておきたかった。そのうち気づかれるだろうが、今のミーナは、普通の母親として受け入れてもらえるよう奮闘していた。チューブに入ったピーリングクリームを使い切って体中がヒリヒリしているとか、仕事部屋はちょっとした小国なら数年分の量の殺菌剤の在庫ではちきれんばかりになっているとかのまともでない点は、まずは後回しだ。

「入って。ここがわたしの住まい！　と言うより、今からはわたしたちの住まいね！」自分の声の活発さに、ミーナはおぞけを震った。

ナタリーが中に入ってきて、玄関マットを通り過ぎ、蹴るようにして靴を脱ぎ捨てるのを見ないよう努めた。靴は玄関の隅に飛んでいった。靴についていた砂利が玄関の床に散らばっているのに気づいて、彼女は恐怖のあまり唾を呑んだ。砂利が部屋の中にまで拡散される前に、すぐにでもきれいにしたくてたまらなかったが、堪えた。

「いいところ」ナタリーが部屋を見回しながら言った。「すごくきちんと掃除してある。警官ってみんな、こんなにきれいにしているものなの？」

ミーナは、ペーデルとアネットと三つ子を思った。ペーデルの家は、おもちゃと食べ残しと子供たちの笑いが爆発したような状態だった。彼女は微笑んで、頭を左右に振った。

「ううん」そう言った。「みんなじゃないわよ。コーヒーでも飲む？　それとも紅茶？　薄めたフルーツシロップ？」

今度はナタリーが笑う番だった。

「そんなによそよそしくしなくてもいいよ、ママ」娘はそう言いながら、靴を飛ばした隅にスーツケースを引っ張っていった。「わたしにとっても不思議な状況なんだから。でも、ママが生きているって分かってから、半年も過ぎたのよね。わたし、もっと早くここに来るべきだった」

二人は居間へ入って、ソファに並んで腰かけた。ナタリーは、ミーナに触れられるほど近くに座った。ミーナは、両手を膝の上に置いておくよう心掛けた。突然こみ上げてきた感情に、どう対処していいのか分からなかった。

ナタリーを失いかけるところだったのだ。まず、彼女が家族を捨てたときに。それから、今年の夏、ミーナの母イーネスがカルト集団の指導者ノーヴァと一緒に、彼女の娘を自分たちのものにしようとしたときに。あんなのは二度とごめんだ。二人の間の傷を癒すためなら何だってする。ナタリーがそうさせてくれるなら。一緒に暮らすのは一歩前進だ。ただ、あまりにも、なんというか……あっという間に進展してしまった。

「あなたのお父さんから電話をもらって、きっとあなたと同じくらいわたしも驚いた」彼女は言った。「あなた以上に、かも。ニクラスは、わたしたちと話もしないで、こういったことを決められると思っているでしょ。あれは好かないわね。ここで暮らすのはあの人じゃないのに。だけど、それほど悪いアイデアじゃないかも。どう思う?」

「同感、いかにもパパって感じ」ミーナの住所を書いた紙を指でいじりながら、ナタリーが言った。「それはそうと、昨日の夕食からずっと、パパがすごく変なの。神経をピリピリさせてるみたいな。でも、こっちが訊くと、何でもないって言うの」

「法務大臣だから、だれが聞いたって心穏やかでなくなるようなことを知らされることもあるんじゃないかと思う」ミーナが言った。「それだけのことかもしれないでしょ」

「パパもそう言うの、仕事のことだって。でもとにかくパパはおかしいの。それで……ここでの生活、どんなふうにすればいいのかな? ママとわたしのことだけど」

「わたしも同じことを訊こうと思ってた」ミーナが言った。「あなたとしても好きなようにしたいでしょ。仕事部屋を掃除したら、あなたの部屋になるわよ。そこに自分の食べ物を入れる冷蔵庫にあなた用の棚をつくって、鍵もあるから、鍵をかければ……いいんじゃない?」

「ママ!」ナタリーが遮った。「わたし、ママの娘なのよ。下宿人じゃなくて。一緒に暮らすんでしょ?」

「勝手に決めるのはよくないと思ったから」

二人とも黙った。ナタリーは、紙切れをコーヒーテーブルの上に置いた。

「コーヒーでももらおうかな」ナタリーが言った。「ミルクをたっぷり入れて」

残り十二日

ヴィンセントはガウン姿でキッチンに立って、昨夜郵便受けから取ってきた郵便物をチェックしていた。郵便受けのある道路までの道は、やっとのことで雪かきを済ませてはいたが、ここ数日同様に雪が降り続いたら、今晩までにはまた雪で覆われてしまうだろう。

郵便物のほとんどはチラシだったが、古紙として捨てる前に見逃したものがないか確かめたかった。ほら、やっぱり。スーパーの〈ヴィリス〉のチラシと〈セーブ・ザ・チルドレン〉の寄付チラシの間に、彼宛の手紙が一通見つかった。昨日の夜チェックしたときにはこの手紙を見なかったと誓ってもいいくらいだ。絶えず頭痛がするだけでなく、不注意にもなり始めたということだ。

ベンヤミンがキッチンに入ってきて、あくびをした。

「コーヒー飲む？」そう訊いた息子は、たくさんあるコーヒーカプセルをかき回し始めた。

ヴィンセントは、満たしたばかりの自分のマグを指した。

「まだ暗いのに目が覚めるなんて理解できない」ベンヤミンは呟きながら、カプセルをひとつメーカーに入れた。「毎年冬になるとこうだ。いつか慣れるものなのかな？」

「暗さに慣れるかってことか？」ヴィンセントが言った。「早朝から、やたらと実存的な質問だな」

　アストンが目を擦りながら、自分の部屋から出てきた。居間に直行して、ソファに跳び乗るのが聞こえた。

「まずは朝食、テレビはそれからだぞ」ヴィンセントが叫んだ。

　アストンが何かぶつぶつ呟いた。数日前に『スウェーデン最悪のドライバー』という番組を発見し、今では手あたり次第に見漁っている。登校時間前に、少なくとも番組の半分は観る時間的な余裕がある。

「だったら、トーストが食べたい」キッチンに入ってきたアストンはそう言いながら冷蔵庫まで行って、イチゴジャムのスクイーズボトルを出した。「ジャムをたっぷり塗ったやつ」

「じゃあ、頑張って作れよ」ヴィンセントは言って、自分宛の封筒を開封し始めた。「ただし、焦がさないように気をつけるんだぞ。それより、レベッカを見なかったか？」

「お姉ちゃんなら、昨日パーティーに行ってた」トースターにパンを二枚入れながら、アストンが言った。「だから、寝てる。ぼくがもうすぐ起こすよ」

「だったら、防弾チョッキを着ていくことだな」ベンヤミンが笑った。「それからヘルメットも。二日酔い《モーニングアフター》のレベッカを甘く見ちゃいけない」（英語、スウェーデン語ともに「モーニングアフター」は「二日酔い」と「緊急避妊ピル」の双方を意味する）

　ヴィンセントは、レベッカはそんな年齢に達しているのか確信が持てなかったが、その方面のしつけはマリアに任せている。彼の妻はここ最近、ティーンエイジ時代を満喫している継娘に珍しいほどの理解を示している。

　彼の考えが呼び起こしたかのように、マリアが寝室から出てきた。ガウンのベルトをしっかり締めてから、食品庫の中をあさり始めた。

「だれか、わたしのチアシード見なかった？」

マリアも自営業を始めてから、家で規則正しくすることが困難になった。ヴィンセントはそのことで苛立たないよう努めてはいるが、家族用の朝食は、必要であろうとなかろうと、いつも朝七時半に用意していた。日課にはそれなりの理由がある。

下を向いて、彼は手紙を持っていることに気づいた。

郵便物を受け取ったんだった。ああ、そういえばそうだった。

彼が封筒を開け終えたときには、マリアは心変わりしてアストンと一緒にジャムを塗ったトーストを作っていた。無理もない。外が暗くて寒いときに、健康食品に耐えられる者などいない。

封筒にはクリスマスカードが入っていた。今年最初のクリスマスカードではない。〈ショーライフ・プロダクションズ〉のウンベルトも、警察本部のユーリアの特捜班も、クリスマスカードを送ってきていた。彼が公演を打った劇場から届くこともある。いずれにせよ、彼が受け取るカードは仕事絡みのものばかりだった。今手にしているのは、個人的なものだ。手書きのメッセージ付き。この手のカードをもらうことはまずない。

メッセージを読んだ途端、喉が詰まった。

彼が七歳のときにママが死んでからずっと彼の中に棲みついている影が、うなり声とともに彼の中で起き上がった。

「調べものをしてくる」大き過ぎる声で言った彼は、自分がどんなにひどく震えているか子供たちに見られる前に、仕事部屋へ急いだ。

ドアを強く閉めた。

新しいクリスマスカードを時系列の一番右に貼った。

もしこれが深刻なことなら、警察を巻き込まなかったのは運がよかった。このことでミーナと話がしたかった。かつてないほど、今、話がしたかった。でも、この新しいメッセージのせいで、それも不可能となった。読みたくないのに、彼はまた読んだ。


終わりの準備はできているか、ヴィンセント？

わたしはおまえの家族を奪ってやる。

それからおまえを。

それに対しておまえが何をしようと無駄だ。警察に知らせたところで起こるべきことは起こる。ただ時期を早めるだけだ。おまえとわたし、２で割ったもの。

メリー・クリスマス。


ベンヤミンの朝食の音がキッチンから聞こえるか、彼は耳をそばだてた。居間のアストンとマリアの声にも。今観ている『スウェーデン最悪のドライバー』を冬休み前の終業式に行く前に最後まで観てもいいか揉めてはいまいかと。ともかく、家族が家にいると示すものなら何でもよかった。でも突然、家は静まり返っていた。

ミーナは警察本部の自分のデスクに着いて、パソコンの色鮮やかな画面を凝視していた。もうこれで百回目かもしれない。部屋の温度は、同僚たちの部屋より一度くらい低い。彼女は寒さが好きで、進んで部屋を寒くするほどだ。他の人たちと違い、彼女は夏より冬のほうがくつろげる。今、部屋は涼しいにも関わらず、彼女の額には玉の汗が浮かんでいた。原因は目の前の写真だった。

＊

警察のクリスマスへようこそ！

メールは数週間前に受け取っていたが、無視していた。招待メールは、スウェーデンとフィンランドを結ぶフェリーの写真だった。創造力豊かな同僚がフォトショップでフェリーにサンタクロースの帽子をかぶせ、船の側面いっぱいに「警察」と大きく書いたものだ。まるでラジコンカーだ。ただし、水に浮かんでいる。そして、とてつもなく大きい。おもしろいわね。

通常なら、署の各課がそれぞれクリスマスを祝うのだが、ユーリアの班は小さいので、他の課と合同で祝おう、という招待を受けていた。その写真を見て、ミーナは息苦しくなった。この頃のフィンランド往復フェリーは清潔でフレッシュなのかもしれないが、彼女が想像したのは、何十年にもわたってこぼしたビールでべたついた絨毯が床いっぱいに敷き詰められて、その上での乱痴気騒ぎを提供する船だ。旅のたびに何千もの人々が再利用する空気、あまりにも多くの人々があまりにも長時間使用するベッド、閉所恐怖症を引き起こしかねないような客室。ベッドは、サンドブラストで表面を削って清掃していただきたいものだ。

つまり、細菌だらけの場所ということだ。写真を見たら、肉眼でも細菌が見えるようだ。パソコンの画面を洗浄剤で洗いたい気分になった。

加えて、署内のいくつかの課が、数年前に同様のフェリーで小旅行をしたのをミーナは知っている。当時違う課に勤務していた彼女は運よく招待されなかったが、そのときの伝説は、今でも警察本部で語り継がれている。その話となるとルーベンの目は欲情でぎらつき、ユーリアはきまり悪そうに身をよじる。

ミーナとしては、心底知りたくなかった。

そして、心底行きたくなかった。

彼女は旅行の日付を見た。「十二月十九日に会いましょう！」と、写真の中から、雪の積もったクリスマスカラーの赤い文字が叫ばんばかりだ。十九日は今日だ。あと三時間で乗船するように、ということだ。彼女はいまだに、通用しそうな口実を考え出せないでいた。ましてユーリアが、班の結束のために全員出席するのが大切だ、と強調していただけに。

それでも、無理なものは無理だ。

ヨン・ラングセット発見に関することで、彼女が優先すべきことはないだろうか？　一緒に行けなくても仕方がないとユーリアに納得してもらうのに十分な言い訳はないだろうか？　ナタリーを言い訳に使いたくなかった。何と言ってもあの子は十六歳だから、一人でもうまくやれるはずだ。

ミーナは忌まわしいボートの写真入りのメールを閉じて、代わりにヨンに関する報告書を開けた。熟読した。何かを見つけるまで残された時間は二時間と四十五分。

〈コンフィド〉の最高経営責任者であるペーテル・クローンルンドからの事情聴取をまとめたアーダムの記録まで来て、ハッとした。ペーテルは、消息を絶つ直前にまるでヨンの人格が変わったようだったと言った。ヨンの妻ヨセフィンも同じことを言っていたのを、ミーナは思い出した。ヨセフィンもペーテルもマスコミの煽りによるものと解釈している。合理的な解釈だ。有罪であろうとなかろうと、調査報道記者に一日中ぴったり後について回られたら、元気でなどいられない。

でもヨセフィンは、ヨンが新聞・雑誌の記事の話を家でよくしていたとは言っていなかった。もし記事のことで悩んでいたのなら、身近な人間とそういった話くらいはしたのではないだろうか？　もしも、違う理由があるとしたら？

あり得ない考えではなかった。ヨンの人格の変化には、みんなが思っていたのとは異なる原因があるのかもしれない。自分に何かが起こることを事前に知っていたとか。だから、ひどく用心深く、神経を尖らせていたのかもしれない。でもそうだとしたら、だれにも何も言わなかったのはなぜなのだろう？　警察に電話だってできた。身の危険を感じていたに違いないのに。ヨンは、何を知っていたのだろうか？

この疑問は、まさしく彼女が必要としていた口実だ。

クリスマスパーティーの招待メールをまた開いて、ちらりと目をやった。チェックインは午後三時。彼女は携帯電話を取って、ヴィンセントにショートメッセージを送った。彼と会える完璧な口実がやっと見つかった。何せ仕事上の必要なのだ。ヨンの行動の変化について、彼と話す必要がある。あと二時間半ほどで。

彼は精いっぱい、パパの手を握っていた。でも、収穫がありそうに見えるゴミ箱に近づくたびに、手を離してパパの手伝いをしなければならなかった。隠れた〝お宝〟を見つけるために、ゴミ箱の中身を念入りにチェックするのだ。人々は驚くほどたくさんのゴミを捨てる。ハンバーガーをひとつ買って半分しか食べない理由が、彼には理解できなかった。あるいは、チーズとハムの載った美味しいオープンサンドを、一口二口かじっただけで捨てる人とか。地上の人間たちは変わっている。

ときどき、自分たちの地上での生活についての曖昧な記憶がドッと浮かんできた。まさに睡眠と覚醒の間の境目にいるときによくあった。記憶はふわふわしていて、捉えるのが難しかった。別に捉えたかったわけではない。心が痛むだけだから。特に、ママの匂いを感じられるような記憶は。あの花の香りはママで、ママのブラウスの柔らかい生地を頰に感じながら、ママの腕に抱かれているときの感触と密接に結びついていた。

だけどあの頃、彼はうんと幼かった。実際の記憶なのか、パパが話してくれたママの話を聞いて創り出した想像なのか、彼には分からなかった。その一方で、パパと一緒に帰宅したときにママがいなかったことは鮮明に覚えていた。二人は数日間、家を離れていた。ママが「遠足」と呼んでいた遠出に、パパは彼を連れて出かけたのだ。

二人が出かけるとき、ママは生きていた。怒っていたけれど、生きていた。ママは、パパの「遠足」が好きではなかった。彼を連れていくときは、もっと嫌がった。彼自身は、ついていけることがとても嬉しかった。パパとはよく森で過ごした。怖かった暗闇も、パパと一緒だと、森の中で夜を過ごすのが全然怖くなかった。

彼は体を揺すって、考えたくないことを考えるのはやめようと、自分に活を入れた。

パパは道を渡って、オーデンプラーンの広々とした空間の真ん中にあるゴミ箱へ向かっていた。地上にある、パパのお気に入りの場所だった。あそこのゴミ箱には、おいしいものがたっぷり入っていたから。

パパがしきりに手で合図をしてきたので、彼は周りをよく見てから、急いで道を渡った。その場所に到着した彼に、パパは何かを差し出した。彼のお気に入りのチョコレートだ。ひとかけらだけ入っている。これは稀だ。チョコレートの包装紙の中は、空の場合が多い。それから、パパは勝ち誇ったように持参したビニール袋を掲げて、彼に中身を見せた。食べ物がたっぷり入っている。ほとんどがサンドイッチの食べ残しだ。二、三日間の食糧としては十分な量だ。二、三日はまたここに上がってこなくて済む。

地下鉄駅へ向かう間、彼はパパの手を握っていた。二人の周辺を足早に通る人々が視線を向けるのに気づいていたが、彼は気にしなかった。あの人たちは分かっていない。彼のパパは王様なのだ。彼は誇らしげに、パパの手をさらに強く握った。もうすぐ、もうすぐ二人は、パパの王国に帰る。

「よくこんな場所を見つけましたね」ヴィンセントは周囲を見回しながら、彼女に言った。彼女も同じ行動を取った。レストランの照明は素っ気なく、見渡す限り、クリスマスの飾りは見当たらない。完璧なまでに。

「グーグルで検索したんです」彼女が言った。「『クリスマス　無し　レストラン』で探したら、数千件出てきました。キラキラの飾りにアレルギーを起こすのは、わたしだけじゃないってこと」

ヴァーサスターン地区にあるこの小さなレストランは、まさに満席だった。ランチタイムには平皿で出されるクリスマス料理が注文できるようだが、〝クロスオーバー〟とか〝オプショナル〟とか〝アジアン〟と表記されているので、スウェーデンのクリスマス料理に付きものの脂っこいウィンナーソーセージやスポンジみたいに柔らかいミートボールが出てくることはない、とミーナは確信していた。ヴィンセントは、少し残念そうな顔をした。

「いや、自分はクリスマスが好きなんですよ」彼が言った。「何もかもが過剰なお約束、みたいなところが。メッセージありがとう。こちらから連絡しようと思いつつ……」

ストレスで苛立った給仕長が、山のようなメニューを脇に抱えてやってきた。

「ご予約は?」彼は二人に言った。「していらっしゃらない場合は、残念ですが満席です」

「していませんよ」暖かく微笑みながら、ヴィンセントが言った。「繁盛していてよかった《ハッピー》じゃないですか」

返ってきたのは曖昧な笑みだった。

恐らく給仕長は、満席と聞けば客が不機嫌になるのに慣れているのだろう。ヴィンセントが「よかった《ハッピー》」と言いながら給仕長の上腕に軽く触れたことに、ミーナは気づいた。

「そうですよ」ヴィンセントは、また彼の腕に触れた。「人は幸福感《ハッピー》のためなら、何でもしたくなるものです。違いますか？」

給仕長は、にっこりと微笑んでうなずいた。

「結構な気分じゃありませんか、ほら、感じるでしょう」ヴィンセントが言った。「二人用の結構な席があったりはしませんか？」

「結構……ご用意できると思いますよ」いくらか焦点の合わない目で、給仕長が言った。「隅のお客様がもうすぐ帰られるはず。少し急がせてみましょう。こちらへどうぞ」

二人は彼に続いて、レストランの中へ入った。給仕長は端末機を取ってきて、隅のテーブルにいるカップルに代金を支払わせ始めた。

カップルは立ち上がり、上着を手に通り過ぎざま、ミーナとヴィンセントに疑いの視線を投げかけた。給仕長はメニューをテーブルに置いて、控えめにその場を去った。

「正気じゃないわ」給仕長の背中を見つめながら、ミーナが小声で言った。

「何か問題でも？　わたしたちは座れたし、彼はハッピーになった」ヴィンセントは何食わぬ顔で言った。

ミーナは笑いながら、壁に背を向ける形で椅子に腰かけた。ヴィンセントは向かいの空いた椅子を引いて、テーブルの側面に移してから座った。

「向かい合わせに座るのが好きではないので」彼女のけげんそうな表情を見て、彼は言った。「どうしても対立的になるし、堅苦しくもなる。テーブルという物理的障壁のせいで、ボディーランゲージの半分が見えなくなって、コミュニケーションが必要以上に難しくなります。こうしてお互いに対して直角に座るほうが、ずっといい会話ができる。違いを感じませんか？」

彼の言うとおりだ。ミーナは確かに違いを感じた。彼をうんと近くに感じ、彼女自身は何も隠せなくなるような気になった。彼女としては、人と人との間の物理的障壁には――いや、ありとあらゆる種類の障壁には――大きな利点があるのだと説明したくなった。でも、彼に座る位置を変えてほしいと自分が思っているのかどうか確信がなかった。

「それはそうと、劇的なショートメッセージをありがとう」彼は言って、携帯電話を掲げ、ミーナのメッセージが彼女によく見えるようにした。

二人で話す必要あり。今すぐ会えます？

「マリアさんは平静に受け取ったようで」ミーナはそう言って、携帯電話に貼ってある小さな付箋を指した。手書きの質問が書いてあり、きっとヴィンセントの妻が書いたのだと推測した。「あの女を妊娠させたの？」とある。

きまり悪そうなヴィンセントを見て、ミーナは吹き出しそうになるのを堪えた。

「クリスマスの話に戻します」彼女は咳払いをした。「お好きなんですね。あなたにとっては少しカオス的過ぎるのでは？」

「ええ、そうでした」メンタリストは言った。

彼は額にしわを寄せて付箋を剝ぎ取り、クシャクシャにして携帯電話と一緒にしまった。

「昔はまったく好きではなかった。あなたが言うように、カオスでした。クリスマスイブの前日は、万全の用意をしなくてはいけないと思って頭がおかしくなりそうなくらいのストレスを感じる。その後は二日間にわたる家族の無秩序状態に苦しめられ、ようやくすべてが終わる。わたしは常にそわそわして落ち着けず、自分にはクリスマスというものの大事なポイントが見えていない気がしていた」

二人の横から咳払いが聞こえた。

「クリスマス・ランチ二つでよろしいですか？」ウェイトレスが訊いた。

ヴィンセントが問うような目でミーナを見たので、彼女はうなずいた。ウェイトレスは来るときと同じぐらいの速さでその場を去った。

「それがどうなったんですか？」ミーナが言った。

「九月末にクリスマスを始めることにしました」ヴィンセントが言った。「そんな顔しないでくださいよ。極めて合理的な判断なんですから。わたしなりのやり方でクリスマス気分を味わう余裕が十分できる。だから、人々が真っ当に十二月初めにお祭り騒ぎをスタートしても、わたしはどうとも思わない。わたしはすでに先に進んでいるわけです。だからクリスマスイブそのものは、長く続いた期間を締めくくる素晴らしい日となる。楽しいクリスマスのくつろぎをわずか一日に詰め込むのではなく」

　一息ついた彼の顔を、不安のようなものがよぎった。

「家族は、十月にクリスマス用のソックスをはくわたしのことを、もちろんイカレてると思っている」そして続けた。「ですが、家族がわたしを頭のおかしい人間扱いするのはこれが初めてじゃありませんから」

　ミーナは彼をじっと見た。テーブルの下に身をかがめてヴィンセントのソックスをチェックしたい気持ちを抑えようと、彼女は唇をかみながら彼と視線を合わせ続けようと努めた。でも、我慢できなかった。ヴィンセントのソックスにちらりと目をやると、足首から赤と緑の強烈な色彩が顔を出していた。

　彼女が視線を戻すと、彼はまだ当惑した表情だったが、気を取り直して、いつもの彼に戻った。

「何か心配事でも？」彼女が言った。「今日はあなたらしくないみたいに見えます」

　彼は頭を左右に振った。すこし激し過ぎる。ミーナはそう思った。

「いえいえ、家族のことを考えていただけですよ」彼は言った。「彼らに面倒をかけたくない」

　不安のしわが戻ってきてはまた消えた。彼が話していない何かがあるのは明らかだ。

「あなたがクリスマスを好かないにしても……」彼はためらいながらそう言って、椅子の背もたれに掛けている上着のポケットに手を入れた。「あなたへのクリスマスプレゼントがあるんです。馬鹿げていますかね？」

　彼は茶色い紙で包装し、太くて黒い紐をリボン結びした箱を取り出した。彼女の胸の中で何か温かいものがはじけ、体中に広がった。

「クリスマスイブ前に開けないように」彼はそう言いながら、プレゼントを渡した。

「言うだけ無駄よ」笑いながらそう言ったミーナは、紐を剝ぎ取り始めた。「でないと、あなたの責任を追及できないから」

包みを開けると箱があり、その箱の中にグレーの柔らかい塊が入っていた。粘土。運よくビニールで包装してあるので、ミーナは手で触れずに済んだ。彼女は身を震わせた。どうして粘土をもらったのか、理解できなかった。ヴィンセントに目をやると、彼は微笑みながら彼女を見つめた。

「ろくろ成形のコースに参加してもらいます」ヴィンセントは、とぼけた顔で言った。

ろくろ成形。べたついた粘土、水だらけ、衣服に飛び散る汚れ。芸術に関心を持つヒッピーの群れと一緒に。

「わたしのこと、本当に分かってます?」彼女が言った。「人の思考を読むのがあなたの十八番だと思ってました。そんなあなたなら完璧なプレゼントを渡せるはず。なのに、これって……真逆ですよね」

これをヴィンセントの頭に投げつけたら重傷を負わせられるか考えながら、彼女はビニールで包装された塊の重さを手で量ってみた。無理そうだ。

「そんな言い方しなくても」彼は言った。「あなたが今手にしている粘土は無菌です。あなたは水が好きだって言っていたじゃないですか。まさにあなたの言葉どおり、わたしが得意なのは読心術です。そして、わたしの読心術によると、あなたは自分の限界に挑戦する必要がある。

いい意味で驚かされると思いますよ。自分の悪魔に立ち向かってください！」

「その台詞を撤回しないと、あなたは世にも恐ろしい悪魔に立ち向かうことに……」

だれかが咳払いをした。テーブルの上に皿が二つ置かれたことに、ミーナは気づかなかった。先ほどのウェイトレスだった。

「水の他に何かお飲みものはいかがですか？」彼女が訊いた。

「何かヒ素入りのものをこの方に」ヴィンセントを睨んだまま、ミーナが言った。

「同じものを飲むというのはどうです？」メンタリストが言った。「毒ならすでに一度、あなたのために飲みましたしね。正確にいえば、あなたの娘さんのために。また飲む羽目になるよりは、ろくろ成形のほうがずっとましだ」

ウェイトレスはまともな返事が返ってこないことを悟って、その場を去った。

「それより、会いたいと言ってきたからには、特別な理由でもあるのですか？」ヴィンセントが言った。「クリスマスプレゼントを受け取る以外に」

「まだ粘土の話は終わってない」ミーナが言った。「覚えておいてください。で、そう、わたしたちは奇妙な事件を任されたんです。一昨日、地下鉄駅で白骨が発見されて、人骨と判明しました」

「そりゃまた」そう言ったヴィンセントは、興味深そうに金属製の箸で料理を突ついてから、餃子《ダンプリング》をひとつ取った。「でも、特別奇妙ではないと思いますよ。だって、この町には歴史上、そこらじゅうに遺体が埋められていますからね。リッダルホルメン地区では地面をスコップで掘ると、十三世紀以降に埋葬された人間の骨が必ずと言っていいほど出てくる。あそこの墓地がなくなったのは二百年前ですが、人骨はまだ残っている。リッダルホルメンと旧市街を結ぶ運河は言うまでもありませんね。霊場に埋葬されることを許されなかった船乗りや犯罪者や異教徒たちの集団埋葬場所だったのですから」

「今回発見されたのは、そういったものよりうんと新しい骨です」ミーナが遮った。「それに、だれの骨なのかも分かっている。四か月前に行方不明になった投資家」

ヴィンセントは眉をひそめた。

「そして、あなたたちはその人の骨を発見した」彼が言った。「そんなに速く腐敗するものなのですか？」

ミーナは上着のポケットからビニール袋に入ったストローを出して、水の入ったコップに入れた。病的に恐ろしい話題にもかかわらず、ミーナは皿に盛られた料理のおいしそうなにおいを感じた。クリスマスを連想させるようなにおいはまるでない。素晴らしい。彼女は箸を手に取って、ナプキンに消毒液を滴らしてから箸を拭き、揚げたブロッコリーに刺した。おいしい。

「いいえ、いいところに目を付けましたね」ブロッコリーを呑み込んでから、ミーナが言った。「普通の腐敗とは違って、骨には肉も組織もまったく残っていない。臨床的な精密さで、と言ってもいいくらいに。そして、骨はきれいに積まれていました」

ヴィンセントが皿の縁に箸を置くと、カチンと音がした。

「モス・テウトニクス？」

「何です？」

「モス・テウトニクス。故郷から遠く離れた場所で死亡した、位の高い人々のためのＶＩＰ待遇です。例えば王族、貴族、牧師」

「貴族？」

ミーナはふいに小学校高学年の教室にいるような気がした。

ヴィンセントは熱心にうなずいた。

「十三、十四世紀の中世ヨーロッパの話になります」彼が言った。「もっとも、その慣習は、十世紀からすでに始められた可能性がありますが、高位の人物が外国で亡くなり、遺体を祖国に搬送するのが現実的でない場合、モス・テウトニクス処置が施された。『ドイツの慣習』といった意味で、遺体を水とワインまたは酢で煮て、骨だけを残す。そうすることで、故人にふさわしい埋葬儀式を行うため、骨だけを故郷へ運ぶことができた。でも、しばらくしてローマ教皇がこの慣習を廃止させたんです。キリスト教では身体は神聖なものだったので、破壊してはいけないという理由からでした。数週間、暑い馬車の中で腐敗させるほうがいいという考えだったのでしょう」

ミーナは自分の皿に目をやった。片側に寿司が二貫載っている。白米の上の生魚は、あまりにも強烈に、骨に付いている生肉を思い出させる。彼女は皿を脇にのけた。

「でも、今回の事件でそれが施された可能性があると思いますか？」ヴィンセントは続けた。

「その骨が、ある種のＶＩＰ埋葬の残りだと。名の知れた投資家と言いましたね」

「完全にいかれてる」彼女が言った。「あなたの言うことが確かなら、千年もずれている」

「正しくは千年ではありませんが、あなたの言うことは分かりますよ」ヴィンセントは考え込むように言った。「『搬送』という点から説明がつきませんか？　つまり、その人物の死亡後、遺体を移動させる必要に迫られた人間が、作業しやすくするよう遺体を煮たのだとしたら？」

彼女は、懐疑的に頭を左右に振った。ヨン・ラングセットの骨の置き場所には明らかな意図があった。あれをだれかに発見させようという意図が。問題は、その理由だ。その答えを出す前に、テーブルの上の彼女の携帯電話が音を発した。ユーリアから特捜班全員へのメッセージだった。

「ごめんなさい」彼女はそう言って、ヴィンセントが自分の皿の料理を素早く食べる間、メッセージを開いた。


午後のクリスマスのクルージングを心待ちにしていた人は多いと思います。ですが、ラングセットの件を優先させなくてはなりません。噂の拡散を食い止めるため、わたしとアーダムは十四時に記者会見に臨むことになっています。会見終了後、会議室に集合してください。クルージングは欠席せざるを得ませんが、埋め合わせはするとお約束します。

ユーリア

ヴィンセントは、メッセージを読み終わったミーナを、面白そうな表情で見つめた。

「宝くじでも当たりましたか？」

ミーナは、自分が満面の笑みを浮かべており、肩が少なくとも十センチは下がっていることに気づいた。

「実質的には」

「だったら、おめでとう。勝つ確率はどれくらいか知っていますか？　一万クローナ勝ち取るチャンスは三万二千分の一。そしてスクラッチくじは一枚三十クローナしますから、一万クローナを手中に収めるまで百万クローナ費やす必要があるかもしれない。でも、みんなそれが分かっていない。毎年スウェーデンでは、一億三千万枚のスクラッチくじが売られているのですから」

「ヴィンセント」彼女は言った。「投資家。骨。煮た骨。話を戻してください」

彼女はメンタリストの目の前で、指をパチンと鳴らした。

「モス・テウトニクスとやらの話をしましたね」彼女は続けた。「でも、行方不明の投資家を中世の王のように扱う理由なんてあるんでしょうか？」

一瞬、ヴィンセントはひどく当惑したように見えた。それから、元に戻った。

「ソーリー。ええっと……オーケー。彼は自負心が高かったとか？」

「まさにそういうことを訊きたかった。だからメッセージを送ったんです。彼の自負心、もっと正確には、彼が消息を絶つ前の行動。周りの人たちは、最後の数週間、彼は変わったと言っているんです」

「ふむ。後から考えて、だれかの行動の変化の理由が分かったと思うのは簡単です」ヴィンセントは思案深げに言った。「何があったのかすでに知っているわけですから。その知識によって、実際に自分が見たものに関する記憶が変えられてしまう。エリザベス・ロフタスとジョン・パーマーによる一九七四年の有名な実験があります。被験者に自動車事故のビデオを見せ、その後、彼らが目にしたことに関する質問をする。ただし、質問の際に異なる動詞を使いました。車同士が激突したときのスピードはどのくらいか、という質問をされた人たちは、事故後に地面に飛び散ったガラスのことも思い出しています。でも、車同士が当たったときのことを話すよう言われた人たちはガラスの破片を見ていない。同じ事故を描写するのに異なる単語を使うだけで、被験者たちの事故に関する具体的な記憶に影響を及ぼす。ちなみに、ビデオにガラスの破片はまったくありませんでした」

「何が言いたいのですか？」

「何よりもまず最初に、その投資家の周囲の人物が経験したことをそのまま正確に読む必要があります。彼らの言葉にどんな意味があるのか推測するのはそれからです。すべては彼が失踪したあとに生まれた解釈に過ぎないかもしれません」

ヴィンセントはひとつ向こうのテーブルのそばに立つ給仕長と視線を合わせ、お勘定を、と目で知らせた。このことに関しては、ミーナはずっと前に男女平等の考えを諦めていた。一緒に食事をするたびに彼がどうしても払いたいのなら、払わせるしかない。

ヴィンセントの合図に気づくと、給仕長の表情が明るくなった。端末機を手に、二人のところへ急いでやってきた。ヴィンセントはまた給仕長の腕に軽く触れながら、申し分のない料理に対して感謝した。給仕長は、信じられないことに、ますますにっこりと微笑んだ。

「その骨のことですが」自分の携帯電話を端末機にかざしながら、ヴィンセントが言った。「まだミルダのところにありますよね。それを……見せてもらう、なんてことはできますか？」

「次にあそこに行くつもりでいました。マリアさんには、エコー検査に行くとでも伝えておいてください」

＊

ショッピングモール〈ガレリーアン〉内のおもちゃ屋〈ワールド・オブ・トイズ〉の店内に立つルーベンは、こみ上げる不安を感じていた。遅いランチタイムを利用して、アストリッドのクリスマスプレゼントを購入するつもりだった。クリスマスイブまであと五日という遅きに失した行動だが、店内の混み具合を見る限り、まずい計画を立てたのは自分だけではなさそうだ。

他の客たちは、まるで無線で操縦されているかの如く、はっきりした目的を持って棚の間を動き回っている。だが彼は、どうしていいのかまったく分からない。十歳の少女は何をほしがるのだろう？　そもそも、まだおもちゃで遊ぶのだろうか？　衣服となるとますます厄介だから、考えないのが賢明だ。それに、あの子にはすでに武道着を買ってやっていた。

お絵かき用の色鉛筆なんてどうだろう？　娘は絵を描くのが好きだ。あるいはあの子の母親が使っていたような油絵具と筆のほうがいいだろうか？　色鉛筆だと子供っぽ過ぎるだろうか？

ほぼ半年間、毎週アストリッドと会ってきた。でも、ボードゲームやレゴや人形が並ぶ棚が目に入るたび、自分は娘のことを何も知らないような気がした。こんなんじゃ駄目だ。でも、ぬいぐるみが並ぶ棚を見て、ある考えが浮かんだ。あの子が警察犬好きなのは知っている。警察犬を見にいくのが大好きなのだ。でも、生きているシェパード犬を娘にあげたら、あの子の母エリノールは恐らく彼を殺すだろう。

まったく。

彼は額の汗を拭き拭き、おもちゃ屋から逃げ出した。気をつけていなかったので、通りかかった厚いダウンジャケットの女性にもろにぶつかった。

「すみません！」彼は素早く言った。

「あら」その女性が笑った。

聞き覚えのある笑い声だ。

「サーラ？」

国家作戦部分析課のサーラとは、夏以来、顔を合わせていなかった。児童誘拐の捜査で一緒になり、夫と別れたばかりで子供は彼女のところにいる、と聞かされた。彼女と一緒の仕事は楽しかった。あれ以降見かけなくなったから、転職したか、米国の夫のところへ戻ったのだろうと思っていた。なのに、その彼女がここにいる。暗い色の髪に雪をくっつけ、目を輝かせながら。

「こんにちは、ルーベン」そう言った彼女は、彼の肩越しにおもちゃ屋を探るように見た。「ナンパ相手のためのクリスマスプレゼントを探してるの？　あなたが若い子専門なのは知ってたけど、そこまで若い子とは……」

ナンパ相手へのプレゼントだって？　彼は返す言葉もなく、口をあんぐり開けてサーラを見ていた。怒ってしかるべきだ。彼女に私生活を詮索される筋合いはないのだから。でも驚いたことに、彼は自分が赤面していることに気づいた。

「クリスマスプレゼントなんだけど……娘にでね。けれど、ええと……」彼は咳払いをした。

「きみなら、十歳の女の子がほしがるものが分かるんじゃないかな」

サーラは何も言わずに、彼に微笑みかけた。その目はまだ輝いている。彼はたちまち不安になった。こんなふうに観察されるのは好まない。お持ち帰りした若い女性に、こんなふうに見つめられたことはない——そこが気楽なのだ。大抵彼女たちが見たがるのは彼の制服——興が乗った時は手錠——だから、後腐れはない。

「わたし、体の芯まで冷えているのよ」彼女が言った。「ものすごく寒いから。あなたホットココアをおごるってのはどう？　そうしたら、十歳の女の子が好きなものを教えてあげてもいいわよ。マシュマロ入りのココアでよろしく」

彼女はダウンジャケットを着ているが、ついルーベンは彼女の体形を見分した。厚手のジャケットはもちろん何も晒してはくれないが、彼女が曲線美の持ち主なのは覚えている。彼が夜に家に連れ込む女性たちは糸のように細く、体形が崩れるからとマシュマロが一個でも置いてある空間にはいたくないだろう。サーラがそんなことを気にしないのは好感が持てる。

「こちらへどうぞ、マダム」彼は手で行き先を示した。

彼もマシュマロが食べたかった。でも、サーラがそばを通るとき、つい、お腹を引っ込めた。

二人は、パニック状態で買い物をする人ごみをジグザグに縫って歩いて、ようやく一軒のカフェで空席を二つ見つけた。ルーベンはシナモンとオレンジ味のホットココアを二人分買った。クリスマス限定フレーバーだ。それにマシュマロも付けた。

「きみに会うのは久しぶりだな」テーブルの上に熱々のカップを置きながらそう言って、彼女の向かいに腰かけた。

彼女がジャケットを脱ぐと、彼はつい胸元に目を向けてしまった。出るべきところは出て、引っ込むべきところは引っ込んでいた。

「仕事のほうはどうだい？」目を彼女の目に向けるよう努めながら、彼が言った。

「いろいろ忙しくて」サーラはそう言って、ココアを吹き冷ました。「いま扱っているのは、テロ活動の疑いのある事案。農業製品メーカー数社から、硝酸アンモニウムが盗まれたという報告が入ったの」

「アンモニウム？」

「化学肥料の原料。でも、使い方次第では爆発を引き起こすこともできる。爆薬前駆体となりうる同様の化学物質を盗まれたところが他にもないか、調べているところなの。最悪の場合、手製爆弾を製造している人間がいる。そういうことって、時々あるのよ。失敗するケースがほとんどだけど。もちろん、たまたま盗まれただけということもあり得る。それでも、わたしたちとしては追わないわけにはいかない。その他にも……これは本当は言ってはいけないことなんだけど、あなたを信頼して言うと……」

　サーラは周りを見回してから、身を乗り出した。

「テッド・ハンソン」彼女がささやいた。

「〈スウェーデンの未来〉の党首の？」ルーベンが小声で言うと、サーラはうなずいた。「やつが何をやらかしたんだ？」

「悪事にいろいろ関与しているのよ。もちろんわたしたちは必要ならば他の政治家のことも調べる。国家保安局からまたしても法務大臣へ脅威が及ばないよう目を光らせるようにとの指示があった。でも、テッド・ハンソンには随分と秘密がありそうなのよ。今のところは彼の監視にとどまっているけれど、さっきも言ったように、いろいろ忙しいわけ」

ルーベンはうなずいてから、数秒黙った。それから勇気を出して、ここ数分間頭の中でグルグル回っていた疑問を訊いてみることにした。

「話は変わるけど、きみはおれの……余暇の過ごし方について、何か聞いてるのか？」

以前の彼は何年にもわたり、聞きたい人間がいれば、自分の放蕩について進んで話していた。聞きたくない人間にも話していたかもしれないが。のちにカウンセラーのアマンダのセラピーに通い始め、自分はもうそんな生き方をする必要がないことを悟った。ところが、そんなときに同僚のペーデルが殉職し、それがすべてを変えた。また女遊びを始めたルーベンは、同僚たちに自慢をしないよう心掛けていた。恥ずかしく思ったのと、ペーデルが聞いたら呆れたろうと思ったからだ。なのにサーラはなぜ知っていたのだろう？

「娘のところに若い代理教師が来たんだけど」彼女は苦笑を浮かべながら言った。「わたしの職場がどこかを知って、〝ナイスミドル刑事〟のことを話し始めたのよ。なんでも、その先生が友人と週末に出歩くとよく会う男性がいて、その人のことを、そう呼んでいたらしいのよ」

ルーベンは両手で顔を覆った。

「まあ、彼女たちは、少なくとも二十五歳前後――」サーラが言った。「だと思うけど」

「ナイスミドル刑事か」ルーベンは唸った。「そこまで年じゃないんだけどな」

「言いたいのはそこ？」彼女が言った。「それを聞いて老け込んだ気分にでもなったの？」

彼はサーラを見た。言いたくないことだってある。アマンダにすら話していないこともある。

でも、サーラの目を見て、真実を話すしかないと思った。

「死にたくないんだ」彼は小声で言った。

「死にたい人なんている？」そう言った彼女は身を乗り出して、彼の手を軽く叩いた。「運よく、あなたはすでに新たな命を授かって、自分の生命を延長させたじゃないの。娘さんのことよ。そろそろ、娘さんのクリスマスプレゼントの話をしましょう」

サーラの手は、彼の手の上に置かれたままだった。カップを握っていたせいか、その手は温かい。温かくて命を感じさせる。

「娘は武術に入れ込んでる」彼は言った。「だから困ったらブルース・リーのポスターを買えばいいと思ってたんだ。でも、そういうのはもう流行らないみたいで、聞いたこともない名前のポップグループのポスターしかなかった。ブラックピンクというのがあったな。あと、Bで始まる略称みたいな名前のも。あの子が好きなものがさっぱり分からない。いったい全体、Kポップって何だ？」

サーラは笑った。それから、ココアを一口飲んだ。上唇にココアの細い跡がついた。マシュマロがひとつ、テーブルの上に落ちた。

「ブルース・リー？　あなたも捨てたもんじゃないわね、〝ナイスミドル刑事〟さん」彼女が言った。

＊

ユーリアは、室内が静まるのを辛抱強く待った。特捜班のメンバーは子供のように振る舞うときはあるが、それでも目の前の記者やカメラマンたちに比べれば、驚異的に秩序を守る。記者たちは記者会見が始まる前から質問を叫び始めていた。

必要になった場合に備えて横に立っていたアーダムが、明らかに苛立っていた。ユーリアは、彼が記者たちに怒鳴り始めないよう、何度も彼の腕に手を置いた。必要以上の頻度で彼に触れた可能性はもちろんある。でも、それに気づいた者はいないと思っている。

集まっているのは、日刊紙やタブロイド紙、通信社、テレビ・ラジオ局など、いつもの顔ぶれだ。〈アフトンブラーデット〉、〈エクスプレッセン〉、〈ダーゲンス・ニーヘーテル〉、〈スヴェンスカ・ダーグブラーデット〉の新聞各紙の記者、それにTV4、SVT、TTの記者は顔見知りだ。だが〈コンフィド〉の騒動の最中でもあり、ヨン・ラングセットの名に釣られて〈ダーゲンス・インドゥストリー〉紙や〈レスメー〉誌の記者も集まっていた。彼らを締め出す理由はない。ユーリア自身の口から直接聞いてもらったほうが、噂であれこれ書かれるよりいい。菓子類が置いてある部屋の奥のテーブルのそばに立って、大げさなジェスチャーで話しているのは〈レスメー〉の記者だろうか、とユーリアは思った。遠くにいるのに、カフェラテはないのかと警備員に訊いているのがはっきりと聞き取れた。ユーリアは首を横に振った。

「静粛に」彼女は言って、全員の目が自分とアーダムに向けられるまで待った。「手短に済ませます」

例の動きの大げさな記者はコーヒー入りのカップを手に、不満げに最後列に紛れ込んだ。

「〈コンフィド〉の創立者の一人、ヨン・ラングセット氏が死体で発見されました」ユーリアは言った。「発見時の事情を考慮し、現時点ではこれ以上はお伝えできません」

会場に集まっている記者たちの間に、ざわめきが広がった。

「自殺ってことですか？」〈スヴェンスカ・ダーグブラーデット〉の記者が叫んだ。「あの会社にまつわる騒動を考えると、自然死とは思えないんですが」

「死体発見時の状況は、ヨン・ラングセット氏の死因が自然死かそうでないのか確定できないものでした」ユーリアが言った。「わざと曖昧に言っているのではありません。実際のところ、まだ不明なのです。心臓発作かもしれません。解剖は……諸事情があると申し上げましょう」

会場のざわめきは、大声の不平に変わった。

「まさにあなたのおっしゃった理由から、われわれも殺人の可能性を除外していません」アーダムが、〈スヴェンスカ・ダーグブラーデット〉の記者のほうを向き、続けた。「ですが現場の状況は、前例からみて、自殺にも組織犯罪による報復にも当てはまらないものでした。むろん、何が起こったのかということに関して、いかなる仮説も排除せずに捜査をしていきます」

「一体どんな状況だったんです？」〈レスメー〉の記者が大声で言った。「なんでわれわれをここに集めたんですか？　もう少し話せることが何かあるでしょう」

ユーリアが素早くアーダムに視線を向けると、彼はうなずいた。ヨンの妻から許可は得ていた。そうすれば何か手掛かりが摑めるかもしれないが、新聞の一面や貼り紙広告にデカデカと載ることは間違いない。そうする価値があると確信できない限りやれないことだが、ユーリアの判断は、その価値あり、だった。

「発見されたのはヨン・ラングセット氏の白骨死体です」彼女は言った。「それが現状で言えるすべてです。ラングセット氏なのは分かっています。その骨がプロの手によって徹底的にきれいにされたことも分かっています。ですが、死因は判明していませんし、なぜそのように白骨死体をきれいにしたのかも不明です。こうした事実が皆さんにとって、いわゆるおいしいネタであることも分かっています——それが皆さんに集まっていただいた理由です。いずれ皆さんは、死体発見現場についての噂を耳にするでしょう。それをそのまま書かれてしまうと、一般市民が好奇心から現場に出向く恐れがあります。そうなると不慮の事故につながりかねません。したがってわたしは皆さんに、そういった詳細を公表することはご遠慮くださいと申し上げます。もし皆さんのうちのだれかが、ヨン・ラングセット氏の死体発見現場を公表した際には、意図的に人命の危険を招来したとして訴追されます。よろしいですね？」

ユーリアが記者たちを見据えると、みな真剣な表情でうなずいた。しかし〈レスメー〉の記者は皮肉な笑顔でなにやら携帯電話に書き留めていた。ユーリアはため息をついた。明朝の新聞の大見出しがどんなものになるか、想像する気にもならなかった。

*

ミルダは、壁に沿って置かれた解剖台に骨格部分を並べ終えていた。彼女らしく正確に置かれた骨を見て、ミーナはミルダの素晴らしい手技に改めて感心した。ヨン・ラングセットが堂々とそこに横たわっている——肉も皮膚もないのを別にすれば。しかし骨も多くを語るのだ。

ミーナとヴィンセントは昼食後にミルダのところへ直行した。いつものように、ヴィンセントにとって、法医学委員会はお好みの場所ではないようだ。でもミーナは、無菌で輝く金属台に置かれたきれいな骨には美しさがあると思った。台の上に横たわっているのは人間だ、というか、人間だったものだ。しかし、人体のうちのネバネバしたものや非衛生的なものや感染性のあるものは、すべて取り除かれている。残っているのは清潔さのみ。シンプル。骨が載っている金属台の上に美しく映えている。脂肪の染みなどもあまりない。

「二百六の骨すべてが揃っていた」そう言って、ミルダは骸骨を顎で指した。「だれが彼に処置を施したにせよ、とても慎重で正確な人物に違いないわね。そして、解剖に長けた人間」

ミーナとヴィンセントは、ミルダが差し出したビニール手袋をはめた。

「遺体は煮沸されたというのがわたしの仮説でしたが、本当にそうなのかは確信が持てませんね」ヴィンセントは言いながら、骸骨の上に身を乗り出した。

「どういうこと？」ミルダが言った。

「博物館では、動物の死体から肉部を除去する際に、甲虫を入れたテラリウムを使います。それ専用のデルメスタリウムと呼ばれる部屋や建物が設けられていることもよくあります。話を戻すと、甲虫、とりわけその幼虫は、骨をきれいにするという点で非常に徹底していますし、他の手段よりも脆い骨を傷めることが少ない。甲虫たちは優秀過ぎて、博物館がとっておきたい標本をダメにしてしまうことさえあるんです。この件も虫によるのかもしれません」

「混合ってことはないですか？」背後から慎重な声がした。「プロセスを促進させるために」

ミーナには、ローケが部屋に入ってくる音すら聞こえなかった。ミルダによると最高の助手は例によって、そばにいようがいまいが、ほぼ人目に付かない。でもミルダの助手らしい。恐らく、仕事中にミルダが流行歌を歌うのに合わせて一緒に歌うことが許される唯一の人物が彼なのだろう。

ローケは、かすかにタバコのにおいがする。それが、彼が状況説明に立ち会っていなかった理由だ——タバコ休憩中だったのだ。ミーナは、さっき自分が体験したばかりの清潔さがタバコのにおいで汚されるような気がしたが、それを批判する立場に彼女はない。法医学委員会での仕事には、何らかの感情のはけ口が必要なのだろう。ミルダには音楽がある。ローケはタバコだ。

「まず煮て、それから甲虫が残りの作業を行ったとか？」ローケは続けた。「あと、博物館で利用しているのは普通の甲虫ではなくて、いわゆるカツオブシムシ科の甲虫です。ラテン語でデルメスティダエと言います」

ヴィンセントは唸った。自分の額をぴしゃりとやりたそうだった。

「だからデルメスタリウムというのか」彼は言った。「なるほど。ありがとう！」

ローケは笑顔でうなずいた。

「ところで、遺体の処理についてですが」ヴィンセントが続けた。「お二人は職業柄、人体の堆肥化について聞いたことがありますよね？　遺体を、例えば木くずや藁やキノコと一緒に容器に入れ、あとは自然に任せて、遺体を微生物によって分解させて、純粋な土にするというものです。最終的には堆肥化材料を含めて、ほぼ一立方メートルの土になります」

ミルダはうなずいた。

「ええ、賢明なやり方だと思う。スウェーデンとイギリスではすでに合法化されているし、アメリカでもあちこちで合法化され始めている」

「実際、さらに一歩先を行く米国の企業もあるんですよ」ローケが熱っぽく語った。「遺族が選んだ若木を、堆肥化される遺体の上に植えてくれるんです。その木が栄養――つまり遺体の分子を吸収する。木が成長すると共に、この世を去った親族の一部も木に移っていく。だから最後には、この木は僕の父方の曾祖母だ、なんてことも言えるわけです」

「何とも詩的だ」ヴィンセントが言った。

ミーナは彼を見つめた。頭がどうかしちゃったんだろうか？

「問題は、骨だけは残るということね」ミルダが言った。「処理の後、骨をどうするのか、そこはだれも言及しない」

「骨の話が出たところで、話を今回のヨン・ラングセットに戻しませんか？」ミーナが素っ気なく言った。「死因は特定できたのですか？」

ミルダは首を横に振った。

「基本的には不可能ね。彼は殺害されたと仮定してみましょう。銃弾が使用されると、例えば肋骨に明らかな骨折ができる可能性がある。ナイフなら擦れた傷。そういうのがあれば、わたしには分かる。例えばここ とかにあったなら」

彼女は、ばらばらになっている骨のひとつを指した。肋骨だ。

「一方で、銃弾やナイフがきれいに骨をよけて、致命的なダメージをもたらすこともある。窒息など、軟組織だけに影響を与える死因は言うまでもないわね。あるいはわたしに死因が思いつきようもない完全な自然死だったかもしれない。脳卒中。心臓麻痺。脳内出血。死因を特定するのは不可能ね」

「生きたまま煮られたのかも」ローケが呟いた。

「そんな光景を想像させなくてもいいのに」ミーナが言った。

ほんの一瞬、大きな鍋に入れられた裸のヨン・ラングセットが彼女の頭に浮かんだ。人種差別的な昔の人食い人種のマンガのような光景だが、すこしも笑えなかった。

「驚いたのは地下鉄のトンネルだったということでした」ヴィンセントが、骸骨を見つめながら言った。「この町の地下にあるトンネルに関する伝説はいろいろあります。シティ線とスルッセンのインターチェンジの建設で大半は壊されたにせよ、そうした伝説のうちには真実のものもあるでしょう。例えば、昔のテレヴェルケット（電気通信機関）のケーブルトンネルは、まだあちこちに残っています。もちろん今日では、中に入るのはかなり難しい。通常の鍵で開け閉めするロックが、コードを入力するものに替えられていますからね」

「どうしてあなたが鍵を替えたことを知っているのかは訊きませんが」ミーナが言った。「何が言いたいんです?」

「つまり、地下鉄は結構危険な場所なんです。もっと安全なトンネルだってある。ヨン・ラングセットを地下に埋めたいのなら、その手の安全なトンネルを選ばなかったのはなぜでしょう」

ミーナはミルダにうなずいて、自分たちは見終わったという合図を送った。解剖台の骸骨から、これ以上情報は得られない。ミルダは二人を残して、部屋の真ん中にある解剖台へ向かっていった。そこに横たわる新たな遺体の死因を特定する必要がある。でもこちらの方は、ミーナにすら死因は容易に分かった。十代後半の青年。胸部に複数の弾痕。タトゥーを見るまでもなく、ギャング絡みだと推測できる。ミルダの気力がよく続くものだとミーナは思った。

「あるいは、遺体を発見させるのが目的だとしたら?」そう言ったローケの声に、ミーナはハッとわれに返った。

「わたしも同じことを考えた」彼女はローケを見た。「職員は定期的に地下鉄トンネルの中を動き回る。これが地下鉄以外のトンネルだったら、発見まで数年を要したかもしれない。永遠に見つからないままの可能性すらあった。でも今回のケースではだれかが骨を発見するのは時間の問題だった。一方で彼が殺されたのかどうかは分からない。唯一分かっているのは、死後に彼がどんな状態で置かれていたかということだけ」

ローケはポケットの外側を軽く叩くと、ドアから出ていった。またもタバコ休憩ということらしい。他方、ヴィンセントはまだ骨を観察していた。

「VIP式葬儀」彼はそう言いながら、考え込むように顎を擦った。「地下で」

「つまり？」彼女は言った。

ヴィンセントは、答える前に一呼吸置いた。

「われわれが知っている以上の何かがある、ということ」彼がやっと言った。「あなたが話してくれた彼の行動の変化に、ますます興味が湧いてきました」

「特捜班のメンバーと再会するときが来たのだと思いますよ。ユーリアが、午後に捜査会議を開くと言っていましたし」

ヴィンセントの顔が、太陽のように輝いた。

「随分久しぶりだ」彼が言った。

「あなたの話に他のみんなが同意するかしら」彼女は笑った。

ミーナはミルダに会釈して部屋を出た。ローケはまだ戻っていなかった。でも、彼の次の仕事が解剖台の上の青年を調べるミルダの手助けだとしたら、まだ戻っていない理由も理解できた。

＊

「いつからわたしの仕事に干渉するようになったの？」

ユーリアは、健康的とは言い難いかたちで怒りがこみ上げてくるのを感じた。彼女をここまで怒らせられる人間は、彼女の父親以外にまずいない。その理由を理性的に考えれば、自分が父親の生き写しだからなのははっきりしている。机の上には父の名前が刻まれた金色の卓上名札が置いてある。〝自分は本気だ〟と言わんばかりの文字で書かれたその名前は、エーギル・ハンマシュテン。まだこんな名札を使う人がいることが、ユーリアには信じられない。でも、父親は昔気質の人間だった。

結婚しても、彼女は夫トルケルの苗字にしなかった。今にして思えば間違いだったかもしれない。もし苗字を変えていれば、自分と警察本部長とのつながりは、これほど明白ではなかっただろう。その反面、トルケルの苗字にしていたら、夫と別れるとなれば必要手続きリストに苗字変更を載せなくてはいけなかった。

「干渉などとは思ってほしくないな」彼女の父が言った。「警察の仕事はチームワークだ。とある筋から、国家作戦部が組織犯罪の調査の最中だと聞いている。とりわけ、セルビア人マフィアらしいな」

「セルビア・マフィア？　あのいかれたドラガン・マノイロヴィッチが率いている？」ユーリ

アが言った。「あの男が今回の事件とどう関係しているの？」

「関係してないかもしれないし、何もかもに関係してるかもしれない。それに、さっきも言ったように、厳密に言うなら、わたしはこうした件について何も聞いていない。ただ、おまえに正しい方向を教えてやらなかったら、職務怠慢というものだろう」

「正しい方向？」彼女は言った。「特捜班の捜査は始まったばかりなのに、パパはそこに介入して、正しい方向云々なんて指図できると思ってるの？」

自分の声が裏返っていた。苛立っているのは父のせいだけではなく、自分の抱える家族問題すべてが根底にあることに気づかないほどユーリアは馬鹿ではない。夫と父の双方が、彼女を精神的に追いつめている。

「おまえの仕事ぶりを批判しているわけではない」彼は冷静に言った。「実際のところ、おまえに関するいい話をたくさん聞いている、夏以降は特にな。さきほどの記者会見だって素晴らしかったよ。大きな声では言えないが、いつかおまえがこの席に座ることになっても、わたしは驚かない。無論、わたしが引退してからの話だが」

父の言葉を不本意ながらも光栄に感じ、ユーリアの頬を染めた怒りが冷め始めた。

「分かった。捜査の役に立ちそうな情報なら、もちろんすべて聞きます。正式なルートであろうとなかろうと」さきほどより落ち着いた口調で言った。「タイミングが早過ぎると思っただけで――」

「グスタヴ・ブロンスについて何を知っている？」父が口を挟んだ。

「ヨン・ラングセットとペーテル・クローンルンドとともに〈コンフィド〉を起ち上げた人物。

経歴に特記事項なし。ただし、他の二人同様の小悪党。どうしてそんなこと訊くの？」

「なぜなら、国家作戦部の情報によれば――無論わたしの関知するものではないが――グスタヴはドラガン・マノイロヴィッチから金を受け取っていたからだ。マフィアからな。しかも、お小遣いでは片づけられないような額だ」

嘆息する父をユーリアは見つめた。

「おまえだって、これがひどく怪しいということに異論はなかろう」彼が言った。「〈コンフィド〉の共同所有者の一人が消息不明になり、遺体で発見された。一方、別の共同所有者の一人が、スウェーデンで最も悪名高き犯罪ネットワークのひとつのリーダーから高額の金銭を受け取っていた」

「どうかしら」彼女は思案しつつ言った。「その二件が関連しているとは限らない。もちろん、わたしたちはあらゆる可能性を捜査します」

「よろしい。おまえがグスタヴ・ブロンスを取り調べのため引っ張ってくるということで、わたしたち二人は同意したわけだ。わたしの長年にわたる警察官としての経験から言えば、これでヨン・ラングセットの死に関する捜査は終結だ。金と引き換えに行われた契約殺人。実行犯はグスタヴ・ブロンス。シンプルな説明がしばしば正しい解決であることを肝に銘じておくように」

「ちょっと待って、班としてはまだ……」

「ユーリア、言われたことに従うべき時が人生にはある。今がそのときだ」

ユーリアは口を開け、閉じた。頬が再び火照り始め、自分の顔と喉に大きな赤い斑点がまだらに浮かんでいるのは間違いないと思った。父は燃えるような斑点を娘の肌に浮かび上がらせる魔法の持ち主だった。

「承知しました、本部長」彼女は、歯を食い縛りながら言った。「確かに」

「あと、クリスマスイブの午後一時、わが家に来るのを忘れないよう」部屋を出る彼女に向かって、父は嬉しげな声を投げた。

彼女は返事をしなかった。

*

ほぼ三年前に初めてヴィンセントを特捜班に紹介したときとまるで違う反応が返ってきたことにミーナは感銘を受けていた。あのときは疑いの目ばかりだった。今は嬉しそうな笑みだけだ。

「ヴィンセント！　また会えて嬉しいわ！　久しぶりね！」

ユーリアがヴィンセントに長いハグをする間、われながら驚いたことに、ミーナは嫉妬の念を感じていた。彼女はむっつりとセーターの袖を引っ張り下ろし、洗い過ぎで荒れた自分の手をじっと見つめた。深く切った爪と消毒液で乾燥しきった甘皮。ユーリアはいつも自分自身の手入れの努力すらしていないように見える。毎朝、すべてが納まるべき場所に納まった完璧でこぎれいな姿でやってくる。

ミーナはため息を漏らしてから、会議用テーブルに着いた。彼女にこんな馬鹿げたことを考えさせるのはヴィンセントだけで、それがどうしてなのか彼女には分からなかった。彼の明晰な頭脳と、彼女が知りたがっている分野についての彼の知識を、大いに尊敬しているだけなのに。ユーリアがヴィンセントから腕を離し、彼がテーブルを囲む一同に挨拶をして自分の隣に腰かけたとき、ミーナは不思議と安心した。

しゃきっとしないと。彼女は咳払いをして注意を集めた。部屋を見回すと、部屋の壁のそばのボードの情報が前回の状況説明のときより増えていて、今やメモや写真やヨン・ラングセットに関する新聞記事で半分埋まっているのが分かった。

「皆さんは、わたしがヴィンセントをここへ連れてきた理由が知りたいのではないかと思いますが」彼女が話し始めると、ルーベンが皮肉な笑いを広げた。

「トランプの手品だろ。決まってるじゃないか。それとも、給料アップと人員の拡充を魔法で実現してくれるとか？」

「二つ目に挙げた手品は、本物の魔術師でも無理だと思いますよ」ヴィンセントが言うと、苦笑と同意のうなずきが返ってきた。

話をもとに戻そうと、ミーナはまた咳払いをした。

「ミルダのところにヴィンセントを連れていきました。ヴィンセントには問題の骨に関する仮説があったためです。ヴィンセント、説明してもらえますか？　残念ながら、あなたの説明の半分もちゃんと覚えているか分からないので」

「もちろんです。さて、ヨン・ラングセットの奇妙な骨の配置に関してミーナから聞いたとき、まずわたしの頭に浮かんだのはモス・テウトニクスでした」

「はあっ？」ルーベンが言うと、クリステルがクスクス笑った。

「ルーベン」ユーリアが彼を睨んだ。

彼は呆れ果てたという表情をして、黙った。

「すでにミーナには話しましたが」ヴィンセントは続けた。「モス・テウトニクスとは、中世盛期ヨーロッパの慣習です。故郷から遠く離れた場所で位の高い人々が亡くなったときに、埋葬するために遺体を故郷へ運ぶ必要があった。しかし、腐敗が進む遺体をそのまま搬送するのは現実的でも衛生的でもない。だから、骨から肉をすべて取り除くために遺体を煮るという策を考えついたわけです。そうすることで、故郷で故人にふさわしい埋葬を執り行うため、その亡骸を容易に運ぶことができた。それがモス・テウトニクスです」

「ぞっとするね」強い口調で言ったクリステルの顔は少し青ざめていた。

「それについてミルダは何と?」好奇心もあらわにユーリアが言った。「興味を抱いているようでしたか、仮説として。つまり、ある種の儀式のようなものが関連している可能性があるということに関して」

「詳しく調べるだけの価値は間違いなくありそうだ、と言っていました」ミーナがうなずきながら言った。「ミルダの助手のローケが、とても興味深いことを言っていました。この事件では、二つの方法が組み合わさっているのではないかと。犯人はまず骨を煮て、それから甲虫の幼虫を使って、発見されたときのように骨をきれいにしたのだと」

「それを言ったのはわたし……」ヴィンセントは言いかけてやめた。

「幼虫かよ」クリステルの顔色が、ますます蒼白になった。

「どんな甲虫なのですか?」テーブルに両腕を置いて、アーダムが身を乗り出しながら言った。

「どんな甲虫でもいいのですか、それとも、特別な種の甲虫なのでしょうか?」

「おいおい『CSI:科学捜査班』を観過ぎのメンバーがいるようだな」そう呟いたルーベンに、またもユーリアの厳しい視線が向けられた。

「いえいえ、極めて的を射た質問です」ヴィンセントが言った。「最も有力なのは、カツオブシムシと呼ばれる科の甲虫です。ラテン語ではデルメスティダエと言います——ローケも言っていたように」

「ちょっと待った」ルーベンが片手を掲げた。「つまりあんたは、おれたちが追っている犯人は、骨を煮てから、気味の悪い甲虫の大群に肉の残りを食わせるような奴だという説を真面目に考えていると。そういうわけか?」

「まさしく」ルーベンの口調にこもった皮肉に気づかない様子でヴィンセントが言った。

「悪いけど、完全に頭がイカレてると思うのは、おれだけですかね?」ルーベンは笑い出した。「ここはストックホルムで、悪党どもは悪党のやりそうなことをやってるわけだ。トム・ハンクスがパリを駆けずり回るような下らないアクション映画じゃあるまいに。それに『ダ・ヴィンチ・コード』だって、その手の根も葉もない妄想じゃなくて歴史上の事実に基づいて……」

「うーん」ヴィンセントが、ためらいがちに言った。「それは正しくないですよ。『ダ・ヴィンチ・コード』は歪曲された事実がベースになっていて、『レンヌ=ル=シャトーの謎 イエスの血脈と聖杯伝説』という本が元ネタです。さらに、その本の着想はピエール・プランタールという男性から得ています。プランタールは一九五六年にシオン修道会という組織を設立しました。この組織の主張は、自分たちはイエス・キリストとマグダラのマリアの間の子供たちの血筋を守り続けており、フランスの王位に就く本当の権利を有している、というものです。プランタールは、自らがこの血筋を引いていると名乗り、それゆえ、自分がフランスの正当な王だと主張していました。やがてプランタールは、たいそう活発な想像力の持ち主、フィリップ・ドゥ・シェリシーという相棒を得て、自らの主張を支持する偽書を作成し始めたのです。そして、その文書を……」

「ヴィンセント」ミーナは目くばせをしながら低い声で言った。

彼は話を途中でやめて、きまり悪そうに感情を呑み込んだ。

「すみません。話が脱線しましたね。またもや」

「まったく」ルーベンが皮肉っぽく言った。「おれの大好きな映画がぶち壊しだ」

「大好きな本、でなく?」ヴィンセントが言った。

ルーベンは彼を見つめ、頭を左右に振った。

「おいおい、ヴィンセント。勘弁してくれよ。あれは映画じゃないか。本のはずがないだろ」

ヴィンセントは心の葛藤と闘っている様子だったが、話題を戻して続けた。

「ヨン・ラングセットのようなきれいな骨にするのは容易なことではありません。何らかの形で人間の手が介在している。そうなると、ローケのシナリオの可能性が最も高い」

「動機については、まだ検討が必要ですね」ユーリアが言った。「実はさきほど本部長と話をしました。本部長は、〈コンフィド〉の三人目の共同所有者であるグスタヴ・ブロンスがこの事件の背後にいて、彼がヨンを殺害したと確信しています。グスタヴはドラガン・マノイロヴィッチから、合計百万クローナのカネを受け取っていたという話です。マノイロヴィッチが何者なのかという説明は不要でしょう。このカネは何かの報酬と推測されています。このカネの目的が何であったのか明らかにできれば、ヨン殺害の動機も分かってくるのではないかと思います」

マノイロヴィッチの名前を聞いて、まるで部屋があえいだかのように特捜班が一斉にため息をついたことにミーナは気づいた。

「ますます厄介になるな」クリステルが言った。

「グスタヴを取り調べる必要がありますが、弁護士が同席することになるので早くても明日」ユーリアが続けた。「契約殺人説が理屈に合わないとは言いませんが、被害者の骨をきれいにする説明にはなりません」

「カツオブシムシというのは、珍しい生き物なんですか?」アーダムが訊いた。「入手が困難なのでしょうか?」

「まだ分かりません」ヴィンセントが言った。「詳しい人に訊いてみようと思っていたところです。知人に優秀な昆虫学者がいますから、きっと協力してくれるでしょう」

「名案ですね」ユーリアはそう言って、テーブルの真ん中の果物籠に入っているクレメンタインに手を伸ばした。「あなたたちはその甲虫について詳しいことを調べてみてください。グスタヴ・ブロンスの取り調べが終わるまでは、これといった手掛かりがないので」

甲虫のことを考えただけで顔から血が引くのをミーナは感じた。ノルテリエ群島のリード島でミンクの死骸だらけのコンテナに跳び込み、ヨン・ヴェンハーゲンの農場の下水管を這ったりした今、彼女の長い長い「近づきたくないもののリスト」のトップにあるのは、気味の悪い虫なのだ。

「了解です」ヴィンセントはミーナをちらっと見て、そう言った。

彼女は恐怖の視線を返した。

「念のためですが」彼は、ユーリアのほうを向いて続けた。「『あなたたち』とおっしゃいましたが、この件について調べるのは、わたしと、問題の虫について知っているミルダの助手ローケということでよろしいですね？」

ミーナは、部屋中に聞こえるような安堵のため息をついた。

「えっと、そうじゃなかったんだけど……でも、いい考えです」ユーリアが言った。「すぐミルダに電話をして、助手がいなくても何時間か仕事ができないか訊いてみましょう」

ユーリアがクレメンタインの皮をむき始めると、部屋中に酸っぱい香りが広がった。ミーナの大好きなにおいだ。自宅にある洗浄剤と同じ柑橘類のフレッシュなにおい。一切れ取って口に入れたユーリアは、顔を歪めた。かなり酸っぱかったようだ。

「ちなみに、クレメンタインという名前は、地中海マンダリンとオレンジを交配させたフランスの神父マリー＝クレマン・ロディエに由来します」ヴィンセントが嬉しそうに言った。「この人物はですね……」

「ヴィンセント」警告の口調でミーナが言った。

彼はしゅんとして口を閉じた。

ユーリアは、クレメンタインの残りをテーブルに置き、立ち上がった。「クリステル、引き続き、記録データをつぶしてください。ルーベンは〈コンフィド〉の企業活動の調査を続行。

一番単純な答えが正しいこともあります」

「オッカムの剃刀ですね」ヴィンセントが浮かれて言った。「どんな説かというと……」

ミーナは、彼のむこうずねを強く蹴った。彼は叫んで、脚に手をやった。ユーリアは、吹き出しそうになるのを堪えた。

「アーダムは遺体発見現場周辺で働く地下鉄職員への聞き込みをお願いします。第一発見者のストリート・アーティストにも話を聞いてみてください。何か目撃しているかもしれないし、他にも何か知っているかもしれない。あのトンネルにだれにも気づかれずに侵入できるとは思えません」

「了解」アーダムが言った。

「これで全員に仕事ができましたね」

だれかが立ち上がるよりも早く、クリステルが咳払いをした。

「えー、わが班は例のフェリーでのクリスマスディナーに参加しなかったので……」彼はぎこちなくしゃべり始めた。「ラッセが今夜、みんなをわが家でのちょっとしたクリスマスディナーに招待したいと言ってましてね。フェリーのおかげで、今夜はみんな時間が空いているだろうし、警官だって食事は必要だろうというのがラッセの意見で」

テーブルを囲むメンバーは、驚いた表情をした。

「すごくいいアイデア！」ユーリアが大きな声で言った。「本当にありがとう！」

みんなはうなずいて同意したが、クリステルは嬉しいとは程遠い表情だった。ラッセに押し切られたのだろう、とミーナは思った。

「今夜これといった用事がないならあんたも来ないか、ヴィンセント?」メンバーが立ち上がるときに、クリステルが言った。

ミーナは息をひそめた。ヴィンセントが参加しないクリスマスディナーと参加するディナーでは、話がまったく違う。彼女としては、一週間のうち七日間、後者がいい。

「喜んで! お誘いありがとう」ジャケットを着ながら、ヴィンセントが嬉しそうに言った。

みんなが部屋から出た後、ヴィンセントがルーベンを見た。

「さっきの『ダ・ヴィンチ・コード』のことですが、ダン・ブラウンが発想を得たのは、わたしが言った本の著者、マイケル・ベイジェントとリチャード・リーとヘンリー・リンカーンなんですよ。実際、原作本の中でも触れられています。映画でも同じです。例えば、登場人物でサーの称号もあるリー・ティービング(Leigh Teabing)はリー(Leigh)とベイジェント(Baigent)から採られてるんです。リーはそのままですが、ティービングはベイジェントのアナグラムなんですよ。おもしろいでしょ?」

ミーナは声を抑えて笑った。ルーベンは不幸そうな顔をしていた。

＊

ニクラスは留守番電話のメッセージをもう一度聞いた。自分が願えばカウントダウンは止まると、子供じみた期待を抱いていたのだ。でも、そんなことはもちろん起きなかった。彼に残されているのは、あと十二日。迫りつつある死とここまで具体的に向き合うことが、物理的にも作用しているようだった。人間はもちろんみんな死ぬ。けれど、すでに死の宣告を受けていない人間で、そのことを真剣に受け止める者はいない。それが何を意味するのか理解できないのだ。単なる抽象的概念としか思えないからだ。でも、今の彼は理解できる。体で感じている。

椅子の上に立って、壁に掛かっている時計に手を伸ばし、釘から外して電池を抜いた。時間が前に進むことをずっと意識させられるのはご免だ。それから、携帯で短いメッセージを書いて送信した。


ここに来てもらえるか。


トールをこんなふうに呼び出すたびに、ニクラスは、自分が七〇年代のアメリカ映画に出てくる邪悪な上司になった気がする。解雇するとか、激しく叱責するために、インターコムのボタンを押して部下を呼び出す上司。メッセージを送信するのは、その現代版だ。

とはいえ、トールが彼のそばを離れるのは稀だから、そう遠くにはいないはずだ。案の定、ニクラスが止まっている時計を壁に掛け直して椅子を元の場所に置くと同時に、ドアが開いた。メッセージを送ってから一分も経っていない。

「きみが正しかった」トールが何も言わないうちに、ニクラスは言った。「警護を強化する必要性についての件だ。考え直した。手配が整うまで何日必要だ？」

トールはとても満足げな表情で、しきりにうなずいた。

「勝手ながら、すでに準備を始めています」彼が言った。「国家保安局と相談中で、警護レベルに関しては見解の相違があるものの、こちらは最高レベルを要求しています。先方は他部署からの人員の派遣を決めており、通信の逆探知等の実施を検討しているようです。国家作戦部とも連絡を取り合っています」

「国家作戦部？　どうして？」

「われわれが警戒すべき犯罪者グループの中に、通常と異なる行動等のパターンが感知された場合、彼らは警告してくれます。夏の事件と同様の事態が起こったら大変ですから」

ニクラスは窓の外へ目を向け、ほんのわずかな数の人影が吹雪に立ち向かうように歩く様子を見つめた。通りでは一人の男性が向かい風に逆らいながら、顔を下に向けて歩いている。安全で暖かい室内にいるはずなのに、ニクラスはあの男性のような気持ちだった。自分よりも大きな力に立ち向かい、心の中まで凍えている。

脅威はトールが信じている方向から来るのではないのだとニクラスは説明したかった。思いもよらない出来事に注意を払わなくてはならないのだと。でも言えなかった。答えられない質問を受けたくなかったからだ。

「ありがとう」代わりにそう言った。「準備ができたら知らせてくれ」

トールは素っ気なくうなずいて、部屋を出た。

ニクラスは自分の机に目をやった。以前ならいつも完璧に整理整頓されていたが、だいぶ前からカオス状態だ。だが、そんなことより考えなければならない大事なことがあるのだ――例えば、時間。残された時間はあまりにも少ない。オフィスに居座って、これ以上時間を無駄にすることはできない。

壁のフックから取った厚手の冬用ジャケットを着た彼は、ポケットに両手を入れた。おかしい。あの名刺はジャケットのポケットに入っていると思っていたのに。そうだ、取り出したんだった。彼は、机の上の散らかりようを見つめた。きっと、あのどこかにあるはずだ。積み重ねた書類のどこかに。まあいい、あの名刺は大して重要ではない。例の電話番号なら携帯電話に登録してある。ただ、紙に書いてあると、すべては悪夢ではなく現実なのだと思い出させてくれることもある。

エスカレーターに向かう途中、トールの部屋の戸口から中をのぞき込んだ。

「歩いて帰宅するよ」彼は言った。「遠くないからね」

「こんな天気にですか?」

トールがよく思っていないことは分かったが、これは彼が決めることではない。あと少しの間は、自分で決められる。重警護プログラムが始まると、そうはいかなくなる。ニクラスは捕虜のようになるのだ。それでも、少なくとも生きてはいられる。

警護官とともに道に出ると、顔に雪が吹きつけた。トールが心配することはなかった。こんな天気では悪漢たちですら外にはいない。ニクラスは雪をよけて顔を伏せ、こわばった脚で歩き始めた。予期せぬ音が聞こえるたびに肩越しに辺りを見回すとまではいかなくとも、それに近かった。

自宅に到着したところで、彼は玄関ドアに残ることになる警護官たちにうなずいてから、エレベーターでだれもいない部屋まで上がった。ジャケットを脱ぎ、無意識に玄関ホールのじゅうたんの上に放っておいた。それから雪のついた靴を引っ張って脱いで床に落とし、居間に直行して安楽椅子に身を沈めた。前かがみになって、安楽椅子のそばのフロアランプを点けた。

こうすれば、彼がどの部屋にいるのか警護官に見える。その後、携帯電話を取り出し、メッセージが変わっていることを期待しながら、登録してある番号に電話をかけた。

自分は助かると期待しながら。

メッセージは同じだった。彼は電話を置いて、目を閉じた。ナタリーとミーナの姿が頭に浮かんできたとき、もう我慢できなくなった。否応なしに涙が浮かんできた。

*

二人はストゥーレビー地区にある小さな家の中に、半ば義務のようにクリスマスの装飾を施していた。本当のところ、ユーリアもトルケルも特にクリスマスが好きなわけではないが、子供がいると家にクリスマスの飾りをするものなのだというイメージのようなものを、二人とも抱いていた。ハリーはまだ一歳だが、『ユーロビジョン・ソング・コンテスト』のスウェーデン国内予選に参加する女性歌手に負けないくらい、グリッターや明るくてキラキラしたものが大好きだ。息子がキラキラのものを新たに発見するたびに喉を鳴らしながら笑ってくれると、飾り付けをした甲斐があった、とユーリアはつい思ってしまう。

その一方で、見かけだけのクリスマスムードは、もはやこの家には本当の意味でいい雰囲気など存在しないことを痛みとともに気づかせるものだった。昔の自分たちを取り戻そうと必死で努力してみたが、今では諦めたような沈黙に落ち着いてしまった。喧嘩すらしなくなり、何百万マイルも離れている二つの天体のように、お互いの周囲をグルグル回っているだけだった。

「今晩はいつ戻る?」

ハリーを抱いたトルケルが、寝室の戸口に立っている。息子は今極端なママっ子で、駄々をこねながら彼女に手を伸ばしてきたが、急いで衣服を身に付けたかったので、ユーリアは気づかないふりをした。

「分からない。そう遅くはならないと思う。みんな、今回の捜査で仕事がたくさんあるから」

「きみが戻ったら、少し出かけようと思っているんでね。遅くなり過ぎなければの話だけど」

ユーリアは動きを途中で止めた。黒いストッキングの片方をはき終わり、もう片方に脚を入れるところだった。トルケルは目を逸らした。

「友だちとビールでも一杯、と思ったんだ」

「友だちって？」

トルケルはためらった。

「フィーリップ」

「そう。分かったわ」

彼女はストッキングをはき、均一になるよう、その場で少し跳んだ。こんな面倒なものをはかなくて済む男性は、自分たちがどんなに幸運なのか想像もつかないだろう。けれど、彼女の母親がいつも言っているように、美しさには痛みが伴うのだ。そして、彼女は美しくありたかった。アーダムも今晩ディナーに来る。どんなにはき心地がよくなくても、彼のためにきれいでいたい。

「急いで戻るよう心掛けるわ」彼女はそう言いながら、スカートに手を伸ばした。

彼女のお気に入りのスカートだ。そのスカートに合わせて、片方の肩がむき出しになる黒いセーターを用意していた。

「随分めかし込むんだな。ただの仕事仲間との夕食じゃないのか?」トルケルはそう言ってから、ハリーをもう片方の腰に移した。

ユーリアは無頓着に肩をすくめて、頭からセーターをかぶった。

「おしゃれするのも悪くないんじゃないかって思っただけ。仕事用の服ばかり着ていたんだもの」

トルケルは、彼女の言葉を信じている様子ではなかった。

二人の間に疑惑が忍び寄るのは、新しい現象だった。一緒になって以来、お互いに嫉妬を感じたことはなかった。でも、今ではまるで違う。ハリーが生まれたことで子供がほしいという願望がすべてやっと解消され、二人の間でぱっくりと口を開ける大きな穴がむき出しになってしまった。二人は夫婦カウンセリングに通った。カウンセラーはこんなふうに分析した——二人はこれまで何年も、親になるという共通の目標を持っていた。その夢に隠れ、気づかぬうちに問題が育っていた。だから、ハリーが誕生して共通の努力が終わった時点で、問題だけが残ってしまった、ということらしい。

理にかなっているように聞こえる。けれど、こうなってしまった理由が分かったところで、ユーリアにとってもトルケルにとっても、解決の手掛かりを見つける役には立たなかった。二人はカウンセリングに通うのをやめた。暗黙の了解のもと、彼らは諦めていた。二人ともそのことをまだ口に出していないし、必要な具体策を取る気力もない。二人とも、片づけなくてはならない新しい難題がたくさんあった。

そして、すべての中心にハリーがあった。二人とも、途方もないほど息子を愛していたのだ。ユーリアが手を伸ばすと、息子は満面の笑みを浮かべて、ぽっちゃりとした腕を伸ばしてきた。「本当にママっ子だね」トルケルが微笑み、その目に以前は彼女に見せてくれていた優しさが浮かんでいるのを見て、ユーリアは嬉しくなった。でも、その優しさは今、息子に向けられている。

「そうよね、あなたは可愛いママっ子」ユーリアは幼児のような片言で言い、ハリーのお腹を押すと、息子は喉を鳴らして笑った。「ママはもうすぐ出かけなくちゃいけないの。でもその前に、クリスマスツリーを見にいきましょう。赤くてきれいなボールがあるわよ」

彼女は息子を抱いて、飾りつけをした大きなツリーがある居間に行った。息子は興奮して、手足をバタバタ動かした――この子はクリスマスツリーが何よりも大好きでたまらないのだ。ツリーを見ると、息子の心はとてつもない幸福感で満たされる。ユーリアは息子の喉元に顔を押しつけて、心地よいにおいを吸い込んだ。携帯電話が鳴った。タクシーが来たのだ。ハリーをトルケルに返す前に、彼女は息子をもう一度ハグしてキスをした。

玄関ドアを閉めるとき、まだクリスマスツリーのそばに立つ二人が見えた。ただの木に過ぎないのよ、自分にそう言い聞かせた。タクシーへ向かう間、コートの胸元を寄せて体にぴったりするようにした。アーダムがセーターを気に入ってくれることを願っていた。

＊

ヴィンセントが寝室でクリスマスディナーにどのシャツとスーツを着ようか思案していると、

玄関の呼び鈴が鳴った。

「だれかドアを開けてくれないか?」彼はホールに向かって叫んだ。

答えはない。彼はため息をつきながら、開けにいった。フェデックスの女性配達員が、ボクサーショーツだけを身につけてドアを開けたヴィンセントを見て、かすかに眉を上げた。ほんの一瞬の反応だったが。恐らく、もっとひどい姿を目にしたことがあるのだろう。

「ヴィンセント・ヴァルデルさんにお届け物です」彼女が言った。「ご本人ですよね?」

「そのとおり」ヴィンセントが言った。

彼女は、靴箱くらいの大きさの荷物を差し出した。

「一足早いクリスマスプレゼントのようですね」女性は微笑みながら言った。「メリー・クリスマス」

「メリー・クリスマス」ヴィンセントはそう言って、ドアを閉めた。

大きさの割には重い荷物だ。彼は箱を手にキッチンへ入り、ナイフを取ってきた。荷物をキッチンテーブルに置いてから、慎重に梱包を開けた。中には黒い木箱が入っている。

「何が来たの?」レベッカがキッチンに入ってきた。「あと、どうして服を着てないの?」

「静かに、わが娘よ」彼が言った。「服よりこっちのほうがおもしろい。見てごらん」

箱には輝くラッカー塗装が施されていて、高級そうだ。蓋に銀色の飾り板が付いており、よく見ると、そこに「ヴィンセント・ヴァルデル様へ」と書いてある。

彼は蓋を持ち上げた。中に木製の枠があり、その中に砂時計が四つ並んではめ込んである。

「久しぶりに見たな」彼はそう言いながら、枠を箱から取り出した。「素敵じゃないか!」

「何それ？」レベッカが言った。

「砂時計。時間を計るための、昔ながらの方法だ」彼は言った。「この四本のガラスの中には、異なる量の砂が入っている。枠を逆さまにすると、同時に砂が落ち始めて、最初のガラス容器の中の砂は、例えば十五分で全部下に落ちる。二番目のは三十分後に、三つ目は四十五分後、そして最後の容器の砂は六十分後に終わる。この仕組みはとりわけ教会で使用されたんだ。聖職者が、自分の説教の時間を確かめられるようにね。セーデルテリエの聖ラグンヒルド教会では、いまだに砂時計が設けられていると思う」

ヴィンセントは枠を逆さまにした。四つのガラス容器の中の砂が、一斉に落ち始めた。

「古代ローマ時代の元老院で、政治演説の時間を計るのに砂時計がすでに使用されていたと言われている」彼は続けた。「演説の質が落ちてゆくと、それを反映して砂時計のサイズがどんどん小さくなっていったという人もいる。ともあれ、砂時計に関する最初の歴史的な記録は、十四世紀にまでさかのぼる。どうだ、興味深い道具だろ？」

ヴィンセントは、砂が反対方向に移動するよう、また枠を逆さまにして、光にかざした。

「はいはい。だけど、パパが話したことがおもしろかったとしても」レベッカが言った。「どうしてパパのところに砂時計が届いたのかは理解できないんだけど」

「パパにも分からないね」彼はそう言い、また箱の中に目をやった。

箱の底に小さな紙が入っている。砂時計の下に置かれていたに違いない。きれいな筆跡の文が、青いインクで滑らかに書かれている。彼は砂時計を置いてその紙を取り出し、声に出して読み上げた。

時間切れになる前に四つ目を見つけよ。


見覚えのある筆跡どころではない。ここ一年半で、数え切れないほど目にしてきた。この筆跡の手紙は、入念に作られた面白いパズルにいつも添えられていた。

「姉のあの事件以来……」そう言いかけて、彼は自分とミーナが水槽で溺死しかけたことをレベッカに話したかどうか確信が持てなくなった。話したはずだ……よな？「あの事件以後、パパに解いてもらおうと、自作のなぞなぞや言葉遊びやパズルが送られてくるようになってね。これは、とくに頭の切れる人からのものなんだ。だれなのかはさっぱり分からない。だけど、この筆跡には見覚えがある。とても頭のいい人なんだと思う」

実際、砂時計はとても美しい。彼は、時計をまたひっくり返した。

「で、これは結局どういうこと？」レベッカが言った。「〝四つ目〟って何？」

娘は、不本意ながら興味を惹かれたようだった。

「さあな」彼が言った。「何か象徴的なもので、砂時計が意味していることと関係があるんじゃないかな。時間というものはやがて失われてしまうもので、止めることも逆転させることもできない――フリッチョフ・シュオン言うところの永遠の極性変化、小宇宙と大宇宙の……」

「砂が落ち終わるまでの時間そのものを指しているのかもしれないよ」いつのまにか二人の話に加わっていたベンヤミンが遮った。「四つ目のガラスの中の砂が落ち切ったときに、パパが秘密を発見するとか。それより、どうして服を着てないの？」

「服、服ってうるさいな」ヴィンセントが言った。「いい考えだ、息子よ。だけど、そんなシンプルなことだとは思えないんだ。二人とも、この砂時計の時間を計るのを手伝ってもらえるか?」

「パパ」レベッカが言った。「服。今すぐ。だれかに見られる前に。それに、ディナーに行くんじゃなかったの?」

ヴィンセントはため息をついた。従うのが賢明だ。最後にもう一度、砂時計を見つめた。何か腑に落ちなかった。これには解決すべき具体的な謎が示されていない。奇をてらった挑戦もなく、組み上げるべきパズルのピースもない。砂時計そのものがメッセージのようにも取れる。ガラス容器の中の砂が淡々と下に移動していく様子を見ていると、すべてのものは遅かれ早かれ終わりを迎えるということをあらためて思う。

自分にも遠からず終わりが来ることを。

われわれは、おまえのオメガに到達した。

キッチンを離れる前に、彼はまた砂時計を逆さまにした。

彼らはいつも分かち合った。そうやって生きてきた。そうやって生き延びてきた。中には貢献できない者もいた。それでも問題はなかった。だれも非難されなかった。

「助ける可能性を与えられたことに感謝すべきだ。これは恵みなのだから」

その言葉が少し不思議だと思うこともあった。だがパパはいつも言っていた、みんな手助けし合わなくてはならないのだと。それはそうだ。だって、パパの友人の中には、そう簡単に地上に行けない人もいたから。あの黄色い帽子をかぶった男はいつも高揚していて、自分だけの雲の上に浮いているみたいだった。そして、ストローを集めているあの女は、自分の娘二人とギリシャで休暇を過ごしていると思い込んでいた。あの二人は、決して地上へは行かなかった。だけど、みんなで一緒に、そんな二人の世話もした。スウェーデン語で一番きれいな単語は『tillsammans（一緒）』だ、とパパがいつも言っていた。

病気になる前、パパは国語の先生だった。つまり、きれいな言葉をたくさん知っているということだ。パパが王になった今、それは重宝する能力になった。でも、パパが王なのは、パパが嬉しいときだけだった。笑いが消えてパパが暗闇に消えると、もう王ではなかった。暗闇が訪れると、自分は退位する、とパパ自身が言っていた。これも、パパが知っているきれいな言葉のひとつだった。『abdikera（退位する）』。でも、パパが戻ってくるといつも、みんなは新たにパパを王にした。

パパがいないときには、みんなが彼を世話してくれた。そして、彼もみんなを世話した。家族だったから。

今、みんなで焚火を囲んで集まっていた。ドラム缶に詰まった燃えるゴミで、トンネル中が煙で充満し、みんな咳をした。だけど暖かくもあった。そして、明るかった。彼とパパが宝探しで見つけたものをみんなで分けながら、彼らは火に手をかざして、顔に暖かさを感じていた。いま心に感じているのが幸福というものなのか彼には分からなかったが、そうなのかもしれないと思った。

優しい目をしたおじいさんが、彼にハムの載ったパンを一切れくれた。一口で呑み込みそうになって初めて、彼は自分がひどく空腹だったことに気づいた。よくあることだった。空腹は常につきものだったので、その当たり前の存在にもうほとんど気づかなくなっていた。唇に食べ物が触れて初めて体が目覚め、空腹感がこみ上げてくるようだった。

「周りを見回してみるんだ」パパはそう言いながら、腕でぐるりと火の周りを示した。「周りを見回してみるんだ。われわれはいかに幸せなことか。地上の世界から守られている、落ちぶれていく世界から守られているのだ。われわれは守られているのだよ。われわれは一緒だ。満腹だ。暖かいのだ」

黄色い帽子の男が、小声で鼻歌を歌っていた。彼は耳を傾けたが、聞き覚えのないメロディーだった。彼が幼かった頃、ママが歌ってくれた歌ではなかった。

彼の手には、サンドイッチが少し残っていた。まだ空腹を感じてはいたが、大したことはなかった。抑えられた。彼は、残ったサンドイッチを、新しく仲間に入った女性に渡した。その人は、いつもとても細かった。いつも震えていた。パパからすでに、大きな袋の中にあった半個分のハンバーガーをもらっていたが、まだぶるぶる震えていたので、彼の分もあげた。彼らは面倒を見合っていた。家族だった。パパがいつも言っていたことだ。彼の一番の願いは、パパのような存在でいることだった。

ミーナに教えてもらった住所にある一軒家の私道にハンドルを切ったヴィンセントは、クリスマスの喜びで心が躍るのを感じた。こちらに向かってきらめくカラフルな電球の光景を楽しもうと、彼は少しの間、車の中に座ったままでいた。家の前は光り輝くフィギュアでいっぱいだ。サンタクロース、トナカイ、雪だるま。

今朝読んだ〈影法師〉からのメッセージを思い出し、不安な気持ちになった。この不安を止められなければ、せっかくの夜が台無しになってしまう。彼はゆっくりと深く息をしながら目を閉じて、クリスマスの装飾を施した家を思い浮かべた。クリスマス気分や、電球のひとつひとつから放たれる喜びを吸収しようとした。クリスマスの気分を徐々に体中に浸透させる。それから目を開けた。今や不安はなく「こんにちは、サンタさん」的な気分になっていた。このほうがいい。

庭にはストリングライトがたくさん飾られていて、赤い電球つきの紐が、車に一番近いところに並ぶフィギュアをつないでいる。風に揺れるそのストリングに下がっている電球がいくつあるか数えたところ、二十三個であることが分かった。

おいおい。これはよくないぞ。これでは不安が戻ってくるかもしれない。彼は慎重に車を降りて、足を下ろす箇所を入念に確かめた。ひどく滑る。今日だけでも、すでに二回転びかけた。

足の骨折が治ったばかりのところに、大腿骨頸部骨折なんてたまったもんじゃない。恐る恐る芝生に足を踏み入れて、ストリングの端の電球をひとつ外そうとした。二十二個のほうがいい。それなら我慢できる。

彼がその電球を外すと、ストリング全体の電球がすべて消えた。

「いらっしゃい！　電球が消えちゃいましたか？」

サンタ帽子をかぶった六十代のハンサムな男性が、戸口に立ってヴィンセントに手招きした。ラッセに違いない。ヴィンセントは外した電球を握って隠し、玄関ドアへ向かった。室内からクリスマスソングが聞こえ、どの窓からも光があふれている。こんなふうな夢のようにくつろいだクリスマスの雰囲気は、ヴィンセントが抱いていたクリステル像にあまり合わないと思った。興味深い夜になりそうだ。

「他の人たちはもういらっしゃって、ホットワインを飲んでいる最中です。いかがですか？もちろん飲まれますよね、何と言ってもクリスマスですから。クリスマスにはホットワインを飲む、そうじゃありませんか？」

ヴィンセントのジャケットを掛けながら楽しそうにしゃべるラッセは、外の景色がよく見える小さな居間へと彼を案内した。聞かされていたとおり、特捜班の全員が、カップを手にそこにいる。ミーナには、明らかに苦痛のようだ。細菌などを考えると、彼女にとって他人の家に滞在することは、恐らく耐え難いのだろう。そのうえ、これだけおびただしい数のクリスマスグッズに囲まれている。磁器のサンタクロース、藁のヤギ、光るストリングライト、クリスマスのキャラがゆっくり回るオルゴール、ジンジャーブレッド・クッキー柄のカーテン、クリスマスリボン柄のテーブルクロス。彼は周りを見回した。各戸口にヤドリギが下がっている（クリスマスの季節に、ヤドリギの下にいる女性にキスをしていい習慣がある）。彼はそれが気にいった。

「やあ、ヴィンセント」アーダムが言った。「あなたも来られてよかった！」

ルーベンとユーリアの頬はすでに火照っている。すでにかなりのホットワインを飲んでいるということだ。ヴィンセントは車を運転するので、ノン・アルコールのワインを頼んだ。脚に擦る何かを感じ、下を見ると、ボッセが掻いてもらいたくて、盛んに彼に体を押し付けている。ボッセはこの日に敬意を表し、プラスチックのトナカイ角が付いたヘアバンドをしている。

「ちょっとやり過ぎだろ？」ヴィンセントの横に立ったクリステルが言った。「ラッセがクリスマス・オタクだって分かっていたら、ここに越してくることを許したかどうか」

「素晴らしいと思いますけどね」ヴィンセントは心からそう言った。

「まあ、ちょっとしたものではあるけど」クリステルがブツブツ言った。

ヴィンセントはボッセの耳の後ろを掻いてやりながら、他の人たちを観察した。警察本部以外の環境で彼らを見るのは不思議な気がしたが、彼らをもっと知る絶好のチャンスでもある。ミーナは、控えめに脇に立っている。ルーベンが彼女のそばに立っているが、彼女と話をしようと試みるのは明らかに諦めたらしく、今は手にした携帯電話の画面に置いた指を、時折右に滑らせている。アーダムとユーリアは頭を寄せ合って、熱心に話をしている。興味深い。

ヴィンセントはミーナのところへ行って、他のみんなが他のことに気をとられていることを確かめた。それから、さっき外した赤い電球を彼女にこっそり渡した。

「何も訊かずに」彼が小声で言った。

「これをポケットの中にしまっておいて」ラッセが、小さなダイニングルームへ続く戸口に立って、咳払いをした。「皆さん、お席にどうぞ！」

ヴィンセントがミーナに肘を差し出すと、彼女は少しためらってから、軽く自分の腕を組んできた。

「洗ったばかりのスーツです」彼はそうささやき、目配せをした。

「手じゃなくて腕を差し出してくれて助かりました。だって、あれに触れたばかりだもの」彼女はそう言いながら、ボッセを顎で指した。

「まさか手をつなぐべきだと思っているとは意外でした」皮肉に微笑みながら、彼が言った。

「ハハハ」彼の腕から自分の腕を外した彼女は、彼を置いてダイニングルームへ向かった。

戸口を通り抜けるとき、ヴィンセントはヤドリギを見上げ、自分の前を歩くミーナの背中に視線を移した。ちょうどそのとき彼女が振り向いて、彼に笑いかけた。元々赤くてふっくらとした彼女の唇を、一秒長く注視してしまった。

彼女は視線を戻して、食卓へ向かった。豪華にセッティングされた食卓まで歩き、ミーナのために椅子を引いてやり、その隣に腰かけた。やはり隣どうしに腰かけるユーリアとアーダムを観察した。アーダムは、ユーリアの椅子を引いてやらなかった。紳士らしさは消滅しつつあるのだろうか？　それとも、アーダムにはユーリアと距離を置くような振舞いをする理由があるのだろうか？　極めて興味深い。

「何が出てくるのかしら？」ミーナが小声で言った。「来る前に食べておくべきだった？」

それはクリステルとラッセの料理の腕を疑う質問でないことは分かった。そうではなく、彼女には対応しかねるような料理を食べなければならないのか、という不安を表す質問だ。この夕食会に参加するのに彼女がどれほど奮闘しているのか、ヴィンセントには分かっていた。

「コックがクリステルであることに金を賭ける気はありませんね。ラッセであることを祈るばかりだ」

「そんなこと言うなら」ミーナが不安そうに言った。「胃の洗浄に付き添ってくださいね」

「まずは前菜の登場！」キッチンへの入り口から、クリステルの声が突然聞こえてきた。

彼とラッセは、両手と両前腕にバランスよく載せてきた皿を、慎重に食卓の上に置いた。ヴィンセントは驚いたように目の前の皿を見た。クリステルがみんなの注目を惹こうと、両手を叩いた。

「前菜にはこのおれが作った、トリュフとポルチーニの泡を載せた小さなココット」

「おいおい、マジかよ、クリステル」同僚と皿の上の創作物を交互に見ながら、ルーベンが言った。「大先輩に料理ができるとはね！　職場じゃコーヒーでよく火傷をしてるのに。しかも、自動販売機のコーヒーでさ」

「クリステルの腕は素晴らしいんですよ」ラッセがのぼせた顔で、最愛のパートナーを見つめながら言った。「〈ウッラ・ヴィーンブラード〉のキッチンでいつでも働き始められるって、よく言っているくらいです」

「よせ、こんなのただの道楽だ」クリステルはそう言って、顔を赤らめた。「食べ始めていてくれ。すぐに戻ってくるから。メインディッシュの面倒を見てくる」

一同は感動で黙ったまま食べ始めた。控えめな音量の『きよしこの夜』が流れている。

「いやあ、驚いた」ルーベンは信じられないように頭を左右に振りながら、何度も言った。

「いやあ、驚いたよ」

「記者会見の後、耳寄りな情報は寄せられましたか?」ミーナがユーリアに言った。

「ディナー中の会話には最悪のテーマだ、ミーナ」ヴィンセントが小声で言った。

ミーナが前菜に手をつけていなかったので、ヴィンセントは、自分の空になった皿と彼女の皿をこっそり取り替えた。まったく苦ではなかった。前菜は、彼の味蕾を大いに刺激してくれるほど美味だった。

「シーッ、今夜は仕事の話は抜きですよ」呼びかけるように指を振りながら、ラッセが言った。

「今夜は皆さん一人一人のことを知りたいので。死とか悲惨な話はやめましょう。そういったことなら、クリステルから十分過ぎるほど聞かされていますからね。あなたから始めましょうか、ミーナさん。あなたについて聞かせてもらえますか?」

ミーナは恐怖におののいた。他人との個人的な関係を強いられるのは苦手だ。でも、応えるのがエチケットだ。

「話すことはそれほどありませんが」彼女は言った。「刑事になって、もうすぐ十年になります。娘が一人いて、元夫もいます。オーシュタに住んでいます。それくらいです」

「それに加えて、わが特捜班にとって最大の難事件ふたつを解決した立役者」ユーリアが補足した。「ミーナは、警察本部で最大のスターの一人なんですよ。署の他の人間がそのことを知らないのはわたしたちにとって幸運なんです——彼女をうちの班にとどめておけますからね。

ただし、それも時間の問題かもしれませんが」

話し続けるユーリアを、ミーナは驚いたように見つめていた。アーダムの番になったところでクリステルが戻ってきて、メインディッシュの時間だと告げた。

メインディッシュも前菜に負けず劣らず素晴らしかった。ノロジカの鞍下肉とベークドポテト、そして自家製のブイヨンにポートワインを完璧に合わせたソース。出されたワインボトルの中身が減るにつれて、食卓を囲む話はどんどんスムーズになった。ヴィンセントの横目に映ったのは、またも顔を寄せ合って話をするユーリアとアーダムだった。ふーん。ということは、彼の解釈は間違っていないようだ。

ミーナはメインディッシュをほんの少し口にしたが、あとは、皿の中をあちこち押しやっているだけだった。ヴィンセントが彼女のポテトと肉一切れをこっそり自分の皿に移すと、ミーナは彼に感謝の目を注いだ。

デザートは、クラウドベリーがたっぷり入ったパブロバ（メレンゲにクリームやフルーツをはさんで重ねた菓子）だった。ルーベンはもう驚くのをやめて、皿に載ったものすべてをむさぼり食っていた。

「ふう、うまかった」デザートを平らげたルーベンはそう言いながら、お腹を叩いた。

「ああ、お腹いっぱい」ユーリアが唸った。

「家まで送ってもらえます？」そうささやいたミーナに、ヴィンセントはうなずいた。

これほど嬉しいことはない。でも彼女は、そういう意味で言ったわけではないのだろう。

「お望みなら、今抜け出すこともできますよ」彼はささやき返した。

ここ三十分間で、彼女の表情にパニックがはっきりと映っていた。ヴィンセントは立ち上がって、咳払いをした。

「ラッセとクリステル、素晴らしいディナーでした。招待してくださって感謝します。残念ながら、一番先にお暇しなくてはなりません。妻が留守中で、ベビーシッターと交代しないといけなくて。なので、残念ながら、コーヒーは遠慮させていただきます。きっとわたしが今まで飲んだコーヒーの中で、最高の逸品なのでしょうが。ミーナ、きみを家まで送ると約束しておきながら、こんなに早く帰宅することになって、きみの夜をぶち壊しにしてしまうようだが、そろそろ車を出さなくては。迷惑かけて申し訳ない」

ミーナの目に熱意がこもっているのが分かったが、それでも彼女は感情を抑えるよう努力して、がっかりしているふりをした。ホストの二人を傷つけないようにするためだった。彼女もお礼を言って、その場を去った。

家を出ると、冬の寒さで顔がヒリヒリした。ミーナが長いため息をつき、ヴィンセントには、安堵が彼女の体をめぐるのが聞こえた。

「ありがとう」彼女が言った。「我慢できたのはあと数秒だったわ」

二人は車に向かった。

「さっき渡した電球はまだ持ってます？」彼が訊いた。

彼女はポケットから電球を出して、彼に渡した。

そこで、電球の消えているストリングに気づいた。

「いい歳して、何やってるんですか？」

彼が電球をはめると、ストリングはまた鮮やかに輝き出した。二十三個の電球が。ヴィンセントはすぐに視線を逸らし、トランクを開けて、筒状に巻いてある包装紙を取り出した。それから、助手席側のドアを開けた。

「残念ながら、あなたの席用のビニールがなくて」彼は包装紙を振った。「でも、クリスマスプレゼント用の包装紙ならある。もし、しばらくの間、サンタクロースの上に座ってもいいのであればね。サンタを窒息させられるかもしれない。クリスマス嫌いには一石二鳥ですね」

ミーナは、ヴィンセントの腕をこぶしで叩いた。

「わたしが重たいって言いたいのですか？　気をつけたほうがいいですよ、でなきゃ、あなたの上に座るから」

それから、彼女は顔を赤らめた。

「いや……そういう意味じゃなく……」

ヴィンセントも照れて、爆笑し始めた。彼は車の中に腰かけて、彼女を待った。さらに数秒してから、彼女が乗り込んできた。

「笑わないで」彼女が言った。

ヴィンセントは車をスタートさせて、私道からバックさせて出た。

「唐突ですが」彼が言った。「いつからユーリアとアーダムは肉体関係にあるのかな？」

ミーナは口をあんぐり開けて、彼を凝視した。

＊

ルーベンがクリステルとラッセのところから帰宅したのは、一時間前のことだ。それからというもの、彼は大半の時間をキッチンテーブルの上に置いたクリスマスプレゼント用の包装紙を見つめることに費やしてきた。酔いを醒ましながら、どの包装紙にしようか迷っていたのだ。クリスマスの小妖精がたくさん描かれた光沢紙は、あまりにも間抜けで、アストリッドならきっと子供っぽ過ぎると思うだろう。

もうひとつの包装紙はマット仕上げの赤一色のものだ。大人向けかもしれないが、娘はきれいだと思うかもしれない。彼にはさっぱり分からなかった。こういうことは得意分野ではなかった。

ふらつかないようにテーブルの端を摑んでいたが、あまり役に立たなかった。クリステルの家で飲んだホットワインは非常においしく、惜しみなく注がれる普通のワインもずっと飲んでしまった。だから、目下のルーベンの運動機能は直立不動に適しているとは言い難い。よし、やっぱり赤い紙にしよう。彼は包装紙を一メートル分引っぱり出して、プレゼントを包み始めた。どれくらいの紙が必要なのか分からなかったが、五重にすれば十分だろう。すると包装が厚くなり過ぎて、左右の端を下に折るのが不可能になり、彼は包装の端を押さえたままテープを探す羽目になった。

テープはもちろん床に落ちていた。片手を包みから離さずにテープに手を伸ばしたが、ぎりぎり届かない。つま先でテープを取ろうとして蹴とばしてしまい、テープはますます遠のいた。くそっ！　みんなどうやってうまくやってるんだ。

テーブルの上の携帯電話が、ショートメッセージの受信を告げた。今はどんな中断も歓迎だ。右手で包装紙がずれないよう押さえる必要があったので、彼は左手でぎこちなく電話を取った。

メッセージの送り主は、一昨日の夜から昨日の朝にかけて彼のところに泊った、「y」で終わる名前の女性からだった。この女性がどうやって彼の電話番号を知ったのか分からなかった。彼が軽率だったに違いない。女性は、「クリスマスプレゼントを渡しに」彼のところに立ち寄ってもいいか訊いていた。添付された写真を見ると、彼女はサンタ帽をかぶって、カメラに向かって微笑んでいる。それ以外は、一切何も身につけていない。メッセージだけでは意図が伝わらなかったときのためか。何てこった。すっぽんぽんじゃないか。

ルーベンは天井を見上げて、ため息をついた。

「そこで笑ってるんだろ、ペーデル？」彼は大声で言った。

左の親指で返事を書くとなると、時間がかかる。本当は、彼女に来てもらいたくてたまらない。けれども、まずは優先すべきことを優先しなくては。残念ながら、今晩は大事な任務で留守だ、と返答した。ある意味、事実だった。アストリッドへのプレゼントをうまく包装する。何が何でも。

残り十一日

ペーテル・クローンルンドの何かがルーベンの中でひっかかっていた。勾留中のペーテルから事情を聴いたアーダムとユーリアから、これといった新しい情報は聞かせてもらえなかった。だが、目の前の画面のペーテルの顔にどことなく見覚えがあるのだ。ルーベンは決して人の顔を忘れない。

彼はインターネットに入って、〈コンフィド〉事件に関する記事をいくつかクリックした。ほとんどの記事の写真に、ペーテル・クローンルンドが写っている。常に一分の隙もない服装だ。大抵は青いスーツに淡いピンク色のシャツ、そして、よくマッチした縞柄かチェック柄のネクタイ。それにもちろん、高価な時計。ルーベンは写真のうちの一枚を拡大して目を細めて見ると、珍しくロレックスではなかった。品のよい金持ち、通好みのチョイス。パテックフィリップの時計だ。

ルーベンは好奇心から新しいタブを開いて、高級時計のサイトをグーグルで検索した。彼は軽く口笛を吹いた。ペーテル・クローンルンドが無造作に右手首にしている時計を購入するには、百万クローナ支払わなくてはならない。左ではなく右の手首にしているのは、高級車に同乗する女性たちによく見えるようにだろう。ルーベンはニヤリとした。彼もこの手口を使ったことがあった。ただし、彼がしていたのは、この時計とは値段の桁が違う代物だった。ただ、どっちの手首にしようと、こういった時計をするのは極めて危険ではある。時計の盗難の発生頻度は上がっている。とりわけエステルマルム地区では。こんな時計をしてあのあたりを歩き回るのは、盗んでください、と言っているようなものだ。

彼は眉間にしわを寄せた。くそっ、このペーテルってやつの何に見覚えがあるのか。太くて黒っぽい眉毛と薄い唇が、彼の頭の中の警報の鐘を鳴らしまくっている。集中しろ。記憶を掘って探した。そこには彼がこれまでに見てきた顔がすべて保存されている。よいことばかりではないが。これまで彼がひっかけてきた女性たちの顔もあり、それはできることなら記憶から削除したいものだった。

ペーテル……ペーテル……記憶の外縁で何かが動いたのを感じ、彼はリラックスしようと努めた。力が入り過ぎるといいことはほとんどない。代わりに記憶に仕事をさせるのだ。彼は画面上の名前や写真が呼び起こす考えや印象や連想に身を任せた。

ペーテル……ペーテル……ペーテル・マノイロヴィッチ！　そうだ！　ペーテル・クローンルンドとして知られるこの男は、元はペーテル・マノイロヴィッチという名前だった。マノイロヴィッチ――直近の捜査会議をはじめ、ここ数日で何度も聞いた苗字。彼の脳が正しい方向を向いたのは、きっとこのせいだ。

彼は急いで、この名前でグーグルを画像検索した。ペーテルは改名以前の自分の写真を徹底的に削除していた。ひとりではできない仕事だとルーベンは思った。ペーテル・クローンルンドは明らかに自分の家族とのつながりをすべて洗い流したがっていた。だがインターネットの情報が完全に消えることは稀だ。そしてついに、〈アフトンブラーデット〉紙の昔の記事に、求めているものが見つかった。その白黒写真はそれほど鮮明ではないが、写っている男性の一人がペーテル・クローンルンドであることに疑いの余地はなかった。キャプションには、「悪名高きドラガン・マノイロヴィッチの息子たち。ヴィクトル、ミラン、ペーテル・マノイロヴィッチ」とある。

満足感が波のように打ち寄せた。彼はかぶりつくように警察のデータベースの検索を開始し、情報の洪水がコンピューターに流れこむのを見るや、笑みが顔一面に広がるのを止められなかった。マノイロヴィッチという苗字は、データベースでは情報の泉だ。最初に登録されたのはペーテルの父親ドラガン・マノイロヴィッチで、年月とともに、息子たち——ヴィクトル、ミラン、ペーテル・マノイロヴィッチ——の犯罪行為がつけ足されていった。ペーテルの名前は、十五年ほど前に突然消えている。急いで検索してみると、クローンルンドはペーテルの妻の旧姓で、結婚して彼女の苗字を名乗ることにしたと分かる。ペーテルが自分の過去を隠すために力を尽くしてきたのは明確だった。この男は名前と住所と交友関係を変えた。彼を過去に結びつけるものは何もない。

ルーベンは眉をひそめた。〈コンフィド〉に関する捜査報告にはペーテルの過去については何も記載されていなかった。経済犯罪だったから、捜査は会社内での出来事に焦点を置いたのだ。容疑者の家族を調査する理由はなかった。でも、タブロイド紙が気づいてもよかったのに。非難を浴びている人物の過去を何でもほじくり返すのが彼らの仕事なのだから。こんなにおいしいネタを逃すとは思えなかった。なのに、彼の過去に関する言及は何ひとつない。

納得のいく説明はひとつだけ。タブロイド紙は、ペーテルがスウェーデンで最も悪名高きセルビア系犯罪家族の一員であることに気づいていた。でも、そのことを敢えて公表しなかった。あるいは、公表しないよう圧力をかけられた。マノイロヴィッチ一家は、薬物や人身売買や売春に関する数えきれないほどの犯罪にかかわっている。その犯罪リストは長い。

ペーテルはそんな家族と縁を断ち、成功した投資家として生まれ変わったように見える。けれど、ルーベンは馬鹿ではない。マノイロヴィッチのような一家を離れる者などいないのだ。

*

ニクラスはスウェーデン・テレビ《SVT》のスタジオに通じるドアの横に立って、朝食が並ぶテーブルを見つめていた。彼はふだん朝食には気を使っている。搾りたてのオレンジジュース。冷凍でないブルーベリーを入れたナチュラル・クワルク（フレッシュチーズの一種）。コーヒー。卵一個。でも突然そんなこだわりを持つほど人生は長くなくなった。腹部に感じる不安を和らげることはできないかもしれないが、何であれ食べればお腹が鳴るのは防げる。生放送でお腹が鳴り始めたらたまらない。

「法務大臣に今朝来ていただけて光栄です」聞き慣れた声が聞こえた。

いつも親切なディレクター補佐のミッケ・ニーデルマン・メッレルが、小型マイクを持って彼の横に立っていた。

「大臣には、今のうちにマイクを付けていただこうと思ったものですから」彼が言った。「五分ほどで中に入っていただきます。食べる時間は十分ありますよ」

「ありがとう」ニクラスは言って上着を引っぱり、ミッケがマイクをきちんと取りつけられるようにした。

ミッケがマイクの位置に満足したところで、ニクラスはトーストを一枚素早く取って、バターとマーマレードをたっぷり塗った。少し離れた壁にもたれて立っている担当報道官のトールが両眉を上げているであろうことは見なくても分かった。トールの朝食は、せいぜいグレープフルーツ半分だ。フレドリック・ラインフェルト（一九六五年〜。スウェーデン元首相）式ダイエットと彼は呼んでいる。

ニクラスがパンを食べ終わるのに、一分もかからなかった。

『朝のスタジオ』への出演を承諾すべきではなかったかもしれない。だが彼の仕事の一環でもあるし、すでにトールが、インタビューがしかるべき方向に進むよう、事前に制作陣から質問を聞いていた。ニクラス・ストッケンベリをどんな印象で発信するか考慮しなくてはならない。

「行きましょうか？」いつのまにか横に立っていたミッケが言った。「ご希望でしたら、これを持っていきますよ」

ミッケがニクラスが手にしているコーヒーカップを指した。落ち着いた黒色で、ロゴは入っていない。さすが公共放送だ。ニクラスはありがたくうなずいて、彼にカップを渡した。

「では、行きましょう」

トールが壁から身を起こして、襟元の小型マイクで短い命令をしているのが見えた。ニクラスは新しい警護担当に気を配っていなかったが、だからといって彼らがそこにいないわけではない。多分、ニクラスのほんのわずかな動きも目で追っているのだろう。彼のみならず、他の全員の動きも。撮影スタッフ、照明スタッフ、技術スタッフ、全員をリアルタイムで徹底的に調べているのだ。

　ニクラスはミッケに続いて、スタジオに足を踏み入れた。司会者のカーリン・マグヌソンとアレクサンデル・レティッチがいて、次に見せる映像の予告をしていた。ミッケはニクラスにカメラの後ろで待つよう手で指示を出して、その場を去った。赤い時計が、録画された映像がスタートするまでの秒数を示している。映像が始まると、生放送用のカメラのスイッチが切られた。ニクラスには何の映像なのか見る必要がなかった。あの事件が起こったとき、彼はあの場にいたからだ。

　ミッケが戻ってきて、カーリンとアレクサンデルが着いているテーブルのそばの椅子にニクラスを案内した。コーヒーカップはすでに置いてある。ニクラスは、ＳＶＴの早朝番組制作チームのスムーズな仕事ぶりに感心せずにはいられなかった。

　彼がテーブル越しに手を伸ばして司会者たちと挨拶を済ませるや否や、映像は終わって生放送に切り替わった。

「今年の夏の終わりにエーランド島で起きた事件の映像でした」カーリン・マグヌソンが、カメラに向かって言った。「本日のゲストは、あの襲撃事件の標的だった法務大臣ニクラス・ストッケンベリ氏です。ようこそいらっしゃいました」

「ありがとうございます」ニクラスは、最も安心感をもたらす、大臣としてベストの微笑みを浮かべながら言った。

「大臣は白昼堂々、路上でナイフで襲われました。犯人は明らかに大臣に害意ないし殺意を抱いていたわけですが、今振り返っていかがですか？　どう思われますか？」

「犯人が目的を達成していたら、わたしはどんな気分になっていたことか。それと比べると、もちろん気分は大変いいですね」苦笑いを浮かべていたニクラスは言ってから、すぐに真剣な表情になった。「ですが、大変な出来事であったのは間違いありません。わたし自身が気づくよりずっと早くに危険を察知した警護担当全員に改めて感謝します」

「事件は心を病んだ単独犯の仕業ではなく、背後には何らかの組織が関与しているという説もあります。それについてはどうお考えですか？」

ニクラスはためらった。彼自身、Xで流布している数々の陰謀説も真実とそう遠くはないのではないかと思ってはいたが、国民を知りたくないことから守ることがときには必要だと承知していた。

「アルビン・ヨハネソンの公判に際して、検察官は素晴らしい仕事をしたとわたしは思っています。本件についてのあらゆる事実が俎上に乗せられました。ヨハネソン氏は入るべき場所に入っていますし、犯罪率と精神医療政策の一九九〇年代の『改革』との相関関係について議論する機会があれば歓迎いたします」

彼はカメラの背後に立つトールに素早く視線を向けた。トールは短くうなずいた。心を病んだ単独犯であろうとなかろうと、彼の命を救ったのはトールだった。それが事実だ。訓練を受けた彼の目と電光石火の反応がなければ、今ニクラスがここに座ってあのときの話をすることはできなかっただろう。

「大臣は病欠を取らずに即公務に復帰することを決意されましたが」アレクサンデル・レティッチが言った。「あの事件の結果、法務大臣としてのご自身の職務について、お考えに変化はありましたでしょうか?」

熟考しているように見せようと、ニクラスはコーヒーを一口飲んだ。実のところ、この質問は数え切れないほど受けてきた。

「とくに変化はありません」彼は言った。「わたしたちが目指しているのは、法と秩序が優越する社会です。それが何を意味するかについて、わたしの見解は変わっておりません。警官がもっといれば、エーランドでの事件は回避できたか? できたかもしれません。ですが同時に、警官の数を増やしたとしても、それはすでに出血している傷口への絆創膏に過ぎないのです。絆創膏は大切でしょうが、傷の原因に立ち向かわなければいけません。そうすることで、同じことは二度と起こらないのだと安心することができます。わたしたちが現代社会で負うべき大きな任務はそれなのです」

「不安を抱いている国民におっしゃりたいことはありませんか?」カーリン・マグヌソンがメモを見ながら言った。

トールが要請した質問だ。テレビ局側が承諾したことに、ニクラスはすこし驚いた。

「不安は感情で、そういった感情をシャットアウトするのは容易ではありません」彼は言った。「ですが、スウェーデンが世界で最も安全な国のひとつであるということを思い出していただきたいのです。イランはどうでしょう? ロシアは? あるいは中国。エジプト。トルコ。アフガニスタン。カタール。そういった国では、不安に理由があるのです。でも、ここスウェーデンでは? この国は信じられないほど法的に安心できる国なのです。犯罪活動にかかわらない限り、危険な目に遭う可能性は非常に低い」

司会者たちは、真剣な顔つきでうなずいた。

「エーランドも例外ではないですよ」その場の雰囲気を和らげようと、彼は言い足した。

コーヒーを飲もうと、テーブルからカップを取ったとき、親指の下に何かざらざらしたものがあることに気づいた。先ほどカップを持ち上げたときにも感じたが、そのときは気にかけなかった。目をやると、カップの取っ手に緑色の粘着テープが貼ってあった。技術スタッフやスタジオのスタッフが使用するものだ。他の人のものと取り違えないように、だれかがテープに彼の名前を書いたのだろう。

「少し個人的な話になりますが」アレクサンデル・レティッチが言った。「ああいった出来事の後、不安になって後ろを振り返ったりしなくなるまで、どれくらいかかるものでしょうか？」

ニクラスは目をパチパチさせた。事前のリストに、その質問は載っていなかった。彼は、個人的な話をするのが好きではない。個人と政治を混同したと批判される可能性が常にあるからだ。後でSVTの番組制作陣にトールからこの件について伝えてもらわなくてはならないだろう。それでも彼は微笑みながら司会者を見つめて、この質問は単なる好奇心によるものなのか、それとも、だまし討ちのようにして二の矢が用意されているのか確かめようとした。彼はまたカップを見下ろし、親指を動かした。やはりテープに何か書いてある。だが、彼の名前ではない。

数字の8だ。

その下の方の円の中が塗ってある。

あの名刺と同じシンボル。

その後に書いてあるのは、数字の11。

残り十一日。

スタジオのだれかがやったのだ、トールの徹底した監視にもかかわらず。警護官がいるにもかかわらず。

パニックがこみ上げてきて、あっという間に体全体を満たした。腕と脚がチクチクする。この場から逃げ出したかったが、自分はここに座っていなければならない。何と言っても生放送中だ。落ち着くまでカップの中を見つめてから、ようやく視線を上げた。

トールは彼の表情に気づいたようだ。彼がスタッフの耳にささやくと、彼女は司会者にストップするよう指示を出した。

「考えるのは辛いですか？」合図に気づかずにアレクサンデル・レティッチが言った。ニクラスの反応が質問のせいだと解釈したようだ。

「ときには」ニクラスは咳払いをした。「つい後ろを振り返ってしまうのをやめるまでどれくらいかかるか、というご質問への答えですが――決してやめられません」

スタジオの暗がりでひそかに激しい動きがあり、警護官たちがすべての出入り口のそばに立った。だが、そんなことをしても無駄だとニクラスには分かっていた。彼を狙っている人物はもはやスタジオの中にはいない。まだそのときでないからだ。

それでも、メッセージは明確だ。彼が何をしようと、警護官を何人配置しようとも関係ない。ニクラスの番が来たときには、世界最高の警護隊を出動させたところで役に立たない。彼は逃げられないのだ。

＊

クリステルは今のところ、オープン・プラン式のオフィスに響くクリスマスソングを、いつもよりうまく無視できていた。彼の記憶の片隅に隠れている何かがやたらと気になり、そのことに多くの時間を費やしていた。今の彼は失踪事件の調査に移っていて、今回の白骨事件との類似点を探していた。手元にある情報はわずかだ。それでも、失踪人情報を何度もチェックするという実りのない作業を続けた。この世から掻き消えてしまったかのような人々の顔が何ページも連なる記録を。

いくらかもっともらしい説明ができそうなケースもある。老人ホームから出かけたままの認知症のオルガ。何ページにもわたる犯罪歴を持つ明らかにギャングの一員であろうホルへは、「知り合いに会ってくる」と言って外出して帰らなかったと内縁の妻が証言していた。十九歳のエルヴァは度重なる自殺未遂の末に精神科病院に三度目の入院をし、退院して以来、姿を消していた。これらのケースでは、その後どうなったのか、それなりに推測ができる。

ときにクリステルは、見知らぬ人間たちの悲運と長時間向かい合い過ぎて、落ち込んでしまう時がある。だが今、彼が見ているのは、少なくとも捜索願が出された人々だ。彼らが消えたことに気づいた人たちがいる、ということだ。

最悪なのは、いなくなってもだれにも気づかれないケースだ。アパートの部屋で死んだまま数か月もそこに横たわっていて、家賃を滞納しているからという理由でようやく発見される場合もある。クリステルも、同僚たちがいなければ似たような運命になっていたかもしれない。

彼がいなくなったとしたら、そのことに気づくのは彼らだけだった。このあいだまでは。今は違う。今はラッセがいる。そして、こうして摑んだチャンスを失ってしまうことをひどく恐れていた。新しい人生へのチャンス。それだけではない。要するに彼は幸せなのだ。もしかしたら、頭の中で彼を苦しめている小さく頑固なものが何なのかはっきりしないのは、この幸福感のせいかもしれない。それがここにあるのは分かっている。幸せ過ぎて、まともに仕事ができないのだろうか？　それとも認知症の前触れか？

クリステルはスクロールを続けた。次々と現れる顔。次々と現れる悲運。この記録のどこかに、ヨン・ラングセットと結びつく何かがあるはずだ。

「順調ですか？」ミーナが言った。

どこからともなく聞こえた声に、クリステルはビクッとした。足音に気づかなかった。とはいえ、クリスマスソングの『ロウソクを灯して』がオフィスのほとんどの音をかき消してはいた。

「順調と言いたいところだが、まるで進展なしだ。何か気になることがあるのは分かってるんだ。自分で見た何かだ。だけど、それが何なのか、どうしても出てこない」

「ルーベンが、ペーテル・クローンルンドがドラガン・マノイロヴィッチの息子であることに気づいた話は聞いていますよね？」

クリステルはうなずいた。

「そうさ、ルーベンの記憶はおれのよりずっといいってわけだ。それにしてもとんでもなく面白いつながりじゃないか。ユーリアが激怒したって聞いたよ。だからといって、それでおれの記憶力の低下がどうなるわけでもない。歳なんだよ、最近はザルのように記憶が漏れちまうみたいだ」

クリステルは頭を掻いて、悔しそうに机を押して椅子を後ろに移動させた。

「ヴィンセントに助けを求めようと考えたことはないのですか?」ミーナが恐る恐る訊いた。

「ヴィンセント?」クリステルは、小さな含み笑いをした。「やつにどんな手助けができる? アブラカダブラって呪文を唱えるのか? そうするとおれの記憶が戻るとでも?」

「重要なことを思い出すのに、わたしは彼に助けてもらいましたよ。催眠術をかけてもらったんです。あの助けなしに、ヨン・ヴェンハーゲンの農場の掩蔽壕《えんぺいごう》は決して見つけられなかった」

ミーナがクリステルの隣の椅子をちらりと見て、そこに座ろうか迷ったようだったが、立ったままでいることを選んだ。気持ちは分かる。座面の生地が古びていたのだ。

「催眠術をかけられるなんて冗談じゃない。第一に、あんなのはインチキだからだ。実際には効かないってだれもが知ってる。第二に、やつはこのときとばかりに悪ふざけをするに決まっている。おれを片足でジャンプさせて、アヒルみたいにガーガー鳴かせるとかな」

「効かない催眠術で、ガーガー鳴かせるってことですか?」

ミーナは、おもしろそうに両眉を上げた。クリステルは彼女を睨んだ。それから、椅子を机のそばに戻し、会話は終わりと言わんばかりにパソコンの画面を見始めた。

「馬鹿げている」ミーナに背中を向けたまま、クリステルが言った。「そんな馬鹿らしいことに費やす時間なんてない」

「どっちみち、もう少しでヴィンセントがここに来ますから」ミーナが言った。「考えておいてください」

彼にはミーナが遠ざかる足音が聞こえなかったが、当然ながら去ってくれたのだろう。彼にはすべき仕事がある。

*

ヴィンセントは遅れていた。ミーナが警察本部の正面玄関で待っているのは知っていた。彼女のイライラした表情が頭に浮かんだ。駐車してから、途中でコーヒーを買うだけのつもりだったが、カフェにいる間に雪がひどくなってきて、分別がある人間ならまず出かけないような吹雪になってしまったのだ。

カフェで少し待ったが、吹雪が収まる気配はまるでなかったので、肩を耳まですくめ、マフラーで鼻を覆って外へ出た。

歩いたのは一ブロックだけだったのに、警察本部に到着したときには、自分が凍傷にかかった雪だるまになったような気がした。玄関を入ると、思ったとおり、腕を組んだミーナが目に入った。署に来るよう彼女に頼まれてはいたが、用件は聞かされていなかった。

自分のせいでミーナに危険が迫るようなことはあるだろうか、と、ふと不安に駆られた。そんなことがあってはならない。けれど、〈影法師〉がミーナを巻き込もうと決めていたら、防ぎようがなかった。

「来る途中、コーヒーを買ったんです」彼は、申し訳なさそうに言った。「でも、こっちに来るまでにアイスコーヒーになってしまった」

彼は、しわしわの紙コップをゴミ箱に捨てた。

「帽子をかぶっていないのはどうして、ヴィンセント?」ミーナはため息をついた。「髪が真っ白じゃないですか」

彼が頭を振ったので、雪が彼の周りを舞った。

「自分は大人だし、かぶりたくないと言ったら?」

「見栄っ張りなんだから。それより、署の自動販売機のコーヒーもそう悪くないんですよ。覚えているとは思いますが」

ヴィンセントはマフラーを外し、ジャケットを脱いで振った。正面玄関の床に、さらに雪が落ちた。

「雪でここに閉じ込められる危険性があるな」彼が言った。「クリスマスイブまで数日残っていてよかったですよ。掘って脱出する余裕がある」

「そんな楽しいことになんてなりませんから」ミーナは、二人がゲートを通って中に入れるよう、アクセスカードを通しながら言った。

「あなたには、何が何でもクリスマスを楽しんでもらいたいのでね」彼が言った。

二人は、今や馴染みの廊下を歩いて、取調室へと向かった。ミーナの髪が、二人が初めて出会った頃とほぼ同じ長さに戻っていることに、ヴィンセントは気づいた。また彼女の顔立ち全体を際立たせるような、きつく縛ったポニーテールにしている。何てことだ。あれからもうすぐ三年? 彼にとっては、いまだに昨日のようだった。

「クリスマス映画で始めましょうか?」彼は続けた。「『ホーム・アローン』、『クランプス 魔物の儀式』、そして『クリスマス・ストーリー』をたて続けに観るというのはどうです？」

ミーナは立ち止まって、彼を睨みつけた。

「第一に、あなたは仕事でここにいるんですよ」彼女が言った。「それに集中してください。第二に、それがあなたにとってくつろげるクリスマス映画なんですか？」

「ええ、『グレムリン』では、少々度が過ぎると思ったので」彼は苦笑した。

「すでに言ったように、あなたは今仕事で……」

「オーケー、オーケー」彼が言った。「クリスマスの話はこのへんで。とりあえず一休み。それより、わたしを今日ここに呼んだ理由は？」

二人はまた歩き始めた。

「わたしたちがグスタヴ・ブロンスの最初の取り調べを行うので、来てもらったんです」彼女が言った。「本部長はいまだに、彼がヨン・ラングセットを殺害したと確信しています」

窓から差し込む冬の日差しが彼女の顔をまさに照らしたときに、ヴィンセントはミーナを見た。見る角度によっては、その美しさに息ができなくなるほど。そんな軽薄なことを思ったことを彼は恥じたが、正直なところ、彼女ならいつまでも見つめていられた。いつまでも耳を傾けてもいられた。ミーナの声にはかすれた響きと心地よさの両方があり、それがヴィンセントを惹きつける。こんな声は今まで聞いたことがない。あるいは、単に以前は他人の声をよく聴いていなかっただけなのかもしれない。

「よかったじゃないですか……彼をこんなに早く取り調べられるなんて」ついミーナを見つめていたことに気づかれる前に、彼は話を戻そうとした。「彼が本当に殺人犯なら、特に」

「真犯人候補にしては、驚くほど協力的なんです」彼女が言った。「残念なことに、彼の弁護士に関しては、同じことが言えませんけど」

「『わたしたちが取り調べを行う』というのは、あなたとわたしで、という意味ですか?」彼が訊いた。

ミーナが険しい顔でうなずいた。ミーナはグスタヴを、明らかに好いていない。

ヴィンセントは突然、ブルッと震えた。外で寒さが骨身に染みていたうえ、この建物は途方もなく寒い。白い吐息が見えるような気がした。だがミーナは気にならないようだ。彼女のポロシャツは半袖だ。寒いのが好きと言っていたのは冗談ではなかったのだ。

「あなたはユーリアの父親の説に同意していないように見えるのはなぜでしょう?」彼が言った。

ミーナはため息をついた。

「グスタヴはクソ野郎です」彼女が言った。「だからだれかを殺すこともあり得る。彼に言わせると、自分たちの会社が危うくなり始めたときに、ヨンが〝おじけづいて〟マスコミにしゃべるんじゃないか、と彼はひどく怯えてもいた。だけど、あなたにも理解できるでしょうか、グスタヴはどちらかと言うと『高齢者を騙して金を奪う』タイプのクソ野郎で、『殺してから遺体を煮る』タイプのクソ野郎ではない。もちろん、骨から肉を削ぎ落すというのが彼のアイデアだったとは限りませんけれど。でも、雇われた殺し屋が追加の報酬もないのにそんなことをするとは、わたしにはどうしても思えないんです。どうしてそんなふうに笑うんですか?」

ヴィンセントは唇をかんだ。ミーナが三回もクソ野郎と言った。彼女がそこまでひどい言葉を使うのを聞いたことがなかった。グスタヴ・ブロンスがどんな人物であれ、ヴィンセントは彼の立場にはなりたくなかった。

「で、わたしに何をしてほしいわけですか？」彼が言った。「そのグスタヴという男は自分は犯人ではないと言うだろうし、あなただって同じ考えなのではないですか？」

ミーナは空々しく笑った。二人は数字の3の印が付いたドアの前で立ち止まり、ミーナがドアのノブに手をかけた。

「グスタヴは、確実にいろいろな悪事に手を染めています」彼女は、彼の目を見つめながら言った。「遺体発見時の状況はともかく、殺人も彼が手を染めた悪事のひとつかもしれない。繰り返しますが、警察本部長はそう確信しています。でも、グスタヴ・ブロンスにはヨーロッパで一番高額な弁護士が付いているし、わたしは彼にもう必要以上の時間を費やしたくないんです」

「ということは、わたしは、あなたにとって〝近道〟ということですね？」

「あなたは、わたしにとっての〝近道〟です。グスタヴを『読む』のを手伝ってほしいのです」

二人は部屋に入った。

申し分ない服装をした男性二人が、彼らを待っていた。その二人と比較すると、〈オスカル・ヤコブソン〉で購入したスーツを着たヴィンセントは、ふいに自分がみすぼらしいような気がした。彼は、雪で濡れた上着類をドアの内側の椅子に置いた。二人はまるで「よい身なり選手権」でお互いに争っているかのようだった。ヴィンセントは、二人のうちのどちらかの目の下にクマがないかと期待していた。ある方がグスタヴだ。しかし、どうやら高価なクリームの効果はてきめんのようだ。

「その人はだれです?」男のうちの一人が、ミーナに言った。「ここに来ることには同意しましたが、取り調べにだれかが立ち会うとは聞いてませんね」

この男は間違いなく弁護士だ。ヴィンセントに視線を向けようともしない。ペーテル・クローンルンドと異なり、グスタヴは勾留を免れたとミーナから聞いていた。ヴィンセントには、その理由が分かった。あの弁護士にかかれば、オロフ・パルメ首相（一九八六年に射殺された。現在も未解決）の暗殺犯が自首しても投獄を免れるだろう。これは厄介だ。

「こちらはヴィンセント。捜査に協力いただいています」ミーナが素っ気なく言った。

「構わないですよ」グスタヴが控えめに手を振った。「その人なら知ってます。子供だましの手品師だ。警察の仕事のスピードが落ちることなら、何でも歓迎です」

ヴィンセントはミーナに視線を送った。自分がそれほど近道になれるか自信がなくなってきた。むしろ、邪魔なのではないか。

グスタヴはミーナの体に下から上へと目を走らせた。何やら楽しんでいるような笑みを浮かべている。ミーナは動じず、机を挟んだ彼の真向かいに腰かけた。

ヴィンセントは椅子を取って、グスタヴと弁護士がよく見えるよう、三人から少し離れた壁のそばに座った。

「来てくださってありがとうございます」ミーナはグスタヴに言った。「そちらの時間を無駄にしたくありませんので、直ちに始めましょう。ヨン・ラングセット氏の〈コンフィド〉での役割について話してください」

「ヨンの?」自分に関する質問でないことに、彼は驚いた様子だった。「そうですね……彼は会社の〝顔〟でした。うちの社の製品を売りこむ役。でも、そういうことはすでに知ってるでしょうね」

ミーナはうなずいた。

「ええ、知っています」彼女は言った。「わたしが訊きたいのは、ヨンさんがどの程度、会社の……ビジネスにかかわっていたかです」

弁護士が大きく咳払いをして、手のひらを机に叩きつけた。

「いまの質問は企業秘密に関することで、依頼人に答える義務はありません」

ミーナは机に両肘をついて、グスタヴから視線を逸らさずに、顎を両手に載せた。

「あなたの依頼人が殺人容疑を逃れられるかもしれないのに、答える義務はないとおっしゃるわけですか?」彼女が言った。

グスタヴはビクッとした。彼の口角が、一瞬下向きにひきつった。

ミーナはうなずいて、彼に話し続けるよう促した。

弁護士がまた遮ろうとしたが、グスタヴは彼を払いのけた。

「〈コンフィド〉はおれたち共同のアイデアでした」椅子の背にもたれ、大股を広げて、彼は言った。

グスタヴはやっと自分の話ができて満足している様子だ。

「会社の権利は平等に分割してた。だが、ヨンは弱虫タイプでね、リスクを取りたがらない。だから、彼には知らせずに、おれとペーテルだけで決定を下すことがあった。ヨンに任せたら緊張し過ぎてまともにできないような件について」

「あるいは、ヨンさんが秘密を漏らすのをあなたがた二人が恐れたときとかですか?」ミーナはグスタヴの男らしさの誇示には反応しない。

「おれたちが恐れていたのは、ヨンが会社のダメージになるような情報を広めやしないかってことだった」彼が言った。「新聞や雑誌とかに」

「なるほど」ミーナが言った。「では、彼がいなくなってどう思いましたか?」

無意識にグスタヴが眉毛を上げ、斜めにした。微かなものだったが、明らかに悲哀を表す表情だ。平静を装っていたが、その逆で、今の話題は彼の感情を動かしたのだ。ふいにミーナが彼に温かい笑顔を向けると、彼は思わず微笑み返した。彼はミーナに向けて数センチ前かがみになり、親しみのシグナルを発した。

ヴィンセントは口に手を当てて、思わず浮かんだ微笑みを隠した。グスタヴのような男たちは、自分は女性にとって天の恵みなのだと信じて疑わない。自分の方がコントロールされているなどとは想像すらしない。股間を誇示するグスタヴの原始的なアピールをミーナは無視した。だからそういうことに慣れていない彼は、無意識にミーナに自分の価値を認めてほしくなった。だからミーナが彼に微笑みかけると即食いつき、彼女の注目を惹きつけたままにしたくて態度を変えたのだ。ヴィンセントは感心した。だが、ミーナは彼の知る限り一番賢い人物なのだ。

「ビジネス面でいえば、ヨンがいなくなってくれたのは、そりゃあ大きな安心材料でした」今までより穏やかな口調で、グスタヴが言った。「でも、ヨセフィンにとっては辛かったようで。ヨンの奥さんのことです。ところで、あの人はあそこに座ってるだけなんですか?」

グスタヴはそう言って、ヴィンセントを顎で指した。弁護士がまた咳払いをした。

「わたしの依頼人が言いたいのは」彼は、一語一語を強調しながら言った。「個人的には友人のことを当然深く懸念しているが、企業活動に関していえば、コミュニケーションが円滑になった、ということです」

「では、あなたはヨンさんの失踪にかかわっていないということですか?」ミーナは前かがみになり、さらに数センチ、グスタヴに近づいて言った。

「もちろん。おれはビジネスマンで、犯罪者じゃない」

「では、あなたがドラガン・マノイロヴィッチ氏から多額の金銭を受け取った理由を聞かせてもらえますか?」

その質問に続いたのは沈黙だった。ミーナは問いがそこに滲み込むにまかせた。

「何のことだかさっぱり分かりません」グスタヴが言った。

ミーナに向けられた目つきが、突如として氷のように冷たいものになっていた。

「何をおっしゃりたいのですか?」弁護士もミーナを睨んだが、一瞬、不安の影がよぎった。「否定しようとして時間や労力を注いでも無駄ですよ」ミーナが言った。「すべての入金を、一クローナ残らずチェック済みです。あなたはドラガン・マノイロヴィッチ氏から金を受け取った。この人物については、こちらから説明する必要もないでしょう。ペーテル・クローンルンドの父親であることを除いては。わたしが知りたいのは、彼がどのように〈コンフィド〉に関与していたかということです。単なる個人的な関係ですか?」

グスタヴがまばたきをした。ついに反応した。ミーナは切り札を切った。そのまま突き進んで、何が出てくるか確かめるべきだ、とヴィンセントは思った。

「あなたはペーテル・クローンルンドと共謀して、ヨンさんを殺したのではないですか？」彼女は続けた。「ペーテルは家族への忠誠から。そしてあなたは大金を受け取っている。百万クローナ近い額です。驚いたふりをしないでください。あなたがドラガンから受け取ったことは分かっているんです。契約殺人と考えれば、法外な額ではありません」

彼女はグスタヴから目を逸らさなかった。だが、さっき彼のバランスを崩したのが何だったにせよ、彼は落ち着きを取り戻していた。弁護士が身を乗り出し、グスタヴの耳にささやいた。

グスタヴはうなずいた。

「ハッタリ《コーヒーハウジング》さ」彼は弁護士にそう言って、肩をすくめた。

弁護士は答えなかったが、体を伸ばしてブリーフケースを取り、グスタヴに向かってうなずいた。

「わたしたちがここへ来たのは、依頼人の無実と善意を示すためであり」弁護士はぞんざいに立ち上がった。「非難されるためではありません。これにて終了。名誉棄損での告訴の準備を進めさせていただく」

「ちょっと待った」皮肉っぽい笑いを浮かべ、グスタヴが言った。「おれは急いでないんでね。ここを出る前に、そこの手品師さんが今回のこれをどう思ってるのか聞きたい」

彼はヴィンセントのほうを向いた。

「おれを分析しに来たんだろ？ なあ、おれがやったと思うか？ 女性刑事さんは何て言ってたっけな……そうだ、契約殺人とやらを」

ヴィンセントは少しの間、彼を見つめた。それから立ち上がって、ゆっくりと近づいた。

「現段階でわたしに言えるのはひとつだけです」ヴィンセントが言った。

彼は身をかがめ、他の二人に聞こえないような小さな声で、彼にささやいた。体を起こしたときには、グスタヴははっきりと青ざめ、まるで泣かないよう懸命になっているかのように目がうるんでいた。

グスタヴは素早く立ち上がり、ミーナに短くうなずいてから、ヴィンセントにも弁護士にも目をやらずに部屋を出ていった。弁護士は驚き、依頼人を追ってそそくさと去った。

「さて」ドアが閉まったところで、ミーナが言った。「どう思いました?」

ヴィンセントは、机に寄りかかって熟考した。グスタヴの行動に分析すべき点はたくさんあるが、どれがこちらが誘発した防衛機制で、どれが自然な行動なのか、容易には見極められない。

「グスタヴがヨンの失踪にかかわっている可能性はあるかもしれない」彼はやっとそう言った。「ヨンの話になったときに、明らかに悲しみの表情を浮かべていました」

「悲しみ?」

「ええ、でも、罪悪感の表情もそれと同じに見えるんです。ですが、まず最初に彼はわたしを侮辱して、あなたを性的な対象物のように扱うことで、わたしたち二人のバランスを失わせようとしました。これは過剰補償のあらわれのようにわたしには見えたんです。これでわたしの意見は『罪悪感』のほうに傾きました。彼は何かを隠している。つまり問題は、彼が何に罪悪感を抱いているのか、です。あなたがドラガンからの金の問題を持ち出したとき、彼はなかなか巧みに、動揺していないふりをしました。でも、あのとき彼のまばたきは明らかに緩慢だった。目を閉じることで、あなたとあなたの質問を遮断しようとしているかのように。あなたは痛いところに触れた、ということですよ。あなたも気づいたんじゃないかと思います。ボディーランゲージについて言えば、ああやって彼に心を開かせたのは巧かったですね。まずは近寄り難い態度を取って、それから向こうのボディーランゲージをミラーリングしてみせるというのは見事でした」

ミーナは笑った。そのかすれた響きと心地よさを兼ね備えた声に、ヴィンセントの心が温まった。

「あなたと仕事をした数年のおかげで、わたしもあなたに負けないくらいおかしくなってしまったのかもしれませんね」彼女は言った。「で、つまりあなたは本部長の説に賛成ということですか？　グスタヴを拘束すべきでしょうか？　わたしとしては、ドラガンと〈コンフィド〉、そして例の不審なカネについて、もっと訊きたい。でも、今のように任意の事情聴取では、これ以上の進展は望めません」

ヴィンセントはうなずいた。

「わたしには何とも。彼が何らかの形でかかわっているのは確かです。でも、だからといって彼がヨンを殺したとか、殺し屋を雇って殺させたとか、そういったことを意味しません。モス・テウトニクスに関しては……彼はかかわっていない気がします。たまたま遺体を発見した人物かもしれませんし、これについては手掛かりがまったくない。もしかしたら、それぞれ犯人は別かもしれない。それより、グスタヴはヨセフィン・ラングセットの話をしかけて、すぐにやめたでしょう。わたしが警察なら、ヨセフィンにもう一度話を聞いてみますね。彼の罪悪感の源について、彼女が何か知っているかもしれませんから」

ミーナが何か考えながらうなずいた。頭を動かしたことでポニーテールが軽く揺れ、ヴィンセントは彼女の髪に触れたいと強く思った。彼は両手を尻の下に敷いた。念のためだ。

「なるほど」彼女が言った。「ご教示に感謝です。班のみんなに伝えますね。もうひとつ教えてください。最後にグスタヴに何をささやいたんです？　彼、泣きそうになってたでしょう」

「あれはちょっとした賭けでした」ヴィンセントが言った。「でも、何の理由もなく、あんな反応をするはずがありません。サイコパスなら話は別ですが、彼はそんなふうには見えなかった。わたしが言ったのは、『もう無理しなくていいんですよ』でした。わたしが伝えたかったのは、学校でいじめられていたのは彼一人ではないということと、ずっと前に彼はいじめっ子たちに恨みを晴らした、恐らく連中は、当然の報いを受けた、ということでした」

ミーナがじっと彼を見た。その表情は珍しく彼には読めないものだった。

「急いでここを出ないといけませんか？」ようやく彼女が訊いた。「もし時間があれば、ちょっとクリステルのお手伝いをお願いしたいんです」

急いで出るって？　まさか。まだ分かってもらえていないのか、自分はいつも急いでここに来ていないのだ。急いでここを去るなんてことは決してない。彼女の元を急いで離れるなんてあり得ない。

「喜んで協力しますよ」彼は言った。「それより、グスタヴとあの弁護士は自力でこの建物から出られるんですかね。ゲートを通してあげなくていいんですか？」

「もうすぐ彼らも気づくでしょ。でもまあ、二人が戻るまで、ここで待っていましょうか」

ヴィンセントは笑った。ミーナと待つのなら歓迎だ。

＊

クリステルは、指先で太腿を神経質に叩いていた。人目を避けて小さめの会議室を取ったのだが、これでは心理カウンセリングの診察室にいるようだ。催眠術だと？　くだらないったらありゃしない。不愉快だ。それに自分には効かないだろう。ミーナと違って。

上を向くと、蛍光灯が一本壊れていた。部屋にはベージュっぽいひどい色のカーテンが下がっており、パッとしない部屋だ。もう少しカラフルにしてもいいぞと、だれかが警察のインテリア・デザイン担当に伝えるべきだ。クリステルは笑った。半年前なら、そんな考えなど浮かびもしなかっただろう。ラッセに出会うまでは。

ドアが開いて、クリステルの考えが遮られた。ヴィンセントが入ってきて、すぐ後ろにミーナが続いた。

「クリステル、何か思い出したいことがあると聞きました」ヴィンセントが向かいの椅子に腰かけて言った。

ミーナは立ったままだ。

「ここにいても大丈夫ですか？」彼女が訊いた。

クリステルは肩をすくめた。

「お好きなように」彼は言った。「どうせ効かないんだ。おれはきみと違うんだよ、ミーナ。

きみたいに……影響を受けやすくないんでね」

「影響を受けるって、何の影響です?」ヴィンセントが身を乗り出してきた。

「さあな」クリステルは言って、腕を組んだ。

彼が椅子を少し後ろに移動すると、床を擦る音がした。

「催眠術だろ?」彼が言った。「あんたがおれにしようとしていることは。おれに催眠術をかけるんだろ?」

「嫌ならかけませんよ」ヴィンセントが言った。「話すだけならいいですよね?」

クリステルはうなずいた。催眠術にかけられない限り、構わない。

「何かを思い出すには、想像力を使うのがいいんです」ヴィンセントが言った。「そして、わたしはあなたが想像力に秀でているのは知っています。ですが、ちょっと練習をしてみましょうよ。右手を太腿に置いて、その手は実は自分の脚の一部である、と想像してみてください。太腿にぴったりと貼りついているみたいに。あるいは一体となったコンクリートの塊みたいに。まるで脚そのものに溶け込んでいるみたいに。さあ、どんな感じになるでしょう。想像してみてください」

クリステルは額に皺を寄せつつも、言われたとおりにした。何とも奇妙な練習だ。まあ、いいだろう。すると驚いたことに、太腿に手が貼りついている感覚というのが想像できた。

「お訊きしますが」ヴィンセントが言った。「貼りついているのは主に指ですか、それとも手のひらですか?」

クリステルは確かめてみた。脚にくっついた手のひらが異様に重い。剝がせそうもない。でも、まだ指は動かせる。

「手のひらだ」彼は言った。「だけど、どうして……」

「それはよかった。では、指に意識を集中してみましょう。指も手のひらと同じくぴったり貼りつくまで何秒かかるか頭の中で数えてください。いいですか……では、数え始めて。指もくっついたら教えてください」

このことを考えれば考えるほど、指はしっかりくっついてゆく。今いったい何が起こっているのか見当もつかないが、かなり心地よかった。彼はゆっくりとうなずいた。

「手が全部……貼りついたと思う」彼は言った。「だけど、どうして……」

「ご心配なく」ヴィンセントが言った。「催眠術にかかった感じがしますか？」

クリステルは首を横に振った。かかってなんていない。何が起こっているのか、いまも完全に把握している。自分の下に椅子があるのをしっかり感じているし、カーテンは変わらずひどい色だ。それに、ヴィンセントが部屋に入ってきてから、五分も経っていない。催眠術をかけるには、もっと時間がかかるはずだ。テレビで観たことがある。

「きみのときもこんなんだったのかい？」彼は、ミーナを横目で見ながら言った。

「ちょっと違います」そう言って、彼女は少し笑った。

「手を持ち上げてみてください」ヴィンセントが言った。「上がりますか？」

クリステルは、ヴィンセントに言われたとおりにしようとした。でも、何てこった。彼はまた額にしわを寄せた。手はべったり貼りついている。どんなに上げようとしても。

「どうなってるんだ、一体……」

「大丈夫」ヴィンセントはそう言って前かがみになり、自分の指先をクリステルの手の上に置いた。「あなたは何かを思い出すのがとっても上手になる、ということです。ただそれだけ。あなたが今、手に感じている重み――それがあなたの腕を抜けて、喉を抜けて、頭を抜けて移動してゆきます、それがどんなふうなのか、感じてほしいんです。そして、この重みがあなたの頭の中にたどり着いたら、目を閉じて、もっとリラックスしてください」

クリステルは体が重く感じられるだけでなく、突如としてひどい疲労も感じた。彼は深呼吸し、あたりが暗くなったことに気づいた。いつのまにか目をつぶったのだ。でも少なくとも催眠術にはかかっていない。かかっていない限り、どうってことはない。

「あなたの前に、三つの扉があって、それぞれ異なる部屋に続いています」ヴィンセントが言った。「ひとつ目の部屋にあるのは、ストックホルムの地下鉄。曲がりくねったトンネルが、見えなくなるまで続いています。そこには何かが隠されている。秘密が。二つ目の部屋には、ヨン・ラングセットの骸骨があります。でもそれはバラバラにされた状態で、山積みになっています。骨は積んだ砂利の中にもあるかもしれません」

クリステルの目の前に、確かに扉が三つ見える。もちろん、実際には見えていない。彼の脳の一部は、これは本物ではないと言っている。なのに、扉はそこにあるのだ。

「三つ目の部屋には、あなたしか知らない何かがあります。でも、今、あなたにはそれが何なのか分からない」ヴィンセントは続けた。「その三つの部屋はつながっています。最初の二つの部屋に入ってみましょう。どちらが先でも、どれだけ長くいても構いません。そして、最後に三つ目の部屋へ行きましょう。そうしながら、見えたものをわたしたちに教えてください」

空想の中でクリステルは手を伸ばし、ヨンの骸骨のある部屋へ続く二番目の扉を開けた。辺りを見回した。ヨンがいた。骨もあった。そこですぐ気づいたのは、自分が探しているものは、人間としてのヨン・ラングセットと何の関係もないということだった。だが、彼の骨とは関係があるかもしれない。骨のほうが……どこか重要である気がした。

積まれた骨から大腿骨を一本抜き取ると、砂利が彼の足の周りに落ちた。自分は警察本部の会議室にある椅子に腰かけていることも自覚していた。彼はその部屋を出て、一番目の部屋へ入っていった。トンネルのあるところだ。

「地下鉄に入ったぞ」彼が言った。「そして、ヨンの骨を一本持ってきた。だが、このトンネルはどうもぴんと来ない」

「どういうことですか?」ミーナの声が、遠くから聞こえた。

「説明できないんだが」彼が言った。「おれが持っている骨は……自分が探しているのが何なのか分かってる。場所なんだ。でも、こんなに車両に近い場所ではない」

クリステルは線路に沿って奥へ進もうとした。

「どこにあるんですか?」ヴィンセントが言った。

「もっと安全なところ」彼が言った。「人目を避けて暮らせるところだ」

彼はトンネルの様子が変わるまで歩いた。しかし椅子に座ったまま動いていないのだ。不思議な体験だった。やがて線路は消え、彼は異なる系統のトンネルに入った。暖房配管と下水管用のトンネルのようだ。弱い電球が天井からぶら下がっていて、地面には古びたマットレスと段ボールの切れ端が見える。クリステルは思わずうなずいた。ここはしっくり来る。

「見つかった。ここだ」

突然だれかが、彼が手にしている骨を引っぱった。

「これはおれのだ」彼の背後の男が言った。

クリステルは振り返った。その男はひどく汚れていて、顎髭はもつれ、長い髪も髭同様もつれている。頭には帽子をかぶっている。当初は恐らく赤だったのだろうが、彼が身につけている他の衣服同様、今ではトンネルの壁のようなグレーだ。クリステルの知人――いや、知人ではないが、面識はある。男は歯のない歯茎を見せて笑うと、骨を抜き取って、走り去った。

クリステルは、三つ目の部屋に何があるのか悟った。謎の答えだ。

三つ目の扉を開けると、ギターソロが鳴り響いている。爆発するように噴き上がる炎をバックに、若い男性が大きな舞台に立って観客の声援を浴びている。クリステルは、ハッと息を呑んだ。

「マーク・エーリック」そう言って、目を開けた。

たちまちめまいに見舞われた。

「落ち着いて」ヴィンセントが言った。「目を閉じて、深呼吸を数回してから続けてください」

クリステルはヴィンセントの指示に従ってまた目を閉じたが、ミーナの反応を見てしまっていた。

ヴィンセントは五まで数える前に、クリステルによく聞こえない何かを言った――自分は強いし、気持ちがもう休まった、といった内容だった。ヴィンセントが五まで数えたところで、クリステルは無意識に目を開いていた。こんなに元気な気分なのは久しぶりだ。

「マーク・エーリックだ」夢中になって彼は叫んだ。「ほら、いつだったっけ？　二年ほど前に消息を絶ったミュージシャンだよ！　数か月後、マークの上着を着た、精神的におかしいホームレスの男が発見された。その男のビニール袋の中からもマークの遺したものが見つかった。正確にいうと、マークの骨だ。その男がマークを殺害して、それから食った、と推定された。あらためて聞くとひどい話だ。男は頭がひどくおかしくなっていて、まともな情報が聞き出せる状態ではなかった。男は隔離病棟に入れられて、少ししてから死んだ」

「報道を読んだことがありますよね」ミーナが、ヴィンセントに言った。「どの新聞でも雑誌でも、ロックスターを食べた男を記事にしていましたから」

ヴィンセントは首を横に振った。

「イェーンとケネットが、わたしたちの命を奪おうとした後の出来事だとすると……しばらくニュースを見るのを避けていたので。とりわけ警察に関するものはすべて」

ヴィンセントは赤面していた。

「ともかく」クリステルが言った。「その推測が間違いだったとしたら？　あのいかれた男はマーク・エーリックを殺して食ってなどいなかったとしたら？　唯一の証拠は、上着と持ち歩いていた遺骨だった。やつは骨をどこかで発見しただけかもしれない。もし、あのロックスターも、ヨンと同じ犯人の犠牲になったんだとしたら？」

ミーナは彼を見つめた。

「帰宅したら、ラッセにべったりキスをしてもらって、クリステル」彼女が言った。「大手柄です。マーク・エーリックの遺族に話を聞かなくてはなりませんね」

＊

彼は汗びっしょりだった。昨日の晩、アストリッドのクリスマスプレゼントを包装するのに、随分時間がかかってしまった。にもかかわらず、ルーベンは、エリノール宅のクリスマスツリーの下に置かれたプレゼントの中で、自分のプレゼントのリボンは大惨事のようなありさまだと思った。彼の包みの隣の完璧に包装されたプレゼントと比べると、ついそう思ってしまう。「来てもらえて嬉しいわ」エリノールが言った。「山の別荘へ行く前に、アストリッドが是非あなたとクリスマスを祝いたがっていたの」

紅茶の入ったカップを手に、彼女は大きなソファに丸くなって座っていた。着ているニットのセーターはだぶだぶだが、それでも彼女にはよく似合っている。アストリッドが何本ものロウソクに火を灯していたので、その光で、部屋は非現実的なほどの黄金色の輝きを帯びている。ルーベンの目に、突然涙が浮かんだ。火を灯したロウソクのせいに違いない。

「ただ、ツリーが残念なのよね」エリノールが笑った。「買いに行くのが遅過ぎて、売れ残っていたのはそれだけだったの」

確かにクリスマスツリーは大きくない。果たしてツリーなのか疑わしくなるほどだった。飾りの球がたくさん下がっているので、枝が床の上を引きずられているようだ。おまけにキラキラしたものがやたらと巻かれていて、ツリーが元々どんな色なのか確信が持てない。

それでも、完璧だと思った。

「紅茶をもう少しもらえるかい？」彼は、不安定な声で言った。

うなずいたエリノールはソファから立ち上がると、キッチンへ消えていった。

アストリッドは床に座って、サンタクロースの形をしたマシュマロを感心するような速さで箱から直接食べている。

「ねえパパ、パパからのプレゼント、今日開けてもいい？」さらにもうひとつマシュマロ・サンタから頭を食いちぎりながら、娘が言った。

「もちろん」ルーベンが言った。「今日はおれたちのクリスマスイブだからな。ただし、なくなる前に、パパにマシュマロ・サンタをひとつ味見させてくれたらな」

アストリッドは嬉しそうに叫び、ソファに座るルーベンの横にお菓子の箱を置いた。それから、父親からの贈り物のひずんだリボンを引っぱり始めた。

娘が包装を開けたちょうどそのとき、エリノールが戻ってきた。エリノールは熱くて湯気の立つ飲み物が入ったカップをルーベンの両手に持たせたが、彼は娘を観察するのに夢中だった。

プレゼントの中には、さらに二つの包みが入っていた。すべて包装するのに時間がかかったのはこのためだった。

「あら！」拍手しながら、エリノールが大声で言った。「ダブル・プレゼント！」

ルーベンは、自分は多分、きまり悪そうに笑っているのだろうと思った。ひとつの包みには、本が入っていた。サーラのアイデアだった。一緒に本屋に入ったときに、サーラが店員に、今どきの十三歳はどんな本を読むのか訊いた。アストリッドはまだ十歳だとルーベンは反論しかけたが、サーラに言わせると、そこがポイントなのだという。店員が勧めたのはルーベンが聞いたことがない本だったが、表紙からして、いかにもティーンエージャーの禁断の恋の話らしかった。彼は控えめに言っても懐疑的だったが、アストリッドの反応から判断すると、心配は無用だった。

「わあ、ありがとう!」彼女は叫んだ。「みんな、この本はすごくいいって言ってるの!」

表紙を見つめるアストリッドの目が輝いていた。ルーベンは、エリノールに目をやる勇気がなかった。

もうひとつの包みの中身は、片方の端と端が鎖でつながっている、二本の黒い木の棒だった。ヌンチャク。これは彼自身のアイデアだ。何なのか分からなかったアストリッドは、眉間にしわを寄せた。それから、また顔を輝かせた。

「ブルース・リーみたい!」彼女は言った。「アチョー!」

「だれですって?」当惑した表情で、エリノールが言った。

「ママ向きじゃないやつ」アストリッドが言った。「この本もね」

娘は、ビリビリに破った包装紙の下に本を隠した。

エリノールは肘でルーベンを突いて、少し微笑んだ。彼はホッとため息をついた。大惨事にはならなかった。

「わたしからのプレゼントもあるんだよ、パパ」立ち上がったアストリッドが、自慢げに言った。「ここで待ってて」

ルーベンは驚いたように、エリノールに目をやった。

「わたしじゃないわよ」彼女が言った。「あの子が一人で選んだの」

アストリッドが、大きくて丸い包みを手に戻ってきた。受け取ったルーベンの両手の中で、包装紙がガサガサと音を立てた。

「開けてみて、パパ！」はやる思いで言った娘は、彼の真向かいになるよう床に腰かけた。

ルーベンは、テープが貼ってある箇所を注意深く剥がした。包装紙をダメにしたくなかった。何と言っても、娘が包んでくれたプレゼントだ。それでも最後には紙を破る羽目になった。中味は、今まで見たこともないほど大きな帽子だった。しっかりした耳覆いが付いた、茶色くてふわふわした帽子。耳覆いが顎の下で結べるタイプだ。

「アストリッドが選んだのよ」そう言ったエリノールは笑い出した。「まあ、支払ったのはわたしだけど、喜んで払ったわ」

ルーベンは真面目な顔で帽子をかぶり、耳覆いを顎の下で慎重に結んだ。

「パーフェクトだと思うよ」彼は心からそう言った。

「冬に仕事をするときかぶれるでしょ」アストリッドが言った。「寒くないように」

ルーベンは娘をじっと見た。ここ何か月で初めて、ペーデルの亡霊がそばにいなかった。

＊

ヴィンセントはミーナと一緒に、警察本部の近くのローランブスホフス公園を歩いていた。自分たちの公園のようになりつつあると感じていた。二人が初めてこの公園を一緒に歩いたのは冬の終わりで、濡れた雪がブーツの下に貼りついていたことを彼は思い出した。でもこの日の雪は、公園全体を覆う厚く凍った掛布団のように積もっている。散歩道に沿って立つ街灯の光を雪が反射していたが、他はすべて暗闇だった。二人の上の空も雲がかかり、星すら見えない。一年のうちで一番暗い時期だ。

ヴィンセントとしては、できることなら、こんなに寒い日に公園を散歩するのは避けたかったが、ミーナは寒さをありがたく思っているようだ。そして彼は、彼女のしたいことをしたかった。それに、彼女の捜査に協力することで、〈影法師〉からの脅威以外のことに思考を向けられる。〈影法師〉のことを考え過ぎると、自分の脳が機能しなくなるようで怖かった。今こそ、健全な精神状態でいなくてはならないのだ。

「グスタヴ・ブロンスに流れていたお金のことが頭から離れない」ミーナが言った。「彼がドラガン・マノイロヴィッチから金を受け取る理由は何なのかしら？」

「前にも言いましたが、ヨンの妻に話を聞くべきでしょうね。事情聴取中のグスタヴの様子には、個人的な関係を示唆するような感じがありました。どういった関係かは分からない。わたしの読心術の魔法が及ぶのはそこまで。あとは魔法を使えない普通の人々《マグル》の出番です」

「あなただってマグルでしょうに」ミーナがつぶやいた。「じゃあ、話題を変えましょう。人食い男のことはどう思います？」

「一見、ヨン・ラングセットとは何の関係もありません」彼は言って、クリステルが言ったことを思い返した。「骨と、地下鉄のトンネルに棲んでいるらしき人間、ということを除いて。そして、今のところ警察は、それ以外の手掛かりらしい手掛かりを持っていません。本部長のグスタヴ・ブロンス犯人説が正しかったとなれば別ですが。こんな答えで残念ですが、自分に言えることはこれくらいです」

「ここには複雑怪奇なパズルはない、ということですか？」

彼はうなだれながら笑った。二人はしばらく黙ったまま、暗い公園の中を歩いた。

「それはそうと、あなたにもうひとつプレゼントがあるんです」ヴィンセントは言って立ち止まり、ポケットに入れていた小さなガラス瓶を取り出そうとした。厚い手袋をはめているので、少し苦労した。「以前あげた粘土の代わりに」

彼は瓶を取り出して、ミーナに渡した。わざと包装せずに蓋にリボンを付けただけなのは、さび茶色の中身が見えるようにするためだった。

「これは何ですか？」彼女は瓶を回しながら、疑うように言った。

「アンバーです。人間が用いた歴史上最も一般的な着色顔料のひとつです。元々は酸化マンガンを多く含有するタイプの土で、それが独特の色を生み出すことにつながりました。最も有名なアンバーはキプロス産ですが、レバノンやシリアやトルコ周辺地域からも多く産出されます。紀元前二百年にはすでにアンバー顔料が使用されていたことを示す絵画が発見されているんです。アンバーの語源はラテン語のウンブラ（umbra）。影という意味ですが、最も暗い影、つまり、太陽の光球からの直射光がまったく届かない領域を意味する本影のことでもあります。この顔料が影を描くのによく用いられたからなんですよ」

「つまり、わたしへのプレゼントは、歴史の授業ということですか？」ミーナが言った。

「いえいえ、ろくろ成形のコースの代わりに、絵画のコースに通ってもらうんです。粘土ほどべとつかないし」

ミーナは彼を見つめた。それから頭を左右に振って、瓶をポケットにしまった。確信はないが、ヴィンセントには、少なくとも粘土のときよりは嬉しそうな顔をしたように見えた。

二人は歩き続けた。

パズルと言えば。言い忘れたことがあった。

「ところでパズルと言えば」彼が言った。「わたしが謎の人物から受け取ったものも、パズルと言っていいと思います。まあ、きっとわたしのファンなのでしょう。筆跡が同じなので見分けがつくんですが、この人物は以前にも自作のパズルを送ってきていて、わたしは解くのを楽しんでいたものです。そのうちのいくつかは本棚にまだ飾ってあるくらいで。でも、今回のものは違う。ひとつの枠にはまった四つの砂時計なんです。時計ごとに計る時間が違っています。問題なのは、何を解くのか分からないことです。与えられたのは砂時計と、〝四つ目〟を見つけろ、というヒントだけ。どう始めていいのかすら分からない。以前はこんなことはありませんでした。自分はどうも以前ほど頭の回転が速くないようだ。自分のことが心配になってきているくらいです」

砂時計とメッセージのことで不安に襲われているとは言いたくなかった。

ミーナはうわの空のような顔で聞いていた。当惑を浮かべてヴィンセントを見た。

「砂時計？　砂時計にどんな意味があるんでしょう？」

彼は肩をすくめ、二人は黙ってしばらく歩いた。

「ところで砂時計ですが、宗教家で思想家のフリッチョフ・シュオンが、砂時計の象徴的意味について書いています。一九六六年だったと思いますが」彼は続けた。「砂とは、われわれが好むと好まざるとにかかわらず、時間には限りがあって一方にだけ流れることを連想させるものだ。砂そのものは無毒かつ無慈悲で、落ち切ればすべての動きが止まる。まるで死を迎えたように。砂時計には二つの〝球体〟があり、神と人間、上と下、天国と地獄を象徴しているとることができる。陰陽。見える世界と見えない世界。二つの両極。われわれがアクセスできるのはそのうちの一極で、それはすべての動きが向かう先、つまり下の球体です。もっとポジティブな見方は宇宙論的な解釈で、砂の動きは起こりうるすべての可能性を意味し、その可能性が完全に使い尽くされるまで、砂の動きが止まることはないというものです。ですが、先ほど言ったように、わたしが受け取った砂時計は四つです。その理由が分からない」

彼はまた黙った。ミーナは何も言わなかったが、しゃべり過ぎたことは自覚していた。だから、「砂時計のパラドックス」については敢えて語らなかった。二つの球体をつなぐ道を苦痛とともに通り抜けることこそが――エルンスト・ユンガーによれば――人間の啓蒙の源だというものだ。三島由紀夫はもっとあからさまに性的なニュアンスのことを書いている。

ミーナが首を横に振るのに気づいて、ちらりと見た。

「その講座に参加して、アンバーで砂時計を描いてあげますね」微笑みながら言って、彼女は手袋をした手を彼の腕の下に入れてきた。

残り十日

「今はがらがらね。一月になるとまた混むんでしょうけど」サーラの楽しそうな声に、ルーベンはびっくりした。

彼は警察本部のジムで、レッグプレスを使った筋トレの最中だった。設定重量の高さ――というより低さ――を、サーラに見られなかったことを願った。前日、アストリッドとエリノールとのクリスマスパーティーを終えて帰宅したルーベンに、ペーデルの亡霊が急行列車のごとく襲いかかってきたのだった。不安に捕らわれて、ルーベンは〈スパイ・バー〉へ向かい、閉店時間まで腰を据えた。なので、今日の彼はパワーがない。

「おれたちだけみたいだものな」彼は、タオルで額の汗を拭きながら言った。「そっちのクリスマスの予定は？」

重量が背中の後ろに隠れるよう努めながら、彼は腰かけた。

「子供たちと過ごすのよ」サーラは顔を輝かせて言った。

「子供と会えるのは隔週？」そう言った彼は、国家作戦部の同僚についていろいろ知りたがっている自分に気づいた。

「幸いなことに、そうじゃないわ。子供たちの父親はアメリカに住み続けていて、わたしは何度も裁判所に足を運んで、やっと単独親権を獲得できたの。でも、彼が子供たちを預かる時期については、一定の条件が付けられているのよ。三年おきのクリスマス休暇、一年おきの夏休みに……という具合に休暇の調整が少しややこしいんだけど、何とかなりそう。それに、元夫には新しい女性ができて、子供が三月に生まれるってことが分かってから、争いは収まった。だけど一人クリスマスなんて寂しいでしょ。だから、今年はわたしが子供たちを預かる番で本当によかった……」

彼女は腹筋用のベンチに腰かけた。彼女の襟ぐりを覗き込まないようルーベンは努めた。胸元に「Stronger」とプリントのあるタンクトップは胸のラインをあらわにしていた。

「こっちは昨日、アストリッドとエリノールと前祝をしたんだ」彼は言った。「楽しかった。プレゼント選びに協力してもらって助かったよ。娘はあの本に大喜びだった。パーティーに参加させてもらって、本当に嬉しかった。アストリッドも、おれが行って幸せそうだったし」

「そりゃそうよ！」サーラは彼に微笑んだ。

その微笑みで、活気のないジム全体が輝いた。ルーベンはまごついた。だれかの笑みで困惑したくなかった。彼が反応するのは、女性のバストとヒップだ。えくぼができる笑みじゃない。けれど、そんな微笑みが、彼のなかの何年も凍りついていた部分を溶かしてくれたのも事実だった。エリノールと付き合っていた頃以来かもしれない。

「それより、例の爆弾のほうはどうなった？」気持ちを落ち着かせようと、彼が言った。「真剣に受けとめるべき事案なのか？」

ジムには二人以外いないのに、彼女は辺りを見回してから答えた。

「まだ分からない。でも気がかりなのは、盗まれた硝酸アンモニウムの量」彼女は小声で言った。「二〇二〇年にレバノンのベイルート港で起きた爆発を覚えてる？　五千人以上が負傷、死者は二百人超、七万戸の家が全壊し、三十万人の市民に影響が及んだ」

「覚えてるさ」ルーベンが言った。「没収した硝酸アンモニウムを税関が何年間も安全対策なしで保管していて、それがある日、過熱して何もかも吹き飛ばしたんだよな？」

「そのとおり。硝酸アンモニウム自体は必ずしも爆発するわけじゃないけれど、十分に加熱されると爆発する。ベイルートの事故は、戦争と無関係に起きた爆発では歴代トップテンに入る」

「だけど、あのとき爆発したのは数千トンだろ？　そこまで大量に盗まれたのか？」

「いいえ、幸いなことにね。目下スウェーデン国内で消えたのは十トンちょっと。でも、信じてほしいんだけど、これが悪用されたら大変なことになるわ」

　ルーベンは彼女を見つめた。

「どれくらい大きな穴ができる？」

「知らないほうがいいわよ。それに、犯人は他の物質と混合して爆発の効果を高めるつもりだと思う。もしも、そんなものが、例えばストックホルム市街地で爆発したら、市のかなりの部分が吹っ飛ぶことになると思う。死者は数千人。そして負傷者の手当で、国内の医療システムは崩壊するかもしれない」

　ルーベンは彼女を見つめた。

「おいおい」そう言った。「誤報であることを心底祈るよ」

「そちらの捜査のほうはどうなの？」

「うまくいってるのかいってないのか。分からないね」彼はため息をついた。「進んではいるんだが、まだ何もかもが訳の分からないカオスのままだ。ただ、有望な手掛かりがひとつ手に入った。参考人の一人に〈コンフィド〉のオーナー、ペーテル・クローンルンドってやつがいる。こいつの元々の名前はペーテル・マノイロヴィッチというものだった。つまりこいつはあの男の息子なんだ……」

「ドラガン・マノイロヴィッチの」サーラは言って、背筋を伸ばしてベンチに座り直した。「スウェーデンにおける、セルビア人マフィアのリーダー。知ってるわ。それで？」

「それでと言われても、これといったことはないんだが。目下の一番の手掛かりはこれだと思う。マノイロヴィッチ一家と縁のある死体が見つかって、それが連中とまるで関係がない事件だなんて確率はどれくらいだと思う？　あのセルビア人たちが何らかの形でかかわっていることに金を賭けてもいいくらいだ。でも、『知ってる』ってどういうことだ？　ペーテルがドラガンの息子だってことを知っていた？　だったら、なんで何も言ってくれなかったんだ」

ルーベンは、またタオルで汗を拭いた。汗は流れ続けていて、少しアルコールのにおいもする。サーラが何も気づかないことを必死で願った。

ドアがカタっと鳴って、同僚が一人入ってきた。サーラとルーベンに軽く会釈をしてから、男はダンベルへ直行した。典型的な昔堅気の刑事の体格をしている。太い腕と大きな腹。あの世代の警察の理想はいい腕を持っていることで、彼らは筋骨たくましい腕があれば、ハンバーガーやマッシュポテトを食べてできた太鼓腹を埋め合わせることができると心底本気で信じている。

サーラは前かがみになってルーベンに近づき、声を潜めた。毛穴から滲み出るウオッカのにおいをサーラに気づかれぬよう、本能的に彼は後ろへ移動しようと思ったが、今腰かけている場所より後ろへは下がれなかった。

「ごめんなさい」彼女が小声で言った。「警察内部の駆け引きって知っているでしょ。国家作戦部はスウェーデンにおける組織犯罪の捜査を手掛けていて、マノイロヴィッチ一家は、もちろんリストの上部にある。でも情報はすべて極秘だから、自分たちの捜査を危険に晒さないよう、他の部署と情報を共有しないというのがわたしたちの考えなのよ。特捜班がグスタヴ・ブロンスの情報を摑んだと知って、うちはえらい騒ぎになったんだから」

「おまわり同士で足の引っぱり合いか」ルーベンは頭を横に振った。「そっちとこっちで別々に進めるほうがいいとでも思っているのかね」

「そう考えている人間は一定数いる。でも、わたしはそうじゃない。ユーリアにはあなたから、わたしの上司にはわたしから話をすれば、情報交換に賛成してくれるんじゃない？　お互いにとってメリットになると思うんだけど」

「もちろんだ」ルーベンがはやる思いで言った。「根回しがすむまで、おれはペーテルのところへ行かないほうがいいということか？」

「それがベストでしょうね。それに、あなたはあの手の人間の恐ろしさを理解していないと思う。世間で言われていることだけでも相当ひどいでしょ。だけど、われわれが入手した情報によれば……ともかく、気をつけて」

サーラが自分のことを気にかけてくれたと思い、ルーベンの心が一瞬ときめいた。とはいえ、よくある同僚としての気遣いに過ぎないのだろう。きっとどんな警官にも言っているのだ。

彼は立ち上がった。ウオッカのにおいがあまりにも煩わしくなったので、サーラから二、三歩離れたくてたまらなかった。もっと言えば、重量の設定位置を見られる前に、レッグプレスの重量のピンも動かしたかった。

サーラも同時に立ち上がった。二人は何も言わぬまま、やけに長いこと向かい合って立っていた。ダンベルで筋トレをしている同僚が、発情期の雄ノロジカのような唸り声を上げながら、上腕二頭筋をさらに太くしようと奮闘している。やっと、サーラが沈黙を破った。「あの……何言ってるんだと思うでしょうけど、わたしたち、お互いのことを知らないから。でも……あなたがクリスマスイブを一人で過ごすのが気の毒な気がするのよ。うちに来ない？　大げさなことはしないわよ、クリスマス料理じゃない料理を食べて、映画を観るくらい。プレゼント交換もなし。もし気が向いたら、うちの子たちにちょっとしたものを持ってきてくれれば十分。ツリーの下には、たくさん過ぎるくらいたくさんのプレゼントがもうあるから。離婚しちゃった親の過剰反応って言うか……」

サーラが無頓着に両手を広げて見せると、ルーベンも同様に無頓着に見せようと、肩をすくめた。

「もちろん」彼は、小さく頭を傾げた。「何とかなると思うよ。時間は？」

「五時はどう？」

「了解」

ルーベンは、サーラがローイング・マシンの方へ向きを変えるまで待った。それからくるっと向きを変え、八十キロに設定していたレッグプレスのピンを素早く抜いて、二百キロの穴に差し込んだ。突然、クリスマスイブまでにできる限り体を整えたくなったのだ。クリステルに会うまで、あと一時間ある。

＊

ミーナは、肩にジム・バッグを掛け、濡れた髪でルーベンがオフィスにブラブラ入ってきたのを、興味深そうに見つめた。

「トレーニングはうまくいった?」彼女が訊いた。

「ああ、もちろん」彼はそう言って、バッグを置いた。「何ニヤニヤしてるんだよ?」

彼の頬が明らかに赤らんだ。だが、ミーナがその原因を訊く前に、彼は椅子に座ってしまい、ミーナは顔から笑みを消した。

「ある筋によると、ドラガン・マノイロヴィッチを訴追する準備が進んでいるらしい」彼が言った。

「あらそう、サーラは他にどんなことを?　彼女がジムから出ていくのを見たんだけど」

赤みは今や、ルーベンの喉まで広がっていた。

「勘弁してくれ。確かにサーラから聞いたよ。グスタヴ・ブロンスがここに来て、弁護士カードを切った、ってことも聞いたぞ。そろそろやつを正式に引っぱってきてもいいんじゃないか?」

「もっと根拠が要るわ。鍵は、例のカネの目的。そして、なぜグスタヴがそのカネを必要としていたか。ここ数年の彼の年収はつつましいなんてものとは程遠い。なのになぜセルビア人マフィアから不正なカネを受け取るの？　大半の人にとって百万クローナは大金だけど、グスタヴ・ブロンスにとっては、リヴィエラに一週間いれば使い切る程度の額でしょ」

「薬物、女、あるいはギャンブル」ルーベンが言った。「おれの経験だと、カネを溶かすのはそれだ。あるいはその組み合わせか」

「薬物、女、あるいはギャンブル……」

ミーナの記憶の中で、何かが漠然と動いた。グスタヴ・ブロンスが言ったこと。だが、それが何なのかはっきり思い出せない。コーヒーに関する何かという気がするが、自分の脳が伝えたいことがどうしても分からない。

「ドラガンが資金洗浄のために〈コンフィド〉を利用した？」彼女が独りごちた。

「すると、あのカネはヨンを殺す報酬だという説はお払い箱か？」ルーベンが言った。

彼はバッグからタオルを取り出し、額の汗を拭いた。

「何もお払い箱にしてない。ただ、幅広く考えようとしているの」

ルーベンは、タオルをしまってから立ち上がった。

「あなたの今日の予定は？」ミーナが、自分のコーヒーカップの中を憂鬱そうに見つめながら言った。

カップの中の冷たいコーヒーには、ガソリンを連想させる光る膜ができている。

「もうすぐクリステルに会うことになっている。一緒にマークの母親のところに行くんでね」

ミーナは、ぽかんとした顔で彼を見つめた。

「マーク・エーリック、例のミュージシャンさ」

「ああ、なるほどね」

ミーナはうわの空で答えた。事情聴取中にグスタヴ・ブロンスが言った何が引っかかっているのかを考えるので頭がいっぱいだった。ガソリン風コーヒーを注ぎ足そうと立ち上がった。考えるのをやめたほうがいいときもある。

*

ヴィンセントは、肩を揺すられて目を覚ました。もう朝が来たなんてあり得ない。眠りに落ちたばかりのような気がした。なのに、揺する手は止まらない。

「パパ」すぐ近くで苛ついた声がした。「パパ！」

渋々目を開け、ヴィンセントは目の焦点を合わせようとした。アストンがベッドの横に立って、掛布団を引っぱっている。

「何だ？」ヴィンセントが呟いた。「何かあったのか？」

ベッドサイドテーブルの上の骨董品に近い目覚まし時計を、目を凝らして見た。朝の六時五分前。アストンがまた掛布団を引っぱったので、ヴィンセントは引っぱり返した。

「自分の掛布団を使え」彼が不明瞭な声で言った。「どうしてパパを起こすんだ？　そもそもどうしてもう起きてるんだ？」

「だって、今日はクリスマス休みの一日目だよ！」アストンが嬉しそうに叫んだ。「それに、外には雪がたくさん積もってるんだ！　起きてよ、パパ！　パパが雪を掘って、ぼくが作るんだから！」

　ヴィンセントは掛布団をかぶって、唸った。

「普通の子供みたいに、テレビゲームでもしに行きなさい」彼が言った。「あと、ママを起こさないように」

「ママは寝てないよ」

　ヴィンセントは掛布団をはねのけて、ベッドの隣側を見た。アストンの言うとおりだった。マリアはそこに寝ていない。そっち側はベッドメーキングまでしてある。彼が知っている人間の中で、ベッドの半分だけ寝具を整えるのは、世界で一人だけだ。妻はいつも「風に身をまかせる」とか「宇宙の意志に耳を傾ける」――いずれも彼女の言葉だ――みたいなそぶりをするが、身の回りをきっちりコントロールしたくて仕方ないのは自分の方か妻の方か、判断に迷う。彼女が起きてから、しばらく経っているのは確かだ。

「行くよ」彼は、アストンに手を振ってみせた。「準備するから……ちょっと待っててくれ」

　アストンは、隣の自治体まで聞こえかねないような歓声を上げて、寝室から出ていった。ヴィンセントはため息をついてから、やっとの思いで掛布団を押しやり、身を起こしてガウンを着た。スリッパを見つけるのに少し時間がかかった。家の床がひどく冷たいので、どこへ行くにも必ず足を守ってくれるふわふわのスリッパは欠かせない。

　キッチンに入ると、驚いたことにマリアがいない。居間にもいない。バスルームにも。自身の会社の用事で出かけるには、あまりにも早い。ガウンのベルトをしっかり縛っているにもかかわらず、ヴィンセントは突然身震いをした。〈影法師〉のメッセージが頭の中に響いている。

わたしはおまえの家族を奪ってやる。それからおまえを。それに対しておまえが何をしようと無駄だ。

「マリア！」彼は叫んだ。「家にいるのか？　マリア！」

パニックに陥るな。妻がいないのには、きっともっともな理由があるはずだ。

キッチンに戻ろうとするときにドスンという音が聞こえ、彼はビクッとした。レベッカの部屋からで、本棚が倒れたような音だった。それからドアが開いて、髪を逆立てたレベッカが頭をのぞかせた。

「何してるのよ？」彼女が非難を込めて言った。「夜の夜中に」

「マリアを見なかったか？」ヴィンセントが急いで言った。「どこにもいないんだ。それより、今のは何の音だ？」

「パパが叫んだんで、ベッドから落ちた」

「それは悪かった」ヴィンセントは顔をしかめた。「で、マリアを見なかったか？」

「こんな夜中に？」そう言って、娘は彼にじっと目を注いだ。「うん、見なかった。パパのことも見なかったことにする」

彼女は数秒間父親を睨んでから、ドアの向こうに消えた。それと同時に、玄関ドアが開いた。マリアが朝刊を手に入ってきた。薄いパジャマの上にダウンジャケット姿で、ひどく震えている。

「ううっ、すごく寒い」彼女が言った。

「こんなに早起きして何してるんだ?」ヴィンセントは言いつつも、全身が安堵のため息をついた感じだった。

「眠れなかったのよ」マリアはジャケットを掛けながら言った。「それに、それほど早くはないわよ。六時だもの。今日届くはずの荷物を待ってるの。クリスマス製品がネットで売れまくっていて、天使の飾り物が品切れになりそうなのよ。特に、大きな翼の付いた銅製のあれが。クリスマスイブに間に合わせるのには今日中に発送しないといけないから、届かないと困るのよ」

「メタトロンの形をしたあれか?　アブラハムが息子イサクを殺そうとしたときに止めたとされるあの天使の?」

マリアは肩をすぼめた。

「ともかく、クリスマス商品として売れているの。窓際に飾るんじゃないかと思う」

「クリスマスに?　本来メタトロンはキリスト教じゃなくてユダヤ教の……」

彼は口をつぐんだ。そんなのは重要ではない。重要なのは、妻がここにいることだ。安全な場所に。問題は、彼と同じ屋根の下に住んでいる限り、彼の家族がどれほど安全なのか、だった。

わたしはおまえの家族を奪ってやる。それからおまえを。

「朝ごはんを作るわ」マリアはそう言って、キッチンへ向かった。「あなたたちもどうせ起きているることだし」

ヴィンセントは彼女を追った。家族を家から遠ざける必要があると思った。

「今年は、きみのご両親からクリスマス祝いの招待はないのかい?」できる限りさりげなく、彼は言った。「クリスマスにはうちにいないのがいいと思うんだけど」

カップが並ぶ戸棚の扉をちょうど開けたマリアが、眉毛を上げて彼に向きを変えた。

「頭でもぶつけた?」彼女が言った。「両親は毎年わたしたちとウルリーカを招待してくれる。でも、あなたは決して行きたがらなかったじゃない」

「考え直したんだ」彼は言って、クリスマスのイラストつきのカップに手を伸ばした。「今日は二十一日だから、クリスマスイブまであと三日だ。きみは先に明日、二人のところへ行くってのはどうだい? アストンを連れて行くといい。しばらくご両親と会っていないだろ。レベッカが明日フランスへ行くから、その後で、ぼくとベンヤミンがご両親のところへ行くよ」

マリアは、〈おれのタマはおまえのより大きいぜ〉と書かれたカップを取った。

「あなた、本当に頭をぶつけちゃったのね」彼女は言いながら笑った。「でもまあ、悪くないかもね」

「今日、他にすることがないのなら」ヴィンセントは、壁に掛かっているカレンダーを顎で指した。妻が今日の日付けを赤い丸で囲んでいた。

「えっ? その印をつけたのはわたしじゃないわよ。だけど、すごくいいアイデアだと思う」

妻は、彼の腕に優しく手を置いた。「あなたとベンヤミンが本当に来てくれて、あとになって悔やんだりしないって約束してくれるなら。わたしの両親が、あなたが実在するってことを確かめられたら、わたしは嬉しい」

マリアはコーヒーメーカーに水を注いだ。ヴィンセントと同様、彼女もカプセル式コーヒーメーカーにうんざりして、次第に古いほうのメーカーをまた使い始めていた。

「それより、ウルリーカに連絡は取れた？」挽いたコーヒーの分量を量りながら、彼女が訊いた。

「いや、まだだ」

マリアは嬉しそうに笑った。

「わたしたちが離婚もせずに揃って両親宅に行ったら、あの人どんな顔をするかしらね。今後数年間忘れられないような表情が見られそうだわ」

マリアはメジャースプーンを持つ手を止めた。それから、スプーンを流し台に置いて、ヴィンセントに向きを変えた。笑顔が、疑惑の目に取って代わっていた。

「でも、どうしてみんな一緒に行かないの？　アストンは休みだし、レベッカは自分のことは自分でできる、ベンヤミンはオンラインで勉強できる、そして、あなたも公演がないでしょ。ということはつまり、あなたミーナとしばらく一緒に過ごそうっていうんじゃないの？　ひょっとするとここで、わたしたち二人のベッドで。そう企んでるんでしょう？」

ヴィンセントはため息をついた。いつもの嫉妬なしで話ができそうだったのに。あともうちょっとで。

「ママ！」走ってきたアストンが叫んで、二人の会話を遮った。「パパは外へ出る支度をしなくちゃならないんだよ。一緒に雪洞を作るんだ！」

息子はヒーターに掛けて乾かしていたオーバーオールを摑み取って、身に付け始めた。

「せいぜい精力をミーナ用に取っておくことね。もう二十五歳じゃないんだから」そう言ったマリアは、唇をすぼめてコーヒーメーカーのほうを向き、怒りをあらわに作業を続けた。

ヴィンセントは息子の髪をくしゃくしゃにしてから、前が開き始めたガウンのベルトをきちんと縛った。

「アストン、まずは朝ごはんを食べたほうがいいんじゃないか？」彼が言った。「雪を掘るんだったら、しっかり食べておかないと」

「雪を食べる！」息子は叫んで、ドアから走り出た。「ぼくは雪を食べるからいい！」

ヴィンセントの携帯電話が音を立てた。今日の午後、ウンベルトと会う予定になっているというリマインダー表示だった。ヴィンセントはため息をついた。彼の話を聞いて、マネージャーはいい顔をしないだろう。

魚に餌をやろうと、彼は居間へ行った。餌を手に取ったときに突然、電車にでもぶつかったかのようなひどい頭痛に襲われた。激しくあえぎ、水槽を摑んで寄りかかった。薬をもう一錠服用しなくては。水槽の後ろの壁に眼の焦点を合わせようとしたが、事態は悪化するばかりだった。何かが壁に書かれているような、不思議な感覚がした。そこにあるのは額に入った家族写真だけなのははっきり見えている。だが、文字が見えるという感覚は圧倒的だった。視界が揺らめく光で覆われた。

子供時代の学校での出来事を思い出した——友達と一緒に、眼の盲点にあたる場所に物を置くことで、まるで手品みたいに消そうとしたことがある。うまくやるには、まっすぐ前を見て、視界の端ぎりぎりのところに物を置いてやる必要がある。今感じているのは、まさしくそんな感覚だ。何かが見えるのに、見えないのだ。

彼は目を閉じて、呼吸に専念した。

徐々に、頭痛が和らいできた。でも、完全には消えてくれない。最近では完全に消えることは決してない。軽い頭痛が常にくすぶっている。消えて初めてその存在に気づく雑音のように。開いている玄関ドアから、外の冷たい雪を見つめた。もしかしたら、自分はクリスマスが好きなのかもしれない。ただし、冬は嫌いだ。

＊

「ごめんください」クリステルが言った。

ドアチェーンがつなぐ細い隙間を通して二人を見つめる顔は、痩せてしわが多かった。その女性は少しの間、何も言わなかった。

「宝くじを売りに来たわけではなさそうね」弱々しい声で言った。

「ええ、違います」クリステルが言った。「マークさんのお話をお聞きしたくて伺いました」

女性はもう一度二人を見た。そしてドアが閉まると、チェーンを外すガチャガチャという音が聞こえてきた。ドアが全開し、玄関ホールの光が二人を出迎えるように輝いた。クリステルがルーベンより先に入った。橇《そり》に乗ったサンタのイラストが描かれているドアマットの上で、足踏みをするように靴についた雪を落とした。

マーク・エーリックの母親は七十歳を超えた威厳のある女性で、歌手マークの写真に写る姿の正反対といえる。

救世軍の制服が、玄関のハンガーにきちんと掛かっていた。マーク・エーリックことマルクス・エーリックソンは、自分の家庭を持たず、兄弟姉妹もいない。なので、父親が早くに亡くなってからは、母親が唯一の家族だった。家にはクリスマスソングが静かに流れ、ホットワインとシナモンのにおいがする。

「中に入って温まってください」そう言った上品な女性は、二人をキッチンへ案内した。

「ご存じとは思いますが、われわれは……マークさんの引き取りについてご相談に来ました」適切な表現か確信を持てないまま、クリステルはキッチンテーブルの椅子に腰かけながら、ためらいがちに言った。

クロスワード専門雑誌が広げてあり、やりかけのクロスワードの横に老眼鏡が置いてある。

「お願いですから、マルクスと呼んでやってくださいな」女性は言って、小さなカップ三つに鍋からホットワインを注いだ。「わたしはギュードゥルンといいますが、グンと呼ばれています」

彼女は、熱々のワインが入ったカップを二人の前に置いた。

「マルクスは……マーク・エーリックではありません。少なくとも、わたしにとってはね。マークは演技なんです、息子が演じていた役に過ぎません。わたしにとって、あの子はいつも『わたしのマルクス』でした」

「どんな息子さんでしたか?」

クリステルはワインをすすって、その熱さに顔を歪め、またテーブルの上に置いた。グンの表情が輝いた。

「とてもいい息子でした。ずっと息子と二人暮らしでしたが、一番の親友同士でもあったんですよ。生まれたときからずっとね。あの子に問題があったのは間違いありませんよ。だけど、真っ当にやってゆく道を見つけた。でなければ、どんなことになっていたか」

「われわれも捜査報告は読んでいます。ですが、息子さんの失踪について、あらためて聞かせていただけますか？」

「そういうことなら……」

クロスワードの雑誌を指で無造作に触れながら、じっくり考えているようだった。

「わたしの祖母のアストリッドも、その雑誌のクロスワードを解いているんですよ」ルーベンが雑誌を指さしながら言った。「その写真がヒントになっているものですが、最初の二つの写真は、レイフ・GW・ペーションとヴィクトル・フリスクですね。でも、他の二人はだれだろう？」

グンは、写真の男性を見ながら微笑んだ。

「一人は有名な料理人」彼女が言った。「もう一人は……歌手だと思います。最近どこにでも顔を出している子」

それから、彼女はクロスワードの上に手を置いて、刑事二人を見つめた。

「マルクスはまた問題を抱え始めたんです。何年も前のことです。わたしは、息子がまたあの問題を抱えるなんて思わなかった」

「薬物のことですか？」クリステルが慎重に訊いた。

またホットワインをすすると、今度はうまく飲めた。

「もうずっと前のことですよ」質問には直接答えずに、グンが言った。

彼女は、クロスワードを手で撫でた。

「歌手の名前は、ベンヤミン・イングロッソ！」ルーベンが突然言った。

クリステルは驚いて、ルーベンを見つめた。グンは笑いながらペンを取り、正しいスペルで丁寧にマスを埋めた。

「どんぴしゃりね」彼女はペンを置いた。「これですっきりしたわ。ともかく、何年か前、マルクスは辛い時期を過ごしました。薬物もかかわっていましたが、それがすべてではありません、あの子は悩んでいました。何かを探し求めていたんです。それで、求めていたものを薬物のなかに見出したと思ったのでしょう。もともとは賢い子なんですけれど。しんどい時期もあったのです。夜になると出ていってしまい、戻ってくるのかも分からなかった。あなたはお子さんが電車に飛び込んだり橋から飛び降りたりする悪夢を見たことってありませんか？」

クリステルは頭を横に振った。彼にはこれ以上ないほど未知のテーマだった。

「それはいいことですよ」グンが言った。「ですが、先ほども申しましたとおり、息子は克服できたんです。同じ頃に、音楽でもうまくいき始めました。それ以来、息子が薬物に手を出すことは決してなかったんですよ。アルコールだって。ああいった……不良っぽいことっていうんですか、新聞とか雑誌がどう呼ぼうと、ああいうのは単なる見せかけだったんです。息子のレコード会社が作り上げたんですよ。ツアーがないとき、マルクスは平穏な生活を送っていました。わたしたちは、一緒の時間をたくさん過ごしました。あの子が家族を持つことはありませんでしたから……あの子にはわたししかいませんでした」

「そうだったのですか」ルーベンが言った。「お二人の仲が大変よかったということでお聞きしますが、息子さんが行方不明になる原因になりそうなことを言っていませんでしたか？」

クリステルは、ルーベンがクロスワードをやりたそうな目をしているのに気づいた。祖母と一緒にクロスワードをやっているのだろう。

「いいえ、一言も」グンは眉間にしわを寄せた。「ですが、いなくなる一、二週間前に、息子の様子が変わってきたんです。あとになってしょっちゅう頭に浮かんだことですが」

「といいますと？」クリステルは、身を乗り出して言った。

「毎日顔を合わせていたわけではありませんから、どのくらい長いことああだったのかは定かではありませんが、あの子は怯えているようでした。常に携帯電話をチェックしたり、車も家の裏に駐めて、ずっと車を見張っているんです。また薬物かと思って、息子に訊いたくらいです。でも、あの子は否定しました」

グンは立ち上がり、二人に背を向けてワインを温め始めた。

「息子はどうなるのでしょう」彼女は少し震える声で言った。

クリステルは、どう答えていいのか迷った。彼女のたった一人の子供の遺骨の話だ。

「ペール・モールベリ！」ルーベンが大声で言った。

クリステルはまたびっくりして、ワインを少しこぼした。

「ペール・モールベリです」少し声を抑え、ルーベンがクロスワードを指した。「料理人の」

「遺骨は、改めて監察医が調べることになります」クリステルは同僚を睨んでから言った。「息子さんの失踪と死には、われわれの今までの判断以上の何かがあるかもしれないからです。とある事件との……類似性が疑われているのです」

グンはうなずき、二人の小さな陶器のカップにホットワインを注いでから腰かけた。ペンを手にして、写真から垂直に下に進むクロスワードの空いたマスに、ペール・モールベリと丁寧に書き込んだ。

「すべきことをなさってください」クリスマスソング『クリスマスが近づくとき』が流れるなか、彼女は言った。「結構です。すべきことをなさってください」

「分かりました。では、メリー・クリスマス」クリステルがつぶやいた。「よいことがありますように」

二人が去るとき、グンはキッチンテーブルに着いたまま、クロスワードの上にかがみこんでいた。額に深いしわを寄せて集中しながら、空いたマスにアルファベットを書き込んでいた。

「時間に余裕ができたらすぐに祖母のところへ行かなくちゃ」部屋を出ると、ルーベンが言った。「時間ってやつは、まったく。ふと気づけば時間切れになってしまうんだ」

夢と現実の狭間のあの瞬間、彼女はすぐ近くにいた。夢の中では彼女を捉えるのは難しく、彼は目覚めているときに、なんとか彼女の表情をはっきり見ようと必死だった。でも夢の直後、現実が襲ってくるまでの数秒間は、いつも彼女がはっきり見えた。「わたしたちの太陽」、パパは彼女のことをそう呼んでいた。そして、いつものように、パパは正しかった。彼女の周りは輝いていたのだ。まるで彼女には自分だけの太陽があって、それが彼女を追い、彼女を照らし、彼女の周囲の人たちみんなも照らすかのようだった。

だから、太陽が消えると、いつだってとても寒くなった。太陽が永久に消えて、パパが彼を暗闇に連れていこうと決心した理由はそこだった。過去を忘れて生きるほうがよかった。キッチンで踊るママのいない生活を忘れるほうが。ママがいた頃、キッチンのテーブルにはチェック柄の撥水加工テーブルクロスがかかっていて、椅子は、捨てられたところをママに拾われたもので、すべて見かけが異なっていた。

それはパパが言ったことではなく、彼が自力で分かったことだった。地上と比べると、この暗闇で暮らすほうが、心の痛みが少し和らぐ。ここは安心で安全だ、少なくとも彼ら二人にとってはそうだった。ここでは愛され、世話を焼かれ、自分の面倒を見ることができた。持ちつ持たれつ。それが大切だ、とパパは言っていた。

彼が寝ている段ボール紙の上を一匹のネズミが通り過ぎた。ヒゲが数えられるほど、すぐ近くを走っていった。バスターだ。鼻に傷痕があるので、すぐに分かった。彼は時折、バスターにパン屑を分けてやった。ネズミがパン屑を小さな前脚の間に抱えて、鼻をクンクンさせるのを見るのは楽しかった。

持ちつ持たれつ。

新入りの一人が、バスターを叩き殺そうとした。でも、パパがその男を止めた。地下での家族の一員であるための条件を、パパは説明した。命を尊敬すること。命は聖なるもの。命を奪うことは人間の権利に属さない、とパパはよく言っていた。だから、バスターはこうして走り過ぎることができた。

黄色い帽子の男が不安そうに寝言を言っていたが、寝返りを打ったらおとなしくなった。列車の音には、眠気を誘い、落ち着かせる効果があった。

彼も寝返りを打ち、毛布にくるまった。目をつぶると、夢がまた彼を包んだ。彼は家にいた。彼は安心だった。

「『クレイジー・トム』の話を聞きに寄るか？」クリステルはそう言って、ルーベンに問うような目を投げかけた。「マークの骨が発見された経緯を深掘りしたい」

「同じことを考えてました」ルーベンはそう言って、フッディンゲへ向かう道にハンドルを切った。

司法精神医療施設〈ヘーリックス〉はフッディンゲ病院に近く、行き方は二人とも心得ている。しょっちゅう行く場所ではなかったが。そこに入院しているのは、精神疾患ゆえに刑務所ではなく医療措置を受けるべきとの判決を受けた者たちだ。

あそこへ行くたび、クリステルは気持ちが暗くなる。でも、あそこを去るたびに喜ばしくも思う――彼はあの場所から出ることができるからだ。だが、訪問される方の者たちは留まらなくてはならない。彼は深いため息をついた。

茶色くて不格好な建物にたどり着くまでには、それなりの時間がかかった。夏タイヤのままで堂々と走行する馬鹿な連中がいるからだ。

「ストックホルムの連中ときたら」クリステルがぼやいた。「冬が毎年やってくるって知らんのかね」

「先輩だってストックホルム住民でしょう」ルーベンが言った。

「分かってる」

車を駐め、施設の正面玄関へ向かった。建物は防壁と電気フェンスの両方で囲まれて、安全措置がしっかり講じられている。

「クレイジー・トムが入院しているときに勤務していた職員はまだいるだろうか？　やつが死んだのはほぼ二年前だし、職員の離職率は高そうだからな」二人が施設内に入ったときに、クリステルが沈んだ様子で言った。

ルーベンは肩をすくめた。

「そのうち分かりますよ」

玄関ホールでクリスマスの雰囲気を醸し出しているのは、いくつかの玉と貧弱なグリッターで飾られた、侘しいプラスチック製のクリスマスツリーだけだ。二人が受付に近づくと、大きなメガネと、半端ではない大きさのイアリングの女性が問うような視線を向けた。

「来ていただくよう電話しましたっけ？」彼女が言った。

「いえいえ」ルーベンは、詫びるように両手を振ってみせた。「ここの元入院患者にかかわる事件を捜査中なのです。その人物はもう亡くなっているのですが、看護を担当していた方がいれば、話を伺いたいのです。クレイジー・トムです――『人食い男』と呼ぶ者もいました」

「ああ、クレイジー・トム」女性は無愛想に言った。「アーノルドが世話を一番よくしていました。アーノルドは今勤務中ですから、電話をしてみますね」

二人は座り心地の悪い椅子に腰かけて待った。

壁に掛かっている時計が、ゆっくりと時間を刻んでいる。針の動きが不自然なほど遅いとクリステルは思った。まるで周囲から隔絶された別世界にいるようだった。ここで勤務するのはどんな感じなのだろう。警察官として、クリステルと同僚たちは精神障害を抱える人たちとそれなりに出会うが、ここで仕事をするとなると、当然のごとく、そうした人々と絶えず顔を合わせることになる。まして、中には油断ならない危険人物もいる。

「アーノルドは来られるそうです。ちょうど一服したかったと言っています」

大きなイアリングをつけた女性は電話を終わらせて、書類仕事に戻った。クリステルは、秒針のゆっくりした動きを見つめながら待った。数分ほどで、灰色の大きな髭を蓄えた太った男性が、二人のほうに向かってきた。ここの患者のためのサンタクロースのように見える。あえぎながら歩く男性にとって、手にしたマールボロはあまりいいとは思えない。

「外に出ましょう」荒く息をしながら、その男性は二人より先に玄関を出ていった。

外に出た彼は震える指でタバコに火をつけて深く一口吸ってから、二人に安堵の表情を向けた。

「ああ、やっと一服できた」

「ルーベン・ヘークとクリステル・ベンクトソンといいます。マルクス・エーリックソンさんの死に関する捜査を担当しています」

「マルクス・エーリックソン？」

アーノルドは額に深いしわを寄せながら、また深く一服した。

「マーク・エーリックさんのことです」クリステルが言った。

厚い警察用ジャケットを通して、寒さが浸み込んでくる。クリステルは、冬を好きになったことがない。子供の頃、母親に言われて渋々雪の積もった外で何時間も過ごしたが、雪の中で遊びたいと思ったことは一度もなかった。その代わり、トウヒの木の下にうずくまり、母親から暖かい室内に戻ってもいい、と声をかけられるのを待っていた。

「ああ、マークか。ってことはクレイジー・トムの話を聞きたいわけだ。やつが亡くなっているのは知ってますね？　部屋で首を吊ったんですよ。だれも予想してなかった。自殺願望の兆候もなかったしね。でも、こういうことはあるんですよ。ふっと生きる意欲を失ってしまう」

「あの事件のことはどのくらいご存じですか？」

「よく知ってますよ」アーノルドは煙の輪を吹き、輪は灰色の空に上っていった。「けど、おれはクレイジー・トムがあの男を殺して食ったなんて話は、これっぽっちも信じなかった。トム——本当はトーマスって名前なんですが——あいつほど優しい心の持ち主は見たことないですよ。よくある言い方だけど、虫も殺せないってのはあいつのことだ」

「でも、マルクスさんの骨が、彼の袋の中から私物とともに見つかっています」

アーノルドが肩をすくめると、灰色の髭が上下に揺れた。

「だから何だっていうんです。あいつは大した根拠もないのに有罪になった。トムがあの男を殺したとか食べたとかいう証拠はなかった。トムはね、トムだから有罪にされたんだ——一見危なく見えるイカレた男だってことでね。あいつは、骨は見つけて拾っただけだってずっと言ってた。自慢してたくらいですよ、ほとんど全部そろったコレクションだってね。トムは何でもかんでも集めるんです」

「全部そろったというのは？」ルーベンが言った。

「人体は、えーっと、二百六の骨があるんだっけな。クレイジー・トムは、そのうちの二百を見つけたんです」

「トムは骨を見つけた、ということですが、どこでだか分かりますか？」

「彼の住処からそう遠くないところで、骨は高く積んであったって言ってたな。バーガルモッセン駅、地下鉄の」

「バーガルモッセン駅？」クリステルが何やら考えながら言った。「トムがそこで何をしていたかご存じですか？」

アーノルドがまたタバコを一口吸う間、二人は答えを待った。

「住んでたんですよ。トンネルの中に。本来ならそんなことしちゃいけない。だからみんなこっそり住んでる。でもね、今みたいな冬になると、地下のほうが地上よりよっぽど暖かいです。屋根もあるしね」

ルーベンが小さく口笛を吹いた。

「トムの知り合いで、まだそこに残っている人間はいますかね？」彼が言った。

「トムの友達のうちの、まあ二、三人はまだ生きてるんじゃないですかね」アーノルドは、タバコの火をもみ消した。「顔見知りもいるかもしれない。ストックホルムには、かつてないほどホームレスがいるからね」

クリステルはルーベンを見つめた。彼も同じことを考えているだろうか。トンネルの中に人がいる。何かを目撃したかもしれない人たちが。マルクスとヨンを殺した犯人を目撃したかもしれない人々が。問題は、身を隠している人間たちをどうやって見つけるかだ。

＊

墓石にはマルクス・エーリックソンと刻んである。派手な人物にしては、驚くほどありふれた名前だ、とアーダムは思った。

「あなたがここで墳墓発掘に立ち会うことを優先するのには、正当な理由があるからですね？」彼はユーリアをちらりと見て言った。

「彼の歌の歌詞をすべて暗記しているのよ」彼女が恥ずかしそうに言った。「彼は天才ミュージシャンだった。お騒がせな天才ではあったけど、天才的な人間って、そういう人が多いんじゃない？」

「ぼくはかなりきちんとしているつもりだけど……」

「はいはい」

ユーリアは肘で彼を突いた。

アーダムは視線を逸らした。きっと自分の目には、懸命に隠そうとしているものが浮かんでいると分かっていたからだ。どうしようもないほど、完全に、とてつもなく、彼はユーリアを愛しているということが。

でも、彼女にはプレッシャーをかけたくない。彼女には家族がいる。彼はその価値をだれよりもよく理解している。とりわけ、母親のミリアムが亡くなって、世界で独りぼっちになってしまった今は。どんな理由があったとしても、だれかに自身の家庭を破壊させることなんてできない。だから、どんなに強く相手を求めていたとしても、密かに付き合うしかなかった。とはいえ、欲しいのはセックスではない——もちろん、それはそれで素晴らしいことではあるにせよ。彼が何より求めているのは、彼女と日々を過ごすことだった。彼女に取られた掛布団をイライラしながら引っぱって取り戻したり、ゴミを出すのがどちらの番か口論したり、一緒におなかの風邪にかかったり。頭がおかしいと思われるかもしれないが、一緒に吐いて初めて、二人は本当にすべてを分かち合ったと思えるのだ。

「棺が上がってくる」ユーリアが小声で言って、小さく頭を垂れた。

彼もそうした。

墓地には、日常生活にはない霊的なものを感じさせる何かがある。この〈スコーグスシルコゴーデン〉はとりわけそうだと、彼はかねてから思っていた。二年ほど前、一時的にエーンシェーデの2LDKに住んでいたことがあって、ジョギングでここへ来ることがよくあった。この墓地は美しいだけでなく広くもあって、ぐるりと走るとそれなりの時間がかかった。もっとも、彼はいつも子供の墓がある箇所は避けて走った。

二人の前で、白い棺が地面からゆっくりと引き上げられている。

「セルビア人たちとの関連性についてはどう思います？」棺に目を据えながら、彼が言った。

ユーリアは、苛立ったようなため息をついた。

「強力な手掛かりだとは思っている。でも、その線で捜査を進めるには問題が二つある。ひとつに、その手掛かりはヨンとはつながるものの、マルクスにはつながっていない。二つ目は、上層部がやけに神経質になって、この線を追おうとするのを邪魔していること。こちらの捜査が、組織犯罪を追っている大規模な捜査とぶつかることを上は心配してるのよ」

「なるほど」アーダムは素っ気なく言った。

それから深呼吸を一回して、ここ数日間訊こうと思っていた質問をした。

「ご家庭はどうです?」

彼の問いの余波の中を、沈黙がこだましました。禁断の質問だった。二人は、ユーリアが言う現実について話さないことで同意していた。二人の関係は、通常の世界に平行するパラレルワールドでのみ存在する。彼にも分かっていた。理解している。配慮している。なのに、質問が彼の口をつき、その場を漂っている。墓と地面の間でぶら下がっている棺のように、不穏な運命を暗示して。二人の白い吐息が舞い、彼らの間の宙に消えていった。

「離婚しようと思ってる」

ユーリアの言葉が落下してきて、彼を直撃した。それと同時に、マルクス・エーリックソンの棺がドスンと音を立てて、雪で覆われた地面に置かれた。

アーダムはユーリアの方を見る勇気がなかった。彼は身じろぎもせずに立ちつくした。しかし体内では、突然二倍の速さで鼓動し始めた心臓から、血液が音を立てて激しく流れていた。

二人は棺へ向かった。

二人の間の沈黙がこだましていた。

*

ヴィンセントは、高級な安楽椅子にもたれていた。下ろしたてのにおいがする。家具がグレードアップされているところを見ると、〈ショーライフ・プロダクションズ〉の経営が順調なのは明白だ。辺りを見回したヴィンセントは、新調されたのは家具だけではないと思った。オフィスのすべてが新しくなっている。壁までが、以前より暗い独特の色になっている。

「よくなったじゃないか」彼は言った。

ヴィンセントのマネージャー、ウンベルトは、得意顔の子供のように笑った。

「よくなっただろ」そう言って、両手を広げた。「ただ、これについてはいまいち自信がないが、ま、ボスはおれじゃないからな」

そう言って、ウンベルトはヴィンセントの頭越しに壁を指した。

彼の後ろの壁には、写真家リーサ・ローヴェのセルフポートレートが掛かっている。ローヴェはトランプのカードでできた女王のような衣装を着ている。ヴィンセントはたちまちこの写真が気に入った。『不思議の国のアリス』を思わせる。とはいえウンベルトの不安も理解できた。『不思議の国のアリス』に出てくるハートの女王のお気に入りの台詞は「首をはねよ！」なのだ。だからあの写真を、仕事をやらないとどうなるか分かってるなと、ウンベルトを遠回しに脅しているともとれる。

「おまえさんのツアーによる収益のおかげだよ」ウンベルトが言った。「もっとおいしいお菓子を出せる、ということでもある」

二人の間にある新しい大理石のテーブルの上には、ひき立てのコーヒー豆を使ったダブルエスプレッソが二つ置いてある。豆はウンベルトが特別に輸入したのだろう。とてもおいしそうなペストリーが載った皿も置いてある。

「〈マグヌス・ヨハンソンズ・ベーカリー〉から宅配で取り寄せた」ウンベルトが満足そうに

言った。「店は街の反対側にあるらしいが、それだけの価値はある」

「大量生産の〈バレリーナ・クッキー〉に、ぼくが文句を言ったことがあったっけ?」ヴィンセントは言って、ペストリーを見つめた。

完璧なシンメトリーだと認めざるを得ない。この店のパン職人は、やるべきことをきちんと知っている、ということだ。

「〈バレリーナ・クッキー〉だって?」ウンベルトが笑った。「マグヌス・ヨハンソンの耳にそんな言葉が入らないようにしろよ」

「ところで、ここの経営が順調だってことは聞いたけど」そう言って、ヴィンセントはエスプレッソを一口で半分飲んだ。「ひとつ決めたことがあるんだ。しばらくツアーを休むことにする」

ウンベルトは、ペストリーに伸ばした手を宙で止めた。顔が青ざめたが、何も言わなかった。代わりに、いつもの〝一体どういうつもりだ?〟と言いたげな視線をヴィンセントに向けた。

「家でいろいろあって、何とかしなくちゃいけないんだ」ヴィンセントは続けた。

受け取った脅迫について話す気はなかった。

「それに、実は体調が優れないんだよ」彼は言った。「公演が終わると毎回頭痛に襲われて、それがひどくなる一方なんだ」

「単なる疲労だろう」強ばった笑みを浮かべてウンベルトが言った。「わが友よ、ステージで脳にかなりの負担をかけているんだから、ショーの後でガス欠になってもおかしなことじゃない。ステージが終わったら駄菓子を食べる、それでケロリだよ。お望みなら、楽屋に置いておくぞ」

「頭を使うとエネルギーの消耗が激しい、っていうのは正しくないんだよ」ヴィンセントが言った。「ある研究によると、『大きな負担がかかった』脳が追加で必要とするエネルギー量は、〈チックタック〉（イタリア発祥のキャンディー）の十分の一に含まれる糖分より少ないそうだ。ただ、パリ在住のアントニウス・ヴィーラーによる興味深い研究結果があって、それによると、脳に大きな負担を与えると、前頭葉——合理的思考を司る部位だね——にグルタミン酸の副産物が蓄積されるんだそうだ。最終的に、そこにあるべきでないグルタミン酸をすべて除去できるまで、脳の認知機能が抑えられるんだそうだ。だからハードな仕事のあとは、あまり努力の要らない決断を下しがちになるんだ。高度な認知機能を動かすことができなくなっているから。それゆえに、仕事の後はピザとネットフリックスということになる。ぼくの頭痛の原因もそれなんじゃないかと思うよ。グルタミン酸を除去する機会がないってことだ」

　ウンベルトは彼をじっと見ていた。

「脳内のグルタミン酸」彼はゆっくり言った。「それがツアー休止の理由なのか？　照明係が四人、運転手二人、ツアーマネージャー一人、プロジェクトマネージャー一人に報酬を支払っていることを知っているだろ？　おまえのショーのためにな。彼らにどう言うつもりだ？」

　ヴィンセントは肩をすくめた。

「ぼくがツアーを休止すると言えばいい」彼は言った。

「休止か」その言葉が嫌な味でもするかのように、ウンベルトが繰り返した。「連中から今年のクリスマスプレゼントはもらえないぞ。おれからもな。どれくらい休業するつもりなんだ？」

「そうだね……当面の間ってことで」

ウンベルトは安楽椅子に倒れ込んだ。手にはペストリーも持っていない。ますます青ざめている。

「おれになんの恨みがあるんだ？」彼が言った。「角を曲がったところにある生協に行って、〈バレリーナ・クッキー〉を買ってきてもいいぞ、もしそれで……」

「きみの問題じゃない。ペストリーのせいでもない。ペストリーはさぞかしおいしいだろうと思う。ただとにかくぼくはしばらく休みを取らなくちゃいけない……すべてのことから」

「おまえのファンは喜ばないぞ」ウンベルトが言った。「みんな、まだここへ手紙を送ってくるのもいるんだ」

彼は立ち上がって、机まで何かを取りにいった。差し出してきたのは、ヴィンセント宛の絵葉書二枚だった。

「先週、受付に置いてあった。おれとおまえのミーティングの後にな。これを置きにきた人物が、われわれに気づかれることなく、どうやってここに入ってきたかは知らないが」

ヴィンセントがその葉書をひっくり返してみると、元々は一枚の大きな絵葉書で、それを二つに切ったものだった。宛先は「〈ショーライフ・プロダクションズ〉気付　ヴィンセント・ヴァルデル様」。切手は貼っていない。わざわざ持ってきたということだ。そして、だれにも気づかれずに去った。絵葉書には、控えめに言っても奇妙なメッセージが書かれていた。

口うるさい女は、雨の日に絶え間なく滴り落ちる雨漏りのごとしと一枚目の絵葉書に書いてある。

よく考えることなく神に約束をすると大きな難を招く

ともう一枚に書いてある。

署名はない。

「スウェーデンの諺か？」ウンベルトが言った。「どういう意味だ？」

「ぼくが知っている諺じゃないね」ヴィンセントはそう言って、絵葉書を上着のポケットに入れた。「意味も分からない。でも、ありがとう」

「じゃあ……休みってことだな」ウンベルトが不満げに言った。「おまえさんがそう言うなら」

彼が壁の写真に目を向けると、『不思議の国のアリス』の女王が見つめ返してきた。彼は、深いため息をついた。

＊

「あなたが言ってたことについて、考えてみたの、『満足している』ということについて」

ミルダの助手ローケは足を止めて、驚いたようにミーナを見つめた。それから、遺体の載ったストレッチャーを押す作業に戻った。

初老の男性が裸体を晒している。Ｉ字型の切開はきちんと縫合されており、それを除くと、男性は寝ているように見える。ローケが冷蔵保存庫の中に、彼をそっと収めた。

「慈悲による殺人です」ローケは、男性の死因をそう説明した。「この人は末期のがんでした。もって数か月。激しい苦痛に苦しんでいたのに、入院を拒んでいて、だから奥さんが彼を殺したんです。夫の承諾もあった。いや、むしろ要求に応えてでした。で、奥さんは晩年を刑務所で過ごすことになる」

「法は法だから」そう言って、ミーナは眉間にしわを寄せた。「いかなる事情があれ、殺人は許されない。そうでなくちゃ、この社会はどうなってしまうことか」

ローケは答えなかった。彼はビニール手袋を外して、新しい手袋に手を伸ばした。それから、ミーナを見た。

「それで何か変わりがありましたか?」

「えっ?」例の男性のことで頭がいっぱいで、ミーナは訊き返した。

ミルダはまた遅れている。めずらしいことだ。おかげでミーナは、彼女の助手とぎこちない会話を長々とする羽目になっていた。

「何か変わりがありましたか? 『満足である』ということについてぼくが言ったことを考えてみて」

「ああ、そっちのことね」ミーナは保存庫から視線を逸らした。「何かが変わったかどうかは分からない。でも、いろいろと考えるきっかけになった。人生を振り返ってみたって感じかしら。いい人生だったか、よくない人生だったか。わたしは何を変えられるのかとか、何を変えられないのか、とかね」

「神よ、変えることのできないものを静穏に受け入れる力を与えたまえ。変えることのできるものを変える勇気を、そして、変えられないものと変えられるものを区別する賢さを与えたまえ」

「ニーバーの祈り（本来はキリスト教の祈りだが、アルコール依存症者の自助組織ＡＡで採用されていることで有名）ね。十二ステップでしょ？　あなたも依存症克服のプログラムに参加していたの？」

ローケは少し躊躇した。彼は布巾を取って、すでに殺菌したように清潔な台を拭い始めた。それから動きを止めて、ミーナに視線を向けた。

「違います。身近……だった人が、です。過ぎたことですけど」

彼女はうなずいた。自分も依存症克服の十二ステップのプログラムに何年も参加していただけに、これ以上質問しないほうがいいと分かっていた。

「ごめん、ごめん、ごめん！」顔を真っ赤にして息を切らしながら、ミルダが飛び込んできた。

「やりくりするのが大変で」

それから、例の人骨がある解剖台までついてくるよう、ミーナに手で合図をした。以前とまったく同じようにここで人骨を目にするのはデジャヴのように感じられ、この反復の体験がミーナを不安にした。発見された二人より多くの人間を殺した人物が野に放たれているのかもしれない。犯人の殺人計画はまだ終了していないかもしれない。自分は何度ここへ足を運ぶことになるのだろう？　事件の背景も理由も分からないまま、こうして解剖学的に正確に解剖台に並べられた人骨を何度見にくる必要があるのだろうか？

「ここ数日は、人体の骨格の構造を復習するいい機会になったわ」ミルダが淡々と言った。

彼女がローケに手で合図を送ると、彼は布巾を置いて手袋を外し、また新しい手袋をはめた。ミーナの好きな行動だ。新しい手袋をするたびに、すべてがきれいで、再生され、無菌になるような気がする。社会的に受け入れられるなら、一日中ビニール手袋をしてもいいくらいだ。

「ローケ、あなたも精査してみてくれる？　このあいだはいろいろためになることを話してくれたでしょ」

ミルダは脇に寄って、ローケが骨に近寄れるようにした。彼は見惚れるように骨を見た。愛情をこめて、と言ってもいいくらいだった。

「卓越した仕事の見本ですね」彼が言った。「こういったものを前にすると、感嘆せざるをえません――ヨン・ラングセットのときとまさしく同じで、不気味なほどの正確さで肉部が除去されている」

「どうやって？　ヨンと同じ方法で？」

ミーナはもっと近くで骨を観察しようと、前かがみになった。ローケの言うとおりだ。まさに浄化のお手本だ。肉や腱や皮膚、その他の軟組織は、骨にまったく残っていない。

「知るのは不可能です。できるのは推測だけです」注意深く骨に触れながら、ローケが忠告した。「ですが、自分の推測は正しいと思います。まず煮沸し、その後、甲虫を使った」

「煮沸だけだと、骨はここまできれいにならないの？」ミーナが訊いた。

「そう思います。恐らく無理でしょう」

少し熟考してから、ローケは顔を輝かせた。

「試験をすることはできます。煮沸実験を」

「人間の……骨で?」ミーナが訊いた。

「人骨?　いえいえ」ローケは厳粛に首を左右に振った。「それは許されていません。動物の骨のつもりでした。牛か、あるいはブタ」

「すごくいい発想だと思うわ」ミルダはローケの肩に手を置いた。「貴重な情報がたくさん得られる可能性がある」

「この骨に関して他に何かありませんか?　死因とか?」ミーナはミルダのほうを向いた。

「もう一度、骨を調べてみようと思ってる。けど、希望はあまりないわよ。死因を示すようなものは何もないし、マークの……じゃなくてマルクス・エーリックソンの骨は、完璧にきれいだから。試料が見つかるとしたら、棺の中の残留物と棺に入り込んだ土からのみね。他には何もない」

「分かりました」ミーナが残念そうに言った。「では、その……ブタを煮る実験が済んだら連絡をください。何か分かることを願っています」

「すぐに電話をしますよ!」ローケが夢中になって言った。ミーナは、その言葉をまるで疑わなかった。

*

クリステルは、ドキュメントファイルをスクロールしていた。過去二年間の行方不明者リストをまた調べることにしたのだ。ただし、今回は何を探すのか分かっている。ヨン・ラングセットとマーク・エーリックのつながりは直接的ではなかった。それに、彼の希望的観測に過ぎないかもしれないが、パズルの小さなピースを少なくともひとつ見つけたと思っている。なぜなら、ヨンもマークも、名を残した人物だからだ。マークはミュージシャンとしての輝かしいキャリアで衆目を集めた。ヨンの方はと言えば、そこまでは有名ではなかったとしても、死の直前には〈コンフィド〉疑惑のおかげで世間に知られるようになったし、そもそも彼は金融界のロックスターだった。

ロックスターが二人いるなら、もっといてもおかしくない。だから、最初にすべきことは、世間の注目を浴びた人物を探すことだ。仕事でトップに上り詰め、その分野の先駆者となった人々。それから行方不明になった人々。

一時間にわたる閲覧で、クリステルが見つけたのは三名。国際的に名の知られた講師、ファッション・デザイナー、建築家だ。クリステルは、それぞれの事案についての報告書をクリックしてみた。建築家はブラジルへ行ったきり戻ってこなかった。兄弟姉妹がスウェーデン大使館とブラジルの当局に連絡したが、彼女はいまだに見つかっていない。

甘い考えだと百も承知だが、この女性は建築家であることに嫌気がさしただけで、今はリオデジャネイロの海岸で大いに楽しんでいて、自分を見つけてほしくないだけなのだと思いたかった。この女性に何が起こったにせよ、ストックホルムの地下鉄をさまよう幽霊の犠牲者ではなさそうだった。

ファッション・デザイナーの一件はまた異なっている。彼はある日、エステレーンの別荘から出かけたまま戻らなかった。溺れて沖に流されたのではないかと思われており、彼がその日アルコールがふんだんに提供されたパーティーに出席し、天候も強風だったことを考えると、妥当な想定だろう。

だが講師の件は関心を引いた。彼女の名前はエリカ・セーヴェルデンといった。その名前にどことなく聞き覚えがあった。数年前の〈能力向上デー〉に、上層部から聴きにいくよう言われた講演を行った人物ではないだろうか？　ああ、そうだ。広報に、ヘンリック・シッフェットというアップル社の男性とエリカ・セーヴェルデンが登壇すると自慢げに書かれていた。今になってピンときた。あの講演会は、「著名人」たちと触れ合う場だった。

報告書によると、エリカは一人暮らしだったため、人々が異変に気づいたのは、予定されていた講演会に姿を見せなかったためだった。警察に通報したのは、姉のディアーナ・セーヴェルデン。彼女が妹宅を訪れたところ、アパートの部屋にはだれもいなかった。それ以来、エリカから連絡を受けた者はだれもいない。消息を絶ったのは一年以上前のことだ。

クリステルは電話を持ち上げて、失踪したエリカの姉の番号に電話をした。彼女はすぐに出た。

「もしもし、ディアーナです」

「もしもし、クリステル・ベンクトソンといいます。警察の者ですが、お仕事中でしょうか？」

数秒沈黙が続いた。電話を通して、交通音が聞こえてくる。

「いいえ、昼食から戻るところです」少ししてからディアーナが言った。「ですが、話ならできますよ。エリカのことですか？」

背景の騒音にもかかわらず、クリステルは彼女の声に恐怖があるのを察した。ディアーナは妹のことで丸一年不安な状況に置かれていた。彼にはそれが人間にどんな影響を及ぼすのか想像もつかないが、ある日聞きたくない知らせが届くのでは、という恐怖は破壊的なものだろう。これから彼が口にしようとしている言葉は、彼女の世界をひっくり返してしまいかねない。

「最初に申し上げますと、伺いたいのはエリカさんのことではないんです」彼は言った。「その点についてお詫び申し上げます。実は、妹さんの失踪に関する報告書を今読んだばかりで、ひとつはっきりしないことがあるのです。エリカさんの性格はどうだった……どうであるか、お伺いしたいんです。最近のことだけでなく、子供の頃のことでも結構です」

電話口から聞こえる音が変わった。ディアーナはどこかの部屋に入ったのか、車の騒音が消えた。

「会議が始まったのは分かってる」電話口から離れた声で、彼女が言った。「でも、この電話は対応したいのよ。……すみません、これで落ち着いて話せます」彼女の声が近くに戻ってきて言った。「どうしてエリカの昔のことを知りたいのですか？」

「どんな人だったのか知りたいのです。彼女を発見する可能性も高まります」

最悪の場合、どんな状態で彼女が発見される恐れがあるか言及するのは避けた。

「そうですね」ディアーナが言った。「わたしたち姉妹にとっては、どんなことも、二人の競争でした。少なくとも、妹にとってはそうでした。彼女はいつも、どんなことでも一番になりたがりました。わたしがやっていたことについては、特にそうでした。わたしがテニスをしていたから、あの子は将来スウェーデン一のテニス選手になると幼い頃から決めていました」

ディアーナが話す間、クリステルはエリカのアパートの部屋の写真をクリックした。居間のよく見えるところに、優勝カップがいくつか並ぶガラス棚が置いてある。

「スウェーデンで一番に？」

「それで、なったのですか？」彼が言った。

「いいところまで行きましたよ」ディアーナが言った。「わたしよりはよっぽど上手でした。でも、決して一番ではありませんでした。長いこと頑張っていたのですが、頂点には届かなかった。実は、それが原因で妹はうつ病になって……もう昔のことですが。二十年くらい前でしょうか。彼女はテニスラケットに触れることも拒んで、何か月もベッドに横になってばかりでした。ほとんど何も食べずに。本人はそうでないふりをしてましたが、エリカはずっと繊細で、あの時期は本当に暗かった。橋から飛び下りたりするのでは、とひやひやしていました。一番落ち込んでいたときには、そんなことも言っていたんです」

そういったことは、報告書には何も書かれていないが、クリステルにその理由は理解できた。二十年前の問題が、現在の失踪にそれほどかかわりがあるとは思えないからだ。それでも、彼の頭の中では警鐘がかすかに鳴り始めていた。そして、それは徐々に強くなっている。いま姉が言ったことの中に何かがある。

「その後はどうなりましたか？」彼が訊いた。

「本当をいうと、分からないのです。妹は急に方向転換したんです。ドン底にいるときに、あの子は、自分の体験を語ることで、スウェーデンで一番のモチベーション講師になろうと決心したようなのです。その意欲がどこから来たのか、わたしには分かりません。でも、それ以来ずっと、妹がやってきたのはそれだったんです。それに、テニスよりよっぽど妹は上手でしたよ」

「妹さんは、その部門でベストになったということですか？」

ディアーナはまた、数秒黙った。

「すみませんが、もうそろそろ行かないと」彼女が言った。「会議に戻れと上司が躍起になって手を振り回しているんです。エリカはちょっと変わった子でした。あの子は仕事がどれほど順調なのか自覚していなかったと思います。いつか仕事がなくなってしまうんじゃないかといつも怯えていました。実際にはストックホルムにロンドンにドバイにロサンゼルスにと飛び回っていたのに……。他のみんなはうまくやっているのに、自分は必死にならないと成功できなかったと不満なようでした。いつになっても自分のコップは半分以上がカラだと思っている人っていますでしょう?」

いることは知っている。彼もそういう人間の一人だからだ。でもラッセが現れて、彼のグラスを満たしてくれた。エリカはそういう幸運に恵まれなかったのだろう。独りぼっちで仕事を優先していたのに違いない。彼もそうだった。

「行方不明になるまで、妹さんはそういった具合だったのですか?」彼が言った。「仕事で疲れて燃え尽きてしまったということでしょうか」

ディアーナは数秒間、何も言わなかった。

「そう伺って、思い出したことがあります」彼女が言った。「妹が……行方不明になる直前、二週間くらい前のことでした。それまでは極度に厳密な五ヵ年計画を立てるような人間だった彼女が、突然、今この瞬間を楽しむような生き方になったんです。以前より頻繁に電話をかけてくるようにもなりました。新規の講演依頼もとらなくなっていました。喫茶店に行きたがったり。ようやくあの子も落ち着くということを覚えたのかもしれないと思ったんです。何がキッカケだったんだろうって、わたしたちみんな不思議に思ったんです。でも、その答えを知る前に、妹はいなくなってしまった。そのことですっかり動揺したおかげで、いなくなる前の二週間ほど妹がどんなに穏やかだったかということをすっかり忘れていました。縁起でもない言い方ですけれど、あの子が見出したのは……安らぎだった、という気もします」

クリステルの頭の中の警鐘は、今や耳をつんざくように鳴っていた。エリカ・セーヴェルデンの性格に変化が見られた。失踪する二週間前だ。彼女もまた、業界の〝ロックスター〟と言えた。彼は時間を割いてくれたことをディアーナに感謝し、何か思いついたら電話をすると約束し、電話を切った。

両手で顔を擦ってから、彼は画面上のエリカの顔写真を見つめた。地下鉄トンネル内で、さらなる骨を探すことになりそうだ。

＊

「前向きなエネルギーみたいなものを感じます」ユーリアは言って、特捜班のメンバーを一人一人見ていった。

彼女は背を向け、貼られた資料でいっぱいのホワイトボードを見つめた。資料は壁にまで広がり始めていた。彼女は、プロによるヘアメイクを施して説教師のような大きな微笑みを見せる女性の写真を指でコツコツと叩いた。

「クリステル、あなたの発見をわたしたちに教えてください」

ユーリアは脇に寄って、壁にもたれた。腕を組んで促すようにクリステルを見つめていた。

ミーナは、アーダムの視線がユーリアの胸元に向けられていることに気づかずにいられなかった。

ヴィンセントは正しかった。そして、気づいてしまえば見え見えだ。ユーリアとアーダムは、確実に付き合っている。

ヴィンセントの視線をミーナは背中に感じた。法医学委員会から急いで戻ったばかりなので、ミーティングが始まる前に、二言三言しか言葉を交わせなかった。

クリステルが咳払いをして椅子をテーブルから少し離すと、ボッセが身を起こした。クリステルはサフラン味の菓子パンを置いて、手についたニブシュガーを払った。

「その女性は……」

菓子パンにかぶりついたところだったので、声がもごもごした。彼は呑み込むまで、みんなに待ってもらった。

「その女性は、エリカ・セーヴェルデン」写真を指し、はっきりした声で続けた。「この女性は一年と少し前、ヨン・ラングセットとマーク・エーリックと同様、謎の失踪を遂げている。職業はモチベーション講師。みんなも知っているんじゃないかな。他の二人と同様、仕事で成功を収め、その分野のリーダーと見なされていた。それが第一の類似点だ。だが、もっとある」

彼は間を空けて、見回した。

「芝居がかってるな」ルーベンが、呆れた表情で鼻を鳴らした。

クリステルは彼を無視した。

「他の類似点というのは行方不明になる直前の行動だ。エリカの姉によれば、ヨンとマークと同じように行動に変化が見られたという。ただし、他の二人とは真逆の形だった。ヨンとマークが、だれかに狙われているみたいに被害妄想的になったのに対し、エリカはストレスに苛まれる短気な人間から、姉の証言を信じるなら、落ち着いて明るい人間になった。人生に満足しているような。エリカの姉は、あくせくするのをやめて今この瞬間を生きるようになったと言っていた」

「そうだったにせよ、ヨンやマークと同様に、自分の身にこれから起こることを知っていたかもしれない」ヴィンセントが言った。「死が迫っていて、それが避け得ないのだと知ると、それまでは体験したことのなかった心の平穏を自分に許す人もいます」

「そのとおり。自殺が多くの遺族や友人にとって意外なことになる理由でもある」クリステルは沈痛な面持ちでうなずいた。「長い間落ち込んでいた友だちや親戚が、突然元気になって明るく前向きになる――家族や知人は、危機は去ったと思ってホッとするんだ。実のところそれは最悪の兆候なのだと気づかない」

「つまり、三人とも何かが起こることを知っていたってわけか」ルーベンは言って、低く口笛を吹いた。

ミーナの目の片隅に、クリステルがテーブルの縁ぎりぎりに置いた菓子パンに、ボッセが着々と忍び寄るのが見えた。

「エリカは他の二人と同じ運命をたどった、とおれは思っている」クリステルはそう言いながら、菓子パンをテーブルの縁から離した。ボッセは明らかにがっくりした。

「お手柄です、クリステル」ユーリアが言った。「これが何を意味するのか、お分かりかと思います。エリカの骨が見つかるかもしれないので、トンネルの中を徹底的に捜索する必要があります。運がよければ、明日には着手できます。まだトンネルに潜んでいるかもしれないクレイジー・トムの友人を探す必要もありますが、それは別の機会とします。ひとつずつ着実に進めましょう」

ミーナは感情を呑みこんだ。ネズミの走るかすかな音が聞こえる気がし、尿や古いゴミの臭いを鼻孔に感じた気がした。けれども一方で、他の特捜班員に負けないくらい、捜査を進展させたくてたまらなかった。エリカも被害者で、彼女の骨が地下鉄網にあるというクリステルの推測が正しければ、捜査の突破口になり得る。殺人犯だって人間だ。間違いを犯す。エリカの骨が見つかれば、班が必要としている前進の後押しとなるかもしれない。

「ミーナ、あなたはグスタヴ・ブロンスの線を追いたいと思ってますね。上の同意をとりつけました」ユーリアが言った。「ブロンスと被害者たちとの関連を調べてください」

ユーリアは、班の他のメンバーに向きを変えた。

「一方で、ドラガン・マノイロヴィッチ関連のすべての事柄について最大限の警戒をするよう特捜班全員にお願いします。他部署の捜査活動とぶつからないように本件捜査をどう進めるか、上からの指示を待っているところです。国家作戦部《NOA》の捜査が、現在、デリケートな局面にあるのだそうです。ですから、どんなことについても、進め方に悩んだらわたしに相談に来てください。解決法を考えます」

ユーリアは、ミーナに視線を戻した。

「あなたは法医学委員会に行っていましたね――その報告をお願いします。何か分かりましたか？　墓を再度開けるというのは人間のプライバシーと尊厳の著しい侵害ですから、その結果が無意味であってほしくはありません」

「答えはイエスでもありノーでもあります」ミーナが言った。「マルクス・エーリックソンの骨がヨン・ラングセットのものとまったく同じ状態だった、ということ以上の新しい情報はありません。こちらも非常にきれいに処理されていました。なおミルダの助手のローケは、遺体を煮沸後に、何らかの甲虫を使用して肉部を除去したというヴィンセントの論が正しいと確信しています」

「何てことだ」アーダムは、全身を搔きむしりたそうだった。

彼が虫に嫌悪感のようなものを抱いていることに、ミーナは気づいていた。小さなクモを見ただけで、アーダムは部屋の反対側へ逃げる。そこはミーナも完全に共感できる。甲虫なんて、聞いただけでぞっとする。

「理にかなってますからね」彼女の背後でヴィンセントが言った。

彼女は、ヴィンセントのほうを向いた。

「最も妥当な論ですから」彼が言った。「検証してみてほしい」

「すでにローケが提案済みです」彼女が言った。「ブタを使って、地下鉄で発見された骨と同じ結果が得られるか、実験すると言っています」

「昆虫はどこから手に入れるつもりなんだい？」ルーベンが言うと、アーダムは真っ青になった。

アーダムは今や、懸命に両腕を搔いている。ミーナは、同じことをしたい衝動を抑えた。洗い過ぎで荒れた彼女の肌は、爪で掻くと傷ついてしまう。

「それは……訊いていません」彼女は感情を強く呑み込んだ。

「ちなみに、この捜査会議の後でローケに会うことになっているんです」ヴィンセントが言った。「甲虫について昆虫学者に話を聞くことになっています」

「この件についてミルダに一報したところ、まるでクリスマスイブの子供みたいにローケは大喜びしてたようですね」ユーリアが言った。

ユーリアは両手を上着に擦りつけた。彼女ですら、この話題には平静を保てないようだ。

「では、これくらいで」彼女が言った。「最後にひとつ」彼女は咳払いを数回した。「クリスマスイブの子供みたいに喜ぶと言えば、わたしは三つ子ちゃんたちのためにちょっとしたクリスマスプレゼントを用意したんです」彼女は、空いているペーデルの席を見た。「アネットのためにクリスマス用のお惣菜をバスケットに詰めたのもね。今夜手渡しにいくので、一緒に行きたい人はぜひどうぞ」

その場に下りた沈黙を破るのは、少し離れたところからかすかに聞こえてくる『恋人たちのクリスマス』だけだった。

少しして、全員がうなずき、会議室を出ていった。

部屋を出際《でぎわ》に、ミーナはヴィンセントを呼び止めた。

「虫専門家のところへ行くことになっているのは知っていますが、ちょっと話す時間はありますか？」

「もちろん」彼はうなずいた。「あなたのためなら時間はいくらでも割きますよ。どうしました？」

他の人たちの邪魔にならないよう、二人は脇に寄った。

「グスタヴ・ブロンスの事情聴取の件なんです」彼女が言った。「なぜグスタヴはドラガンからの金を必要としたのか、という話をルーベンとしたときに、彼は『理由はいつも薬物か女かギャンブルだ』と言ったんです。その返事に気になる点があったんですが、それが何なのかが分からなかった。唯一頭に浮かんだのは、一杯のコーヒーでした。どうしてそんなことが頭に浮かんだのか分かります？」

われながら訳の分からない質問だとミーナは思ったが、ヴィンセントは顔を輝かせた。

「ああ、なるほど」彼は言った。「そういうことなら、グスタヴが抱えていた問題はギャンブルだ、と確信を持って言えます」

「ギャンブル？」

「そう。あの事情聴取のとき、彼はポーカー用語を使った。しかも頻繁に使われる言葉じゃない。つまり、その単語を知っているということは、本格的にポーカーをプレーしているということになる。あるいは、わたしのような古株のトランプ手品師のように、カードプレーの大半に関心を持っている人間ですね」

「あの男は何て言ったんです？」ミーナは当惑して言った。「ポーカー用語は全然知らないんです。それに、それがコーヒーと何の関係があるんですか？」

「取調室を去る前に、あの男は弁護士に『コーヒーハウジング』と言いました。あなたはコーヒーハウジングしている、と彼は言ったんですよ」ヴィンセントは言った。

「そんな表現、初耳です」

「そこです、わたしが言いたいのは。ポーカーをしたことのある大抵の人なら、ブラフとかコールとかフォールドといった言葉は聞いたことがあるでしょう。でも、『コーヒーハウジング』は、うんと稀なんです」

「で、どういう意味なんですか？」ミーナが言った。「わたしがしたことだとしたら」

彼女は、例によって長い解説を聞かされるのを覚悟した。ヴィンセントに物事の意味を尋ねるのには、いつも危険が伴う。でも、どうしても知りたかった。

「ゲーム中に自分の手札についてしゃべることを意味する言葉です。たいがいは敵を騙す意図をもって行われます。あなたが彼に、ヨン・ラングセット殺害をカネで引き受けたのではないかと言ったのが、彼を騙すためだと言いたかったんでしょう。ポーカープレーヤーの間でコーヒーハウジングはモラルに反するとされていて、禁止規則を設けているカジノもあるくらいです」

「じゃあ、グスタヴがギャンブルにのめり込んでいる可能性が高いということ？」彼女が言った。「ギャンブル依存症で、自分の財産より巨額を投じてしまったとか」

「ええ、その可能性が高いでしょうね」ヴィンセントが言った。

ミーナは安堵のため息をついた。事情聴取の最中に気になったことが何なのか分かった。そのうえ、ヴィンセントの説明も、珍しく短かった。

「それより、ポーカーの起源に関してはそれぞれ随分ちがった説が三つもあるのを知っていますか？」ミーナがまさに部屋を出ようとしていたときに、彼が言った。今や話す気満々のようだった。「ひとつ目は、九〇〇年代に中国で生まれたという説。穆宗《ぼくそう》という皇帝の時代に存在したドミノゲームが進化したもの、という説ですね。二つ目は、十六世紀に生まれた『アス・ナス』というペルシャのカードゲームが起源というもの。三つ目は、米国ニューオーリンズに移住したフランス人が持ち込んだ『ポック』というゲームが起源で、ニューオーリンズで徐々に形を変え、ポーカーになったという説です。この説が一番納得がいくものだと思います。だって、ポーカーとポックの間には共通点が多いんです。余談ながら昔のトランプのカードは、今日《こんにち》の五十二枚と違って、たったの二十枚だった。カードについているマーク、あれは『スート』というんですが、当時はタロットカードと同じだったんです。つまり、ペンタクル、ワンド、カップ、ソードですね。ちなみにタロットもとても興味深い……」

ヴィンセントが息継ぎをしたのを察し、ミーナは彼が続きを話しはじめる前に、もう部屋を出ていた。

＊

ヴィンセントはミーナとの話を終えるとすぐにガレージへ下りた。〈コーヒーハウジング〉。ミーナは無意識に一杯のコーヒーを頭に浮かべたのだ。ユーシュホルムへ向かってハンドルを握るヴィンセントは、独りで微笑んだ。ミーナの思考法は、自分と似てきたようだ。

ユーシュホルムに到着し、ストランド通りに向かった。この大通りはストックホルム郊外で最高級地区で、当然のごとく、ストックホルム中心街の一番高級な通りと同じ名前だった。ローケは裕福だとミルダから聞いてはいたが、それにしてもすごい地区だ。片側には巨大な住宅がそびえたっていて、ちょっとした城のような建物もある。もう片側は水域で、当然ながら、この家の持ち主の何百万クローナもするボートが並んでいる。

　GPSが目的の住所に到着したことを知らせたが、念のために再確認した。彼の前には、高さ三メートルはありそうな大きな自動ゲートがある。ゲートの向こうに続く道が一本あり、並木道の向こうに、木々に挟まれた大きなレンガの建物が見える。

　口角でタバコをくわえたローケが、ゲートの向こう側から歩いてきた。車の中に座るヴィンセントを見て微笑し、すぐにタバコの火をもみ消した。ゲートの通用口から出てくると、両手を擦りながら小走りで車に向かってきた。

「こんにちは、ヴィンセント」車に座るときに彼が言った。「外はやけに寒いな。行きましょう」

　ヴィンセントは車をスタートさせた。この三年間ほどでローケに遭遇することは多々あったが、ヴィンセントが解剖室に入ってくるなり、ローケは自分がそこにいることを謝っているようなところがあるような気がしていた。自尊心を扱った本を彼にあげようと思ったことは一度や二度ではなかった。でも今、隣に座る彼は元気いっぱいで、興奮で跳び上がりかねないほどだ。

「今からスウェーデンにおける昆虫学の第一人者のところへ行くんですよね？」ヴィンセントが今まで彼の口から聞いたことがないほど大きな声で、ローケが言った。

「ええ」ヴィンセントはそう言って、ユーシュホルムを出て、南下するE４号線を目指した。

「その人物はまさに甲虫の専門家で、きみにとっても興味深いと思ったんです。それに、今日聞かせてもらう話を、きみならばぼくにはない視点で解釈してくれるんじゃないかとも思って。何と言っても、毎日遺体を扱う仕事をしているのはきみだから」

ヴィンセントは一呼吸おいて、ローケをちらりと見た。相手の本心を読み取り、その人物に対してベストの接し方をするのがヴィンセントの仕事だ。だがローケは底知れない。ヴィンセントなら探り出せるようなシグナルを、彼は発していない。白紙を見るようなものだった。それはローケの非ではなかったが、ヴィンセントには心地よいものではなかった。

「ひとつどうしても訊きたいんですが」彼は言った。「誤解しないでほしいんだけど、今ぼくはきみの家を見たんですが、なぜきみは法医学委員会に勤務しているんですか？　お金が必要には見えません」

ローケは驚いたように、ヴィンセントを見つめた。

「ぼくは骨学の資格を持ってるんですよ」彼が言った。「骸骨やら髑髏やらの専門家ってことです。ぼくの情熱はそこにあります。他ならぬあなたなら、自分の最大の関心を仕事に生かせるのがどれほどの特権か、よくご存じでしょう？　おまけにミルダは天才だし。カネを払ってでも、ぼくはあそこで働くでしょうね」

ヴィンセントはうなずいた。どれほどの特権なのかは、もちろん分かっている。自分のことを考えたら、骨を趣味とする人間がいても驚くことではない。

「それより、今から会う昆虫学者のこと、きみなら知っているんじゃありませんか？　虫にも詳しいようだし」ヴィンセントは言った。「セバスティアン・バッゲという先生で、ハーリンゲに住んでいる」

「もちろん、昆虫は趣味のひとつです。でも、その人は知らないな。でも、名前がバッゲ（スウェーデン語のbaggeは甲虫を意味する）で、虫の専門家とはね」

ローケはゴホゴホと途切れる音を発した。ヴィンセントは、笑いが混じった喫煙者の咳だろうと思った。

「主格決定論について聞いたことはあるでしょう？」ヴィンセントが言った。「苗字が人の職業選択に影響を及ぼすという仮説です」

「英国にはベイカーという苗字のパン職人が異常に多い、ってあれですか？　あと、ジークムント・フロイトの苗字は喜びという意味で、彼は性に執着していたとかね。ユングが書いたんじゃありませんでしたっけ？」

ヴィンセントはうなずいた。ローケは詳しいようだ。

「そして、今ぼくたちは、セバスティアン・バッゲ氏に会いにいくわけか」ローケはそう言って苦笑いを浮かべた。「ノーメン・エスト・オーメン」

「ラテン語で『名は体を表す』かな？　それをローケ（北欧神話に登場する悪戯好きの神ロキ）という名の人間が宣う」

「あなたが正しいと言う人を、ぼくは少なくとも数人知っていますよ」そう言ったローケは、また例の途切れるような音を発した。

ハーリンゲ城の手前で、ヴィンセントは曲がった。ＧＰＳが伝える場所に近づくと、白くて豪壮な荘園のような建物が見えてきた。冬景色に映えるその家は、巨大な雪像のようだ。

「見事だな」ローケが小声で言った。「昆虫学者がこれほど稼ぐなんて、ミルダは転職すべきだ」

「だけど、華というものを考えたら」ヴィンセントが言った。「昆虫学者は、骨学者ほどモテないと思うけどな」

ローケがまた咳をした。

ヴィンセントは、建物の前の庭のヒョンデ車の横に駐車した。車を降りるや否や、ローケはタバコに火をつけた。毛皮のコートを着た、白髪で細身の七十代の男性が玄関から出てきた。

「いらっしゃい、お入りなさい」彼が言った。「外にいちゃ凍死してしまいますよ」

ローケは、最後にせわしなく一服吸いこんで、タバコを雪の中に捨てて踏みつけたところでセバスティアン・バッゲに目をやって、吸い殻を拾い上げて、ポケットに入れた。

セバスティアンはさりげなくうなずき、二人と挨拶を交わしてから、玄関ホールに案内した。二人はそこでジャケット類を脱いで掛けた。

「ここは親から相続した家でしてね。先祖代々受け継がれてきたので、幸運なことに、実質的には無料で暮らしているようなものです。昆虫学はわたしの情熱の対象ですが、収入は限られていますから」

ヴィンセントはローケを横目で見て、二人が同じことを考えているか確かめた。セバスティアンの経済状況については、二人とも完全に間違っていた。けれど、セバスティアン自身を見る限り、そうとは思えない。波打つ白髪は完璧な髪型だし、申し分のない白いサファリスーツを着ている。昔の冒険家のようだ。

ヴィンセントは辺りを見回した。彼が想像していたのは、剝製だらけで専門書が天井まで山積みになった奇怪な家だった。けれども、この家はセバスティアン自身に負けないくらい、きちんとしている。壁にはもちろん、ピンで留めたいろいろな種の昆虫の標本が入った額縁が飾られていて、それぞれの間隔はすべて同じになるように並べられていた。

居間に通された二人は、それぞれ大きな革製の安楽椅子に腰かけた。安楽椅子はこの家と同様の古さだが、とても座り心地がいい。ヴィンセントには、何代にもわたるバッゲ家の人々がこの椅子に座る姿が見えるような気がした。何十年もの間、冒険家の服に身を包んだ彼らは、ここに腰かけ、重要な書物を読んだのだ。

「こうも寒いと、紅茶じゃ物足りないでしょう」セバスティアンはそう言って、カクテル・キャビネットへ向かった。「もっと暖まる飲み物はいかがですか?」

「アルコールは飲まないので」ローケが呟いた。彼はいつもの物静かで控えめな彼に戻っていた。

「わたしは運転しますから」ヴィンセントが言った。「ですが、お気遣いには感謝します」

セバスティアンは肩をすくめてから、自分用のグラスを琥珀色の飲み物で満たした。それからピペットを手にし、もうひとつのグラスから水を吸い、最初のグラスに四滴落としてから、安楽椅子に腰かけた。

「お二人はカツオブシムシについて知りたいわけですか?」彼が言った。「ラテン語でデルメスティダエ。おもしろい虫です。八百五十種ものカツオブシムシが存在することをご存じですか? 残念ながら、スウェーデンにいるのはたったの三十六種ですが。自然界が所有する掃除屋といったところです」

「どういうことですか？」ヴィンセントが言った。

彼が座る姿勢を変えると、安楽椅子が音を立てた。

「カツオブシムシは甲虫ですから、当然、完全変態して成長します」セバスティアンはそう言って、グラスの酒をすすった。

「当然ですよね」ローケが言った。

ヴィンセントには、ローケが皮肉を言ったのか、この話題に没頭しているのか、結論を下せなかった。恐らく後者なのだろう。

「卵、幼虫、さなぎ、成虫という四段階の成長過程を踏みます。つまり、最後は完全に成長した甲虫ということですね。成虫は他の虫と同様、花粉や花の蜜を食べます。ですが、幼虫の段階では、主に肉食性なんですよ」

「どんな動物も食べるのですか？」ヴィンセントが言った。

「死んだ動物ならね」セバスティアンはうなずいた。「カツオブシムシは、死骸を食べる生き物ですから。自然界の死んだ動物を片づけてくれるわけです」

「腐肉食動物」ローケがボソボソ言った。

「そのとおり！」セバスティアンが嬉しそうに言った。「それについて見れば、虫たちはいろいろな分野に特化するわけです。シラホシカツオブシムシは、スウェーデンでは『毛皮虫』と俗に言われているように、毛皮を好むんですね。ウールは羊毛で毛皮の一種ですから、この虫が家に侵入したら、ウールのセーターを盛んに食べます。それ以外の繊維製品を食べるときもある。オビカツオブシムシは、スウェーデン語では『豚肉虫』と珍しく逐語訳《ちくごやく》した呼び名がついている。スウェーデンでは、ほぼ家屋内にのみ存在していて、髪の毛や落ちた皮膚を好んで食べるんです」

ヴィンセントは顔を歪めた。ミーナはここに来なくて済んだのがどんなに幸運か知らない。もし彼女がセバスティアンの話を聞いたら、一週間は眠れないだろう。

「二人とも、当然ご自分の目で見てみたいでしょう」昆虫学者が言った。「ちょっと待っていてください」

その場を去ったセバスティアンは、壁に掛かっているような額縁を持って戻ってきた。それをヴィンセントに手渡した。標本額の中には多数の小さな甲虫が並んでいて、どの種に属すのかを書いた、うんと小さな細長い紙切れが、各虫の下に貼ってある。

「マルカツオブシムシ属の種は、スウェーデンではあまり見かけない。ここでは生き延びられないんですね」セバスティアンは言って、また安楽椅子に着いた。「生きられるのは四種だけ。一番下、左の虫を見てください」

ヴィンセントは、白い斑点のある、ちっぽけな黒褐色の虫に目をやった。

「シモフリマルカツオブシムシといいます」セバスティアンはそう言ってから、ドリンクをすった。「学名には『博物館虫』という意味があります。よく食べるタイプでしてね。幼虫は鳥やハチの巣に好んで棲みつくのですが、クモの卵嚢に棲んで、クモの孵化しない卵を食べたりもする。ハエの死骸などが見つからない場合にね」

ヴィンセントは、ミーナにはこのことを決して話さないよう、肝に銘じた。

「なぜ『博物館』という言葉が名前に使われているのでしょう？」彼が訊いた。「毛皮や豚肉なら分かりますが、博物館？」

「なぜなら、この虫が博物館に侵入すると、剝製をすべて食べてしまうからです。毛皮、羊毛、絨毯、シルク、羽、皮。自然史博物館にとって最悪の悪夢ですよ」

ヴィンセントは、物思わしげにうなずいた。セバスティアンの言葉に聞き覚えがあった。

「わたしたちが探しているのは、そうした虫を大量に持っている人物なのです、恐らくは『博物館虫』のような」彼は言った。「そういう人物はどうすれば探し出せるのでしょうか？　連絡をとれるフォーラムや協会があるのですか？　生きた甲虫のコレクションというのは、そうあることではないと思うのですが」

セバスティアンは、飲み物を飲み切ってから答えた。

「スウェーデンで一番よく見かける種は、シモフリマルカツオブシムシです。これはどこにでもいます。先ほども言ったように、いてほしくないところにもね」

セバスティアンは、ヴィンセントが座っている安楽椅子に目をやった。ヴィンセントが今座るその椅子を利用してきた先祖代々の人々の光景は、もう好ましいものではなかった。何十年にもわたってその椅子に落ちた皮膚や髪の毛は、カツオブシムシのご馳走なのだ。ヴィンセントは、すぐにでも立ち上がりたい気持ちを抑えた。急にミーナの気持ちが理解できたような気がした。

「ですが、事はもっと複雑でしてね」セバスティアンは続けた。「骨をきれいにするために使われるカツオブシムシは、違う科に属しているんです。国外ではハラジロカツオブシムシが使用されています、スウェーデン語では『狐虫』。スウェーデンで使われるのは、カドマルカツオブシムシですね」

　彼は窓の外を眺めた。

「こういった気候だと、幼虫を生かしておくのに温和な温度を保てるテラリウムが必要になります。それに、カツオブシムシは一か月半で成虫になる。だから、秋に幼虫だったものは今甲虫になっている。見つけたいのなら、自分たちが何を探しているのかを知る必要があります。内緒話をしてさしあげましょうか」

　セバスティアンはヴィンセントの方を見ると、片方の眉を上げながら両手をポケットに入れた。ヴィンセントは両手を広げてみせた。

「役に立つものなら何でも」そう言った。

「もっといいことを教えてあげたいんだが」セバスティアンが言った。「わたしから聞いたとは決して言わないでくださいよ。昆虫好きというのはね——少し変人なんだ」

＊

「先輩がサンタクロースなんですか？」

　ミーナは、クリステルが準備している袋を顎で指した。

「ああ、一番サンタっぽい腹をしているのはおれだ、ってルーベンも言ってたしな」クリステルが言った。

　彼はミーナの視線を避けた。ペーデルに関することすべてが、特捜班の全員にとって、いまだに心を痛ませる。

「一緒に来るだろ?」彼が言った。

　ミーナは激しく首を左右に振った。

「失礼は承知なんですが」彼女が言った。「耐えられなくて。まだ。自分にできる範囲で、これに慣れていきたくて……」

　見え透いた言い訳にしか聞こえない。アネットと三つ子を避けようとするなんて、意気地がないにもほどがある。あの四人は悲しみから逃げられないのに。悲しみの真っ只中で、一瞬一瞬を悲しみに包まれて生きているのに。

「気にするな」クリステルは言って、彼女の肩をぎこちなくポンと叩いてから、慌てて手を引っ込めた。「すまん、軽率だった」

「大丈夫です」ミーナは心からそう言った。

　クリステルは何も言わずに微笑んだ。サンタ道具一式を詰め続け、大きな白い髭のついた硬いサンタのマスクを注意深く折りたたんで、袋に入れた。

「出かける前に、ひとつお願いしてもいいですか?」彼女は言い、マウスをクリックした。

「可能ならば」

「もちろん」クリステルは袋の口の紐を引っ張って、試すように持ち上げながら言った。「どんな件だ?」

「ギャンブル。ここ数年、グスタヴ・ブロンスが得ていた収入を鑑みるに、何かの報酬でない限り、彼がセルビア人から金を受け取らなくてはならない理由が分からないんです。他に考えられるとしたら、ギャンブル依存症です。先輩のギャンブル会社へのコネを利用して、グスタヴ・ブロンスが賭けで大金を失ったかどうか調べられませんか」

「会社に顧客たちの情報を提示するよう頼まなきゃいけないってことだな」クリステルは、考え込んだ様子で言った。「検察官から令状は受け取ってないんだろ?」

ミーナはうなずいた。

「ええ、まだです。法律違反にならない形でできませんか? コネをお持ちなのは知っているので……少し話を聞くだけでもできないかと思って。あと、ここ五年間で公表されているグスタヴの経済状況から、何が推測できるか調べてもらいたいのですが」

「問題ない」クリステルはジャケットを着た。

彼は、肩に袋を抱えた。

「みんなと一緒に行かないことに、心残りはないか?」

「ありません。まだ時間が必要で。でも、アネットにわたしからのハグをお願いします」

「サンタはハグを届けると約束したぞよ、ホーホーホー」クリステルは大きなお腹を叩いた。

ミーナは微笑みながら、クリステルを見送った。彼の手のぬくもりが、まだ肩に残っていた。

＊

プレゼントをするだけでは十分ではないとユーリアにも分かってはいたが、それでも何かの役には立つだろう。アネットと三つ子たちに普通の生活を送ってもらいたいという一心だった。三つ子にとってはパパなしの、アネットにとっては夫なしの初めてのクリスマスイブを迎えることになる。これからも一家には何度もイブが訪れるが、これが、ペーデルがいない最初のイブだ。世界中のどんなプレゼントを以てしても、その埋め合わせはできない。

それでも、クリステルがサンタに扮して、びっしり詰まった袋を引きずってきた。班のメンバーにできるのはこれくらいだ。そして、ここに来ることだけ。班のほぼ全員が小さな連棟住宅の前に集まって、気を落ち着かせていた。だれも何も言わなかった。ルーベンは、ブーツの雪を落とすことに専念していた。ユーリアはアーダムと目を合わせようとしたが、彼も他の班員と同様、地面を見つめている。深呼吸をしてから、彼女はドアの呼び鈴を押した。ドアの向こうから、三つ子たちが走ってくる音が聞こえた。それから、

「ママ！　げんかんのベルがなったよ！」

「だれがきたの、ママ？」

さらに数秒してからアネットがドアを開け、三つ子たちがドッと雪の中に出てきて、母親の脚を取り巻いた。クリステルを見て、モッリの目が輝いた。

「イステル！」モッリが脚に跳びついてきたので、クリステルは袋を抱えたまま転びかけた。

「サンタのイステル！」

それから、モッリは微笑む代わりに、眉間にしわを寄せた。

「アッセおじちゃんは……どこ？」

ユーリアは驚いた表情で、クリステルに目をやった。クリステルとラッセがよくここに来ていたとは知らなかった。

「何だ？」バランスを取り戻そうとしながら、クリステルがユーリアに言った。「仕事をしていないときにあんたがだれと会おうと、おれは気にしませんよ」

彼の言葉はもちろん正しい。アーダムの口元に浮かぶ笑いを見たユーリアは、クリステルがそういう〝情報〟を得ていないことは実に幸運だと思った。

「お入りください」アネットに手招きされたメンバーたちは、玄関で上着を脱いだ。

ユーリアはアネットに惣菜を詰めたバスケットを手渡し、ハグをした。

「サフランブレッドもありますよ」アーダムが袋を差し出した。

「ぼくからはホットワインを」ルーベンが言った。「香辛料を足せばいいだけです」

「うんとスパイスを効かせたのがいいわね」アネットは、居間を見やりながら言った。三つ子たちが、かろうじて靴を脱いだクリステルをそこへ引っぱり込もうとしている。

他のメンバーたちもその後に続き、居間に腰を据えた。ルーベンは、アネットと一緒にキッチンで動き回っていた。少しして、二人はクリスマス用のお菓子を運んできた。アネットは深いため息をつきながら、ソファに着いた。目下、三つ子たちはクリステルがプレゼントを持ってきたサンタであることを忘れているのか、彼を人間ジャングルジムとして扱っている。彼は床に横たわり、完全に圧倒されている。

「一か月ぶりの気が休まる時間だわ」そう言ったアネットは、目を閉じてソファの背にもたれた。

「生活のほうは大丈夫ですか?」ユーリアが優しく尋ねた。

アネットは目を開けて、肩をすくめた。

「毎日明るくいられる機会を見つけて、明るくいることを自分に許そうと努めているんです」彼女が言った。「そうでもしないと難しいんです。気を抜くと、嬉しくいることに罪悪感を感じてしまうから」

　アネットは表情を曇らせ、顔を逸らした。ユーリアは彼女を見つめた。彼女の同僚によじ登り、居間をおもちゃで占領している三つ子たちを見た。よく見なければ、アネットと子供たちは普通の家族のように見える。でも、悲しみは常に存在している。アネットの目が笑うことは稀だ。彼女は、拳銃を振り回す異常者に家族を破壊されたのだ。もう元に戻ることはない。

　ユーリアは拳銃こそ振り回してはいないが、夫トルケルと息子のハリーにしていることを考えると、同じようなものだ。ただ、アネットと違って、自分には選択肢がある。家族を破壊しないという選択肢が。まだ自分の家族と呼べるものがあるとすれば。

　アーダムと話し合う必要がある。早急に。

＊

　ヴィンセントが帰宅すると、ベンヤミンとレベッカは、すでにキッチンで夕飯を食べていた。インスタントヌードルだった。栄養面から見て、それがそもそも食事と言えるのか、ヴィンセントは確信が持てなかった。

「今日の夕飯を作るのはだれの番だ？」玄関で靴を脱ぎながら、彼が言った。

　ベンヤミンは肩をすくめた。

「パパの番だと思うけど、ぼくたちは自分たち用の食事は何とかしたから。冷蔵庫の中は、ちょっと寂しいし」

　ヴィンセントはため息をついた。買い物を忘れていた。最近忘れがちなことのひとつだ。ロングコートを掛けているときに、律義に届けられる手紙のように、頭痛が戻ってきた。

「パパ、それよりこれ何?」ベンヤミンが言って、一枚の紙を振った。

キッチンに入ったヴィンセントは、息子の手からその紙を取った。ウンベルトが渡してくれた絵葉書のうちの一枚だった。いつのまにか〈ショーライフ・プロダクションズ〉の受付に置かれていた絵葉書。ヴィンセントは肩をすくめてから、もう一枚の葉書も取ってきて、テーブルに着いているベンヤミンの前に両方を置いた。

「インスタグラムができる前、われわれは絵葉書に、どうでもいい文章を――もとい、名言を――書くことを強制されていた」彼は言った。「その二枚は、名前を明かさない一人のファンから来たものだ。さあ、パパがいかにビッグかを満喫してくれ」

レベッカはヌードルをすすってから、一枚を手に取った。

「口うるさい女は、雨の日に絶え間なく滴り落ちる雨漏りのごとし」娘が読み上げた。「うわ、二十世紀の価値観だ。むしろ新鮮。パパにはおかしなファンがいるんだ」

「よく考えることなく神に約束をすると大きな難を招く」ベンヤミンがもう一枚の葉書を読み上げた。「確かになんかおかしいというのには同意するよ。だけど、ぼくは言葉遣いそのものが気になるな。意味論的にみてミスマッチだ。翻訳した文章みたいだろ。あるいは、レベッカが言うように、古めかしいというか」

ヴィンセントは大笑いしそうになった。レベッカは真っ先に絵葉書の送り主がどんな人間なのかを元に分析をした――それが彼女の行き方だ。この子はいつも、物事を社会的なコンテキストに関連づける。一方ベンヤミンは文章の構造に目を付けた。きっと息子の分析好きな脳は、アルファベットに紛れるパターンを見つけようと、すでに働き始めているはずだ。まるで、ヴィンセントが自分の二つの個性を代行するよう、二人に発注したようだ。

玄関ドアが勢いよく開いて、ジャンプスーツと手袋と帽子を身に付け、体中雪に覆われたアストンが飛び込んできた。

「うんち～！」息子は叫びながら、ブーツも脱がずにトイレに消えていった。

ヴィンセントはため息をついて、掃除用具入れへ行って、玄関の床を拭くためのモップを取り出した。ベンヤミンとレベッカが彼の二つの個性なら、アストンは彼の何なのだろう？ それを知りたいか確信が持てなかった。

「たっぷり雪を食べてきたんならいいんだけどな」閉まっているトイレのドアに向かって、ヴィンセントが叫んだ。「だってパパは夕飯の材料を買うのを忘れちゃったから」

アストンを車に乗せて、〈ティーレセー・ショッピングモール〉にハンバーガーを食べに行く羽目になるのだろう。他の二人も行きたいと言い出したら、彼らも連れていくことになる。

マリアがまだ帰宅していないことが、ヴィンセントには驚きだった。とはいえ妻の今日の予定は覚えていない。電話をかければ済むことなのだが、彼女と話す気力がなかった。妻はミーナのことばかり訊いてくるだろうから。そして、彼としては答えないわけにはいかない。

突然、目の片隅に何かが見えたので、彼は振り向いて、居間に目を向けた。何もない。勘違いか。でも一瞬、壁に何かがあるような気がしたのだ。アルファベットのようなものが。あるいは単語が。いつもの頭痛を感じ始めながら、彼は眉間にしわを寄せた。

残り九日

今回のトンネル内の捜索に対し、ミーナはしっかりと準備していた。捜索が終了次第すぐに捨てられるような、がっちりとしたブーツを、昨日の午後に買い揃えていた。トンネルの中はひどく寒いので手袋をしていたが、その革手袋の上に、XLサイズの使い捨てのビニール手袋もはめていた。それがあと五組ポケットにある。そしてもちろん、マスクも。

彼女の横を歩くルーベンは、何の防備もしていない。彼がかぶっている卑猥なほど大きな耳覆い付きの帽子だけが例外だ。一足早い娘さんからのクリスマスプレゼントらしいが、その姿は滑稽だった。

「ここはひどい寒さだな」二人でオーデンプラーン地下鉄駅のプラットホームからトンネルの中に下りると、ルーベンはブツブツ言いながら両手で自分を抱きかかえた。「もっと暖かいのかと思っていたのに」

「まったく、クリスマス前の数日をこんなふうに過ごすなんて思ってもみなかった」ミーナは言って、ナタリーに思いを馳せた。あの子が自分のところに引っ越してきたのに、ほとんど顔を合わせていない。

それを聞いて、地下鉄会社から二人の安全を確保するために派遣されていた付き添い役の女性が微笑った。

「でも、地下鉄の歴史っておもしろくないですか？」彼女は言った。「あと、ルーベンさんでしたっけ、恐縮ですが、ここでは安全ヘルメットを着用してください」

ミーナは真っ先に自分用のヘルメットを消毒していた。ルーベンはまだ手に持ったままだ。

「おれはアストリッドからもらった帽子だけでいいんだけど」彼は言って、付き添いの女性を睨んだ。

歴史に関しては、女性の言うことがある程度正しい。彼女が語ってくれた話は興味深かった――少なくとも最初の二つの駅に関しては。だが、進んでゆくうちに魅力は薄れてきた。

ヨン・ラングセットの骨が駅に比較的近い場所で発見され、マルクス・エーリックソンも――クレイジー・トムの言うことを信じるなら――同様であったからには、犯人は二人の骨を発見してほしいと思っていたということになる。だから、トンネルの中にさらに骨があるとすれば、プラットホームの近くに置かれているはずだ。そうであればありがたい。トンネルシステムすべてを探すのは不可能だからだ。

「ストックホルムの地下鉄《メトロ》には、駅が百あって」ミーナが呟いた。「そのうちの四十七が地下にある。今わたしたちが向かっているのは三箇所目。ユーリアとアーダムは四箇所調べたはず。他の二つの班も一日で同じくらい多くの駅を訪れたとしても、クリスマスは地下で祝う覚悟でいなくちゃね。ここには、まだしばらくいることになりそう」

二人は各自懐中電灯をつけて、トンネルを進んでいった。背後のプラットホームからの光が弱くなっていく。もう少し行けば、十分奥へ入ったことになる。このトンネルにも砂利の山はない。何も見つからないことに、ミーナは失望し始めていた。新たな遺体の発見はもちろん悲しむべきことだが、少しの変化にはなる。突然、彼女のポケットの中の携帯電話が鳴った。電話を取り出して見た。ユーリアからだ。

「もしもし？」ミーナが答えた。

「もしもし」少し息を切らしたユーリアが言った。「今カーラプラーン駅にいるんだけど、新たな山が見つかった。骨の山よ。アーダムが鑑識に連絡を入れたんだけど、まだ到着していない。でも、クリステルの説が正しかったことに賭けてもいい。ここにある骨は、例の行方不明の講師、エリカ・セーヴェルデンに違いないわ」

ミーナの懐中電灯の光が、少し先の何かを照らした。ルーベンが息を呑み、彼女も足を止めた。

「そちらで発見されたのがエリカなら」ミーナはゆっくりと言った。「ここにあるのはだれ？」

光錐が、二人の前の地面に立つ砂利の山の表面を踊っている。人骨を隠すのにちょうどいい大きさの山だ。その片側から、白いものが突き出ている。

＊

「やっぱり駅まで送るよ」ヴィンセントが言った。「ご両親のところまで、かなりの長旅になるだろうからね」

マリアとアストンは、玄関ホールでジャケットを着ている最中だ。マリアは大きなスーツケースに荷物を詰め終え、アストンは、どう見ても子供用サイズではないリュックサックを背負うのに苦労している。冬になると荷物がうんと大きくなるのは面白い。

「わたしたちなら大丈夫」マリアが素っ気なく言った。「バスで中央駅まで行けるもの。アストンがバス好きなのは知っているでしょ？　それに、あなたが……捜査で突然呼び出されたときに、わたしたちのことで忙しかったら困るじゃない」

ヴィンセントは、妻の言いたいこと――いや、言いたい人がだれなのか察した。でも、反論する気力がなかった。もううんざりだった。それに、ひっきりなしに聞かされるマリアからの非難が、正鵠を射始めていることも認めざるを得ない。ミーナが彼の思考の大半を占めているのは事実だ。それ以上になることはないとは分かっていたが、ミーナなしにはどうしようもないことも自覚している。残念ながら、自分の妻に関して同じことは言えない。以前はそうだったかもしれないが、だとしても、ずっと前のことだ。ミーナが彼に対して恋愛感情を抱いていないのが、せめてもの救いだ。さもなければ、困難な状況になっていただろう。

「バスと電車に乗るぞ！」大声で言ったアストンは、やっとリュックサックを背負い終えた。

「バスの一番前に座る！」

「その座席を必要としているお年寄りが乗ってこなかったらね」マリアが、もったいぶって言った。「乗ってきたら席を譲るのよ」

「お年寄りが乗ってきたら、ぼくの膝に座らせて、おもしろい話をしてあげるよ」

息子に微笑みかけたヴィンセントは、妻に視線を移した。自分が妻のことをいかに知らないかを悟った。長いこと一緒にいるのに、いまだに分からない。当初、二人の間にあったのは情熱だけだった。純粋な情欲だった。その欲が、マリアの言葉を借りると「必要でなくなった」

ないでいる。

とき、二人はすでに夫婦になっていた。お互いを知ることなしに。マリアは彼を理解しようと勇敢に努力した。そのことは、彼も知っている。だが、その結果がよいものかどうか確信が持てないでいる。

単なる推定と根拠のない思い込みでなく、他人について何かを本当に知ることは可能なのだろうか？　恐らく不可能だろう。二人が夫婦関係を解消したら、もちろんマリアが恋しくなるだろう。だけど、どれくらい？　自分自身にそんな問いを投げ掛ける勇気が自分にあるか？

乾いたアストンの手袋を探している最中のマリアは動きを止めて、不思議そうな眼を彼に向けた。彼の考えを読んだというように。

「あなたこの頃やけに口数が少ないけど」彼女が言った、「すべて順調なの？」

ヴィンセントは頭を左右に振った。すべて順調などではない。

「絶えず、ひどい頭痛に悩まされている」彼が言った。「それと不安感のようなものが忍び寄ってくるようで、それが日を追うごとにどんどんひどくなっている」

「秋にずっと家にいたのがよくなかったんだわ」彼女が言った。「暗い冬が来ると、孤独感はひどくなる一方だから」

彼女はアストンに手袋を渡した。それから背伸びをして、ヴィンセントの頰にキスをした。自分がキスをしたばかりの箇所に手を置いて、彼の目を見ながら言った。

「後で来るって約束してくれる？」彼女が言った。

「約束する」彼はそう言って、妻の手を握った。「だけど、きみのお父さんお得意の豚の足を食べると約束はできないけどね」

「お祖父ちゃんには豚の足があるの?」アストンが怯えた声で言った。「見たことない!」

「見せてって頼んでごらん」ヴィンセントは言って、玄関ドアまで二人についていった。「大きくて毛むくじゃらの足だぞ!」

二人が出ていったとき、彼はもう二度とあの二人に会えないような強い感情に襲われ、よろめいた。靴も履かずに靴下だけで雪の中に飛び出し、二人を抱擁し、どんなに愛しているか言いたかった、行っちゃだめだと言いたかった。なのにそうせず、深いため息をついて、ドアを閉めた。

＊

ミーナはアパートの正面玄関を入り、自分の部屋へと向かった。トンネルから出た後、帰宅してシャワーを浴びていいという許可をユーリアからもらった。厚い冬ジャケットと手袋とマスクは役目を果たしてくれたが、それでも、毛穴にまで汚れが入り込んできているのを感じた。ブーツは今のところ、玄関ドアの外に置いてある。まだ玄関ホールにいる間に、できる限り素早く服を脱ぎ始めた。ズボンを脱ぎ捨ててセーターを頭の上に引っ張って——そこで、靴が目に入った。

それがだれのものなのか悟るまで、半秒かかった。ナタリーの靴だ。娘が部屋の鍵を持っていることを、すっかり忘れていた。セーターを頭から引っぱり下ろし、床からズボンを拾い上げたが、また着直す間もなく、動作を止めた。

仕事部屋のドアが開いている。

常に施錠するよう心掛けているドア。部屋の外の床には、段ボール箱の山が見える。何が入っているのかは、当然知っている。彼女の使い捨てショーツとキャミソール。液体タイプとジエルタイプの消毒剤。箱の横には、部屋の残りの部分を占める、大量の掃除用具と洗浄剤が山と積まれている。それだけでも十分なのに、ナタリーが部屋の中を物色している様子まで聞こえてくる。

「ママなの？」ナタリーがドアから頭を突き出した。「おかえり！　ちょっと掃除してるだけ。どうしてこの部屋に大量の箱と物が置いてあるのか理解できない。仕事部屋というよりは、倉庫って感じ。でも、今からこの部屋に移ろうかなって思ってるの。ママが自分の寝室をわたしに使わせて、ママ自身はソファで寝るなんて嫌だもん。少し工夫したら、この部屋はすごくよくなる。それより、どうしてズボンをはいてないの？」

ミーナは目を見開くことしかできなかった。何と言っていいのか分からなかった。ぎこちない歩みで居間へ行って、ズボンを段ボール箱の山の上に置いた。

それはミーナにとって、生きていくためにまったくもって当然の手立てであり、彼女を生かす唯一の手立てだった。頭のおかしい人だと思われないように隠し続けてきた暗い恥。それが今、そんな彼女の秘密が引っぱり出されて、床に広がっている。その真ん中にいるのが娘だ。

「そんなことしちゃ……」ミーナは言いかけた。「わたしは……」

咳払いをして言い直すことにした。どう話すのがいいのだろうか？

「説明しなくちゃいけないことが……ひとつあるの」

「ママがちょっと変だってこと？」ナタリーはそう言って笑った。「それなら知ってるよ。シヨーツが二百枚必要な人には会ったことないもん」

「これがわたしの……」ミーナは小声で言った。〝わたしの生き方〟と言おうとして、ぎりぎりのところで踏みとどまった。「あなたにこんなことする権利はないでしょ。プライベートなものだってあるわけだし。あなたはここで住む……」

「ママ」ナタリーが言った。「ただの掃除用具じゃない。あと下着と。まあ、馬鹿みたいにたくさんあるけど。でもママが子供をさらってきて拷問する地下牢を発見したわけじゃないし。こんなのただの物よ。二人で整理すれば、どうにかママの寝室に納まるはず」

娘は目を細めてミーナを見てから、作業を続けた。

「今度ママがいないときには、これよりもっともっとプライベートなものが見つかればいいな。キャミソールや消毒液のことでからかってもつまらないもん」

ミーナは娘を見つめた。その目に軽蔑を探した。曲げた口元に非難を探した。でなければ、病んだ親に対する恐怖を。でも、見つからなかった。ナタリーは単に……嬉しそうだ。

「ねえ、掃除を手伝って」満面の笑みを浮かべてナタリーは言って、一対のゴム手袋を差し出した。娘は手袋をしていない。

ミーナは感情を強く呑み込んだ。要塞が占拠され、跳ね橋が下ろされただけではない。今や、城の奥底の幽霊までが、日光の中に引っ張り出されたのだ。彼女は気構えがまるでできていなかった。でも気構えができることなど決してないだろう。それでも、もっとひどい事態――ストックホルムの地下鉄のトンネルに潜るとか――だって何とかやり遂げてきた。シャワーは後回しだ。また感情を強く呑み込んだ。それから、微笑み返した。

「掃除って言った?」彼女はそう言って、ゴム手袋をはめた。「プロの掃除の仕方を見せてあげるわよ」

*

ニクラスは、オフィスの窓際に立っていた。この頃よくするしぐさだった。下の通りを行く暖かい冬用ジャケットに身を包んでパッケージの入った袋をぶら下げている人々は嬉しそうだ。でも、あの中のだれかが彼を狙っている恐れがある。通りで運命が待ち受けている可能性は、日を追うごとに高まっている。

「二日前にテレビスタジオで仕事をしていた人物全員に聞き取りをしました」彼の背後にいるトールが言った。「さらには、国家保安局も全員の身元調査を行いました。彼らのSNSをチェックし、所属政党まで調査しました」

「所属政党?」ニクラスは振り向いた。「そんなことしてもいいのか?」

トールは肩をすくめた。

「調べはしましたが、ご希望なら、知らないふりをしていただいても結構ですよ」

ニクラスは身を沈めるように椅子に座って、顔を擦った。

「それで?」彼は言った。「何か見つかったのか?」

トールは、唾を呑み込んでから答えた。喉仏が上下に動いた。

いま話していることがまるで面白くないという事実がなければ、この生真面目な男がこれほど落ち着かないことを滑稽に感じたかもしれない。

「何も」動揺した声でトールが言った。「だれからも何も見つかりませんでした。浮気が一件見つかった以外は。でも、それが関係しているとは思えません。『朝のスタジオ』の制作陣は全員取り乱していますし、SVTの上層部は非公式に謝罪しました。あと……」

「非公式に?」ニクラスはそう言って、両眉を上げた。

トールは咳払いをした。

「こちらとしては、すべて内密にしておきたいのです。犯人にうまくいったと思わせないように。何も起こらなかったのなら、SVTは公式に謝罪できませんからね。自分たちの目の前で起きただけに、司会者もアシスタントもスタッフも、泣き出す寸前です」

「つまり犯人はだれにも目撃されずに出入りできたということか?」

「不可能です」トールが言った。「あの場に部外者がいたら、警護官がすぐに気づいたはずです」

窓の外が見えるよう、ニクラスは椅子を回転させた。下の通りに、顔をうつむかせて地面の雪を見つめながら歩く男がいる。

「ならばあそこにいた人間ということか?」彼が言った。

「それもあり得ません。事前に全員の身元調査を行っていましたから。国家保安局が、スタジオにいた人間は全員問題なしと認めていました」

通りを歩くあの男。ニクラスは以前見たことがある。

「あれを見てくれ」そう言って、窓から外を指した。「あそこの男。何度か見かけたことがある。いつも、外に出たときに。あの男は何をしているんだ?　このわたしを監視しているに決まってる。外に警護官がいるなら、すぐにあの男をしょっぴいてくるよう伝えてくれ！」

トールは窓から外を見て、ため息をついた。

「あの男はここの管理人です」彼が言った。「毎日この時間に帰宅します」

そうだった。今になって、あの男がだれなのか気づいた。いよいよ自分は、被害妄想になりつつあるのか。彼は、吹雪の中を歩くその男にまた目をやった。管理人は毎日帰宅する。彼の帰りを心待ちにしているセーデルマルム地区の家族の元へ。あるいはウップランズ・ヴェースビーにある独身男の住まいかもしれない。ニクラスには分からない。大切なのは、管理人は来週も同じことをするであろう、ということだ。そして、その次の週も。でも、そのときニクラスは、もう存在していない。

彼は目を閉じて、例のシンボルを頭に浮かべた。

下半分が塗りつぶされた、数字の８。

「もう下がっていい」目を閉じたまま、疲れた声でトールに言った。

恐らく、あくまで恐らくだが、受け入れるときなのかもしれない。いいじゃないか。過去二十年間は素晴らしかった。楽しいことは遅かれ早かれ終わりを迎える。あと九日で終わりだ。そこで彼はもういなくなる。ナタリーには理解してもらえるだろうか？　彼の番が訪れたとき、あの子がひどく傷つかないよう願った。

＊

ミーナは、警察本部を見下ろすクロノベリィス公園で、ヴィンセントを待っていた。気分転換もしたかったし、ナタリーと掃除をした後で体を冷やす必要もあった。自宅に娘がいる今は、シャワーに何度も入れない。一度で我慢するしかない。

息を吐いて、口の前の空気中に漂う白い吐息をうっとりと見つめた。思い過ごしなのだろうが、息を吐いたときに結晶が形成されるのが見えるような気がした。結晶は空気中に散っていった。

彼女は冬があまり好きではないが、寒さはきれいだ。寒気は物を保存するし、殺菌だってしてくれる。寒さは時間と空間を止めてくれる。彼女を〈氷の女〉と呼ぶ人たちは、それが彼女にとっては褒め言葉であることを理解していない。

シャープなシルエットの黒いロングコートを着た金髪の男性が、公園の向こう側に姿を現した。ヴィンセントだ。寒さについて考えていた彼女の体に、驚くほど心地よいぬくもりが広まった。ぬくもりなんて言葉では弱過ぎる。彼が近づくにつれて体が火照り、ミーナは自分がオーブンになったような気がした。熱を冷まそうと、ダウンジャケットのボタンを外すほかなかった。

「そんなに暑いですか?」ミーナのところまで来たヴィンセントが言った。

言葉に詰まったミーナは、今や顔まで赤らんでいるような気がした。一体どうしてしまったのだろう?

「散歩でもしましょう」彼女は歩き始めた。

「どうです、進展しているんでしょうか?」ヴィンセントが言った。

世界で一番分かり切った問いであるかのような調子で言った。ミーナは、うまい言葉が出てこなかった。

「えっ、わたしは……わたしたちは……」話し出した彼女を、ヴィンセントが遮った。

「捜査のことですよ」彼が言った。「ファイルを持っているので」

彼女は、手のなかのファイルに目をやった。すっかり忘れていた。

「われわれは……新たな骨の山を二つ発見しました」彼女は咳払いをした。「これで四つ。ただ、四つ目が謎なんです。ここ二、三年の間に捜索願の出された人のだれとも一致しない」

ヴィンセントは熟考しているようだ。

公園内を少し行ったところから、子供たちの笑い声が聞こえてくる。ミーナとヴィンセントが近づくと、そこは保育園の子供たちでいっぱいの、小さな橇乗り場だった。

「行きましょう！」そう言ったヴィンセントの目が輝いていた。

彼はミーナの手を握って、丘の上めがけて素早く歩き始めた。彼女はついて行くしかなかった。

「あなたが企んでいることをやったら、五つ目の骨の山ができますよ、メンタリストの骨の山が」ミーナが言った。

「人に見られているときには普通のことをするのが大切だ、って言っていたでしょう？」彼は笑いながら、だれも使っていない二台の橇の紐を握った。

周りの子供たちは、ロングコートを着た大人の男にまったく注意を払っていない様子だ。

「クローナンス保育園」と書かれた小さ過ぎる橇に彼が座っているにもかかわらず。

「あなたは正気じゃないって言ったこともありますよね？」ミーナは頭を横に振った。

ヴィンセントが自分の隣の橇を指したので、彼女は渋々腰かけた。

狭かったので、彼女は両脚を折らざるを得なかった。片方の腕にファイルを抱えたままバランスを懸命に取りながら、少し前に雪が降りやんでいたことに気づいた。太陽で、乗り場の雪がきらめいている。

ヴィンセントはミーナのほうに体を傾けて、彼女の橇を摑みながら笑っている。冬着や子供たちの楽しそうな叫び声や目下のあり得ない状況を通じて、ミーナは彼のにおいを感じた。においなんて粒子に過ぎず、絶対に吸いたくないものだと思っていたはずなのに、彼女はそのにおいを深く吸い込んだ。彼の粒子で、彼のにおいだから。

「保育士が来たら、あなたを逮捕するところだって伝えます」彼女が言うや、ヴィンセントが彼女の橇を押し、彼女は叫びながら丘の下に滑っていった。

ミーナは高笑いしてしまった。すぐ後にヴィンセントも滑り下りてきて、二人は子供たちのいる丘のふもとに着地した。苦労した末に、やっと立ち上がった。

「貸してくれてありがとう」ヴィンセントは言って、大き過ぎるジャンプスーツを着て目を丸くしている男の子二人に、橇を渡した。

それから、何事もなかったかのように、平然と歩き出した。

「いかれてる」彼の後ろを歩くミーナはそう呟きながらも、微笑みを抑えられなかった。

「捜査に関して他には何か?」少ししてから、ヴィンセントが言った。

ミーナは首を左右に振った。

「わたしが絶対に読みたくないような甲虫に関する詳細な文書を、ローケから受け取ったくらい」

ヴィンセントは沈思した。

「『オッカムの剃刀』です、わたしがいつも言うように」彼が言った。「被害者の身元が判明しても捜査に進展は見られない。被害者の骨の奇妙な処理も手掛かりにならない。骨自体もそうです。事件と地下鉄の関連性も、あるかないかも分からない。他に何があるだろう？」

彼は突然立ち止まった。

「砂利の山の写真はありませんか？　骨を取り出す前の山です」

ミーナはファイルを開いて、報告書を四部取り出した。被害者ごとの報告書と、身元不明の人骨に関するものが一部。

「われわれが触れる前に、鑑識員がしっかり記録しています。最初の山は、発見者であるグラフィティ・アーティストのせいで少し崩れているけれど、大きな問題にはならないでしょう。積まれた砂利に過ぎないわけですし」

彼女は報告書を一部ずつ開き、ヴィンセントに写真を渡した。彼はそれを見つめ、めくって比較した。彼の集中ぶりを目にしたミーナは、今、彼のコートに火をつけたとしても、彼は気づかないだろう、と考えた。

「これだ」彼がやっと口を開いた。「山が同じように見えるというあなたの意見は正しい。すべて山積みにされた砂利に過ぎません。でも、山の周りの地面を見てください」

彼は一枚の写真を指した。山の周りの砂利に、黒い線が見える。

「だれかが山を囲む円を描いた。恐らく棒で」ミーナは言って、うなずいた。それから、時計に目をやった。「いけない、もう戻らなくちゃ。ルーベンと二人で、またヨセフィン・ラングセットに会うことになっているんです。あなたの提案に従って」

「これは円じゃない」ヴィンセントは言って、彼女に写真を渡した。「よく見てください」

彼の言うとおりだ。三枚の写真を見ると、色の濃い線が砂利の山の後ろで交わって、暗闇の中に続いていくのが分かる。

「違った角度から写真が撮られてはいるけれど」ヴィンセントが言った。「ほぼすべての場所で、同じような形が描かれている。身元不明の人間の骨が発見された四箇所にもきっとあるはずだ。でも、被害者の身元が判明している現場に集中してみましょう」

ミーナは写真を見ながら頭の中で立体画を描き、細部を付け加えてみた。

「つながり合う二つの円」彼女がやっと言った。「大きな8みたいな。『8』の下側の円のなかに砂利の山が置かれている感じ」

「数字に見えるとはおもしろい」ヴィンセントが言った。「わたしには他のものに見えるからです。砂が下の部分に落ち切った砂時計。つまり……」

「……時間切れを告げる砂時計」ミーナが代わりに言った。

何を意味するのか分からなかったが、ミーナはヴィンセントの腕を強く掴んでいた。太陽はまた姿を消し、雪雲が空にまたも浮かんでいる。自分の言葉が頭の中でこだましている。わずか数日前に、だれかが同じようなことを言ったのを聞いた気がする。もうすぐすべてが終わるとかなんとかという内容だった。その人物がほのめかしたのは……このことだったのだろうか？　砂時計と骨の山のことだったのか？　ミーナは、犯人はまだ目的を果たし終えていないか？

ような気がした。そして、次の犠牲者は、自分の知人のように思えた。

*

彼が部屋の中へ入ると、祖母のアストリッドがベッドに腰かけて待っていた。いつもより元気がなさそうだ。多分、冬だからだろう。日照時間が短いため、ビタミンD不足やうつ病になる国民は多い。一千万人が幽霊のように青白くなり、寒さで肩をうんとすくませながら四か月も歩く国だ。高齢者には特に厳しいから、祖母が意気消沈していても何らおかしくない。でも、ルーベンを見た途端、アストリッドの顔は輝いた。顔全体をクシャクシャにしたその微笑みは、七月の太陽のように部屋を暖めてくれる。

祖母は、ルーベンの祖父が編んでくれたカーディガンを着て、クリスマス用におめかしをしている。彼は裁断師だったので、自分で縫ったり編んだりした素晴らしい作品を妻に着せることを習慣としていた。女性の隣人たちは、いつも羨ましがっていた。祖母は、その頃の服をたくさん取っておいていた。

「お嬢さん、ぼくの祖母を見かけませんでしたか?」ルーベンは驚いた顔をつくって言った。「以前、この部屋に住んでいた、高齢の女性なんです。それとも祖母のことは無視して、お嬢さんをダンスにお誘いしても構いませんか?」

アストリッドは、楽しそうにクスクス笑った。

「そういうおまえこそ、ジャケットなんて着てエレガントだこと」彼女が言った。「まさに紳士よ」

アストリッドは立ち上がって、廊下をこっそり見た。それから、ドアを閉めた。「アーモンドクッキー・タイムにしない？」彼女はいわくありげにそう言って、ベッド脇のテーブルの下の引き出しからクッキーの缶を出した。

ここの職員たちは随分前から、アストリッドにアーモンドクッキーを食べさせないようにする試みを諦めている。健康にはもちろんよくないが、彼女はもう年ということもあり、職員からの勧告も中途半端だ。ただし、アストリッド自身は真剣に受けとめて、クッキーの在処を極秘にしている。とは言え、ここの職員は、恐らくみんな知っている。

「ありがとう、いただくよ」ルーベンが言った。「詰め替えを持参したよ」

彼は、新しいクッキー入りの缶を袋から出した。缶には、赤いリボンがぐるりと結んである。「まあ、何て素敵なクリスマスプレゼントなの！」甲高い声で言ったアストリッドは、その缶を満足げに受け取った。「さあ、座って。話を聞かせて。きれいな名前の、わたしのひ孫は元気なの？」

祖母は、エリノールがルーベンの娘に自分と同じ名前を付けたことを、大いに誇りに思っている。

「アストリッドは素晴らしい女の子だよ」彼が言った。「母親同様、絵を描くのが好きなんだ。まだ武術を習っているけど、以前ほどじゃない。バレエも習っているからね。大きくなったら警官になりたいと、まだ思ってくれている」

祖母は、目を細めて彼を見ながら微笑んだ。

「それで、何かあったの？」彼女は肘で彼を軽く突いた。「見れば分かるのよ。男子生徒みたいに振る舞っているもの」

ルーベンは、座ったままそわそわした。祖母には何でもお見通しだ。子供のころから、祖母に隠し事をしようとしても無駄だった。口実を見つけたところで、彼女にはすぐ見破られるだろう。

何から話していいのか迷った。

「まあ、話すにはまだ早過ぎるんだけど」そう言って、ますますそわそわした。「もしかしたら、いい人に出会えたかも」

「まあ！」アストリッドが叫びながら手を叩いたので、クッキーのくずが飛んだ。「やっと！　で、どんな人なの？」

「サーラっていうんだ。夏に少し一緒に仕事をして、すごくうまくいった。秋の間は彼女を見かけることはまるでなかったんだけど、三日前に街で偶然会ってね。そのサーラはとっても……。まあ、きっと彼女はおれの存在にすら気づいていなかったと思うけど。気になるような存在じゃなかったっていうか。おれは彼女のタイプの男じゃないし。お互いのことをほとんど知らなかったわけだし。だけど、何だか……」

「ルーベン」彼女は、つっけんどんに彼の話を遮った。「何なの、十七歳の子みたいにわけの分からないことを並べて。アーモンドクッキーでもひとつ食べて、少し糖分を取らないと失神してしまうよ」

彼は祖母の言うことを聞いて、クッキーをひとつかじった。

「おまえには本当に失望していたんだよ」彼女が言った。「エリノールと別れてからのおまえの振る舞いときたら。本当に腹が立っていたんだから。生活ぶりを話すときだって、わたしに嘘をついていたでしょ。だけど、わたしは何も言わなかった。だって、おまえのことが大好きだもの」

「ごめん」彼が言った。

「謝る必要なんてない。だって、まともになったじゃないの。自分に娘がいることを知って、いいパパぶりを発揮している。エリノールだって、おまえにはもう怒っていないみたいだしね。だから、今回のことも大丈夫。気楽に構えなさいな。〝マッチョ警官ルーベン〟を捨てれば、うまくいく」

「心配無用。サーラはその手のタイプに興味ないから。それより、彼女とクリスマスを一緒に祝う予定でさ」

「わたしはその人のこと、もう気に入ってるよ」そう言った祖母は、苦労しながら新しいクッキーの缶の蓋を開けようとした。

途中で手を止めた。

「その人、アーモンドクッキーが好きかしらね」疑わしげに彼女が訊いた。

「好きじゃない人なんているかい？」ルーベンは笑った。「彼女はまともな人間だからね」

アストリッドは満足そうにうなずいた。さらにクッキーを一枚口に入れて、モグモグ食べた。ルーベンが来たときは元気がなさそうだったが、今はもういつもどおりだ。

「今度会うときには、その人の話を何から何まで聞かせてもらうから」彼女が言った。「それより、ここに連れてきなさいよ！　それがいい。分かったわね？」

「一度にひとつのことだけ言ってよ、おばあちゃん」ルーベンが笑った。「一度にひとつずつ」

でも、自分はきっと祖母の希望どおりにする、と分かっていた。どういうわけか、いつも事は彼女の望みどおりに進むのだ。

*

「ミーナ！」けだるそうに走ってきたクリステルが、廊下を歩く彼女の後ろから呼んだ。

顔を真っ赤にしてクリステルが息をするたびに、シューシューという音が聞こえる。ミーナは除細動器《AED》を探そうか迷った。この建物内のどこかにあるはずだ。

「探してほしいと言われた情報を見つけた」膝の上に手を置いて前かがみになって、あえぎながらそう言った。「まったく、なんて速足だ。しかもこっちが呼んだって耳も貸さない」

「わたし、ここにいるはずじゃないんです」彼女が言った。「二分前にクロノベリィス公園でヴィンセントと別れて、ヨセフィン・ラングセットのところに行かなくちゃいけないんでルーベンを迎えにきただけですから。わたしのことは見なかったことにしてください」

「じゃあ、グスタヴ・ブロンスのことは聞きたくないわけだな？」

ミーナは歩みを止めた。

「グスタヴ・ブロンス？」そう言った。「当ててみましょうか。彼にはギャンブルの借金がある」

「ああ、多額のな」クリステルが言った。彼が息をすると、胸部からかなり苦しそうな音がまだ聞こえてくる。「ギャンブルでかなりの金を失っている。〈コンフィド〉を通じて懐に入れた金は、クローナも残っていない。それどころか借金で首が回らない状態だ。挙句の果てに、借りた相手を間違った。それがドラガン・マノイロヴィッチからの金の行き先さ。ところかまわず借りていたんだ。だから、グスタヴ・ブロンスの全盛期は終わりってわけだ。高級ホテルも高級レストランも豪華な旅行もおしまい。やつが連れ回していた高額取りの弁護士は言うまでもない。クネッケブロードを買うだけの金が残ってたら、万々歳ってところだろ」

クリステルの声には、ざまあみろというニュアンスがうかがえた。

ミーナの思考が新たな方向へ流れ始めた。グスタヴ・ブロンス。ギャンブルの借金。パズルの一部が多少明確にはなったが、はっきりしないことはまだたくさんある。例えば、ヨンとマークとエリカはどうして死んだのか。

「ありがとう、クリステル」ミーナは、彼に同情の眼を向けて言った。「お気づきとは思いますが、先輩の呼吸音、気になりますね。ここの地下にはジムがあるんですよ。見つけられないようなら、地図を描きますけど」

「余計なお世話だ。気遣いは嬉しいが、おれの健康状態は最高なんでね。一時的なスランプに過ぎない」

「スランプ？　ものは言いようですね」

クリステルはふてくされた顔で彼女を睨んでから、くるりと背中を向けた。廊下を遠ざかるクリステルがブツブツ言う声が聞こえてきた。

「あんなに根を詰めて仕事をしたのに、返ってきたのはクソだけか」

ミーナは独り笑いしながら、反対方向へ歩き出した。やっぱり地図を描いてあげるのがベストだ。これから先何年も、クリステルをからかい続けられるように。ラッセのためでもある。

そこでピタリと立ち止まった。

クリステルが言った「高級ホテル」という言葉で、ある考えが浮かんだ。ヨセフィン・ラングセットに関する考えだ。急いでグーグルで調べると、電話番号が見つかった。ルーベンを迎えに廊下を急ぎながら、ミーナはその番号を押して、電話をかけた。

*

ストゥーレビーの自宅は、以前のような安全な逃避場所ではなかった。ミーナと同じく、ユーリアもシャワーを浴びに帰宅した。トンネルの中に一日中いたせいで、埃まみれの肌は鉄灰色になっていた。

でも、最近はドアを開けて家に入ると、落ち込んだ気持ちになる。まるで他人の家に足を踏み入れたような気分になる。ある意味、そのとおりなのだ。トルケルは彼女にとって、他人になってしまった。ユーリア自身も、自分にとって他人になった。常に自分のことは分かっているつもりだった。他人にとっての自分の役割を絶えず明確にしてきた。警察本部長の娘。警察学校の優等生。トルケルの妻。警察内特捜班の班長。ハリーのママ。

アーダムの恋人。

でも、どこかで道に迷ってしまった。他にだれもいないとき、自分がだれなのか忘れてしまう。自分にそれを突きとめる気があるのか分からない。

マルクス・エーリックソンの墓の発掘のときにアーダムに言った言葉には、彼女自身すら驚いた――そして怖くもなった。自分の言葉の責任を取る覚悟がまだできていなかった。だから「と思ってる」と付け加えて予防線を張った。実際、離婚したいとは言わなかった。

アネットを訪問したときに、自分は自身の家族を粉々にする悪漢のような気がした。でも、こうして自宅にいると、自分たちは家族だという実感すらない。破壊できるものなど何がある？

シャワー室からトルケルがシャワーを浴びる音が聞こえる。どうして、こんな早い時間に浴びているのだろう？　ハリーは寝ているのだろうと思って寝室を覗いてみると、推測は正しかった。息子は仰向けになって、安心したように頭の上まで腕を伸ばして寝ている。口は半開きで、前髪は汗で少し濡れている。息子が眠る姿を見ることほど、穏やかな気持ちにさせてくれるものはない。心がとても落ち着く。自分は息子の世界を変えてしまえるだろうか？　破壊できるだろうか？　息子が知っているのは、両親が一つの屋根の下に一緒にいる世界だけだ。

ベッドのトルケル側のテーブルの上で、何かが光った。反射的にユーリアはそちらに目をやった。彼の携帯電話に来た通知だった。

ユーリアは近づいた。暗くなった画面をタップしてみた。通知はまだ残っている。彼女は目を細めた。見間違いかと思った。でなければ、何かの広告か。通知の内容は明白だった。トルケルが数人とマッチしたという〈ティンダー〉からの知らせだった。いや、トルケルではなく、正確には〝Sturebypappan81〟と名乗る人物が数人とマッチした、という知らせだ。

彼女は震える手で、彼の暗証番号を入力した。番号は彼女のものと同じだ。お互いの信頼感がまだうんと強かった別の世界の別の時期に、二人はそれぞれの携帯電話に同じ暗証番号を使うことで同意していた。今や、その暗証番号は、地獄への入り口だった。

ベッドの縁にドスンと腰かけて、アプリを開き、読んでみた。トルケルの頭の中に入り込むのは不思議な気分だった。他の女性たちとどんなやりとりをしているのだろう？　どんな冗談を言っているのだろう？　自身のことをどう語っているのだろう？　どんなお世辞を述べているのだろう？　男性や女性の性器の写真が見つかるのではと恐れていたが、運よくそういう類のものは出てこなかった。でも、下半身に関するメッセージのやり取りは、ＳＭＳやメールで行っているかもしれない……嘔吐感がこみ上げてきた。

彼女が携帯電話を手に〈ティンダー〉のアプリを開いたまま麻痺したように座っていると、トルケルがタオルを腰に巻いて、シャワー室から出てきた。

「あなたの写真を撮って、hotmainthecity95 に送ってあげましょうか？」電話を掲げたユーリアが、冷淡に訊いた。

トルケルは真っ青になった。

「どうしてぼくの携帯電話を覗き見しているんだ？」

「それって、今する質問？　どうしてあなたが〈ティンダー〉を使っているかのほうが緊急問題じゃないの？」

彼は視線を泳がせながら、口ごもり始めた。

「ぼく……ぼくは……まあ、というか、その……〈ティンダー〉のほうが他のアプリよりインターフェースがいいんだよ。ユーザーに優しいし、偽のプロフィールの数だって、例えば〈アシュレイ・マディソン〉より低い」

ユーリアは夫をじっと見た。ハリーがうめいたので、ユーリアは声を潜めて小声でやじった。

「頭がおかしいんじゃないの？　わたしは、あなたが〈ティンダー〉を選んだ理由なんて訊いてない。わたしが訊きたいのは、どうしてあなたが〈ティンダー〉を利用しているかってこと」

トルケルがその場で足踏みをした。水滴で、彼の下の床に小さな水たまりができた。

「それは……ぼくも……だって、きみが家にいることって、もうほとんどないじゃないか！　ぼくがきみに注目されることなんてあるかい？　だったら、他のどこかで認めてもらいたくなったっておかしくないだろう！　自分は変なことはしていない。お喋りするだけ。無害じゃないか！」

彼の憤慨した口調と自己弁護の表情に、ユーリアは激しい怒りが沸き起こるのを感じた。彼女はゆっくり立ち上がり、彼の携帯電話をベッドに投げつけてから、彼の目の前に立った。嗅ぎ慣れたリンゴの香りのシャワーソープの匂いに襲われ、一瞬気持ちが緩んだ。すぐに怒りがまたこみ上げてきた。彼女の心のなかの銃は、すでに安全装置が外れている。

「わたしのせいにするなんて。あなたが〈ティンダー〉でたくさんの女を求めるのは、わたしが悪いからってこと？　あなたが十分注目されないから？　わたしたちには一歳の子供がいるのよ。それに、わたしはフルタイムで働いている。あなた、まともじゃない」

ユーリアはさっと寝室を出て、律動的にこぶしを数回握りながら玄関へ向かった。苗字をハンマシュテンのままにしておいたのは、ものすごくラッキーだった。

頭の中で、記憶が稲妻のように光っていた。彼女の体に乗るアーダムの体。彼女の唇と重なる彼の唇。ダブルモラルなのは百も承知だ。〈ティンダー〉を利用するより、自分はずっとひどいことをしている。だからと言って、怒りが治まるわけではなかった。

彼女が玄関ドアを思い切り閉めると、屋根の雪がトルケルの車の上にドサッと落ちた。彼女は歩き続けた。これはトルケルの問題だ。彼女の問題ではない。

＊

今回の二人は、前回ほどこのマンションに感動しなかった。何が自分たちを待ち受けているのか予想できたからだ。そして、この大きな部屋には、何の喜びも漂っていなかった。二人のためにドアを開けたヨセフィン・ラングセットは、やつれ、疲れ切っていた。

至るところに引っ越し用段ボールが置いてある。タブロイド紙の悪意のある記事によると、ナルヴァ通りのマンションにあるヨン・ラングセットの部屋は売却されるのだという。〈コンフィド〉の一件で消えた金の一部を返金するためらしい。

「いつ引っ越されるのですか？」ヨセフィンの後ろを玄関ホールへと歩きながら、ミーナが憐れみを隠し切れずに言った。

ルーベンはまだ足踏みをしながら靴の雪を落としていたが、ほどなくして靴を脱いだ。

「今週末です。日曜日には」ヨセフィンは、小さく震える声で言った。

同情すべきでないことは自覚していた。ヨセフィンとヨンは他人を食い物にして、あまりにも長いこと裕福な暮らしをしてきた。実際には自分たちのものではない金で、贅沢三昧をし尽くしてきた。でも、引っ越し用段ボールと段ボールの間に散らばる子供のおもちゃを目にして、ミーナはこのやせ細った女性に同情せずにはいられなかった。

「座りましょうか?」ルーベンがソファを指して言った。そのソファは、唯一残っている家具として、部屋の真ん中で威厳を放っている。

「そうですね。他の家具はすべて、すでに持っていかれちゃいました」ヨセフィンはそう言って、ソファのうんと端に慎重に腰かけた。他の二人は、その横に座った。

「家具は来週、〈ブコウスキー〉でオークションにかけられることになっています」

大きな窓の外では、また雪が降り始めている。もうすぐ、除雪車が街の通りを埋め尽くすことだろう。きっとナルヴァ通りは優先的に雪かきが行われるから、すぐに雪は除去されるだろう。

「実は、あなたが〈エレリー・ビーチ・ハウス〉に滞在されたときのことをお聞きしたいと思いまして。ヨンさんが行方不明になる直前に、自分だけの時間がほしくてあそこに泊まった、とおっしゃっていましたよね?」

「えっ?」そう言ったヨセフィンの目に、不安そうな光がかすかに浮かんだ。「ええ、わたしには八歳以下の子供が三人いますから。時折、少し離れて一人になる必要があるんです。そのことに対して、ヨンはいつも寛大でしたし。泊まりこみで子供たちの面倒を見てもらうよう、ベビーシッターに頼んでくれたんです。わたしが一人で週末を過ごせるように」

「それで、なれましたか?　一人に、ということですが」ヨセフィンをじっくり観察しながら、ミーナが言った。

自分の仕事のこの点が嫌いになるときがある。人々の汚いプライベートな面は知りたくない。人間の生活の否定的な面を覗き見るのは好きではない。でも、それを余儀なくされる場合が少なくない。人々の私生活は犯罪と深く結びついており、警察は当然ながら、その可能性を排除することを強いられる。

「はあ……わたしは一人でしたが、それが何か?」

用心深い口調で言ったヨセフィンは、さらにソファの縁近くに移動した。

「ホテルで知人に偶然会った、ということは?」ルーベンが言った。

「いいえ……まったく……何がおっしゃりたいのですか?」

彼女の瞳が、ルーベンとミーナの間を行き来した。

「こちらが入手した情報によりますと、あなたはだれかと一緒だったとのことですが」

ミーナは固唾を吞んだ。クリステルが取り上げたグスタヴと高級ホテルの話で、ミーナは、ヨセフィンが〈エレリー・ビーチ・ハウス〉に触れたことを思い出したのだ。あのホテルは、ストックホルムのホテルの中で、裕福な人々を惹きつける流行りのホテルだ。ルーベンの怪訝そうな顔が目の隅に映ったが、黙ってヨセフィンの答えを待つよう、控えめに彼に視線で指示した。人間には、沈黙を埋めようとする生まれながらの本能があり、ミーナの主張に続く沈黙は、深く気まずいものだった。

しばらく沈黙が続き、ヨセフィンはついに決心したようだった。肩をガクッと落として、降伏した。

「グスタヴと一緒でした」

「付き合って……どのくらいです?」ルーベンが訊いた。

彼はソファの背もたれに背を反らせ、脚を組んだ。ミーナは、彼のソックスに大きな穴が空いていることに気づいた。

「そう長くありません。半年くらいです。始まりは、ペーテル・クローンルンド宅での夏至のパーティーでした。あの会社の三人目のオーナーの家です。みんな少し飲み過ぎて、ヨンは二十歳のインフルエンサーを部屋に連れて行きました。その子は役員のだれかがお飾りとして連れてきていた子でした。そして、グスタヴと……わたしは一緒に過ごしたんです」

彼女は視線を逸らして、ソファの肘掛けの、目に見えない糸を摘んだ。

「ヨンさんは知っていたのですか?」ミーナが訊いた。

ヨセフィンは、窓の外で雪片がゆっくりとアスファルトに落ちる様子を目で追った。

それから激しく頭を左右に振った。

「知りませんでした、断言できます。そんなこと、あの人が許したはずがない。彼は何も知らなかったんです」

「グスタヴにとっては、それがヨンを殺す動機になったと思いませんか?」ルーベンが訊いた。

「いえ、まさか。グスタヴは人を殺すような人間ではありません。ましてヨンに害を加えるなんて……それに、わたし、グスタヴなら〈コンフィド〉のトラブルを収拾してくれる、と確信しているんです。ふしだらだと思われるのは承知していますが、グスタヴとわたしは、付き合っているだけではありません。ヨンが消息を絶ってから、随分話し合ったんです。彼はわたしを大いに支えてくれたし、二人で一緒の未来を築くつもりでいます。グスタヴが……自分のことを解決すれば、それだけでいいんです」

「そうなんですか?　グスタヴさんはそうするつもりだと?」今やミーナは、軽蔑を隠しきれなくなっていた。「お二人の真剣な気持ちは素晴らしい。と言うのも、ご承知のように彼はあなたからのあらゆるサポートが必要になりますから。現在の経済状況を考慮すると」

「経済状況?」ヨセフィンが当惑して言った。

「つまり、グスタヴさんは全財産をギャンブルで使い果たしたということです」できるだけ何食わぬ顔をつくって、ミーナが言った。「それだけでなく、多額の借金を抱えています。そんな彼を苦境から救うなんて、素晴らしいことではありませんか」

ヨセフィンは真っ青だった。何も言えず、まるで海岸に打ち上げられたばかりの魚のようにあえぐだけだった。

「では、失礼します。新たな質問があるときには、またご連絡します」ミーナは立ち上がった。ルーベンとミーナが玄関ホールで靴とジャケットを身につける間、ヨセフィンは大量の引っ越し用段ボールに囲まれて、ソファに座ったままだった。

凝った装飾が施された狭いエレベーターが、ゆっくりと一階へ下りていった。エレベーター内の古風な鏡に映る自分を見つめながら、ミーナは鼻で息をした。苛立たしいことに、ポニーテールから髪の毛が数本ほつれ、頬にかかっている。鏡の中の彼女と目を合わせたルーベンが低く笑った。

「グスタヴがヨセフィンと一緒になる可能性は激減したね」彼が言った。「きみにあれほどサディスティックな面があるとは驚いた。いやあ、楽しませてもらったよ」

「次やるときは事前に教えるから、ポップコーン持参で見に来てね」ミーナが言った。

「それより、グスタヴはヨンに決して害を加えたりしないっていう彼女の言葉は信じられない」ルーベンが言った。「あの二人が共謀した可能性を調べる必要があると思う。グスタヴとヨセフィン」

「同感。詳細に調べる必要ありね」

＊

客が出入りしてドアの鈴が鳴るたびに、アーダムは昔の映画『素晴らしき哉、人生！』を思い出す。母親が大好きだった映画で、毎年十二月二十五日にこの映画を観るのが、母子のちょっとしたクリスマスの伝統になっていた。ここのドアの鈴が鳴ると同時に、「ベルが鳴るのは、天使が翼をもらえた合図」という、あの有名な台詞をそらんじる母の声が聞こえてくるようだった。

今夜は天使が翼をもらえるとは思えない。少なくとも、二人が会う約束をした、このお粗末なインド料理レストランでは。

「ぼくたちがこうやって会うのは何らおかしなことじゃないでしょう？　同僚なんだから。ルーベンとクリステルが一緒にランチに行くようなものだ」

「分かってるって。わたしはただ……気をつけているだけ」

ユーリアは、小さな銅製の鍋から熱々のティッカマサラをスプーンですくった。

「トルケルが先に進み始めたのは……いいことじゃないかな」自分が地雷原をつま先で歩き回るような立場に置かれていることを十分に意識しながら、彼は慎重に言った。

自分の足の下に埋められている心の地雷は、いつカチッと鳴ってもおかしくない。

「いいこと？　何がいいの？　わたしはむしろ、すごく汚らわしいって思っているのよ、トルケルが自宅で〈ティンダー〉で女性たちとやり取りするなんて」

アーダムは何も言わなかった。ナンをちぎって、芳醇なスープに浸した。

ユーリアは知的な女性だ。アーダムが彼女を愛している点のひとつだ。彼女は、自分の思考パターンにあるモラルの二重性に、自ら気づかなくてはいけない。彼の心を読み取ったかのように、ユーリアはナイフとフォークを置いて、苛立ちながらテーブルの表面を爪でコツコツと鳴らした。

「分かってる、分かってるって。そんなことで憤慨するなんて、不誠実の極みよね。不倫をしているのはわたし、他のだれかと寝ているのはわたしだもの」

アーダムはまだ何も言わなかったが、ユーリアが二人の関係をそう言い表したことに、心の痛みを少し感じてしまった。不倫。だれかと寝る。冷たい響きだ。人間味がない。何か特別なこととか、性的な意味合いを超越した何かを共有する二人の関係を語っているようには聞こえない。彼はまたナンをちぎって、ソースに浸した。かじって時間稼ぎをした。正直言って、言葉に窮していたからだ。

「満足いただけるお味でしょうか？」

ウェイターが来て、期待しながら二人を見つめた。彼らは、微笑みながらうなずいてみせた。真実だった。店のインテリアと料理はまるでマッチしないが、料理は素晴らしい。

「分からないのよ、アーダム。何が正しくて何が間違っているのか、何がよくて何が悪いのか分からない。もう何も分からない」

「だけど、あなたは何が望みなんです？」

アーダムの声は穏やかだったが、内心、いくつもの感情が沸き上がっていた。彼自身が言ってもらいたい言葉をユーリアの口から聞きたかったが、強いるのは嫌だった。彼女には自分で分かってもらいたかった、彼と同じ考えでいてほしかった。

「分かってる。でも分からない」彼女は小声で言った。「トルケルと続けていけないことは承知している。だけど、ハリーの家族をばらばらにできるかは分からない。あなたとは一緒にいたい。でも、いくつもの問題がわたしたちを待ち受けている。トルケルには幸せになってもらいたい。でも、〈ティンダー〉で女性をナンパしてほしくない。矛盾してるのは百も承知だけど、腹は立つし、裏切られたと感じずにはいられないのよ――裏切っているのはわたしなのに。ああ、アーダム、生きることがほんの少しでも楽になればいいのにね。ほんの少しでいい、ときどきでいいのに」

彼女は親指と人差し指で、〝ほんの少し〟を作ってみせた。アーダムは彼女の手を取って、強く握りしめた。彼女の表情から、手を引き戻したい、だれかに見られているかもしれない、という恐れが感じとれた。でも、今回に限り、彼は無視した。

「ユーリア。いいかい。ここにはぼくたちに関心がある人間なんてだれもいないし、ぼくの言うことを聞いてもらうまで、この手を離す気はありません。そのとおり、矛盾も甚だしい。トルケルのすることにあれこれ言う権利なんてあなたにはない。それでも、あなたが裏切られたと感じるのは理解できる。ぼくだって、同じ反応を示したと思う。時間を要するんです。それだけのこと。ぼくには子供がいないから、実感できないけれど。大切だと思うのはぼくがいることをあなたには覚えておいてほしい、それだけだ」

アーダムは彼女の手を離した。彼女は答えなかったが、わずかに微笑んだ。

ドアのほうから鈴の音が聞こえた。

「『ベルが鳴るのは、天使が翼をもらえた合図』」アーダムが小声で言った。

「何？」ユーリアが戸惑ったように言った。

彼は肩をすくめた。

「何でもない。何でも。食事が冷める前に食べたほうがいい。おいしいから残すのはもったいない」

＊

ミルダは、ローケが骨を一本、二重にしたビニールに丁寧に包んでテープで巻く様子を、感心しながら見つめていた。彼女の職業において、死者への尊敬と敬意は要だ。簡単そうだが、日頃から遺体や遺体の部位を扱っていると、素っ気なくなりがちだ。でも、ローケに素っ気なさはまるで見られない。骨になる前のその人物が、死後も生前と同じくらい大切であるかのごとく、彼は敬愛を込めて古い骨を扱っている。そうあるべきだ、とミルダは思った。

彼は、骨の包みを、すでに包装し終わった骨の横に置いた。

「グニッラが、この人骨の年齢を特定するまで、どれくらいかかりそうですかね？」彼は骨を段ボールに詰めながら、そう言った。

「それが分かれば苦労はないんだけど」彼女が言った。「グニッラはここで一番の法人類学者よ。きっと、わたしたちが聞いたこともないような方法を知ってるはず。この件は優先してもらえるよう頼んであるから……二、三日ってところかしら。クリスマス休暇中に賄賂で操れる同僚が何人見つかるか次第ね」

ローケは包装した頭蓋骨を、段ボール内の一番上に置いた。彼の作業が終了したら、ミルダがその箱をグニッラのところへ持っていくことになっている。

「グニッラには人骨の一部だけを渡せばいいように思いますが」不安らしきものを目に浮かべたローケが言った。「すべて渡す必要ってあるんですか？」

「小分けにしたくないから」ミルダが言った。「すべて渡せば、彼女が使いたいだけ使えるでしょ。彼女ほど、その人骨を必要としている人はいないもの」

ローケは反論したそうだったが、何も言わなかった。代わりに段ボールを閉めて、テープで封をした。

「調査が終わったら、骨は返してもらえるんですよね？」彼が言った。

「終わったら、返してもらえるわよ」

「よかった。この人たちの面倒を見る責任は、ぼくたちにありますからね。だれかがしてあげなきゃいけないことじゃないですか。この人たちに何があったのか解明するまでは」

ミルダは、興味を惹かれてローケを見つめた。彼の思いの強さを心配すべきなのか、あるいは感銘を受けるべきなのか迷った。

「骨はそう遠くにはいかないわよ」彼女が言った。「グニッラの部屋はこの建物内にあるわけだし。でも、この骨の年齢が判明したら、警察は身元調べが楽になる可能性もある。一連の事件の関連性が判明するまで、それほど時間がかからないかもしれないわね」

「だといいですね」ローケはそう言って、それぞれの台に載っている、ヨンとエリカとマルクスの骨に視線を走らせた。「本当にそうなればいいな」

＊

ミーナは、キッチンの戸棚からコーヒーの缶を取り出した。缶の中にはチャック付き袋が入っていて、必要分のコーヒーを出した後、しっかり密閉するつもりだ。

「考えていることがひとつあるんだけど」居間にいるナタリーが大声で言った。「突然パパが、わたしがここに住むことがすごく重要だって考え出した理由って分かる？　ここにいるのはそりゃ楽しいけど、あっという間に決まっちゃったでしょ」

「わたしもあなたに同じことを訊こうと思っていたんだけど」フレンチプレスに入れるコーヒーの粉を量りながら、ミーナが肩越しに叫んだ。

彼女は電気湯沸かし器をスタートさせてからライトグレーのイッタラ社製のカップを持って、また居間へ向かった。

「クリスマスディナーの後にパパがおかしくなった、って言ったでしょ」ナタリーが言った。「常に……急いでいるみたいに。でも、何を急いでいるのかが分からないの。神経質になって、わずかな音にもビクッて反応するんだもの。夏のあの事件のときだって、そんなことなかったのに。体調でも悪いのかも」

ミーナがテーブルにカップを置いたとき、床に落ちていた紙切れが舞った。ナタリーがミーナの住所を書き留めた紙切れだ。娘におかしな人間だと思われたくなくて、片づけないよう我慢していた。ナタリーがミーナの仕事部屋を掃除して、彼女の恥ずべき秘密を引きずり出す前のことだった。それ以来、ミーナはその紙のことをすっかり忘れていて、そのままになっていた。

紙を拾い上げたミーナは、裏側に何か書いてあることに気づいた。それが名刺なのは明白だった。でも名前はなく、電話番号が書いてあるだけだ。それと、下半分が塗りつぶされた、大きな数字の8。

彼女の頭の中で、ヴィンセントの声がこだました。「数字に見えるとはおもしろい。わたしには他のものに見えるからです。砂が下の部分に落ち切った砂時計。つまり……時間切れを告げる砂時計」

自分が思い出せなかったことが何だったのか、突然分かった。「もうすぐすべて終わる」と言ったのがだれなのか思い出した。

ニクラス。

そう言ったのはニクラスだ。

「これ、何なの?」声にならない声で、ミーナが言った。

ナタリーは肩をすぼめた。それから眉間にしわを寄せて、名刺をじっくり見た。

「それって……いけない、それに書いちゃったのね。わたしが持ってきたって知ったら、パパはすごく怒るに決まってる。その名刺、前に見たことあるんだ。クリスマスディナーの後、パパの椅子の下に落ちてた。捨てようとしたら、パパはすっごく怒ったの。すごく大事な名刺だ、って言ってた。でも、おかしくない？　床に落ちてたのに」

ミーナは、冷たい手で首を絞めつけられるような感覚に襲われた。ニクラスは、彼女と一緒のディナー以来、イライラして神経を高ぶらせていた。行動の変化。あのディナーの後、ナタリーは、見たことがなかった名刺を発見し、そこには地下鉄駅の人骨を囲んでいたシンボルと同じものが描かれていた。

ミーナは悟った。ニクラスはナタリーをここに住まわせたかったわけではない——ナタリーを自分の元に住まわせたくなかったのだ。自分の娘を守りたかった。

「この番号に電話をしてみるね」できる限り平静を装いながら、彼女は言った。

仕事用の携帯電話を取ってきて、名刺に書かれた番号を押した。呼び出し音が三回鳴ったところでつながった。

「ニクラス・ストッケンベリさま」穏やかな女性の声が聞こえた。

電話をかけたのはニクラスではない、とミーナが言おうとしたとき、それが録音された音声であることに気づいた。既成のフレーズのデータベースを利用して作成された自動電話サービスのメッセージのような単語ごとに刻まれたような声だった。その声が続けた。

「サービス期間の終了をお知らせいたします。ご満足いただけましたでしょうか。お客様の命は、あと……九日間……六時間……二十……三分……です」

そこで声が途切れた。ミーナは、真っ青になっているナタリーを見た。まずい、娘に聞かれてしまった。ミーナはまた、その番号にかけてみた。何かの間違いに違いない。

「ニクラス・ストッケンベリさま」優しい女性の声が同じことを言った。「サービス期間の終了をお知らせいたします。ご満足いただけましたでしょうか。お客様の命は、あと……九日間……六時間……二十……二分……です」

「これってジョークよね?」ナタリーが弱々しい声で言った。「そうに決まってる。ジョークでしょ?」

ミーナは息苦しさを感じた。喉に土を詰められた感じだ。でも、自分が怯えていることを、ナタリーには悟られたくない。

「冗談ではないと思う」ミーナはそう言って、素早く立ち上がった。「行くわよ。ニクラスのところへ行かなくちゃ」

ナタリーは座ったままだった。虚ろな目をしている。

「だからパパは、あんなにおかしかったんだ」そう言って、決然たる顔付きで立ち上がった。

ミーナは安堵のため息をついた。今、ショック状態の人間に対処している時間はない。自身の感情だけで精いっぱいだ。

アパートの部屋を出るとき、玄関ホールについたナタリーの靴の砂利の足跡にはほとんど目をやらなかった。突然、どうでもよくなった。

*

レベッカは居間の床で旅行バッグを開けて、すべて詰めたか確かめていた。ヴィンセントはキッチンの戸口に立って、その様子を見ていた。できれば居間へは入りたくない。どうしても入らなくてはいけないときは、水槽のそばの壁を避ける。理不尽なのは承知の上だが、頭痛がはっきりと教えてくれている。心身性であろうとなかろうと、頭痛は居間にいると痛みが悪化するのだ。原因が判明するまでは、危険を冒さないのが賢明だ。

「チェックリストはないのか？」彼が言った。「必要なものは本当に全部詰めたのか？」

「保温性下着、スキーウェア、携帯電話、パスポート」レベッカは指さしながら言った。「着替え数枚、歯ブラシ。道具はスキー場で借りられる。他に必要なものって？」

ヴィンセントは肩をすくめた。娘が自分で何とかやっていけるということに、いまだに不慣れだった。ほんの一年前なら、娘を一週間国外に行かせるなんて考えられなかった。でも子供たちは、日に日に親に依存しなくなってきている。もうすぐ、彼をまったく必要としなくなるだろう。彼が子供たちを必要とするのだ。

レベッカが旅行バッグを閉じている間、ヴィンセントは、雪で覆われた芝生とその向こうの森を見つめていた。彼の家は、まさに雪に囲まれている。どこもかしこも真っ白だ。窓の外の雪の上に、黒い鳥が四羽、一列に並んで座っている。一羽目と他の三羽の間には、そこに座っていた五羽目は飛び去ってしまったかのように、間隔が空いていた。ヴィンセントは鳥に関する知識はまるでないが、それでも、カラスではないかと思った。

鳥たちが彼を見つめ返しているような気がする。鳥たちはじっとしている。実際、不自然なほど動かない。剝製みたいに。ヴィンセントは親指と人差し指で鼻の付け根をつまんで、目をぎゅっとつぶった。彼の芝生にだれが剝製の鳥を置くだろう？　実に馬鹿げた考えだ。現実感覚を失わないよう、慎重を期す必要がある。でも、それは今ではない。クリスマスイブまであと二日しかないし、その日には〈影法師〉が何をするか分からない。

何に対しても覚悟していなくてはならない時——その時まで、あと二日。

「じゃあ、行くよ」レベッカはそう言って、玄関へ向かった。「その前に、トイレに行かなきゃ」

ベンヤミンが手のなかの何かを見つめながら、自分の部屋から出てきた。床の旅行バッグにつまずきかけた。

「パパ、パパが受け取った、あの絵葉書のことなんだけど」息子が言った。「床に減速バンプなんて設置されたら邪魔だよ」

ヴィンセントは瞬きをした。息子の言葉を理解するのに、多少時間がかかった。

「おかしな諺が書かれた絵葉書のことか？」彼が言った。

「それ！」ベンヤミンはそう言いながら、二枚の絵葉書を振った。「どこからの引用か分かった。諺のことだけど。聖書からだよ」

「聖書っぽくないのに」トイレから戻ってきたレベッカが言った。「まあ、聖書っぽいか。女性観って点では、創世記と同じくらい古臭いもんね。用意はできた、パパ？」

「とにかく、諺は『箴言　知恵の泉』っていう本からの引用だから。箴言番号を書き留めておいたよ。はい」

ベンヤミンは、ヴィンセントに絵葉書を差し出した。隅に黒いインクで番号がはっきりと書き留めてある。

ヴィンセントは絵葉書を読んだ。一枚目の「口うるさい女は、雨の日に絶え間なく滴り落ちる雨漏りのごとし」の横に、『箴言　知恵の泉』27：15と書いてある。二枚目の「よく考えることなく神に約束をすると大きな難を招く」の横には、『箴言　知恵の泉』20：25とある。

「スウェーデン語訳は、ネットサイトの『nuBibeln』で見つけたんだ。聖書を新訳したもので読みやすくしているけど、ヘブライ語の原文を元にしている。かなり珍しいよね。あと、アラム語とギリシャ語も。史上五回目らしいよ」

　レベッカはため息をついた。

「パパの気を散らすのはやめて」彼女が言った。「こうなったらパパが延々としゃべり出すの、分かってるでしょ？　もしわたしが電車に遅れたら、お兄ちゃんにはわたしの友だちの前で責任を取ってもらうから。礫なんかじゃ済まないから」

　ヴィンセントは、子供たちの話が耳に入ってこなかった。彼は無意識に箴言番号の四つの数字を足した。27：15と20：25、ということは27＋15＋20＋25は87。

　七月八日（欧州では月日を日・月の順で表記するため）。

　母の誕生日。

　絵葉書の送り主がだれなのかずっと分からなかったが、疑問は今や消え去った。〈影法師〉の仕業だ。そうだろうと思ってはいた。だが、この絵葉書は自宅ではなく、〈ショーライフ・プロダクションズ〉のオフィスに届いた。メッセージは明確だ。〈影法師〉はヴィンセントの習慣に精通しているだけでなく、ヴィンセントがいるところならどこでも、気づかれずに入り込める男なのだ。

　いや、男とは限らない、女かもしれない。

「パパ、早く！」レベッカが玄関から叫んだ。

ヴィンセントが気づかぬうちに、娘はジャケットを着終わっていた。棒立ちだった彼は口の中に渇きを感じて、唾を強く呑み込んだ。絵葉書が意味しているのは、〈影法師〉はいつでもここへ入り込める、ということなのか。彼の家に。

もう、一人では対処できない。ミーナに話して、助けを求めなければ。

でも、警告を受けている。

警察に知らせたところで起こるべきことは起こる。ただ時期を早めるだけだ。

少なくとも、マリアとアストンは、すでにここを離れた。レベッカは出かけるところだ。この三人は無事ということだ。あと一日のうちに、どうにかしてベンヤミンをどこかへ行かせなくてはならない。クリスマスイブに家にいるのはヴィンセント一人。自分を苦しめる者を迎撃つことになる。レベッカの待つ玄関へ行く前に、最後にもう一度窓から外を見た。鳥たちはじっと座ったまま、彼を見つめ返してきた。

＊

「心配しないで」ミーナが言った。

「わたしに心配するなって言った？　ママこそ、最悪のパニックに襲われたみたいな様子なのに？」

ナタリーは母親を睨んだ。彼女は大人たちと、彼らの嘘にうんざりしていた。もう子供ではない、ということを理解してくれない。彼女を大人と見なして話しかけてくれない。パパだけで充分なのに、ミーナにまで同じことをされたくはない。

「駐車場の空きを探してるだけだから」

ミーナは辺りを見回しながら、駐車できる場所を探した。中央省庁の建物が、二人の目の前に堂々とそびえ立っている。

「駐車場の空き？　こんなとき、罰金がそこまで重要？　まったくもう。車に駐車違反の貼り紙をされたら、わたしの貯金で何とかするから」

「いい加減にしなさい！」

空きを見つけたミーナは、慣れたハンドルさばきで見事に駐車した。

「ごめんなさい」ナタリーは渋々呟いた。

母親と仲たがいはしたくない。ミーナと口論するのは、いまだに慣れなくて落ち着かない。パパとの喧嘩なら馴れっこだ。もう何年にもわたって喧嘩をしてきたから、限度だって知っている。〝立ち入り禁止区域〟がどこなのか、どこまでなら許されるのか承知している。ミーナが相手だと、すべてが未踏の地域だ。

「行くわよ」

じれったそうに車のドアを開けたミーナは、氷の上に足を下ろして滑りかけた。

「靴底用滑り止めを買ったほうがいいんじゃない？」ナタリーはクスクス笑った。二人の間の雰囲気を和らげるタイミングが見つかって嬉しかった。

「こら、言ったわね。わたしが大腿骨頸部骨折で寝込んだら、あなたが身の回りの世話をすることになるんだから」

「消毒液のシャワーにいれてあげる」

「うるさい」

笑みを浮かべたミーナを見て、ナタリーはぬくもりが胸に広がるのを感じた。おかげで不安が少し治まった。自分は一人じゃない。ママが一緒だ。しかも、ママは刑事ときている。パパに何が起きたのか、二人で突きとめてみせる。一緒にパパを救うんだ。ナタリーとミーナ。最強のコンビ。

二人が重い木製ドアを通って中へ入り、保安検査を通過して、ナタリーは入り乱れる廊下を通りながら、慣れた様子で母親をニクラスのオフィスまで案内した。

自分に向かってくる二人を目にしたトールは、当惑したように両眉を上げた。

「これはこれは！　家族揃っての訪問とは！　ニクラスはどこにいるんです？　こちらは一日中、ニクラスの代わりを務めてきたんですよ」

「パパはここにいないの？」ナタリーが言った。

ナタリーは気落ちした。二人は、彼が職場にいると見込んでいた、彼がいつもいるところだからだ。事前にニクラスにもトールにも電話をしたが、出てもらえなかった。珍しいことではない。法務大臣の一日は大事な会議が詰まっているから、家族からの個人的な電話に常に出られるわけではない。ナタリーはそれくらい知っていた。だから、父親は職場にいて忙しくしているのだろうと推測していた。

「ニクラスはお二人と一緒だと思っていたんですよ」トールは椅子から腰を半端に上げた状態で、心配げに言った。「マンションにもいませんしね。何かあったのですか？　お二人を見れば分かりますよ。彼に何が起こったのですか？」

ナタリーはトールの机の前にある訪問者用の椅子に、ミーナもその隣の椅子に沈むように腰かけた。ナタリーは母親を見つめて、うなずいた。ミーナは名刺を取り出し、震える手でそれをトールに渡した。

「名刺に書かれた番号に電話をしてみてください」

「電話って……一体何なんです？　ゲームか何かですか？　そんなことをしているひまなんてありませんよ。こちらは、法務大臣を見つけなくてはならないんです。午前中の会議を三つ欠席していて、わたしは二分おきに大臣に電話をしてたんです。自宅もチェックして、彼は仕事をさぼって皆さんと一緒なのだと考えたわけです。ニクラスは最近おかしかったし、きっとその原因は、この……状況なのだと考えたんです」

彼はミーナとナタリーに、手でぐるりと部屋を示してみせた。

「わたし電話したんです！」ナタリーが言った。「何度も！　あなたに！　だけど、出てくれなかったじゃない！」

「ちょっと待って、わたしがあなたに何度も電話したのに、出なかったのはそちらでしょう！」憤然としてトールが言った。

反論しようとナタリーは口を開いたが、それから思い出した。

「わたしの携帯電話は充電切れだったから、ママの電話からかけたんだった」彼女は申し訳なさそうに言った。

　トールはうなずいた。

「知らない番号からは何度も電話はかかってきてました。でも、不明の番号からの電話には決して出ないことにしてますからね」

「そんな話している場合じゃないでしょう」ミーナはトールを睨んだ。「名刺の電話番号にかけて」

　トールは自分に向けられた非礼を消化しようと、深いため息をついてから、携帯電話を取って読書用メガネをかけ、名刺の番号に電話をした。耳を傾けるうちに、顔が青ざめていった。

「何だ、これは？」

　彼は電話を置いて、メガネを外した。

「ニクラスがだれかから受け取った名刺です」ミーナが言った。

「呼び鈴が鳴ったときだ！」ナタリーが突然叫んだ。今まで頭に浮かばなかった。「ほら、クリスマスディナー中に。絶対にあのとき！　だって、あれからパパがおかしくなり始めたから」

　母親がうなずいたので、彼女は誇らしい気分になった。謎をひとつ解いた。本物の刑事みたいに。

「何てことだ」トールが言った。「でも、どういう……ことなんです？　冗談とかじゃないですよね？」

　彼は名刺を取り上げて、じっくり見つめてから、また置いた。

「分からないけど。パパに何かあったんだと思う。電話にも出ないし、居場所も分からない。

それに、あの不気味な留守番電話、聞きましたよね？　何かあったんだよ！」ナタリーは自分の声が必死なものになっているのは承知だったが、こみ上げる恐怖を抑えられなかった。

「ナタリーの言うとおりです」ミーナは、トールに真剣な眼差しを向けた。「わたしも、何かあったのだと思います」

どうすべきか選択肢を考慮しているかのように、少しの間トールは無言で座っていた。それから、ミーナから視線を逸らさぬまま、受話器を上げた。

「国家保安局局長に電話をかけます。心配することはありませんよ」

でも、彼の口調は、そんな安心させるような言葉とはまるで裏腹だった。

＊

「電話では深刻そうでしたが」

ヴィンセントは体で感じる不安を抑えようと努めた。彼の人生で目下起こっている事態がなんであれ、それにミーナが巻き込まれるのではないかという不安が、彼の意識のどこかに常にあった。ミーナは旧市街の客がほとんどいないレストランの奥の暗い隅に座っている。

彼女の向かいに腰かける彼に向けて、ミーナはほとんど視線を上げない。彼の心臓が激しく鼓動を打った。〈影法師〉が、とうとう彼女に接触したのだろうか？　そう思うと、今にも立ち上がって闘いたい気分になった。相手も分からないまま。

ミーナは何も言わずに、名刺を彼に向けて差し出した。テーブルがほとんど拭かれていないのに、彼女は反応しない。それほどこの名刺に重大な意味があるのだろう、とヴィンセントは考えた。

「これは何ですか?」そう言って、彼は名刺を手に取った。

指の間に挟んで、かざしてみた。厚紙、高品質。高価そうだ。

「そこに書かれた番号に電話をしてみて」ミーナが言った。

ウェイトレスがガムをかみながら、ぶらぶらと二人の元にやってきた。

「ご注文は?」そう言って、テーブルの上の木製のメニュー立てのメニューを指した。

「ミルクなしのコーヒーをひとつ」ヴィンセントはそう言ってから、問うようにミーナに目をやった。

彼女は、頭を左右に振った。

ウェイトレスは不機嫌そうに、キッチンへ向かった。

ヴィンセントは携帯を取り出して、名刺の番号に電話をかけ始めた。ミーナが突然振り返ってウェイトレスを呼ぶと、彼女は渋々テーブルに戻ってきた。

「気が変わったわ」ミーナが言った。「シャブリ・ワインをひとつ。大きなグラスで」

真昼間からワインとは。ミーナの新しい面だ。確実に何かおかしい。

女性の声が電話の向こうから聞こえてきて、ヴィンセントは、その録音したメッセージに耳を傾けた。

「ニクラス・ストッケンベリさま。サービス期間の終了をお知らせいたします。ご満足いただけましたでしょうか。お客様の命は、あと……九日間……三時間……十三分……です」

彼はゆっくりと携帯電話をテーブルに置き、名刺をミーナに返した。彼女は、ヴィンセントをじっと見ていた。

ウェイトレスが片手にコーヒー、もう片方の手にとても大きいグラスを持って、戻ってきた。「だれにもらったんです?」コーヒー入りのカップを火傷をしないように受け取りながら、ヴィンセントが言った。

コーヒーが保温プレートに長過ぎる時間置かれていたことはあまりにも明白だった。表面に油が薄く浮いていて、焦げたタールを連想させるにおいがする。

「数日前の晩、ニクラスのところに宅配で届いたものです」ミーナが言った。「わたしが、ナタリーとニクラス宅で夕食をとっていたときに」

「それで、あなたには、送り主がだれなのか、まったく分からない。ニクラスは何と言っているんですか?」

ミーナはグラスを持ち上げ、ワインをゴクリと飲んだ。彼女がかなり動揺しているとヴィンセントは確信した。ミーナのグラスは洗った形跡がほとんどなく、いくつもの指の跡がついているからだ。

「ニクラスは何でもないふりをしているんです」彼女が言った。「このことはだれにも話していない。警察にも警護担当にも。そして今、彼は行方不明。これは一体何なの、ヴィンセント?」

「さっぱり分からない」彼は慎重に言った。「考えられることはいくつもある。ニクラスの仕事に対する、いかれた人間からの脅迫。ユーチューバーの悪ふざけかもしれない。ニクラスが加盟している上流階級のクラブの儀式。いくらでも挙げられますよ。可能性はあまりにも多い」

「あなたなら助けてくれるんじゃないかと思ったのに」彼女が言った。「ユーチューバーの悪ふざけ？　そんなふうに聞こえます？　それに、トンネルで発見された人骨の山の周囲に描かれていたシンボルと、名刺のシンボルが同じ理由は？」

「分かりません」ミーナが自分に対して不満を抱いていることを無視しようと努めながら、彼は言った。「でも、同じシンボルだという確信はありません。わたしたちの脳が関連性を求めて、そう解釈しているのかもしれない。何と言っても、わたしたちが目にしたのは、地面のいくつかの円に過ぎないわけですからね」

「わたしたちの脳ね……関連性はないと見なすほうが妥当だと思っているの？　本当にそう思っているんですか？」

答えなくても済むよう、彼は恐る恐るコーヒーを飲んだ。見かけどおりの不味さだ。

「いいえ」ようやく言った。「どう言ったらいいのか分からないけれど、つながっているとは思う。そのメッセージを聞いて、漠然とですが、『ファウスト』を連想しました」

「『ファウスト』？　どんなふうに？」ミーナは、またワインをゴクリと飲んだ。

ヴィンセントは、グラスの汚れ具合を彼女に伝えようか迷ったが、やめておくほうが賢明だと思った。

「あの物語でも一人の人間が〝サービス〟を利用し、その期限が切れてしまうからです。でも、いま言ったように、漠然とした関連に過ぎません。わたしのシナプスが正常に機能してくれないようだ」

「『ファウスト』については何となく知っている程度ですが、悪魔が出てきましたね」

「ええ、悪魔が重要な役割を担います。でも、『ファウスト』の本来のテーマは、『時間』と、『どんな人生を送るか』です。わたしの解釈ではありますが。元々はドイツの民話で、ファウストという名前の若い男が、メフィストフェレス――つまり悪魔に魂を売るという内容です。このファウストに関する物語から、faustiskという形容詞が生まれました。短期間で権力や成功を手に入れるために、自分の高潔さを犠牲にする野心的な人間のような、という意味です」

「彼はなぜ自分の魂を売るの？」ミーナが言った。「それで何が得られるんですか？」

彼女の眉間に浮かぶ懸念の皺にヴィンセントは魅力を感じた。

「悪魔はファウストが人生の危機に陥っているときに現れて、この世のあらゆる快楽を体験させてやる、と約束するのです。その代わりに、ファウストの死後に魂をいただくと」

「それで、彼はどうするんです？」

「悪魔が？」

「じゃなくて、ファウストが。悪魔から与えられたチャンスを、どう利用するんですか？」

「あいにく大したことはしません」ヴィンセントはまたコーヒーを飲もうか考えたが、そうせずに、カップを押しやった。

「ファウストは、権力や愛や人生の意味を追求します。彼は常に『より多く』を探し求めます――いかなるものについても。そして、自分自身のなかの不安に捕らわれてしまう。その途上で、彼は他人を踏みにじるのですが、ゲーテは――ファウストをテーマにした最も有名な作品を書いたのは彼です――不思議なことに、ファウストが自分の行動が招いた結果に見合う苦しみを与えていないのですね。ゲーテによると、メフィストフェレスはフランス革命の象徴なのですが、文学研究者の多くは、メフィストフェレスをファウストの分身と見なしています。つまり、彼がその存在を認めない、自分自身の悪い側面です」

「『ファイト・クラブ』みたいな感じでしょうか？」ミーナが言った。

「『ファイト・クラブ』？　比較対象として興味深いですね。あの映画は、主人公が解離性同一性障害を患っていることから、貧弱な精神衛生を描いたポップ・カルチャーの最良の作例と言われているのはご存じですか？」

「解離性……何のことでしょう」

「かつて多重人格と呼ばれた障害です。一人の人間の中にまるで異なる複数の人格が存在し、別々に現れるものです。稀ですが、実在します。この症状の持ち主は、その異なる人格がだれなのか分からない場合が多く、彼らの行動をコントロールできないと感じている。ですが、あの映画で描かれていないのは、解離性同一性障害は原則として、幼い頃の激しいトラウマが原因である点です。キム・ノーブルという有名な女性は、幼い頃受けた虐待が原因で、百もの異なる人格を持っていました。そのほとんどの人格には虐待の記憶がなかったため、彼女を精神的に守ることができた」

ヴィンセントが話す間に、ミーナはかなりの量のワインを飲んでいた。

「その症状のこと、ずいぶん研究なさったんですね」彼女が言った。

ヴィンセントは肩をすくめた。

「興味深いと思ったので」彼は言った。「脳は、人間の最大の敵でもあり、最大の友でもある。

人間を守るために脳が生み出すものは……並外れている。先ほどの話に戻ると、メフィストフェレスはファウストの一面に過ぎないのかもしれません。心理学者ノーマン・F・ディクソンの言葉を借りれば、『ときに人間の最大の敵は人間自身である』」

ミーナはワイングラスを回した。

「電話のメッセージを聞いて『ファウスト』が頭に浮かんだ理由は、他にもありますか？」

「いいえ、『時間切れ』という点だけです」彼が言った。「〝サービス〟が遂行され、時間切れになるという」

「じゃあ、時間切れになると、悪魔がニクラスの魂を奪うと？」ミーナの質問の裏の意味を、ヴィンセントは明確に読み取った。

彼女の目に浮かぶ不安を見て、ヴィンセントはなだめるような馬鹿な真似はせず、真実を語るしかないと悟った。

「『ファウスト』は物語に過ぎません。それに、ニクラスさんを見つけるまで、あと猶予は数日ある」

それだって真実だ。

「時間と言えば、ナタリーの待つ家に帰らなくてはいけない」ミーナが携帯電話に目をやって言った。「娘を先に帰らせたけれど、今はあまり長いこと自宅で一人にさせたくないので。何でもいいから、助けになるようなことが頭に浮かんだら、すぐ電話をください」

彼女はワインを飲もうとグラスを上げたが、途中で手を止めた。

「何これ？　汚い！」

火傷をするほど熱いかのように、彼女はグラスから手を離した。グラスはテーブルの上に落ちて倒れ、残っていたワインがヴィンセントのほうに流れ出した。ミーナはそんなことには目もくれず、ヴィンセントを睨んだ。

「気づいてた？　どうして何も言ってくれなかったんですか？」そう言った。

彼は、気まずそうに体をひねった。何をやっても裏目に出る。

「ぼくが払いますよ」彼が言った。「大した額じゃないし。急いで家に戻ってください」

彼女はジャケットのポケットからウェットティッシュを取り出して口元を拭いながら、彼をじっと見つめた。

それから、彼女はその場を離れた。ヴィンセントは携帯電話を取って、あの番号にまた電話をかけ、例の女性の優しい声に耳を傾けた。

その声の背景から、奈落の底のメフィストフェレスの笑い声がずっと聞こえていた。

残り八日

ミルダとローケに会う以外の目的で二人が法医学委員会に来るのは、これが初めてだ。ミーナがドアノブに手をかけるのを随分ためらったので、ヴィンセントが代わりにドアを開けた。

金髪で細身の年齢不詳の中年女性が、二人の元へやってきた。元気で明るい目をしており、二人が今訪れている建物と建物にあるものとは対照をなして、活気がみなぎっている。

「法人類学者のグニッラ・ストレムクヴィストです」彼女はそう自己紹介した。握手を求めてこなかったので、ミーナにとってはありがたかった。

握手は、ミーナがひどく理解に苦しむ慣習だ。細菌の感染リスクや見知らぬ人間との不快な距離の近さなど、まるで不要な身体の接触だ。その点、日本人はよく理解していて、敬意を込めた距離でお辞儀し合う。よっぽど衛生的だし、凛としている。

「どうぞ、入って。ごちゃごちゃしていてごめんなさいね。定年退職間近だから、荷造りの最中なの」

ミーナは驚いて、目を大きく見開いた。この女性は五十歳ちょっとくらいだと思っていたのに、まさか六十歳をとうに超えているとは。

「あなたたちが座れるよう、ここを少し片づけますね」

グニッラはたいそう大きな机の前にある二脚の椅子の上から、奇妙な物体の数々をどけた。机の上は、表面が見えない程ひどく散らかっている。椅子から片づけられたのは、形容し難い動物の頭部、セラミックの心臓模型、ハエに関する本、そして「死は最高」とプリントされたTシャツだった。

「まったく、年が経つとこんなにたくさん物が集まっちゃうのよね」グニッラは楽しそうに言って、まったく分類する様子もなしに、床に置いた引っ越し用段ボールの中に物をどんどん入れていった。「こういう仕事をしていると、悪趣味なユーモアのこもったプレゼントもよくもらうのよ。お二人は刑事だから、わたしの言うことが分かると思うけれど。わたしたちの職業では、ある種のユーモアが磨かれるでしょ」

「ユーモアという言葉は、ラテン語の液体を意味するフモレス（humores）が語源なのをご存じですか？」ヴィンセントが言った。「フモレスは、体液と人間の気性には関連性があるという、昔の医学的な概念から生まれた言葉です。ユーモアがあるというのは通常、おもしろいことへのセンスがあって、日常における不完全なことを認識し、それをある種の喜びを持って受け入れる能力を指します。ここで働く人々によく当てはまると間違いなく言えるでしょう。存在の不完全さ。ユーモアは他にも、生理学的根拠を持つ感情および認知の過程とも見られています。馬鹿げていたり奇妙だったりする概念や出来事や状況を発見し理解することから成り立つ体験なのです。そして忘れてはならないのは、アメリカの診断システム『精神疾患の診断・統計マニュアル第五版』では、ユーモアとはわたしたちの防衛機制であり、わたしたちが感情的葛藤やストレス要因に相対したとき、そうしたストレスの原因となる物事の愉快だったり皮肉だったりする側面に焦点を置くことで対処する助けとなる防衛機制、と説明しています。言い換えると、そのTシャツが優れた例ということです。『死は最高』。もちろん、わたしたちは死は最高なんかじゃないと知っていますが、だからこそ……」

「ヴィンセント、そのへんで」

ミーナが、手を挙げて制止した。

「興味深い、実に興味深いわね」椅子の上の物を片づけ終えたグニッラが言った。これで二人はやっと座れるようになった。

彼女は机の向こう側の椅子に腰かけたが、高く積んだ本の後ろに隠れてしまい、見えるのは彼女の金髪の頭だけだ。

「あらまあ、これは具合悪いわね」

彼女は立ち上がって、山積みの本を段ボール箱ひとつに急いで入れてから、また腰かけた。

「ええっと、何の話だったかしら？　わたしがミルダから預かった人骨のことでいらっしゃったんでしたね。わたしにとってはここでの最後の仕事かもしれないし、とても刺激的なケースです。地下鉄で発見された人骨。随分いろいろ見てきたけれど、こんなのは初めてだわ」

「お預けしたもの以外の骨の身元は明らかになっているのです」ミーナが言った。「年齢の推定にご協力いただければ、大変助かります」

「そうね、それならできるわ」

椅子の背にもたれたミーナは、臀部の下に何かを感じた。後ろに手を入れると、細くて硬いものに触れた。引っ張り出して見つめたが、それが何なのか理解するまで数秒かかった。

「そこにあったのね！　オスカルの指！」

グニッラは身を乗り出して、ミーナの手から骨を取った。ミーナは、おもしろそうに眺めるヴィンセントと視線を交わした。

「オスカル？」ミーナは問うように言ったが、答えを聞きたいか不確かだった。

「ここの課の骸骨。感じのいい補助職員ってところかしら。マスコット的な存在なのよ」彼女は、その骨を棚の上に置いた。「オスカルは連れていかない。他の職員が寂しがるもの」

「そのオスカルは……本物の骸骨なんですか？」依然として答えを知りたいか分からぬままミーナが訊いた。

「もちろん違うわよ。そうよね？」

グニッラはウインクをしてみせた。それから、真剣な顔つきになった。

「さて、問題の人骨ね。トンネルの中で発見。骨盤の消耗具合を視覚によって診たところ、この男性は死亡時、四十歳から五十歳とわたしは推測しました。その後、放射性炭素年代測定法、別名、炭素14法を用いました。ご存じとは思いますが、特に爆弾効果曲線を用いると、この手法は年齢を推定するのにはとても正確になります」

「爆弾効果曲線？」

ミーナにはちんぷんかんぷんだった。

ヴィンセントが咳払いをした。

「とても興味深い」彼は言った。「爆弾効果とは、核実験の結果、大量の放射性炭素が大気中に放出されたことを指します。一九五五年まで、世界の大気中の炭素14の量は安定していたけれど、その後、強国が二千以上の地上での核実験を行った。ほら、大きなキノコ雲と、ピクニックをしながらサングラスをかけてそれを楽しそうに見つめる人々の写真なんかをニュースで見たことがあるでしょう。核実験の結果のひとつが、大気中の炭素14量の大幅な増加です。炭素14法では、この事実を利用して、年齢を測定する。そうですよね？」

「ブラボー！」グニッラは感心したように言いながら、感謝するようにヴィンセントを見つめた。「完璧で正しい説明です。そして、一九六三年に地上での核実験が停止されて初めて、炭素14濃度は減少し始めたんです。炭素14は放射性の炭素同位体で、生物圏における宇宙放射によって生成され、その後、光合成によって植物に取り込まれる。人間はその植物を食べて、同位体を体内に取り込む。炭素14を含む炭素原子は、細胞が分裂すると結合し、それによって、われわれの細胞に、追跡可能な〝生年月日〟が記録されるわけです」

グニッラの説明はミーナに向けられていた。この法人類学者は恐らく、ヴィンセントはすでに知っている、と推測したのだろう。

「爆弾効果曲線などで分かる炭素14の濃度の変化を用いて、いろいろな生体物質がどの時点で成形されたかを推定するんです。誤差の範囲は二年」

「ですが、爆弾効果曲線には賛否がありますね。バーンのパターンと一致しませんから」ヴィンセントが言った。

グニッラは手で振り払うように、彼を遮った。

「目的を考慮すると、これくらいで十分でしょ」彼女が言った。

「試験には、受け取った人骨そのものを用いるのですか？」ミーナが訊いた。

グニッラは頭を振った。

「いいえ、今回は歯を用いました。エナメル質に含まれる炭素14量をね」

「で、その……爆弾効果曲線とどう関連しているんですか？」

すべての情報が、ミーナの頭の中でグルグル回っている。できることなら、すぐに結果を聞きたいのは山々なのだが、今までグニッラのような研究者タイプの人たちと十分過ぎるほど仕事をしてきただけに、そう簡単に事が進まないのは承知している。まずは、全プロセスの情報を聞かされるのだ。

「一九六三年に、爆弾効果曲線は最も高くなりました。その時点で、大気中の炭素14同位体の量が、核実験前に存在していた自然の量の二倍近くに上がった。一九六三年以降は、年々低下していった。つまり、年ごとの量が分かっていて、それが例えば歯に残る。一九五五年以降に成形された歯には、より高い数値の炭素14が蓄積されている。でも、その十三年も前、つまり、一九四二年生まれの人の親知らずが高い数値を示すこともあるの」

「生えるのが一番後だから」ミーナが考え深げに言った。徐々に謎が解けてきた。

「そのとおり」

「それで、何年生まれと推測しているんですか？」

「先ほども言ったように、誤差の範囲も考慮しなくてはね。推測年の前後に幅があるということね。わたしの推測は、一九六〇年生まれ。でも一九五八年かもしれないし、一九六二年かもしれないことを忘れないように。この男性がいつ亡くなったかも知りたいのでしょ？　だから、肋骨を調べてみた」

「肋骨ですか？」ミーナが言った。

「ええ。ご存じのとおり、あなたの体のすべての細胞は、一定の間隔で入れ替わります。あなたの骨だってそう。生まれ変わるのよ。肋骨は呼吸を正常に保つためにもろくて柔らかいので、より頻繁に入れ替わらなくてはならない。一本につき十年おきくらいの割合ね。わたしが調べた結果、この人物の肋骨が最後に炭素を再生したのは一九九八年、この男性が約四十歳のときということ。したがって、この人物が亡くなったのは一九九八年から二〇〇八年の間」

「どうやって割り出せたのですか？」

「だって、肋骨が入れ替わるのは十年おきだから、彼が二〇〇八年に生きていたら、その年の肋骨の入れ替わりの形跡が見られるはず。だけど、見られなかった。もちろん、精密科学じゃないから、年次に関しては鵜呑みにしないように。とはいえ、お二人がもっと正確な没年を知りたいとしても理解できます。運がいいことに、少し苔が生えた骨がいくつかあってね、わたしの推測だと、その苔の年齢は二十歳」

「つまり、その骨はそれだけの年数、トンネルの中に置かれていたということか」ヴィンセントが言った。「ということは、その人物が亡くなったのは、二〇〇八年よりは一九九八年に近い年ということだ」

「まさにそのとおり」グニッラが言った。

「ありがとうございました」ミーナが言った。「大いに役立ちました」

「素晴らしかった」ヴィンセントの賞賛の言葉に、グニッラの顔が輝いた。

笑った彼女の目尻にしわができた。

「退職するとやっぱり寂しくなるわ。でも、孫が七人いるから、することがなくて公園のベンチに腰かけてハトに餌をやることにはならないわね」

＊

トールは携帯電話を耳から離して、ジャーナリストと話し続ける前に冷静を保とうと、五まで数えた。

「いいえ、ニクラスは、セミナーからまだ戻っていません」電話口に向けて言った。「ええ、昨日そちらがインタビューの予約を入れていたのは存じていますが、ニクラスは、その時間には対応できませんでした。残念ながら、今日も同じでして……もちろん……助かります。今日はクリスマスイブの前日です。まさかと思うでしょうが、クリスマスだからといって、法と秩序を保つ社会づくりが休暇を取ることはありませんので……ええ……失礼します」

電話を終えた彼は、目の前の机の上に、慎重に携帯電話を置いた。机の縁に沿って完璧に真っすぐになるよう、両方の人差し指で電話を動かした。それから人間工学対応椅子の背にもたれて、大声を上げた。

警護官の一人であるエーゴンが、すぐに部屋に駆け込んできた。

「心配ない」トールが言った。「少し……苛立っているだけだ」

丸刈りで下顎の輪郭がくっきりしたエーゴンは、簡潔にうなずいた。トールはときどき、国家保安局での一部の訓練は、アクション映画を参考にして行っているのではないかと考える。ポップカルチャー作品で自分たちの職業がどう見られているかを学ばせて、ありきたりの決まり文句を言わせるなどして、その役割を演じさせるよう計らっているのではないだろうか。

「きみたちの任務はひとつだ」トールはため息をついた。「ひとつ。常時ニクラス・ストッケンベリ氏に別条がないよう、気を配ること。そうであるなら、二十四時間経っても、いまだ大臣の行方がまったく分からない理由を説明してもらえないか？」

「不明です」エーゴンが言った。「ですが、大臣がこの町を離れたとしたら、居場所はすぐに分かるはずです。半径百キロ以内のすべてのスピード違反取締カメラからの情報を収集しているところですから。存在しないことになっている映像です。有料料金所を通過して町を出た車両のナンバープレートのデータを入手して、目下、警察の分析課の協力を得て、調べている最中です」

トールは、机の上の電話をまた動かした。先ほどの置き方には満足していなかった。指先だけを使うよう心掛けながら、電話を九十度慎重に回転させた。

「じゃあ、大臣がまだ町にいたら？」彼は、眉間に皺を寄せながら言った。

「大臣がだれのところにいようと、その人物たちを見つけます」そう言ったエーゴンは、また簡潔にうなずいた。「お約束します」

「だったら、今すぐに見つけてくれ」そう言うや、トールの電話がまた鳴り出した。「ジャーナリストどもが、もう嗅ぎつけたか。今日だけで、これで十五件目だ」

彼はまた五まで数えた。それから電話に出た。

＊

ミーナがいつもの冬用ブーツから、がっちりしたものに履き替えるのを見て、ヴィンセントは微笑まずにはいられなかった。何百キロ歩いても耐えられそうなほど頑丈そうな靴だ。核の冬の中でも。

「職場に予備のブーツを置いているのはどうしてです?」ヴィンセントはそう言って、ミーナの机の角に腰かけた。「カフェテリアで、登山コンテストが開催されるときのために?」

ようやくヴィンセントは、法人類学者を訪問した後に、ミーナが自分を乗せて警察本部まで車を運転した理由が分かった。何かわけがあって、鉱山労働者の格好に着替えるためだった。

「笑えますね」苦労しながら靴の紐を結び、歯を嚙み締めたまま彼女が言った。「あなたが例の甲虫専門家のところで遊んでいる間に、ユーリアからまたトンネルに入るようにとの指示があったんです。わたしとあなたのグニッラ訪問が終わったら、すぐ実行するようにって。他のメンバーはすでに、わたしを待っています」

トンネル。想像しただけで、ヴィンセントは震えた。

「行ったばかりじゃないですか?」彼が言った。「さらに人骨が見つかるとユーリアは思っているんですか?」

「人骨じゃなくて、クレイジー・トムと呼ばれる人物の友人が、あそこにいる可能性があるんです。ルーベンとクリステルが司法精神医療施設〈ヘーリックス〉の看護人から聞いた話によると、クレイジー・トムは、バーガルモッセン地下鉄駅で骨を発見した、と言っていたそうです。でも、それが本当かは分からない。クレイジー・トム自身は亡くなっているけれど、ユーリアが言うには、トムの友人は恐らく生存していて、あそこにいるかもしれない。何かを目撃した人とか、トムがどうやってマルクス・エーリックソンの骨を手に入れたかを知っている人物がいる可能性があるでしょ。わたしたちがトンネルに入れるようにユーリアが手配するのに、少し時間がかかってしまった。何でも、毎回メトロ側が神経を尖らせるから、そう簡単なことではないらしくて」

「それに、警察はまだ、その他の被害者とグスタヴ・ブロンスとのつながりを見出していないのですよね？」

「その件は地雷原みたいなもので」ミーナはため息をついた。「わたしはできる限り、グスタヴ・ブロンスのギャンブルの借金を隈なく調べてみたんです。ドラガン・マノイロヴィッチに対する訴訟の動きがあるようだから、その邪魔にならない形で。でも、何も見つからなかった。グスタヴとヨセフィンの共謀を示唆するようなこともまったくなし。それどころか、あの二人は、ヨンが消息を絶つ前、ストックホルムのあちこちのホテルで密会を重ねることに精を出していました。あれだけ頻繁にホテルを予約していたとなると、正直言って、子供の面倒をみたり会社を経営したり賭けで財産を失ったりという時間をどうやって作れたのか分からないくらい。ましてや殺人の時間なんてあったかどうか。もちろん、どの可能性も除外する気はありません。ともかく、ルーベンが今日の午後にペーテル・クローンルンドに話を聞くことになっています。ペーテルは、父親のことをどう説明することやら」

「なるほど」ヴィンセントが言った。「残念ながら、こちらから言うことは何もありません」

彼は、机の上に置いてあった厚手の手袋の上に腰かけていることに気づいた。立ち上がって、手袋をミーナに差し出すと、彼女は手袋を彼の手からもぎ取った。

「わたしの服装には口出ししないでください」彼女が言った。「箱に入ったビニール手袋を取ってもらえます?」

彼は自分の横に使い捨て手袋が入った箱を見つけ、彼女に手渡した。ミーナは全身を覆う服装をしていて、次のステップは化学防護服しかないのではないかと思うほどだ。それでも彼女は美しかった。セクシーでもある。どんなに衣服を重ね着しようと、赤く荒れた手をしていようと、その事実は変わらない。それより、彼女のことをそんなふうに見てもいいのだろうか? いいんだ、彼はそう決めた。考えたっていいじゃないか。胸に秘めておくだけなら。

「あなたにも、もっと適した格好がある」彼女はそう言って、ドアの横のフックから厚いジャケットを取って、彼に差し出した。「一緒に行けるように」

「トンネルの中に?」彼は驚いて言った。「それはちょっと。トンネルはあまり得意じゃない。あなたと最後に狭いトンネルを通ったとき、わたしは素数を数えなくてはいけなかったじゃないですか。自分はこのオフィスに残って、すべての文書にもう一度目を通すほうがいいと思いますよ。見逃しがないか確かめるために」

「意気地なし」そう言ったミーナは、ジャケットを元の場所に戻した。

でも、ミーナは笑みを浮かべていた。

「じゃあ、その間に、セラピーとしてエレベーターで何度か上がったり下がったりするように」彼女が言った。「でも、次があったら、選択の余地はありませんよ。あなたとわたしの二人は暗闇の中、ってことで。いいですか?」

ヴィンセントは彼女をじっと見た。

「了解」彼はおずおずと言った。

もうだれもトンネルの中へ入る必要はないという保証をユーリアから必ずしてもらわなくては。彼には、到底乗り越えられない。

「じゃあ、また後で」ミーナが言った。「エレベーターの中で楽しんで」

彼女が出ていってからも、ヴィンセントは机の上に腰かけたままだった。彼女が言ったことを熟考していた。「あなたとわたしの二人は暗闇の中」。それがどんなに正しいのか、彼女は分かっていない。

＊

警察はメトロの協力を得て、捜索の計画を立てた。大規模な取り組みだった。ミーナたちが人骨の山を探しに地下鉄駅へ行ったとき、ミーナはトンネル網全域を捜索するのは不可能だと思った。でも、ユーリアはどうにかして、計画実行を可能にしていた。その場に集合した警官たちの各グループに捜索区域を手短に配分する彼女は、本気で断固たる姿勢だった。

「すごい数の間抜けどもだな」うさんくさそうに周りの同僚たちを見ながら、ルーベンがブツブツ言った。

「クリスマス直前なのに、こんなにたくさんの人員を割り当ててもらえるだけ、ありがたく思わなくちゃ」ミーナがなだめるような口調で言った。「怒らずに許可してくれたメトロにも、何はともあれ感謝よ」

本当を言うと、ミーナはルーベンの意見に傾いていた。頼りになりそうもない同僚が、少なからずいる。

「わたしたちが捜索する区域の担当は三人で、アーダムも一緒」彼女が言った。

「とんだクリスマスだな」ルーベンが含み笑いをした。「ユーモアがあるってのはいいことだ」

「フモレスね」ミーナが言った。

「何だそれ。もしかして酔っぱらってる？」

「残念ながら、酔ってないわ。そのほうが、この任務遂行には楽だったかも」彼女は言い、ビニール手袋を少し引っぱり上げて、ジャケットの袖に被せた。「だけど、こんな状況にもユーモアを見出せるのはいいことよ」

やはり、ヴィンセントには来てもらいたかった。でも、彼の気持ちも理解できる。

「さあ、出発です」二人の脇を通り抜けたアーダムが、三人が担当するトンネルの入り口方向へ歩き続けた。「地図があるので、場所は分かります」

ミーナとルーベンが、その後に続いた。

すでにトンネルへの入り口で喉が締めつけられるような感覚を覚えていたミーナは、息苦しさを感じた。

「自分について来てください」アーダムは言って、キビキビした歩調で歩き続けた。

三人の周辺でガタガタと音がしていたが、ミーナは意識しないよう決めていた。その代わり、暗闇にどんどん進みながら、呼吸に集中するよう努めた。

十分後に、三人はトンネル網のかなり奥にある担当区域に到達した。

「馬鹿らしい」ルーベンがボソボソと言った。「第一に、ここに住む連中のほとんどは、頭がいかれてる。精神に異常をきたしているか、クスリでやられているかだ。第二に、連中は警察が好きじゃない。だから、やつらに脳細胞がまだ残っているとしても、警察と話をする気があるなんて思えないね」

暗闇は不気味で異様だった。照明器具はあるが機能しているのは僅かで、機能しているものも点いたり消えたりしている。

「そうね、あなたの言うことは、いつもながら正しいわ。こんな任務は無視して、ビールでも飲みに行きましょうか」皮肉を込めて、ミーナが言った。

「おれが論理的な意見を言っただけで、そんな嫌な態度を取らなくたっていいだろ」ルーベンは不機嫌そうに言ったが、それでも懐中電灯でトンネルの中を照らし続けた。

暗い何かが光線の前を素早く走り去り、三人は立ち止まった。

「すみません」そう叫んだアーダムの声が、壁と壁の間をこだました。「お話をさせてもらえませんか」

ルーベンも同じくらいの大声で叫んだが、それもこだまして跳ね返ってきただけだった。

「警察の者です」ミーナが大声で言った。「皆さんを非難する気はありません。だれかを連行しにきたわけでもないし、ここで何をしていようと一切気にしません。少し話を聞かせてもらいたいだけです。トンネルの中で人間の骨が発見されました。そのことと、あと、クレイジー・トムという方について伺いたいんです」

静寂。沈黙。ミーナはためらった。自分たちの言ったことを聞いた者などいるのだろうか？

「楽園へようこそ！」

ミーナは、自分の衣服から飛び出さんばかりに高く跳び上がった。突然三人の前に、両手を大きく広げた巨漢が立っていた。ミーナの目に、ゆっくりと制式拳銃に手を伸ばすルーベンが映った。ミーナは彼の肩に手を置いた。

「ヨンニ！　ここへおいで！　その人たちを怖がらせちゃダメだよ！」

女性が一人、懐中電灯の光の中に現れて、詫びるように両手を掲げた。

「その男は危険じゃないよ。大きいだけ。危なくない。わたしの息子でね、虫も殺さぬ優しい子だから」

ミーナがよく見ると、男はせいぜい二十五歳くらいだったが、髭とその体格のよさで、実際より二倍年上に見える。

「お二人に話を聞かせてください」懐中電灯の光の中に立つ女に向かって、ミーナが穏やかに言った。「例の人間の骨についてです。それが済んだらもうお邪魔はしません。約束します」

沈黙。ミーナは、不安が押し寄せてくるのを感じた。もっと言葉を費やして女を説得したかったが、沈黙に任せるのが一番だと思った。

「そういうことなら、来なよ」女はやっとそう言って、光から姿を消した。

ミーナが、女が消えていった方向を懐中電灯で照らすと、トンネルの中を素早く左に進んだ女の背中が見えた。大男は三人について来るよう、盛んに手で合図を送っている。トンネルの分岐点をいくつも通った。迷わず戻って来られるよう、ミーナは心底願った。

しばらくすると、穏やかな光が見えてきた。大きな空間が広がっている。三人が近づくと、火を囲む小さな集団が見えた。地面に座っていて、天井の下に重く漂う煙は気にならないようだ。

ルーベンが咳き込み、アーダムが腕で鼻と口を覆うのをミーナは見た。賢明だと思い、ミーナも同じ行動を取ると、息をするのが少し楽になった。

「慣れるよ」女はそう言って、近くに来るよう、三人に手で合図した。

大男ヨンニは、口を大きく開けてニヤニヤ笑いながら、彼女の手ぶりを真似た。

「この子は少し変わっていてね」女はそう言いながら、息子の頰を優しく撫でた。「さあ、みんなここにいるから、質問して」

彼女は手でぐるりと、雑多な集団を示した。女とヨンニを入れて五人。全員、いぶかしげな表情をしている。ミーナは一瞬ためらった。それから、前に出た。

「わたしはミーナといいます。自己紹介して回りますが、構いませんか?」

返答はない。

深呼吸をすると、煙で肺に痛みを感じた。それから、二、三歩決然たる足取りで前に出て、集団の一番左にいる男に手を差し出した。

「ミーナです」

「シェッレ」

彼女は隣の人へ進んだ。女性だ。

「ミーナです」

「ナタシャ」

「ミーナです」

次の男は彼女との握手を拒んで、怒った目で彼女を睨んだ。

「おれの名前を教える気はない。政府がオロフ・パルメ首相暗殺事件でおれを追ってるから、ここに潜んでなきゃいけないのさ。あいつらは、おれが犯人だといって逮捕したがってる。パルメとイニシアルが同じってだけで、即おれに目をつけたんだよ」

「OPは少し……疑い深いんだよ」三人をここへ連れてきた女が、申し訳なさそうな口調で言った。「わたしはヴィヴィアン」

「大丈夫です。自己紹介したい人だけで結構ですから」ミーナが言った。

OP以外の人たちと挨拶を交わしたミーナは、泣き出してそこから走り去りたくもあった。自宅に戻って、スウェーデン中からかき集めた石鹸を使って、火傷するほど熱いお湯でシャワーを浴びたい自分がいた。握手が心底嫌いだ。でも同時に、意思表示には大切なことだ。彼らは人間なのだ。何らかの理由でここにたどり着き、ここに住んでいる。家族がいたかもしれないし、愛してくれる人がいたのかもしれない。ここに来る前の人生では。

ある意味、彼らの存在は、何としてでも生き延びたいという人間の強い本能の最大の証明だ、とミーナは思った。生きがいはそれほど残っていないとしても。

「わたしたちも座っていいですか？」そう言ったミーナに、ルーベンもアーダムも、驚きと多少の恐怖も混じる目を向けた。

彼女の全身が、ゴミと汚れの中に腰かけることに抵抗していた。でも、警察が立ったまま相手を見下ろすように話など聞けるわけがない。

「どうぞ」ヴィヴィアンという名の女が言った。「ここに座りな」

彼女は気前よく、段ボールの切れ端を数枚差し出した。三人の刑事たちは高価な贈答品であるかのようにそれを受け取り、恐る恐る自分たちの下に敷いた。

「先ほども言いましたが、わたしたちは人骨の件でここに来ました」ミーナが言った。

彼女は携帯電話を取り出して、録音機能をスタートさせた。それをそっと自分の前の段ボールに置いた。アーダムとルーベンは沈黙を保ち、余計なことはしなかった。ミーナがうまく接触しているのを賢明に察していた。ミーナが女性であることが、脅威を感じさせない方向に働いているようだ。

「おれたちはクレイジー・トムが無実だって分かってたんだよ」OPが、ミーナを睨みながら言った。「だけど、国がそうと決めたら、変えさせることなんてできやしない。パルメの件と同じさ」

「トムは無実だと確信している理由は何ですか？」興味深げにミーナが訊いた。

彼女は、彼らが視線を交わし合ったことに気づいた。

「こっち見ないでよ」ナタシャが訛ったスウェーデン語で言った。「わたしの時代の前のこと。クレイジー・トムなんて知ってない」

「わたしはあの男のことを知ってたよ」ヴィヴィアンが言った。

彼女は、不安そうに体を前後に揺らし始めたヨンニを、軽く叩いてなだめた。

「腹減った」一本調子で彼が言った。「ヨンニは腹ペコ」

ヴィヴィアンはスカートのポケットに手を突っ込んで、半分になったスナックバーを渡した。

それを一口で呑み込んだヨンニは、ひとまず満足したようだ。

「そりゃ、クレイジー・トムは頭がいかれてたさ」彼女が言った。「その名のとおりね。だけど、他人に危害を加えるような人間じゃなかった。あんなに優しい男には、まずお目にかかれないよ。だけど、永眠の地から骨を取るなんて馬鹿なことをしちゃってさ」

「永眠の地？」ミーナは耳をそばだてた。

段ボールに置いて体を支えていたミーナの手の上を小さな何かが走り去り、彼女は慌てて手を引っ込めた。最悪だ。彼女は息を吸った。吐き出した。吸った。吐いた。火のパチパチという音のおかげで、冷静を保てた。

「クレイジー・トムは、バーガルモッセン駅の件とは何の関係もない」ヴィヴィアンが言った。

「皆さんは、あの人骨のことをよく知っているようですね」

沈黙。そして、用心深い視線がまた交差する。

「前にも見たことがあったんだよ。だからクレイジー・トムが発見したときも、あれがどういう意味を持つものなのか、すぐに分かった。死んでしまった者への尊敬の象徴だよ。死に対する。あれは賞賛のあかしなんだよ」

「前にも見たというのは、いつ頃です？」ルーベンが言った。

「ずっと前さ」ヴィヴィアンはそう言って、口をすぼめた。

彼女がそれ以上話したくないのは明白だ。ＯＰが大きく唸った。

「やつらがパルメ暗殺をおれのせいにしようとしてたのを、〈王〉は知ってたのさ」そう言った。「〈王〉はその罪を被ろうとした。自分を犠牲にしたんだ。知略だね。王の名にふさわしい立派な人間だった。なのに、野郎どもは諦めなかった。〈王〉は無駄死にしたってわけだ」

ミーナは彼を無視した。彼の妄想は、政府に対してのみではなさそうだ。パルメ暗殺事件と国家、果ては王室まで。ヴィヴィアンが気分を害するかもしれないが、まだ質問が残っている。

「では、クレイジー・トムさんが発見した人骨を置いたのがだれか分かりませんか？」彼女は言った。「あなたはどうして、あの骨の山が賞賛のあかしだということを知っているのですか？」

ヴィヴィアンはOPと視線を交わしてから、肩をすぼめた。

「あんなふうに骨を置いてるんだから明らかじゃない？　祭壇か何かみたいだし」

「〈王〉は死にたくなかった」OPが呟いた。「〈王〉は死にたくなかった。だけど、闇が奪った。最後には闇が奪ったのさ」

「わたしには理解できませんが」ミーナが言った。「そうおっしゃるのなら、そういうことにします」

携帯電話を取って立ち上がろうとして、突然あることがミーナの頭に浮かび、彼女は動きを止めた。

「そうそう、あとひとつ」彼女が言った。「われわれはここ数日の間に、人骨の山を複数発見しました。あなたたちのトンネルの中で」

揺らめく火明かりの中で彼らの反応を見るのは困難だが、ヴィヴィアンとナタシャとOPが素早く目配せをし合うのが見えたような気がした。だれもミーナと視線を合わせない。ヨンニは地面をじっと見つめている。彼らが何を知っていようと、何かを知っていようと、今それを聞き出すことはできそうもない。彼女は立ち上がって、ズボンの埃を払った。

「時間を割いていただき、ありがとうございました」できる限り優しく言った。「またここに来るかもしれませんが、構いませんよね？」

「だったら、菓子パンがほしい」そう言ってヨンニがクスクス笑うと、彼のもじゃもじゃの顎髭が揺れた。

「帰り道であんたたちが迷わないように、道案内するよ」ヴィヴィアンが、三人が来たトンネルを指しながら言った。

ミーナは彼女に、感謝に満ちた眼差しを送った。今や、この暗闇と汚れから離れたくてたまらなかった。自宅のシャワーに入りたくてたまらなかった。

＊

今やヴィンセントは、それまで読んでいた報告書のことなどまるで頭になかった。報告書はミーナのオフィスの机の上に広げたままだが、一通のＳＭＳに注意を奪われていた。息子のベンヤミンは、実家から引っ越したばかりの友人の家に泊まるはずだった。ヴィンセントの計画に完璧にマッチする。彼は一人で自宅にいたかったのだ。万が一に備えて。

ところが、たった今息子から連絡が入って、クリスマスイブには自宅で目を覚ますほうがいい、と書いてきた。本来なら、友人より父親と一緒にクリスマスイブの朝を迎えたいという長男に感動すべきだが、今年はそんなわけにはいかない。自分一人でまったく問題ない、午後には顔を合わせられる、友人との付き合いを当然優先すべきだ、とヴィンセントは返信した。

それでも息子は、帰宅したがっている。

ヴィンセントは誇らしく思う自分を抑えられなかった。もちろん、ベンヤミンが帰宅したがっているのは、他人の家の床で寝るよりは自分のベッドで寝たいからなのだろうが、それでも。繰り返すが、これが他の日なら申し分ないのだが。

ヴィンセントは腰かけたまま携帯電話を手に、何と返答しようか迷っていた。ベンヤミンは何と言っても成人だ。一人くらいなら、何とか守れるかもしれない。帰り道に、サフランブレッドを買うのを忘れないようにしなくては。

「すごく集中してるじゃないですか。アダルトサイトとか？」

ミーナの声に、ヴィンセントはビクッとした。彼女は机の横に立って、ヴィンセントの電話の画面を見ようと、前かがみになった。

「まさか」彼はため息をついた。「家族のことですよ」

かすかに洗浄剤のにおいを感じ、どういう訳か、白いタイルと室内プールが彼の頭に浮かんだ。そこで、ミーナの髪の毛が湿っていることに気づいた。数時間前に会っていたときとは違う服装をしている。

「プールに泳ぎにいったんですか？」

ミーナは当惑した顔をした。

「そんなわけ……」そう言った彼女は、ため息をついた。「そう、ヴィンセント。泳ぎにいってました。そのとおり。勤務時間の真っ最中にね。何か見つかりました？」

彼は咳払いをして、想像の中のミーナの水着姿を追い払った。

集中しているかのように眉間にしわを寄せながら、机の上の書類をかき回して探し始め、一枚の紙を摑み取った。

「ええ、被害者のことで少し」彼が言った。「マルクス・エーリックソンの母親が、マルクスは何年も前に辛い時期を過ごしたと言っていました。そして、何かを探し求めていたとも。その後で、彼の人生は大きく変わった。エリカ・セーヴェルデンの姉の話では、エリカは二十年前にうつ病のような症状だった。その後、華々しい経歴を積んでいる。そして、ペーテル・クローンルンドはユーリアとアーダムに対して、ヨン・ラングセットは何年も前にひどく辛い時期があって、彼はそのことについては話したがらなかった、と証言しています。つまり、三人ともどん底を経験した後、人生の流れが突然変わったわけです。もちろん、昔ながらの根性でがんばったからかもしれない。しかし、被害者に何らかの関連性を見つけたなら、どんなものであれ、追及するに値するはずです。わたしだったら、マルクスの母親とヨセフィン・ラングセットの両方に電話をして、マルクスとヨンの『ひどく辛い時期』が正確にいつだったか聞きますね。二十年前だとしても驚きません。つまり、エリカと同じ頃だったとしても」

「三人はその時期に会っていた可能性があると？　うつ病が何らかの形で三人を引き合わせたとか？」

「あり得ないことではありません。あと、もうひとつ――ニクラスにも、そういった時期はありましたか？」

ミーナは目を見開いた。

「あの人、わたしと出会う前の頃の話はしたことがない」

「それは残念だ。それが分かれば、とてもよかったのに」

＊

留置所の面会手続きは、定められたとおりに進んだ。ペーテル・クローンルンドに会うために面会室に足を踏み入れたルーベンは、ある種の好奇心を抱いていた。裏社会の伝説であるドラガン・マノイロヴィッチの息子はどんな人間なのか、つい考えてしまう。まして、父親とはまるで異なる人生を築いてきた息子となると、なおさらだ。

一連の殺人事件が手が込んだものなのは紛れもない事実だ。ならば悪名高い犯罪組織とつながりを持つ人物を調べるのは、あながち強引なやり方ではない。

「また面会ですか?」面会室に座るその男が言った。「自分がこれほど警察に好かれているとはね」

彼は、立ち上がって挨拶した。「ペーテル・クローンルンドです」

力強い握手だ。ルーベンには、洗練されたオフィスで素晴らしいスーツと高価な革靴を身につけた彼が想像できた。留置所のグレーの服は、お世辞にも格好いいとは言えない。

「単刀直入に行く」ルーベンが言った。「警察は、あんたの父親と〈コンフィド〉のつながりを見つけた」

ペーテルは沈黙を守った。ルーベンは反応を待つ。沈黙は警察にとっての最高の武器だ。ペーテルがやっと机の上で手を組んで、身を乗り出した。

「じゃあ、ぼくがだれだか知っているわけだ」彼が言った。「ぼくの父親がだれかも。あのクソ家族からは、決して解き放たれないってわけか」

「ああ、知っている。特に、あんたがだれだったのか」ルーベンが言った。「正直言って、なんでもっと多くの人間が知らなかったのか不思議だよ。あんたはうまいこと素性を隠してきたってわけだ」

「そうするしかなかったからね」ペーテルはため息をついた。「そうしなきゃ、正当なチャンスなんてなかった。だけど、親父はどうだ？　もう、何があっても驚かない。あんたの言う『つながり』って何なんです？」

「あんたの父親からグスタヴ・ブロンスに金が流れていた。それも多額の」

ペーテルは、小さく口笛を吹いた。

「そりゃまた」

彼は本当に驚いている様子だったが、一応ルーベンは訊いた。

「それについては何も知らなかった？」

「ああ」彼は素っ気なく答えた。

「グスタヴはギャンブルの借金を賄うために、あんたの家族から金を借りた。彼がギャンブルにハマっていたことは知ってたか？」

ペーテルは天井を見上げた。

「あの間抜けが」彼が言った。「ええ、知ってましたよ。責任はあいつにある。だけど、親父に金を借りるなんて……ぼくは何も聞いてなかった。まったく、あいつときたら。なるほど、そちらの言う『〈コンフィド〉とのつながり』とはそういうことか。親父がグスタヴを操れるとしたら……」

「まだある。グスタヴとヨンの妻ヨセフィンは浮気をしていた」

ペーテルは声高に笑った。

「ああ、知ってますよ。一度、浮気の現場を目撃したこともある。ヨセフィンを自分の机にうつぶせにさせて、後ろからやってる最中だった。あいつの毛深いピンクの尻が、嫌でも目に焼きついている」

「ということで、ヨンを排除したいという動機につながる事情が社内にはあった。不倫にはじまって、ヨンが保身のためにあんたらに都合の悪いことを暴露するかもしれないという不安まで、よりどりみどりだ。あんたの場合は――あくまで仮定だよ――彼があんたの正体をばらすんじゃないかという怖れかな。だから率直に訊く、あんたか、あんたの親父さんが、ヨン・ラングセット殺しに嚙んでるんじゃないのか？」

ペーテルは身を乗り出した。

「自分の苗字を消し去るためなら、ぼくは何でもしただろうという、あんたの推測は正しい」彼は小声ながら断言した。「そうするしかなかった。ぼくが手に入れたものは、すべて自分で手に入れたものだ。会社、エステルマルム地区のマンション、ポルシェ・カレラ、セーデルマンランド県の別荘。すべて自力で手に入れた。親父とは何の関係もない。まったく、何も。それこそぼくが望んでいたことだ」

「それをあんたの親父が許すかな」

ルーベンはペーテルのボディーランゲージを真似て、机の上で手を組んだ。他人とのコンタクトをうまくするには、ボディーランゲージを真似るのがいい、と以前ヴィンセントが言っていた。試してみる価値はあるかもしれない。ヴィンセントの言うことすべてが、ちんぷんかんのナンセンスばかりではない。

「許すかって？」先ほどより少しリラックスした様子で、ペーテルが言った。「親父が許すわけない。グスタヴにぼくのことを密かに監視して報告しろと強要したんじゃないか」

ペーテルはまた笑って、手を頭の後ろに組んで反り返った。ルーベンはこの動作も真似ようか思案したが、あまりにも見え透いているような気がした。

「ヨンがそれに気づいていた可能性は？」真似る代わりに、そう言って背筋を少し伸ばした。

「親父さんがグスタヴを利用していたことにだ。だからヨンは消された」

「ひどいな。どんなテレビ番組を観てるんだ。だれかがだれかを殺したという話なら、ヨンが妻を寝取ったグスタヴを殺すほうが自然じゃないか？　まあ、万が一、親父がグスタヴを利用して、〈コンフィド〉の内部情報を報告させていて、万が一、ヨンがそれに気づいていたら、ヨンにとっては面倒なことになりかねなかった。けどね、オーナーの一人がいなくなったら、会社は崩壊してしまうんだよ。親父がそこまでするとは思えない。まあ、会社は崩壊したわけだが、理由は違った」

ルーベンはうなずいた。筋が通っているようだが、それでも、念のために訊いた。

「マーク・エーリックとエリカ・セーヴェルデンという名前に心当たりはないか？」彼が言った。

もしドラガン・マノイロヴィッチが一件の殺人事件に関連していれば、三件すべてに関連しているはずだ。でなければ、ルーベンの推理は組み上げる前に崩壊してしまう。

「もちろん」ペーテルが言った。「マークのCDはすべて持っていると思う。アーティストのことだろ？　それに、エリカには講師として、〈コンフィド〉に数回来てもらった」

「この二人は、あんたの親父さんとつながりはあるか？」

「自分の知る限り、それはない。繰り返すが、自分は、あの家族とは距離を置くよう努めているんだ。だけど、エンタメやイベント業界で、親父が何らかの形で首を突っ込んでないことは少ない。親父が、自分を共同所有者にさせろと強要しなかったレストランかライブハウスがこの町にあったら教えてほしい」

「『共同所有者』とはね。今じゃ、みかじめ料のことをそう言うのか」ルーベンがつっけんどんに言った。

「その二人について訊いたのはどうしてだ？」

「それは残念ながら言えない」

ルーベンは苛立たしげにため息をついた。これ以上質問をしたところで、進展は望めない。情報はいろいろ得たものの、何も分からない。ペーテルが関与しているとは思えないが、ドラガン・マノイロヴィッチはすべての出来事の周辺に、幽霊のごとく漂っている。だが、あの犯罪王と事件は何ひとつ結びつけることができていない。すべて推測に過ぎず、ただの誹謗中傷と変わらない。

　ドラガンの罪を証明する手立てを見つけなくてはならない。すぐにでも。

＊

「どれくらい頻繁にお祖父ちゃんに会うの？」ストックホルム郊外のブロンマにある住宅地域エッペルヴィーケンに方向を変えながら、ミーナは好奇心からナタリーに訊いた。

ニクラスの過去に関するヴィンセントからの質問でひらめいた。前夫には訊けないだろうが、彼の父親ヴァルテル・ストッケンベリになら訊くことができるかもしれない。ニクラスは父親にすこぶる敬意の念を抱いていた。常に親密な関係にあったわけではないかもしれないが、若かった頃のニクラスが問題を抱えていたなら、ヴァルテルが知っているはずだ、とミーナは考えた。

最後にヴァルテルのところへ行ったのは、何年も前のことだ。あの頃は時代も人生も今とは違っていた。ニクラスと二人で彼の両親を訪れた初めての夏のことを覚えている。あずまやで味わった、手作りのイチゴシロップ・ジュースと焼きたてのラズベリージャムのクッキー。ナタリーの父方の祖母ベアータが生きていた頃だ。

ヴァルテルはかつて最高裁判所の判事で、厳格で間違いのない人間だったが、ミーナとしては、そこがいつも窮屈だった。そして、そう感じていたのは、彼女だけではなかった。ニクラスも、父親に気づまりを感じる、と打ち明けてくれたことがある。あれから、ヴァルテルの人柄が大きく変わったとは思えない。

「会うことはあるけど」ナタリーが曖昧に答えた。

ミーナはそれ以上質問しなかった。本当は娘を連れてきたくなかったが、娘は留守番を拒み、ミーナは議論で時間を無駄にするほど馬鹿ではなかった。そうした面で、自分と娘はあまりにも似た者同士なのだ。

「少し脇に駐車して」ナタリーが言った。「お祖父ちゃんは、自分が車を出せないような形で他人に駐車されるのを嫌がるから」

「もちろん」ミーナは言って、家の前の、砂利を敷いた広い私道にハンドルを切った。前にも同じ会話をしたかすかな記憶がある。ニクラスとだった。彼女は車を左に寄せて、ピカピカの新車のアウディの横に停めた。

ミーナは時計に目をやった。ギリギリ間に合った。私道は、しっかりと雪かきがしてある。ミーナとしては、初手から彼を苛立たせたくなかった。ヴァルテルは突然訪問するべき相手ではなく、二人には彼の協力が必要だ。例の名刺に書かれた留守番電話によると、十二月三十一日がニクラスの最後の日で、その日はあまりに速く近づきつつあった。時間の経過とともに、ミーナはパニックとの戦いを強いられた。

これほど何年も離れて暮らしていると、自分が感じている不安が、今も残るニクラスへの思いに由来するのか、娘の人生にとって彼が重要だと思っているせいなのか、ミーナには分からなくなっていた。実際、どちらであろうと重要ではない。結果は同じなのだし、残り時間は容赦なく減ってゆく。

「さあさあ、凍ってしまう前に中に入って。ただし、中に雪を持ち込まないよう、靴の雪はしっかり拭っておくれ」

ヴァルテルがドアの内側に立って、玄関ポーチを上がってくるよう二人に手で合図した。

この家は、ブロンマ地区のエッペルヴィーケンによく見られるタイプの建物だ。大きな木造の家で、世紀の変わり目の頃に造られた、装飾を施した木部がある。夏になると、見事なライラックとバラの茂みに囲まれる。植物は今は厚い雪の層の下に埋もれているが、ミーナはそれでも、ラベンダーと家の正面を覆っていたツルバラの香りを思い出せる。そう、「ニュードーン」という名前のバラだった。庭はヴァルテルの妻ベアータの大きな自慢の種であり、喜びの種でもあった。そして、訪問者はみんな、そこにあるすべての植物の名前を徹底的に聞かされたものだ。

ミーナとナタリーは顔を見合わせた。私道が徹底的に雪かきしてあったおかげで、二人の靴に雪片はまるで付いていない。それでも、言われたとおり、どっしりとした木製ドアの外にあるマットに靴を擦りつけた。玄関ホールのヴァルテルは脇に寄って、二人が靴と上着を脱げるようにした。それから二人をぎこちなくハグした。

「居間に座るとしよう。週に数回手伝いに来てくれる女性が、ひどい市販のクッキーを用意してくれているのでね」

二人はヴァルテルの後に続いて、四面の壁が本で覆われている大きな居間へ入った。部屋の真ん中に、革張りの巨大なチェスターフィールド・ソファのセットがあり、テーブルの上には、コーヒータイム用の食器などが載った銀のトレイが置いてある。

「パパがどこにいるか知らない？」腰かけるや否や、ナタリーが言った。

不安のこもった娘の声に、ミーナは手を娘の手に置いてやりたかったが、やめておいた。二人にとっては、まだ自然な行動ではない。

「きみたちは知らないのかね？」ヴァルテルは、濃くて白い眉毛を寄せた。「ニクラスがいなくなったということかね？」

彼には髪の毛がたっぷり残っていて、豊かな白髪はきちんと櫛でとかしてある。

「連絡が取れないし、どこにいるのかだれにも分からないの」ナタリーが言った。

その震える声に、ミーナは心が痛んだ。でも、ヴァルテルはまったく不安げではなかった。咎めるように、手で払った。

「だったら、なんでわたしが知っていると思うのか理解できないね」彼は頭を左右に振った。

ヴァルテルはコーヒーを飲むかナタリーに訊くことなく、それぞれのカップにコーヒーを注いだ。エレガントな磁器の皿に、ナッツクッキーが数枚載っていて、各クッキーの上に小さなヘーゼルナッツが飾られている。ヴァルテルは問うように、ミーナにその皿を差し出した。彼女はできる限り丁寧に、頭を振ってみせた。この皿に納まるまでに、何人の不衛生な手に触れられたかを想像しただけで、胆汁がこみ上げてきた。でも、ナタリーはすぐにひとつ取って、食べ始めた。

「トールに聞いてみたかね?」ヴァルテルは続けた。「彼ならきっと状況を把握しているだろう。何かの行き違いだろう。ニクラスがどれほど仕事のストレスに晒されているのか、きみたちは理解してやらなくては。ちょっとした息抜きが必要なだけだ」

「でも、ニクラスらしくありません。何よりも、クリスマス前だというのに」ミーナが言った。「何も告げずにナタリーを置いていくなんて」

ナタリーがミーナに、警告するような視線を送った。ヴァルテルはミーナをじっと見ている。

「無論、わたしたちのような重要な役割を社会で担ったことがない人間に理解してもらうのは難しいことだ。法務大臣と最高裁判所の判事のポストは比較できないと思われるかもしれないが、相違点よりは類似点のほうがうんと多いのだよ。非常に重大な責任を負っているのだ。わたしとニクラスが担っていた職業の重要性と同等の地位は、この国のみならず、世界的に見ても稀だからね」

「担っている」ミーナは彼の言葉を訂正し、ナタリーにちらりと目をやった。「あなたが定年退職なさったのは存じていますが、ニクラスはまだ現役の法務大臣です。最高裁判所では、新しい判事が職務に就いているのではないですか？　女性でしたね」

ヴァルテルは瞬きを繰り返した。

「確かにな」彼は尊大な口調で言って、コーヒーを一口飲んだ。それから、キッチンの方を向いた。

「ベアータ！」そう呼んだ。「コーヒーが濃過ぎる。淹れ直して……」

彼は口を閉ざし、きまり悪そうに下を向いた。カップをゆっくりと置いたその姿に、ミーナは初めて、厳格な仮面の裏の真の顔を見た。わずかにうろたえた人間の顔を。

「忘れてしまうんだ」彼は小声で言った。「不思議なことに。妻が亡くなってから五年になるというのに……五十年以上結婚していたから、妻がまだここにいるような気がして」

「分かります」ミーナが言った。

自分の質問に老判事が見下すような答えを返すばかりの状況から、真の会話に移れないか期待しながら、ミーナは続けた。

「どうしてわたしたちが不安なのか、理解していただきたいのです。夏の事件もありますし……それに、ナタリーとニクラスはとても仲がいいんです。その理由は……わたしが去ったこともありますが」

ミーナは、自分の弱みをできる限りさらけ出した。元義父がそれを理解して、手を差し伸べてくれることを願った。

少しの間、沈黙があった。それからヴァルテルは、がっくりと肩を落とした。

「二人の心配を見くびるつもりはなかった」彼はさきほどより穏やかに言った。「何かあったとは限らないと言いたかっただけだ。人間はストレスで、おかしなことをするときがある。息子は元気で、すぐに帰宅すると確信しているよ。わたしのことを信じてくれ」

彼は、自分の横のナタリーの手を軽く叩いた。

「実は、ニクラスの失踪と、警察が現在捜査中のいくつかの事件との間に類似点があるのです」ミーナは続けた。危ない橋を渡っているのは自覚していた。「被害者には共通点がひとつあります。それは、二十年前に辛い時期があったということです。ニクラスにも同じようなことがあったか、覚えていらっしゃいませんか？　わたしにそういった話はしてくれたことがないのです」

「そう言えば、キャラメルクッキーもあるぞ」ヴァルテルはそう言って、突然立ち上がった。キッチンへ行った彼が、棚を開けて中をひっかき回している音が聞こえてきた。数分してから、透明のプラスチック容器を持って戻ってきた。

「キャラメルクッキーだ。思ったとおり、ヘルパーの女性が一番奥にしまっていた。カットトマト缶詰と米のパッケージの後ろにね。どういうつもりなのだろう、出来合いのクッキーを、カットトマトと米と同じところに置くなんて。片方は食べ物。もう片方は……お菓子じゃないか。ほら、原材料を見たまえ。聞いたことがあるようなものは、原材料にほとんどない」

ミーナとナタリーは視線を交わした。ナタリーはナッツクッキーをもうひとつかじり、祖父がイライラしながらクッキーの入ったプラスチック容器をひっくり返したり回したりする様子から目を離さなかった。彼はようやくため息をついて、容器をテーブルの上に置いた。

「辛い時期、と言ったね。今日の人々は、健康に取り憑かれている。だれもが朝起床すると健康状態をチェックする。探せば当然、何らかの問題は見つかるものだ。わたしの時代には、これみよがしの診断結果なんてなかった。あれこれアルファベットを並べたみたいな病名のことだ。精神にトラブルを抱えているなら、医者にかかって薬をもらえばいい。昔はそれで終わりだった。今では、ありとあらゆることで病欠を取る。それに、わたしの職業では、心の病を理由に、自分の行為が招いた法的な結果を逃れようとする人間を常に見てきた」

彼は鼻を鳴らして、顔を擦った。

「お祖父ちゃん」ナタリーが、強い語調で言った。

ヴァルテルは、孫の咎めるような視線と目を合わせた。それから、深呼吸をした。

「分かった。ああ、ニクラスにはそんな時期があった……ちょうど二十年前だったはずだ。ベアータが心配していてね。息子は精神的に落ち込んでいて、もう生きるのが嫌だと言っている、と言うんだ。もちろんわたしは、そんなものはナンセンスだと分かっていた。人生をどうしたらいいのか、少し途方に暮れていただけだ。でも、結局は正しい方向に進んだ。息子は数回、ベアータが手配した精神科医の世話になってから大学に進み、辛い時期は去った。まっとうな仕事か、まっとうな勉学、必要なのはそれだけ。わたしがいつも言ってきたことだ。人間は疲労するまで働く必要がある。しっかりと仕事をしたなら、自分の健康について考える余裕などない」

「その精神科医の名前を覚えていませんか?」ミーナが小声で訊いた。

胸が高鳴っていた。ニクラスが、他の被害者のパターンと一致していた。最後の最後まで、ニクラスの失踪は、事件と何の関連性もないことを願っていた。今や疑いの余地はない。彼を見つけられなかったら、彼は十二月三十一日に死んでしまう。そして、見つけたときには、地下鉄駅で積まれた人骨だったということになりかねない。一番上に頭蓋骨を置いた人骨の山。

「名前なら、ベアータのアドレス帳に書いてあると思う」ヴァルテルはそう言って、立ち上がった。

彼は窓の前にある、装飾の施された木製の机の引き出しを開けて、花柄の表紙のアドレス帳を取り出した。

「それ、借りてもいい?」はやる思いでナタリーが言った。

ヴァルテルはためらったが、それからうなずいて、孫に手渡した。

「丁重に扱うと約束してくれ。ベアータのものだからな」

「約束する」ナタリーはそう言って、アドレス帳をパーカーのポケットに入れた。

「そろそろ失礼します」ミーナは立ち上がった。

彼女の頭の中の時計が、轟音を立てて時を刻んでいる。ナタリーの前で冷静さを保とうと、すべての力を費やしていた。娘はミーナの後について、玄関ホールへ向かっている。

ヴァルテルは帰り際にミーナの手を取って、しばらく握った。ミーナは、手を引っ込めて消毒液に浸けたい衝動を抑えた。時計の刻む音が他のすべてのことをかき消してくれるのがありがたかった。

「きみが戻ってきてくれてよかった。本当にそう思っている」ヴァルテルが言った。「ナタリーには母親が必要だ」

「恐れ入ります」ミーナは、胸が締めつけられるようになったことに驚いた。

ヴァルテルの言葉が思いのほか身に染みたが、今はそんな感情に浸る余裕はない。ナタリーの父親を見つけることに全力を尽くさなくてはならない。手遅れになる前に。その一方で、この三十分間に、自分は何かを見落としているのではないか、と感じ始めていた。一連の事件が関連しているのは確かだ。でも他にも何かがある。彼女が見落とした重要な何かが。

残り七日

ヴィンセントはうめいた。へとへとだった。ベンヤミンは真夜中に友人宅から帰宅したが、ヴィンセントはまともに眠れないでいた。ほぼ一晩中、家の中を歩き回って、侵入者がいないことを確認していた。玄関ドアの鍵がかかっているか、もう何度も確かめた。念のため、懐中電灯で家の表側と裏側にある雪を照らして、足跡が付いていないかチェックした。

折に触れて横になり少しは寝たものの、せいぜい一時間もすると起き上がって、同じ行動を繰り返した。まるで非理性的なのは百も承知だったが、夜の闇では、理性の時間や空間など、ほとんど存在しない。

彼は寝返りを打って、時計に目をやった。午前七時半。これ以上先延ばしにする理由はない。両足がねじれたシーツにからまって、ベッドから床に転がり落ちるのをぎりぎりで免れた。ベッドに横になれた最後の短時間に、明らかに何度も寝返りを打ったようだ。

「メリー・クリスマス」ヴィンセントは、一人でブツブツ言った。

それから、頭を振った。これじゃ物足りない。何はともあれ、今日はクリスマスイブだ。この日の朝は、ホットワインとサフランブレッドで始めようと思っていた。ガウンではなく、ニットのクリスマス用セーターと、赤いリボン柄の緑色の長ズボン下を身につけて、キッチンへ向かった。その途中、レコードプレーヤーを通り過ぎるところで、立ち止まった。少し時間をかけて、アルバムを探し出した。電子音楽のパイオニア、ラルフ・ルンドステンの『真冬の伝説』。伝統的なクリスマス音楽ではないかもしれないが、疲れ切っているときには申し分ない。

ロマンチックな冬の音色に耳を傾けつつ、キッチンへ入っていった。前日、警察本部からの帰り道に買ったリング型のサフランブレッドを温めようと、キッチンのオーブンをスタートさせた。サフランブレッドは、少し温めたものが一番おいしい。少し待ってからプレートを入れた。すると、クリスマスのお菓子の香りが、キッチンに広がり始めた。ホットワインを取り出してコーヒーメーカーでコーヒーを淹れる準備を整えてからベンヤミンを起こしに行こうとしたちょうどそのとき、携帯電話が鳴った。電話は寝室に置きっぱなしだった。

彼は寝室まで走り、息を切らしながら電話に出た。

「メリー・クリスマス、ヴィンセントです」

「もしもし、ローケです」電話の向こう側から聞こえてきた。「こんなに早い時間、しかもクリスマスイブに電話をしてすみません。でも、だれに電話をしていいのか分からなかったので」

「やあ、ローケ。何かあったのかい？」

「ええ、実は……法医学委員会のラボに来たばかりなんですが……泥棒に入られました。壊された器具もあるんですが、何より……骨が見当たらなくて。オーデンプラーン駅で発見された、あの古い人骨です。昨日の夕方、グニッラから返してもらったばかりなのに、ないんです。それ用の台に置いたのは覚えているんですが、その台には何も載っていない。どこもかしこも探したのに」

ヴィンセントは電話を耳に押し当てながら、キッチンに戻った。

「ミルダが移動させただけじゃないのか？」そう言って、オーブンのスイッチを切った。片手で扉を開けて、サフランブレッドに触れてみた。完璧な温まり具合だ。

「いいえ、最初に来たのはぼくなんで。思うに……きっと盗まれたんです」ローケが言った。

「ただ、その理由が分からない」

「それで、ぼくに電話をするのが一番だと思ったわけか」彼は鍋摑みを手に、プレートを片手で取り出した。それから、足で扉を閉めた。

「ぼくが人骨の管理を任されていたのに」動揺した声でローケが言った。「なくしてしまったのはぼくだ。盗まれてしまった責任はぼくにある。まだ、警察には公式に通報したくないんです。即、職を失ってしまう。ここでミルダと一緒に仕事をするのを、ぼくがどれほど気に入っているか知ってますよね。それに、あなたは警察じゃない。だから、あなたなら……何か思いつくんじゃないかと思ったんです。そうすれば、このことを……内密に……できるんじゃないかと」

ヴィンセントはため息をついた。ベンヤミンとのくつろいだクリスマスの朝食は期待できそうもない。

「分かったよ」彼は言った。「そっちに行くから。ただし、ミーナを連れていく。そういうことに関しては、ぼくよりミーナのほうがうまく扱える」

「いやいや、冗談じゃないです」慌てふためいた声で、ローケが言った。「刑事は困る。ぼくがクビを免れるようないい解決法を見つけ出すまでは勘弁してください」

「ミーナは今日非番だ」ヴィンセントが言った。「だから、今日の彼女は刑事じゃない。それに、手助けしてくれるかもしれないぞ。捜査の手順だって、ぼくよりよっぽど詳しい」

ローケは少しの間、黙っていた。

「あなたがそうおっしゃるのであれば」彼は言った。「ミルダに約束したことをしに出かけなくちゃならないので、午後からならお二人に会えます。急いだところで、骨はすでに消えているわけですし。それに、出かけている間に、ここに来て何かに触れる人がいるとは思えないし。どっちみちクリスマスイブじゃないですか。少ししたら、また電話をします」

ローケは電話を切った。まるで予想外のクリスマスイブの朝となったが、少なくとも、朝食を食べる余裕はある。それに、うまくいけばミーナに会える。これほど素晴らしいクリスマスイブは、まずあり得ない。そのうえ運がよければ、少なくとも丸一日、街の中心にいる必要があるから、マリアの両親宅へ行くのを遅らせる口実になるかもしれない。妻の家族と顔を突き合わせるのは、できるだけ短時間に抑えたい。どうせ向こうは、彼をたっぷり酷評するだろうから。

コーヒーメーカーをスタートさせて、ベンヤミンの部屋のドアをノックしにいった。

「おはよう」彼は大きな声で言った。「無駄に早い時間だが、コーヒーとサフランブレッド・リングを用意したぞ。息子よ、クリスマスのくつろいだ雰囲気に浸ろうじゃないか。少しでいいから、パパに付き合ってくれ。そしたら、またベッドに戻ってもいいから」

ドアの向こうは静かだ。

「二日酔いか？」ヴィンセントは、ドアを少し開けてみた。「昨日帰宅したのは、そこまで遅い時間じゃなかっただろ」

ベンヤミンの部屋は、完璧に片づいている。すべてが収まるべき場所に収まっている。ベンヤミンのように始終部屋にいながら、ここまできちんと保つのは不可能に近いほどに整頓されている。ベッドまでも申し分なく整えられている。ベッドカバーはきちんと伸ばしてあり、枕はフカフカだ。

でも、ベンヤミンがいない。

ヴィンセントは、冷たい見えざる手に首を絞められたような気がした。いや、これは過剰反応だ。息子はきっと自分より早起きして、出かけているのだろう。

クリスマスイブの朝七時に外出する理由らしき理由などない、という事実を無視すればの話だ。ヴィンセントは、心の中を這い回り出した感情に屈したくなかった。そんなことをしても何にもならない。

ベンヤミンに電話をしてみようと、キッチンへ戻りかけて戸口で立ち止まった。キッチンテーブルの真ん中に、手書きで何か書かれた紙がある。疲労のせいで、さっきは気づかなかったに違いない。息子からのメッセージかもしれないと思い、駆け寄って紙を取り、読み始めた。だが、そこに書かれた言葉を目にするや、キッチン全体がグルグル回り始めた。バランスを失わないよう、テーブルの天板を握った。

背後のコーヒーメーカーが、抗議するように音を立てている。メーカーをスタートさせたときにポットを置き忘れたので、コーヒーがもろに調理台に流れ出ている。いつ洪水になってもおかしくない。調理台下の引き出しの縁を伝って流れ落ちたコーヒーが、すでに床に溜まり始めている。目の隅に、起こりつつある大惨事が映っていたが、どうでもよかった。彼は電話を取って、マリアに電話をした。呼び出し音は聞こえるが、妻は出ない。代わりにレベッカにかけてみた。それからベンヤミンに。そして、最後に前妻のウルリーカにも。だれも電話に出ない。

彼の手の中の手紙は〈影法師〉からだ。ヴィンセントはその手紙をもう一度読んでから、改めてみんなに電話をかけた。冷たい手が、彼の喉をさらに強く締め付けていた。

＊

「おいいちゃん！」ユーリアの父親が玄関ドアを開けると、ハリーが叫んだ。喜びをむき出しにして彼女の息子は体を震わせながら、母方の祖父に跳びついた。

「お祖父ちゃんの可愛いお気に入りが来てくれるとは！」ユーリアの父は孫を抱きしめて、お腹をくすぐった。

ハリーは大声で笑った。

ユーリアは、微笑まずにはいられなかった。少なくとも家族のだれかが、楽しいクリスマスを迎えている。彼女の横に立つトルケルは、どこかまったく別の場所にいたいような様子だ。恐らく、それが彼の本心なのだろう。ユーリアの両親は、彼女が選ぶ男性たちを気に入ってくれたことがない。ハリーが生まれてから、両親とトルケルの関係はましになったが、双方の間は、いまだ氷盤が浮いた水のようだ。

「入って、入って」父親はそう言って、二人が玄関ホールに入れるよう場所を空けた。

彼は非難がましく時計をちらりと見た。三人は午後一時には来ているはずだった。ユーリアは、遅れたことを自覚していた。トルケルとほとんど話をしなくなってからは、家で何をするにも必要以上に時間がかかる。今はまだ一時十分ではあるが、警察本部長の父にしてみれば、三人が一週間遅れで訪問してきたに等しい大失態なのだ。

「落ち着いて、パパ」ユーリアが言った。「これは捜査会議じゃなくて、クリスマスイブでしょ。メリー・クリスマス」

「さっそくお小言か」父親が言った。「でも、おまえが正しい。さあ、ハリー。わが家のクリスマスツリーを見にいこう」

警察本部長がハリーを居間につれていくと、ツリーを見たハリーの喜びの叫び声がまたも聞こえてきた。

「きれいだろう?」ロングコートを脱いでいるユーリアのところに、父親の声が聞こえてくる。

「こらこら、それは取っちゃ駄目だ。ツリーに掛けたままに……それもだ……こらこら、グリッターを引っ張ったら、ツリーごと……ああっ！　大丈夫、大したことない。その玉なら、なくなっても平気だ。それに……そっちの玉だって、必要なわけじゃない」

ユーリアは独り笑いした。幼少期の娘に与え忘れてしまった父親の愛はダムに保存されていて、それが一斉に孫に流れ出たみたいだ。

トルケルは靴を履いたまま、玄関ホールに立ちすくんでいる。

「済ませてしまいましょう」ユーリアは小声で夫に言った。「少なくとも一時間、両親はハリーにお菓子を食べさせることに没頭するから。その後、帰ればいいことじゃない」

トルケルはうなずいてから、ジャケットと靴を脱いだ。彼女より先に歩いて家の中に進んでいる彼の背中を、ユーリアは見つめていた。彼が一歩前進して彼女から距離を取るたびに、息をするのが少し楽になる。もうすぐ。もうすぐ、このうっとうしいクリスマスは終わる。

＊

ミーナは前日の夜、ブロンマ地区にあるヴァルテルの立派な家から戻ってすぐ、ニクラスの精神科医の電話番号を検索した。造作もなかった。びっしり書き込まれたベアータのアドレス帳は、見事なまでに、きちんと保存されていた。ミーナは特捜班にニクラスが精神的な問題を抱えていたことを伝え、電話番号を教えた。自分にはニクラスの過去に関して電話で聞くことを、一人で成し遂げられるとは思えなかった。

それが済むと、他にできることはなかった。今日はクリスマスイブだ。世界中が立ち止まってクリスマス・ハムとプレゼントに没頭するなか、ミーナは強制的な休暇を取らされているような気がしていた。時間は十二月三十一日に向けて突進しているのだ。ニクラスに残されているのは七日間。彼が今どこにいようと。

「パパがいないクリスマスなんて変な感じ」ナタリーが言った。「ここにいるより、パパを捜しにいくべきよ」

「警官みたいな口の利き方ね」ミーナは笑みを浮かべようとした。「警察ができる限りのことをするって約束するわ」

ソファに座るナタリーは毛布をかけて、膝を抱えている。一日中同じ場所に腰かけたまま、一ミリも動かない。

「警察は精神科医から話が聞けたの？」娘はもう何度もそう訊いてきた。

ミーナは我慢するよう自分に言い聞かせた。まして娘と同じフラストレーションを感じている今は。

「さっきも言ったけど、警察はその精神科医に連絡が取れるよう、できる限りのことをしている。だけど、その医者は数年前に定年退職して、今は冒険に時間を費やしているようなの。昨夜アーダムから聞いた話によると、ゴリラを見に、ルワンダに探検に出かけているそうよ。携帯電話の圏外のジャングルにいると、連絡が取れないのよ」

「分かった」ナタリーは言って、また自分の携帯電話に没頭し始めた。「パパに戻ってきてもらいたいだけ」

けだるくチャンネルを何度か変えたミーナは、ほどなくしてテレビを消して立ち上がった。

「今パパがいないのは最悪だって感じるのは理解できるわ。でも、少なくともわたしたち二人には楽しんでほしい、ってパパは願っていると思う。ねえ、気合を入れて、二人で何かに取り組んでみない？」

沈黙。長い沈黙。それから、ナタリーが不安げにミーナを見つめた。

「じゃあ、何する？　どうやってクリスマスを過ごす？」小声で訊いた。

「二人で決めましょうよ。したいことはある？」制限がないことを示そうと腕を広げて、ミーナが言った。

「ママにやれそうなことって何？」ナタリーが苦笑した。

ミーナは、脈拍が速まるのを感じた。娘に何を期待されているのか分からなかった。ナタリーは何を要求するのだろうか。ミーナにとってできることの限界が試されるのだろうか。何を要求しているのだろう？　でも、そんなことは重要ではなかった。血管を激しく駆け抜ける母性本能を感じた。自分には負かすことなど不可能だとずっと思っていた力よりも、それは激しく駆けめぐっている。

「何だってできるわよ」本気でそう言った。「何だって成し遂げられる」

ナタリーは探るようにミーナを見た。それから毛布を投げ捨てて、ソファから立ち上がった。

「ジャケットを着て。スーパーマーケットのＩＣＡは、クリスマスイブも開いてるよ」

「ＩＣＡ？」ミーナはそう言って、またも不安でそわそわするのを感じた。「何しに行くの？」

「ジンジャーブレッド・ハウスの手作りキットを買うの」ナタリーはそう言って、ジャケットを着た。「そういうのを一緒に作ったことないでしょ。他のみんなはクリスマスになると、お母さんと作るから、いつも羨ましかったんだ。パパと試したこともあるけど、どうしようもなかった。パパって、手に親指が三本ずつあるみたいに不器用だから、解体された家みたいになっちゃうの。料理はうまいけど、家は作れない。だからやってみない？　一緒にジンジャーブレッド・ハウスを作ろうよ。指を火傷しそうな溶かした砂糖と、チューブから出すのが不可能なアイシングを使って、屋根には〈ノン・ストップ（カラフルな糖衣チョコ）〉をたっぷり飾るの。まあ、〈ノン・ストップ〉は世界で一番まずいお菓子だけど……」

ナタリーの口を衝いて出てくるその言葉に、ミーナは知らず知らずのうちに前に一歩踏み出していた。小さいながらも、娘との溝を埋める大きな一歩だった。ナタリーを抱擁して娘の髪に口を当て、声にならない声でつぶやいた。

「もちろん、一緒にジンジャーブレッド・ハウスを作りましょう。わたしのかわいい娘」

二人がスーパーから戻って、ジンジャーブレッド・ハウスを組み立て終えるや、玄関の呼び鈴が鳴った。

「だれだろ?」ナタリーが、指に付いたアイシングを舐めながら言った。

「さあ」ミーナが言った。「ここを訪ねてくる人なんてほとんどいないのに。ましてクリスマスイブに」

ジンジャーブレッド・ハウスの崩れた屋根の破片を口に入れて、ミーナはドアを開けにいった。ドアの外には、白いシーツのように青ざめた顔をして、肩を落としたヴィンセントが立っていた。

「一体何があったんです?」恐怖に打たれ、ミーナは彼を部屋の中に入れた。

挨拶のために世間話をするのがふさわしい時はあるが、すぐに本題に入るべき時もある——今がそうだ。

ミーナの質問にどう答えるべきかヴィンセントは苦闘しているようだった。彼の内部で何が起きているにせよ、こんな姿はかつて見たことがなかった。

彼はミーナを見たり、目を逸らしたりを繰り返している。自分が言わんとしていることが恐ろしいというように。

「手紙が……」そう切り出した。

「ねえママ、〈ノン・ストップ〉もっと買わなかったっけ?」キッチンでナタリーが大きな声で言った。「この袋、そろそろなくなっちゃう」

ヴィンセントは、ナタリーの声が聞こえてくる方に目をやった。それから、ミーナを見た。言おうとしていたことはもうどこかに消えてしまった。

「ローケが一代わりにそう言った。「法医学委員会に来てほしいと言っています。何者かが押し入って、例の一番古い人骨が盗まれたそうです」

「こんなときに限って」ミーナは、考える間もなくジャケットに手を伸ばしていた。「緊急ってことですよね」

「いや、全然そうではないんです。ローケは今朝早く電話をしてきましたが、用事から戻ってくるまで待ってほしい、と言っていたので」

「警察に被害届は出したんですよね?」

「まだ。職を失うのを恐れているんです。それに、もう犯行は行われてしまったわけですから。少ししたら電話をくれるそうです。家で待機していたんですが、彼から電話が来たときに、二人とも同じ場所にいたほうがいいんじゃないかと思って。どうせわたしが家にいなくたって、寂しがる人間はいないし」

ミーナはジャケットを元の場所に戻して、呆れたように頭を左右に振った。

「だれかと一緒にクリスマスを過ごしたいというのを、そんなに回りくどい理屈で言う人を初めて見ました」彼女が言った。「でも、真面目な話、クリスマスイブに家を空けるなんて、家族から反対されませんでした? マリアさんは、カンカンに怒っているでしょう」

ヴィンセントは肩をすくめた。

「家族は……わたしがいなくなって喜んでますよ」そう言った。

ミーナは、彼の声が少し大き過ぎると思った。自分が言っていることは真実だと自身に言い聞かせているかのようだ。

「ヴィンセント、一体どうしたんです？」

「それは……」彼は話しかけた。「今は話せないんです。そうだ、サフランブレッド・リングをお持ちしたんだった」

彼は袋を掲げた。

「少し乾いちゃったかもしれないけれど」心配そうに袋を見ながら、彼は続けた。「うちにはだれも……だれも……」

ヴィンセントは黙り込んだ。やはり何か様子がおかしい。何か言おうとしたように息を吸い込み、しかし話す代わりにかがんで靴を脱ぎ、買ったばかりのシューズラックにあるナタリーの靴の横に置いた。

「模様替えしたんですね」彼が言った。

「信じられないでしょう」ミーナは笑った。「ナタリーが……まあ、自分の目で確かめてみて」

彼女は、ヴィンセントを居間へ連れていった。

「こんにちは、ヴィンセント」キッチンから出てきたナタリーが言った。「メリー・クリスマス！　ジンジャーブレッド・ハウスを組み立て終わって、今から〈ドナルドダック〉を観るところなんです（スウェーデンの子供は、クリスマスイブにディズニーを観る習慣がある）」

「座って」ミーナが言った。「ジンジャークッキーでもどうぞ。ただし、ソファに屑をこぼしたら、命はないものと思ってください」

三人は、ミーナとナタリーがヴィンセントを挟む形で、ソファに腰かけた。テレビでは、ペトリーナ・ソランジュ（一九九〇年〜。アンゴラ出身の女性スタンダップ・コメディアン）がロウソクに火を灯した。ベンクト・フェルトライヒ（一九二五年〜二〇一九年。テレビ・プロデューサー、司会者）の聞き慣れた声が聞こえてきた。

「〈ドナルドダック〉とはね」ヴィンセントは、ナタリーの脇を肘で突いた。「ぼくは子供の頃以来はじめてです。ナタリーは、もうこの番組を観るような年齢じゃないでしょう？」

「はじめてって……ヴィンセントには子供がいましたよね？」ナタリーが言った。「イブに、ヴィンセントのうちでは代わりに何を観るの？」

「あ、ああ、確かに」ヴィンセントは身をよじった。「でも、その時間にはぼくはサンタの格好をしている最中だから」

ミーナは、いつもきちんとした身なりのヴィンセントが、ヘアスタイルを乱さないよう体をくねらせながら、サンタクロースの衣装を身につける姿を想像した。

「わたしはもうそんな齢じゃないけど」ナタリーが言った。「何歳になっても観ると思う。だったら、この番組が終わったら、わたしたちのためにサンタを演じて。でないと、ジンジャーブレッド・ハウスの味見をさせないから」

ヴィンセントは、恐怖に満ちた目でナタリーを見た。

堪え切れなくなったミーナは、大笑いし始めた。

「ホットワインはいかが、ヴィンセント？」目に浮かんだ涙を拭きながら、ミーナが言った。

「喜んで！」

ミーナはキッチンへ行って、コンロでワインを温めた。カップ二つを熱々のワインで満たした。ひとつはヴィンセント用、もうひとつは自分用だ。

「ありがとう」戻ってきた彼女に、ヴィンセントが言った。「ローケから電話が来るまでは、時間がかかりそうだ」

彼女はうなずいて、ワインをすすった。温めたアルコールで、体が心地よく温まる。ヴィンセントまでも、少しリラックスしている様子だ。

「飲みたければ、ノンアルコールのワインも残っているから」彼女はナタリーに言った。

「ありがとう、でも、コカ・コーラゼロにしておく。クリスマスとはいえ、わたしにも限度があるし」

三人はヴィンセントを真ん中に、またソファに並んで座った。ミーナとしては、どうしたのかヴィンセントに訊きたい気持ちはあった。でも、今はふさわしくない。ナタリーが横にいるここでは。

テレビでは、ぜんまい仕掛けのおもちゃが、サンタクロースの作業場の中を行進している。ヴィンセントとナタリーは音楽に合わせて大きな声で鼻歌を歌いながら体を揺らしている。またもやミーナは、ヴィンセントの声が少し甲高すぎると思った。無理をしているように聞こえる。目も気になる。潤んでいて虚ろで、悲しみに満ちている。

ヴィンセントはナタリーと鼻歌を歌いながら、手を伸ばしてミーナの手を握った。強く。どうしていいのか分からず、ミーナはじっと座ったままでいた。それから、彼の手を握り返した。

二人はそのまま座り続けた。彼女の手を握るヴィンセント。彼が歌うのをやめた時、ミーナの目に映ったのは、テレビからの明かりを浴びてヴィンセントの頬をゆっくりと伝う涙だった。

＊

呼び鈴が鳴ったので、サーラはエプロンで手を拭いた。エプロンの紐を素早く緩めて外し、キッチンの椅子に投げかけた。玄関ドアを開ける前に、ホールの鏡の前で立ち止まって、髪を直した。

それから、そんな自分を鼻で笑った。訪問客は所詮ルーベンだ。クリスマスイブを一人で過ごす人がいるなんて考えただけで耐えられず、クリスマスらしい慈善ということで招待してあげただけだ。

「だれ、ママ？」居間からザカリーが叫んだ。

「ママのお仕事の友だち。ルーベン」ドアを開けながら、彼女は叫び返した。「わたしたちと一緒にクリスマスをお祝いするって言ったでしょ？」

ドアの外には、プレゼントをたくさん抱えて肩に大きなバッグを掛けたルーベンが立っていた。ちらつく雪が彼にかかり、片方のまつげに雪片がひとつくっついていることがなぜか気になった。

「やあ」ルーベンがぎこちなく言った。

「入って」彼女はそう言って、脇に寄った。

危ういバランスで抱えていたプレゼントの山からルーベンがひとつ落としてしまったので、

サーラは拾おうと身をかがめた。ルーベンも同時に身をかがめたので、二人の頭が軽くぶつかり、ドアを入ったところにある玄関マットに、プレゼントが全部落ちてしまった。

「ああもう、何てドジなんだ」きまり悪そうにルーベンが笑うなか、サーラはプレゼント集めを手伝った。

「持ってくるにしても何か小さいものでいいって、わたし言わなかったっけ？」二人でプレゼントを拾いながら、彼女が苦笑いを浮かべて言った。プレゼントはどれも深紅の包装できれいにラッピングされていて、金色に輝くリボンが結んである。

ルーベンが自分で包んだのだろうか？　彼女が包むといつも、二匹の猫が喧嘩しながら包んだようになる。

「これは百パーセント、あんたのせいさ」ルーベンが言った。「クリスマスプレゼントを買うのがどんなに楽しいものなのかをおれに教えてしまったのはあんただ。しかも、おれの記憶に間違いがなければ、おたくの子供は五歳と六歳。だとしたら、クリスマスプレゼントが多過ぎるなんてことはあり得ない。おれはラッピングの勉強までしたんだ。かなり練習したよ」

彼は大きなマフラーと厚いダウンジャケットを、ドアの横のフックに掛けた。

「上がって。ホットワインを温めているところだったの」彼女はそう言って、キッチンへ向かった。

自宅でルーベンに会うのは不思議だった。彼女はシックラ湖沿いの連棟住宅に住んでいる。彼女が気に入っているのは、家の大きな窓から湖が見えることだ。昔から湖のそばに住んでいたから、水域が近いと心が落ち着く。今、湖は凍っているので、休みになると子供たちとスケートをたっぷり楽しめる。娘のレアは幼いのにとても上手で、ピルエットに挑戦し始めている。

「わあっ、プレゼントがもっとたくさん」頰を赤くした娘が、叫びながら走ってきた。

彼女は、ルーベンが抱えた山のような包みをじっと見た。

「きみたちへのプレゼントだぞ」ルーベンはウインクしてみせた。「ママ用の小さなプレゼントもあるかもしれないけどね」

「うちでは、プレゼントの交換はしないのよ。だから、おじさんには何にもないわ」

「ここでクリスマスを祝うのが、ぼくへのプレゼントなんだ——きみたちみんなとね。それに、僕にご馳走してくれる……んだよね？」

ルーベンは突然、不安そうな表情をしてみせた。サーラが笑った。

「心配ご無用」彼女が言った。

サーラは彼の背中に手を置いて、室内に連れていった。

「ご馳走ならあるわ、あり過ぎるくらいにね。ただし、前にも言ったように、クリスマス料理は作っていないの。わたしたち、もう飽きちゃったのよ。だから、イタリア料理よ」

「いいね。で、プレゼントはどこに置いたらいい？　この家には、プレゼントを見張ってくれるツリーはあるのかな？」

レアはしきりにうなずいて、居間の方を指した。壁で隔てられずにキッチンとひとつながりになっている。その一角に、大きく豪華なツリーが置いてある。白と銀色の玉が、カラフルなお手製の飾りに混じって、脈絡なくたくさん下げてあった。

「親として、すごく苦労することのひとつね」サーラがつぶやいた。「子供たちが保育園から持って帰ってくる、ひしゃげたクリスマス・クラッカーやら何やらをツリーに飾らなくちゃいけないのよ」

「エリノールはアストリッドの部屋に、娘専用のツリーを用意したよ」ルーベンが言った。「そうすれば、エリノールは居間のツリーの飾りつけができるし、娘は自分のツリーを好きなように飾れるから。いい考えだと思う。だけど、アストリッドは、自分にはツリーが二つあると思い込んでいるようでね。まあ、おれがエリノールに、好きなように飾りつけをさせてやらなかったのかも」

「いずれにしても、いい考えだわ」サーラが感心して言った。

是非とも来年、そのアイデアを採用させてもらおう、と彼女は考えた。それから、子供たちが次のクリスマスを過ごすのは、マイケルのいるアメリカであることを思い出した。悲しみが胸にこみ上げてきたので、考えないことにした。今は今。そして今、子供たちは彼女のところにいる。

「あの爆発物の件はどうなった？」声を潜めて、ルーベンが言った。「クリスマス向きの話題じゃないけど、ちょっと心配になったもんだから」

「あら、わたしのことが？」サーラは、ぱちぱち瞬きをしながら言った。

ルーベンは、茹でたザリガニのように真っ赤になった。

「真面目な話、捜査は進んでる」サーラが言った。「農業製品メーカーの元従業員と名乗る人物からタレコミがあったの。会社に不満を抱いているらしくてね。で、盗難届が出されていた硝酸アンモニウムが、実はまだその会社にあることが判明した。その元従業員は硝酸アンモニウムを別の倉庫に運ぶ作業に携わったものの、口止め料が十分じゃないと感じて、警察に通報したのよ」

「忠誠心も金次第ってわけか」ルーベンが言った。「盗んだのは自分たちだったってことか」

「そのとおり」サーラはうなずいた。「昨日から、他の会社の監視も開始した。同じことをしている可能性があるから。特に、問題となっている会社はいずれも同一の企業グループに属していることが判明したから」

「じゃあ、爆発物の原料を移動させたのは、その企業グループの上層部の命令だった、と疑っているわけだ」

「まだ断定はできないけど。おっと、ホットワインが焦げちゃうわ」

彼女はキッチンへ駆け込み、コンロをオフにした。その間に、ルーベンはツリーの下にプレゼントを置きに居間に行った。サーラのところまで、レアとザカリーが大声を出して飛び跳ねる様子が聞こえてきた。それから、不気味な唸り声が聞こえた。

「おじちゃんが、おまえたちのプレゼントを全部盗みにきたグリンチ（二〇〇〇年の同名アメリカ映画のキャラクター）だったらどうする？」

サーラが急いで居間に行くと、ルーベンが両手を振りながらプレゼントに襲いかかろうとしていた。子供たちは、恐怖と喜びが入り混じった叫び声をあげている。

「そうか、プレゼントは駄目か……だったら、グリンチは、クリスマスの子供を二人捕まえるぞ！」

彼は二人を両手で抱きかかえて、連れ去ろうとした。

「やめて！　レアとザカリーだけはやめて！」サーラはそう叫んで、お遊びに参加した。「お願いだから、グリンチ。その子たちは、とっても優しいのよ」

ルーベンは動きを止めた。彼は目を見開いて、腕の中の子供たちを凝視した。

「なに？　この二人の子供たちは優しい？　サンタクロースに会うことを許された優しい子供が二人だな？」

サーラは彼を睨んだ。サンタクロースの用意はしていない。サンタ役を引き受けてくれる家族もいないし、友人たちもそれぞれに忙しい。ルーベンに罪はないが、彼は、サーラが実現できないことを約束してしまった。

「ルーベン……」彼女は言って、人差し指で喉を切るしぐさをした。

彼はニヤッと笑い返して、玄関ホールを目で指した。サーラはその方向に目をやったが、あったのは彼が持参した大きなバッグだけだ。そこで、彼が言いたいことを察した。今年はサンタがやってくるのだ。感情的には未熟で、日焼けサロンで肌を焼いた中年のサンタだが――それなりに素敵なサンタクロースが。

楽しいクリスマスイブになりそうだ。こんな最高のクリスマスは久しぶりだ。

＊

外側を見ただけで、だれかがミルダのラボのドアを破損させたのは明白だった。ローケはドアを開けて出てくると、不安そうに辺りを見回した。ナタリーもいるのを見て、驚いた。

「ミーナさんが来ることには同意しましたよ」彼が言った。「だけど、どうしてそれより人数が多いんですか?」

「クリスマスイブに、娘を家に一人にさせられないでしょう」ミーナが言った。

「一人でいられるけど」ナタリーが言った。「でも嫌じゃないですか。ここのほうがおもしろそうだと思って」

ヴィンセントは、つい笑ってしまった。

「ここのほうがおもしろいか」彼はロ一ケを見た。「きみは『チップとデール』の真っ最中に電話をしてきたんだよ」

ローケはひどく当惑して、少し悲しそうな顔をした。

「今朝言いましたが、このことを知らせてもいいと思ったのはヴィンセントさんだけだったんですけどね」彼はそう言って、ミーナのほうを向いた。「それから、あなたも。秘密がばれてしまうことを『猫を袋から出す』なんて言いますけど、ほんとシュレーディンガーもビックリですよ。どうぞどうぞ、入ってください」

ローケは、ミルダと彼がふだん仕事をしている部屋へ三人を入れた。ひどい荒らされようだった。侵入者が何かを探していたのは明らかだ。スチール製の解剖台の上に、ローケが発見したエリカ・セーヴェルデンとマルクス・エーリックソンの骨の一部、そしてヨン・ラングセットの骨は、全身を再構成するかたちできちんと並べられている。四つめの台だけは何も載っていない。

「オーデンプラーン駅で発見された骨が、そこに置いてあったの?」ミーナがその台を指して言った。「身元不明の人物の骨が」

集中しはじめたミーナからエネルギーが発散されるのをヴィンセントは感じた。ミーナに近づいて初めて、自分の人生は色づくような気がした。

彼は、ドアのそばに立って携帯電話に没頭しているナタリーに目をやった。やはり彼女にとって、そうおもしろくはないようだ。

「ここに侵入してきたやつが、すべて持っていったんですよ」ローケは、憂鬱そうにうなずきながら言った。「人骨だけじゃなく、試料も写真もすべて。あの骨に関する文書も全部取られました。このことが明るみに出たら、ぼくは即座にクビですよ」

「すぐに届け出るべきよ」ミーナが言った。

「これはきみのせいじゃない」ヴィンセントも言った。

「そういうのは決定権のある人たちに言ってくださいよ」ローケがつぶやいた。

四つ目の台。

四人目の骨。

「『四つ目を見つけよ』」ヴィンセントがふいに熱っぽい口調で言って、ミーナを見た。「あれには何か意味があると思ってたんだ。数日前、わたし宛てに、挑戦《パズル》のようなものが届きました。中に入っていたのは砂時計が四つと、『時間切れになる前に四つ目を見つけよ』というメッセージでした。わたしには何のことだか分からなかった。忘れかけていたくらいです、今の今まで。捜査が開始されたときは、被害者はヨン・ラングセットひとりだった。しかし今では四人分の骨が発見されて、そのうちの一人の骨がなくなった。『四つ目を見つけよ』。これはこの事件の被害者に関連するものじゃないでしょうか？」

「あなたとゲームみたいなことをしたいから、あなたのファンがここに侵入して、人骨を盗んだということですか?」ミーナが、いかにも不快そうに言った。「すごく病的なファンがいるのね」

「四体目の人骨なら、ここにあったじゃないですか」ローケはそう言って、何も置かれていない台を顎で指した。「その骨をまた見つけることに、何の意味があるんです?」

「きみの言うとおりだ」ヴィンセントが言った。「何かがおかしい。それでもわたしは、この件が何らかの形で事件に関連しているように思う」

彼は黙り込んだ。そして他の二人も同時に同じ考えに至ったことを知った。

「例の古い人骨のことでないとすれば……」ヴィンセントが言い始めると、ミーナがうなずいてみせた。「四つ目はニクラス? わたしに砂時計を送りつけたのが犯人なのか?」

「時間切れになる前に四つ目を見つけよ」ふいに顔から血の気が引いたミーナが言った。「一体何が起こっているの?」

「まるで見当がつかない」ヴィンセントが言った。「だが、その答えを見つけなければならない。そしてローケ、その間にきみは警察に通報するべきだと忠告するよ」

＊

ニクラスは壁に背中を向ける形で、部屋にひとつだけある椅子に座っていた。この小さな空間には、小さなテーブルと、床にベッド用マットレスがある他は、がらくたがほとんどだ。彼はこの小さな部屋に二日間いる。窓がないので、時間の感覚はいまや曖昧だ。一日目に携帯電話の電池も切れてしまった。皮肉なことに、自宅での最後の朝、腕時計を忘れてしまっていた。けれども、間違いでなければ、今日はクリスマスイブだ。ということは、彼に残されているのは七日。この世に存在するのは、たったの一週間。その後は、永遠に存在しないことになる。ナタリーは心配しているに違いない。彼は惨めさを締め出そうと目を閉じたが、無駄だった。二人の元にいられないことがひどく恥ずかしかった。

ナタリー、そしてミーナといられないことを……。ミーナに対して、自分はあまりにも強情だっただろうか？　自分たちの人生に、彼女をもっと早く戻してやるべきだったのだろうか？でも、二人の元を去るという選択をしたのは彼女だった。ずっと前のことだ。しかし、彼女に娘と接触しないよう約束させたのは彼だ。ミーナが娘と過ごす時間を失い、娘が母親と過ごす時間を失ったのは自分のせいなのだろうか？　母と娘が一緒にいる姿を見ることができ、自分も二人と一緒にいられたかもしれない時間が失われたのだ。

ナタリーを抱きしめて、たくさんのプレゼントをあげて、今までで最高のクリスマスを祝えるようにしてやりたかった。でもナタリーは、父親がどこにいるのか分からないまま、不安なクリスマスイブを過ごすことを強いられている。十六歳の子供にそんな思いをさせるなんて。

自分の仕事には危険が伴っていることは常に意識していた。法務大臣となれば、ますます攻撃されやすい。夏の事件がそれを証明している。スウェーデンの政治家が命を落とすことは以前からあったし、そのたびに世間にショックをもたらしてきたが、事態は変わらない。そういうことすべてを彼は知っていた。それでも、仕事を継続することを選んだ。

でも、彼の娘はそんな決断を下していない。ある日突然、父親が消息を絶つことを認めるなどという国との契約書に署名していない。あの子には父親を持つ資格がある。

そして、彼はもうすぐ、あの子の父親でなくなる。

頭上の天井が、きしむ音を立てた。足音だ。彼は目を開け、息を潜めて建物の一階へと続く階段を見つめた。足は見えてこない。彼のところへ下りてくる者はだれもいない。フッと息をついた彼は、また目を閉じた。

トールのこともある。

今頃あの報道官は汗だくで、体重が五キロは減ってしまったに違いない。トールが手配した警護官の目の前でニクラスが行方不明になってしまったせいで、彼が全責任を負わされていることだろう。恐らく消息不明についてはまだ公表していないのだろうが、そう長くは隠せない。ほどなく記者会見を開くことになるだろう。きっと明日、クリスマスの日に。報道官自らが記者会見を開くのはそれほど多くない。もしトールが会見の機会を先延ばししたら、情報が意図せぬかたちで洩れる危険性があり、そうなったら、法務省の手に負えなくなる。トールは頭が切れるから、そんな事態にはさせないだろう。

記者会見が終われば、法務大臣の失踪は、みんなの知るところとなる。捜査が強化されるだろう。

でも、そんなことをしたところで何も変わらない。まるで何にも変わらないのだ。

今回のパパは、もっと長いこといなかった。パパが姿を消すたびに、その日数は増えていったことを彼は知っていた。壁に線を描いて、いない日数を数えていたから。七日。前よりも七日間長くいなかった。二か月近くもの間。

「パパ!」

パパに向かって急いで走ったせいで、線路につまずきかけた。パパのジャケットの柔らかい革をやっと顔に感じることができて、彼は胸がときめいた。

「愛するわが子よ」

パパの声はいつもと変わらず暖かかった——きらめきと愛に満ちていた。

「愛するわが子よ」

彼をきつく抱きしめるパパの腕は強かった。世界から彼を守ってくれるほどの強さだった。パパが戻ってきて初めて、自分はどんなにパパがいなくて寂しかったか気づいた。

「パパに代わって、王冠を見張ってくれたか?」

彼の顔を包むパパの大きな手。彼はしきりにうなずいた。

「うん、もちろん。取りにいってくるね」

できる限り速く走って住処に戻った彼は、ドラム缶の後ろの一角に置いてある袋の中を探って、そっとパパの王冠を取り出した。ドラム缶の炎の明かりを浴びて輝くその黄金色の王冠を、彼はセーターの腕で慎重に磨いてから、パパのところへ走って戻った。

「はい、これ！」

はやる思いで差し出した王冠を、パパは受け取った。厳粛な顔つきで、パパは頭に王冠を載せた。ふさふさな髪に王冠は映えた。

「他のみんなはどこだ？」

「地上で食べ物を探してるよ。ぼくは喉がちょっと痛かったから、ここに残ってもいいって言われたんだ」

「じゃあ、二人だけの時間が少しあるわけだ」パパはそう言って、彼の手を握り、二人は住処に向かって歩き始めた。

「どこに行ってたの？」

それが禁断の問いなのは知っていたが、彼は訊かずにはいられなかった。

「その質問は、われわれの生活には無用だと知っているだろ？」パパが穏やかに言った。

彼は自分を恥じた——言い訳したかった。

「今回、すごく長いこといなかったから」彼は小声で言って、線路の上をバランスを取って歩きながら、視線を落とした。

彼はよろめき、パパが彼を摑んだ。

「だけど、パパは帰ってきたろ。大切なのはそれだけだ。帰ってくることがな」

彼は顔を上げて、パパに微笑みかけた。いつものように、パパは正しい。帰ってきてくれた。

また、すべてが元の状態になるんだ。

ヴィンセントが帰宅すると、家は出かけたときと同じくらい、ひと気がなかった。何を期待していたのだろう。魔法のように家族が戻ってくるとでも？　現実は魔法とは無縁だ。彼は独り、それが現実だ。ベンヤミンさえ、家にいない。

ヴィンセントは携帯電話を取り出して、どこにいるとも知れない息子に連絡を取ろうと試みた。でも、ベンヤミンの電話の電源は切れている。

今朝〈影法師〉から受け取った紙に書かれていたメッセージが、砂時計の謎と一緒に頭の中でグルグル回っていたせいで、寝室からの音にしばらく気づかなかった。寝室へ向かうと、それは彼の目覚まし時計が鳴る音だったと分かった。午後四時半にセットしてあるから、三十分近く鳴り続けていたことになる。電池が切れかかっている。アラームを止めて、彼は眉間にしわを寄せた。彼は目覚ましを朝にしか使わない。午後にセットする理由などない。

結論はひとつだけだ。アラームをセットしたのは彼ではない。

留守中にだれかが家に入り、目覚まし時計をセットした。そう考えて気分が悪くなった。見えない敵は、さらに何を企んでいるのか。家にいるのは本当に彼一人なのか。

ヴィンセントはだれかに突然襲われる事態に備えて、音を立てずに素早く部屋から部屋へと動き回った。だれもいない。家を出たときとすべてが同じだ。なくなっているものもない。

家族を除いては。

居間に入って、床の真ん中で立ち止まった。雪で覆われた外の芝生に、またカラスがいる。今回は二羽だけだ。そしてやはり微動だにしない。お互いに然るべき距離を空けて座り、彼を見つめている。二羽の間の雪面には穴が二つ空いていて、右のカラスの横に三つ目の穴があった。仲間のカラスが飛び去ったばかりのように見えた。ヴィンセントは、あの鳥が本物か確かめたいという強い衝動を覚えた。いや、駄目だ。それでは狂気に屈することになる。彼はヴィンセント・ヴァルデル。達人メンタリスト。自身の脳をコントロールするのが最も得意な男。

そうではなかったか？

彼は、居間で感じた頭痛がひどくなる前に、キッチンへ逃げた。

残り六日

記者会見場は記者たちで溢れかえっていた。トールは辺りを見回して、知り合いの記者に時折挨拶をしながら、ざわめきが治まるのを待っていた。クリスマス・デーに、これほど多くの記者が集まるとは思ってもみなかった。関心の高さを物語っている。悪いことではない。これは重大な瞬間だからだ。マスコミ内で噂が広まり始めてはいたものの、ニクラスの失踪を知っていたのは、法務省の内部の人間と警察だけだった。それを国民に公表することになる。一語一語が重要であり、彼は談話の内容を入念に準備してきた。

トールは咳払いをした。

「皆さん、お揃いでしょうか？　でしたら、始めさせていただきます」

「首相は出席されないのですか？」〈スヴェンスカ・ダーグブラーデット〉紙の記者が言った。

「本日の記者会見は首相に一任されています」トールは言って微笑んだ。「首相から皆さまへよろしくとのことでした。さて、まずは一部の記者の方々からも電話で質問をいただいていた噂についてご説明申し上げます。警察の捜査の妨げになる恐れがあったため、今まで認めてこなかった噂のことです。ですが、事態の重大性を鑑み、国民の皆さまの協力が必要であるという結論にいたりました。皆さんが耳にした噂は事実です。つまり、スウェーデンの法務大臣ニクラス・ストッケンベリ氏が消息不明であることを、正式に認めます」

部屋は凄まじい音と声に包まれた。記者たちはわれもわれもと声を張り上げ、トールの注目を得ようと、懸命に手を振った。彼が声を抑えるよう手で合図をすると、驚いたことに、すぐに効果が得られた。それに続く沈黙のなか、記者たちはまだ手を挙げていた。

「ヤン？」トールは〈ダーゲンス・ニーヘーテル〉紙の記者に向かってうなずいた。

「大臣が最後に目撃されたのはいつですか？」

「十二月二十二日。つまり、三日前です。ヴァニヤ？」

豊かな赤毛の女性が、質問を許された。〈エクスプレッセン〉紙の記者だ。ライバル紙の〈アフトンブラーデット〉の記者が、トールを睨みつけた。

「行方不明になった経緯は？」女性が言った。「誘拐の可能性はないのでしょうか？　警察は誘拐事件と見ているのでしょうか？」

「現時点で、警察がどのような見地で捜査を行っているかについてのコメントはしかねます。ヨアキム？」

やっと指名を受けた〈アフトンブラーデット〉紙の記者は、トールをじっと見つめながら、慎重に質問を発した。

「大臣が不在の間、職務を代理するのはあなたでしょうか？」一語一語を強調しながら、記者が言った。「あなたが政治家としての極めて前途有望なキャリアを中断して法務大臣の報道官になったことに、多くの者が驚かされました。これはあなたにとってチャンスではありませんか？」

トールは唇を結んで、不満をあらわにした。

「ヨアキム、極めて失礼な質問ですね。法務大臣との仕事を引き受けたときにわたしが何か計画を立てていたようではありませんか。いいえ、わたしは長年の友人を手伝い、母国に貢献できる素晴らしい機会だと思いました。無論、権力の中核にいるというのは特権です。その経験は、わたしの今後の政治家としてのキャリアに大いに役立つでしょう。ですが、繰り返しますが、それは将来のことです。わたしにはまだ定年まで何年も残っているんですよ」

ちらほらと笑い声が上がった。

「最初の質問に答えますと」トールは続けた。「わたしが暫定的に法務大臣としての任務を代行することはありません。今回のような事態に備えた規定の手続きはありませんが、アンナ・リンド氏の事件や、夏の法務大臣襲撃事件といった経験から、不測の事態に備えて準備はしてあります。現時点では、それ以上のことは申し上げられません。まずは何よりも、ニクラスの早期発見を祈っています。それが最優先事項であります」

「警察が容疑者とみている人物はいますか？」そう言ったTV4ニュースの記者がマイクを突き出す。その横のカメラマンはトールの顔をズームインしているようだった。

彼は頭を左右に振った。

「何が起きたか不明ですので、容疑者という言葉は使えません。常に注意を配るよう、国民のご協力を要請するしかありません。法務大臣を見かけたとか、大臣の失踪に関する情報がありましたら、警察に連絡するようお願い申し上げます」

「大臣の元奥さまは刑事ですが、今回の捜査にかかわっているのですか？」

女性週刊誌〈スヴェンスク・ダームティードニング〉の記者ボーディルが、期待を込めた目でトールを見つめた。元夫の捜査に必死で邁進する女性刑事という感動物語を期待しているのだろう。呆れた表情を見せないよう、トールは堪えた。ゴシップ誌は好きになれない。

「警察の捜査に関するコメントは控えさせていただきます」彼は素っ気なく言った。

まだたくさんの手が挙がっていたが、同じような質問が繰り返されるのは分かっている。重大な質問は、すでに済んだ。言うべきことは言い終えた。自分のキャリアについて言ったことも害にはならないだろう。どのみち、ニクラスの元でずっと働くつもりはなかった。だが今は、何としても上司を見つけることが重要だ。自分のことは後回しだ。

記者たちの抗議をよそにトールは会見終了を告げて、ざわめきが続くなか、急いで廊下に出た。このニュースは、世間を駆け巡るだろう。国内のみならず、スウェーデンの法務大臣が行方不明というニュースは、世界中に広まる。大混乱の始まりだ。

オフィスに戻ったトールは、椅子に体を深く沈めた。少し斜めに置いてあったペンを無意識に正して、机の上のものがすべて完璧に並ぶようにした。自分が望む配置に。ニクラスのオフィスへ続くドアに目をやった。不安が彼の胃を苛んだ。一体彼はどこへ行ってしまったのだろう？　大臣を見つけ出さなければ。今すぐに。それ以外の選択肢はない。

＊

ミーナが警察本部へ到着したとき、ローケは正面玄関を入ってすぐのところで案内を読んでいた。途方に暮れている様子だった。この天気にしてはあまりに薄着だ。

「こんにちは、ローケ！」彼女が言った。「ここで何してるの？」

ローケはビクッとして振り向いた。

「ああ、こんにちは、ミーナさん！　ユーリア・ハンマシュテンさんから相談したいことがあるといって呼ばれたんですが、場所が分からなくて。クビの宣告を受けるんですかね？」

「そんなことはないと思うけど」ミーナは言った。「ユーリアはあなたの上司じゃないもの。でも、わたしの行き先も同じ部屋」

彼女は、自分用のアクセスカードを取り出した。

「このカードは受け取った？」

うなずいて、ローケはジャケットのポケットに手を入れた。そこで突然、彼は顔を輝かせた。

「そうだ、見せたいものがひとつあるんです。ヴィンセントにも見せたいんですが、彼は今日来るでしょうか？」

「ええ、来るけど」ミーナが言った。「見せたいものって何？」

ローケはジッパー付きのビニール袋をポケットから二つ取り出した。それぞれの袋の中に、大きな骨片が入っている。ミーナは無意識に辺りを見回した。骨片は通常、警察本部の入り口で振り回すようなものではない。運よく、辺りにはだれもいなかった。

「ブタのこと、覚えてますか？」ローケが言った。

ミーナは内心、うめいた。この手の話は、自分ではなく、ヴィンセントにしてほしい。

「結局、ブタは丸ごとは煮ませんでした」彼が言った。「農場に行って、売り物にならなかった部分を少し購入したんです。で、見てください。この骨を」

彼が袋をひとつ差し出してきたので、ミーナは渋々受け取った。手袋をしているし、袋は多分密閉されているのだろうが、中身が中身なだけに、彼女は少し気分が悪くなった。

「何を見たらいいの?」彼女はおずおずと言った。

「それは、皮膚と肉が剝がれ落ちるまで熱湯と酢で煮た前脚です。小さい染みが見えますか?」

ミーナは照明に向けて、袋を掲げた。骨のあちこちに、小さな灰色の点が見える。

「それは、剝がれ落ちなかった組織の残りです」ローケは言ってから、ミーナが手にしている袋と、もうひとつの袋を交換した。「今度はその骨を見てください。同じ方法で煮たんですが、冷めてから、カツオブシムシを入れたテラリウムの中に置いたものです」

「どうやって虫を入手したんだい?」ミーナの肩越しに、ヴィンセントが興味津々に訊いた。

ミーナは、骨の入ったビニール袋を落としかけた。

「もう、びっくりさせないで!」彼女は怒った口調で言った。

「忍者の訓練をした甲斐があった」ヴィンセントは彼女に目配せした。「で、そのカツオブシムシはどこから?」

「自然史博物館から借りたんです」ローケが言った。

ミーナは、その声に自慢げな調子を聞き取った。

「へえ、あそこにデルメスタリウムがあるとは知らなかった」ヴィンセントが言った。

「ともかく、二つの骨の違いが分かりますか?」ローケはそう言って、ミーナが手にしている袋を指した。

ミーナは、彼の言う違いにすぐに気づいた。甲虫で処理した骨には、灰色の染みがまるでない。ヨンとエリカとマルクスの骨と同様、輝くほどきれいだ。大量の虫が骨をきれいになるまで食べたのだと思い、ミーナは吐き気を催した。

「虫は腹ペコだったんだろうな」ヴィンセントが言った。「どれくらい時間がかかった?」

「それほど。でも、カツオブシムシの数次第です」ローケは言って、袋を返してもらった。「大きな虫ではないので、数は多いほうがいい。借りたのが正確に何匹かははっきりしませんが、数千ってところですかね」

ミーナは、数千もの虫が入ったガラスの箱を想像した。中では、てらてらと光る小さな幼虫と成虫がひしめき合いながら、お互いに這い回っている。彼女はゴクリと唾を吞んだ。

「会議に遅れそうだわ」彼女は急いでゲートへ向かった。

＊

ユーリアは警察本部に戻ったことに過剰なまでの喜びを感じていた。両親宅から帰宅した後、自分たちでもクリスマスを祝おうとした。だが、それはいい考えではなかった。二人は本当に話すべきことを一言も話さなかった。何せクリスマスイブ、和解と家族団欒の日なのだ。和解など知ったことか。トルケルを見るだけでゾッとする。

それでも、ハリーのために、できる限りのことはした。でも、ハリーが眠りにつくや否や、トルケルは外出した。というよりは、ユーリアが彼を追い出したようなものだ。残りの夜を〈ティンダー〉好きのトルケルと一緒に、テレビで映画『ラブ・アクチュアリー』を見ながら過ごすなんて考えられなかった。

でも、今日はましだ。少なくとも午前中は夫と顔を合わせなくて済むし、アーダムに会えるというおまけ付きだ。もちろん、他のメンバーも一緒ではあるにせよ。百科事典を開いたら、〝感情的混沌〟という項目に彼女のイラストが載っているのではないか。

パソコンから視線を上げた彼女は、すでに特捜班全員が集合していることに気づいた。目の片隅にアーダムが見えたが、無関心のふりをした。いつもの席に座るヴィンセントが向ける目に探られているような気になって、よそよそしく振るまった。

クリステルもいつもの席に座り、ボッセはめずらしく部屋の隅の餌入れのそばに横たわっている。だれも座っていないペーデルの椅子は、クリステルとルーベンの間にある。ルーベンは一睡もしていないような顔だ。ミーナがいつになく、ヴィンセントのすぐそばに腰かけていることに、ユーリアは気づいた。きっと彼がレモンの香りの食器用洗剤〈イエス〉で身体を洗いでもしたのだろう。

ドアが開いて、ローケが少し戸惑った表情で入ってきた。

「どうも、遅れてすみません」彼が言った。「トイレに行ったら迷ってしまって。だれも通らないので訊くこともできず……」

ヴィンセントが、彼ににっこりと笑った。

「こちらはローケ」ユーリアが言った。「念のために言えば、法医学委員会でミルダと一緒に仕事をしています。今日はわたしが彼をお呼びしました。現在捜査中の事件の被害者に関する極めて重要な情報を提供してくれたからです。今この時点から、彼のことを公式の捜査協力者と考えていただいて結構です」

「皆さんのお手伝いができて光栄です」ローケはそう言って、みんなに会釈をした。

まごついた様子で部屋の中を見回してから、ローケはクリステルとルーベンの間の空の椅子のところまで行き、それに腰かけた。ユーリアは身体をこわばらせて彼を見つめた。他の班員たちも同様だった。

ローケがペーデルの椅子に座ったからだ。

部屋中が数秒、息をひそめた。でも、それだけだった。世界が崩壊することもなく、ペーデルの幽霊が一同の上に天井を落下させることもなかった。壁の時計が八時五十九分から九時になった。人生は続いていく。

「では始めましょう」ユーリアが言った。「法務大臣の失踪が、われわれが捜査中の死亡事件と関連している可能性があるため、上層部から発破をかけられました。国家保安局がニクラスを捜索中ですが、できるかぎり多くの情報を提供して彼らを支援するのがわれわれの任務です」

「その関連というのは?」クリステルが言った。

「今のところは明白とは言えません」ミーナが言った。「ニクラスの父親に話を聞いたところ、ニクラスの過去と失踪前の行動に、他の被害者との類似点があることが判明しました。ですが、今のところはそれだけです」

「出たとこ勝負で行える余裕はありません」ユーリアが言った。「それを受けて、まず一点目。ルーベン、国家作戦部《NOA》から連絡を受けました。サーラ・テメリックが、マノイロヴィッチ一家に関する関連情報のすべてをあなたと共有することを了承しました。NOAが目下、ペーテル・クローンルンドの家族を調査しているのは、われわれにとっては幸運です。そしてルーベン、当然ながら、わたしたちの捜査についてもサーラにすべて共有してください。会議が終わり次第、彼女に連絡を入れ、今後の方向性を探ってください。マノイロヴィッチ一家が関与しているかどうかは非常に重要なポイントです」
「ペーテル・クローンルンドに事情聴取をした限りでは、彼はまったくかかわっていないとのことでした」ルーベンが言った。「グスタヴがドラガンから金を受け取っていた事実も知らなかったと言っていました。ですが、とにかくサーラに連絡をとり、どういう結果を……導けるか聞いてみます」

ユーリアは驚いた。ルーベンが顔を赤らめたようなのは目の錯覚だろうか。

「ミーナ」彼女は続けた。「あなたの調べによると、身元不明の人骨は二〇〇〇年頃に死亡した四十歳前後の男性のものということですね。これで一歩前進です。ですが、その骨が消えたと聞きましたが？」

「消えた？」クリステルが大声で言った。「一体どういうことだ？　そんなこと、聞いてないぞ」

ユーリアは落ち着くよう、手ぶりで彼に指示した。

「昨日、法医学委員会に何者かが侵入し、盗まれてしまったのです」ローケはしんみりと言って、机を見下ろした。「しかし骨のＤＮＡ鑑定はすでに完了しており、結果待ちです。今までは警察のデータベースと比較するしかありませんでしたが、民間のＤＮＡ登録データとの比較ができるよう申請中です」

「民間のデータベースとは？」アーダムが言った。

「ＤＮＡ鑑定を行う民間企業のです」ヴィンセントが言った。「あなたがＤＮＡのサンプルを送ると、しばらくして、十二％ドイツ人で、シカゴにいとこが一人いて、チンギス・ハンと同族関係にある、といった検査結果が送られてくるわけです。家系を調べる興味深い方法ですが、リスクもあります。二十五人に一人の割合で、自分の父親が実の父親ではないという事実を知らされる羽目になる」

「そういうことです」ローケが言った。「もしどこかのＤＮＡデータベースに血族が一人でもいればマッチしたという結果が出ます。あとは許可が出るかどうかです」

ボッセは床から体を起こしてクリステルのところへ向かい、彼の足元に横たわった。ユーリアは、今日のボッセが、プラスチックのベルが付いた赤と緑の首輪をつけていることに気づいた。

「その人骨は、いつ頃、トンネル内に置かれたのでしょう？」彼女が言った。

「法人類学的な方法では厳密な年までは分からないのですが」頭を振ったミーナはそう言った。「人骨に付着した苔から見ると、少なくとも二十年は経過している、とのことでした」

「またさかのぼって調べ直しか」クリステルがため息をついた。「そういうことなら、二〇〇〇年以降に地下鉄で類似の事件があったか調べてみるよ。かなりの資料が出てくるだろうから、クリスマス休暇はすべて、これに費やすことになりそうだ。ラッセに殺されるよ」

「でも、わたしたちから永遠の感謝を贈ります」ユーリアが言った。「ラッセにクリスマスプレゼントも贈りましょうか」

「いいですね。あの男はホワイトチョコレートに目がない」

ユーリアはパソコンに貼られたメモに目をやった。これをミーナに頼んだら嫌な上司扱いされることは百も承知だが、どうしようもない。

「地下鉄のトンネル内でミーナが行なった聴取の録音で、気になる点がひとつありました」ユーリアが口を開く前に、ヴィンセントが言った。「わたしは現場にはいませんでしたが……」

「認知行動療法のおかげです」ミーナが言葉を挟んだ。「ただ、もうトンネルはまっぴらです」

「地下に棲む人々の一人が、〈王〉と呼ばれる人の話をしていましたね」ヴィンセントが言った。

「ええ、OPですね」アーダムが言った。「パルメ首相暗殺事件と王室についての妄想を並べたてていた男だ。自分らがあそこにもっと長くいたら、フリーメーソンやビルダーバーグ会議についても話し出していたでしょうね」

「その男が言っていたのは、スウェーデン国王のことではないと思います」ヴィンセントが言った。「録音の中で、『〈王〉は自分を犠牲にした』とか『無駄死にした』と言っています。〈王〉は仲間の一人で、亡くなったんじゃないでしょうか。皆さんが捜査しているのは地下鉄のトンネル内にあった死体。一方でトンネル内で亡くなったとおぼしき人物がいる。関連性としては弱いでしょうし、何の関係もないかもしれない。ですが、あらゆる角度から調べてみる価値はあります」

「ヴィンセントの言うとおりね」ユーリアが言った。「その〈王〉がだれなのか、知る必要があります。そしてとりわけ、どんなふうに、なぜ死亡したのかについて」

「だったら、アーダムがまたあそこに行くべきだと思います」ミーナが言った。「彼はもともとと交渉の専門家です。わたしがあそこに行くとなると、そのたびに衣類を処分しなければならないので費用がかさんでしまいます」

「アーダムは、ヨンの骨を発見したグラフィティ・アーティストに会うことになっています」ユーリアが言った。「やっと事情聴取に応じてくれることになったので。トンネルにはヴィンセントに行ってもらいましょう。アーダムの代わりになると思います。ただし警察官ではないので一人では行かせられません。あそこの人たちとも顔見知りではありませんしね。でも、ミーナ、あなたのことなら知っているでしょ？」

「それは無理です」ミーナが即座に言った。「被害者たちが、二十年前に同じ精神科医にかかったかどうかを捜査するのに手一杯です。いろいろ聞き取りをしなくてはいけませんから」

「もちろんそれもしてもらいます」ユーリアが言った。「トンネルに行った後でね」

「わたしもお引き受けできるかどうか」ヴィンセントが口を挟んだ。「うちに送られてきた砂時計に注力する必要があるし、狭いトンネルはあまり……えっ、何？」

ミーナが彼の腕を強く握っていた。

「約束しましたよね」彼女が言った。

「約束しました」彼が暗い顔で言った。「分かりました、やります」

「ごめんなさいね」ユーリアが、ローケに顔を向けて言った。「この二人はいつもこうなのよ。何はともあれ、今日あなたに来てもらえて助かりました、ローケ。ミルダに相談してみますが、この班の追加メンバーとして今後も参加する気はない？　今回の捜査が終わってからも、あなたの知識がわれわれの役に立つことはあると思うんだけど」

「喜んで」ローケはかすかに微笑んだ。「光栄です」

「ならばそうしましょう」ユーリアはそう言って、パソコンを閉めた。「じゃあ、みんな、仕事にかかってください」

　ミーナは、他の人たちが部屋を出るのを待った。ヴィンセントも残っていた。彼は残るだろう、とミーナは考えていた。前日彼女とナタリーのアパートにやってきた時から、彼の様子がおかしい。何か言いかけていたことが数回あったが、いずれもぎりぎりでやめている。こんなにも不安定で心ここにあらずのヴィンセントは見たことがない。

　ローケが最後に部屋を出た。彼は出ていくまでヴィンセントをずっと見つめていたが、ヴィンセントは部屋に残ったままだった。ローケが出たところでミーナはドアを閉め、メンタリストの方を向いた。

「何かあったでしょう?」彼女は腕を組んだ。「わたしに怒っているとか?　昨日から何だか変ですよ」

「変?」ヴィンセントは目を見開いた。「まさか。その反対だ」

　ミーナは彼を観察した。顎と頬に無精ひげが生えている。髭を剃っていないなんて、彼らしくない。いつもはきちんと整えている髪もくしゃくしゃだ。

　ミーナは少しためらい、その無精ひげの中にどんな細菌が宿っているのか考えないようにして、両手で彼の顔を挟んだ。彼の肌の感触で、指に電気のようなしびれを感じた。

「ヴィンセント」彼女は言った。

彼はミーナの両手を握って、ため息にもむせび泣きにも似た音を放った。彼に触れられて、かすかなしびれは大きな衝撃に変わった。彼女はあえいだ。

「本当は……言ってはいけないことなんだ」ヴィンセントが言った。「秘密にしてほしい。いいですか?」

彼はミーナの手を離し、ポケットからしわくちゃの紙を引っぱり出した。

「昨日の朝、うちのキッチンテーブルに置いてあったんです。朝食を作ろうと起きたら、ベンヤミンはいなくて……代わりにこれがあったんです」

「何?」彼女が言った。

「読むのが早い。秋の間、わたしのところにプレゼントを送りつけていたのと同じ人物からのメッセージです。その『プレゼント』は、すべてわたしの母親に関するものでした」

「あなたのお母さん? お母さんと何の関係が……」

紙を広げて、そこに書かれているメッセージを読み始めると、ミーナは黙りこんだ。

メリー・クリスマス、ヴィンセント!

われわれはついにおまえのオメガに到達した。

もうすでにおまえは突きとめたかもしれない。しかし、ウルリーカと連絡がつかないのには理由がある。マリアとアストンは、マリアの両親の家にはいない。レベッカは旅行に出かけていない。そしてベンヤミンは、おまえも気づいたように、自宅にはいない。

彼らはわたしの元にいる。全員だ。

おまえは、現実から完全に目を逸らして生きてきた。だが、自分がだれなのかに気づくときがきた。逃げるのをやめて、自分自身に向き合うときがきたのだ。

もし、おまえが家族と再会する道を選ばなければ、おまえは一生、家族と会うことはない。自分自身の責任から逃げている限り、おまえに他の人間たちの責任を負うことなど許されない。

いずれにせよ、ヴィンセント・ヴァルデルはこの世から消えてなくなる。ただ一つの問いは、家族を道連れにするか否かだ。自分のしたことの責任を取るのに、あと数日残っている。次の指し手を決めるのはおまえだ。待っているぞ。

メリー・クリスマス！

追伸：警察に通報したら、すぐにおしまいだ。おまえにとってもおまえの家族にとっても。そんなことはすでに分かっているだろうが。


「このことを二十四時間以上、隠していたの？」ミーナが叫んだ。「ヴィンセント！　どうして何も言ってくれなかったの？」

手の中の手紙が温かく感じられたが、それはミーナの体の中を激しく流れる血液の循環のせいだった。

「自分だけではもうどうしようもない」ヴィンセントが震える声で言った。

「だけどヴィンセント、これは誘拐および脅迫よ。すぐに動く必要がある。ここを出るときには警護をつけます。自宅には二十四時間態勢で警官を配置する。ご家族に関しては……心配しないで。こちらで計画を練ります。送り主に心当たりはありませんか？」

「あなたは分かっていない」彼は言って、部屋の中を行ったり来たりし始めた。

檻に囚われた動物のようだ。ミーナはそんなヴィンセントを見て胸が張り裂けるような思いだったが、自分にできることが思いつかなかった。

「そんなことをしても役に立たない」彼が言った。「その紙は、うちのキッチンテーブルの上に置いてあったんだ。つまり、手紙を置いた人物は、一昨日の夜わたしの家の中にいたということです。そいつは――わたしは男だと見ていますが――手紙を置いただけでなく、ベンヤミンを拉致した。わたしは何も気づかなかった。ほとんど一晩中ずっと目を覚ましていたにもかかわらず。その男はわが家の鍵を持っているとしか考えられない」

ヴィンセントは歩くのをやめた。がっくりと力を落とし、壁を背にしてドスンと床に座った。

「二年半前にルーベンに新聞記事を送りつけたのと同一人物だ（「魔術師の匣」参照）」彼は続けた。「そうに決まっている。夏にわたしになぞなぞやパズルを送ってきて、わたしは罪を犯したと書いてよこした人物。あのときは、ノーヴァの仕業だと思っていた。これは何年もかけて計画してきたことです。警察が何をしようと、この人物は時間をかけて、警察への対策も練ってきた。そして今、わたしたちは何らかの終わり《オメガ》に到達した。でも、これがだれの仕業なのかも何を企んでいるのかも分からない」

「国家保安局に話をしてみます」ミーナが言った。「それと、ユーリアの父親の警察本部長にも。さっき言ったように、こちらで計画を立てます。早急に」

ヴィンセントは、頭を激しく横に振った。

「いや、計画は不要です。このことはだれにも言っちゃ駄目だ。約束してほしい。『警察に通報したら、すぐにおしまいだ』と書いてあるじゃないですか。わたしは家族に対する脅しを深刻に受けとめているんです」

ミーナは彼の横にくずおれた。何を言ったらいいのか、まるで分からなかった。

*

ルーベンは事前に電話をせずに、サーラの家へ向かっていた。昨日、サーラの子供たちは夜ふかししていた。ルーベンとサーラはもっと遅くまで起きていたので、みんな自宅にいるだろう、とルーベンは推測していた。恐らく、まだパジャマ姿だ。仕事のことで家族の休日の邪魔をしたくないのが本音だが、他に選択肢はない。サーラなら理解してくれるはずだ。

彼はシックラの連棟住宅前に立って、居間の窓から中を覗いてみた。昨夜の大半の時間、サーラと、大きくて青いベルベットのソファで過ごした。二人の間には何も起こらなかった、少なくとも身体的なことは。それでも、うんとたくさんのことがあった。だれかとただ話をすることであれほど満足感を得られるとは、思いもよらなかった。夜中をかなり過ぎるまで、ありとあらゆることを話し合った。どこのだれかも分からない二十歳の子とセックスをするより楽しかった。

同時に、つい考えてしまった。話すだけであれほどワクワクするなら、サーラと……おっと。駄目だ。今はそんな空想にふけっている場合ではない。

家の周りを回って呼び鈴を押そうとしたまさにその瞬間、家の中からサーラの声が聞こえてきた。電話で話しているようだ。彼女の声は興奮していて高く、まるで隣にいるかのように、一語一語聞き取れた。

「それは確かですか？」彼女の声が、ドアを通して聞こえてきた。「マノイロヴィッチが誘拐にかかわっているとしたら、被害者は暴行どころか拷問を受ける危険さえあります。のんびりはしていられません。彼らは今どこに？」

ルーベンは、手を半端にドアに伸ばしたまま立ち尽くしていた。ペーテル・マノイロヴィッチの配下が、だれかを誘拐したのだろうか？　法務大臣が姿を消したのと同時に？　偶然のはずがない。

「ティーレセーの工業地区？」サーラが言った。「ええ、分かります。ヴィンドクラフツ通りを入ったところですよね？　道がカーブする手前の右にある建物。ええ、そこはわたしたちが長いこと目をつけていたところです。特殊部隊を手配するのに、どれくらいかかります？」

ルーベンは音を立てずに、ドアから後ずさりした。自分が何をすべきか、はっきりと分かった。特殊部隊が招集されるよりずっと早く、そこに行ける。先に偵察しておけば、部隊が到着したときに重要な情報を伝えられる。サーラの目に彼はヒーローに映る。

彼は車まで走り、乗り込むとアクセルを踏んだ。十分でティーレセーに到着できるはずだ。

＊

ミーナの不安はクリステルにも感染した。彼にとって法務大臣は、まるで戦争の真っただ中にいるかのごとく犯罪に対する取り組みについてテレビで話しているクソ真面目な男に過ぎない。でも、ミーナにとっては娘の父親だし、いまだにしっくりこないが、元夫でもある。

クリステルはそんな考えを追い払った。個人的な感情は仕事の質をよくしてくれない。ニクラスを捜索するのは自分の仕事でもない。彼がすべきことは、ストックホルムの地下鉄に人骨を残した殺人犯につながりそうな情報を探し続けることだ。

パソコンの画面を前にすると気持ちが落ち着く。現場での仕事に気持ちが入らなくなってきていた。自分にお声がかからないのは不愉快だったが、一方で、警察のデータベースに保存されている何千ものページの前に座って自分の役目を果たすほうに、どんどん気持ちが惹かれていることも事実だった。多くはないにせよ、机に座ったまま犯罪が解決されることも少なくない。それが正しいということを、彼には証明できる。

クリステルが「2000年」と検索窓に入力したところ、膨大な数の報告書が表示された。地下鉄関連に絞ってみた。結果はかなり減ったが、それでも少ないという表現からはほど遠い。ストックホルムの地下鉄では毎日、強盗や恐喝や意識不明の人々など、様々な事件が起こっている。

クリステルは、警官になった最初の年に地下鉄のパトロールをよくしたが、その一分一秒が嫌でたまらなかったものだ。

一時間検索したが、いまだに該当しそうな報告書は見つかっていない。何を探しているのかがはっきりしないので、作業は困難だった。

二〇〇〇年頃に男性が一人亡くなり、その二十年後、トンネル内でその人物の骨が発見された。地下鉄でその男に何かが起こったとは限らない。骨はそこに運ばれた可能性だってある。

クリステルは、見つけられないものを探しているのかもしれない。でも、その手の仕事には慣れている。周囲の予想を覆して、決定的なものを発見することも時にはあって、そんなときに腹の底で揺れる喜びこそが、努力への報いであり、いわば虹の果てに埋まっている宝箱なのだった。

うなじがかすかにヒヤッとした。冬の寒さは警察本部にまで入り込んでくる。後頭部と背中のこわばった筋肉をほぐすのだというストレッチをしようと、彼は立ち上がった。試すといいとラッセに勧められたのだ。ラッセは正しかった、と認めざるを得ない。このストレッチで、数時間も座った姿勢でいるのが楽になった。

彼は隣の机に目をやった。他の課の女性が凄まじいまでのクリスマスの飾りを施していて、サンタクロースとクリスマスツリーがいくつもあり、トナカイの人形もひとつ置いてある。クリスマスなんてクソくらえだ。肩越しにちらりと後ろを見て、その同僚が近くにいないことを確かめてから、サンタの人形を二つ取って、後背位のポーズになるよう置いた。サンタにだって、たまには楽しんでもらいたい。

含み笑いをしながら着席したクリステルは、検索に戻った。時間は過ぎていき、画面の文字がチカチカし始め、またコーヒーを取りにいこうと思ったそのとき、あるものが目を捉えた。彼は電話を取り出し、その報告書に書かれた電話番号にかけた。二十年前の報告書だが、運がよければ、相手は番号を変えていない。大抵は変えないものだ。

「ベンクト・スヴェンソンですが」いかにも高齢の男性っぽい、しわがれ声が聞こえてきた。

クリステルは無言で、胸に十字を切った。求めていた相手だ。認知症でないことを祈った。

計算してみたところ、この人物は今では八十代だ。

「もしもし、ストックホルム警察本部のクリステル・ベンクトソンといいます。二〇〇〇年に起きた事件のことでお電話させていただきました」

「こりゃまた。警察が人材不足という話は聞くが、ここまで時間がかかるとは新記録じゃないかな」ベンクトは笑いながら言った。

クリステルはコメントを控えた。警察の人材不足という話題が、実りある会話につながることはほとんどない。

「当時の出来事は、まだ覚えていますか？」クリステルは慎重に訊いた。

ベンクトは鼻を鳴らした。

「ボケているとでも？　若い頃と変わらんくらい、記憶力は鋭いぞ」

「さすがです」詫びるように、クリステルが言った。「では、覚えていることを話していただけますか？」

「もちろんだ。自分は地下鉄のグリーンラインを運転していたんだよ。午後二時頃だったように思う。午後のラッシュ――三時を過ぎると満員になるんだ――の少し前で、わたしの運転する車両は半分ほどしか埋まっていなかった。ロードマンスガータン駅とオーデンプラーン駅の間を走っていたときだよ、あの男が立ってたんだ。線路上にさ。イエス・キリストの像みたいに両手を広げて。で、衝突したわけだ」

「それから？」鼓動が高まるのを感じながら、クリステルが言った。

彼の中の刑事の直観のすべてが、これは重要なことだと叫んでいる。

「規約に従って、センターに電話をしたさ。列車を停止させてね。救助隊が来るまで十分ほどかかったかな。だけど、奇妙なことが起きたのはそれからだ」

「奇妙なこと？」クリステルは言った。ベンクトが何を言うのか分かってはいたが。

それは目の前の報告書に書いてある。

「見つからなかったんだ。あの哀れな男に衝突したはずの、車両の先頭と線路に血痕はあった。なのに、男がいないんだ。ブレーキをかけてから止まるまでの区間にもいなかった。消えたんだよ。どこにも見つからなかった」

「当時は、どういう結論だったんですか？」

「列車にそれほど強くぶつからなかったから軽傷で済んで、ふらふらと歩き去ったんだろう、ってことになった。トンネルで暮らしてる連中の一人だろうとね。ひどい言い方になるが、連中のことをこれといって気にかける人なんていなかったから、その男を捜そうという者はいなかった」

「でも、あなたは、その人物が自力でその場を去った、とは思っていないわけですね？」

ベンクトはまたも、鼻を鳴らした。

「その時点で、わたしは二十五年間運転手として勤務していたんだぞ。時速八十キロの列車の力を借りて自殺しようとする人間にだって遭遇してきたさ。列車が人体にもろにぶつかったときの音は知ってる。その体がどうなるかもね。美しい光景とは言い難いさ。あの男が生き延びられたわけがない。救急隊が到着するまでの間に、だれかが遺体を運んだんだ」

「どうしてそんなことをしたのでしょうね？」

「さあね。だれにも分からなかったし、知ろうとした人間もいなかった。なんでこんなことを訊く？　二十年以上も経って、警察が興味を持ったのはどうしてなんだ？」

「それはお答えできません」クリステルが言った。

彼の目の隅に、例のクリスマス好きの同僚がコーヒー入りのカップを手に近づいてくるのが映った。

「その男は線路にいたんですよね」彼は続けた。「その男について話してもらえませんか？」

「見たのはほんの一瞬だったからね。それに、記憶はあのときのほうが鮮明だったから、報告書を見たほうがいいんじゃないか」

「あなたが今も覚えていることのほうに興味がありましてね」そう言いながら、クリステルは同僚がサンタの人形の〝営み〟に気づかずに自分の机に着いたのを見て、含み笑いを堪えた。

「そうだな……」

ベンクトは記憶をたどっているようだった。

「この件について考えることはあったからな……長い間。覚えているのは、その男が大きく見えた、ということだ。巨人みたいにね。だが、これは目の錯覚だった可能性もある。暗いトンネルの中だと、スピードとライトのおかげで、物が歪んで見えることもよくあるんだ。だけど、とにかく『大男』という印象がある。髪の毛はたっぷりあって褐色。大きな顎髭も生やしていた。あと、これは話半分に聞いてもらいたいんだが――当時も奇妙がられたし、今となってはもっと奇妙に聞こえそうだが――男の頭に、金のように輝くものが載っていた気がするんだ」

「輝くもの？」クリステルが、考え込んだ様子で言った。

ベンクトは黙った。

「この謎が解けたら、連絡してもらえないか?」それから、運転手が言った。「あれ以来、何度もあのことが頭に浮かんだよ。地下鉄を運転していて、不可解なことを経験するなんてことはめったになかった。けど、あのときのことは、何度も考えてしまうんだ」

「最善を尽くします」クリステルは言って、丁重にクリスマスと新年の挨拶をしてから電話を切った。

それから椅子にもたれて、両手を頭の後ろで組んだ。同僚は、自分の机の上で展開する不適切な営みに、いまだに気づいていない。

＊

「大丈夫ですか?」

ヴィンセントはミーナに、気遣いの目を向けた。ミーナは平然を装いながら、肩をすくめた。自分の毎日の苦闘の話をするのは煩わしいと感じている。相手がヴィンセントでも、それは変わらない。とりわけ、彼女を信用して、ヴィンセントが行方不明になった家族のことを打ち明けてくれた今は。それに、ニクラスも姿を消している。そんな緊急事態に比べたら、自分の恐怖症の話など、あまりにも取るに足りないものであるような気がする。そもそも、成人して以来、ずっとこの苦悩を隠そうとしてきたのだ。今の彼女は、またトンネルの中に入れるよう、しっかり覚悟を決めていた。

「プライベートと仕事は別なので」彼女は言った。「わたしが……わたしであるときと違って、仕事では自分の脳に騙されたくない、といつも考えているんです。でないと、刑事としての仕事が勤まらない。それに、自分の仕事が大好きだから大丈夫」

ヴィンセントは尊敬を込めた目で、彼女を見つめた。

「それより、そちらこそどうなんです?」彼女が言った。

ヴィンセントは、大きな長靴をはくのに苦労していた。彼の洗練された服装と長靴の組み合わせは、ひどく滑稽だ。

「これさえはければ……」彼はつぶやいた。

「ジーンズとかTシャツは持ってないんですか?」ミーナは、彼の折り目の入ったズボンときちんとアイロンをかけたシャツを見ながら言った。

「道理をわきまえた人間は、ジーンズなんてはかないんですよ」ヴィンセントが言った。「すでに二〇〇九年に、デニムには高濃度の鉛とか水銀といった、有毒化学物質とか深刻なアレルギー誘発物質が含まれていることが立証されています。だから、そんなものに身を包む理由なんてありません」

ミーナは頭を横に振った。

「そうですか、分かりました」彼女が言った。「あなたは大丈夫なのかな、って思っただけですから……いろいろ気を遣ってるんです」

「今はなるべく考えないようにしています」ヴィンセントはそう言って、長靴にきちんと納まるよう、両足を揃えて跳んだ。「クリステルが〈王〉とおぼしき人物に関する報告書を見つけたから、わたしたちはここにいる。その人物は明らかに列車にはねられたようです。ユーリアは、わたしたちが何かしらの手掛かりを見つけるまでトンネルから出ることを許さないでしょうから、早く中に入るのが賢明でしょう」

それぞれ懐中電灯を持った二人は、並んでトンネルへの入り口に向かって歩き出した。床がゴミで汚れ放題のトンネルへ入るや否や、ミーナは、心臓が激しく打つのを感じた。ヴィンセントを見た。

「閉所恐怖症は大丈夫ですか？」彼女が訊いた。

「あなたにとっての細菌恐怖症と同レベルだと思いますよ」彼は答えた。

二人とも、こういった環境で強気ではいられない。でも、今は、おのおのの恐れに対処しなくてはならない。

トンネルへの入り口が二つあったので、ミーナはどっちに行くべきか考えながら、壁に書かれたアドバイスを眺めた。〈母ちゃんをファックしろ〉と〈死ね、ろくでなし〉。ペンを取り出して〈今を楽しめ〉と書いてやろうかと思案したが、やめておいた。こんな環境で、元気づけるような諺は書くだけ無駄だ。

「左」やっとそう言って、終わりのない暗闇へと続くように思えるトンネルを指した。

「わくわくしますね」ヴィンセントが上ずった声で言った。

ミーナは元気づけようと、彼の上腕を軽く叩いた。ヴィンセントの恐怖症に対するそんな優越感も、片方のブーツの上を何か走ったと感じた瞬間に消え去った。彼女は持っていたベーカリーの袋を落としかけ、叫び声はトンネル中に響きわたった。

「ネズミです」ヴィンセントは言って、左側のトンネルの中へ走りこんでゆく信じられないほど大きなネズミを、懐中電灯の光で指した。

「ジャックラッセルテリアでもおかしくないわ」ミーナが不機嫌に言った。「あるいは、シャム猫か。さあ、行きましょう。中へ進まなくちゃ。ここに立っているだけでストレスを感じてしまう」

本心よりもうんと断固たる足取りで、彼女は先導してトンネルの暗闇に一直線に進んだ。

「あなたからもらった着色顔料ですが」彼女が言った。

「えっ、使ってもらえたんですか?」

「まさか。でも、えっと、何ていう言葉だったかしら、ラテン語で『影』っていう意味の。このトンネルにぴったりな気がする」

「ウンブラ」彼が言った。「最も暗い影」

ミーナはうなずいて、その言葉をかみしめた。

「ウンブラ。素敵ね」

ヴィンセントもうなずいた。

「わたしの好きな言葉のひとつです」そう言った。

奥に進むにつれて、暗闇に目が慣れてきた。前回と同じように、天井の照明のひとつが時折点いたので、懐中電灯の光で照らすより、よく見えるようになった。心臓の鼓動が高まるのを感じたミーナがヴィンセントに目をやると、いつもより顔色が悪くなっている。それが何を意味するかは明白だ。

「あとどれくらいですか?」ヴィンセントがささやいた。

ミーナは、手袋をした手を彼の肩に置いた。めったにないことだが、今は彼女のほうが少し落ち着いていた。

「記憶に間違いがなければ、そこの角を曲がったところ」

彼女は懐中電灯で指した。強い金属音が突然響き、二人はびっくりした。

「こんにちは」ミーナが叫ぶと、自分の声が壁と壁の間を跳ねてから戻ってきた。「こんにちは！　警察の者です。先日皆さんにお話を伺ったミーナです。もう少し質問をさせていただきたくて参りました。大丈夫ですか？」

答えはない。二人は足元に十分気をつけながら、前進し続けた。割れた瓶や注射の針が靴底を貫通して足に刺さるのはご免だ。

「こんにちは」今度は少し穏やかな声で、またミーナが叫んだ。

少し行ったところに、わずかにひらめく光が見える。電気というよりは、炎による温かい光だ。

「わたしたちならここにいるよ」優しい女性の声が返ってきた。

ミーナは、それがヴィヴィアンの声だと気づいた。突然二人の前に大きな体が立ちふさがり、ミーナはまたも、悲鳴を押し殺した。ヴィヴィアンの息子のヨンニだ。彼は、歯をむき出して微笑んでいる。

「戻ってきたんだ」嬉しそうに言った彼に、ミーナはうなずいた。「菓子パンは持ってきた？」

「ええ、戻ってきたわ」ミーナは言って、シナモンロールが入った袋をヨンニに差し出した。

「お友達を連れてきたの。この人はヴィンセント」

ヨンニは歓声を上げて、袋を受け取った。それからもう片方の大きなこぶしを差し出してヴィンセントの手を握り、盛んに上下に振った。

「こっち、こっち」

彼はくるりと背を向けて、二人を従えて火の方向に歩いていった。

前回ミーナが来たときから、何も変わっていないようだ。ヨンニとヴィヴィアンの他に、シェッレとナタシャとＯＰが、火を囲んで座っている。

「パルメ暗殺事件の件か？　暗殺の件で、おれを逮捕しにきたのか？」そうつぶやいたＯＰは、疑いの目を向けながら立ち上がった。

ミーナは頭を左右に振った。

「いえいえ、パルメ暗殺事件について話を聞くつもりはありません」

ＯＰは彼女の言葉を完全に信じているふうではなかったが、それでもその返事に満足して、また火のそばに腰かけた。

「ここにお座りよ」

食事をふるまう女主人のように、ヴィヴィアンは手を伸ばして、置いてある段ボールの切れ端を指した。

ミーナは、ためらうことなく汚れた段ボールに腰かけた自分を、ヴィンセントが驚いた表情で見ているのに気づいた。彼女は嬉しくなった。少し誇らしくもなった。自分のどこか奥深くにあるはずだとずっと思っていた強さを彼に少し見せられたからだ。

「あんたのこと見たことある」ナタシャが無愛想に言って、ヴィンセントを指した。スーツのズボンとシャツを身につけた彼は、ひどく場違いに見える。

白いシャツにはすでに汚れの染みが付いていて、火から出る煙はシャツに吸い寄せられるようだった。

「見たことあるってどこでさ？ こんなご立派な人間とつるんでいるはずないだろうさ？」シェッレは鼻先で笑って、ヴィンセントを睨んだ。

「地上にあるポスターに写ってる人だもん」

みんな、一言も口を利かずに、ヴィンセントを観察した。それから、ヴィヴィアンが手を叩いた。

「そうだ！ そのとおりだよ！ ほらほら、ええっと……何か舞台に出る人だろ？」

「ははあ、そのとおりでございます」ヴィンセントはそう言って笑った。

シェッレはまた鼻を鳴らした。

「有名人が何の用だ？」

「時折、警察の捜査に協力しているんですよ」ヴィンセントは決まり悪そうに言った。「現在捜査中の事件も」

「骨のか？」ＯＰが言った。「パルメ暗殺事件と関係ないのは確かなのか？ 政府は、いまだに隠蔽を図ってるんだぞ。今だってたくさんの事故や殺人を起こして、一九八六年二月二十八日二十三時二十一分にスヴェア通りとトゥンネル通りの交差点で起きた事件の真相をひた隠しにしてるんだ」

「あの事件の最も可能性が高いシナリオは、クリステル・ペッテションが……」

言いかけたところをミーナに肘鉄を食わされて、ヴィンセントは口をつぐんだ。パルメ暗殺の謎に関する議論を始めるのにふさわしい状況とは言い難い。

「例の事件についてより詳しく知るために、皆さんの協力が必要なんです。殺人犯は、地下鉄と接点がある人物のようなのです。ですが、皆さんの中にいるとは思っていません」ミーナが言った。「詳しく伺いたいのは、皆さんが話していた〈王〉と呼ばれる人物のことです」

「だっておれはバーの王、王、王（一九九七年のヒット曲の歌詞）」ヨンニが嬉しそうに歌い出すと、ナタシャがクスクス笑って言った。

「〈王〉がここにいた頃、あんたは生まれて間もなかったじゃないの」

ナタシャに鋭い視線を向けたヴィヴィアンだが、火にまた少し薪を投げ込んだあと、言うべきことを考えているようだった。あるいは、そもそも何か言うべきかどうかを。だれも彼女の邪魔をしなかった。

ミーナは、彼らがどれほど知っているのか、どれほど話してくれるのか分からなかった。問題は、〈王〉について、この暗闇の中で語り継がれているのかだった。

「わたしはあの男のことを知ってたよ」ヴィヴィアンが言った。「ＯＰも知ってたさ。それに、もちろんクレイジー・トムだって」

段ボールの切れ端に座るミーナが座り直した。ネズミよりは小さい何かが光の隅を駆け去ったのだ。叫んだり立ち上がったりしないよう彼女は自制した。築き上げたばかりの信頼感を壊したくなかった。

「〈王〉と知り合いだったのですね？」慎重に言った。

ナタシャがヴィンセントにむき出しの好奇心を向ける一方、ヨンニは楽しそうにマグヌス・ウグラの歌をハミングし続けた。

「彼は何者なんですか？」ミーナが言った。

その質問の意味が理解できないというように、ＯＰが眉間に皺を寄せた。

「〈王〉さ。何が言いたいんだ？」

「その人の名前は？　皆さんはご存じなかったのですか？」

ヴィンセントは、自分のシャツに恋愛感情を持っているかのように寄ってくる煙に瞬きをした。

「おれたちは本名で呼び合わなかったんだ。〈王〉のアイデアだった。みんな、名前は地上に置いてきた、昔の自分は地表に置いてきたってわけさ。おれ、ヴィヴィアン、クレイジー・トム、スヴァーラ、クニーヴァス、ヤルヴェン、そしてビッセ。おれとヴィヴィアン以外はみんな死んだよ」

「〈王〉の素性も、どこから来たのかも知らなかった、ということですか？」ヴィンセントはそう言ってから、咳をした。

「ああ」ＯＰが言った。「そう言ったろう？　おれたちは自分を地上に捨ててきたんだ」

「では、その〈王〉はどんな人だったんですか？」ミーナが優しく言った。

ヴィンセントが真剣に耳を傾ける姿が、ミーナの目の隅に映った。

「〈王〉は素晴らしい人だったよ」悲しみと尊敬の念が交じった声でＯＰが言った。「おれたちが何をすべきかいつも知ってたし、何でも知ってる人だった。特に、歴史。歴史で知らないことはなかった。年号、戦争、城、王子に王女、スウェーデン、中国、アメリカ。何を訊いても答えてくれた。それに明るい人だった。常に明るくてポジティブでね。もっとも……そうじゃないときもあったが……」

「どういうことですか?」

自分のシャツも顔もすすで覆われているのに、ヴィンセントは気にしていない様子だ。

「ああなったら、だれにも止められないんだよ。みんなバーの王、王、王なのさ。そりゃ、みんな知ってるぜ。毎月二十五日にはとことん楽しむってことを」

ヨンニは〈王〉と祖国のためにマグヌス・ウグラの歌を熱唱し、不思議なことにミーナは、その歌を聞いて、夜な夜な遅くまでバーで飲んでいた頃の自分を思い出した。ニクラスと出会う前の自分を。

ミーナはギクッとした。うまくニクラスへの思いを追い払っていたのに、それが今、全速力で戻ってきた。彼を捜さなくては。ここに座って、何十年も前にトンネルの中に住んでいた人物の話を聞いている場合ではない。

「〈王〉は……」ヴィヴィアンは、適切な言葉を見つけようとしていた。「時々沈んでいた。だけど、そのことでわたしたちを困らせるようなことはなかったね。喜びが消え始めたと悟ると、彼もしばらく消えたんだ。どこへ行っていたのかは知らないよ。そして、明るさを取り戻すと、戻ってきた。そして、みんな〈王子〉の世話を手伝っていたよ」

「〈王子〉?」ミーナは驚いた。

ヴィンセントが何か言おうと口を開きかけたが、ミーナは咎めるように指を掲げた。新情報なだけに、彼女はそれを入手するチャンスを失いたくなかった。

「〈王子〉ってだれのことですか?」そう訊いた。

OPは呆れた表情をし、ナタシャとヨンニは笑ったが、ヴィヴィアンに睨まれてやめた。

「王子って何かって? 王子ってのは、その名のとおり、王様の息子ってことだ」OPは、馬鹿な質問だというように笑いながら言った。

「〈王〉には息子がいたんですね」ミーナは穏やかに言った。「そういうことですか? 男の子が? 何歳の?」

OPは額に皺を寄せた。ヴィヴィアンが話し出したが、OPがシーッ、と黙らせた。

「おれが話すよ」彼が言った。

「身長は?」ヴィンセントが言った、「〈王子〉の身長はどれくらいだった?」

OPの顔が輝いた。彼は、トンネルの壁の一箇所を指した。

「あそこ。あそこを見れば分かるさ」

ミーナはすぐに立ち上がった。落書きだらけの壁を懐中電灯で照らした。そこにあったのは、縦に並んだ線だった。子供の身長を記録するために、ドア枠によくつける印だ。彼女はその横に立って、一番上の線と自分の身長を比較して、高さを測ってみた。その線はちょうど彼女の胸の高さだった。ミーナの身長は百六十五センチ。ということはつまり、百三十、百四十センチ? 八歳から九歳児くらいだろうかと彼女は思った。

「前回、〈王〉は死にたくなかった、と言っていましたね。でも『最後に闇が奪った』のだと。それは亡くなったということですか? ならば〈王子〉はどうなったんですか?」

しばらくためらってから、ヴィヴィアンが答えた。

「あの子は地上へ出たんだ。〈王〉がそう指示を残したからね。その後のことは知らないよ。あれ以来、わたしたちは、あの子を見ていない。あの……子供は……ここは元々、小さい子がいるような場所じゃなかった。それに、うんと昔のことだしさ」

火がパチパチと音を立てている。だれも何も言わなかった。でもミーナは、この暗闇で暮らしていた男の子のことが気になって仕方なかった。

＊

アカイが何を描いたのか、というより何をスプレーしたのかよく見えるよう、アーダムは一歩後ろに下がった。それを何と呼ぶべきなのか、知る目的からでもあった。

アカイと自分が同年代であることに、アーダムは驚いた。アーダムの頭の中では、こういったことをするのは十代の若者だけだったからだ。その一方で、壁のアカイの作品は、公共物を破壊したいだけの、怒りと不満を抱えた十五歳のものとはまったく異なっている。

灰色のコンクリート壁のそばに立って見ると、出任せにオレンジ色でスプレーした線の集まりにしか見えない。ステンシルを使って色を吹きつけてある。まるで抽象画だ。

でも、数歩下がって見てみると、突然生き生きとしたライオンの絵が浮かび上がる。

「これはすごい」アーダムが言った。

「どうも。ライオンはおれのコンパニオン・アニマルなんで」

「格好いいな。ぼくはたしかネズミの年の生まれだと思うよ」

長身で青白い顔の男は笑った。

「それとこれとは話が別だ」

「だろうね。どうしてこんなことをするんだい？　公共物にスプレーを吹きかけるなんて。警察に捕まる危険もあるじゃないか。絵が描けるのなら、どうして……」

「どうしてちゃんとした絵を描かないのかって？」

アカイはニットの青い帽子を正してから、壁のライオンを指した。

「これが好きだからさ。自由がある。上からの要求にとらわれずに創作する可能性がある。まともな絵画もいろいろ試してみたさ。おれの作品がどこに飾られているか知ったら、驚くと思うぜ。だけど、それが原因で、おれの心は死んだ。退屈し切っている金持ちの人間に高価な絵画を売るたびに、おれは少しずつ死んでいった。やつらが求めているのは、ソファにしっくり合うような〝素敵な〟壁掛けだからな。ここでは、おれは自由なわけさ」

「だけど、どうやって……失礼な質問だと分かってはいるけれど、どうやって生計を立てているんだい？」

アカイは、モジャモジャの髭の上で輝く目を細めて、アーダムを見つめた。

「明確に伝わらなかったんならもう一度言うけど、おれは絵画を高く売っていた。そして、安く生活している。そういう生活を続けるなら、残りの人生も自分の貯蓄で生きていける。いざとなれば、展示会を開けばいいことだ。ロブスターとかシャンパンが並ぶ贅沢はできないかもしれないが、自由が得られるなら、そんなものは必要ないね」

彼は目を閉じて、息を深く吸った。それから、見るからに気持ちよさそうに、ゆっくりと息を吐いた。

　アーダムは不本意ながら、アカイの人生観に感心していた。そんなにシンプルなのだろうか？　要求水準を下げて、消費列車を降りて、本当にしたいことをして、自由を楽しむ。

「だれの目にも触れないトンネルで絵を描くのはどうして？」

　アカイは話しながら、壁にスプレーを吹きかけ続けた。雄ライオンの絵に、どんどん細部を描き加えている。

「見てくれる人ならいるよ。ここで暮らしている人にだって、少しは芸術が必要だろ。辛い人生を送ってきたんだろうけど、いい連中なんだよ。それに、あんたたちがどう思おうと、彼らの生活はひどくない。お互いがいる。彼らはひとつの家族なんだ。それに、おれを受け入れてくれる。彼らを描いたおれの作品を見たかい？」

　アーダムは頭を横に振った。

「どこにあるんだい？」

「あそこさ。来いよ！」

　アカイは待ってましたとばかりに、地下鉄駅近くの暗渠へアーダムを導いた。アーダムも興味津々でついて行った。アカイの芸術には、彼を惹きつける何かがある。

「これだよ！」アカイは、二人の前にそびえる高いコンクリートの壁を自慢げに指した。アーダムは啞然とした。その作品はシンプルで驚くほど美しかった。火を囲んで座る人々を、アーダムが見たとおりに、アカイはわずかな筆づかいで捉えている。この芸術作品の一部をだれかが傷つけてしまっていたが、大部分はきれいなままだった。

「これはすごい」心底からアーダムが言った。

アカイは目を輝かせながら、スプレー缶で壁を指した。その手には、塗料のオレンジ色の染みが付着している。

「これは壁には掛けられない」彼は言った。「そこが重要なのさ。これは体験なんだ。ここで。今。だれでも体験できるんだ。一クローナも払わずに観られる。招待も要らない。これが芸術で、これが自由さ。すべての人間にとってね。これこそ芸術さ」

「一日中、きみと芸術談義ができそうだ」アーダムはその作品から目を離せなかった。「だけど、ぼくには仕事もある。警察の役に立ちそうなことを、ここで見たことはないか？　ここに住んでいるだれかから聞いた話とか？　きみが発見した人骨についてとか？」

アカイは、壁の家族ポートレートを見つめながらじっと考えた。それから、ゆっくりと頭を左右に振った。

「協力したいのは山々なんだけどね。真実を隠すのは好きじゃないからね。おれはそういう生き方はしたくない。だけど、本当に何も知らないんだ。とはいえ、おれの方から訊いたことはないし、わざわざ口にはしないことが、ここにはあるようだぜ」

「そうか、それでも感謝するよ」アーダムは、失望を隠そうとしながら言った。

またも行き詰まりだ。でも、少なくとも、アカイの芸術は見られた。まずそれを忘れてはいけない。アカイに問うような眼差しを向けて、彼は壁の前に携帯電話を掲げた。

「写真を撮ってもいいかな？」

アカイは両手を大きく広げて、にっこり笑った。

「もちろん」彼が言った。「おれがしていることで、素晴らしいのはこれだよ。おれの芸術を動かすことはできない。だけど、できるんだな。写真なら好きなだけ撮ってくれ。芸術は無料なんだからさ」

アーダムは感謝の会釈をしてから、写真を数枚撮った。

地下鉄駅へ向かい出した彼の目に映ったのは、ライオンが描かれている壁に向かって歩いてゆくアカイだった。完成したらどんななのか、アーダムは気になった。

＊

ミーナとヴィンセントは深く息を吸って堪能した。トンネルの中の埃っぽい空気に比べて、ストックホルムの冬の空気は新鮮で澄んでいる。このときばかりは、ミーナは空気中に存在するであろう埃の粒子や排出粒子をすべて無視できた。

ヴィンセントは彼女からもらったウェットティッシュで顔のすすを拭きとると、ゴミ箱まで歩いていって捨てた。二人は警察本部まで地下鉄で行こうか考えて、歩くことにした。大した距離ではないし、体を動かしたほうがじっくり考えられるとヴィンセントは言った。それだけが理由ではなくて、地下鉄に乗ってトンネルの中にい続けることに魅力を感じなかったからだろう、とミーナは思った。彼女も同感だった。

「平気でした?」ヴィンセントを横目で見ながら、ミーナが言った。「素数を数えずに済みましたか?」

「想像より、トンネルは大きかったし」彼が言った。「閉所恐怖症を抑えられないほどではなかった。興味深い話だったこともかなり助けになりました。ただ、二度と行かなくて済むなら、それに越したことはありません」

笑ったミーナの吐息が、寒さの中で煙になった。

「興味深い話」彼女が言った。「そんなふうに言うのはあなたらしいですね。で、その興味深い会話から何が得られました？　わたしが聞き逃したかもしれないことはありますか？」

七匹の犬をつないだリードを腰の紐に結び付けた男性が、歩道を二人に向かって歩いてきた。除雪してある歩道はすれ違うには狭いので、ミーナとヴィンセントは急いで退かなくてはならなかった。犬が通れるように、ヴィンセントは彼女の手を取り、二人は積んだ雪を跳び越えて道に出た。ミーナは、心の中で悪態をついた。街で犬を飼うのは禁止すべきだ。いや、より正確に言えば、犬の飼い主を街に住ませるのを禁止すべきだ。しかも、すれ違いざまに、二匹の犬がそばの街灯柱に尿をかけていたのだ。

「ナタシャという女性が、話のついでに言ったことが気になりました」犬たちが去ってから、ヴィンセントが言った。「〈王〉が死んだとき、ヨンニは生まれて間もなかった、と言っていましたよね」

ミーナはうなずいてから、自分がまだ彼の手を握っていることに気づいた。別におかしくは感じていなかったのに、意識し出すと気まずさを覚え、手を離して、積み上げた雪をまたいで歩道に戻った。

「そんなこと言っていましたね」彼女が言った。「だから？」

「ヨンニは何歳ぐらいだと思います？」

ミーナは熟考した。ヨンニは複雑な人間だ。彼の中にはいろいろな年齢が宿っている。

「あの汚れと髭だから想像し難いけど」彼女は言った。「二十五歳……前後？」

ヴィンセントは満足げにうなずいた。

「わたしもそう思います。多少の余裕を持って計算してみましょう。ヨンニが生まれて一年くらいで〈王〉が亡くなったとすると、二十から二十五年前に亡くなったことになる。警察がトンネル内で発見した身元不明の人物の骨の年齢と、かなり一致します。列車に跳ねられた男が頭に光る何かをかぶっていたという、クリステルが摑んだ情報と組み合わせてみると、それは王冠だったのではないかと考えられます。年代的にも一致します。クリステルが地下鉄の元運転手から聞いた話だけではまだ不確実でしたが、これで、警察が発見した人骨は〈王〉のものだと言っていいと思います」

ミーナは、今まさに青く澄んだ空を見上げながら微笑んだ。二人の上を、鳥が数羽飛び去っていった。パズルの小さなピースがひとつはまった。重要かどうかは分からないが、重要である気がする。そのヒントは、彼女が耳を傾けていた話からではなく、ついでに発された片言からヴィンセントが導き出したのだ。薄汚れた格好で自分の横を歩く男をちらりと見て、ミーナは温かなものがこみ上げてくるのを感じた。それから、彼女は話に注意を戻すことにした。

「これで、あの骨が〈王〉のものらしいことは分かった」彼女が言った。「……でも、その〈王〉が一体だれなのかは見当もつかない。名前も出身地も不明。他の被害者たちと関係があるのかないのかも」

「手掛かりは他にもあります」ヴィンセントが言った。「〈王〉が死んだのは、エリカとマルクスとヨンが精神的な危機に直面する直前です。推論に過ぎませんが、あの古い骨と、現在捜査中の事件に何か関連があるとしたらどうでしょう。被害者たちと〈王〉が知り合いだったとしたら? 〈王〉の死が、彼らの精神的危機の引き金にすらなったとしたら? 普段なら、こんな薄い関連に重きを置くことはありませんが、彼らの骨は〈王〉の骨と同じ特異な状態で発見されています」

ヴィンセントは口をつぐんだ。立ち止まって、何か考え込んでいる様子でまっすぐ前を見つめている。

「最後の部分は撤回させてください」そう言って、顔を擦った。「彼らが個人的に知り合いだったかもしれないというのは、しっくりこない。彼らを結びつける何かがあるはずだが、それはまだ見つかっていないんです。ただ、エリカとマルクスとヨンが、二〇〇〇年頃にストックホルムの地下鉄ではねられた王冠をかぶったホームレスの男と、何らかの形でつながりがあったということは確信しています。もしそうだとしたら、あなたの元夫も同じということになります」

ミーナは彼を見つめた。答えのようなものが初めて得られた。それも、シャツを一枚汚しただけで。

「そのつながりを見つけないと」彼女が言った。

＊

ここのコーヒーは考慮に値しない。彼が飲むのは、きちんと挽いた豆を、修行を積んだバリスタが淹れたものだけだ。長時間ポットに入れっぱなしの法務省のコーヒーを口にする気はまるでない。だから、紅茶にすることにした。といっても政府が提供する冴えないティーバッグではなく、人目に付かないところに彼が置いた缶に入った、本物のセイロンティだ。その紅茶を隠している場所には、瓶入りの純粋蜂蜜も保管している。プラスチックのボトル入りの加糖液状蜂蜜は、蜂蜜の名にすら値しない。

「トール、首相がお話ししたいとのことですが」

若い補佐官の一人が、息を切らして休憩室に駆け込んできた。蜂蜜をスプーンでカップの中へまさに入れようとしていたトールは、動きを止めた。

「五分後に電話をすると伝えてくれ」彼は言った。紅茶を淹れる精妙な手順を曲げるつもりはなかった。

「でも、でも、でも……首相ですよ！　今、話せませんか？」

ストレスで顔を真っ赤にした補佐官に、トールは多少ながら同情した。ストレス耐性がこの程度では、彼が中央省庁に長く残ることはないだろう。

「五分後に電話をすると言ったろう」先ほどより冷たい口調で、彼は繰り返した。

補佐官はそのメッセージを理解して、来たときと同じくらいの速さで出ていった。トールは紅茶を一口飲んだ。完璧だ。間違いなく完璧だ。

悠然と彼は廊下を自分のオフィスへ戻っていった。紅茶をこぼして手がべたつかないよう気をつけながら。彼がもっとも嫌うこと、それは手がべたつくことだ。

彼は注意深く、カップを机に置いた。その前に、まずコースターを置くことを忘れなかった。

この机は何十年も中央省庁に置かれているもので、自分が最初に輪染みをつける気はさらさらなかった。

机の上のものがすべて真っすぐに置かれているかチェックして、熱々の紅茶をさらに数口飲んでから、電話に手を伸ばした。電話をかける落ち着いた物腰と胸のうちは一致しているわけではなかった。一体、何の話だろう？　ニクラスの行方に関することだろう。それ以上に重要な用件は頭に浮かばない。でも、どんな話になるのか？　怒り？　支援？　新情報？

いつものように電話に出たのは首相の私設秘書だったが、すぐに首相につないでもらえた。彼から電話がかかってくるのは知らされていた、ということだ。

首相とは昔からの知り合いだ。青年同盟で一緒だった頃から、二人の政治キャリアは同じ道をたどったりすれ違ったり、時にはぶつかり合うことすらあった。ある時など、アンナ・ヨッテン首相は彼を脇に呼んで――意外な思いやりを示して――本気で今までのキャリアも今後の政治家としての約束されたキャリアから一歩退いて、法務大臣の報道官になるつもりなのかと訊いてきたくらいだ。

トールは、自分が何をしているのかは分かっている、と首相に告げた。彼には常に計画がある。偶然に起こることなど何もない。一見するとキャリア的に不利になることを受け入れるのにも、明白な理由がある。彼の父親がよく言っていたように。

「もしもしアンナ、トールです。話したいことがあるとか」

「ああ、トール。何か新しい情報は入ってる？」

アンナ・ヨッテン首相の切羽詰まった声に、あらゆる方向から強いプレッシャーがかかっているのだろうと彼は推測した。

「いや、情報はない」彼女が藁をも摑む心境なのだろうと知りつつも、彼は言った。

スウェーデンの大半の警察隊と国家保安局を指揮下に置いている彼女が知らないことを、彼が知っているわけがない。

「この問題を解決しないといけない」彼女が言った。「ニクラスを見つけないと。世界中のマスコミと政府が注目しているのよ。わが国の法務大臣が殺害されて発見なんてことになったら、スウェーデンは政情不安の非先進国だと思われるじゃない」

「最悪の状況を想定する理由はないじゃないか」なだめるように、トールが言った。「まだだれも殺されて見つかってはいない」

彼は自分の抱える不安を押し隠した。首相に個人的な感情を伝えたところで益はない。大切なのは、自分を抑えて冷静を保つことだ。

「わたしにできることはあるか？」そう言った。

彼は経験から、首相の話が回りくどくなりがちなのを知っている。

「〈エクスプレッセン〉紙の取材を受けてほしい」彼女が言った。「あの新聞の『政権の陰の権力者』は知っているでしょう。一般読者の目に触れない政界の実力者をインタビューするシリーズ。わたし、次の回であなたを取り上げるよう〈エクスプレッセン〉に申し入れてくれと自分の報道官に頼んだのよ」

「おいおい、アンナ」トールが言った。「それは本当に今やるべきことか？　今は全力を尽くしてニクラスを捜したいんだ」

「だからよ」首相が言った。「あなたに話してもらいたいのは、まさにそれなの。ニクラスの失踪についての情報発信の主導権をわたしたちが握らないといけない。マスコミじゃなくて。法務省の力を見せつけるべきよ。だから、あなたには法務省の対外的な顔として、断固たる態度を示してほしい。それに、あなたとしても、注目を少し浴びるのは悪いことじゃないでしょう。報道官に就任したことで、あなたが権力闘争から一歩も二歩も下りたことは、みんな知っている。ちなみに、今朝の記者会見はうまくこなしていたと思う」

トールは、返事代わりにため息をついた。

「ここだけの話だけど」首相は続けた。「最後に会ったとき、ニクラスの様子はどうだった？燃え尽き症候群じゃなかった？夏の事件によるPTSDなのか、人生の意味を見失ったのか、それとも単なる中年の危機に陥っていたということは？」

「クリスマス前のニクラスは、元気そのものだったよ」トールは素っ気なく言った。「身体的にも精神的にも」

「それを聞いて、落ち着くべきなのかますます不安になるべきなのか、分からない」アンナは言った。「〈エクスプレッセン〉紙のほう、お願いできる？」

報道官として、彼女の主張は理解できる。今そうするのはまさに正しい。残念ながら冷め始めてしまった紅茶を、トールは一口飲んだ。

「もちろん」彼は言った。「インタビューに応じるよ」

「よかった。さっそく明日、お願いする」

電話を切って、彼は紅茶を淹れ直しにいった。冷めた紅茶は嫌いだ。

＊

ヴィンセントは、キッチンテーブルに肘をついて頭を抱えていた。トンネル訪問の後、できることなら帰宅したくなかったが、ミーナはいつものように家に戻ってシャワーを浴びる必要があった。二人は、警察本部のガレージで別れた。ヴィンセントは、ついて行きたいとは言えなかった。煙の臭いを漂わせていたし、着替える必要があった。でも、できることなら……彼女と一緒にいたかった。

けれども、彼は今、自宅のキッチンにいる。寝室を除くと、彼がいられる唯一の場所だ。昨日から、居間には足を踏み入れていない。あの部屋に入ると頭痛がひどくなるし、あそこの大きな壁も嫌だった。壁を恐れるなんて不合理なことだと承知しているが、もはやどうでもよかった。彼に文句を言う人間など、家にはだれもいないのだ。

空虚は物理的なものだ。アストンの叫び声やマリアの小言の残響が、まだ壁に残っている。テレビの前のソファでいつもレベッカが腰かけていた位置は、少し凹んでいる。耳をすませば、ベンヤミンが株価の話をするのが聞こえるような気がする。でも、すべては残響に過ぎない。実際は家の中にだれもいないことを彼に思い出させる、脳内の幽霊のようなものだ。

〈影法師〉が家族を奪った、と思い出させる幽霊。

ヴィンセントは顔を擦った。

そんなことを考えても、何にもならない。〈影法師〉が彼に何をしたいのか、具体的に分からない。そして、それを知るまでは、活動できるようにしていなくてはならない。無気力は最大の敵だ。

ヴィンセントは、テーブルの上に広げたものに集中しようとした。そこには、トンネルの中でつい先ほど話を聞いたときのメモと、警察捜査のその他の文書のコピーが置いてある。他人には内容を話さないという条件付きで、自宅に持参することを許された文書だ。内容を伝えられる相手など、家にはいないのに。

書類に混じって、四つの砂時計がはめ込まれた枠が置いてある。枠の下縁にヴィンセントは細長いテープを貼って、各管の上側から下側に砂が落下し終わるまでの時間を書いておいた。ひとつ目の時計の時間は十七分十三秒。二つ目のは十三分五秒。三つ目のは十分三秒、四つ目のは十六分三秒。大切なのは秒より分だと思われるが、それでも、すべて書き留めておいた。

それぞれ時間が異なるという彼の推測は正しかったが、時間と時間の関連性については正しくなかった。17、13、10、16。ヴィンセントはこれが何を表すのかあちこち探してみたが、見つからなかった。そこで彼の砂時計に関する考察も終わっていた。

目の隅に水槽が見えた。

セントラル・マッドミノーに餌をやらなくてはならない。もしかしたら、居間の奥まで入らずとも餌がやれるのではないだろうか？　どのみち、問題解決に取り組んでいるときに体を動かすのはいいことだ。〝新たな見解を得る〟とか〝異なる出発点を見つける〟といった表現は比喩どころか、実際に有効な問題解決法なのだ。

彼は立ち上がって水槽へ向かい、魚の餌を手のひらに少し出し、その手を水面のすぐ上にかざした。いつものように魚たちが上がってきて、彼の手から餌を食べ始めた。アストンは魚たちに名前を付けていたが、今のヴィンセントには、ひとつも思い出せない。水槽を見下ろして、うっかり壁に目をやらないよう気をつけた。

砂時計が置いてあるキッチンのテーブルに視線を移した。この距離とこの角度から、あの時計を見たのは初めてだった。これで何かが閃かないかと思った。

〝時間切れになる前に四つ目を見つけよ〟と、紙切れには書いてあった。

魚が餌を食べ終わったので、彼はキッチンへ戻って、またテーブルに着いた。

ミーナがここにいてくれればいいのに。彼女が一緒のほうが、じっくり考えられる。でも、彼の家は、もうだれにとっても安全ではない。

四つ目。

ヴィンセントは、ヨン・ラングセットとエリカ・セーヴェルデンとマルクス・エーリックソンのファイルを開いた。何が書かれているかはもう頭に入っている。被害者三人は知り合いではなく、共通の友人や同僚もいなかった。明確な共通点も多くない。

共通点を頭の中で順にさらってみる。

1　被害者たちは、華々しいキャリアを歩んできた。
2　全員が二十年前に精神的な苦境に立った。
3　全員が失踪直前に、自分に何かが起こることを確信していた様子だった。
4　全員の骨が、地下鉄のトンネル内の異なる場所で発見されている。

ヨンはブルーラインのスタッツハーゲン駅付近、エリカはレッドラインのカーラプラーン駅付近、マルクスはグリーンラインのバーガルモッセン駅付近（クレイジー・トムが真実を語っていた場合）。

それだけだ。

オーデンプラーン駅付近で、〈王〉の骨が見つかっている。この発見がすべての被害者を結びつける手掛かりなのかもしれないし、そうでないかもしれない。

そして、同じ構図のどこかに、ミーナの前夫ニクラス・ストッケンベリもいる。彼は最初の三つの共通点が当てはまる。

苛立ちのあまり、ファイルを部屋の反対側の壁に投げつけたくなった。何もかもが……ぼやけている。

机の上には、ファイルの他に、遺体発見場所を丸で囲んだストックホルムの地図も置いてあった。遺体が発見された駅に印を付けた地下鉄路線図もある。夏の事件では、犯人がストックホルム全体をチェス盤に見立てていた。あのときのように、駅同士の、あるいは発見現場同士の地理的関係がないか調べたが、何の成果も得られなかった。

いや、待て。

地下鉄路線図にもう一度目をやった。

マルクスの骨は、グリーンラインのトンネルで見つかっている。だが、この路線は実際には複数あり、営業区間の大半は同じコースを並行して走っていて、一本の路線のように見えるが、グルマンシュプラーン駅で三方面に分かれ、そこでそれぞれに別個の路線番号が振られる。レッドとブルーも同じだ。市街地を離れると、両路線共に二方面に分かれ、それぞれ違った路線番号が振られている。

ヴィンセントは、報告書を見た。

マルクスが発見されたのは、バーガルモッセン駅。グリーンライン、路線番号17。エリカの骨はカーラプラーン駅で発見された。レッドライン、路線番号13。ヨンはスタッツハーゲン駅、路線番号10か11のブルーライン。

17。

13。

10か11。

ヴィンセントは砂時計に目を向け、それぞれの時計の砂が落下し終わるまでの時間を見た。

17分（13秒）。

13分（5秒）。

10分（3秒）。

16分（3秒）。

彼は額を叩いた。答えはずっと目の前にあった。最初の三つの砂時計の「分」は、人骨が発見された地下鉄の路線番号と一致する。しかも、被害者が行方不明になった順番に従っている。

マルクス、17。

エリカ、13。

ヨン、10。

ヴィンセントは内心で悪態をついた。ずっと前に気づくべきだった。だが、路線番号が捜査で注目されることはなく、駅だけに関心が向けられていた。ただし、それは言い訳にならない。彼は〈達人メンタリスト〉だ、そういったことに気づけるのが彼のはずだ。

最後の砂時計が「四つ目」を象徴しているに違いない。オーデンプラーン駅で発見された、身元不明の古い人骨は恐らく〈王〉のものだ。この駅はグリーンラインにあり、路線番号17、18、19のいずれかに乗ると停車する。しかし砂時計が示す時間に従えば、路線番号は16のはずで、したがって〈王〉は「四つ目」ではない。一方で、警察の捜索活動にもかかわらず、地下鉄では今のところ人骨は発見されていない。ということは、唯一考えられるのは、この第四の路線番号は、ニクラス・ストッケンベリを示唆しているということだ。この16番はどこを走っているのか？

路線図にはそんな路線はない。各路線に割り振られる番号は、順に数が増えてゆくが、モルビ・セントルム駅とフルーエンゲン駅間を走るレッドラインの番号14の後は、17に飛んでいる。

これはオーケスホーヴ駅とスカルプネック駅を結ぶグリーンラインに属する路線だ。路線番号15と16は存在しない。

時間切れになる前に四つ目を見つけよ。

また頭に鈍痛を感じ始めた。

よいニュースは、どの路線に沿って捜せばニクラス・ストッケンベリが見つかるか判明したことだ。そして、例の謎かけは、そうすることで彼の命が助かると示唆している。

悪いニュースは、その路線は存在しないということだ。

*

ルーベンは、工業地区をのろのろと車で走っていた。森の真ん中にこんなものを造るという素晴らしい計画を思いついた人物がいる。人の出入りの多いエリアだが、穿鑿《せんさく》好きの目から身を隠すには格好の場所だ。彼が通り過ぎた巨大な工業用施設や倉庫の中では、だれの目にも触れずに何が起こっていてもおかしくなかった。ヴィンドクラフツ通りへと曲がる。注意を惹かないよう、パトカーではなく、自前のシボレー・カマロに乗ってきた。ひそかにエリノールと名づけた車だ。

サーラが電話で言っていた建物がどれか、すぐに分かった。木々の下にある小さな駐車場のすぐ手前、道の右側に建つ倉庫だ。その先で通りは左に急カーブしている。完璧な隠れ場だ。ルーベンは左へ進んで、少し行き過ぎたところで駐車した。そこからこのあたりの工場の従業員のふりをしながら歩いて戻った。

駐車場に停めてある車はない。倉庫には金属の階段がひとつあり、貨物積載ドックに続いている。荷物搬入口のそばの壁には、緑色の文字が書かれた白い看板が貼ってある。看板の上の照明は消えていて、看板自体も古びている。ルーベンは、看板に社名のあるテック企業は、もう長いこと存在していないのだろうと考えた。

ドアと小さな窓もあった。ツイている。他の倉庫のほとんどは窓がまったくなかったからだ。だが、明るい昼間なのに、窓の向こうが暗いことが、ここから見ても分かる。窓から中を覗こうとしたら、逆光で室内から彼のシルエットが丸見えだ。階段を静かに上がって、幅の広い搬入用ドアに耳を押し当てた。ドアはガレージのドアのように引き上げられるもので、それほど厚くないようだ。中からは何も聞こえてこない。

気づかれずに中の様子を探る必要がある。さてどうするか。辺りを見回すと、ドアの下縁のそばの雪の中から、木の棒が突き出ているのが見えた。棒の周りの雪を蹴散らした。ドアが閉まったときに棒を挟んでしまったようで、ドアと地面の間に小さな隙間ができていた。雪が降り積もったおかげで、その隙間が隠されていたのだ。千載一遇のチャンスだ。もしルーベンが、何かしらの超越的な存在を信じていたなら、感謝を捧げていただろう。

彼は両手で雪を払いのけて、隙間をふさいでいた雪を取り除いた。それから、そっと横になって、隙間から中を覗き込んだ。ドアの向こう側は巨大な貯蔵スペースだった。天井までは最低八メートルの高さがある。十人くらいなら、問題なく仕事ができそうな広さだ。今はだれも働いていない。完全に空だ。家具も棚もなければ、人間もいない。なかんずくニクラスがいない。

サーラの情報源は間違っていた。

連中はここにはいない。

ルーベンは起き上がって、雪を払った。サーラの上司たちは、誤った場所に特殊部隊を送り込もうとしている。マノイロヴィッチ一家がニクラスをどこへ拉致したのか、突きとめなくてはならない。それも早急に。そうすれば、どこへ向かうべきかサーラに伝えられる。彼は車に戻り、運転席で熟考した。

マノイロヴィッチ・ファミリーは大所帯だ。一家全員が今も住んでいるわけではないが、活動拠点はセーデルテリエ市だ。しかし、自宅にニクラスを連れていくほど馬鹿な連中とは思えない。でも、他の場所ならどうだろう……

突拍子もない考えが浮かんだ。賭けだが、当たってみて損はない。彼は携帯電話を取り出して、信用情報機関サイトを確認した。

大当たりだ。自分の過去を隠すためなら何でもしてきたペーテル・クローンルンドは、セーデルテリエ近郊に別荘を所有していた。ルーベンは車のエンジンをかけて、素早くバックミラーをチェックしてから、アクセルを勢いよく踏み込んで、工業地区を出た。セーデルテリエまでは三十分だ。まだ間に合う。まだサーラを助けられる。

*

ミーナがシャワーから出てきたとき、キッチンにいるナタリーが眠そうに、牛乳をかけたシリアルを食べていた。ミーナは時計に目をやった。今は午後。娘のクリスマス休みが、可能な限り睡眠を取るためにあるのは明白だ。だとしても、ごく普通のことなのかもしれない。

ミーナには、休暇の過ごし方がまるで分からない。一緒に旅行でもするのがいいのだろうか？　休暇にはそうするものなのだろうか？　捜査の真っ最中だから彼女にそんな時間はないが、次は訊いてみるのがいいかもしれない。

「おはよう、ダーリン」彼女はそう言いながら、キッチンに入った。

「おはよう」口の中をシリアルでいっぱいにしたナタリーが言った。

ミーナは、玄関ホールの鏡に映る自分たちを見た。ナタリーは白いガウンを着ていて、ミーナは体にタオルを巻き、頭にももう一枚巻いている。絵画ならば、『母子像』とでも名づけられたかもしれない。彼女は独り笑いした。そこで、テーブルの上のナタリーの深皿の周りには、屑が何も落ちていないことに気づいた。娘の気遣いに、胸が詰まるほどの愛情を感じた。

「今日の予定は？」ミーナが訊いた。

「なにもなし。友だちにでも会ってこようかな。パパのことをずっと心配しなくて済む何かを見つけなくちゃ。他の人の問題を聞いてあげるとかね。でなくちゃ、また寝るとか。すっごく疲れてるから」

ミーナは頭を左右に振った。自分が十六歳の頃も、これほど寝ただろうか？　多分。それにここ数日間、ナタリーの身にはいろいろなことが起こっている。

居間に置いていた携帯電話が鳴った。朝昼兼用のシリアルを食べるナタリーを残し、急いで居間へ向かった。

「もしもし、ヨセフィンです」電話の向こうの人物が言った。

ヨセフィン・ラングセット。シャワーに入る前に、ミーナはヨセフィンにショートメッセージを送り、話がしたいと伝えていた。ヨセフィンは、少し息を切らしているようだ。

「こんなに速く連絡いただけて助かります」ミーナが言った。「出先ですか？」

「ランニングの途中なんです。むしゃくしゃして仕方ないので発散したくて。シャンパンで発散させるのもいいけど破産しちゃうでしょ？　走るほうが、子供たちにとってもいいですからね。今ちょうど一休みしているところですが、すぐにまたランニングに戻ります。で、ご用件は？」

　電話で話しながら同時に髪を拭けるよう、ミーナはスピーカー機能をタップした。

「では前置き抜きで」頭皮をタオルで揉みながら、彼女は言った。「わたしたちの調べでは、ヨン・ラングセットさんは二十年ほど前に……精神的な問題があったそうですが、その時に精神科医にかかっていたかどうか知りたいんです」

　数秒間、沈黙だった。

「二十年前？」ヨセフィンが言った。「その頃、わたしは十二歳ですよ。あの人の最初の奥さんに訊いてみるほうがいいと思いますが」

「その方の電話番号はご存じですか？」

「もちろん。カリーナの番号なら、すぐにそちらへ送りますね」ヨセフィンはそう言って、しわがれた声で笑った、少し奇妙な笑いだった。「頑張ってください。うまくいくといいですね。あと、グスタヴと話をする機会があったら、わたしからよろしくと伝える必要はありませんから。じゃあ、そろそろまた走りますので」

ミーナは電話を切って、すぐにヨセフィンから送られてきた番号に電話をかけた。

「もしもし、カリーナ・ラングセットさんですか？　わたしはストックホルム警察のミーナ・ダビリと申します。ヨン・ラングセットさんのことでお電話をさせていただきました」

「あら、今になって電話をくださるなんて」皮肉たっぷりの声が聞こえてきた。「ヨセフィンは手を貸してくれないんですか？」

ミーナは、ハチの巣に見事に足を踏み入れたようだ。でも、それがいつも悪いこととは限らない。憤りの感情が、興味深い事実を生み出してくれることもある。

「ええ、まずはお悔やみ申し上げます」

カリーナは電話口で鼻を大きく鳴らしたが、ミーナは無視した。

「実は二十年前のヨン・ラングセットさんの精神状態についてお聞きしたいのです。特に、その時期に彼が精神科医にかかっていたかどうか、お聞きしたいんです」

カリーナは大笑いした。

「二十年前のヨンは、廃人同様だったわよ」彼女は言った。「彼の両親がね、あの人を徹底的に破壊したのよ。彼は何もうまくやれなくなってしまって、二十年前には、正直なところ、いつ橋から身を投げても不思議じゃなかった。今になってみれば、そうさせてやればよかったわね」

ミーナは、どう答えていいのか分からなかった。

「で……精神科医のところへは行ったのですね？」そう言った。

「ええ、通っていましたよ。だけどね、突然やめたのよ。あの人は突然、新しい人間になったのよ、自然に。その新しい人間が、どうしようもないろくでなしだったのは残念だけど」

ミーナは机に行き、ベアータのアドレス帳をめくった。暗記してはいたが、それでも確かめたかった。ニクラスの精神科医の名前はエースビヨンという。エースビヨン・アンデション。そして、この人物は、どういうわけかよりによってルワンダでクリスマスを祝うと決めていた。

「その精神科医の名前はご存じありませんか？」

「冗談でしょ？　二十年前のことよ」

「ですよね」ミーナは言った。「でしたら、連絡先はご存じないわけですね」

「そのとおり」

「何か警察に伝えるような大事なことを思いつきましたら、いつでもお電話ください。今そちらの携帯に表示されているのが、わたしの電話番号です」

カリーナが番号をメモしてくれることを祈った。たぶんダメだろうと思ってはいた。ヨンが、カリーナ・ラングセットのお気に入りの人間でないのは明白だ。

電話を終えてから、ミーナは髪の毛を乾かし終えた。その間、迷路を歩き回るアリのように、頭の中で考えが動き回っていた。気になる何かがある、捕らえるべき何かが。けれども、ミーナはその考えを捕まえられない。アリたちは、出口が見つけられない。

＊

ミルダは、生活状況を変えるべきなのはよく分かっていた。彼女は馬鹿ではない。勤務時間外のことに対処しなくて済むよう、職場に逃避しているのは自覚している。けれど、少なくとも自分が喜んで向き合える仕事があるのはありがたかった。彼女もローケも、人骨事件には事実上、取り憑かれていたから、骨が盗まれたのは個人的な損失のように感じられる。それほどまでに、事件解決に向けて、時間をうんと費やしてきた。

彼女の心中を察したかのように、ローケが戸口に現れた。ミルダはびっくりして、椅子から跳び上がった。彼は音をまったく立てずに動き、突然そこに現れる能力の持ち主だ。

「警備員に監視カメラの映像をもう一度調べるよう、強引に頼んでみたんです」彼が言った。「今やぼくはすっかり嫌われ者ですよ。でも、何も見つからなかった。あなたとぼく以外のログインも登録されていない。まるで幽霊が舞い込んできて、骨を盗んだみたいだ」

ミルダは苛立ち、首を左右に振った。

「そんなはずがない」彼女が言った。「だれにも気づかれずに入ってきて、骨を盗んで出ていくなんて不可能」

「ヴィンセントに訊いてみるべきですかね、手品のことなら何でも知っているじゃないですか」ローケが言った。

ミルダは苦笑した。

「そこまでしてヴィンセントと一緒にいたいのかしら。ちょっとしたブロマンスってところ?」

ローケは赤面した。

「悪い冗談はよしてください。ヴィンセント・ヴァルデルほどの知的レベルの人と話ができるのが素晴らしい、と思っているだけですから」

「わたしがいるのに?」ミルダは意外そうな顔をつくってみせた。

ローケは笑った。

「お気に入りの歌が『エルイス』（一九九三年の『ユーロビジョン・ソング・コンテスト』のスウェーデン代表曲）なんて人の知的能力には、大いに疑問を感じるんですけどね」

「何よ。ヴィンセントも好きな歌かもしれないじゃない」

ローケの不愉快そうな表情を見たミルダは、噴き出しそうになるのを堪えた。正直なところ、この歌を歌ったグループ、アルヴィンガナがヴィンセントの好みとは思えない。

彼女の携帯電話が鳴り、二人ともビクッとした。

電話に出たミルダは、部屋を出ていこうとしていたローケに留まるよう、しぐさで示した。

「はい？　そんなに速く？　ええ、これは特別な事案ですから……いいえ、そちらがどんな噂を聞きつけたか分かりませんが、この件が法務大臣の失踪に関わりがあるかどうかのコメントは控えさせていただきます。ただし……この件は最優先だということは言えます」

彼女は、ローケが耳をそばだてていることに気づいた。

「なんですって？　はい、ええ……分かりました。わたしのメールアドレスはご存じですね。失礼します」

ローケの不満そうな顔を見る限り、ミルダの電話が何のことなのか読み解こうとしてうまくいかなかったらしい。電話を切った彼女は、にっこり笑った。

「民間の家系データベースに依頼したことを覚えているでしょ？」彼女が言った。「例の古い骨とマッチするＤＮＡが登録されているかどうか調べるために。ま、ＥＵの一般データ保護規則に照らすと、ちょっと危なっかしいんだけど」

ローケは目を輝かせた。

「〈ファミリー・ツリー〉のデータベースに期待していたんですよ。スカンジナビアではよく知られている会社ですからね」彼が言った。「あそこからの電話だったんですか？」

「他のところからだったわ」彼女が言った。「〈アンセストリー・ドットコム〉。適合する人物が一人見つかったのよ」

ローケは、その場で跳ね回らんばかりに興奮している。自分の助手を少しじらそうと、ミルダはわざと答えを出し渋った。

「あの骨の人物の甥とマッチした」彼女は言った。「だから、二人は近親者同士ということ。会社からわたしのところにメールですべての資料を送ってくれて、その甥の名前に聞き覚えがあるんだけど、はっきり思い出せなくて……」

ミルダはパソコンのブラウザーを開いて、しゃべりながらその名前を打ち込んだ。さあどうなるか。ときには運が向いていることもある。彼女が検索した人物の同名異人はスウェーデンに数人いたが、他の情報と一致するのは一人だけだった。

パソコンの画面から、見たことのない顔が彼女を見つめ返している。おかしなことに、この人物のウィキペディアのページまである。

ミルダはローケのためにそのページを読み上げ始め、すぐに黙った。彼女がローケを見つめると、あちらも彼女を見つめ返してきた。いま聞いたことは信じられないというように。彼がどんな気分なのか、ミルダにも分かっていた。

「ユーリアに電話をしなくちゃ」彼女が言った。

「今から警察本部に行くことになっているんです」ローケが言った。「捜査会議があるので、ユーリアとも会いますから、まずは彼女だけに〈アンセストリー・ドットコム〉の情報を見せます。そうしないとだれにも信じてもらえそうにない」

画面の男が、二人を凝視している。

これが偶然なはずはない。

*

ルーベンは、町へ戻って高速道路を走ることにした。そのほうが、クリスマスで二日酔いの運転手たちのひしめく一般道よりも、ゆとりを持って走れる。愛車〝エリノール〟がハミングするようなエンジン音を立てている。すべき仕事をしてくれたこの車のおかげで、思いのほか早く、ルーベンはセーデルテリエに到着した。サーラに電話をしようか何度か迷ったが、すべての情報が揃うまで待つほうがいいと思った。国家作戦部が特殊部隊をまとめるには、少なくともあと一時間はかかるだろうから。

セーデルテリエを過ぎると、彼は高速道路を降りて脇道に入った。その細い田舎道は、しばらく走ると雪で覆われた砂利道になった。また森の中だ。GPSによると、目的地まではあと二キロ。徐行を強いられるのは、この雪道を数か月間だれも通っておらず、しかも別荘の間をくねくね進んでいるからだ。彼がたどっている真新しい轍の他には、雪の上に何の跡も付いていない。ペーテル・クローンルンドの別荘まであと二百メートルほどのところで、彼は車を停めた。タイヤの跡は、この先まで続いている。

そこから別荘まで歩く。足元で雪が音を立てる。少し行ったところで、タイヤの跡が道からそれて、敷地に続いているのが見える。ルーベンは森に入って、木の間に隠れながら前へ進んだ。また地図をチェックする。やはり、タイヤの跡はペーテル・クローンルンドの別荘まで続いている。さらに進むと、黒いダッジ・ラム・ピックアップとBMWが別荘の前に停めてあるのが見えてきた。やつらはあそこだ。サーラに電話をしなくては。電話を取り出し始めたときに、何かで殴られて地面に倒れた。驚きと痛みの声が出た。

電話が大きな半円を描きながら空中を舞って、雪のどこかに落ちた。

「クソっ、何だ」彼は口の中の雪を吐き出して言った。

雪の中で仰向けに姿勢を変えた。男がにっこり笑って、彼の上にかがみこんでいる。だれなのか、ルーベンはすぐに分かった。ドラガン・マノイロヴィッチ。セルビア人マフィアのボス。必要とあれば、自身の手を汚すのを厭わないことで悪名高い男だ。

ルーベンは、これほどの大男を見たことがなかった。事態がこんなに急速に最悪へ突入するとは思っていなかった。

「おっと、何か落ちたようですな」ドラガンが言った。「あいにくお返しできないが」

ドラガンは、携帯電話が落ちたあたりを強く踏みつけた。

「ここは私有地だと知ってるだろ？　ここでの電話はご遠慮いただく」

ドラガンがルーベンをにらんだ。

ルーベンもにらみ返した。舐められないよう必死だった。かといって刺激し過ぎるのもご法度だ。どちらも、彼を今以上のピンチに陥れかねない。

「思うんだがね」ずっと長く思える数秒間、黙っていたドラガンが言った。「雪の中に寝てたら濡れてしまうだろう。おれについてこい、家の中で暖をとらせてやる」

ルーベンは、ゆっくりと立ち上がった。ドラガンに刑事だとばれたら、一巻の終わりだ。

「本当に申し訳ありませんでした」ルーベンは、ストックホルムから来た甘っちょろい観光客のふりをして言った。「散歩をしていただけなんですよ。何かにつまずいたに違いない。でも、もう平気です。ご心配かけてすみません」

大男は、彼の行く手を塞いだ。

「ついて来いと言っただろ」彼はそう言って、腕全体で別荘を指した。

従うしかなかった。ドラガンが後ろを歩く格好で彼は森を出て、別荘に向かった。ドラガンは、彼を自由にする気などない。それは確かだ。逃げることもできない。ほんの小さな間違いで、確実に背中を撃たれる。ドラガンは残虐性と短気とで悪名高い。

別の男が、別荘の玄関から出てきた。ルーベンには見覚えがある顔だ。ペーテルの弟ヴィクトル・マノイロヴィッチ。家族全員が、クリスマスで集合しているというわけか。

「だれだ、そいつ？」ヴィクトルが言った。

「遅れてきたクリスマスの妖精だ」ドラガンが言った。「どんなプレゼントを持ってきたのか、見てみようじゃないか」

ヴィクトルはルーベンが中に入れるよう、ドアを押さえた。

ルーベンはためらったが、他に選択肢がなかった。まだ生きていられる一秒一秒が貴重だ。そう思って彼が足を踏み入れると、そこは居間だった。

食卓にはビニールシートが広げてあり、その上にハンマーとプライヤーとナイフとドリルが置いてある。普通の作業場でよく見かける道具だ。だが、その下のビニール製の敷物を見て、ルーベンはまったく違う用途があるのだろうと思い、嫌な予感がした。

食卓のそばの椅子の一脚に、男性が座っている。両手両足を縛られているが、猿ぐつわはかまされていない。マノイロヴィッチ一家は周辺にだれも住んでいないことを心得ている。この男性が叫んでも気にする必要はないようだ。

だが、その男性は、ニクラス・ストッケンベリではない。

外国人排斥を訴える政党〈スウェーデンの未来〉の党首テッド・ハンソンだった。

＊

「一緒に来てくれてありがとう。オフィスを離れたかったので」ミーナが言った。

「警察本部以外の場所で淹れたコーヒーを飲める機会なら逃さないようにしています」苦笑しながらヴィンセントが言った。

カウンターの男性に名前を呼ばれた彼は立ち上がり、喫茶店のロゴ入りの使い捨てカップを持って、素早く戻ってきた。カップには、彼のファーストネームが下手な字で書かれている。

「わたしが触れたカップで大丈夫ですよね」ヴィンセントは、ミーナのカップを顎で指した。

ミーナは乾杯するように、彼にカップを掲げて見せた。

「おかしなことに、あなたの細菌には慣れたみたい」

「それは最大の褒め言葉です」ヴィンセントはそう言いながら、彼女の向かいに腰かけた。

諦念が、濡れた毛布のようにミーナを覆っている。ニクラスの失踪時間が一秒長引くごとに、身体に針が刺さるような小さな痛みを覚える。夏にナタリーがトラブルに巻き込まれるまで、不安を身体で感じるなんて考えたことがなかった。そして今、ナタリーの父親に関して同じような不安を身体で感じていた。そんな不安で麻痺しそうだったが、エネルギーを前向きに使う方法を見つけなければならないのだ――ニクラス発見という結果をもたらすために。でも、こんなふうにコーヒーを飲むなどして気分転換する必要性も感じていた。ヴィンセントを説得したかったせいもある。彼女は、コーヒーを一口飲んだ。

「考え直してみました？」彼女は言った。「お願いだから、考え直したと言ってください。警察本部長に電話をして、あなたの家族を見つけるための計画を立てられるよう、考え直したって言ってください」

ヴィンセントは慌てふためいて、周りを見た。

「声が大きい」彼が言った。「〈影法師〉がだれだか分からないんですから。ここにいるかもしれない。あと、考え直してはいません。警察は巻き込みたくない。まだ」

ミーナは苛立ちのあまり、ため息をついた。心底彼を助けたいのに、そうさせてもらえないのはもどかしい。刑事としての彼女のすべての本能に反することだ。しかし同時に、彼の考えも理解できた。もし警察がかかわったらどうなるのか、〈影法師〉は手紙で明確に伝えてきているのだ。

「しかし……パズルのピースをひとつ見つけたようです」ヴィンセントが言った。「この事件の捜査にも役立つものです――例の人骨の発見現場と、わたしに送りつけられた砂時計との関連を見つけました。砂時計とは時間を計るもの、すなわち砂時計は時間です。一方、例のメッセージには、『時間切れになる前に四つ目を見つけよ』とあった。最初は戸惑いましたよ。人骨は四つ発見されていて、四番目がだれのものなのかも分かったとわれわれは思っていた。しかし、『四番目』が〈王〉を指しているのでないとしたら？」

「確かに彼の死亡時期は、他の被害者と比べて二十年ほど時間がずれています」ミーナが言った。

「そうです」ヴィンセントが言った。「となると、現時点で被害者は三人、骨の発見現場は三箇所ということになります。さて、例の砂時計ですが、それぞれの砂が落ち切るまでの時間をわたしは計ったんです。すると、三つの砂時計の砂が落ち切るまでの分数が、三つの遺骨発見現場の地下鉄の路線番号と一致したんです」

「地下鉄の路線番号？」ミーナは、興味深そうに身を乗り出した。「ふと頭に浮かんだわけですか？」

「そんなところですかね」ヴィンセントは目配せした。「四つ目の砂時計が四人目の被害者を象徴しているとすると、それは四つ目の地下鉄トンネル内の場所を示唆していることになる。四本目の路線――そこにニクラスがいる。あるいは、そこで見つかることになる」

ミーナは、椅子から立ち上がりかけた。

「もっと早く教えてほしかった！　ニクラスと他の三人の共通点を見る限り、四人目は確実に彼だわ」

「同意します」ヴィンセントが言った。

「すでに近辺に監禁されているかもしれない。それはどの路線なんですか？」

「分からないのはそこなんです。四番目の場所は存在しない路線なんです」

ミーナは怪訝そうに口を開いた。それから閉じて、腰をおろした。

「存在しないってどういうこと？」彼女が言った。

「ストックホルムの地下鉄には、存在しない路線番号が二つあるんです。15と16です。そして、四人目――つまりニクラス――は、16番線にいることになる。砂時計を信じるなら、ですが。ただ、地下鉄は七十年以上かけて拡張を続けていますから、番号に矛盾が生じるのもおかしいことではないのかもしれない」

「そうかも」彼女が言った。「それでも念のため、ユーリアに伝えておきます」

それから、ミーナは声を潜めた。

「何か新しい情報は？」彼女が言った。「ご家族のこと。家族を連れ去ったのがだれなのか、見当はつきませんか？　警察には関与してほしくないとのことですが、わたしならかかわっても構わないのでは？」

ヴィンセントはテーブルに視線を落として、自分のカップを前に押した。

「自分は頭がおかしいだけで、すべてが空想なんじゃないかと思うときがある」彼が言った。「自分が帰宅すると、みんながそこにいる、という空想です。だけど、現実にはだれもいない。それに、家族をさらったのがだれなのか分からないし、自分が何をすべきなのかも分からない」

彼は見つめてきたが、ミーナは目を合わせるのが辛かった。

「大丈夫ですよね？」彼が言った。「きっと見つかりますよね？」

ミーナは彼の手の上に自分の手を置いて、彼の目を見つめた。

「わたしがいます」彼女が言った。「ずっと、あなたのそばにいますから。許される限り、そばにいます」

彼の質問に対する答えではなかった。だが、耳に心地いい言葉は空虚に響くだろう——それは二人とも分かっていた。

＊

ペーテル・クローンルンドの別荘は、凍えるほど寒かった。ルーベンの吐息は白く、真向いの椅子に座るテッド・ハンソンは、寒さで震えている。ドラガンとヴィクトルは、暖房を入れるようなことはしてくれなかった。ルーベンは、運よく二人にポケットを空にされたダウンジャケットを着たままでよかったが、それでも、部屋の隅に山積みになっている外出着に切望の眼差しを向けないではいられなかった。マフラーか何か、身に付けさせてほしいところだ。彼も椅子に縛られていて、縛めを解けないものかとロープを引っぱってみたが、すぐに諦めた。きつ過ぎるほどしっかり縛ってある。

ルーベンは以前にテッドと顔を合わせたことがあるが、最高の状況とは言い難かった。あのときテッド・ハンソンはミント広場で演説中で、ルーベンとユーリアは参考人を連行するため、彼の演説を中断させたのだ。テッドはひどく立腹していたものだ。

ミント広場で出会った傲慢な扇動家と比べると、今向かいに座る彼はひどく小さく見える。テッドはうなだれて、意識が朦朧としているようだ。ルーベンは、テッドが自分を思い出さないよう、心から願った。思い出したにしても、ルーベンが刑事であることについて黙っているだけの賢明さがあることを祈った。

「あいつをどこで見つけた？」キッチンから、ヴィクトル・マノイロヴィッチの声が聞こえてくる。

「森だ」ドラガンが答えた。

「サツっぽいな」ヴィクトルが言った。

「どうかな。ま、テッドちゃんのお友だちじゃなさそうだ」

テッドちゃんとはね。マノイロヴィッチ一家は、テッド・ハンソンに何をする気なのだろう？　この男は人種差別的なろくでなしではあるが、だからと言って、こんな扱いを受けるに値するわけではない。

テッドが顔を上げた。

ルーベンの目に浮かぶ問いを察したのか、彼は冷ややかな笑みを浮かべた。

「スウェーデンは犯罪者を輸入しているんだとわたしが言うと、誇張してるとみんな言うんだよ」党首テッドが小声で言った。「少なくともあの二人は、わたしの主張が気に入らないだろうが、彼らこそが、わたしが言い続けてきたことは正しかったことの証明なのさ。〈スウェーデンの未来〉が主導権を握れたら、あんな連中はとっくの昔に国外追放されていただろう」

〈スウェーデンの未来〉か。ルーベンはため息をついた。テッドの政党は、不安と恐怖を煽るのが狙いだ。党首がセルビア人マフィアに監禁されていることが明るみに出たら、彼らの思うつぼになる。この事件が、すべての外国人に対する暴力的なヘイトをＳＮＳ上で生み出すこともありうる。過去にもそんなことがあり、罪のない人間が害を被った。そんなことがまた起こらないようにせねばならない。でも、それは後回しだ。まずは、生き延びなくてはならない。

「黙れ！」ヴィクトルがキッチンから怒鳴った。

「クリスマスの妖精がさらに何人か森にいないか、ちょっと調べにいってくる」ドラガンが言って、玄関ドアを開けた。

寒い別荘の中が、ますます寒くなった。テッドは体全体をこわばらせた。この寒さに、彼の薄いジャケットはまるで役に立たない。

「ちょっと待った、あの男はどうする？」ヴィクトルが言った。「解放するわけにはいかないだろ。かといって、殺したら、処理しなきゃならない死体が増える。そんなひまはないぜ、今日はな。もうすぐ、ミランを連れてこなきゃならない」

ドラガンはドアを閉めた。

「放っときゃいいだろう」彼は言った。「やつを置いて出ていけばいいことだ。あとは冬の寒さに任せればいい。自業自得だよ」

「テッドちゃんはどうする？」

「あのクソ男は別だ。おれが戻ってきたら、すぐにでも始末しよう」

「おれは裏を見てこよう」ヴィクトルが言った。「そのほうが速く終わるだろ。あいつらは、どこへも行かないさ」

二人が外へ出ると、別荘の中は静かになった。

テッドがルーベンを見つめた。

「もしあんたがわたしを助けに来たんだったら、残念ながら落第だ」歯をガチガチ震わせながら、彼は腹立たしげに言った。

「あんたは、スウェーデン警察の無能ぶりについて、いつもグタグタ言ってたじゃないか」ルーベンが冷ややかに言った。「正しいと分かって、いい気分だろ?」

ドラガンとヴィクトルは、すぐに戻ってくる。ルーベンはすぐにでも自分とテッドが生き延びる手段を考え出さなくてはならない。でも、いい考えがない。まるでなかった。

*

サーラは、両手で防弾ヘルメットの重さを量った。一番上にカメラマウントが付いているが、今のところカメラは装着されていない。同じようなヘルメットを最後にかぶったのは、ロッキー山脈でのスキー休暇中だった。スキーと言っても、子供たちが幼かったので、乗ったのは橇だった。でも、彼女と前夫は、素晴らしい一週間を過ごした。そのわずか数か月後に、彼女はスウェーデンに戻り、すべてが崩れ落ちてしまったのだ。こんなにも速く、人生が変わってしまうなんて。でも、機会ができ次第、ザカリーとレアをスウェーデンの山に連れていこうと思っている。

「サイズは合ってるか?」彼女の横のヴィルヘルムが訊いた。

「ごめんなさい、考え事をしてて」サーラが言った。「スウェーデンに戻ってきた当初に勤めてた分析課とは、環境がまるで違うから」

特殊部隊を乗せたバンが傾いて、サーラは思わずアシストグリップを握った。まだ残っている脊髄反射もあるということだ。

「おれたちが、デスクワーカーばかりのあの課に、あんたを一生置いとくつもりはないって分かってるだろ?」ヴィルヘルムが笑った。「遅ればせながら、おかえり」

「どうも」彼女はそう言って、バラクラヴァ帽をかぶった。

そしてヘルメットをかぶり、防弾チョッキがちゃんと装着されているか調べた。

「あんたがリーダーなのは承知してる」そう言って、ヴィルヘルムもヘルメットをかぶった。

「だけど、あんたが自分で言ってたように、ここのところは主に管理のほうに携わってきた。だから、突入するときには一番後ろにいてもらうよ。しばらくぶりだろうからな。前衛の連中に任せてほしい」

「防護盾は本当に必要だと思う?」

「何とも言えないが、持つに越したことはない。どんな抵抗に遭うか分からないからな」

バンがまた傾いた。今回は何にも摑まらなくてもバランスを保てた。

「そうね、少なくともスキーとはわけが違うものね」彼女は言って、笑った。

ヴィルヘルムは怪訝そうな目で彼女を見てから、H&K・MP5短機関銃の位置を調整した。

サーラは、完全武装した同僚たちを見回した。彼らのことを誇りに思った。アメリカから戻って初めて、自分は母国に戻った、と感じた。ここが彼女の居場所だ。バンの中のメンバーたちを見て、そう思えた。彼女が咳払いすると、部隊の全員が彼女のほうを向いた。

「状況はすでに把握していると思います」彼女が言った。「あらゆることに備えるように、と言う必要はないでしょう。ヴィルヘルムが、つい先ほど言ったように、どんな抵抗に遭うか分かりません。彼らは武装しているでしょう。しかしわれわれを撃ってくるほど愚かかどうかは不明です。ともかく油断は無用で」

バンが停止した。

「現着しました」運転席から聞こえた。

サーラはメンバーを見回した。一人一人と視線を交わして、迷いのある者やふいに不安に駆られた者がいないか確かめた。熟練していても、そうならないとは限らない。緊張は自然だ。むしろ、緊張しない人間のほうが問題なのだ。テンションが高過ぎるのはいいことではない。だが、不安に捉われた警官は安全を脅かす危険があるため、バンの中に残ってもらわなくてはならない。

彼女に向けられたのは、決然たる視線だけだった。

サーラは、満足げにうなずいた。

「やつらをぶっつぶしましょう」彼女は言って、後部ドアを開けて跳び出した。

ヴィルヘルムはよかれと思ったのだろうが、彼女はボスだ。しんがりに控えるなんてあり得ない。

＊

彼の思考は、常にサーラに戻っていった。ペーテル・クローンルンドの別荘を偵察しにいくという愚かな計画も、彼女の前でヒーローを演じたかったからだ。サーラといるといつも、自分の至らなさを痛感してしまう。彼女を見ると、真実を語る鏡で自分自身を見ているような気分になる。自分の無責任ぶりや虚栄心や自己陶酔が見えてしまう。だから、彼女のために、まともな人間になりたかった。そして、アストリッドのためにも。祖母にも返すべき借りがあるだろう。

サーラのおかげで、自分は成人してからの人生のほとんどを、誤ったものを追うことに費やしてきたのだと痛いほど明瞭に悟ることができた。からっぽ——自分が追っていたのは、見かけ倒しのからっぽのものだった。そして今、寒い別荘の中で、拷問を受けた人種差別主義者の前に座っている。男は自己憐憫に浸って、すすり泣いている。彼を待ち受けているのは、外の森の中の〝墓標のない墓地〟だろう。

木の実やキノコ狩りをする人が、動物が掘り出した彼の骨に偶然つまずくその日まで、彼が発見されることはない。恐らく、ルーベンのカマロは国外に搬送されて、解体されるかナンバープレートを替えて売却される。

ルーベンは頭を振った。ドラガンとその部下による現実的な問題解決法を想像するより、もっと頭を働かせて、この状況から抜け出す方法を考えるべきだ。

「おい」ルーベンは言って、向かいに座るテッド・ハンソンを軽く蹴った。「起きてるか?」

極右政党の党首は答えず、泣くばかりだった。ベージュのチノパンの前部に、濡れた大きな染みが広がっている。

ルーベンは、サーラが彼の死を嘆いてくれるか考えた。二人はカップルではない。今となっては、カップルになるチャンスもない。それを自分が望んでいたのだと彼は悟った。それを認めたくないくらい切実に。

でも、この別荘の中、寒さで雲のような白い息を吐きながら、まるで命が脆い木の枝にぶら下がっているような状況で、自分に嘘をつく時間などない。サーラとともに何もかもがほしい――それが真実だ。家も、ボルボも、犬も。カップルだけが集まる夕食会を開いて、呆れるような住宅価格や上昇する金利の話をしたい。子供を寝かせるのがだれの番か、洗濯をするのはだれか、最後に買い出しに行ったのはだれかとか口喧嘩したい。

白いドレスを着たサーラと結婚式を挙げたい。ちゃんと教会で、牧師も、その他すべても揃った結婚式だ。教会ではアストリッドがレアとザカリーと一緒に二人の前を歩き、バラの花びらを撒く。盛大なパーティーを開くのだ、本当は招待したくない親戚も招いて。何もかもがほしい、それ以上がほしい。サーラと一緒に。

外から低い声が聞こえ、ルーベンは目をかたく閉じた。意識を失いかけている様子のテッドをまた蹴った。この男がどんなに嫌いでも、目の前で死なれたりしたら気分が悪い。

擦るような音がして、ドアがきしむ音を立てた。大きな声。やつらが戻ってきた。ルーベンは、自分が心の中で祈っていることに気づいた。顔に隙間風を感じて震えた。さっきよりもっと寒い。

あの二人が自分をどういうふうに殺すつもりなのか考えた。本当に凍死させる気なのか、それとも頭に一発撃ち込むのか。他にもシナリオはある――頭にビニール袋をかぶせて窒息させる、ロープなどを使って絞め殺す、あるいは単純に首の骨を折るとか。選ばせてもらえるのなら銃弾だ。一番速く、一番無痛だ。リストの一番下に来るのは、ビニール袋による窒息死。ヴィンセントのように閉所恐怖症ではないが、ゆっくりと窒息することを考えただけで、パニックがこみ上げてくる。

背後のドアの外から、忙しない足音が聞こえた。それから、抑えた動きらしきものも。あの二人は、外で一体何をしているのだ？ ルーベンがまたテッドを蹴ると、テッドは頭を上げずに唸った。まだ生きているようだ。

そこで何かが壊れる轟音がして、ルーベンはビクッとした。いったい何なんだ？ 彼は椅子に縛られたままぴょんぴょん跳んで半周し、ドアが見える位置に移った。武器を構えた人影がいくつも中に入ってくる。その後ろにさらに数人いるのが見えた。

警察官の制服だ。

警察官の制服を着ている。

そこで先頭にいるのがだれなのか気づいた。

サーラだ。

彼女は部屋の真ん中で立ち止まり、蹴破ったドアから差し込む光を浴びて輝いている。ルーベンは、こんなセクシーなものは見たことがなかった。彼は助かった。サーラが彼を救ってくれたのだ。

彼の描いたシナリオからは遠くかけ離れていた。おんぼろのウィンザーチェアに縛られて身動きが取れない彼は、世界で一番情けない男に見えるに違いない。夢見ていたウェディングドレス姿のサーラがゆっくり崩れて消えた。

だれかが、彼を縛っていたロープをナイフで切った。ルーベンは立ち上がって、手首を揉んだ。サーラと目を合わせる勇気がなく、床を見下ろしていた。

「別荘および周辺の安全を確保」彼女が隊員に言うのが聞こえた。「ヴィルヘルム、テッド・ハンソンをここから連れ出して。わたしはこのぐったりした人を受け持ちます」

ルーベンは、意気消沈して彼女についてドアへ向かった。血行が止まっていたせいで痺れた足を軽く引きずっていた。部屋の隅の衣類の山を通り過ぎようとしたところで、彼はハッとした。どこか不自然なところがあった。

「待ってくれ」そう言って、山積みの衣類のそばで膝をかがめた。

一番上のジャケットを慎重に持ち上げた。毛皮をあしらったフード付きの紺色のカナダグースのジャケット。その下からグスタヴ・ブロンスの死んだ目が彼を見つめ返した。

彼は空腹だった。そして、凍えていた。彼らは地上で食べ物を探したが、零下の気温で人々は外出したがらず、食べ物はあまり見つからなかった。寒さは、彼らの住処にも入り込んできた。彼は、パパがゴミコンテナの中で見つけた羽根布団をもらっていた。そのおかげで、寒さは少し防げたが、それでも、あまりの寒さに彼は震えていた。

パパの様子もおかしかった。ずっと黙っていた。ひどく静かだった。いつもなら、よどみなく、際限なく話すパパが、今は静かだった。彼はパパに話をさせようと、パパの好きな話題を取り上げてみた。昔のスウェーデンの国王たち。国や権力に関する争い。グスタヴ三世暗殺事件。ベルナドットという名のフランスの元帥がスウェーデンの国王になるまでの経緯。そういった話はパパから幾度も幾度も聞いていた。毎回同じくらい楽しかった。なのに、今そんな楽しみは、ひとかけらも残っていなかった。

ヴィヴィアンが彼のことを心配しているのも、それを隠そうとしているのも彼は知っていた。隠されてても彼には分かった。すべて。暗闇の中では、すべてが素通しになる。

寝るときにはパパはいつも彼にぴったり身を寄せてくれた——特に今は暖かさを保たなくてはならなかった。胸部をゆっくりと上下させるパパの寝息を感じた。恐る恐る、彼は自分に向けられたパパの背中に手を置いた。パパを起こしたくなかった。パパは、不安になるほど長いこと眠っていた。睡眠が必要なのだろう。王冠はパパの向こう側にある段ボール箱の切れ端に慎重に置かれている。パパが寝言でママの名前をつぶやいた。何度も。最近は、以前より頻繁につぶやくようになっていた。

列車が通り過ぎて、地面が揺れた。今は夜だから、利用客はうんと少ないはずだ。乗客たちは、こんなすぐそばに人が住んでいると知ったらどう思うだろう？　地上の彼らにとっては、目を向けるに値しない人間。見えざる人々。だから彼は、地下鉄の乗客たちを〝見える人々〟と呼んでいた。あの人たちにはお互いが見えるし、自分自身が見えるからだ。多分、何よりも自分自身を見ているのだろう。彼は、そんな人たちのようにはなりたくなかった。姿が見えないことが気に入っていた。夢と現実の狭間をさ迷い、暗闇の中をさ迷うのが好きだった。

パパが苦しそうに、またママの名前を呼んだので、やさしく背中をさすってやった。彼は這って近づき、パパにも羽根布団を掛けた。パパの革のジャケットに頰を寄せて、レールの歌う歌を聞きながら眠りについた。きっと明日はよくなる。明日、パパは王冠をかぶって、自分より昔に君臨していた国王たちの話をしてくれるはずだ。

明日には。

「保温毛布よ」

　バンの中で、サーラは前かがみになってルーベンをアルミホイルのような救助用毛布で包んだ。バンの後部席は狭いので一苦労だったが、精いっぱいのことをしてくれた。まるで彼が子供であるかのように。

　ルーベンは、一秒ごとに屈辱感が大きくなるのを感じた。ヒーローになるのは彼のはずだったのに。ドラガンを発見して、サーラに引き渡すはずだった。彼女は気絶しそうになって、彼の腕の中に倒れ込むはずだった。なのに、彼は今、アルミ箔で包んだブリトーみたいになって座っている。そして、震えている。

「ありがとう」そう言った彼は、サーラと目を合わせるのを避けた。

　くそっ、こんな最高の女は見たことない、と彼はいまだに思っていた。彼女の曲線美も制服姿も、現場で冷静に警官たちに命令を出すさまも。

　サーラは一瞬ためらったように見えた。それから後部席に乗り込んで彼の横に座り、ドアを閉めた。

「冗談抜きに訊くけど」彼を焼き尽くしてしまいかねない目で彼女が言った。「ここで何してたの？」

ルーベンは感情を呑み込んだ。中学校時代に校長先生の前に立ったときよりもまずい状況だ。あらゆる答えを検討してみた。どれも真実よりましな気がしたが、最終的に、済ますべきことは済まそうと決めた。どうせ、もうすべて終わりなのだから。

「……あんたが電話で話しているのを聞いたんだよ」そう言った。「ドラガンのところへの強制捜査のことをね。やつらがだれかを拉致したって話をさ」

「いつ?」サーラは額にしわを寄せた。「というかどこで? わたしの家で?」

「あんたの家の呼び鈴を……押そうとしたとき」彼は口ごもった。「ドアの外まで話が聞こえてきて……」

「それであなたは……」サーラは、淡々と言った。

ある意味、口汚く罵られるよりたちが悪い。彼女は不気味なほど冷静だ。

「そこに行ってみたら、問題の場所に、やつはいなかった。そこで……ペーテル・クローンルンドのことが頭に浮かんで、あの男なら別荘を持ってるんじゃないかと思った。家業は継いでいないとやつがどんなに言ったところで、そう簡単に縁は切れるものじゃない。一家の連中は、ペーテルのものは自分たちのもので、家族なんだから自由に使えると思ってる。別荘もそうだ。だから、身を隠せる場所が必要となれば使うだろうってね」

「お見事」相変わらず淡々とした口調で、サーラが言った。「あの一家がティーレセーにはいないというのはわたしたちも気づいた。でも、ここにたどりつくには、随分時間がかかった」

毛布にくるまったルーベンが身をよじると、カサカサと大きな音が立った。

「まあ……結果論だけどね。自分はただ状況を偵察して、連中が本当にここにいるか確かめて、あんたに電話をして住所を教えるつもりだった」

「だけど?」サーラが言った。

ロボットのようにひどく無感情な口調だった。

「だけど、やつらに見つかった。そして、テッド・ハンソンとともに別荘に閉じ込められた。ちなみに、テッドはどうしようもない泣き虫野郎だぞ。なんでやつらが彼を監禁したのかが分からない。あいつにできることといったらクソみたいなことをわめくことだけだ」

「テッド・ハンソンは、マノイロヴィッチの手を借りて、〈スウェーデンの未来〉に批判的だったジャーナリストを脅迫したのよ」彼女が言った。「わたしたちはテッド・ハンソンの行動を長期にわたって内偵していた。あなたに言ったようにね。でも、いざマノイロヴィッチがテッドから報酬を取り立てようとなったら、突然テッドは知らぬ存ぜぬの態度を取った。一家に仕事を頼んだことなんてないと言ってね。で、支払いを拒否したら……」

サーラは別荘を顎で指した。

「で、グスタヴ・ブロンスは?」

ジャケットを持ち上げたときに彼を見つめてきた死んだ目を思い出して、ルーベンはぞっとして身をよじった。この手のことに慣れることは決してないのだ。

「グスタヴは、ドラガンからの借金をあっという間に使い果たした」サーラが言った。「その後、さらに金を借りるというミスを犯した。クリスマスの少し前あたりから、彼は身を隠していて、われわれもマノイロヴィッチの手下たちも、彼を捜していた。けれど、ヨセフィンのせいで、一家のほうが彼を先に見つけてしまった」

「ヨセフィンのせい？」ルーベンは目を丸くした。

「グスタヴの発見につながることを期待して、われわれは彼女を盗聴していたのよ。そうしたら、案の定、彼女は隠れ場所を明かしてくれた——ただしマノイロヴィッチにね。数十万クローナの報酬ほしさに」

「最低だな。わが真実の愛の幻想は消えにけり、か」

「ま、当初はうまくいっていたのでしょうけど」サーラは皮肉っぽく笑った。「残念ながら、一家のほうがわたしたちよりここに来るのが早かった。そして今、わたしたちは到着したわけだけど、グスタヴ・ブロンス以外の人間を遺体袋に入れて運び出さなくて済んだのはありがたいわ」

「すまない」ルーベンが体をよじりながら言ったので、毛布がまた音を立てた。「とんでもなく馬鹿な行動だった。どこから話を始めたらいいものか……」

彼は覚悟を決めた。正直さというのは、こういう状況に置かれたときに彼が持ち出すことのないものではあったが、死への接近という体験が、彼にこれまでのやり方を捨てさせた。依然サーラの目を見る勇気がないまま、彼は続けた。

「まともな判断ってやつをおっぽり出してしまった」彼は言った。「あんたによく思われたかったんだよ。情けない話だが、あんたに違う自分を見せたかったんだ。あんたに誇りに思ってもらえるような人間になりたかった。あんたのヒーローになりたかったってことだな」

彼の言葉に続く沈黙は車の窓ガラスを破ってしまいそうなほど大きくこだまするように感じられた。顔がひどく熱くなり、ルーベンは前の座席のヘッドレストをじっと見つめ、サーラのほうを見ないよう必死で我慢した。毛布のカサカサという音は、彼の惨めさを強調するだけだった。クールな男は、こんなカサカサ音なんて立てない。

やっと、勇気を出して彼女のほうに顔を向けた。彼の目に映ったのは、想像していた軽蔑とはまるで違うものだった。愛情らしきものに見えた。何も言わずに彼女は顔を近づけて、ルーベンにキスをした。

そして、ルーベンもキスを返した。アルミホイルに包まれた男にできる精いっぱいのキスを。

残り五日

〈エクスプレッセン〉紙の記者はトールの自宅で会いたがったが、彼は拒んだ。限度というものがある――職場でインタビューをすればいいことだ。そもそもこの記事は権力の場にいる人物についてのものなのだ。だがカメラマンはその提案に大いに不満だったので、妥協という形で話がまとまった。

インタビューは彼のオフィスで、写真撮影は旧市街の屋根の上で行うことになった。カメラマンは、トールの下に冬のストックホルムが広がるようにする、というアイデアを出した。彼が町を従わせているかのように見える。気分のいいイメージだと思ったが、大きな声では言えない。

カメラマンは後で来ることになっていて、目下オフィスにいるのは、トールと記者のマティルダの二人だけだ。以前、何度か顔を合わせたことはあるが、そのときのトールは報道官としての立場だった。

「残念ながら、時間に限りがありましてね」トールが言った。「ニクラス捜索の真っ最中なので」

「承知しています」そう言ったマティルダは、携帯電話をテーブルの上に置いた。「効率よくインタビューさせていただきます。ですが、これは重要な人物記事ですので、一、二時間はお時間をいただければ幸いです。録音しても構いませんか？」

トールはうなずいた。「重要な人物記事」。その響きが気に入った。

「で、どんなことを話せばよろしいんですか？」彼が言った。

トールは両手を頭の後ろで組んでみたが、マッチョ過ぎるような気がしたので、手を下ろして膝に置いた。

「すべてです」マティルダが言った。「もちろんニクラス・ストッケンベリ法務大臣の失踪は取り上げなくてはなりません。この事態が法務省やあなたのお仕事にどんな影響を及ぼしているかについてお伺いします。安全保障上の理由からお話しできない情報もあることは承知していますが、差し支えない範囲でお願いいたします。それから、もちろんご自身についてもお聞かせいただければ、と存じます。法務大臣の報道官として、また、それ以前についても」

トールは咳払いをした。

「法務大臣として、ニクラス・ストッケンベリは、スウェーデンで最も重要な任務を担っていると思います」彼は話し始めた。

それから、ニクラスとの緊密な協力関係について話し、また彼のように聡明な閣僚のもとで仕事ができることを特権だと思っていると語った。続いて、ニクラスの捜索は現在続行中であり、結論を出すのは時期尚早であると説明した。彼は前日の夜にリハーサルをしており、精神的に疲弊していることを見せず、最大限の情報を提供できるようにしてあった。首相を失望させたくなかったのだ。

彼が話す間、マティルダは熱心にうなずき、話の邪魔はしなかった。

「今日の政治家は、残念なことに、危険を伴う職業になっています」トールは話を結んだ。

「ですが、ニクラスほど勇敢な人間をわたしは知りません。必ず彼を見つけ出します」

マティルダは、最後にもう一度うなずいた。それからテーブルの上の携帯電話に目をやって、録音アプリの音量を調整した。

「ありがとうございました」彼女が言った。「それでは、差し支えなければ、ここからは政治家としてのトール・スヴェンソンさんご自身についてお聞かせ願えますか。あなたは最初から報道官ではありませんでした。スヴェンソンさんご自身の政界でのキャリアを積んでいらっしゃいましたね？」

「まあ、わたしが政治に関心を抱いたのは、世の中に変化をもたらしたかったからです」トールは微笑を浮かべて言った。「若い頃からわたしは、スウェーデンには構造的な、そしてまた社会的な問題があり、それにわたしたちは直面しているのだ、と考えていました。こうした問題について、他の人々はわたしのような角度から注視していなかったり、あるいはそもそも解決することに関心がないように見えました」

「若い頃は活動家だったということでしょうか」

「グレタ・トゥーンベリのような、ということですか？」トールは笑った。「いいえ、その逆ですよ。わたしの持論は常に、真の変革というものは内部から湧き起こるべしというものです。ゆえに政治家になったのです――現在はそういった使命からは距離を置いた立場にいるわけですが。グレタ・トゥーンベリさんは外部から変革をもたらそうとしているのだと思います。そのほうが目には見えやすい。政府の中枢に何年もいるわたしとしては、何かを変えたいのであればグレタさんの戦略のほうが効果的なのでは、と思わされることもあります」

マティルダも笑った。

「あなたの一族は政治に縁が深いようですが」彼女が言った。「父方のお祖父さまは、政治活動をなさっていましたね？」

これは問いではなく非難だった。トールは彼女を睨んだ。この話題を取り上げるなんてもってのほかだ。だが、彼女は若く熱心であり、ゆえに今回の取材では遅かれ早かれこの話題が出るのは覚悟していた——だからこそ彼は自身についてのインタビューを毎度断ってきたのだ。彼が驚いたのは、この質問が早々に出てきたことだった。

「祖父の政治的関心は、当時の価値観を反映したものです」彼は険のある声で言った。「あの頃の多くのスウェーデン人の考えから特に逸脱していたわけではありません。わたしは生前の祖父に二度しか会ったことがありませんし、最後に会ったのはわたしが四歳のときですから、祖父のことは記憶にないのです。ご理解いただけるとありがたいのですが、祖父について話すのはまったくの他人について話すようなものです。わたし自身が政治に目覚めたのは、家族というよりも、通っていた高校のおかげで、そこには政治のような事柄を重要だと考えている同級生がいたんですね。もし祖父についてお知りになりたいのなら、国立図書館の新聞アーカイブに出向くことをお勧めします。そうすれば、わたしもあなたの時間を浪費しなくて済みます」

彼は、これでインタビューは終わりだと示すべく、立ち上がりかけた。

「申し訳ありませんでした」明らかに慌てふためいて、記者が大声で言った。「失礼をするつもりはございませんでした……デスクからこの質問をするよう強く言われまして。もちろんわたしたちはスヴェンソンさんの話を伺いたくて来ております」

トールはまた腰かけて、両手の指先を合わせた。また、マティルダに微笑みかけた。

「スウェーデンが直面している危機は、それは、かつて『法と秩序』と呼ばれていたものを保持し続けることです。それゆえ、法務大臣のような人物がきわめて重要なのです。現在は法も秩序も失われています。前者は不完全であり、後者はもう長いこと、ないも同然です。郊外で増加する犯罪については、新聞やネットなどを通じてご存じでしょう。加害者も被害者もほとんど子どもであるような銃撃事件。学校でも職場でも増大しつつある麻薬売買。ですが、問題はもっと深いところにあるのです。構造です。わたしたちは、原点に戻ってやり直さなくてはならないのです。敬意と平等を基盤とした新しい社会を築かなくてはなりません。犯罪組織が根づくことのできない社会です。そこに関して極めて重要な役割を果たすのが法務大臣であり、わたしはそんな人物を補佐できることに誇りを感じています」

「では、そうした目的について、数年後のあなたはどのような役割を演じるおつもりでしょうか」マティルダの声には、賞賛の響きがあった。

トールは、彼女に向けて満面の笑みを浮かべた。

「自分もそこに関わり、先導しているでしょうね」

*

「サーラに救出されたんだってな?」

ルーベンは鼻を鳴らし、クリステルを無視しようかと思った。だが、おのおのサンドイッチとコーヒーを目の前に置いて、食堂で向かい合って座っている今は難しいだろう。

「ツイてなかったんですよ」ルーベンが言った。

「警察のバンに座ってカサカサ鳴る毛布にくるまってる写真はよかったぞ」

「そんな写真、どこで見たんですか？」

ルーベンは驚いて、クリステルを見つめた。バンの中の出来事が外に漏れることはないと思っていた。

「ツイッターだか何だかを駆け巡ってるぞ。今朝アーダムが見せてくれた。写真を撮って投稿したやつがいるんだろう。ウイルスのせいで流出したんじゃないかとアーダムは言ってた」

「バズる」ルーベンはふくれっ面で言ってから、チーズとハムを挟んだサンドイッチにかぶりついた。「バズるって言うんですよ」

それから、使い古した白い陶器の皿にサンドイッチを置いた。

「ラッセとやってみようと決めたのはどんな理由からなんですか？」彼が言った。

クリステルは不意を突かれ、サンドイッチを口に運ぶ手を止めた。

「何でそんなこと訊くんだ？」

「いや、どうしてなのかな、と思っただけで……」

ルーベンはすぐに、この質問をしたことを後悔した。今までクリステルと交わした、最も感情がこもった会話と言えば、前年の夏に、サッカーチームのＡＩＫソルナがユールゴーデンに敗れ、二人揃って嘆き悲しんだときだ。

「ははあ」そう言ったクリステルはにっこり笑いながら、サンドイッチをかじった。

「何がですか?」ルーベンは落ち着かなくなって、もぞもぞ体を動かした。なんてバカだったのか、黙っているべきだった。

「サーラだろ? 念のためもう一度言うが、おまえの命の恩人サーラ」

「何度も言いたくないですが、サーラはおれを救ってなんていません」

「やっぱりサーラだ!」ルーベンが明らかに決まり悪そうにしているのに喜びを隠し切れず、クリステルが言った。

「今ここでしなきゃいけない話ですか?」

「始めたのはそっちだろ」

「あっ、まあ……」ルーベンは言ってから、ため息をついた。「くそっ、何だよ」

クリステルは突然、彼に真剣な眼差しを向けた。それからサンドイッチを皿に置いて、身を乗り出した。

「バンジージャンプみたいなもんだ」

「バンジージャンプ? どういうことです?」

「おれが言いたいのは、愛とはバンジージャンプみたいなもの、ってことだ」

「何言ってるんだか。酔っぱらってます?」

ルーベンは、テーブルを挟んで真向かいに座る同僚を疑わしそうに見つめた。

「いや、おれは真面目に話してる。バンジージャンプみたいなんだって。長々と考えちゃ駄目なんだ。でなきゃ、ビビり始めてしまう。そうなったら、やめようってことになるかもしれない。おれも危うくそうしちまうところだった。後になってから考えると、やめなくてよかったと思う。考えないこと、それが秘訣だ。ただ飛べばいい」

「ただ飛べばいい」ルーベンは繰り返した。愛に関する先輩からの最大のアドバイス——ただ飛べばいい。

「そうだ」満足げに言ったクリステルは、またサンドイッチを取った。それから不快そうに、横半分に切ってある丸パンの上側を持ち上げて、挟んであるサラダ菜を取り除いた。

「これが欲しいなんてやつはいるのかね?」彼が言った。「せっかくの美味いサンドイッチにこんなものを挟もうなんて思いついたやつは、どこのどいつだ。サラダ菜を挟むのをやめたところで、なんで自分のサンドイッチにはサラダ菜がないんだって訊いてくるやつなんて、まずいないだろ?」

「サラダ菜なら、おれはもう取り除いちゃってますよ」ルーベンはそう言って、小皿の上のしなびたサラダ菜を指した。それから、ため息をついた。「ただ飛べばいいわけですか?」

「飛びゃあいいだけだ」

ルーベンは、頭を左右に振った。

「考えたこともなかったな、先輩がバンジージャンプをしたなんて」

クリステルが爆笑した。

「おれが?」そう言って、涙を拭いた。「バンジージャンプをしたって? 酔っぱらってるのはどっちだ? おれがそんなことするわけないだろ」

*

ナタリーはトールのオフィスのドアをノックしてから、返事を待たずに中へ入っていった。娘に続いて入ったミーナは、心の中で首を左右に振った。この子の腹の据わり具合は明らかに父親からの遺伝だ。トールは机の横に立って、電話中だった。

「では、話の続きはまた後で」ミーナとナタリーを目にして、彼は電話の相手に言った。「このへんで失礼」

「捜索は進んでるの？」ナタリーが言った。「パパは見つかった？」

トールは机の縁に寄りかかって、ため息をついた。

「ナタリー、これがきみにとって最悪のクリスマスなのは分かってます」彼は穏やかな声で言った。「でも捜索を担当するのは法務省ではなくて、主に国家保安局なんだ。で、彼らは……そう、新たな情報はないんです。二人を呼んだのは、今どう過ごしているのか心配だったからで。大丈夫？　わたしにできることはない？」

トールの机の上には、法務省の徽章入りの包装紙で包んだキャンディーが入った深皿が置いてある。ナタリーはそこからひとつ取って紙を剝がし、口に入れた。

「大丈夫なはずないでしょ」彼女が言った。「あの不気味な留守番電話によると、パパはあと数日しか生きられない。法務省にせよ国家保安局にせよ、行方不明の人を探す手段を絶対に持ってるよね？　どうしてそれを実行に移さないの？　何かできることがないかと訊くくらいなら、パパを見つけて。もし見つかったら、パパをクリプトナイト製の箱に入れて、箱の外に一万人の警護人を配置して」

ミーナは、娘が泣きそうになっていることに気づいた。だが彼女には何もしてやれない。母親でいる以外に。娘に駆け寄って、背中を優しくさすってやった。窓の外では、雪がまた降り始めている。地面に落ちるとすぐに泥に変わってしまう、町の湿った雪だ。

「同じことを考えていたんですよ」トールはそう言って、人差し指を振った。「事件が解決したら、きみのお父さんに警護をつけるべきだ……アメリカの大統領よりも多くの警護官をね。あと、行方不明の人間を見つける手段については、携帯電話の位置なら特定できます。ただし、大臣が携帯を持っていればなんですが」

トールは手を机の上へと動かしてゆき、パソコンの横の携帯電話を指した。

「お父さんのです」彼は言った。「机の引き出しに入っていました」

ナタリーがへたりこんだ。

「お祖父ちゃんにも話を聞いたんだけど」小声でそう言って、ナタリーは訪問者用の椅子に腰かけた。「何も知らないって」

「ヴァルテルさんに？」トールの顔が輝いた。「元気にしていましたか？　きみのお祖父さんは、いつもいい人だった。きみたちの家族の中で、最初に知り合いになったのはあの人なんです。もちろん、ニクラスと仕事をするずっと前に。わたしはヴァルテルさんのもとで実習をしたんです。あの頃は、最高裁判所の判事ではなかったけど……おっと失礼。無駄口を叩いてしまった。いつヴァルテルさんに会ったんです？」

ミーナは再びあの家族の一員として扱われることに、まきみたちの家族とトールは言った。

だ慣れていない。でも、ヴァルテルと、自分の前にいるこの真面目な男の気が合ったのは容易に想像できる。

「クリスマスイブの前日です」ミーナが言った。「あなたの話もしていましたよ」

「元気そうだった」ナタリーが言った。「一緒にコーヒーを飲んだ。ナッツクッキーもキャラメルクッキーもご馳走になって。いかにも〝お祖父ちゃん〟らしく。でも、パパのことは何も知らなかった」

トールは眉間にしわを寄せた。

「ナッツクッキー？」彼が言った。「本当に？」

ナタリーはうなずき、何か言いかけて、ふいに口を閉じたので、上下の歯がぶつかり合った。それだ。ミーナが、エッペルヴィーケンのあの家で腑に落ちなかったこと。彼女は自分を罵った。すぐに気づくべきだったのに。ヴァルテルに会うのが久しぶりだったから、彼の好みを覚えていなかったという言い訳は通用するかもしれないが、それでも、思い出すべきだった。ヴァルテルの、そしてニクラスの好みを。

「だって……」トールが言いかけた。

「……お祖父ちゃんはナッツアレルギーだから」ナタリーが言い終えると、トールはうなずいた。「だけど、どうしてトールがそのことを知ってるの？」

「きみが生まれる十年も前のことですが」トールが言った。「ヴァルテルが最高裁判所で勤務していた頃、彼は同僚たちと一緒にクリスマスランチを食べたんです……場所は〈オペラシェッラレン〉だったと思う。ヴァルテルの食事にナッツが入っていて、彼は死にかけた。通常だとトップ記事にはならないのだろうけれど、クリスマスが近かったし、マスコミは面白い話だと思ったんでしょう。ヴァルテルの健康状態は、数日間にわたって、スウェーデン国民の話題になってしまった」

「思い出した」ミーナが言った。「わたしとニクラスが結婚していた頃、ヴァルテルがアレルゲンを食卓に並べることを唯一許す機会があった。それは、息子が実家に来たとき。いつもナッツクッキーが出た。ニクラスの大のお気に入りだったから。ヴァルテルのアレルギー反応は食べなければ出ない。そのことはよく覚えているわ」

ミーナは息が詰まり、再び話し始めるには気合を入れなければならなかった。

「ヴァルテルがクッキーの皿をテーブルの上に置いていたのは、わたしたちが行く直前にだれかとコーヒーを飲んでいたから。そして、それは間違いなくニクラス。ヴァルテルが自宅にニクラスをかくまっていることに賭けてもいいくらい」

ナタリーはミーナを数秒見つめた。それから、トールに目を向けた。

「全警護官と警察官と兵士を動員すべきだと思う。三十秒以内にお祖父ちゃんとパパのところに到着できるよう急行させて」

トールは電話を掴み取った。そこで動きを止めた。

「ヴァルテルさんのお宅を調べなくてはいけないことには同意します」彼は言った。「でも、慎重に行う必要があります。ヴァルテルさんが本当にニクラスをかくまっているのなら、それは勇敢なことではありますが、同時に、ヴァルテルさんも危険に晒されている恐れがある。例の留守番電話を録音した人物は、ヴァルテルさんにも危害を加えかねない。ニクラスの居場所に関するわたしたちの推理がどこかから漏れたらおおごとです。すべてを内密に調整するのには時間がかかります」

ナタリーは不満そうだったが、ミーナが娘の腕に手を置いて、落ち着かせようとした。

「彼がヴァルテルの家にいるとしたら、それ相当の理由があって、かくまってほしいと頼んだはずよ」彼女は言った。「大勢の警官に来られたら、パパはまた逃亡するかもしれない。あの人は警護をつけることを好まない人だもの。それに、彼は自分を警護する人たちからうまく逃げた」

トールは気まずそうに歩き回っている。彼のせいでこうなったわけではないのに。ニクラスは確かに意志が強い。だが、今回、警護陣から彼が逃れてしまった件について、どこかのだれかが責任を負うことになり、おそらく職を失うことだろう。

「ヴァルテルがこれほど長い間息子をかくまえたんだから、あと一時間はかくまえるはずよ」彼女が言った。「まだだれも彼を見つけていないということを考えると、あそこにいてもらうのが安全です。わたしも刑事だということを忘れないで。トールと国家保安局に任せましょう」

ナタリーは腕を組んで、下唇を突き出した。

「だったら、わたしもあそこへ行く」彼女が言った。「わたしたちに何も言わないでいなくなった理由を、パパの口から聞きたい」

「……悪い考えではありませんね」トールが言った。「孫と元義理の娘が、クリスマスの時期に高齢の親族を訪れるなんてのは何もおかしなことじゃありません。あの家に行って、ニクラスと話をしてみてください。そして、戻ってくるよう頼んでみてほしい。それもこれも、彼があそこにいればの話ですが。彼が拒んだら、少なくとも内密に警護をつける必要があると理解させる。ニクラスは、彼らが隠密に警護ができると知っているからね」

ナタリーはくるっと振り向いて歩き出した。追いかけようとしたミーナをトールが止めた。彼は、ナタリーが廊下に出るまで待った。

「自分の車で行くのがいい」彼が小声で言った。「すこし回り道をしてください——ヴァルテルのところへ行くと決めたのは突発的なものだったと思わせるために。監視されるかもしれませんからね」

彼は話をやめ、廊下に目をやった。それから、さらに声を潜めた。

「もうだれを信じていいものやら分かりませんよ。ニクラスはきっと大丈夫ですよ。でも、拳銃は忘れずに携行してください。万が一の場合に備えて」

＊

二人がエッペルヴィーケンの家に近づくにつれて、彼女の怒りは増すばかりだった。祖父が自分をあんなふうに騙すなんて信じられなかった。ヴァルテルが息子をかばうのはいいが、それでも、ニクラスが自分の娘から守られる必要なんてない。ナタリーは、祖父の行動に対して自分がどう思っているかをはっきり伝えるつもりでいた。

「あそこにいたときに気づいてもよかったのに！」

ナタリーはダッシュボードを叩いた。

「落ち着いて」ミーナはそう言って、左折のウィンカーを点滅させた。「気づいただけでもすごいことよ。それに、ニクラスは安全だって言ったでしょ。わたしたちとトール以外、パパがあそこにいることを知っている人はいないんだもの。百パーセントとは言わないけれど、わたしはパパがあそこにいる、とかなり確信してる」

「ずいぶん変な道を走るのね」ナタリーが言った。「お祖父ちゃんの家までの最短ルートじゃない」

「用心するに越したことはないから」ミーナは言って、バックミラーをちらりと見た。

彼女は、ホッとため息をついた。道中、二人を追跡する者はいないようだ。

「もうすぐ着く」

車をもっと速く走らせるために視線で道を切り開こうとするかのように、ナタリーは前方をじっと見つめている。祖父の家までの最後の道のりは二人とも黙っていた。降り続ける雪で、道には薄い層ができて、クリスマスらしい雰囲気をかもし出している。でも、ナタリーにはどうでもいいことだった。

ナッツクッキー。

何て愚かなんだろう。

ナタリーは、祖父はスウェーデンで最も知的な人間の一人だ、とよく聞かされてきた。今回の出来事のあまりの間抜けさを思うと笑い出しそうになる。とにかくパパは、ナタリーが用意していたクリスマスプレゼントをもらえるなんて思わないほうがいい。

母が私道へとハンドルを切り、前回同様に祖父の車の横に車を停めた。祖父の車は同じ場所にある。もうそれほど頻繁に運転はしないのだろう、とナタリーは思った。

二人は呼び鈴を押した。前回は事前に連絡を入れてから来たが、今回は違う。だから、ヴァルテルがドアを開けにくるまで、少し時間がかかるのだろう。

何も起こらない。

ミーナはまた、呼び鈴を鳴らした。中から何も聞こえてこない。ナタリーは手を伸ばして、呼び鈴を激しく鳴らした。これで三度目だ。

「留守なのかな」ナタリーは言って辺りを見回した。「窓から覗いてみようか。パパは地下にいるのかも」

「記憶に間違いがなければ、大きな屋根裏もあったはずね」ミーナは言った。「ヴァルテルはお手伝いの女性に気づかれないようにニクラスをかくまっていた。だから、わたしも賛成。地下か屋根裏よ」

ナタリーはドアの取っ手を下げてみた。驚いたことに、ドアは開いた。彼女は母親と視線を交わした。二人とも、ヴァルテルは必ずドアの鍵をかけるのを知っていた。ミーナは、慎重にドアを押し開けた。

何かおかしい。ナタリーの体の繊維細胞のひとつひとつがそう感じた。

「ママ」彼女は不安げにささやいた。

「分かってる」ミーナがささやき返した。「ここに残ってなさい」

「絶対に嫌」ナタリーが言った。

母親の手を取って、一緒に敷居をまたいだ。玄関ホールは静まり返っている。ミーナはドアのすぐ横にあるスイッチを押したが、電気はつかない。

「ヴァルテル?」

ミーナはそっと中に向かって言葉を投げてみたが、返って来たのは沈黙だけだった。

「お祖父ちゃん? パパ?」ナタリーは、パニックを隠し切れない声で呼んだ。

ミーナはさらに数歩、暗いホールに歩み入って、また呼ばわった。

「ヴァルテル? ミーナとナタリーです」

二人は慎重に進む。ミーナは携帯電話のライトを点けた。古くて美しい木造りの床が、ナタリーの足元できしんだ。鼓動が早まる。母もナタリーに負けないくらい神経をピリピリさせているようだ。ママは何でもうまくこなすはずの刑事なのに。

「パパ!」ナタリーが叫んだ。

その声で、ミーナはビクッとした。振り返って、ナタリーを静めた。

「そんなふうに大声を出さない。何が起こったかまだ分からないんだから」

「何があったと思う?」ナタリーは、すっかり勇気を失っていた。外に留まっていればよかった。でも、もう遅過ぎる。

「きっと大丈夫」ミーナが言った。「お祖父ちゃんは昼寝をしているだけだと思う。パパだって家のどこかにいるはず」

ナタリーは頭を横に振った。

「そんなはずない」そう言った。「感じるよね? この家は、何かがすごくおかしい。変なにおいがするし。金属みたいな」

ホールを数メートル奥に行ったところにあるドアが開いている。ドアの向こうには、地下室へ続く階段があるはずだ。暗くてよく見えないが、戸口の床に何かある。ナタリーが指さした。ミーナは拳銃を抜いて、ナタリーにその場に残るよう合図した。戸口まで来て、携帯電話を下に向けて照らした。それから、しゃがんだ。ナタリーに、母親がおかしな音を発するのが聞こえた。

「そこを動かないで」ミーナが叫んだ。「ここに来ちゃ駄目。そこで待っていなさい。わたしはすぐに戻ってくるから」

ミーナは、地下へ続く階段を下りていった。携帯のライトのせいで、そこに何があるのかナタリーにも見えた。祖父が横たわっていた。

「お祖父ちゃん！」ナタリーは叫んで駆け寄った。

階段を下りようとしてつまずいたかのように、ヴァルテルの両脚は戸口にあり、上半身は階段にかかっている。祖父は動かない。

「どこかぶつけた？」彼女が言った。「怪我？　心臓麻痺？　そういえばさっき……」

ナタリーは血を目にして黙った。ヴァルテルの頭部の、床に接する箇所から流れ出ていて、階段を流れ落ちるように続いている。彼女はとっさに、二歩後ずさりした。

「ナタリー」血を踏まないよう気をつけながら急いで階段を上がってきたミーナが言った。彼女はナタリーの肩に両手を置いて、玄関ホールへ連れ戻した。

「ナタリー、ママを見て」

ナタリーは集中できなかった。だってあれは彼女の祖父なのだ。

「ママを見なさい、ナタリー」

ナタリーはその言葉に従って、ミーナと視線を合わせた。ミーナはナタリーが今まで見たことがないような表情を顔に浮かべていた。

「ヴァルテルは死んでいる」ミーナははっきりと言った。「事故じゃない。だれかがお祖父ちゃんを殺したの。ほんの少し前にね。三十分以内。においがするでしょ？　これは火薬。ここに来る途中で、殺人犯とすれ違ったかもしれない」

「じゃあ、パパは？」ナタリーは、すすり泣きそうになるのを堪えた。

「地下にいたのだと思う。床にマットレスがあったから。でも、もういない。ヴァルテルを殺したのがだれであろうと、その人物がニクラスを連れ去ったのよ」

三か月。パパがいなくなって三か月。だれも何も彼に言わなかったけれど、彼らの目を見れば分かった。地上に行くたびに、彼はパパを探した。今日、パパを見たような気がした。パパのもじゃもじゃの髪、パパの茶色い革ジャケット。歩いていく後ろ姿を見た。彼が追いついて、腕を引っぱると、その人は振り返った。でも、それはパパじゃなかった。

三か月。

今までパパが一番長いこと留守にしていたのは二か月だ。でも、パパは出かける前から、まだここにいるうちから、すでにいないも同然だった。沈黙の中に姿を消していたのだ。彼の手の届かないところに。彼も頑張った。彼は泣かなかった。暗闇の中では泣いちゃいけないのだ。見えざる人間たちは、泣いちゃいけない。でも、パパがいなくなる前の週、彼は涙を我慢できなくなった。それでもパパは黙ったままだった。パパの手はもう温かくなかったし、もう強くなかった。もう彼の手を握ろうともしなかった。そして、彼が手を握ってみると、もうパパの手ではないように感じられた。

「見ろ！　おれはおおうさまああだぞう！」

数日前にここに来たばかりの新入りが、パパの王冠をかぶった。受けを狙って、おかしな足取りで踊り回った。だれも笑わなかった。

彼の中で、熱い怒りがこみ上げてきた。耳鳴りがした。心の奥深いところからこみ上げてきたわめき声を発しながら、その男に闇雲に突進した。ヘロインでやせ細った男の体に彼が全力で飛びかかると、二人とも地面に倒れた。彼は男の頭から王冠をもぎ取って、胸に抱え込んだ。男はゆっくりと立ち上がった。その目には、何か危険なものがあったが、そんなことはどうでもよかった。彼は怖くなかった。パパの王冠を抱えていたから。

「おれがおまえなら、この場を去るよ。何かが起こる前にさ」

クレイジー・トムの穏やかな声だ。他のみんなも、一人また一人と立ち上がった。彼らが手を出すようなことはなかった。口を挟む人間はもういなかった。みんな同じような目で、男を見つめていた。男はそのメッセージを理解した。腹立たしげに自分のカバンと寝袋を手にして、男は別のトンネルの方向へと去っていった。

「何の騒ぎだ？」

パパの声だ。気のせいではないかと思った。王冠を抱えていたせいで、パパの声が聞こえたような気がしたのではないか、と不安になった。でも振り返ると、そこにパパが立っていた。パパ。〈王〉。そうなのだけれど、そうではなかった。パパは、安っぽい模造品のように小さくなっていた。すっかり形が崩れた顔の中で頬骨がくっきりと突き出ていて、大きくて茶色のジャケットは、たるんだ皮膚のように垂れ下がっていた。

「それをくれ」王冠に手を伸ばして、パパが優しく言った。

彼は王冠をそっとパパに手渡した。いつものようにパパの胸に飛び込みたかったが、何かが彼をそうさせなかった。いつもと違う何か、馴染みのない何か。その目の奥には、もうパパはいなかった。何の輝きもなく、炎の輝きのなかで躍る光もなかった。目は暗かった。死んでいた。

「別れを告げるために来た」パパは言って、軽く頭を下げた。

ヴィヴィアンが一歩前へ出ようとしたが、それを片手を伸ばしてクレイジー・トムが制止するのが、彼の目の隅に映った。彼には理解できない何かが起こっていた。

パパはゆっくりと両手を上げて、頭の上に王冠を置いた。王冠は金色の光を放ち、パパは手を離して王冠を頭に載せたまま目を閉じた。それから、みんなのほうを向いて、両腕を広げた。一瞬、イバラの冠をかぶったイエス・キリストのように見えた。

「わたしは間違っていた。彼女が正しかった。ここで過ごしてきたのは人生ではない。彼女と一緒にいることこそが人生だ。生とは太陽とともにある」

「そんなこと言わないで。この子のことを考えておやり」ヴィヴィアンが穏やかに言った。

どういうことなのだろう？　彼は理解しようと、眉間にしわを寄せた。でも、何が起こっているのか、まるで分からなかった。ヴィヴィアンが近寄ってきて彼の後ろに立ち、両腕を彼の胸に回した。抱擁というより、動かないよう押さえ込んだ感じだった。

輝く王冠をかぶったパパは、ゆっくりと後ずさりした。迫ってくる列車で、床が振動し始めた。

彼はずっとパパを見つめながら、ヴィヴィアンの腕をすり抜けようと体をよじったが、彼女はますます強く彼を押さえるだけだった。

「愛しているよ、それは忘れないでくれ」パパが言った。

一瞬、パパの目が輝きを取り戻した。それはすぐにまた消えてしまい、底なしの闇が残った。床の揺れが増して、列車が近づく音が聞こえてきた。パパは線路の真ん中に立っていた。どかなくちゃ駄目だ。

どかなくちゃ駄目だ。

彼は叫ぼうとした。でも、声がまるで出てこなかった。ピーピーという音すら出てこなかった。ヴィヴィアンは彼をますます強く押さえた、息ができなくなるほど強く押さえた。

「おまえのことはすべてママに伝えるよ」パパが言った。

列車の近づく音が、どんどん大きくなってきた。二人は見つめ合った。パパの目にとても小さな光が灯った。あれは王冠の輝きだったのかもしれない。列車が少し離れたところに現れた。パパは視線を逸らさず、両腕をますます高く上げた。二人は見つめ合ったままだった、二人は永遠につながった。それから、パパが消えた。衝突音が響きわたり、数秒後にブレーキの叫ぶような音が聞こえた。列車はゆっくりと停止した。それから、静寂が下りた。

静寂だけが。

ヴィヴィアンは両腕を離した。彼の向きを変えさせて、彼の顔を両手で挟んだ。

「おまえは成長しなくちゃいけない」彼女は優しく言った。「そして、わたしたちを信じるんだよ。おまえは、わたしたちの王子なんだ。左のトンネルに入って、わたしが迎えにいくまでそこにいるんだよ。約束できるかい？」

彼はうなずいた。仲間たちが何をするつもりなのか、彼には分からなかった。でも、どうでもよかった。パパがいなくなったことを悟った。重要なのはそれだけだった。

彼はのろのろと、左側のトンネルへ歩いていった。
〈王〉は死んだ。

ユーリアは、パトカーを駆るアーダムの顔をちらりと見た。彼はブロンマの雪道を猛スピードで走らせている。こんな状況でなければ、ユーリアは彼に脇道に入るよう命じていたかもしれない。そうすれば、その場で彼の上に乗れるから。プレスしたての制服を身に付けた彼は、ひどくセクシーだった。世間の人は誤解しているが、警官だって制服を見て興奮するのだ。でも、そんな時間はない。二人は、スウェーデンのマスコミとの鬼ごっこの真っ最中だった。

法務省のトールとの電話が終わるや否や、最初の記者から電話がかかってきた。警官の中には、黙っていられない者がいる。最高裁判所の元判事が殺害されたというニュースは光速で広がった。しかも被害者は行方不明の法務大臣の父親で、そのことが拍車をかけた。

ニクラスの一件を大見出しにしてまだまだ売上につなげたい新聞や雑誌にとって、ヴァルテルの死は、いわばカンフル剤だった。スウェーデンの報道機関は一斉に、ユーリアとアーダムが目指しているエッペルヴィーケンにある邸宅に向かっていることだろう。トール・スヴェンソンも。

ヴァルテル・ストッケンベリ宅に到着すると、アーダムは、ミーナの車の後ろにパトカーを停めた。ユーリアは彼に車内に残っているよう言い、車を降りた。娘を抱きしめたミーナが、家へ通じる階段に腰かけている。

「とにかくまずは」小走りで家へ向かいながら、ユーリアが言った。「彼女はここから離れるべきです」彼女はナタリーを指した。「目を赤く泣きはらす法務大臣の娘の写真が、明日のタブロイド紙の一面を飾るのが嫌ならね」

ナタリーはびっくりして、ミーナの腕を振り払った。

「どういうことですか？」困惑した表情で、ナタリーが言った。「タブロイド紙？　警察にしか話してないのに」

「この国のカメラマンと、優秀な撮影機能のついたスマホを持った記者がこぞって、ここへ向かっているから」ユーリアが言った。「パトカーにアーダムが残っています。彼があなたをここから連れ出し、ミーナが帰宅するまでだれかが一緒にいられるよう手配します」

ナタリーは、ふらつく脚で立ち上がった。ミーナは娘の手を取って、うなずいた。

「できるだけ早く帰るから」ミーナが言った。「約束する」

ナタリーは、パトカーへ歩いていった。車のドアを開けたところで振り返って、最後にもう一度ヴァルテルの家を見つめた。彼女は声をあげて泣き出した。それからパトカーに乗り込み、アーダムが急発進した。

ユーリアは、家の前の小さな芝生を見つめるミーナに顔を向けた。そこにはリンゴの木がある。

「夏になるとここでのんびり座って、ヴァルテルとベアータとコーヒーを飲んだなんて、信じられない」ミーナが言った。「あそこの木の下に置いてある屋外用家具は、あの頃と同じです」

まだ昼下がりなのに、庭はすでに深い闇に包まれている。十二月を耐え抜くのは信じられないほど辛い。太陽は、昇ったかと思うともう沈んでしまう。それでも夏の夕暮れどきののどかな風景が、ユーリアには想像できた。ミーナは目を潤ませているが、涙は流していない。それはもう少し後のことだろう。今の二人は仕事モードだ。

「あなたたちがニクラスの居場所を見抜いた話をトールから聞いた」彼女が言った。「頭が切れるお嬢さんね」

「ニクラスには、娘を置き去りにした理由を説明する義務がありました」ミーナはユーリアを見ながら言った。「あの子は父親のことをとても心配していた。でも祖父の家にいるのなら安全だろうとわたしたちは思っていました。マスコミが群がるのは確実だから、その前に娘に説明してほしかったのに、こんなことになるなんて。わたしは……こんなこと予想してなかった。ニクラスは閑静で安全なブロンマの実家にいるから大丈夫って思っていたのに」

「ニクラスの居場所につながる手掛かりは見つかった？」

ミーナは頭を振った。

「家じゅうを捜し回りました」彼女が言った。「あの人は、ここにはもういません。でも、地下室に争った跡があり、床にはマットレスがありました。彼の居場所はともかく、自らの意志でそこにいるとは思えません。昨日までのわたしたちは彼は拉致されたと考えていましたが、それは間違いだったようです。今回は本当に連れ去られたようです。その際に、ヴァルテルが何らかの形で邪魔になったのでしょう」

道と敷地を区切る背の低い茂みの前に一台の車が止まり、二人の話は遮られた。

「多分トールよ」車を顎で指しながら、ユーリアが言った。

その直後に車のドアが開いて、トールが側近と共に降りてきた。ユーリアに会釈をした彼は、上着の下のシャツの襟を正してから、二人に向かってきた。

「マスコミがいつ来てもおかしくない」さっきよりも穏やかにユーリアが言った。「でも、彼らには何も話さないで。分かった？　わたしが対応します。それと、凍傷にかかる前に、その冷たい石段から立ち上がったほうがいいわよ」

＊

アーダムからの電話は簡素を極めた。でも、最重要点はヴィンセントにも分かった。ナタリーの父方の祖父、つまりミーナの元舅が死んだ。

ミーナが帰宅するまでナタリーの世話をしてもらえないかとアーダムに訊かれて、ヴィンセントはすぐにイエスと返事をした。ティーレセーのヴィンセントの自宅まで車でナタリーを連れていく、とアーダムは提案してきたが、それはひどくまずいアイデアだった。自宅は、いつ彼に牙を剝いてもおかしくない罠のような場所かもしれないのだ。家の中にいたら、その罠にかかる危険がある。だからヴィンセントは、ミーナの家にしよう、と提案した。ナタリーも安心していられる場所だからだ。

彼はすぐに車で家を出た。アーダムとナタリーより早く到着したので、オーシュタ地区にあるアパートの正面玄関の前で、寒さの中、待っていた。ミーナがいないときに、ここへ来たのは初めてだった。今ここにいるのは不思議な気分だった。侵入者になったような気がした。でも、今のミーナには家族がいる。

彼とは違って。

自分の家族はどこにいるのだろう、という考えを遮断しようとした。考え始めたら、パニックで何もできなくなってしまう気がした。何もできない自分に、すでに頭がおかしくなりそうだった。せめて〈影法師〉が彼に何を求めているのかを知りたかった。けれども、正気でない人間の考えを予測するのは不可能だ。できることならば警察本部のてっぺんに立ち、助けてくれと叫びたかった。それを押しとどめているのが、あの脅迫だった。彼は、脅迫を深刻に受けとめている。警察が関与したらまずいことになる。唯一彼にできることは、〈影法師〉からの次の連絡を待ち、それまでの間、何か別のことに邁進することだ。〈影法師〉が家族を正当に扱ってくれることを願うしかなかった。

だから、ナタリーに付き添うことを快く引き受けた。気を紛らわすこともできるからだ。

パトカーが角を曲がって、アパートに近づいてきた。乗っているのはアーダムとミーナだと思ったが、よく見るとナタリーだった。ナタリーはどんどん母親に似てきた。

パトカーが停車し、ヴィンセントはナタリーのためにドアを開けた。

「引き受けてくれて助かります、ヴィンセント」アーダムがパトカーの中から言った。「自分はこれから警察本部に直行します」

「大丈夫」ヴィンセントが言った。「ミーナが帰ってくるまで、ナタリーと一緒にここにいます」

ナタリーは無言で車を降りた。正面玄関を入っても、まだ何も言わなかった。部屋まで階段を上る間も同様だった。ヴィンセントは、ナタリーにプレッシャーをかけないほうがいいと分かっていた。彼女には対処すべきことがたくさんある。彼にできるのは唯一、彼女にとって負担が重くなり過ぎないよう気を配ることだ。

二人は部屋へ入った。ナタリーは靴を脱いで、ジャケットを床に放ったまま居間へ向かった。体をこわばらせてソファに腰かけて、壁をじっと見つめた。ヴィンセントは隣に座った。近過ぎないよう気をつけて。

「こわかった」ナタリーが、やっと口を開いた。

声にならない声だった。それから、またしばらく黙った。

ヴィンセントは待った。

「パパは実家にいた」すすり泣きながら、ナタリーが言った。「実家なら安全なはずじゃない？　もし、だれかがここにわたしたちを殺しに来たらどうしよう？　意味分かんないよ、だれかがお祖父ちゃんを殺したなんて。世界で一番優しい人だったのに。すごく厳しかったけど、それでも世界一優しかった」

ヴィンセントはうなずいた。ほとんどの人間にとって、自宅に侵入されるのはショッキングなことだ。どんな気持ちか、ヴィンセントはよく分かっている。安全だと思っていた場所が、もう何の保護も与えてくれない。だからナタリーには安心感を与えてやらなくてはならない。

「お祖父さんを殺したのは、ただの強盗じゃないと思う」彼が言った。「恐らくその人物が狙っていたのは、きみのパパだ。パパには、われわれの想像を超える危険な敵がいるということだ」

ナタリーが鼻声で言った。

「パパが法務大臣だから?」そう言った。「そんなのおかしい」

「そうかもしれないし、他に理由があるのかもしれない」ヴィンセントは言った。「あの名刺を送ったのがだれなのか、まだだれにも分からない」

「そんなこと聞かされて、わたしの気が楽になると思う?」ナタリーは、かすかに微笑んでみせた。「ヴィンセントって、こういったことは得意じゃないよね」

ヴィンセントは笑った。

「以前はもっと苦手だった」彼が言った。「一度きみのママを慰めたことがある。そのときはまず、慰め方をグーグルで検索したくらいだ」

「変な人」ナタリーはそう言ってから、ソファの隅でうずくまった。「パパには今すぐ、うちに戻ってきてほしい。なんだか寒い」

「ショックのせいだ」ヴィンセントが言った。「しばらくは、どこか変で不快な気分になるかもしれない。でも、そういうものなんだよ。今はそう思えなくても、すぐに消える」

ヴィンセントは立ち上がって、一瞬ためらってから、ミーナの寝室へ向かった。通常なら、まずあそこへは入らない。でも、背に腹は代えられない。

「掛布団を取ってくる」彼が言った。「できるなら、少し寝るのがいい。おしゃべりがしたいとかジンジャークッキー・ハウスを作りたいとか希望があれば、わたしはここにいるからね」

ナタリーは、かすかにうなずいた。

「少し寝ようかな」小声で言った。

ヴィンセントはミーナのベッドから掛布団を引っぱって、居間へ持っていった。ナタリーはすでに、ソファで眠りについていた。

＊

庭のユーリアとトールがよく見えるよう、TV4とSTVの両テレビ局が可搬式ランプを設置したので、携帯電話で撮影する記者たちには、ありがたい追加照明になった。あたりは午後四時なのに真っ暗だった。ミーナは、春の日差しがひどく待ち遠しかった。雪のおかげで多少明るかったが、それでも彼女は、十二月の暗さが大嫌いだ。

でも今、そんな暗さは彼女の味方だ。ミーナはトールとユーリアのすぐ後ろに立っている。しかしぎりぎりで光線からは外れているから、彼女に質問をする記者はいないはずだ。緊急記者会見は、すでにまずいスタートを切っていた。記者たちはまるで血の匂いを嗅ぐ犬のようだった。

「これは警察にとっては破滅的な大失態ではありませんか？」〈TV4ニュース〉の記者が言った。「法務大臣を発見できなかったばかりか、法務大臣の父親ヴァルテル・ストッケンベリ氏まで殺害されてしまったわけです。これはあらゆる批判を免れないと思います。責任者の方に、今後の警察の方針をお伺いしたい」

「人間の行動を予知するのは不可能と言わざるを得ません」ユーリアは言って、少し間を置いた。「わたしたちがみな読心術者だったらありがたかったのですが、残念ながら現実では、人間は予測不可能であり続けます」そう言ってから、新たに間を置いた。

ミーナには見慣れた光景だ。彼女の上司は、できることなら話したくないことを話すときに、よく間を置く。しかし犬たちには、骨を与える必要がある。

「状況は極めて深刻です」ユーリアが言った。「これまで公表を控えてきましたが、法務大臣に新たな危険が及ぶ可能性があると考えられる情報をわれわれは掴んでいます。ニクラス・ストッケンベリ法務大臣が自ら身を隠したのは、そのためであると思われます。その脅威が、法務大臣の御父上をはじめとする家族に及ぶことは想定しておりませんでした。これはこちらの判断ミスです。追って内部調査が行われることは必然です」

記者たちが一斉に話し始めた。マイクのように携帯電話を高く掲げた女性がしゃしゃり出てきた。電話には〈アフトンブラーデット〉紙のロゴが入っている。

「ダビリ刑事に質問があります」その女性が叫んだ。「ユーリア、あなたの後ろに立っているのは、ミーナ・ダビリ刑事ですよね?」

ミーナは慄然とした。完全なルール違反だ。記者会見を行っているのはユーリアであり、質問があるなら彼女にすべきだ。ミーナには問いに答える理由などない。なのに、その女性は、ミーナに冷ややかに微笑んだ。

「その脅威は、あなたとお嬢さんにも及んでいるのでしょうか？　あなたはかつてニクラス・ストッケンベリ氏と結婚していて、お二人にはお子さんがいらっしゃいますね？　今のお気持ちをお聞かせください。そして、そういった状況で、職務の遂行に支障はないのでしょうか？　お嬢さんはどれほど怯えてらっしゃるのでしょう？」

記者たちの質問が殺到し、カメラもミーナに向けられた。ミーナに見えるのは、自分の顔を照らすまぶしい光だけだった。高速道路に飛び出してしまったノロジカの気持ちが理解できた。

逃げ場などない。光の中で立ち尽くすことしかできない。

「皆さん、ちょっと聞いてください」そう言ったのはトールだった。

彼は派手に咳払いをしてから、さらに大きな声で繰り返した。

「皆さん、ちょっと聞いてください！　こうした状況下ですので、皆さんにはプロ意識を発揮していただけるようお願いします。でないと、記者会見はここで打ち切らせていただきます」

カメラが一斉に彼に向けられた。

「最初にいただいた質問に戻りますが、今回の一件は警察の失態ではなく、政治的失敗です。限られた条件の下、警察は最大限動いてくれました。『限られた』という言葉を強調せねばならないのは非常に遺憾ですし、これについて個人的に謝罪申し上げます。これもまたわたしたちが変えていかなくてはならない問題です。こんな事件が起こり得る社会はもうたくさんだ。敬意の欠如と暴力は、もはや制御不能でエスカレートしています。それはもはや郊外だけの問題ではないのです。警察は無力だというのは確かにそうかもしれません。しかしそれは、社会が無力だからです。法治国家スウェーデンは、急激に失われつつあるのです」

「それは法務省の公式見解ということですか？」SVTの記者が言った。

「いいえ」トールが言った。「本日、わたしはニクラス・ストッケンベリ法務大臣の報道官としてではなく、一政治家としてここにおります。政治家としての責務を負うのはもっと先のことと考えておりましたが、わが親友でもある法務大臣に起きた出来事を目のあたりにして、立ち上がるべきであると決意いたしました。わたしの他にだれがおりましょう。大臣に対する凶悪事件が未遂に終わったのは、わずか半年ほど前のことですし、それ以前にも、何人ものスウエーデンの政治家が命を落としているのです。そんなことはもう止めるべきなのです」

記者たちがまた同時に話し始めた。トールは〈TV4ニュース〉の記者を指した。彼らのカメラが、一番強く光っていたこともあった。

「素晴らしいお言葉でした。しかし」と記者が言った。「過去に他の政治家が言っていたことと大きく変わるものではありません。どのように独自性を出してゆくおつもりでしょうか？」

「わたしには、具体的なプランがあります」トールが言った。「国会の承認を得次第——承認が得られるものと思いますが——プランについて国民の皆さんにはお知らせいたします。見逃されることはないと思いますよ」

「ですが、あなたは国会議員ではありませんよね？」記者が続けた。

「はい、まだ国会議員ではありません」

暗い庭では、すべての照明がトールに当てられていた。彼の斜め後ろにいるミーナには彼の背中しか見えなかったが、トールはこの瞬間を楽しんでいると断言できた。

＊

世界から父親が消えた日がどんなものになるのか、彼は想像すらしたこともなかった。物心がついたときから、ヴァルテルは常に絶大な権力のようなものであり、常に目を光らせ、常に正邪の判断を下す全知の存在だった。同時に、愛情を注いでくれる存在でもあった。

ニクラスは今、かつてないほど切実に、父との時を思い返していた——父が愛情を示してくれた時のこと、安心感を与えてくれた時のこと、そして今や彼と一体となって分かち難いものとなったさまざまなことを、父が教えてくれた時のことを。

そのヴァルテルが、奪われてしまった。ニクラスの耳の中では、いまだに銃声が響いている。あのとき流れた血が頭に浮かぶ。永遠に彼の中に刻み込まれてしまったのだ。問題は、その永遠とはどれほどの長さなのかだ。例の電話の声を信じるなら、たった五日。

生きられるのはあと五日。

ニクラスは震えた。寒かった。ジャケットは父親の屋敷の地下室に置いたままで、身につけているのはチノパンと薄いシャツだけだ。寒さと湿気が衣服の下に忍び込み始めたので、体を暖めようと、その場で跳んだ。彼のそんな行動で動揺した何かが砂利の下で蠢く音がした。それが何なのかは考えないようにした。

多くの悔恨がある。しかし悔やんではいない。あの時点で自分にできる最善の決断を下したのだ。そして、ほとんどすべてがあのとおりになった。可能な限り、最高の形で生きてきたのだ。

ナタリーとミーナとの晩餐を思い浮かべた。一週間ちょっと前のことなのに、ずっと昔のことのように感じる。三人で食卓を囲むなんてもう不可能だと思っていた。ひとつの家族として。三人がまた伝統的な意味での家族に戻ることはあり得なかったと、彼には分かっていた。あれからいろいろなことがあり、自分もミーナも、今や二人で暮らしていた頃とは違う人間だ。それでも、二人の間に愛情が残っているのは、彼にとって明白だった。過去に二人が共有していたのとは異なるタイプの愛情――その源はナタリーであり、それが二人を永遠に結びつけている。その絆は強く、壊れることはない。

と、彼は思っていた。

これからずっと二人は娘の人生における喜びを分かち合える、と、彼は愚かにも思い込んでいた。あの真実を勝手に忘れようとするのは容易なことではあったが、愚かでもあった。

彼は、たくさんのことを見逃すことになる。ナタリーの初めての彼氏か彼女。初めての失恋。高校の卒業式。あの子が自分で選んだ学問や仕事。あの子のパートナー、結婚、子供。人生というパッチワークのキルトを作り上げるためのすべて。自分は当然そういうことをすべて経験できると思っていた。でも今は、ナタリーのそばには少なくとも母親がいてくれる、という考えにすがるほかなかった。

ニクラスは、今自分がいる場所にどうやって来たのか思い出せない。何かがチクリと刺さり――ヒリヒリする感覚が皮膚の下に入ってきて――真っ暗になった。彼の横に車椅子があるから、これで乗せられて来たのだろう。

自分がどこにいるのかは想像がつく。鍵のかかったドアの向こうでゴーゴーと鳴る音が通り過ぎるのを聞いたときに理解した。でも、逃げようがない。ずっと昔、あのとき、彼は自分の運命を選択してしまった。ついに、その代償を払うときがきた。問題は、その代償があまりにも大きいと、ふいに感じてしまったことだった。

＊

ヴァルテル・ストッケンベリ宅でのマスコミ軍団の攻撃から解放されたユーリアは、ジャケットを脱ぐ気力すらないほど疲れ切っていた。父親のオフィスの訪問客用椅子に背中を丸めて座り、父親が部屋の中を行ったり来たりする様子を見つめていた。父は眉間に深いしわを寄せている。

「まるで、絶えず締めつけてくる万力に挟まれているような気分だ」父親が言った。「法務大臣が行方不明ということだけでも十分厄介なのに、今度はヴァルテルが……マスコミがわたしの辞任を求め始めるのも時間の問題だ。あるいはどこぞの泡沫政党の政治家が、これがチャンスとばかりに騒ぎ立てるかもしれない。そういうやつに大臣が辞任に追い込まれたことは過去にあったから、警察本部長にだって起こり得る」

「してほしいことがあるなら言って」ユーリアが言った。「できる限りのことはするから」

父親は歩みを止めた。

「極めてシンプルだ」彼は言って、ユーリアに顔を向けた。「必要なのは事件解決、それ以上でも以下でもない。わたしの理解するところでは、ニクラス・ストッケンベリは脅迫されていて、ヨン・ラングセットも同様の脅迫を受けていたそうだな。そのうえ、それ以前にも二件起きているそうじゃないか。なのに、前回おまえと会ったときから、捜査に何の進展もない」

ユーリアは、前回会ったとき、すべての張本人はグスタヴ・ブロンスだと父が主張していたと言うべきか思案したが、やめておいた。代わりに深くため息をついて、窓から外を眺めた。

人生も警察の捜査のように、白黒がはっきりしていればいいのに。有罪か無罪。殺害されたか殺害されていないか。結婚か離婚か。

「ユーリア？」

彼女は父親に視線を向けた。

「どうなんだ?」少し穏やかな口調で父は言った。「あまり訊いてこなかったが、家のほうはうまくいっているのか?」

それこそが問題なのだ——彼女はもう何にも確信が持てない。一分、一秒、そして一日中、トルケルとハリーとアーダムが、彼女の思考をかき乱す。何をすべきなのか自覚しているときもあれば、気が変わるときもある。自分とトルケルは、破綻した結婚生活を救えるのだろうか? 自分はそうしたいのだろうか? トルケルはどうなのだろう? そしてアーダム——自分は彼との何を望んでいるのだろうか? 彼とのセックスはいい。いや、それどころか、素晴らしい。でも、それを除くと何がある?

わずか数秒の間に、こういった思いが、彼女の頭の中を一斉に走り抜けた。頭の中を始終ぐるぐる回る、お馴染みの思考だ。何らかの決断を下さなくてはいけないのは分かっている。でも、どんな決断を下したとしても、それは彼女一人にとどまらず、広範囲に影響を及ぼす。トルケルやハリーやアーダムの人生にも。

まるで、並べたドミノの牌だ。彼女が最初の牌を倒すのを待っている。

父が、不思議そうな顔で答えを待っている。

「パパが、わたしと特捜班に期待してくれているのは分かってる」質問をかわし、彼女は言った。「解決してみせます。特捜班は事態を掌握していないと思われているかもしれないけれど、そんなことはありません」

掌握。事態を掌握せよ。みんなが彼女にそれを期待している。ずっとそうだった。いつも落ち着いていつも冷静を保っているユーリア。しかし、彼女の人生は複雑なものになってしまった。一息入れて、名前もほとんど知らないような同僚とお喋りでもすべきなのかもしれない。休憩室でホットワインを飲んで、ジンジャークッキーを食べて、クリスマス休暇はどうだったか訊くとか。だが、そんな考えはすぐに捨てた。仕事をしなくてはならない。絡み合った供述や情報や手掛かりや目撃証言のどこかに答えはある。そう彼女は確信している。いつもそうだ。

「そうか」父親が言った。「わたしが職を失うことにでもなったら、その直接の原因はおまえだということになるぞ。家族揃っての次のクリスマスは、ひどく気まずい雰囲気になるな。もし……」

父親の話は、甲高い電話の音で遮られた。ユーリアの携帯電話だった。法医学委員会からだった。彼女が問うように父親を見ると険しい顔でうなずいたので、電話に出た。

「もしもし。ユーリア、メリー・クリスマス」ミルダの声が聞こえてきた。「こんなときに電話をしてごめんなさい。大したことじゃないんだけど、一応確かめたいことがあるものだから」

「確かめたいことって?」ユーリアが言った。「こちらからもメリー・クリスマス」

「どうも。実は、今日ローケが出勤しなかったの」ミルダが言った。「電話しても出ないのよ」

「何か理由があるんでしょう」ユーリアが言った。「病気なんじゃない?」

「だってローケなのよ」ミルダが言った。「世界で一番信頼できる子なんだから。ここで勤務するようになってから、一度も休んだことはないし、九十秒でも遅刻しそうなら連絡をくれる。だから、昨日あなたが何か聞いていないかと思って電話したのよ。どこかに行くとか言ってなかった? わたしはここのところ少し……バタバタしてたから、忘れちゃったのかもしれない」

ユーリアは眉間にしわを寄せた。「わたしに? 昨日はローケに会っていないけど」

「あら。書類を持ってあなたのところへ行くことになっていたのに。あの子、そっちに……」けたたましい電話の着信音で、ミルダの話が遮られた。ユーリアは難聴にならないよう、電話を耳から遠ざけた。

「ちょっと待ってて、ユーリア、ごめんなさいね」ミルダはさっきよりずっと早口でしゃべった。「個人携帯に病院から電話なのよ。出なくちゃいけない。ローケのことで何か分かったら、お願いだからすぐに連絡して」

ユーリアが何か言う前に、ミルダは電話を切った。父親は不思議そうな表情で、彼女を見つめている。

「何の用だったんだ？」彼が言った。

「それが、よく分からないの」ユーリアが言った。「ローケのことなんだけど」

「おまえの班の新入りか？」

「ええ。今日、出勤しなかったんですって」

＊

ヴィンセントがミーナに付き添い役を引き継いで帰宅して以来、彼女から連絡はない。ミーナには残るよう言われなかったが、おかしなことではない。娘と二人きりになる必要があったのだろう。

彼もその後、ミーナに連絡はしていない。だからと言って、彼女のことを考えていないわけではない。実際、頭に浮かぶのは彼女のことばかりだ。

彼は溺れていて、ミーナが彼の救命ブイであるように思えた。でも、彼女に助けを求めて手を伸ばす勇気がない。今の状況は、他人に頼れるようなものではないのだ。

夜間、この空の家に長くいたくない。たくさんの亡霊が現れるからだ。だから、気持ちを整理したくて、森へ散歩に出た。しかし、いつものように、救いようがないほど散歩に適さない服装だったので、数分歩いただけで雪が丈の短い靴の中に入ってきてしまい、暗い中で雪に覆われて見えない木の根に何度もつまずいた。ただ、その間、頭痛は感じなかった。

どんなに足元が不安定で寒かろうと、ヴィンセントはできるだけ長いこと森に残っていた。けれども、トウヒの木にもたれた途端に枝から雪が落ちてきて、うなじを直撃してからセーターの下に流れ込んできたので諦めた。もしミーナが一緒にいて彼の悲惨な姿を見たなら、死ぬほど笑ったことだろう。

びしょ濡れになった散歩の後、長時間、熱いシャワーを浴びた。それからウイスキーのボトルを取りにいった。特別な機会のためにとっておいた、日本の〈厚岸シングルモルトピーテッド〉だ。

そのボトルとグラスを手に、例のクリスマスプレゼントを貼りつけたボードがいまだに壁に貼られた仕事部屋に入った。少しウイスキーをグラスに注ぎ、ボトルを置いた。〈厚岸〉のバランスのよさは絶妙で、水を加えて分子構成や味を変える必要のない数少ないウイスキーのひとつだ。壁を見なくて済むよう、彼はグラスの中を見つめていた。

三杯飲んでから、時計を見た。夜の九時半になっていた。彼は頭を振った。時間が過ぎるのは何て速いんだ。数時間もここに座っていたなんて。彼は理解力のみならず、明らかに時間の感覚も失いかけている。
でも遅い時間ということは、ミーナに連絡を取れるということだ。ヴァルテル事件のおかげで増えたはずの仕事の邪魔にもならないし、ナタリーも寝ているだろう。彼は電話を手に取った。

——こんばんは。あなたのことを一晩中考えていました。

と、彼は書いた。
それから、最初の言葉以外のすべてをすぐに削除した。自分は何を考えているんだ?

——こんばんは。あなたがた二人のことを考えています。

そう書き直した。

——ナタリーが少しでも元気になることを祈っています。お手すきのときに、連絡ください。

ヴィンセントは、メッセージを送信して立ち上がった。ふらついた。今日はアルコールに敏感に反応するようだ。夕飯を取るべきだった。そう言えば、朝食も食べていない。ここ二十四時間の間、ろくなものを食べていない。

何てことだ。

今からではもう遅い。空腹でもない。彼はおぼつかない足取りで寝室へ入り、ベッドに横になった。手に持っていた携帯電話が音を立てた。ミーナからの返答だった。

——何もかもいまだに最低。

とあった。

——ニクラスはいまだ行方不明。ナタリーの祖父は死亡。でも、ナタリーなら大丈夫。強い子だから。明日早朝、警察本部で会えませんか？　脅迫状を持参してください。あなたはきっと異議を唱えるでしょうが、今回はわたしを頼ってください。

ヴィンセントには訊きたいことがいくつもあった。ナタリーの祖父のこと、ミーナは大丈夫か、彼女が自分を必要としていないか。特に最後の質問をしたかった。自分を必要としているかどうか。

でも、そんなことは書かず、できるだけ早く署に行く、おやすみとだけ書いてメッセージを送った。それから目を閉じて、うとうとし始めた。

何かの音で、浅い眠りから起こされた。ナイトテーブルの上の目覚まし時計が、けたたましく鳴っている。アラームを止めて時間を見ると、二十二時十九分だった。セットしたのは自分ではない、と確信を持って言える。でももう、驚く気力すらなかった。〈影法師〉はヴィンセントに対してやりたい放題で、その意図が判明するまでは、それに付き合うしかない。

頭の向きを変えて、寝室の窓から外を見た。珍しいことに、雲が消えて、月が夜を照らしている。月光を浴びて、木の上や地面の雪が輝いている。まるで発光しているみたいだ。美しいが、少し恐ろしくもある。月と木々は彼のことなどまるで気にかけていない。彼の家族がいないことに、雪が何かを思うこともない。ヴィンセント・ヴァルデルに何が起ころうとも、外の世界は続いていくのだ。

芝生の上に影が二つある。月の光に照らされて、羽毛が見える。カラスが戻ってきたのだ。どういうわけか、彼にはあれがカラスだと分かった。前回同様、二羽しかいない。今回は二羽の間の距離が少し広まっている。その空間に三羽の友人が座るのを待っているかのように。

あれが鳥でなければ、だれかが暗号で何かを伝えようとしている、と彼は考えただろう。でも、あれは鳥だ。鳥が情報を伝えることはできない。少なくとも暗号で伝えることは。彼はため息をついて、また頭の向きを変えた。時計に目をやると、二十二時二十五分。今晩これ以上寝られないことはすでに分かっていた。

残り四日

ヴィンセントが正面玄関から警察本部の中に入ろうとする直前、歩道を歩いてくるユーリアが目に入った。太陽はあと数時間しないと昇らないが、街灯で光の海ができていて、暗闇の中で雪が自ら発光しているように見える。ユーリアの表情は不穏な雷雲のようだ。目の下にクマができていた。一緒に中に入れるよう、ヴィンセントはユーリアを待った。

「おはようございます」彼が言った。「メリー・三日目のクリスマス」

「メリー何やらって、あなたがでっち上げた祝日ね？」彼女が言った。「もうクリスマスはうんざり」

「でっち上げなんかじゃありませんよ」そう言ったヴィンセントは、気分を害したふりをした。「一七七二年の祝日改革まで、クリスマスデーの三日後も祝日だったんですよ。四日後も」

二人は署に入って、ゲートを通り抜けた。正面玄関はがらんとしていて静かだ。ゲートを通してもらうのを待っている校外学習や視察団体もいない。コーヒー入りの紙コップを手に、掲示板の前で震えている警官もいない。二人は、受付であくびをこらえる男性に手を振って挨拶した。

「こんなに早く署へ？」ユーリアがヴィンセントに言った。「あなたが来るとは知らなかった。

クリスマス休暇中に頻繁に家を空けて、ご家族は何も言わないの？」

ヴィンセントは打ち明ける寸前だった。どうして家を避けているのか説明したかった。家にいるとひどくなる頭痛のこと。彼が恐れている居間の壁のこと。そしてとりわけ、家族がみんないなくなってしまったこと、彼自身が殺害予告を受けていること、今度は何が起こるのか怯えていることを伝えたかった。

「ミーナに会うことになっているので」それだけ言った。

それだって事実だ。

「こちらからも同じ質問をさせてくださいよ」彼が続けた。「ご家族は何と言っているんですか？　この建物に一番乗りしたのは、わたしたちのようですね」

ユーリアはしばらく黙っていた。目の下のクマがさらに少し黒くなった。

「まあ……いろいろあって」それから言った。「家族のことだけど」

ヴィンセントはうなずいた。

「訊かないって約束してくれるなら、こちらからも訊かない」彼女が言った。

二人は黙って、エスカレーターへ歩いた。できることならヴィンセントは階段を使いたかったが、警察本部のエレベーターには慣れ始めていた。三年ほど前の春に比べると、それほど困難ではなくなった。それでも、地球上でもっともお気に入りの場所とは到底言えない。

「ミーナが地下鉄の路線番号16番のことを教えてくれた――存在しない路線だとあなたが発見したんですってね」エレベーターのドアが開くときにユーリアが言った。「砂時計についても」

好都合だ。話し続ければ、気を紛らわすことができる。

「ええ、まだ分からないこともあるのですが」彼が言った。「自分が間違っていないのは確かです。砂時計の謎かけと、地下鉄の件があまりにもきれいに符合しているので……」

「昨日、メトロの広報担当者に訊いてみたの」ユーリアが言った。「路線番号16はかつて実在していたんだそうよ。他の二つの路線と並行するように走っていた一時的な路線らしいの。始発駅はグリーンラインのヴェリングビー、終着駅はレッドラインのリリエホルメン。どこで路線が切り替わっていたのかは不明だけれど、とにかく存在はしていた」

肩の重荷が下りるような気持ちをヴィンセントは感じた。彼はまだ正気を保っているようだ。彼は正しかったのだ。

「興味深い話です」彼が言った。「その話で、わたしに砂時計をくれた人物のことがより分かりました——それがだれであれ、地下鉄にかなり詳しい人間だということです。隠された理由を考えてみる価値がありそうですが、それが何であれ、ニクラスのいる場所はそこであると思っています」

「ニクラスはもう生きてはいないと?」ユーリアが言った。

「分かりません」ヴィンセントは頭を振ってから言った。「そうでないことを祈っています。例のカウントダウンによると、彼にはまだ四日あります。ですが、大勢の警官が捜索していることを考慮すると、四日間も監禁し続けるのは難しいでしょう。トンネル網は理想的です。いわば迷宮ですからね」

エレベーターのドアが開いた。二人は降りたが、ユーリアはエレベーターのすぐ前で立ち止まり、ヴィンセントのほうを向いた。

「路線番号16のどこかは分からない？　駅を特定することはできない？」

ヴィンセントはうなずいた。

「可能だと思ったこともありました」彼が言った。「砂時計の砂が落ち終わるまでの『分』の数字が路線で、『秒』が駅だと考えたんです。でも、どうやっても他の人骨が発見された場所と数字は一致しなかった。なので、残念ですが、今のところそれ以上のことは分からないのです」

ユーリアはため息をついて、ポケットから携帯電話を取り出した。

「ストックホルム地下鉄のうち、地下に設けられている駅は四十七」彼女が言った。「路線番号16はそのうちの二十五駅を経由した。一組二人の警官を十一組集めて、それぞれ二駅ずつ調べてもらうよう手配しましょう。ルーベンとアーダムには三駅を担当してもらう。調整するのは面倒な作業になるわね。メトロも警察に激怒するでしょうね。だけど、他に選択肢がない」

彼女はある番号に電話をかけた。

「今日は長い日になりそうだわ」携帯電話を耳に押しつけたままそう言って、またもため息をついた。

＊

ミーナは鏡に映る自分を見た。見覚えのない青白い顔が見つめ返してきた。目も腫れぼったい。警察本部に到着するのがヴィンセントより遅くなるのは初めてだ。でもこれ以上速く体を動かす気力がない。長い夜になってしまった。娘に付き合って、数時間もヴァルテルの話をしてしまったのだった。彼の良いところを思い出してみた。ベアータのことも。

ナタリーは一時間ほど前に眠りについたばかりだったので起こしたくなかった。でも、眠る頃には、あの子は大丈夫そうになっていた。ナタリーは強い娘だというミーナの推測は正しかった。彼女なら、今回のことも乗り越えられる。それに、最初のショックが治まった今、ベビーシッターのような付き添いは必要ない。

ヴィンセントが自分の顔を見てアレルギー反応でも起こしたかと思わないようミーナは願った。テーブルの上にメモを置いてナタリーを起こさないよう忍び足で外へ出てから、朝の交通状況が許す限り、全速力で警察本部まで車を飛ばした。

期待に反して、ヴィンセントは正面玄関で彼女を待っていなかった。どこかに座っているかもしれないと思ってひと気のない受付を見回したが、彼はいない。自分はヴィンセントより早く来たのだろうか？　ミーナは、受付カウンターのガラスの向こうに座る男性のところへ行った。

「おはようございます」そう言った。「ヴィンセント・ヴァルデルさんを見かけなかった？　だれなのか知っていればだけど」

「あの読心術者かい？」ミーナに負けないくらい睡眠不足の顔をしたその男性が言った。「少し前に、ユーリア・ハンマシュテンさんと一緒に入ってきたよ。上に行ったんじゃないかな」

ミーナは礼を言って、ゲートを通り抜けた。エレベーターに到着するや否やドアが開いて、ヴィンセントが後ろを見ながら降りてきた。二人はもろに衝突したが、ヴィンセントは倒れる寸前の彼女を何とか抱き留めた。

「ミーナ？」

「ヴィンセント！」彼女が言った。「何……何するんです？」

「わたしは……ええと、つまり……」口ごもった彼は、また後ろに目をやった。「えー……つまり……エレベーターに乗る練習をしたほうがいいと言っていたでしょう？　だから……いい機会だと思って」

ミーナは笑った。ヴィンセントは、まだ彼女から両手を離していない。

「認知行動療法の訓練を、警察本部でしているわけですか？」彼女が言った。

「まあ、そんなところですかね」

ミーナは、彼の馴染みのにおいを感じられるほど、ヴィンセントに強く抱えられていた。

「ヴィンセント？」

「はい？」

「まだ、わたしを抱えてますよね？」

沈黙。

「ですね」

二人は、しばらくそのまま立っていた。ミーナは、どうすればいいのか分からなかった。手を離してほしくなかった。彼のぬくもりが体に広がり、彼も同じ感覚でいることを望んだ。でも、ずっとこんなふうに立っているわけにもいかない。

「噂になりますよ」ミーナがやっと言った。「あなたがわたしを拉致するところを目撃したって」

ヴィンセントは、ゆっくりと彼女から手を離した。

「どうして、こんな早い時間に会う必要があるんですか？」彼が言った。「というかナタリーは一人で大丈夫？」

「あの子は母親に負けず劣らず強い子だから」彼女が言った、「今日は友人に会うらしいし、何か違うことをするのは、あの子にとっていいことだと思う。それに、わたしには考えがある。例の手紙は持ってきました？」

ヴィンセントはうなずいた。

「その手紙をリンシェーピン市の国立法医学センターに送って、指紋鑑定をしてもらうんです」彼女が言った。「匿名で進められるよう、あなた個人に関する箇所は手紙からすべて消してから送ることになります」

「指紋？」驚いたように、ヴィンセントは言った。

それでも手紙を取り出して、ミーナに差し出した。

彼女は首を左右に振った。

「わたしが触れるわけにはいかない」ミーナは言った。「脅迫状を送り付ける人間は、一度のみならず数回送るとか、複数の人々に送りつけることがよくあるんです。荒らし行為はネット上だけじゃなくて、いまだに手紙で行うことも時折あります。あなたのケースもそれです。手紙を送ってきた人物に脅迫やその他の犯罪の前歴があれば、身元が判明する。あなたの指紋も手紙と一緒に送れば、国立法医学センターのほうであなたの指紋を鑑定対象から除外できる」

ヴィンセントは手紙を二本の指の先でつまんで、ポケットに戻した。

「悪くないアイデアです」彼が言った。「送り主がだれなのかを示唆する手掛かりが、いまだないことを考えると特に。警察も介入しているといえばしているが、かなり間接的だ。〈影法師〉が気づくとは思えない」

「だったら、すぐにでもあなたの指紋を採取しましょう」ミーナはそう言って、廊下の奥にある実験室へ向かって歩き出した。

＊

コーヒーメーカーのそばに立つクリステルは、ため息をついた。今日の日付が、コーヒーメーカーの画面で光っている。十二月二十七日。今日を除くと、今年も残すところあと四日。今年のクリスマス休暇中は、休みの日がまるでなさそうだ。けれども、それほど腹立たしいわけではない。レストラン〈ウッラ・ヴィーンブラード〉でクリスマス・ビュッフェを給仕するラッセも、ハードな日々が続いており、毎晩遅くまで仕事をしている。

数日でいいからテレビの前に腰かけて、おもしろい刑事ドラマシリーズを観たかった。ラッセが彼の人生に現れてから、この習慣はおろそかになっている。不満があるわけではない。ラッセと一緒でいるほうが、大好きな刑事ドラマ〈ハリー・ボッシュ〉を観るより楽しい。ラッセのほうが見た目もいい。

ユーリアが角を曲がってやってきた。空のコーヒーカップを持つ彼女の虚ろな目は、レーザー照準器のごとく、コーヒーメーカーに合わされている。

「疲れた顔をしてるな」彼が言った。「トルケルとハリーが待つ家に戻ったほうがいいんじゃないか？」

「ハリーのためなら戻るけど」彼女が言った。「ここで一秒過ごすごとに、自分はすごく悪い母親のような気がする。思い出させてくれてありがとう」

「ならばトルケルについては？」

「それほど罪悪感はない。コーヒーは淹れ終わった？」

彼女は、ずっと前にコーヒーが落ち切っているのに、まだセットされたままのクリステルのカップを顎で指した。彼がカップを取ると、ユーリアは自分のカップを乱暴に差し込んだ。ときどき彼はユーリアに、家族のほうはどんな具合なのか訊こうと思うことがあったが、ひとまず今は適切なタイミングではない。

「参加しますよね？」ユーリアが言った。「もうすぐ捜査会議を開始します。あなたにはうんと楽しい任務を用意してあります。休暇の残りが丸つぶれになる任務です」

彼はため息をつき、コーヒーを流しに空けてから、またカップをメーカーにセットした。こうなったら、淹れたての熱々のコーヒーを飲まずにはいられない。

＊

「皆さん、さぞやお疲れでしょうけれど、素晴らしい仕事ぶりには感謝します。法務大臣失踪事件で、世界中の目がわれわれに向けられています。『時間は音を立てて減ってゆく』などと言うことがありますが、今回に限っては言い過ぎではありません。しかも、時間はカチカチと音を立てて減ってゆきます」

ユーリアは特捜班を見回して、班が編成されて三、四年なのに、彼らが多くの業績を達成していることを誇りに思わずにはいられなかった。そして何より、メンバーはこれからも手柄を立てるに決まっているからだ。

「ルーベン、セルビア系マフィアの線についての最新情報をお願いします」

あちこちから忍び笑いが聞こえ、ユーリアも笑い出しそうになった。救助用毛布にくるまった二日前のルーベンの写真と、国家作戦部のサーラに彼が救出されたときの話は、疾風のごとく警察本部全体に広まっていた。

「いい加減にしてくれよ」ルーベンが不愛想に言った。「まったく。最悪だ。まあいい、本題に入りましょう。極右政党の党首テッド・ハンソンは無事に帰宅。セルビア人たちはペーテル・クローンルンドとグスタヴ・ブロンスに利害関係がありましたが、われわれが追っている事件とは無関係であることの裏がとれました。不幸な偶然の一致だったってことです」

「ありがとう、ルーベン」ユーリアはうなずいた。「捜査活動において、勝手な単独行動がいかに危険なことか、みなさんも考えてくれるとありがたいです。自分の意志で動くのも大事ですが、常識もまた重要だと心してください」

「イエス、マム」ルーベンは苛立ったように言った。「もう勘弁してくださいって」

「では、新たな手掛かりの件に移りましょう。具体的なものがいくつかあります。まず、ヴィンセントのおかげで、ニクラスを捜す具体的な場所が見つかりました。ニクラスは地下鉄網の路線番号16番に沿ったどこかにいる可能性があります」

「存在しない路線じゃなかったのか？　そう言ってなかったか？」クリステルが言った。

「そのはずでした」ミーナの隣に座るヴィンセントが言った。「ユーリアの調べによれば、16番は一時的な路線で、二本の他の路線と並行に走っていたようです。この路線は、やはりユーリアによると、ストックホルムの地下にあるうちの二十五駅を通過するということです」

「ニクラスがそこにいるというのは、どの程度確かなんです?」ルーベンが言った。

「まったく確証はない」ユーリアが言った。「でも、それ以外の手掛かりもありません。なので、他の手掛かりが見つかるまでということで、地下鉄内の捜索の申請をしてあります。今日、多数の警官を動員して、駅をひとつひとつ捜索します。ルーベンとアーダム、あなたたちの名前もリストに載っています」

「見ました」アーダムがうなずいて言った。「会議が終わり次第、直行します」

「お願いします。あと、被害者たちの共通点も見つかっています。三人とも、二十年ほど前に、ひどく精神的に落ち込む経験をしています。失踪した法務大臣もそうだったと、父親が証言しています。それだけでは被害者たちを結びつける輪としては弱いのですが、例えば全員が同じ精神科医の治療を受けたとか、さらには〈王〉と呼ばれる人物と何らかの接点があった可能性もあり、いずれも調べています。法医学委員会から盗まれた人骨が、この〈王〉のものだと思われます。クリステル、ニクラスを担当した精神科医とは連絡が取れましたか?」

「まだルワンダに滞在中で、連絡は取れないままだ」そう言ったクリステルがジンジャークッキーを一枚こっそりボッセにやると、ボッセは音を立ててガツガツ食べた。

「でしたら別の手段を探しましょう。その医者を待つのは疲れましたし。被害者全員が二十年前、全員同じ精神科医にかかったかどうかは、彼らの銀行口座履歴を調べれば分かるかもしれません。みんなが同じ人物ないし同じ会社に、定期的に金を支払っていたはずですから」

ジンジャークッキーのひとかけらを喉に詰まらせ、クリステルが咳き込んだ。

「ってことは……」彼がゆっくり話し始めた。「おれが被害者たちの二十年前の銀行口座番号を探して、銀行に連絡して昔の取引記録を探してもらうってことか？　十二月三十一日までに？　どの口座に支払ったかも分からないのに？」

「そういうこと」ユーリアがうなずいた。「すごく楽しい任務って言いましたよね」

「どれくらいの数の取引履歴をチェックすることになるか分かってるか？　それに、県営の医療機関で精神科医にかかっていた場合は、明細には診療所に支払ったという以上の情報が記されない。単なる血液検査かもしれない。こいつはギリシャ神話のシーシュポスの罰のほうがよっぽど楽だぜ」

「分かっています」ユーリアが言った。「でも、法務大臣が行方不明なんです。大抵の人が喜んで捜査に協力してくれるはず。銀行ですらね。もちろん、もっといい考えがあるなら聞きますが」

クリステルは頭を振った。

「すぐにでも始められるぜ」彼が言った。

ユーリアは会議にそなえて作成したリストに目を通して、言い忘れがないかチェックしたが、慎重にガラスドアをノックする音が聞こえ、途中でやめた。班の全員がドアに注目するなか、ユーリアが、ノックの主にドアを開けるよう手で合図した。

「どうしたの？　捜査会議の最中なんだけど」

着信が十四件入っていた。

ユーリアはその女性をしばらくじっと見てから、携帯電話を手に取った。ミルダからの不在

「ミルダさんは『ローケに関すること』としか言っていませんでした。その人が見つかったそうですが、現在入院しているのだそうです」

「どんな用件？　会議の後じゃ駄目？」

「ミルダさんに電話をしてください」その女性が言った。

*

彼はミーナと一緒に、警察本部から近い喫茶店〈イル・カッフェ〉にいた。捜査会議を突然中断したユーリアは、署の近くで待機するよう班のメンバーに告げてから、急いで出かけていった。まだ朝なのに、喫茶店はすでに、パソコンに顔をくっつけんばかりにして座る三十代ほどの人々でいっぱいだ。ヴィンセントとミーナは、店内の一番奥の最後の席を確保した。ヴィンセントは菓子パンを、ミーナはシードがかかったクネッケブロードのオープンサンドを頼んだが、ヴィンセントは、ミーナがそのサンドを食べることはないだろうと思った。

「今は何もできないことに苛立っているのは理解できます」彼は小声で言った。「でも、あなたがビリヤードをしに行くように、ときには気を紛らわすのも悪くない。脳を再充電するには、まったく別のことをするのが一番です」

「ヴィンセント」彼女が断固とした口調で言った。「例のろくろ教室なら行くつもりはありません。アンバーの絵だってそう。ご参考まで」

ヴィンセントは弁解するように、両手を掲げた。

「そんな意味では……」

「気持ちはありがたいですけど」彼女は言って、クネッケブロードを指で押すと、パンは三つに割れた。「ろくろだけは勘弁してほしいけど、わたしと一緒に何かをしたいという気持ちをまだ持ってくれていることはありがたいです。わたしは……こんなふうに面倒臭い人間だけど、一緒に話はできますよね。こんなふうに待つのを強いられている間に」

ミーナはテーブル越しに手を伸ばして、ヴィンセントの腕に置いた。

「大丈夫ですか?」彼女が言った。「例のカルト集団の元にナタリーがいたときの自分の気持ちは、今でも覚えています。でも、あのときは一応、娘がどこにいるのか分かっていた。あなたの家族は──わたしには想像すらつかない……。まだ警察は関与させないという考えは変わってませんか? 少しでいいから。家族のことが不安なのは分かるけど、あの手紙はあなたに対する殺害予告以外の何ものでもない」

大丈夫かって? 何て素晴らしい質問なんだ。本当を言えば、ヴィンセントには自分の気持ちを確かめる勇気がない。打ちのめされて、二度と立ち上がれなくなるのが怖いからだ。家族への不安とは、腕を伸ばさなければ届かない距離を保たなくてはならない。できれば、それ以上の距離を置きたい。さもなければ、彼はだれの役にも立たなくなってしまう。ミーナの役にも、ましてや自分自身の役にも。

「指紋鑑定には同意しましたが」彼は続けた。「それ以上に警察が関与すると、やつにばれてしまう。この件は、自分で解決しなくてはなりません。あと、殺害予告については……わたしが〈影法師〉の要求を満たさない場合に限るわけなので」

たわいない嘘だ。何をしようとヴィンセント・ヴァルデルは存在しなくなる、と手紙に書いてある。ミーナが覚えていないよう祈った。それでなくても、彼女は十分心を痛めている。

「こんなことを言っても何にもならないのは分かっているけれど」ミーナが言った。「でも、わたしなら、完全にパニックになると思う。どうしてそんなに冷静でいられるの？」

ヴィンセントは腕に置かれているミーナの手を取って、両手で握った。できることなら、彼女全体を抱きしめたかったが、そんなことをしたら、彼が壊れてしまうかもしれない。

「冷静でいられなかったら、自分は機能しなくなるから」彼が言った。「だから、すべてを客観的に見ようとしているんです。二十年先の未来から現在を見ているまったくの他人であるみたいに。距離を置いて自分の感情をオフにするための、わたし流のやり方です」

「効果はあります？」ミーナが言った。

「ちっとも」

＊

カロリンスカ大学病院の救急診療部は難なく見つかった。ストックホルムの現役の警察官はみな、町中の救急診療部は、遅かれ早かれ、自分の庭のように感じるようになる。救急の看板を見ただけで、悲劇の記憶が次々と重なり合っていくが、この職業に何年も携わってきたユーリアは、死者や負傷者の記憶に対処することに慣れている。

「ローケはどこ？」

ユーリアは、ドアの外で自分を待っていた警官たちに軽く挨拶をした。

「医者の診察を受けているところです」警官の一人が答えた。「運よく、今日の救急は混んでいないので、すぐに処置を受けられました。命に別状はないという情報を受け取っています。発見時に自分が調べた限りでは、傷は外傷だけのようでした。救急隊員も同意見でしたが、体内に傷がある危険性もありますし、頭部に殴打も受けていました」

「中に入って、聞いてみるわ。ご苦労さま」

ユーリアの口調は素っ気なかったが、感謝の言葉は効果があるものだ。指揮官たちはキャリア全体を通して「ありがとう」と言うことが少な過ぎるものだ。

彼女は急いで救急診療部へ向かった。受付で警察手帳を見せ、医師に話を聞く機会を廊下で待った。肌が黒くてハンサムな医師が出てくるまで五分もかからなかった。ユーリアは、その男性の名札に目をやった。

「メフメット先生、わたしはユーリア・ハンマシュテンといい、ローケが所属する警察本部特捜班を指揮しています。彼の容態は？」

同僚が職務上で傷を負うと、ユーリアは一警察官として心の深い部分を打たれるような気持ちになる——その同僚が警官でなくても同じだ。法執行官全員に対する保護本能というものがあるのだ。そのうちの一人への思いは、他の全員への思いと変わらない。

「負傷は浅いものでした」少し訛りのあるその医師が言った。「身体的にはすぐ回復するでしょうが、精神的にはトラウマ的な経験になるでしょうから、専門家の助けが必要です」

「ローケと話をしても構いませんか？」

メフメット医師は最初ためらったが、それからうなずいた。

「疲れさせない範囲内で、と約束していただけるのなら」

「ローケはわたしの班員です。彼のためにならないことはしません」

「でしたら、許可します」

医師が果てしなく長い廊下にある一室のドアを指した時には、ユーリアはすでにそこへ向かっていた。彼女はドアの把手に手をかけ、深呼吸をしてから押し下げた。

ベッドに横たわるローケはひどいありさまだった。頭に包帯を巻き、目の周りにあざができている。公共医療施設の黄色い毛布の上に載せた両腕にも、大きなあざがある。

「他人には見せられない姿ね」ユーリアはそう言って、ドアを閉めた。

ローケは笑ったが、すぐに咳き込み始め、胸を押さえた。

「痛む？」

「爆笑したときは痛いです」彼は、苦笑しながら言った。

ユーリアは部屋の端から椅子を取ってきて、ベッドサイドに置いた。ベッドに横たわるこの若者への強い慈愛が湧いてきた。ローケと会ったのはほんの数回だが、彼はいつも、できる限り目立たないよう努めているように見えた。まるで自分は他の人たちと違って、存在したり言葉を発したりする権利がない、と思っているかのようだった。今、ベッドの上の彼は、白いシーツに沈んでいるように見える。

「連絡してほしいご家族はいる？」ローケの手をさすってあげたい衝動を抑えて、彼女は言った。そこまでしたらプライバシーに踏み込み過ぎの気がしたからだ。

ローケは頭を振った。

「いいえ、いません。仕事がぼくの家族ですから」

「ミルダもこちらへ向かっています」ユーリアが言った。「きっと、街中の赤信号を無視して、突進してると思う」

ローケは笑ったが、それからまた咳をした。

「笑うと痛いって言ったじゃないですか」

「その約束はできないなあ。だってわたし、生まれつき、超笑える人間なのよ」ユーリアはそう言って、両手を広げた。

ローケのことはよく知らないが、目の前に横たわる青年のことを彼女は気に入っていた。ミルダが世話を焼きたくなるのもうなずける。ヴィンセントがローケを気に入っている理由も。内気な外見の下に、きらりと光る知性が潜んでいるのだろう、とユーリアは想像した。

「何があったのか話してもらえる？」彼女は慎重に言った。

ローケがうなずいた。

「いいですけど、それほど役に立てるとは思えません。何も見えなかったんです。書類を持って、警察本部に向かうところでした。直接、書類をお見せしたかったので。ジャケットを着ようと思ったときに、すべてが真っ暗になった。目覚めたら体中が痛くて、地下室のロッカーの把手に鎖で縛られていました。把手がロッカーにしっかり固定されていなかったのは運がよかった。さもなければ、ぼくはあそこに残されたままでした」

「あなたを襲った人物は見ていないということね？」ユーリアは気落ちした。

重要な情報が得られることを期待していたが、ベッドの中のローケはあらためてうなずいた。

「あ痛っ、頭を動かすとよくないですね。はい、何も見ませんでした。ジャケットに手を伸ばしたときにバンとやられて、あとは縛られていると気づくまで真っ暗でした。それにしても、やつらはどうやって侵入できたんだろう？」

「やつら？」

「複数か一人か、それは分からないですけど」

「あの古い骨を盗んだ人間と同じだと思う？」

ローケは絶望的な様子で顔を歪めたが、答えなかった。

「大丈夫。徹底的に調べる」

ユーリアはためらってから、やはり彼の手に自分の手を重ねた。彼は目をパチパチさせたが、手は引っ込めなかった。ユーリアは彼の手を数回軽く叩いてから、立ち上がった。

「何か思い出したら、電話をして」そう言った。「でも、まずは休養。わたしたちでできる限りのことをするから。約束する」

「ありがとうございます」力ない声で言ったローケは、またどこかが痛んだのか、顔を少し歪めた。「ミルダからDNA型が一致した話は聞いていますか？」

ユーリアは足を止めた。

「DNA型の一致？」

「やっぱりまだでしたか」ローケはため息をついた。「すべてぼくのせいだ。ぼくが皆さんにお伝えすることになっていたから。ミルダはこのところひどく忙しそうなので、特捜班にはもう伝わっていると勘違いしてもおかしくない。でも遅れても伝えないよりはましですよね」

「何の話？」

「家系を調べたい人たちがたくさんいるのをこんなにありがたいと思ったことはありません。あの骨の主の甥が、家系調査ウェブサイトに登録されていたんですよ。唾液試料を送るとDNAを調べてくれるサイトです。その甥の名前はトール・スヴェンソン。ミルダが検索したところ、ニクラス・ストッケンベリ氏と仕事をしている人物らしいのです」

　ユーリアはローケを見つめた。目に見えない大きな機械の歯車が、ぐるりと一周する音が聞こえたような気がした。何らかの形で、すべてはつながっている。問題は、どんなふうにつながっているかだ。

＊

　クリステルは電話を終えた。ハンデルスバンケン銀行と話をしたところだった。思ったとおり、十年以上前のマルクス・エーリックソンの取引履歴情報を取得するには、マルクスの名前と個人番号のみならず、当時の口座番号も必要だった。エリカ・セーヴェルデンとヨン・ラングセットに関しても同様だった。

　マルクスの母親が二十年前の口座番号を覚えている可能性はゼロに等しい。当時だって知っていたかどうか。それに、一度は幸運に恵まれたとしても、三回とも幸運に恵まれなくては何にもならない。例の精神科医がルワンダから戻るのを待つほうがよっぽどましに思われる。それでも、何かやり方はあるのではないかという気はしていた。なんといってもユーリアが、彼をこのあてのない狩りに送り出したのだ。彼女のアイデアはいつも事態を進展させる。彼の頭の中のずっと奥で、ある考えが固まりつつあった。それが何かはまだ見えない。その時を待つしかないだろう、とクリステルは思った。

目の前のパソコンの画面では、マルクス・エーリックソンの分身、マーク・エーリックが、クリステルに向かって中指を立てている。銀行と話をしている間に、ウィキペディアのマークのページを表示していた。そのページによると、マークのデビューシングルは、設立したばかりのレコード会社〈ノット・ラウド・イナフ・レコード〉から発売され、マスコミで極めて大きな扱いを受けたという。

クリステルは、マークのレコード発売に関する箇所をもう一度読んだ。それから、〈エクスプレッセン〉紙の記事へのリンクをクリックした。ある音楽ジャーナリストが、無名のマーク・エーリックの大々的なマーケティングを批判している記事だった。レコード会社の策略に過ぎないのではないかという疑問を投げかけていた。でも、マークのレコードはリリースされ続けた。一年後、同じ音楽ジャーナリストは『マーク・エーリックの時代到来』というタイトルの記事を書いていて、その中で、自社のアーティストを信頼するレコード会社の姿勢を称賛している。

レコード会社へのリンクをクリックした。マークは会社にとって、最初で最大のアーティストであることが分かった。この会社は他のアーティストのレコードもリリースしていたが、どれも半ばアマチュアのようなマークのお友達という感じだった。マークが契約させたのだろう。会社を起ち上げたのは数人の音楽マニアと一人のベンチャー投資家で、投資家は同時期にPR

会社も興している。

なるほど、投資ね。

クリステルは、ここに名前の挙がっている人物たちについて調べてから、資金を提供した会社を検索してみた。家族経営の会社だった。その苗字は、ここ数日で何度も目にしたものだ。偶然かもしれない。単に苗字が同じだけかもしれない。でも、クリステルの頭の中の例の未完成の考えが、鮮明な輪郭を描き出した。

ブラウザーに新しいタブを開き、「エリカ・セーヴェルデン」で検索した。ヒットしたサイトをいくつかクリックすると、講師として彼女が受賞した賞を扱った記事にたどり着いた。同時に、〈トーキング・マインズ〉というタレント・エージェンシーの講演依頼ページへのリンクも見つかった。エリカの講演のマネジメントをしていたのは、この代理店のようだ。

クリステルは携帯電話を手にして、この代理店の番号を押した。すぐに女性が出た。

「〈トーキング・マインズ〉のルイースがお受けいたします。どのようなご用件でしょうか？」

「わたしはクリステル・ベンクトソンといいます、ストックホルム警察の者です」彼が言った。「現在われわれは、エリカ・セーヴェルデンさん失踪事件についての捜査を行っておりまして――あいにく捜査について詳しいことは申し上げられないのですが――こちらの調べたところでは、セーヴェルデンさんのマネジメントは御社が務めていたのですよね？　当時のことについて、伺いたいんです」

「エリカさんですか？」その女性は笑った。「その頃は、まだわたしは弊社にいませんでしたが、エリカさんのデビューは、この業界で後にも先にもない凄さだったと聞いています。そのときの反響が、後の成功の基盤を築いたのは明らかです」

「どうしてそんなことになったんでしょう？」クリステルはそう言って、鉛筆を探した。

「先々までスケジュールが埋まっている講師のほうが魅力的に見えるらしいんです」ルイースが言った。「ここだけの話ですが、最初の百件の依頼は、同一の会社から入っていたらしいです」

「会社名をご存じじゃありませんか？」

クリステルは〈トーキング・マインズ〉のルイースの言葉に耳を傾けた。内容を付箋紙に書き留める。それから、礼を言って電話を切った。

これではっきりした。マルクスとエリカに関するメモを彼は見つめた。二人の関連が見つかった。三人目についても見つかるかどうか。ヨン・ラングセットの番だ。パターンが見えてきて、調べ方も分かってきた。もうヨセフィン・ラングセットに電話をかけずに済む。ここ二十年の間にヨン・ラングセットがかかわった企業の情報を得るべく、企業登録事務所に電話をかけた。

その結果分かったのは、ヨンはかなり小規模な形で起業し、適切にリスクをとって成功を収め、順調なうちに企業を売却、その利益でさらに大きい企業を起ち上げたということだった。しかし、ヨン自身の資金には不足があり――最終的に彼はかなりの大金を手中に収めることになるのだが――彼は出資者となるパートナーを必要とした。

十五年前の〈ダーゲンス・インドゥストリー〉紙の記事に、国内外のベンチャー投資家数人とのインタビューが載っていた。彼らが投資した企業の一例として、当時のヨンの会社が、話のついでに挙げられている。

彼の企業に投資した金融会社の名前があった。

そして今、クリステルの目の前、パソコンの画面上に、最後のつながりがあった。

何を探すかが分かれば、見つけるのは難しくなかった。だれも敢えて隠そうとしなかった情報——なぜならそれは、層を成すたくさんの書類の底に、すでに隠れていたからだ。それに、そのうちのひとつだけがあっても何の意味もなく、すべてを同時に探し出し、関連を見つけなければならなかったのだ。

クリステルは、また鉛筆を手にした。三人の被害者全員に共通する点が見つかった。ユーリアは正しかった。金に関することだ。ただ、彼女が意味したのとは違う。付箋紙に書き留めた名前を見つめた。同じ名前。三回。この名前がニクラス・ストッケンベリと無関係なはずがない。だとしたら、自分たちの想像以上に、ニクラスは危険に晒されているということだ。

*

ルーベンはイライラしながら、砂利を蹴とばした。トンネルにはもううんざりだ。もともと地下鉄は好きではなく、先週この汚れた暗闇に何度も足を踏み入れたことで、その考えが変わったとは言い難い。彼とアーダムは、廃線になっている路線番号16番を調査する警察官たちを補助する任務を負っており、シンケンスダムとホンシュトゥルとリリエホルメンの三駅を調査するのが二人の役目だった。

三駅で済んだことをありがたいと思うべきなのだろうが、それでも多過ぎるくらいだ。鉄道《メト》公社の職員すら、もう同行するのをやめていた。ありがたいことにシンケンスダム駅は捜索し終わり、ホンシュトゥル駅ももうすぐ調べ終わる。

率直に言って、ニクラス・ストッケンベリが地下に監禁されている可能性はかなり低い。少なくとも、地下鉄駅の近くはまずないだろう。何よりもまず危険だから。ルーベンとアーダムも、五分おきに列車が通り過ぎる度に強風を避けて列車から遠のかなくてはならなかった。そして、監禁できる場所もないからだ。無論、空きスペースや通路はあるが、発見されずに人を閉じ込められる場所はどこにもない。

「ヴィンセントのたわ言だよ」二人がまた列車から身を守るなか、ルーベンが言った。「いつものことさ。ニクラスが地上に監禁されていないなんて、だれに分かる？　地上のどこかの駅の近くにいるかもしれないじゃないか。その可能性のほうが高いと思うけど」

「同感です」アーダムが言って、線路が通るトンネルと垂直に交わる整備用トンネルを懐中電灯で照らした。「となると問題は、彼がどこにいるのかまるで見当もつかないということでしょうね。地下ならば少なくとも範囲は……限られていますから」

「そりゃそうだけどさ」そう言ったルーベンは、アーダムに続いて整備用の小さなトンネルへ入っていった。

盲腸のようなトンネルはすぐに行き止まりになり、道具と荷役台がいくつかあるだけだった。これまで捜索してきた他のスペースと同様、他には何もない。法務大臣を監禁できるような場所ではなかった。

「この駅も捜索完了ですね」アーダムが言った。「残るはリリエホルメン駅のみ」

二人はトンネルに沿って駅まで戻り、プラットホームに上がって、次の列車を待った。二つの地下鉄駅を移動するのに最も容易な手段は、言うまでもなく、地下鉄に乗ることだ。

「リリエホルメン駅を過ぎると、大抵の地下鉄は地上を走り始める」フルーエンゲン駅行きと記されたレッドライン14番の列車に乗り込むと、ルーベンが言った。「だから、駅の端から端まで捜す必要はないわけだ。駅までのトンネルだけ捜せばいい。そこにも何もないに決まってるけどな。他の警官から、連絡は入っていないか？」

アーダムは携帯電話をチェックした。

二人一組で捜索をする他の警官たちとのグループチャットを作成して、結果を報告し合えるようにしていた。安全面からIT部門から抗議が来そうではある。だが、今はクリスマス休暇中で、余計な仕事をしたい人間はいない。だれかが何かを発見したなら、他のメンバーが捜索を続けても意味がない。

「一組を除いて任務は終了」アーダムが言った。「プラス自分たちです。だれからも、これといった報告は入っていません」

「だから言ったろ」ルーベンがむっつりと言った。「時間の無駄だって」

アーダムは片眉を上げて笑った。

「他に行きたい場所でもあるんですか？　もし間違いだったら言ってほしいんですが、ひょっとすると、ルーベン、サーラ・テメリックと……」

彼は質問をやめた。

ルーベンが彼を睨んでいた。列車が揺れたので、ルーベンは手摺に摑まった。

「もし間違いだったら言ってほしいんですが」アーダムを真似て、ルーベンは言った。「ひょっとすると、アーダム、ユーリア・ハンマシュテンとあんたは……」

アーダムはあっけにとられた。顔にありありとショックが浮かんでいた。

ルーベンは満足げに笑った。自業自得だ。彼と班長の小さな秘密が、自分たちが思っているほど秘密ではないことをアーダムに悟ってもらえればそれでいい。

列車がリリエホルメン駅で停車し、二人は降りた。ルーベンは、プラットホームの後部へ向かった。そこには、トンネルに続く小さなはしごがある。

またも、暗くて狭いトンネルが待っている。ルーベンの心の中では、サーラが目の前にいる。信じられないほど素晴らしい笑みを浮かべるサーラが。

「時間の無駄だ」彼はそうつぶやいてから、トンネルの中へ入っていった。そのすぐ後ろにアーダムが続いた。「くそっ、馬鹿らしい。時間の無駄だ」

*

部屋の中に通された二人は、トールと握手をした。会議室は、ミルダが今まで見た部屋の中でも最も厳かな部屋のひとつだった。ダークグレーの長方形の机が部屋の真ん中にあり、その周りにライトグレーの布張りの椅子が置いてある。壁に掛かる国有の絵画も、何一つ面白味のないものだった。ここはダークスーツを身に付けた中年男性たちが、不機嫌な顔をして集まる場所なのだ。

偏見と言えば偏見だ。でも、非の打ちどころがないダークブルーのスーツを着たトール・スヴェンソンを見る限り、ミルダは考えを変える気はなかった。

ミルダとユーリアは、それぞれの椅子を引いた。

「来ていただけて助かります」二人が腰かける間に、トールが言った。「貴重な時間を割いてくださったことに感謝します。さまざまなことが起こり過ぎて、どうしてもわたしはここを離れられないものですから」

トールが黒いコーヒーカップを握った。彼が二人にコーヒーはいらないか訊いてこなかったことに、ミルダは気づいた。長いミーティングにはならないということだ。

「お気遣いなく」ユーリアが言った。「直接わたしたちからお話ししたほうがいいと思っていましたから。ミルダ、お願いしてもいい？」

ミルダは椅子を正してから、咳払いをした。

「わたしは法医学委員会に所属しております」彼女が言った。「警察本部が、ニクラス・ストッケンベリ氏の一件と関連している可能性のある事件を捜査していることはご存じですね」

「地下鉄で発見された殺人の被害者三名」トールがうなずいた。

「はい」ユーリアが言った。「ですが、捜索の結果、もう一体分の人骨が発見されました。他のものよりかなり古く、三人の被害者とは関係がなさそうでした」

トールは両眉を上げた。

「先の三人の人骨の身元は、すぐに特定できました」ミルダが言った。「その古い人骨の方は謎のままだったのですが、そのＤＮＡ型を、民間の家系調査サイトで照会したところ、そこのデータベースに登録されているＤＮＡとマッチしたんです。登録されていたのは、その遺骨の主の甥御さんでした。さて、ここからが申し上げにくいことなのですが、トールさん、問題の遺骨は、あなたの叔父に当たる方のものなんです」

トールは目を見開いて、コーヒーを少し机にこぼした。

「ビヨーンですか？」彼が言った。「ビヨーンが見つかったんですね？」

「そのようです」ユーリアが言った。「叔父さまについて聞かせていただけますか？　わたしたちは何も知らないのです。名前さえも、今あなたがおっしゃるまで分かりませんでした」

トールは深いため息をついて、うなだれた。それから、天井を数秒間見つめた後、語り始めた。その声はいつもとは比べものにならない程、動揺していた。

「子供の頃、わたしはビヨーンが大好きでした」そう言った。「叔父は教師で、みんなに愛されていました。ですが、叔父は双極性障害だったのです。もちろん、その頃のわたしには分かりませんでしたから、後になって知ったことです。叔父には酒に溺れたり自殺をほのめかしたりした時期がありました。ですが、人生とは皮肉なもので、先に亡くなったのはリンダだった」

「リンダとは？」ユーリアが言った。

「叔父の妻です。みんなショックを受けました。いつも明るくて、心配事などなさそうな人だったんです。亡くなる直前は特にそう見えました。兆候に気づくべきだったんですよ。自分で自分の命を絶とうとしている人は、その直前に一番元気になることがありますね。あれは吹っ切れるからなのでしょうか？」

二人に向けたトールの目に涙があった。ユーリアは何か言葉をかけたくなったが自制した。

「ある日ビヨーンが帰宅して、遺書を見つけたんです」トールは続けた。「リンダはもう姿を消していました。その二日後、ホンシュトゥルス・ストランドで遺体が見つかりました。ビヨーンは自分を責めた。だれかとともに暮らすことができない自分が悪いんだと。それ以降、叔父のうつ状態は悪化する一方でした。そしてある日突然、彼はいなくなった。リンダと同じく、彼もヴェステル橋から身を投げたのだろうと、みんな思ったものです。最悪なのは、叔父は幼い息子も道連れにしたことです。一家丸ごと消えてしまった。ひどい話です。でも、叔父の遺骨は見つかったわけですね？」

ミルダは黙ってうなずいた。

「では、叔父のために、立派な葬儀を手配してあげないと」トールが言った。「存命の最近親者はわたしですから、遺骨を引き取るのに問題はありませんね？」

ミルダは、ユーリアに困惑の視線を向けた。コーヒーをもらっておけばよかった。そうでなくとも、トールの質問をはぐらかして時間を稼げるものなら、何でもよかった。

「ご遺骨は……わたしたちの手元にないのです」ミルダは小さな声で言った。「たいへん申し上げにくいのですが……」

「盗まれたのです」ユーリアが言った。「クリスマスイブの前夜に」

二人を凝視するトールの顔が、どんどん赤みを帯びていった。手のひらでダークグレーの机の表面を叩いた。彼のカップに残っていたコーヒーがこぼれた。

「そんなことじゃないかと思った」彼は言った。「あんたたち警察は、何ひとつまともにできない。さんざん失敗を重ねているのに持ってきて、遺体すらまともに保管できないのかね？この件は上層部に報告させていただく。そんな無能なチームなぞ存続が許されるべきではない」

「ご気分を害されるのはごもっともですし、過去のお辛い出来事を思い出させてしまって申し訳ありませんが」ユーリアは言った。「わたしの班は極めて有能です。叔父上のご遺骨が盗まれたことは大変遺憾ですが、われわれが見つけ出します。もっとも盗まれたのは法医学委員会からであって、警察本部からでないことは付け加えさせていただきます。

ところで、トールさん、いくつか質問があるのです。今後の捜査に役立つかもしれないので」

「さあどうでしょうね。叔父の件は他の三人とは関連性がない、と言ったのはあなただ」トールはそう言って、立ち上がった。

彼は引き出しからナプキンを数枚取ってきて、机の上のコーヒーを拭き始めた。

「それは訊いてみないと分かりません」ユーリアが言った。「ビヨーンさんは二〇〇〇年あたりに亡くなったようです。叔父上が姿を消したのが何年だったか覚えていませんか？」

「そうだな、記憶に間違いがなければ、一九九〇年代の初めだった」トールはそう言って、ナプキンをゴミ箱に捨てた。「九一年か九二年……ちょっと待った。ということはつまり、叔父はホームレスとして、地下鉄のトンネルで十年間暮らしていたのか？」

「そのようです。だとしたら、ビヨーンさんの息子さん、つまり、あなたのいとこも一緒だったと考えられます。トンネルの中で育った少年がいたという話も、わたしたちは聞いています」

今聞いたことを拒むようにトールは頭を振った。ミルダは彼を気の毒に思った。自分が同じような話を聞かされたらどんな気持ちになるか。部屋の沈鬱な色合いが、どんどんふさわしくなってゆくように感じられた。

「それと連続殺人に何の関係があるというんだ」トールが嘆息した。「ましてニクラスの件と？　さっぱり分からない」

「関係はないのかもしれない」ユーリアが言った。「しかし、叔父上が死亡した時期が、三人の被害者に共通するある出来事が起きた時期と一致するのです。ここにどんな意味があるのか、まだわたしたちにも分からない。ですが、あなたのいとこが手掛かりになるかもしれない。トンネルで生活していた頃は、『王子』という愛称で呼ばれていたそうです。彼を探し出すのに役立つ情報があれば、どんなものであっても知りたいのです。ほかの親戚とか。彼と連絡を取り合っていた可能性がある人とか。いとこが生きていると知って、会ってみたいと思っているのではありませんか？」

トールは数秒間、じっと宙を見つめていた。

「知っているのはあなたたちだけですか？」彼は言った。「マスコミに知れたら、わたしが今やらなければいけないことの邪魔になる」

「確かに」ユーリアが言った。「決してマスコミには漏れないようにします。ヴァルテル・ストッケンベリ氏の二の舞を演じるわけにはいきません。目下、このことを知っているのは、この部屋にいるわたしたちと、特捜班のメンバーだけです」

トールは、決断を下したかのようにうなずいた。彼は携帯電話を取って、ある番号を押した。

「もしもしアンナ、わたしだ」相手が出たところで、彼が言った。「頼みたいことがある」

彼は、ミルダとユーリアから聞かされたばかりの話をかいつまんで伝えた。彼は数回うなずいてから、礼を言って電話を切った。彼は、またユーリアのほうを見た。

「首相です」トールが言った。「首相は、ビヨーンの息子、〈王子〉を見つけるために、必要な援助なら何でも提供する、と保証してくれた。ただし、その人物がわたしのいとこだということは内密にお願いします」

二年間ずっと、彼は毎日パパの墓を訪れた。塚を作る手伝いもさせてもらった。みんなでパパに言われたとおりの墓を作り上げた。国王の葬儀。王にふさわしい葬儀。

砂利でできた塚の中に何があるのかは見えなかった。でも、塚に手を置けば、骨の存在を感じることができた。パパの存在を。

彼はよくパパと話した。見えざる人々の世界での出来事を語った。だれが残っているか。だれが去ったか。だれが加わったか。

でも、月を追うごとに、わが家だと感じなくなっていった。パパがいないと、家族ではなかった。暗闇にあるわが家とは思えなくなった。

パパがいなければ、彼は見えざる存在に過ぎなかった。

気持ちは固まり始めていた。見える存在になるときが来た。暗闇を離れるときが。日の当たる地上で、家族が見つかるかもしれない。幼い頃、彼を照らしてくれた太陽。どんな気分だったか、彼は忘れかけていた。光。日差し。全身からのぬくもり。そんなぬくもりが、また見つかるかもしれなかった。

彼はゆっくりと、土の山を撫でた。

「いつか戻ってくるよ」彼は小声でそう言って、立ち上がった。そのつもりだった。

彼は二つの世界で育った。どちらにも家族がいた。

他の人たちには何も言わずに、彼は去った。彼らは、いずれ帰ってくるつもりだった。彼らは去った。彼を失ったわけではなかった。けれど、彼はもう、彼らには属していなかった。

オーデンプラーンは人で溢れていた。真っ青な空からの春の日差しに誘われてか、期間限定の歩道テラス席が並んでいた。そこは満席で、日光を求める人々は空に顔を向けていた。

数百メートル行ったところに公衆電話ボックスがあり、彼のポケットの中には、拾い集めた硬貨が数枚入っていた。電話番号なら暗記していた。パパから教わった番号だが、緊急時にだけ使うようにと教えられていた。

今は緊急時だ。見えざる存在でいた自分が、見える存在になる。

彼は硬貨を入れ、記憶に留めていた電話番号を押してから、呼び出し音に耳を傾けた。いよいよそのときが来た。暗闇を去るときが来た。

「もしもし?」

ユーリアは言って、返事を待たずにドアを開けて室内に入った。まず気づいたのは、父親の頬が赤く、興奮の面持ちだったことだ。

「首相だぞ」こもった声で言った。

ユーリアは父親の机の前にある座り心地の悪い訪問者用の椅子に腰かけ、もの問いたげに彼を見つめた。

「首相がどうかした?」

「電話をしてきたのだ!」

「だれに?」

「わたしにさ!」

「ちょっと待って。首相と話すのは今回が初めてじゃないでしょ。前の首相とはゴルフをしたこともあったでしょう」

「だがな、ヨッテン首相となると話が別だ。彼女はとても……野心的だからな」

「ねえ、権力のある女性と話したからそんなに真っ赤になってるわけ? 首相とわりない仲になったなんて話をママにさせないよう、気をつけてほしいわね」

「くだらん。何の話をしているんだ」

ユーリアはにやりと笑ってみせた。

ストックホルム警察本部長が目を伏せた。

「おまえのママには余計なことは言わんでくれ。いいか？」

ユーリアは、唇の端から端へチャックをするように指を動かし、鍵をかけてみせてから、その鍵を捨てるふりをした。

「で、彼女は何て？」ユーリアが訊いた。

「だれがだ？　ママのことか？」エーギル・ハンマシュテン本部長は、まごついたように娘を見た。

「違うわよ」ユーリアはため息をついた。「首相。アンナ・ヨッテン」

「ああそうか。そうだな。首相はわれわれの素晴らしい仕事ぶりを称賛し、捜査への支援を表明してくれた。必要な援助なら何でも提供してくれるという確約も得た。世界中の目がスウェーデンに向けられている中で、閣僚を失うわけにはいかない。さもなければ、後進国《バナナ・リパブリック》扱いされてしまう」

「首相がそう言ったの？　バナナ・リパブリックなんて」

エーギルは電話のときの玉の汗が残る禿げ頭を撫でた。

「文字どおりそう言ってはいなかったかな。いや、そう言ったと思う。ともかく、メッセージは明確だ。われわれは法務大臣を発見しなければならない——死なせることなく」

「了解、法務大臣を発見せよ、生きている大臣を。明確に言ってもらえてよかった。クリスマス休暇中、わたしの最重要任務は何か、ずっと悩んでいたのよ」

「おまえはママと同じユーモアのセンスの持ち主だな」

「褒め言葉として受けとめておく」ユーリアはそう言って、立ち上がった。「冗談はともかく、わたしがここに来たのは、捜査対象が絞られてきたと報告するため。もう聞いているかもしれないけど、捜査は前進してる」

「グスタヴ・ブロンスなんぞを追ったところで袋小路に入るだけだって、わたしはずっと言ってきたじゃないか。老人の言うことにも、もう少し耳を傾けてほしいものだね」

ユーリアは呆れた表情をしてみせたが、何も言わなかった。老犬に新しい芸を教え込むのは難しい。仕返しの材料も手に入れた。パパが首相にお熱だと母に告げ口すればいいだけだ。

＊

「遅くなってごめんなさい！」

息を切らしたミルダが、法医学委員会に飛び込んできた。ローケは仕事部屋の奥で、顕微鏡に向かって腰をかがめていた。彼は頭を上げて、入ってきたミルダに会釈した。彼女が壁の時計に目をやると、十四時半。まったくもう。思ったより遅くなってしまった。

「もう退院したの？」ローケに言った。「悪いことしちゃったわね！　今日は休んでよかったのに」

ローケは背筋を伸ばし、顕微鏡のスイッチをオフにした。

「どうってことありませんよ」彼が言った。「傷は大したことないですから。それに傷ついたのは主にぼくのプライドですし。仕事するのは楽しいですしね。ところで、少しお時間ありますか？」

　そう言って、彼は部屋の隅を指した。食堂に行く時間がほとんどない二人が設けた、小さな休憩スペースだ。ミルダは、二脚あるうちの片方の椅子に沈むように腰かけた。テーブルの上の魔法瓶を振ってみた。空だ。予想通りだ。ローケが、もう一脚の椅子に腰かけた。

「ぼくが口出しするようなことじゃないんでしょうけど」彼は慎重に話し始めた。「どうしても気になってしまうんですよ。毎日遅刻じゃないですか。一週間ずっと睡眠を取ってないような顔をしてますし。仕事中もボーッとしてますよね。ぼくにできることはないですか？」

　泣きそうになってしまった。周囲に対して正しくあり続けながら、プロとして仕事をこなしたいと思ってきた。でも、その結果、ミルダは切れる寸前の輪ゴムのようになっていた。思いもよらないローケの優しさに、伸ばしたゴムが少し緩んだ。

「ありがとう」ミルダは、頭を左右に激しく振りながら言った。「母方の祖父のミコラスが入院してるのよ。突然のことだった――とは言えないわね、ひどい痛みを抱えていたのに隠してたのよ。だから、ガンが見つかったときには、全身に広がっていて。長くは生きられないって言われたので、できる限り見舞いに行っていて、そんなわけでここを留守にしてしまってた。祖父に元気があって目覚めているときに見舞いに行きたかったから」

　ミルダはローケを見つめた。涙を堪えるのが難しくなってきた。

「祖父がいなくなったら、どうしていいか分からない」彼女が言った。

　ローケが彼女の手を握った。

「聞いてください。お祖父さんの看病をするべきです。一番大切なのは家族ですよ。ずっとそばにいるように思えても、いつかはいなくなってしまう。そしてその影響は、その先もずっと残る。ぼくが留守を預かります。だれにも言いません。死体はチクったりしないし。しかもそのうちの三体は骸骨だ」

ミルダは泣き笑いし始めた。自分の話を聞いてくれて理解を示してくれる人間と話ができて、心からホッとした。

「介護休暇をできるだけ利用して、なるべくお祖父さんのお見舞いに行ってください」ローケが言った。「さっきの『ぼくにできることはないですか？』という質問を、『あなたのためにぼくができることはないですか？』に言い直させてください」

ミルダは手の甲で涙を拭きながら、うなずいた。

「あなたにできることがひとつあるわ」彼女は言って、携帯電話を取り出した。

ブルートゥース・スピーカーをテーブルの上に置いて電話を接続し、スポティファイのプレイリストを探し出した。アルヴィンガナの『エルイス』を最大音量でかけた。

「祖父の好きな歌なのよ」彼女が言った。「わたしも好き。サビでは頑張って歌うわよ」

泣いたり笑ったりを繰り返しながら、二人は争うように大声で歌った。

＊

「ユーリア！」興奮で目を輝かせ、顔を上気させたクリステルが、叫びながら部屋に入ってきた。「よかった、戻ってた」

「戻ってますよ。ノックはしてほしかったけど」ユーリアが言った。

こんな勢いで動いているなんて、クリステルらしくない。ノックをせずに入ってくるとなるとますますそうだ。ということは、どんな用件であれ、重要ということだ。

「金をたどったらつながった。映画でよく言うでしょう、『カネの流れを追え《フォロー・ザ・マネー》』って。まさにあれだった」

ユーリアにはどの映画のことなのか分からなかったが、訊かなかった。金のつながりのほうが興味深い。

「銀行口座から何か見つけたのね？」自分の声も前のめりになっていた。「それとも、冒険好きの精神科医と連絡が取れた？」

「いや、銀行口座じゃないんだ」クリステルが言った。「その線を追ってたら、まだ調べは終わってなかっただろう。別のことだ。精神科医の線は除外できると思う」

「なぜ除外できるの？　もし全員が同じ精神科医にかかっていたら、被害者の関連性は高まるのに」

「その可能性はあるが、いまのところ何の証拠もないでしょう。おれが見つけたつながりは確実なものです。単なる仮説じゃない、こいつには具体的な根拠がある。おれが気づいたのは、三人とも二十年ほど前に大きな成功を手にした事実です。その直前まで、全員がうつ状態だった。もしかしたら同じ精神科医にかかったかもしれないし、かからなかったかもしれない。だけど、今ではおれは、同じ医者ではないという説に傾いてます。三人の成功は、それぞれ別の理由がありました――マーク・エーリックは設立してまもないレコード会社から異例なほどの予算を使った大々的なマーケティング・キャンペーンで売り出された。エリカ・セーヴェルデンはたった一年で無名の状態から人気講師に上り詰めたが、その原因となったのは、講演を始めた途端に百以上のオファーが入ったことで、そのほとんどがある一つの企業からのものだった。ヨン・ラングセットの起ち上げたスタートアップ企業は、常に個人からの投資に支えられていた」

「だから？」ユーリアは困惑したように言った。「三人がいろいろな形で後押しを受けたとしても、別におかしいことじゃない。大抵のサクセス・ストーリーには付き物じゃないかと思うけれど。決して彼らだけに限ったことではないでしょう」

「もちろん」クリステルは、勝ち誇った目で言った。「ですが、この三人の後援者が同一人物だったらどうでしょう。彼は自身の属する家族経営会社の陰に隠れてはいましたが、見つけるのは難しくなかった。自分を探す人間などいないと思ったんでしょうし、おれがその男の名前を言っても、あなたは信じないでしょう」

ユーリアが見つめる中、クリステルはマークとエリカとヨンに成功をもたらし、その後何年にもわたる成功の基盤を築いた人物の名前を告げた。その名を聞いて、ユーリアは机の縁を握りしめた。

「単なる慈善活動かもしれない」彼女は言ったが、本気でそう信じていたわけではなかった。その可能性に言及しておくという以上の理由はなかった。「困っている人を援助したかった大金持ちかもしれない」

クリステルはうなずいた。

「その可能性はもちろんあります」彼が言った。「その人物が援助した三人が三人とも、地下鉄のトンネルで骸骨として発見されたという、ちょっとした出来事がなければ。偶然のはずがない。徹底的に調べれば、ニクラス・ストッケンベリの過去にもこの男が絡んでいることが明らかになると誓ってもいい」

「この人物を警戒させて逃がすわけにはいかないわね」ユーリアが言った。「急いては事を仕損じるというやつね。この男にアポをとりましょう。会うのは明日。見事な仕事ぶりでした、クリステル」

パズルのピースが、ゆっくりとはまっていく。ひとつずつ。問題は、いまだにこのできかけのパズルに、明確な絵柄も理屈も平仄《ひょうそく》も、見出せないことだ。

残り三日

ヴィンセントは新聞を取りにいこうと、早朝外に出た。デジタル音楽を好まないのと同様、ニュースを読むなら紙の新聞のほうがいい。人生の残りが少なくなった今は余計そうだ。郵便受けの蓋を開けると、新聞の他に手紙が一通入っていた。

無記名の白いＡ４用紙に書かれた、〈影法師〉からの新たなメッセージだった。

手紙と新聞を取って、雪の上を重い足取りで玄関まで戻った。クリスマスイブ以来、玄関前の雪かきには無頓着だったので、まるでスノースコップを持っていない家のようなありさまだ。靴の中が冷たい雪でいっぱいになったが、どうでもよかった。メッセージのほうが重要だ。玄関の前で立ち止まったまま、正面の照明を頼りに読んだ。


おまえはまだ理解していない。

これほど手間取るとは思ってもいなかった。

だがおまえにはあと一日ある。

あと一日だけ。

今夜六時にレストラン〈ゴンドーレン〉で待つ。

おまえの最後のチャンスだ。

〈影法師〉が会いたがっている！　これで正体がやっと分かる。そう考えると、興奮と恐怖が同時に湧き起こった。〈影法師〉の目的は何なのか、それまでに突きとめなくてはならない。もし突きとめられなかったら自分の家族がどうなるのか、考えたくもなかった。

だが、〈ゴンドーレン〉で会うとなれば、相手を捕える絶好の機会でもある。ミーナとルーベンに来てもらうよう頼めばいいだけだ。それとも……いや、〈影法師〉だって同じことを考えたに違いない。逮捕される危険が少しでもある場所で会おうとはしないだろう。

それに、〈影法師〉には切り札がある――ウルリーカ、マリア、アストン、ベンヤミン、そしてレベッカ。彼らが賭けられている。たとえ〈影法師〉がヴィンセントに警察本部で会おうと言ってきても、ヴィンセントは警察に伝えないだろう。いざというときのために、ミーナにだけは伝えるにしても。

彼は玄関ドアを開けてひと気のない家の中に入り、中が雪だらけの靴を脱いだ。キッチンの天井灯を点けて新聞をキッチンテーブルの上に置くと、居間に向かった。今ではもう居間に入ることはなくなっていた。最後に入ったときには、だれかが彼の頭の中にハチの巣を放りこんだような感じになった。壁が彼に向かって叫び、目が痛くなった。それでも天井灯を点けた。暗がりには、もううんざりしていた。手をスイッチに置いたまま、いつしか家の裏側に面した窓から外を眺めていた。カラスが戻ってきていたが、彼は大して驚かなかった。

初めて見たときと同じように、今回も四羽いる。規則正しく並んでいるわけではなく、三羽目と四羽目の間に空間がある。

あれは剝製だと彼は結論していた。留守中に〈影法師〉が置いたものなのだと。外に出れば近くで見ることだってできる。でも、もしあれが本物の鳥で、近づいたら飛び去ってしまいでもしたら、彼の脳は壊れてしまうだろう。

あの鳥は、彼の頭の中にしか存在しないのかもしれない。マネージャーのウンベルトに語った話を頭に浮かべた。大きな負担とストレスがかかると、合理的思考を司る前頭葉に有害な副産物が蓄積される。秋の間に何度も受け取ったメッセージや暗示や脅迫を考慮すると、そろそろ幻覚が見え始めてもおかしなことではない。

彼は身震いをした。こんなことを考えたところで、何にもならない。何かしなくてはいけない。

ヴィンセントはキッチンに戻って、ペンを見つけてからテーブルに着いた。ここ数日の間に起きたおかしな出来事はすべて〈影法師〉の仕業だと彼は確信している。切り貼りされたクリスマスカード、目覚まし時計、カラス。砂時計もか——？　いや、あれは違う。〈影法師〉がだれであろうと、殺人事件の捜査のことで彼に手を貸すようなことはしない。砂時計は殺人犯から来たものだ。あるいは殺人犯について知っている人物からだ。ヴィンセントは殺人と砂時計についての考えを脇にやって、〈影法師〉に焦点を合わせた。

手紙の裏に、自分が知っていることを書き留めた。共通点を見つけることができれば、〈影法師〉の目的が明らかになるかもしれない。

第一に、クリスマスカード。カードに書かれている諺は、ベンヤミンが気づいたように、

『箴言　知恵の泉』からの引用だ。箴言番号は27：15と20：25。ヴィンセントは番号を書き留めた。

27　15　20　25

次に、目覚まし時計。鳴ったのは16：30と22：19。アラームが鳴ったときに何か見えるのかと思ったが、重要だったのはセットされた時間だったようだ。彼はその時間を、箴言番号の下に書いた。

27　15　20　25
16　30　22　19

それから、カラス。北欧神話の神オーディンの使者。世界各地の神話では、失われた魂と関連づけられる鳥だ。ヴィンセントは失われた魂である、とカラスで伝えようとしているのかもしれない。でも、それだけではない気がする。箴言番号と目覚まし時計の時間はいずれも二桁の数字に分解できた。カラスでも同じことができるだろうか？　彼は目を閉じて、四回見たカラスがどんな配列だったか、雪とカラスの光景を呼び起こした。

最初は四羽。一羽目と二羽目の間にスペースがあった。

二回目は二羽。その二羽の間に穴が二つ、次にひとつ穴があった。

三度目も二羽しかいなかったが、その二羽の間に三羽分のスペースがあった。

そして四回目の今日は四羽いて、三番目と四番目のカラスの間にスペース。

頭に浮かんだ光景を簡略化することにした。カラスを黒い正方形に、スペースと雪上の穴を、ともに白い正方形に置き換える。脳内に、四列に並ぶ黒と白の正方形の像が描けた。

■□■■■
■□□■□
■□□□■
■■■□■

なるほど、でもまだ数字ではない。黒と白は対の関係にある。イエスとノーや、オンとオフのように。生と死のように。

つまりこれは二進法だ。

カラスは二進コードということか。

彼は目を開けて、ペンを手に取った。黒い正方形を1、そして白い正方形を0に置き換えて、紙に書き留めた。

10111
10010
10001
11101

二進数が四つ。彼は各二進数の下に、16　8　4　2　1という数字の列を書いた。上に1が来る数字を足して、0が来る数字は無視する。そうやって、十進法へ変換した。

23　18　17　29

彼は、この新たな数字を、箴言番号と目覚まし時計の時間の下に書いた。これで三列となった。

27 15 20 25
16 30 22 19
23 18 17 29

これが何を意味することになるのか、うすうす気づいてきたが、それが正しいことを証明するには、あと一列必要だ。それはどこで見つかるのだろうか？

ヴィンセントは立ち上がって、仕事部屋へ行った。秋に〈影法師〉から受け取ったプレゼントに、何か隠されているのだろうか？　いや、あのパズルならすでに解いた。他のものに違いない。

キッチンに戻った彼の目にとまったのは、フェルマーの定理について述べているカレンダーだった。十二月二十一日と二十四日と二十八日を丸で囲んだのがだれなのか、マリアに訊くのを忘れていた。もう、訊くこともできない。

21と24と28。

もしや。

彼はカレンダーをめくって、一月を見てみた。やはり一月十四日も丸で囲んである。〈影法師〉はカレンダーを通じて、ずっと前に一列目となる数字をヴィンセントに示していたのだ。なのに、彼は気づかなかった。彼は震える手で、カレンダーの四つの数字を、他の数字の上に書き留めた。配列は、彼が受け取った順であるはずだからだ。

21 24 28 14
27 15 20 25

16 30 22 19
23 18 17 29

自分が目にしているものが何なのか、ヴィンセントには明らかだった。だが、計算したくなかった。もう無理だ。〈影法師〉は思う存分彼をあざ笑っていることだろう。ヴィンセントは目を閉じた。外では太陽が昇り始めたところだ。でも彼の心の中では、暗闇が徐々に忍び寄っていた。

*

「もちろん、できる限り協力はしますが、前回お会いしたときに訊いてくれていれば手間が省けたと思うんですがね」

トールが両手を広げ、ユーリアの目を見た。

「お時間を割いて、ご足労いただいたことに感謝します」ユーリアは取調室でトールの向かいに座っていた。「先日の段階では、残念ながら、この件は分かっていなかったんです」

トールを見て真っ先に思い浮かんだ言葉は〝完全無欠〟だった。髪の毛一本たりとも乱れていなかった。

「ミーナは来ないのですね？」彼が言った。

「ええ、今回は来ません。ニクラスさんを通じて親交があるのは承知していますが、今回の尋問は、個人的なつながりのない人間が担当するのが一番だと思いました」

「尋問？」トールが怒りをひらめかせた。「わたしに何かの容疑がかけられているのですか？

であれば弁護士に連絡させていただく」

ユーリアは首を左右に振った。軽率な言葉選びだった。ドジめ。疲れが出始めていた。そこに家庭問題が加わり、彼女は憔悴していた。心底から。

「不適切な表現でした」彼女が言った。「この部屋では尋問をすることが多いものですから。とにかく、どうしてもあなたの協力が必要な問題が生じたのです」

「先ほども言いましたが、わたしにできることなら何でもします。ニクラスの不在は、あらゆる面で憂慮すべきものです。わたし個人にとっても、この国にとっても」

ユーリアは身を乗り出し、声を潜めた。

「でしたら、わたしたちにのしかかっているプレッシャーもご理解いただけるでしょう」彼女は言った。「さきほど首相から電話をいただきました」

「ああ、アンナはニクラスのことをひどく心配していますからね」トールがうなずいた。「彼女とは今朝話をしたばかりなんですよ。彼女とニクラスは……親しい関係にありますから」

「じゃ、始めましょうか」ユーリアが軽く言った。

取調官として早くに学んだことだ。相手にした質問の答えに対して興味のなさそうな態度をとると、やがて質問される側は答えを考えるのに慎重でなくなってゆく。

「どうぞ」トールはまた両手を広げ、そう答えた。「終わるのが早ければ早いほど、法治国家スウェーデンを正しい方向へ戻す任務を早く再開できますので」

ユーリアは驚いた。今やトールは自分を超大物と見なしている。

「地下鉄のトンネルで骨となって発見された人たちのつながりがやっと見つかりました」彼女

は話し始めた。

トールは、彼女が続けるのを待っている様子だった。

「二十年前、被害者は全員、ある種の……問題に直面していました」

「問題？」

トールは当惑した様子だった。完全無欠の外見に、当惑した内面。

「人生における大きな問題に直面していたんです。ところが幸運にも、彼らはみな援助を得て、そんな状態から抜け出すことができた。それが、わたしたちが発見した事実です」

彼女は間を空けた。トールは、彼女が何の話をしているのか分からないようだった。ユーリアはこっそり部屋の隅の録画カメラに目をやって、録画されているのを確かめた。

「援助を得た、とはどういうことですか？」彼が言った。

「それぞれ違った形で。金銭的なものもあれば、コネのときもありました。出所《でどころ》もさまざまです。ところが、実は大元が一緒だったんです。援助はすべてある一つの企業から出たものだった。これこそが被害者たちをつなぐものだったんです。

ヒルド株式会社はご存じですね？」

トールはビクッとした。

「父の、というか、正確には父方の祖父の会社です」そう言った。「でも、どうして……何が言いたいんです？」

「あなたはこの会社に何らかの形でかかわっていますか？」

「いや、わたしはビジネスに関心はなく、早い段階で政治の道に進んだので。穏健派青年同盟がわたしのキャリアの始まりでした。家族の事業のおかげで楽な暮らしができたことは否定しない。だが、あの会社にかかわったことはない。あの会社だけじゃなく、他の会社に関しても同じです」

「援助が行われたのは、あなたのお父さまが亡くなって以降です」ユーリアはトールの目を見つめながら、冷静に言った。「あなたのお祖父さまは、すでに一九八三年に他界されていますね」

「何のことかさっぱり分からない」今や困惑は明らかだった。「会社は何らかの形で運営されているんでしょうが、わたしは事業については門外漢なんだ。毎月、口座に入金してもらってはいる。さまざまな目的に応じて銀行口座を複数持ってもいる。例えば、家のメンテナンスのための口座とか」

「では、二十年前に行われた投資についてはご存じないのですね？　ヨン・ラングセット氏とエリカ・セーヴェルデン氏とマルクス・エーリックソン氏への投資については何も知らないと。では、ニクラス・ストッケンベリ氏に関してはいかがです？」

ユーリアがニクラスの名前を挙げると、トールは激しく反応した。

「ニクラスがどう関係するというんだ？」彼が言った。「ニクラスが、……何でしたっけ、人生における問題に直面したなんて話は聞いたことがない。そして、わたしの家族が経営している会社から彼に金が流れたっていうんでしょう？　ならばなぜわたしの耳に入っていないんでしょうね。マスコミだって黙っちゃいないでしょう」

「でしたら、ヒルド株式会社に関して捜査を行っても結構ですね？」

「好きなだけどうぞ。わたしは何も隠していません。わたしは金に無頓着な人間でしてね、わたしが常に抱いている目標は、変えること、改善すること。それだけなんですよ」

「ご家族の……背景についてはいかがですか？　家業《ファミリー・ビジネス》とは距離を置いて、積極的には関与しなかったとおっしゃっていましたね」

「父方の祖父ハラルドのことを言いたいんでしょう？」トールはため息をついて、頭を振った。「確かに、これはわが家の歴史の、あまり誇れない一面です。ですが、わたしは祖父にはほとんど会ったことがないんです。祖父が亡くなったときわたしは幼かったので、例の話については噂で聞いただけです。ただ、忘れてほしくないのは、当時は今とは違っていたということです。人々は、頭蓋骨の大きさを測定すれば人種が判明すると真剣に信じていた。詳しいことは知りませんが、今でいうＤＮＡ鑑定のような役割を果たしていたんじゃないですか、自分の家系を調べたりして。昨年、ニクラスが職員全員に贈ったクリスマスプレゼントがＤＮＡ鑑定キットでした。彼自身が試してみておもしろいと思ったから、みんなもやってみたらどうかと勧めてくれましてね。まあ、これも〝本物のスウェーデン人か移民か〟を区別する手段ですが。人類は太古の昔から、区別とか分類が好きなのでしょう」

「あなたの御父上のルーネ氏およびお祖父さまのハラルド氏と、この事件の被害者たちとはつながりがあった。ニクラスさんもそうかもしれない。けれどあなたは、こうしたつながりについてまったく知らなかったということですね？」

「あなたに聞かされるまで、被害者の名前すら知らなかったくらいです。ニクラスが地下鉄のトンネルで骨となって発見された人たちと関連している、と本当に確信しているのですか？」

「もっといい説がありますか？」

「わたし個人としては、ニクラス誘拐の背後には、政治的な動機があると思いますね」

「政治的？　例えば？」

ユーリアは、またこっそりカメラをチェックした。録画中の赤いランプが光っている。

「混沌《カオス》ですよ。それこそがすべての政変の礎石です。カオスが」トールは言った。

「政治に疎いわたしにも理解できるよう、詳しく説明していただけますか？」

「一方に秩序がある。他方に無秩序がある。二つの両極。明瞭な意味を持つ二つの普遍のもの。しかし、これらは見る者によって、まったく異なる見方ができるものでもあります。世界大戦後、西側では、政治的自由に基づき、体制批判も合法である民主主義が台頭しました。一方、中国では、そういった体制は行動力の欠如や非効率性と見なされる。秩序か無秩序か？　中国は、経済的自由主義と政治的自由主義を区別しています。経済的自由主義はいいが、体制批判の合法化や信仰の自由や結社の自由や言論の自由はよくないわけです。スウェーデンにいるわれわれは、民主主義が規範で、それがすべての国の当然の目標だと思っている。ですが、すでに一九三三年に政治学者のヘルベット・ティングステンが、民主主義が当然生き残るとする保証はどこにもない、と書いています。民主主義とは秩序なのか、それとも無秩序なのか？」

「それと法務大臣の失踪にどういう関係があるのでしょう？」ユーリアが訊いた。

トールは机に身を乗り出した。

「カオスをもたらそうとしている者がいる」彼は言った。「法務大臣を拉致し、恐らく殺害することで、カオスを引き起こそうとしている。他にも政界の大物が狙われる恐れがある。今日のこの国を見れば、カオスに陥りつつあるのは明らかだ。警察が手を尽くしていることは承知しています。でも、もう手遅れだ。銃器による殺人。麻薬の密輸。名誉殺人。この国はカオスの崖っぷちに立っている。そこで法務大臣が殺害されたりしたら、闇に落ちていっても不思議ではない。そんなことをやろうとしているのは、その後の新たな何かを生み出すことができるからでしょう。以前は想像もできなかったような新しい何か。ティングステンが正しかった、民主主義は役目を果たした、と考えている人間はたくさんいます。世界が直面している問題に挑みながら、この国の舵取りをするのに最適なのは、一人の人間の豪腕だというのです。今回の事件の背景にあるのは、そんな思想でしょう。ロック歌手がどうキャリアをスタートさせたとか、どこかの講師がだれに講演を依頼されたかなんて話はどうでもいい」

トールは鼻を鳴らした。

ユーリアは立ち上がった。

「質問はまだいくつかありますが」彼女が言った。「その前に、ちょっとお手洗いに」

「お待ちしています」トールは言って、目の前に置いてある水が入ったコップに手を伸ばした。

取調室を出て、ユーリアはトイレへ向かった。角を曲がったところで携帯電話を取り出し、検察官の一人に電話をかけた。

「もしもし、ユーリア・ハンマシュテンです。緊急に逮捕状の発行を要請します。容疑者はトール・スヴェンソン。はい、あのトール・スヴェンソンです。必要な書類はすぐに送ります。恐れ入ります。もちろん本件は法務大臣の事件に関連するものです。ですから、手続きを迅速に進めていただきたいとあらためて申し上げるには及ばないと考えます。ありがとうございます」

電話を切ったユーリアの表情は険しかった。トールは完全無欠に見えるが、完璧ではない。彼は嘘をついた。なぜ嘘をついたのか。理由はまだ分からない。だが嘘をついたのは確かだ。それをユーリアは期待していたのだ。彼はしゃべり過ぎた。

＊

アーダムは、紙に書き留めた社会福祉士の名前を見つめた。マンディ・ヴァル。社会福祉事務所の廊下をゆっくり歩きながら、ネームプレートをチェックした。一番奥のドアに、その名前が見つかった。彼はノックをした。

「どうぞ」ドアの向こうから、大きな声が聞こえた。

彼がその小さなオフィスに入ると、シナモンとトウヒのにおいがした。そのにおいの出所は、大きな炎を上げる芯が付いたアロマキャンドルであることがすぐに分かった。ろうそくの芯はパチパチとたき火のような音を放ち、待降節用の電気式のロウソク立てと電球付きのストリングからの光で、オフィスは予想外にくつろげる雰囲気を醸し出している。

アーダムは社会福祉士に挨拶をした。事前に連絡はしてあった。

「電気をつけましょうか？」マンディ・ヴァルが言った。「パソコンの前に長時間座っているので、天井灯は点けないほうが楽なものですから。それに、クリスマス中に仕事をするなら、部屋を少し楽しくするのも悪くないと思ったんです。ジンジャークッキーでもどうぞ」

マンディ・ヴァルは豊満な曲線を持つ大柄な女性で、赤いチュニックを着ている。彼女は自分の前にあるジンジャークッキーの容器を指したが、アーダムは首を左右に振った。

「ご出身は？」彼女が訊いた。問うようにアーダムを見つめてくる。

「両親はウガンダ出身でした」アーダムが言った。

母親について過去形で話すのはいまだにしっくりこない。いつ慣れるものなのか分からない。

「母はわたしがお腹にいるときに、一人でスウェーデンに来たんです」彼は続けた。「ウプサラ大学で職を得ました」

「わたしはソマリア出身なんです」マンディが言った。「主人のアンデシュが、ソマリアに出張で来ていたときに出会ったんですよ。三十年以上も前に。素晴らしい子供が三人います」

彼女は机の上の額に入った写真を、誇らしげに指した。

「お子さんはいらっしゃるの？」

「いいえ、まだです」アーダムはそう言って、ユーリアを頭に浮かべた。そしてハリーを。彼は、急いで話題を変えた。

「実は、報告書によるとあなたが担当のケースワーカーだった家族についてお聞きしたいことがありまして」

「報告書？　つまり、児童虐待を疑う通報が入った事例というわけですね？」

「ええ、その家族の知り合いが、心配になって数回通報しています。わたしたちが現在捜査中の事件で、この家族の名前が挙がったのです。それで調べてみると、この報告書が見つかりました。当時、社会福祉事務所と警察の両方がかかわっていたようです」

「当時というと？」

「実は三十年前の案件なんです」

マンディは、膝の上に悪臭を放つものでも置かれたかのように、顔をしかめた。デジタルアーカイブという点では、社会福祉事務所は警察と同じくらい遅れているのだろう、とアーダムは推測した。マンディが訪問客用の椅子を指したので、彼はそこに腰かけた。ジンジャークッキーのにおいに抵抗できず、ハート型のクッキーを一枚取った。

「そうすると、わたしがここに勤務し始めた頃の件ね」彼女が言った。「それ以来、何千もの家族を担当してきたんですよ。その家族の名前は分かりますか？」

アーダムはうなずいた。話し始めたが、口の中がクッキーでいっぱいだったので、飲み込んでから続けた。

「スヴェンソン。ビヨーンとリンダのスヴェンソン夫妻で、息子が一人いました。ファイル番号がこれです」

「ありがとう。探すのが楽になるわ」

マンディは、紐で首から下げてあるメガネをかけ、アーダムのメモを受け取って、パソコンに打ち込み始めた。彼女の鼻歌が、アロマキャンドルのパチパチという音と心地よく混じり合っていた。

「見つかったわ」マンディは画面に顔を近づけた。「ああ、この家族のことならよく覚えています。両親ともに精神的な問題を抱えていてね。ビヨーンは双極性障害の治療のために、何度か精神科に入院していました。リンダの方は、うつ病です。息子のマティアスのことで何度かミーティングを開いたのを覚えています。強制的に親から引き離して、保護施設や里親に預けることも検討しました。ですが問題は――「問題」という言い方は語弊があるけれど――元気な時にはビヨーンもリンダもいい両親だったことです。こういう場合はなかなか厄介です。わたしたちは、マティアスを強制保護する代わりに、リンダとビヨーンをできる限り支援することにしました。ですが……うまく行かなかった」

「母親は自殺したと聞いています」

この一家の悲劇についてはユーリアから聞いていた。その話だけで十分悲惨だ。だが、マンディは眉をひそめた。

「そのとおりです。リンダはヴェステル橋から身を投げました。その後、ビヨーンと息子が姿を消した。わたしたちは父親が息子と心中したと推測していましたが、遺体が発見されることはありませんでした。悲惨です。あまりに悲惨です。ビヨーンは、家族からの支援も随分受けていたんですよ。彼のお兄さんとは何度かお会いしたことがあります。ええっと、名前は……そうそう、ルーネ。ルーネ・スヴェンソン。兄弟の家族同士は仲がよかったし、ルーネだって、できる限りの援助はしていましたよ」

マンディはメガネを外して、アーダムに目を戻した。

「この家族について調べている理由は何でしょうか？」彼女は言って、アーダムの脳内で紡がれていた考えを遮った。「二人が見つかったのですか？」

「残念ながら、今はまだお話しできません」アーダムが言った。

マンディは、素っ気なくうなずいただけだった。この台詞を聞かされるのが初めてでないのは明らかだった。

「この資料を印刷してあげましょう」彼女が言った。「役に立つといいのですが」

そこで、彼女は再び顔を輝かせて言った。「クッキーをもう一枚どうぞ」

アーダムはためらった。

「ハート型のクッキーをもう一枚お取りなさい、スリッパで叩かれたくなかったら」

アーダムはふざけて両手を掲げ、自分が満面の笑みを浮かべているのに気づいた。母親もいつもスリッパで叩くわよ、と脅してきたものだ。彼は快くジンジャークッキーをもう一枚取った。

＊

ミーナのアパートに来ているヴィンセントは、居間をこっそりとうかがって、ナタリーが二人の話を聞いていないことを確かめた。彼女は、ネットフリックスの若者向けシリーズの最新シーズンに没頭しているようだ。ヴィンセントはＨＢＯ Ｍａｘの『ドゥーム・パトロール』を勧めてみたが、ナタリーからはおかしなものを見る目で見られただけだった。

「ここに来ることを許してくれてありがとう」彼が言った。

「いつでも来ていいんですよ。もう分かってると思っていたのに」ミーナはそう言って笑った。

「そもそも、他人と距離を置こうとしても、わたしにはあまりうまくいかなかったし」

彼女は、自分とナタリーの昼食の残りを冷蔵庫に入れた。ヴィンセントは何も言わなかった。でも、ミーナが食べ残しを保存するなんて。これは大きな前進だ。残りは彼女自身ではなくナタリー用なのだろうと推測した。それでも、前進は前進だ。

「電話では不安な様子でしたね」ミーナが言った。

彼はうなずいて、〈影法師〉がメッセージを書いて郵便受けに入れた紙を取り出して、ミーナに手渡した。

「不安というのが適切な言葉なのかは分からない」彼が言った。「〈影法師〉が、今夜会いたいと言ってきたんです」

ミーナは目を見開き、その短いメッセージを読んだ。

「〈ゴンドーレン〉で？」そう言った。「じゃあ、あそこに私服警官を……」

「それは困る」ヴィンセントが遮った。「そんなことはしないでほしい。わたしの家族が……トラブルに巻き込まれかねない」

居間からは、弦楽器の悲しいメロディーと、だれかがだれかの名前を呼ぶ声が聞こえてくる。

「馬鹿みたい」ナタリーが大声で言った。「いくらなんでもあり得ない」

「何か連絡はありました？」今までより声を潜めて、ミーナが言った。「ご家族から」

ヴィンセントは頭を左右に振って、キッチンテーブルにもたれた。

「何も。家族のことは考えないようにしているんです。〈影法師〉の要望に応えることだけを考えるようにしている。あとは、例の人骨事件と。ひどい言い方かもしれないけれど……家族のことを考えたら、わたしは使い物にならないガラクタになってしまいそうで。自分の足で立つこともできないし、だれの助けにもなれない。家族がまともな扱いを受けていることを祈ることしかできない。〈影法師〉が彼らに危害を加える理由はないのですから。やつの狙いはわたしだ」

ミーナは、手にしていた紙を裏返した。

「これは？」裏側に書いてある数字を見て、彼女が驚きの声をあげた。

ヴィンセントは、〈影法師〉から受け取った数字をもとに作り上げたマトリクスを見つめた。

23	16	27	21
18	30	15	24
17	22	20	28
29	19	25	14

「これも〈影法師〉からのメッセージです」彼が言った。「わが家の壁掛けカレンダーと、わたし宛のクリスマスカードと、わたしの目覚まし時計と、わが家の庭のカラスで示されていた数字をまとめたものです。わたしが何をしようと、その数字が意味するメッセージは付きまとう、わたしの周りの至るところに自分はいるのだ、と伝えようとしているのでしょう」

「それで、そのメッセージの意味は何なんですか？」

居間から聞こえる音楽は不安を煽るようなベースの音に変わっている。ナタリーが観ているシリーズが、スリルに富んだシーンを迎えているのは明らかだ。

「秋を通して、〈影法師〉がわたしに警告してきたのと同じことです」ヴィンセントが言った。

「ここに座ってください」

彼はミーナにペンを渡した。

「各横の列を足してみると、合計はいくつになりますか？」

ミーナはペンで数字のひとつひとつを指しながら、数秒黙った。

「すべて同じ」彼女が言った。「八十七になる」

「そのとおり。今度は、上から下に向かって、足してみて」

ミーナは集中した。彼女は暗算するのが速いことに、ヴィンセントは気づいた。

「えっ、何で……？」そう言った。「縦の列の合計もすべて八十七」

ヴィンセントは、ミーナの手からペンを取った。ペンの先で横の列、それから縦の列を指した。「縦横共に、合計は八十七になる」

それから、二行目と三行目の間に横線を引いて、縦の二行目と三行目の間に縦線を引いた。マトリクスは四つの同じ大きさのフィールドに区分され、各フィールドに数字が四つずつ収まった。彼は、左上のフィールドを指した。

「23－16－18－30。この合計も八十七になる。あるいは、その隣、27－21－15－24。またも八十七。残りの二つのフィールドも同じ結果になります。この四つの各フィールド内の数字を足すと八十七」

「だけど……」ミーナが話し始めた。

「まだ終わっていません。それぞれのフィールドの角の数字を見てみましょう。23－21－29－14。合計は八十七。あるいは、上から下に斜めの方向に足してみて。21－15－22－29、それと23－30－20－14。両方とも合計は八十七。合計が八十七になる計算法はこの他にもあります」

自分が目にしていることが信じられないというように、ミーナは首を横に振った。

「これは『魔方陣』と呼ばれます」ヴィンセントが言った。「昔からある数学の問題です。わたしが初めてのショーで行った最後の演目でもあるんです。メンタリスト、ヴィンセント・ヴァルデルとしてのデビューを飾ったショーでした。〈影法師〉は、すべてが円を描くような円環構造を好むようです。わたしの始まりとわたしの終わり。わたしのアルファとわたしのオメガ。わたしのグランド・フィナーレ。そして、わたしがどこへ向かおうと、すべてはここへ戻ってくる」

ヴィンセントは、紙をくしゃくしゃにした。もう見たくなかった。

「ママ、ジンジャークッキー、まだ残ってる？」居間からナタリーが叫んだ。

「自分で探して」ミーナが叫び返した。

ナタリーが番組を停止させたので、テレビの音が消えた。彼女はキッチンに入ってきて、食品棚をあさり出した。やっとのことで赤いプラスチックの容器を見つけ、慎重に振った。半分以上は残っているような音だ。

「それより、二人ともなんかおかしい」彼女が言った。「わたしが入ってきた途端、静まり返ったでしょう。秘密でもあるの？」

「仕事の話よ」ミーナが言った。「でも、ここに残って話を聞いてもいいわよ」

「パパかお祖父ちゃんのこと、何か分かったの？」

「残念だけど、まだ何も。今ね、数学の問題をやってるの。一緒にする？」

「気は確か？　わたしはクリスマス休暇中だし」

ナタリーはジンジャークッキーの容器を手に、キッチンを出ていった。父親が行方不明で祖父が殺害されたというトラウマの真っ只中にいながら、通常のティーンエージャーのように振る舞う娘を見て、ミーナはホッとした。

「わたしには分からない」テレビ番組の音が聞こえ出すと、ミーナがヴィンセントに向かって言った。「どうして八十七？　何を表しているんですか？」

「覚えていませんか？」ヴィンセントが言った。「もちろん、覚えていませんよね。数字の8と7は七月八日――わたしの母の誕生日です。表紙がヒョウの写真の本を使って、姉のイェー《アルファ》ンがわたしに気づかせた日。〈影法師〉によると、母が亡くなった夏が、わたしの始まり。実際やつは、ルーベンに送り付けた新聞記事で、すでにそのことを指摘していました。あのときは、だれも気づかなかった。そして、今年のクリスマスが……わたしの終わり《オメガ》ということらしい」

ミーナはくしゃくしゃにした紙をヴィンセントの手から取って広げ、ヴィンセントの日常生活のあちらこちらに隠されていた数字をじっと見つめた。

「すごくいかれた人間だわ」彼女が言った。

ヴィンセントが、ゆっくりとうなずいた。

「これで、わたしが一人で〈影法師〉に会わなくてはならない理由を分かってもらえましたね」彼が言った。「ユーリアや班のメンバーに会っても、絶対に何も言わないでください」

ミーナは何も答えずに、彼を見つめた。

「でも、ひとつだけお願いしてもいいですか？」彼が言った。「今晩八時になってもわたしから連絡が入らなかったら、できる限り多くの警官とパトカーを動員して、わたしの捜索を開始してください」

＊

ミーナは、会議室の雰囲気を表現する適切な言葉を探した。頭に浮かんだ最も妥当な言葉は〝高揚〟。遅々として進まなかった捜査が、突如として目標——解決に向かって加速し始めたのだ。まだ、不明確なものはあるにせよ。

「あれ、ローケは？」ルーベンが、周りを見回しながら言った。

「ミルダはどうしてもローケにいてもらいたいらしいのよ」ユーリアが言った。「彼女は大事な見舞いの用事か何かがあるみたい」

「なんだ、慣れてきたところだったのに」ルーベンが言った。

「戻ってくるわよ」ユーリアが言った。「そろそろ始めましょう。あなたの報告から、アーダム」

アーダムは咳払いをして、うなずいた。

「スヴェンソン一家を担当していた社会福祉士に話を聞いてきました」彼が言った。「ビヨーンと妻リンダがともに精神的な問題を抱えていたため、社会福祉事務所側は会議を何度も開き、二人の息子マティアスの強制保護を検討していたそうです。しかし、リンダがヴェステル橋から投身自殺を遂げ、その後間もなく、ビヨーンとマティアスも消息を絶った。二人は死亡したものと見られていました。トールも言っていたように、ビヨーンが息子を道連れに自殺したと推測されていたのです」

言い終えて、アーダムは顔を歪めた。

「だがトンネルの中で生きていたってことか」ルーベンが言った。「くそっ、人間の運命ってのはろくでもないな」

「つまり、トール・スヴェンソンは、そのマティアスのいとこということね」ミーナは、断片的な情報をつなぎ合わせた。

「トールは二時間前にここへ来ました」ユーリアが言った。「こちらからいくつか質問があったからです。そして、その結果として、わたしはトールの逮捕状を要請しました。早急に」

全員が、ショックを受けた表情になった。

「なかなかハードルは高い」ユーリアは続けた。「検察官の判断を待っているところです。今はトールに昼食を提供して、少しでも長く引き留めようとしています。可能なら、彼にはこの建物を離れてほしくない」

「馬鹿な質問で悪いんですが」ルーベンが言った。「……いったい何があったんです？」

「もう少し我慢して。まだ伝えたくないの。ヴィンセントが事情聴取の映像を見て、トールの行動から彼なりの結論を出すまでは、先入観を与えたくない」

「あんた、その場にいなかったのか」ルーベンは、ヴィンセントを見て言った。

「ええ、そのほうがよかったと思ってます」ヴィンセントが言った。「ここ数年、こちらの取り調べに何度か立ち会っていますし、トールがそれを知っている可能性もあります。彼が部屋に入ってきたときにわたしがその場にいたら、彼は壁をつくってしまっていたかもしれない。ユーリアがそれを望んだとは思えません。この会議の後で、喜んで映像を見せてもらいます」

ユーリアがうなずいた。ミーナはいまだに、ユーリアが言ったことを理解できずにいた。完全無欠でおもしろみのないトールを逮捕するなんて。想像するのも馬鹿げている。他のメンバー同様、ミーナも戸惑っていた。

「トールとマティアスの家族関係についても調べてもらいましたね」ユーリアが言って、クリステルにうなずいた。「現時点で分かっていることを報告してください」

クリステルは咳払いをしてから、机の上の書類を数枚手に取った。

「マティアスの父親ビヨーンは、トールの父親ルーネの弟にあたる」彼が言った。「その父ハラルドというのがとんでもない悪党なんだ。第二次世界大戦中、ドイツに渡ってヒトラーの側についた数少ないスウェーデン人の一人がハラルドだ。ドイツ国内にあったダッハウ強制収容所に勤務していたこともあるらしい」

「ヒトラーのために戦ったスウェーデン人がいたとはね」ルーベンが目を丸くして言った。

「第二次世界大戦中、ナチの支持者だったスウェーデン人はたくさんいるぞ」クリステルが鼻を鳴らした。「ドイツまで行って、第三帝国のために戦ったおかしい野郎どももいたんだ」

「その事実がハラルドのその後に影響しなかったんですか？」アーダムが訊いた。

クリステルはうなずいた。

「ハラルドの家族はすこぶる金持ちだったのさ。銀行業を営む由緒ある一家だ。帰国後も、一家が経営するヒルド株式会社でいいポストに就いた。それ以後、この男の話を聞くことはあまりなくなった。金持ちはいつでもうまく切り抜けるんだな」

「息子たちもナチス支持者だったのですか？」ミーナはそう言って、身を乗り出した。

「それに関する情報は何もない。ルーネは一家の事業と資産管理に携わった。ビヨーンは、スウェーデン語と歴史の教師になった。消える……まではな」

「そして、トンネルでビヨーンとマティアスは、〈王〉と〈王子〉になった」ユーリアが補った。「ミーナ、あなたがトンネルの中でヴィヴィアンたちと話をしたとき、〈王子〉がいつトンネルを去ったのか言っていた?」

「いいえ、はっきりとは言っていませんでした」ミーナが言った。「ただ、子供だったと言っていましたし、身長も記録されていました。わたしが見たところ、確かに子供だとみていいでしょう。ですから、小さい頃に地下を離れてからは戻っていない、と推測しました」

「まだ全体像ははっきりしないわね」ユーリアが言った。「例の留守番電話のカウントダウンによると、ニクラス・ストッケンベリ捜索に残されているのは三日。それまでにすべてのパズルを完璧に組み立てる時間はないでしょう。最優先は彼の居場所を割り出すか、犯人を見つける手掛かりを見つけることとです」

ヴィンセントが突然大きくうなったので、ミーナはビクッとした。

「大丈夫?」彼を心配そうに見つめながら、ミーナが言った。

「ニクラスは電話番号が書かれた名刺を失踪数日前に受け取っています」ヴィンセントが言った。「ならば当然ヨンとマルクスとエリカも受け取っているはずです。だから、みんな行動に変化が起きたんです。三人とも、あと二週間で自分は死ぬと知ったから」

「何てこった」ルーベンが言った。「そして最後はトンネル行きか」

一同は黙り込んだ。

「こんなときに報告するのが適切か分かりませんが、自分はアカイに話を聞きました」アーダムが言った。「ヨン・ラングセットの骨を発見した男性です。昨年描いた素晴らしい壁画を自分に見せてくれました。例のトンネルに住んでいる人たちを描いたものです。アカイの才能は大したものですよ」

アーダムは携帯電話を取り出して、写真をスクロールした。探していた写真を見つけると、電話をみんなに回した。

「『右にスワイプしないで。左にスワイプしないで。ただこれを見て』、か。インスタグラムでよく見るよ」写真を見終わったルーベンがクスクス笑いながら、ミーナに電話を差し出した。

ミーナは、ルーベンから差し出された電話を見つめた。他人の携帯電話は大嫌いだ。細菌だらけだ。それでも堪えて電話を受け取った。潔癖症よりも興味が勝った。後で、消毒液に手を浸ければいい。

アーダムの言うとおりだった。唯一無二の素晴らしい壁画だ。ミーナには、そこに描かれている一人一人の見分けがついた。ヴィヴィアン。シェッレ。OP。ナタシャ。一人だけ見覚えのない人物がいる。その人物の顔を覆うように「スッシ参上」とスプレーで書かれているので、顔が分かりにくい。その人物の頭上に、何かが描かれている。彼女は写真のその箇所を指して、アーダムに顔を向けた。

「これ何かしら？　ちょうどここにフラッシュが当たって、よく見えないけど。でも、あなたは実物を見たのよね。これが何なのか覚えてる？」

アーダムは、しばらく無言で見つめた。

「よく分からないな。光輪か何かかと思っていた。あそこで亡くなった人なのかもしれない、分からないけど」

彼は肩をすくめた。ミーナは没頭するように、写真を見つめ続けた。それから、それが何なのかを悟った。

「光輪じゃない、王冠よ。王様か、あるいは……王子がかぶるような」

室内が静まり返った。駆け寄ったユーリアが、画面に目をやった。

「ミーナの言うとおりね。でも、これは子供じゃなくて大人だわ。この壁画が描かれたのは去年なのよね？」

アーダムがうなずいた。

「それに、現在トンネルで生活をしている人たちを描いた作品でしょ？」ユーリアは真剣な声で続けた。「だったら、〈王〉のはずはない。〈王〉の息子なのだとしたら、トールのいとこはまだトンネル内にいる可能性がある。そして、その〈王子〉が父親のために、国王の葬儀を行ったのだとしたら……」

「……だとしたら、他の人たちを埋めたのも息子、というのは大いにあり得る」ヴィンセントが言った。「マティアスを見つけなければいけない」

＊

ユーリアが取調室に設置した小型カメラでは、トールとの会話が４Ｋという高解像度で撮影されていたので、ヴィンセントはトールの顔を極限まで拡大できた。そうする必要があったわけではないが。何を見るのかが分かっていれば、大抵のものはすぐに見つかるのだし、ヴィンセントは探すべきものが分かっていた。

被害者たちは過去に問題に直面していた、とユーリアが言う直前の箇所で、ヴィンセントは動画を一時停止した。

「ここを見て」彼は、隣に座るミーナに言った。「あなたの目にはどう見えますか?」

ミーナを目の隅で見ながら、ヴィンセントは鼓動の高まりを感じた。仕事モードにあっても、彼女に心を打たれるのは避けられない。集中している彼女は、信じられないほど美しい。

彼女が待っていることに気づいたヴィンセントは、慌てて動画を再生させた。

ユーリアが言い終わり、トールが「問題」という言葉を繰り返したが、それはどこか問うような響きがあった。ヴィンセントは、また動画を一時停止した。

「トールは驚いているみたいね」ミーナが言った。「ユーリアの言っていることがぴんと来ていないみたいに見える」

「そのとおり」ヴィンセントが言った。「でも、その直前の様子を見てください」

彼は動画を巻き戻して、ユーリアが「問題に直面していました」と言い終えた直後で一時停止しようとした。トールの問題の表情はほんの一瞬で消えてしまう。その表情がはっきりと見えるところで停止させられるまで、ヴィンセントは何度かやり直した。

「微表情と言います」彼はそう言って、画面を顎で指した。「心理学者ポール・エクマンによると、人間には七種の基本感情があります。怒り、恐れ、幸福、悲しみ、驚き、軽蔑、そして嫌悪。そういった感情は、表情に明白に現れます。感情というのは無意識的なもので、人間の意識的な反応よりも速く現れるため、感情的な反応を完璧に隠すのは非常に困難なのです。エクマンは、意識が働いて表情を制御する前に現れる、真の感情を表す一瞬の反応を『微表情』と名づけました。制御された表情とは、トールのこの驚きの表情です。でも、その直前に何か気づきませんか？」

画面のトールの口角は緊張し、上がっている。ほんの二、三ミリだが、それで十分だった。そこに映っているのは微笑みではない。

「……優越感を覚えているみたい」ミーナが言った。

「まさに。軽蔑の表情ですよ。ですが、それはほんの一瞬でした。だから、微表情なんです。その後で驚いたふりをしてみせた」

ヴィンセントは一時停止せずに、この部分を一気に再生した。瞬きよりも速いほんの一瞬だが、それでもヴィンセントは、ミーナにトールの変化に気づいてもらいたかった。彼女は熱心にうなずいた。

「ここ！」彼女が言った。「すごい。何を見るべきか分かっていれば、すごく明白だわ。でも、あなたが指摘してくれなかったら、気づかなかったでしょうね。これって、どういう意味なんです？」

「二つあります」そう言って、ヴィンセントは彼女の方を向いた。

思いのほか近くに彼女がいた。こんな近くで彼女の目を見ながら座っていることに照れくささを感じたが、ミーナは不思議そうにこちらを見ているだけだ。落ち着け。

「まず」彼は咳払いをした。「ユーリアが言及した『問題』が何を意味しているのか、トールには分かっていた。人間は、反応すべき具体的な考えがないと、そう強く反応しないものです。言い換えると、彼には被害者の過去に関する知識があった。被害者のことを知らなかったなら、彼らの『問題』について知っているはずがない」

「つまりトールは、エリカとヨンとマルクスを知らない、と嘘をついた」ミーナがゆっくりと言った。

「そういうことでしょう。それに、彼は被害者たちの『問題』を冷笑した。遺族へのインタビューをわたしが正確に読めていたなら、その『問題』というのは、エリカとマルクスとヨンにとっては自殺を考えるほど落ち込ませるものでした。思うに、トールは弱い人間が好きではないのでしょう」

「トールは被害者を知っていて、彼らがどんな苦境を経験したかも知っていた」ミーナが言った。

彼女は椅子の背にもたれて、目を閉じた。「そして、彼はそんな被害者たちを軽蔑している。彼はニクラスのことも知っている。ニクラスにも同様の辛い時期があった。トールは、彼のことも軽蔑しているということになる」

ミーナは突然目を開けて、怯えた目でヴィンセントを見つめた。

「ヴィンセント、人間はみんな、というか、わたしも、こんなにも分かりやすいもの？　わたしもその微表情とやらを見せていますか？」

「さあどうでしょう」彼は、無知なふりをしてみせた。

彼は、ミーナに彼自身の表情の読み取り方を教えてしまったことに気づいた。

「映像を見終えて、あなたはトールについてどう思います?」彼女が言った。「彼を勾留するに十分な理由がまだ見つからないのですが」

ヴィンセントはうなずいてから、ポインターを動画の再生バーに置いて、最後の数秒まで移動させた。それから、動画をまた再生した。

『今回の事件の背景にあるのは、そんな思想でしょう』画面の中のトールが言った。『ロック歌手がどうキャリアをスタートさせたとか、どこかの講師がだれに講演を依頼されたかなんて話はどうでもいい』

「また微表情が見えた」ミーナが言った。「軽蔑。ロックスターと言ったときに」

「ご名答。でも、彼が言ったことも考えてみましたか? ユーリアは投資としか言っていない。トールはその投資がキャリアをスタートさせるための資金になったことを、どうして知っているのでしょう? それに、ユーリアは講演の依頼とは一言も言っていない。彼はその情報をどこから入手したのでしょう? ユーリアが反応したのはそこだと断言できます。やつは、知っているはずのないことを話している。ユーリアは当然反応した。トールは否定していますが、被害者のことを相当よく知っている。トールは三人の人間に——ニクラスを含めると四人に——素晴らしいキャリアを与えてやった。彼らが人生最悪の状態に陥っていたときに。それはとてもいいことです。ならば彼はどうして嘘をつくのでしょうか? それ以外のことをしていないのなら、誇るべきじゃないですか? それに、彼らを軽蔑する理由は? その理由が分かれば、被害者たちの死の理由も分かると思いますね」

ミーナは、しばらく無言で座っていた。ヴィンセントは沈黙が好きだ。けれど、彼女の少しかすれた声がまた聞きたかった。

「トールを見て」画面を指しながら、ミーナが低い声で言った。「手入れした爪。いくら朝とはいえ、シャツの袖口は完璧すぎるくらい。靴はいつもピカピカ。そんな彼が地下で砂利の塚を造るなんて想像できない。あなたが捜査会議で言った〈王子〉が墓を造ったという説のほうが信じられます」

「同感ですね」ヴィンセントがうなずいた。「でも、トールは間違いなく……今回の事件のブレーンでしょう。クリステルが発見した情報を考慮しても、トールが陰で操作しているのは明らかだ。実行犯は彼のいとこ。そして、事態はどんどんひどくなってきている」

ここまで二人が検討してきたことはすべて、今からヴィンセントが見せる動画のウォーミングアップに過ぎなかった。ヴィンセントはこれまで、ミーナがわずかな行動変化の重要性に注意を払うよう仕向けてきた。今から目にすること耳にすることを、しっかり理解してもらうためだ。理解するだけでなく、感じてもらわなくてはならない。というのも、今から再生する箇所に、ヴィンセントは心底恐怖を抱いているからだ。

彼は再生バーに置いたポインターを左に移動させて、ニクラスを拉致した人物は政治的な意図の持ち主だ、とトールが話し出す寸前で止めた。

「この部分は見ていますか?」ヴィンセントが言った。

「いいえ、全部を見る時間がなかったので」

「それはいい」そう言ったヴィンセントは、動画の音声を消した。「トールのボディーランゲージと表情を見終わってから、彼が何の話をしていると思うか教えてください」

ヴィンセントは音声を消したまま動画を再生した。ミーナはトールを注意深く観察し始め、少しすると、聞こえないトールの話に同意するようにわずかにうなずき出した。動画が終わると、彼女は数秒かけて心を落ち着けた。

「ええと」彼女が言った。「彼は身を乗り出して、しきりにアイコンタクトを取っていた。微笑んで右の口角が上がって……だめね、あなたと違って、わたしには詳細には分析できない。そんなことをしていたら、意味そのものが失われてしまう感じがする。『全体は部分の総和に勝る』というアリストテレスの言葉に従って、細かいことより、自分がどう感じたかを説明するわね」

「すごくいい提案です」ヴィンセントが言った。「感情は、われわれが理性的にすでに知っていることへの近道であることが多い。毎回理性的な思考回路を経由させるのでなく、脳がエネルギーと時間を節約するために、われわれに感情を抱かせるんです。それが直観です。しかし直観とは、自分の思考回路の正しさが過去に証明されているという事実に基づいている。でなければ、それはただの思いつきと偏見に過ぎない。だから、〝勘〟の話をする人々のほとんどは、その違いを理解して……」

「ヴィンセント」ミーナが咎めるように言った。

「おっと、これは失礼。あなたのトールに対する印象の話でした」

ミーナは、画面の中で身を乗り出して両方の手のひらを机の上に置く男性をもう一度見つめた。

「この話題に情熱を注いでいるのは明らかね」彼女が言った。「『ドラークネステット（日本のリアリティ番組『マネーの虎』のスウェーデン版）』で投資家たちにアイデアを売り込んでいるところみたい。彼の情熱は人を惹きつけるわね。それ以上だ、説得力がある。彼が何を売り込んでいるにせよ、わたしならたっぷり出資しますね」

「さあどうでしょう」ヴィンセントはそう言って、音声入りで再生した。

トールが、民主主義が生き残る保証はない、スウェーデン全体をカオスに突き落とそうとしている人間がいるという考えを述べる間、二人は黙って聴いていた。

動画が終わったときには、ミーナは真っ青になっていた。

「この無秩序の後に新たな秩序を生み出すという箇所ですが」ヴィンセントが言った。「ここはトール自身の意見です。この主張に情熱を注いでいるのは彼だ。それに、もはや彼はニクラスのことを話していない。四人の人間を殺害しても新しい社会秩序は生み出せないでしょう。たとえそのうちの一人が法務大臣でも。トールは何か違うことを計画していると思いますね。もっと大きい何かを。どうもわたしたちは、トールの覚悟を侮っていたようです」

＊

「ユーリア、待って！」

サーラ・テメリックは、できる限り速く廊下を走った。ユーリアは奥にあるエレベーターに足を踏み入れていたが、サーラの声を聞いて降りた。

エレベーターまで来たサーラは呼吸を整えようと、数回深呼吸をした。

「サーラ」ユーリアが微笑んだ。「マノイロヴィッチとテッド・ハンソンの件、お手柄ね。それにグスタヴ・ブロンス発見も」

ユーリアの後ろでドアが閉まり、エレベーターは動き始めた。

「最終的にはバタバタしてしまったんですが」サーラが言った。「こちらとしては犯罪組織に関してはもう少し入念に調べたかったので。ただ、正直言って、テッド・ハンソンを笑いものにできたのは気分がよかったですね」

「それって、国家作戦部の新しい見解？」ユーリアは笑った。「うちにも、特殊部隊が急行してくれてありがたく思っているメンバーが一人いるのよ」

サーラは、頬が火照るのを感じた。三日前にセーデルテリエ郊外の別荘で彼女がルーベンを発見してからというもの、二人は勤務時間外は切っても切れない仲になっていた。でも、そのことは、まだだれにも話していない。どんな反応が返ってくるか分からないし、これをどう扱ったらよいか彼女自身も分かっていないのだ。

「実は緊急で伺いたいことがあるんです」彼女が言った。「午前中、トール・スヴェンソンを呼び出しましたね？　まだ彼は本部に留め置かれていますよね？」

ユーリアは怪訝そうな顔をした。

「まだここにいるわよ。ちょっとした驚きだった」ユーリアが言った。「トールがここへ来たとき、わたしたちには状況証拠しかなかった。でも、彼が尻尾を出したので、即座に逮捕状を要請した。以降、特に何も聞いていないから、クローノベリ留置所が身柄を拘束しているのだと思う。もちろん、彼の顧問弁護士が保釈を要求してくるでしょうけど、手続きに時間がかかるから、トールは、少なくともあと一日は留置所に留めておけると思う。それにしても、どういうことなの？」

「ちょっといいですか……？」サーラはユーリアの部屋を指した。

ユーリアはうなずいた。二人が部屋に入ったところで、ユーリアはドアを閉めた。

「国家作戦部は長期間にわたって、テロの疑いのある事案を追ってきました」サーラが言った。

「大量の硝酸アンモニウムが盗まれたんです。かなりの威力の爆弾を製造するのに十分な量です。タレコミがあって、われわれはあちこちの倉庫に隠してあった硝酸アンモニウムを発見しました。ですが、そのことを知らないふりを続け、問題の倉庫を監視下に置きました。すると、ここ二日間、ほぼすべての倉庫を訪れた人物がいました。帽子とサングラスで顔を隠し、服装を変えてはいましたが、最新の顔認識プログラムを活用したおかげで、その男が何者か判明しました」

「トール・スヴェンソン？」ユーリアは言って、サーラを見つめた。

「ええ。彼は何か恐ろしいことを計画している、とわれわれは見ています」

ユーリアは、ジャケットを摑み取った。

「今すぐ、留置所へ急ぎましょう」彼女が言った。「徒歩でわずか三分。わたしたちが向かっていることを電話で知らせるわ」

彼女は携帯電話を取り出して番号を押してから、肩と耳の間に電話を挟んだ。

「もしもし、ユーリア・ハンマシュテンですが」急いでジャケットを着ながら、電話に出た人物に言った。「トール・スヴェンソンと話をするため、そちらへ向かいます。今すぐに。緊急の要件です」

そこでユーリアは、凍ったように動きを止めた。話を聴いてから、電話を切った。それから、サーラに向きを変えた。

「簡単に事が進む、と思っていたわたしは愚かだった」そう言った。「法務省に楯突いたわたしが馬鹿だった」

「どういうことです?」サーラが言った。

「逮捕状の要請は却下された。トールは、二時間前に留置所を出た」

*

ユーリアは父親に座るよう言われたが、立ったままでいることにした。サーラ・テメリックもそうした。今回に限り、ユーリアは警察本部内で寒気を感じていなかった。恐らく、警察本部長のオフィスまでずっと走ってきたからだろう。

「慎重に慎重を重ねなくてはいかんぞ」ユーリアの父親が、立ったまま窓から外を見ながら言った。「トール・スヴェンソンが一連の殺人に関与しているということに、どの程度確信がある?」

「今のところは状況証拠しかありません」ユーリアが言った。「ですが、訴追に十分な数になりつつあります。トールはいとこについても嘘をつきましたし、何らかの形で一連の事件にかかわっていると見ています」

「一方、国家作戦部は、トールが爆弾製造につながる危険物の盗難に関与している直接的証拠を摑んでいます」サーラが言った。

ユーリアは感謝の念を込めて、同僚を見つめた。たいがいの人間が本部長に恐れを抱くが、サーラはそんなそぶりをまるで見せない。本部長が二人に顔を向けた。

「きみたちはすでにトールを刺激してしまった」彼は考え深げに言った。「彼は警戒していることだろう。それに、変装した人物が彼と同一人物であると同定したプログラムについても、その証拠としての正当性が法廷で議論されることになる。その人物が法務大臣の報道官となるとなおさらだ。彼を投獄するに至るまで、法手続きは相当長引くと思う。時間はどれくらい残っているんだ？」

ユーリアはサーラを横目で見た。あんなに走ったのに涼しい顔をしているなんて。ユーリアは汗だくで、心臓も激しく脈打っている。きっとサーラは、よくジムに行っているのだろう。自分もまたジムでトレーニングを始めなくては。アーダムは、そのままのきみがいいと言ってくれるが、それでもやはり。

「もしトールがヨンとマルクスとエリカ殺人事件に関与しているとすれば、ニクラスの件にもかかわっていると見るのが妥当です。パターンが同じだからです。問題の留守番電話によると、ニクラスの命はあと三日」

「トール・スヴェンソンに関しては、不確実な点が多いというわけか」本部長が言った。

「彼が実際に爆発物を製造しているかどうかも不明です」ユーリアが言った。「ですが、万が、一、彼が製造していて、万が、一彼が一連の殺人事件に関与しているとすれば、ニクラスを殺すのと同時に爆弾を爆発させると思います。彼は包囲網が狭まり始めたのを感じているはずで、もう長いことは待てないでしょう。実行に移すなら今しかない。あくまでも、万が、一、ではありますが。つまるところ、幸運に賭けて何もしないかどうかです」

「もう一度訊くが、爆発による影響はどれほどなのかね?」

「写真に写っているのは、彼以外のだれでもありません」サーラが言った。「だとしたら、わたしたちが知るところによると、約十トンの硝酸アンモニウムを手に入れられることになります。それ以上手に入れている可能性もあります。これが爆発したら、軍事目的を除けば、スウェーデン史上最悪の爆発となります。ストックホルム中心部の大半が粉々になります。最悪の場合、数千人の死傷者の出る大惨事です」

ユーリアの父親は両頬を手で擦った。制服の中で、ふいに年老いてしまったように見えた。

「よし、慎重に進めることにしよう」彼が言った。「かつ迅速に。きみたちが正しい。幸運に賭けるわけにはいかない。今日の残りの時間は、物的証拠であろうと状況証拠であろうと、手に入るだけの証拠をかき集めたまえ。それを総動員して、可能な限り説得力のある資料を作ってくれ。『万が一』が入らないよう注意するように。明日の早朝、わたしはそれを持って検察官のところへ行き、トール・スヴェンソンの逮捕状の早急の交付を要求する。わたしの方でも検察官に逮捕実行の重要性を強調する書面を書いておく」

ユーリアは、父親を見つめた。仕事の邪魔をしない父に感謝したかった。でも、そうせずに、素っ気なくうなずいた。

「何をぼんやりしてる」本部長が言った。「仕事にかかれ」

＊

〈ゴンドーレン〉は満席だった。このレストランは大規模な改修工事を終えて再オープンしたばかりで、来客数を見る限り、ストックホルム市民が喜んでいるのは明らかだ。〈影法師〉がこれほど大勢の人々がいる場所で会いたがっているのは、ヴィンセントにとっては驚きだった。でも、〈影法師〉が成り行きに任せることは決してない。よりによってここで会うのには、きっとそれなりの理由があるはずだ。

「ヴァルデルさん？」ヴィンセントが受付に行くと、女性給仕長が驚いた顔で言った。「お久しぶりです。とは言っても、ほとんどのお客様がそうなのですが。また来ていただけて光栄です。ご予約はお二人でしたね？」

「そうおっしゃるのなら、そうなのでしょう」ヴィンセントが言った。

給仕長は少し不思議そうに彼を見たが、それでも、自分について来るよう身ぶりで示した。

「カウンター席になってしまうのですが」給仕長が申し訳なさそうに言った。「再オープンして以来、信じられないほど多くの予約が入ってしまって、空席があっただけでも……」

「問題ありませんよ」ヴィンセントが遮った。「わたしにしてみれば、カウンターが一番いい席ですからね」

割り当てられた席に腰かけたヴィンセントは、満足していることを示そうと、給仕長に温かい笑顔を向けた。明らかに安堵した彼女は微笑み返してから、次の来客を迎え入れるために走り去った。

カウンター席にはメニューが二つ置いてある。ヴィンセントの隣は空席だ。〈影法師〉はまだ来ていない。どんな人物が来るのだろうか？　年配か、若者か？　男性か女性か？　自分が知っている人物かもしれない。そうでないことを心から願った。ミーナの想像どおり、可能性が最も高いのはストーカーだ。背中にヴィンセントのタトゥーを入れていたアンナ（『魔術師の匣』参照）以来、深刻なストーカーには直面していないし、〈影法師〉と違ってアンナにはまったく危険性がなかった。あらゆることについて覚悟をしておいて損はない。

男が一人、トイレから出てきた。ヴィンセントを見て、にっこりと微笑んだ。ヴィンセントに向かって真っすぐに歩いてくる。

〈影法師〉だろうか？　どことなく見覚えがある。だれなのかすぐには思い出せないが、会ったことがあるのは確かだ。ヴィンセントに近づいてくるときのしぐさに見覚えがある。

「ヴィンセント！」男は熱心に、ヴィンセントの手を握った。「来てくれたか！」もう疑いの余地はない。この男が〈影法師〉だ。彼を苦しめてきた人物が、やっと姿を現した。ただ、いったいどこでこの男に会ったのだろう？

「他の選択肢がなかったからね」ヴィンセントが言った。「わたしの家族はどこだ？」

〈影法師〉は肩をすくめてから、腰かけた。

「心配は無用だ」〈影法師〉が言った。「きみ自身がしていないことは、わたしも彼らにはしていない。ただ、きみには家族を離れてゆっくり考える余裕が必要だろうと思ったまでさ」

「家族に危害を加えるようなことがあれば……」

男は片手を掲げて、気分を害した顔をした。

「ヴィンセント、ヴィンセント。品のない態度は遠慮願いたいね。きみがすべきは課題に集中することだ。残された時間は長くないのだから」

ヴィンセントは、満席のレストランを見渡した。私服警察が混じってはいまいか。彼が合図をしたり助けを求めて叫んだりしたら、〈影法師〉を捕らえてくれるだろうか？　でも、こちらに注意を払っている者はだれもいないようだ。ミーナは約束を守ってくれたのだ。

「わたしに何を求めているんだ？」ヴィンセントが言った。「それに、おまえはだれなんだ？　自分のしたことに責任を取って現実から目を背けることをやめるべきだ、とおまえは書いてきた。おまえが言いたいのは……わたしの母親に起こった……あのことなのだろう」

「ほら」男はそう言って、不満そうに頭を左右に振った。「あのときに起こったことを、きみはまだはっきり言葉にできないじゃないか！」

「四十年前の出来事だ。それに、あれは事故だった。痛ましい事故だったんだ」

〈影法師〉はメニューをめくり始めた。

「アカザエビのグラタンか、子牛のウチモモか」彼は言った。「どう思う？　ポルチーニのコンフィもサイドディッシュとして魅力的だ」

「何をすればいいのか言ってくれ」ヴィンセントは言った。「何の責任を取ればいい？　どういう意味なんだ？　なぜおまえがわたしの人生に干渉する？」

「ディナーメニューにブラッドソーセージがないのは残念だ」男は言って、メニューを閉じた。

「きみがそこまで頭が悪いとは思いもよらなかったよ、ヴィンセント。手掛かりはみんな送ったんだぞ。手紙をもう一度読んでみろ。じっくり。すべてそこに書いてある」

〈影法師〉はヴィンセントを横目で見てから、秘密でも共有するかのように顔を近づけてきた。

「手紙はまだ持っているだろう？　わたしが送ったやつだ」男が言った。「警察に手渡したりしていないだろうな？」

　ヴィンセントは答えなかった。

「こちらが唯一望んでいるのは、きみが自分のしたことの責任を取ることだ」〈影法師〉が言った。「それだけだ」

「だが、それがどういうことなのか、具体的に言うつもりはないわけだな？」

〈影法師〉は笑って、うなずいた。

「それほど難しいことじゃない」そう言った。「だが、きみはまだ理解していないようだから、チャンスをやろう。手紙に書いたように、最後のチャンスをな。わたしは意地の悪い男ではないんでね、ヴィンセント」

〈影法師〉はクッション封筒を取り出して、ヴィンセントに渡した。中には、マジックテープが両端に付いたゴムバンドが入っている。バンドの真ん中に、マッチ箱ほどの大きさのプラスチック製の直方体が付いている。

「また明日会おう。それまで、それを身につけておけ。マイクとGPS発信機だ。足首に装着しろ。シャツの下にマイクを貼りつけるなんて、今ではテレビでしか目にしないが、それがあれば、わたしは今から二十四時間、きみがどこにいるか把握できるし、きみが話すことをすべて聞き取れる。明日会ったときに、きみがチャンスをふいにしてしまったことを知るのは嫌なんでね。素晴らしい夜を過ごしてくれ、ヴィンセント」

　男は立ち上がった。その場を去るつもりのようだった。

「待ってくれ」ヴィンセントが言った。「おまえがだれなのかも、どうしてこんなことをするのかも話していないじゃないか。それに、どうして〈ゴンドーレン〉なんかで会うことにしたんだ？　いったい……」

〈影法師〉は首を左右に振った。

「きみは本当に賢くなくなってしまったんだな」男は言って、上着を正した。「もうわたしがだれか気づいていておかしくないのに。明日になれば分かると約束するよ。夕食を楽しんでくれ。支払いは、わたしにつけてくれて構わない」

残り二日

ヴィンセントは早くに着いた。警察本部が彼の職場になったような気がしていた。家では、もう眠ることすらできない。ゆうべは六時半にはもう〈ゴンドーレン〉から帰宅して、自分は無事だとミーナにショートメッセージを送っておいた。しかし〈影法師〉の言葉のせいで、一晩中眠れなかった。まだ残っているわずかな正気を保つには、捜査に焦点を合わせるしかなかった。

会議室の壁に、地下鉄の地図を貼るつもりでいた。以前そこに貼ってあったストックホルムの地図は、半年前にヴィンセントが縦横の線を加えてチェス盤に変えてしまったため、剝がされていた。以来、そこには何も貼られていない。今の今まで。

ヴィンセントは地図が巻き上がらないように、四つの角をピンで留めた。ちょうど作業が終わったときに、ルーベンがドアから顔を出した。

「また地図かい」そう言って、地図を顎で指した。「今度は何なんだ？　ルドー（すごろくのようなゲーム）か？　いや、言わなくていい。知りたくないんでね。アーダムを見かけなかったか？」

「実は、ここに来てから、まだだれにも会っていないんですよ」ヴィンセントが言った。

ルーベンはうなずいて、その場を去った。ヴィンセントは、バッグから砂時計を取ってきた。

砂時計がはめ込まれている枠をひっくり返して、砂が流れ落ちる様子を見つめた。考えてみると、今回の事件のあちこちに、砂時計のシンボルが用いられている。彼が手にしている四本は、被害者の埋葬場所を示すものだ。人骨を積み上げた塚の周りにも砂時計が描かれていた。ニクラスが受け取った電話番号が書かれた名刺にも砂時計の絵があった。ニクラスの命があとどれくらいなのかを告げるあの電話の声を、ヴィンセントはまだ覚えている。時間切れまで、あと二日しか残っていない。

地下鉄16番線のどこかでニクラスが見つかっていれば、どんなによかったことか。そうなっていたら、すべてが楽になったのに。だが、そんなうまい話はない。捜査にとって都合がいいからといって、それが正しいとは限らない。

そうはいっても、ニクラスの居場所を知る手掛かりは他に見つかっていない。それに、砂時計に添えられていたメッセージをヴィンセントが誤解していないとすれば、手遅れになる前にニクラスを助け出す方法がひとつあるということだ。

時間切れになる前に四つ目を見つけよ。

どこで見つけろというのだ？　ユーリアの指摘どおり、16番は長い路線だ。それに、二日後になればニクラスが地下鉄のどこかにいるとしても、警察にはあまり時間がない。

それにしても、砂時計を送りつけてきた人物は、なぜ路線番号だけを伝えて、どの駅か教えなかったのだろう？　何とも中途半端ではないか。彼は、四つの砂時計それぞれの下に貼ったテープに書き留めた時間を見つめた。

17分（13秒）。

13分（5秒）。

10分（3秒）。

16分（3秒）。

分を示す数字が路線番号を指すのなら、秒を表す数字は、何らかの形で地下鉄駅そのものを示している、と思っていた。マルクス・エーリックソンに関する情報を伝える砂時計では、砂が上から下に落下し終わるまで十七分十三秒かかる。17という路線番号は当たっている。でも、十三番目の駅は、始発・終着駅のどちらから数えても、クレイジー・トムがマルクスを発見したバーガルモッセン駅にはならない。

エリカとヨンに関しても同じだ。最初と最後の駅のどちらから数えても、二人の骨が見つかった駅と一致しない。

では、スタート地点を変えてみたらどうだろう？　砂時計を送ってきた人物にとって、何かを意味する駅がスタート地点だとしたら？　ヴィンセントは今や、砂時計も他のパズルも、送り主は〈王子〉だったと確信している。そして〈王〉の――〈王子〉の父親の――骨は、オーデンプラーン駅で発見されている。

すべてが〈王〉から始まっていると考えるのはどうだろう？

ヴィンセントは壁に貼った地図に指を置いて、オーデンプラーン駅から十三番目の駅まで数えてみた。バーガルモッセン駅にたどり着いた。マルクスの骨が見つかった場所だ。

また試してみることにした。エリカが見つかったのはレッドライン、路線番号13。彼女の砂時計によると、秒数は5。またもオーデンプラーン駅からスタートした。エリカが発見されたカーラプラーン駅は、Tセントラーレン駅での乗り換えを含めて五番目に当たる。三つ目の砂時計はヨン。ブルーライン、路線番号は10。オーデンプラーン駅から二つ目の駅はフリードヘムスプラーン。そこでブルーラインに乗り換えてひとつ目が、アカイがヨンを発見したスタッツハーゲン駅だ。

謎が解けた。

最後の砂時計、つまりニクラス用の砂時計は、砂が落ち終わるまで十六分三秒。オーデンプラーン駅から三つ目の駅はトーリルスプラーンかTセントラーレンだが、トーリルスプラーン駅は地上にあり、人骨は常に地下で発見されている。ということは、選択肢はひとつ、Tセントラーレン駅だ。

ニクラスがどこで見つかるかが判明した。やっと。歓喜の叫びを上げるべきなのだが、ユーリアが喜ばないだろう。路線もプラットホームも複数階に設置されたTセントラーレン駅は、全地下鉄網の中で最も複雑な構造なのだ。全地下鉄路線がここを通過する。一日の乗降者数は三十万人以上。そして、そんな多数のトンネルが集合している場所のどこかにいるニクラスを、警察は二日以内に発見しなくてはならない。

時間切れになる前に四つ目を見つけよ。

これは、警察には一時間くらいは時間があるということであってほしいとヴィンセントは願った。時間切れになる少し前に、ニクラスがトンネル内に置かれるという意味であると。でも、今回は甘い考えを抱いている余裕などない。捜す時間はほとんどないという覚悟で臨まなくてはならない。だから、ニクラスが死ぬ時間を分単位で知る必要がある。ミーナに例の電話番号に電話をかけて確かめてもらわなくてはならない。

まるで彼の考えが聞こえたかのように、ミーナが両手にカップを持って、部屋に入ってきた。

「遅くなってごめんなさい」彼女が言った。「コーヒーメーカーが故障していたものだから。ホットココアで我慢して」

「完璧だ」彼はそう言って、片方のカップを受け取った。「この部屋は、外と同じくらい寒いですからね」

彼は、ココアを吹き冷ました。

「それに完璧なタイミングでした」彼は言った。「謎が解けたんです。ニクラスの居場所が分かった。というより、どこにいることになる、と言ったほうが正確ですが。16番の地下鉄という推測は正しいのですが、ニクラスはまだそこにはいない」

「ヴィンセント、ごめんなさい、ついていけない」ミーナが言った。

「実は単純なことだったんです」彼は地図を指した。「16番の駅を数えるだけでよかった。路線はもうないけれど、駅はまだある。そして、起点はオーデンプラーン駅。それが答えだった。

そこに〈王〉が埋葬されていたからです。砂時計によると、すべての起点は〈王〉なのです」

「話が単純じゃない時は、あなたの頭の中はどうなるのか考えると怖くなりますね」ミーナはそう言ってから、熱いココアを慎重に飲んだ。

「ポイントは、ニクラスはTセントラーレン駅のどこかのトンネルに移されるということです」ヴィンセントが言った。「二日後、時間切れになるときに」

ミーナが黙り込んだ。

「Tセントラーレン駅」そう言った。「何てこと。トールは爆弾を仕掛けようとしていて、それをニクラスの……死とともに爆発させる恐れがある」

「あの留守番電話は、ニクラスがいつ死ぬことになるのか分刻みで伝えています。それまでにわれわれは正しい場所にいる必要がある。その番号にもう一度電話をして、正確な残り時間を調べてもらえませんか?」

「ちょっと待って」ミーナは携帯電話を取り出した。

電話番号を押してから、スピーカーの表示をタップした。

「ニクラス・ストッケンベリさま。サービス期間の終了をお知らせいたします。ご満足いただけましたでしょうか。お客様の命は、あと……ゼロ日間……三時間……十五分……です」

ミーナがヴィンセントを見た。

「メッセージが変わっている」そう言った。「ニクラスの死まで、あと三時間」

残り十日
最後の日

ヴィンセントの電話が鳴った。ローケからだ。ヴィンセントは、ニクラスとTセントラーレン駅に関する考えをすべて追いやった。ローケを不要に怖がらせる理由などない。深呼吸を一回してから、できる限り感情を抑えた声で電話に出た。

「もしもし、ヴィンセント。ローケですが、少しお時間ありますか?」ローケの熱心な声が、電話口から聞こえてきた。

「もちろん」そう答えたヴィンセントは、すぐにミーナにローケの名前が出ている画面を見せた。

「わたしは、ユーリアに準備をするよう伝えにいきます」彼女は耳打ちした。「わたしたちは、ニクラスを捜しにTセントラーレン駅に急行します」

ヴィンセントは、小走りで去るミーナを見送った。

「カツオブシムシのことを考えてみたんです」ローケが言ったので、ヴィンセントは耳に電話を押し当てた。「あの種の甲虫を、管理された条件下で飼うのがどのくらい難しいのか考えたんです。特に、幼虫が成虫になったときに。だから、いちかばちか、環境保健保護委員会からの過去二年間のすべての報告書を調べてみました」

「それはいい考えだ」ローケは見るべきところを知っている、ヴィンセントは思った。

あの骨専門家は、なかなか賢い。

「諦めかけたときに」ローケが続けた。「先週の害虫に関する通報が見つかったんです。公共の場なんですが、大量の虫を見つけたので、通報してきたようです。どんな虫か見当がつきますか？」

「カツオブシムシ」ヴィンセントはうなずいて答えた。

「そのとおり。よりによって、地下鉄ヘートリエット駅のプラットホームですよ。偶然のはずがない。ヘートリエット駅近くのトンネルのどこかに、カツオブシムシを飼育するための大きなテラリウムがあると思うんです。暖かいし湿気も多少あるし、暗い。虫にとっては完璧な環境です。そこで人骨がきれいにされたんですよ。取り急ぎ、お知らせしようと思って」

ローケが、電話を終わらせるような口振りになった。

「待って」ヴィンセントが言った。「特捜班は今、ニクラス捜索の準備で大忙しなんだ。急遽、そういう事態になってしまったので、テラリウムを探す時間はない。でも、わたしは行ける。どうせ警察にとっては、足手まといだからね。わたしときみで一緒に行くのはどうだろう」

「どうでしょう」ローケはためらいがちに言った。「汚れたトンネルはちょっと苦手で」

「わたしは、きみが思っている以上にきみを理解しているつもりだよ。興味はあるんじゃないかい？　そもそも、きみが言ってきたことじゃないか」

「オーケー……分かりましたよ。うまく丸め込まれたって感じですけど。ヘートリエット駅のプラットホームで……三十分後に会うということでどうですか？」

「ここからなら十五分で行ける」ヴィンセントは言って、電話を切った。

彼はジャケットを取り、廊下を急いだ。ユーリアの部屋にいるミーナとユーリアが目に入り、立ち止まった。

「ローケが、人骨をきれいにした場所を見つけたかもしれません」彼は言った。「ローケとそこを見にいってきます。どうせわたしは救出活動では大して役に立てませんからね」

「ローケは大手柄ね」ユーリアが言った。「どこなの？」

「当ててみてください」ヴィンセントはため息をついて言った。「どうして何もかも地下なんですかね。人間はおかしくなっちゃったんでしょうか」

「トンネルの中なの？」ユーリアが懐疑的に言った。「爆弾のことは聞いたでしょう？」

「ミーナから聞いてます」

「ニクラスだけでなく、爆弾もTセントラーレン駅の可能性があるのよ。サーラの話だと、国家作戦部もそう考えているらしいし。ストックホルム市内で爆弾を爆発させて最大の被害をもたらしたいのなら、戦略的に見て、Tセントラーレン駅が最適だもの。トールは、十トン以上の硝酸アンモニウムを入手している。だから、地下鉄のトンネルは安全じゃないし、もし、まずいことが起こったら……」

彼女は黙った。

「分かっています」ヴィンセントが言った。「でも、ニクラスのカウントダウンが終わるまで、まだ数時間残っています。それに、どんなに時間がかかっても四十分したら戻ります。約束します。最良のシナリオでは、わたしとローケは重要な手掛かりを見つけるかもしれません」

「あなたのことまで心配させられるのは嫌」ミーナが言った。

ヴィンセントは立ち止まった。ミーナを抱擁しようかと思った。でも、そんなことをしたら、腕を離したくなくなるだろう。だから素っ気なく二人にうなずいて、走ってその場を去った。


最寄りの地下鉄駅は、警察本部を出てから角を曲がってすぐのところにある。そこからTセントラーレン駅まで行き、そこで乗り換えて、目的地のヘートリエット駅へ行くことになる。Tセントラーレン駅では、すべてが通常通りだ。通勤客と観光客でごった返している。何が起ころうとしているのか知っている人はもちろんだれもいない。でも、ヴィンセントはそんな考えを押しやって、次の列車に乗り込んだ。

一駅で降りた。ローケはすでにプラットホームで、彼を待っていた。

「同僚が車で送ってくれたんです」彼が言った。「でも、あなたと一緒に行けるよう、ここで待つことにしました」

ヴィンセントは辺りを見回した。カツオブシムシはまるで見当たらない。すでに片づけられたようだ。市が速く対処するものもある、ということだ。

「甲虫はプラットホームの北の端で発見されました」ローケが言った。「だから、虫は北側のトンネルから出てきたのでしょう。そのトンネルへ入る許可はすでに取っておきました」

「ニクラスが連れてゆかれるであろう場所をわたしは解き明かした」ヴィンセントはそう言い

ながら、ローケの後について、プラットホームの端まで歩いていった。「Tセントラーレン駅だ。まだ三時間弱あるから、ユーリアたちがきっと彼を見つけるはずだ。カウントダウンをくりあげた〈王子〉はフェアじゃない。だが、課題は『時間切れになる前に四つ目を見つけよ』だった。彼らならやり遂げてくれるさ」

「〈王子〉？」

「そうだった、きみは捜査会議にいなかったんだ。後で説明するよ」

「Tセントラーレン駅ですか」そう言って、ローケはプラットホームからトンネルへ続く階段を、ヴィンセントに譲った。「それは驚きだ。次の駅じゃないですか」

トンネルの中を進むと、プラットホームからの光はすぐに届かなくなった。携帯電話のライトを使おうか迷ったが、暗闇に目を慣れさせるほうがいい。ローケが、彼の後ろに続いた。

「テラリウムはどのあたりで見つかるかな？」ヴィンセントが言った。

突然、首に何か鋭いものを感じた。針のようなものだ。

「あなたにはがっかりだ、ヴィンセント」ローケが彼の耳元で言った。「あなたは、謎解きを完全に誤解した。ニクラスはTセントラーレン駅になんていない」

「ローケ……」ヴィンセントが言った。「一体……」

「不用意に動かない方がいいですよ。首に注射針が刺さっている。前進し続けてください。あと、携帯電話はこっちに」

ヴィンセントは、言われたとおりにした。

ローケはヴィンセントの手から電話を取り、壁にぶつけて壊した。ヴィンセントはその音に、顔を歪めた。

「それはそうと、ぼくからのプレゼントは気に入ってもらえましたか？」ローケが言った。「パズルとなぞなぞ。もう二年近くも送ったんですよ。楽しんでもらえました？」

　ヴィンセントの心に痛みが走った。

「あれを送りつけてきたのはきみだったのか」そう言って、咳払いをした。「素晴らしかったよ。だけど、わたしが謎解きを誤解したというのはどういうことだ？」

「気の合う人間を見つけたと思ったんですよ」失望した声でローケが言った。「あなたなら挑戦をおもしろがってくれると思っていた。送りつけたもののうちには、入手するのが容易じゃなかったものもあったんですよ。だから、ニクラスを発見するチャンスをあなたに与えようと決めたんです。トールは反対した。でも、ぼくが尊敬できるような人間に出会うのは稀ですからね。あなたのことを気にいっているんですよ、ヴィンセント。だけど、結局あなたのことを過大評価してたんですね。あなたがニクラスを救助できなくて残念ですよ」

　二人は沈黙のなか、歩き続けた。ローケは、ヴィンセントをトンネルのどんどん奥深くまで進ませた。何度か曲がり、最後には、列車の音が遠くからしか聞こえなくなった。

「ローケ、きみが……〈王子〉なのか？」

　答えはない。

　針はかなり深く刺さっている。でも、刺さった箇所の周りがヒリヒリしていないから、ローケはまだ注射器の中身を注入してはいない。まだ望みはある。

「カツオブシムシなんていないんだろ？」ヴィンセントが言った。

ローケは高笑いした。

「あなたが少しは賢いってことは知っていましたよ。訊かれたんで教えますけど、あなたの首の注射器には、パンクロニウムと塩化カリウムの混合が入っています。どちらも興味深い物質でね。パンクロニウムは医療機関で麻酔剤として用いられる医薬品で、かつてはパヴロンという名称で販売されていました。十年以上前に購入できなくなったんですが、法医学委員会に勤務していれば、入手するのも在庫として保存するのも特に困難じゃない。今入っているくらいの量を投与すると、筋肉が著しく弛緩し、あなたは呼吸ができなくなる。塩化カリウムの方は、少量の苛性アルカリ溶液と塩酸を用いて、自分で作れます。どちらも腐食性の強い薬品ですが、中和し合います。そうやってできた物質ですが、食塩に混合されることもよくあります。で、この注射器に入ってるくらいの量だと、あなたの心機能を止められる」

「エリカとマルクスとヨンにもこれを打ったのか？」ヴィンセントは、暗いトンネルの奥を見つめながら言った。

「ご存じのとおり、ぼくは身体的には強い人間じゃありません」ローケが言った。「だけど、過去のことをすべて水に流してやる、おまえは失敗から学んだから生かしておいてやる、と話を持ちかけたら、みんな自ら進んでぼくのうちへやってきた。ぼくに金や会社の一部やセックスを提供すると約束した……三人とも必死でしたよ。で、ぼくはチオペンタールを入れたシャンパンを連中に提供したわけです」

「なんとね。あっという間に眠りに落ちたに違いない」ヴィンセントが言った。

「そりゃもう。医療現場というのは即効薬がよりどりみどりです」ローケは笑った。「その段階で連中をバラして骨を煮てもよかったんですが、ぼくはモンスターじゃないですからね。まず致死注射を打ってから、ばらばらにしました。はいここでストップ！ 到着です」

二人の右には深い空間があって、奥にコンクリートの壁があった。壁にはドアがある。針が抜かれ、ローケは半円を描くように、ヴィンセントの前に回り込んだ。もう片方の手に拳銃を持っている。骨董品のような見かけで、ローケの細長い手には似合わない。

「父方の祖父のものです」ヴィンセントの視線に気づいたローケが言った。「武器は好きじゃないですよ、粗雑だから。武器の扱いもうまくないですし。でも、ぼくには撃てないなんて思わないでくださいね。この距離なら、外すことはありませんよ」

ローケは注射器を地面に落としてから、鍵を取り出した。ヴィンセントに拳銃を向けたまま、ドアの鍵を開けた。トンネルの中はあまり明るくなかったが、ドアの向こうは真っ暗だった。ローケは、部屋に入るよう、ヴィンセントに手で合図した。ヴィンセントが部屋に足を踏み入れると、真っ暗な中に椅子に倒れ込んでいる人影が見えた。

ニクラスだった。

＊

ユーリアは特捜班の面々を見渡した。クリステルとルーベンは机に着き、アーダムとミーナは立って会議室の壁にもたれている。ミルダもいる。ローケがヴィンセントと一緒に出かけている間、緊急招集した捜査会議にローケに代わって参加するようユーリアが頼んだのだ。

「トールが何もせずに隠れているとは思えません。自尊心があれだけ高い人間ですから」ユーリアが言った。「われわれは彼の身柄を確保することさえできなかった。もしわたしがトール で、無罪を主張しているのだとしたら、通常どおり帰宅しますね。逃げ隠れせず、普段どおり に振る舞います。トールは、われわれには自分を殺人事件にむすびつける具体的な証拠がない ことを知っています。ですが、こちらが爆弾のことに気づいていることは知りません」

「トールが絶えず言っていた、『スウェーデンを根本から揺るがさなくてはならない』ってやつ が全然ちがう意味になっちまったわけか」クリステルはそう言って、身震いした。

「でも、警察には捕まらないとそこまで確信しているのなら、どうしてニクラスのカウントダ ウンを繰り上げたのでしょう?」ミーナが言った。

「プレッシャーを感じてるんでしょうね」ユーリアが言った。「例えばDNA鑑定までは彼も 想定していなかったんでしょう。警察にはそれ以上の手掛かりがないのは知っているけれど、 それだっていつどうなるか分からないと彼は知っています。爆弾を爆発させるなら、手遅れに なる前に実行に移さなくてはならない。だからニクラス殺害と同時に起爆するつもりだとわた しは見ています」

「あなたは一貫して『彼』と言っていますが」ミーナが熟考しながら言った。「実行犯は〈王 子〉だと思います。トールの方は、完璧なアリバイを主張できるよう、敢えて人目につくよう に堂々と振る舞う」

「あのクソ野郎は、自宅で紅茶でも飲んでやがるんだろうな」ルーベンはそう言って、机の上 のパソコンへとかがみこんだ。

「わたしもそう思っていたところです」ユーリアが言った。「トールの自宅に向かいましょう。

検察官の判断を待つ余裕はありません。トールはそれほど疑いを抱いていないでしょう――先ほど言ったように、われわれが彼の計画を知っていることを、彼は知らない。ヴィンセントのおかげで、二時間半後にニクラスがどこにいるのか推測できています。ですが、その前に彼を見つけられれば、それに越したことはない。トールはニクラスの現在の居場所を間違いなく知っているはずです」

「トールが住んでいる地区の地図を検索してみよう」ルーベンはパソコンに打ち込んでみることにした。「さて、どんなところでござんしょうかね。ええと、住所は……」

彼は口笛を吹いた。

「上流階級の人間は、豪華な通りに住んでるな。トールの自宅はストランド通りにある。ユールゴーデン地区を眺めながら、自分の庭だと思い込みたいんだろ」

「ストランド通り?」ミルダが言った。「ローケもそこに住んでるのよ。ただ、ストックホルムの中心街じゃなくて、郊外のユーシュホルムだけど。あそこにも同じ名前の通りがあるのよ。初めてローケのところへ行くときに、間違って中心街のほうへ行ってしまったことがある」

ルーベンは眉をひそめ、パソコンに顔をさらに近づけた。

「おかしいぞ」そう言った。「郵便番号が違う……待てよ。トールの自宅は中心街じゃない。やつもユーシュホルムに住んでいるようだ。ええと……」

彼は何やら打ち込んでから、一同に見えるように画面を回した。ルーベンが開いたのはグーグルアースで、プログラムはスウェーデンを拡大している最中だった。一秒ほどでストックホルムが現れ、それからユーシュホルム、次いで目的の住居が現れた。私道とゲートと小さな並木道を備えた巨大な家が、画面に映し出された。

「さっきも言ったが、豪華なもんだ」ルーベンが言った。

「でも……これはローケの家よ」ミルダが言った。

他のメンバーが彼女を見た。

「今、何て？」ユーリアが言った。

「そこはローケの家。行ったことがあるのよ。でも、あり得ない。正しい住所を入力した？ローケの苗字もスヴェンソンだから、混同しちゃったんじゃない？　よくある苗字だし」

住所を入力する欄をチェックしたルーベンは、うなずいた。ユーリアは嫌な予感がした。おそろしく重大なことを逃していた。

「彼の本当の名前は何ていうの？」彼女は小声で言った。「ローケは本名じゃないよね？」

「いいえ、本当にそういう名前なのよ」ミルダが言った。「ミドルネームだけど。彼はそのほうが気に入っているみたいだから、それ以外の名前で呼ぶ人はいない。ファーストネームはマティアス。マティアス・スヴェンソン」

ミルダの言葉の意味することを知った瞬間、部屋が静まり返った。

「どうして教えてくれなかったんです？」ルーベンが怒鳴った。

「何を？」ミルダが不思議そうに言った。「何が？」

「ローケが〈王子〉なんだわ」ミーナが言った。「トールのいとこの。そして、二人は一緒に住んでいる」

「殺人を犯したのは……ローケということか？」クリステルが言った。

ユーリアはゆっくりとうなずいた。

「だけど、どうして？」クリステルが頭を左右に振った。

「わたしたちにはまだ分からないことがあり過ぎる」ユーリアが言った。

ユーリアは、だれかが激しく振ったばかりのスノードームの中にいるような気がした。収まるべき箇所に収まっていたはずのパーツが外れ、まったくの混沌状態で彼女の周りを舞っている。

「ねえ、何の話をしているの？」ミルダはひどく当惑していた。

「ヴィンセントは今、ローケと二人きりだわ」ミーナが慌てふためいた声で言った。「ヴィンセントは、四十分で戻ってくるって言っていた」

彼女は時計に目をやった。

「電話をかけてみます」そう言った彼女は、携帯電話を手に取った。

でも、呼び出し音が聞こえてこない。ヴィンセントの電話はオフ状態だ。

「マジか」ルーベンが言った。「ローケはニクラスを殺して、爆弾を爆破させて、ヴィンセントも殺すつもりだ」

「一石三鳥か」クリステルが言った。「とんでもない石だ」

「今すぐに、彼らを見つけなくては」ユーリアが言った。

班の全員が立ち上がり、会議室から飛び出した。

＊

「彼は生きているのか？」

ヴィンセントは、小部屋の暗闇に目を慣らそうとしていた。忘れられた整備室。人間を隠すにはもってこいの場所だ。

「わたしなら生きている」

暗闇の中から弱々しい声が聞こえ、ローケが携帯電話のライトで照らすと、声の主の顔がはっきり見えた。

「何が起きているんだ？」ヴィンセントが言った。

できる限り声に感情をこめないようにした。ローケの精神状態が不明だからだ。恐怖や怒りといった感情にローケがどれほど影響を受けているのか、ヴィンセントには分からない。だから、ローケの心理的状況を把握するまでは、できるだけ感情的に中立な態度を取るほうがいい。

「ぼくたちは待つ」ローケはそう言って座った。

彼は、ニクラスの隣に座るよう、ヴィンセントに拳銃で示した。ヴィンセントはそれに従った。ズボンの生地を通して感じるコンクリートの床は冷たく、厚い汚れで覆われている。携帯電話のランプに照らされたニクラスは幽霊のようだ。疲労でやつれている。顔と髪の毛と衣服は汚れている。

「待っている間に、どうしたらニクラスを発見できたのか、説明してもらえないか？」先ほどと同様の中立的な声で、ヴィンセントが言った。「きみが言うように、わたしはメッセージを誤解したのかもしれない。けれど、警察は16番全域を捜索したのに、何も見つからなかった」

「もちろん計画では、時間になったら彼をプラットホームに近い場所に移す予定だったさ」苛立った声でローケが言った。「でも、もう時間がない。全部前倒しになってしまったからね。だけど、心配ご無用、ぼくらはヘートリエット駅のすぐそばにいる。ここのあたりの地下には、地下鉄よりもトンネルのほうが多い」

「じゃあ、ここで待つ、ということか?」ヴィンセントは、感情を込めずに言った。

感情的に反応してローケを刺激するのは賢明ではない。平静を保つに限る。

「言いませんでしたっけ? ぼくたちは破滅を待っているんですよ」ローケが言った。「ぼくの名前は、『閉ざす』とか『終わらせる』という意味の、古ノルド語が由来なのを知っていましたか? ぼくの役目は、破壊と終わりを生み出すこと——ラグナロク、つまり、終末の日です」

ローケが携帯電話のライトをゆっくりと動かすと、その光で部屋の残りの部分が見えた。当初ヴィンセントが思っていたより大きな部屋だ。部屋の空間を満たしているのが何なのか、最初は分からなかった。やがて、幾重にも重なり合う、大量のスポーツバッグであることが分かった。天井に届くほどの高さまで積まれている。スポーツバッグは数百はあると見積もった。ほの暗いので、はっきりとは見えないが、バッグの中身はたっぷりと詰まっているようだ。ここに来るまでに、トンネルの中で同じようなバッグの前を通り過ぎたことを思い出したが、ゴミかと思っていた。

中身を想像するのは難しくなかった。トールの爆弾だ。ひとつ爆発させれば、爆圧と熱で連鎖反応を起こして、すべてのバッグが爆発する。

トールは十トン強の硝酸アンモニウムを入手したと推定されているが、ヴィンセントは、少なくともその二倍はあると推測した。口の中がカラカラに乾くのを感じた。

ローケはそわそわした様子で、腕時計に目をやった。爆破の時間が近づいているのだな、とヴィンセントは想像した。

「どうせここで死を待つのなら、ついでに説明してくれないか」ヴィンセントは恐怖におびえながらも、軽くおどけた口調で言った。

ヴィンセントは、ローケが自分を好いていることを知っている。彼のボディーランゲージを見れば明らかだし、ヴィンセントを称賛してくれたこともある。運がよければ、そのことを利用できるかもしれない。でも、二人の関係が損なわれてしまったら、利用できる可能性は失われてしまう。

ニクラスはうなだれたまま、無言で座っている。ヴィンセントは彼の脚を軽く叩いてみたが、反応はない。ニクラスは諦めてしまった。何の役にも立たない。

この状況から抜け出す方法を見つけられるかどうかは、ヴィンセントにかかっている。問題解決につながるような手掛かりを、ローケの口から何とか聞き出す必要がある。

ヴィンセントの脚に巻いてあるマイクを通して確実に話を聞いている〈影法師〉が少しはまともで、警察と消防署に電話をしてくれれば話は別だが、彼がそんなことをしてくれるとは思えない。

「分かりましたよ」ローケは肩をすくめて言った。「二人とももう知っているとは思いますが、トールとぼくは協力し合ってきた」

ヴィンセントは何も言わなかった。まだ知らないことがたくさんあることを知られたくなかった。知られたら、ローケはまた口を閉ざしてしまうかもしれない。だから、ローケが言うことに、まるで当然だというようにヴィンセントはうなずいてみせた。何より、あとどれくらい時間が残っているのか訊きたかったが、それはまだだ。

「理由を理解するのを手伝ってもらえないか」彼は言った。「あの砂時計にはどんな意味があったんだ？　名刺にも、骨の山の周りにも、砂時計が描かれていた」

ローケはしばらく黙った。ヴィンセントは我慢強く待った。ドアの外にだれかいたら、自分たちの声が聞こえるだろうかと考えた。恐らく聞こえないだろう。今この世界にいるのは、彼とローケとニクラスだけだ。他の人間は存在しない。三人が宇宙であり、三人こそが生であり死だ。

「ぼくの母親ほど美しい人は見たことがなかった」ローケが言った。「母が喜んでいるときは、まるで日光が窓から差し込んでくるみたいだった。クングスホルメンにあった、ぼくたちの小さなアパートの窓からね。それに父親。父は母のことをとても愛していた。だけど、母がヴェステル橋から身を投げて、太陽は消滅した。父にとって。ぼくにとっても。すべてが崩壊したんだ。父が家賃を滞納したから、ぼくたちは追い立てを食らった。ぼくには分からないけど、きっと父は、太陽が二度と輝くことはないなら暗闇の中で暮らすほうがいいと感じたんだと思う。信じられないって思われるだろうけど、ぼくたちはここで幸せだった。そうでないときもあったけど。家族と住まいのある、小さな世界がここにあった。父の王国さ。みんな、父のことを愛していた。そして、父は暗闇の訪れを感じると――心の闇ということだけど――しばらく姿を消した。ぼくがそんな状態の彼を見なくて済むように。だけど、父は喜んでいるときも、妻が自分たちを置いて世を去ることを選んだことへの悲しみを、いつも抱えていた。父はそう解釈したんだよ、妻は自分たち二人を捨てたってね。それでも最終的に、父も同じことをした。ぼくを捨てたんです」

ローケは、部屋の一角を見つめていた。ヴィンセントは、それが一メートルほどの高さの砂利の山であることに気づいた。それが何なのかは、すぐに理解できた。

「あれは……」彼が言った。

ローケがうなずいた。

「じゃあ、きみは自分の職場から骨を盗んだのか」穏やかな声で、ヴィンセントが言った。「だけど、そのことでぼくに電話をしてきたのはどうしてだい？」

「父の居場所はここで」ローケは愛情のこもった目で、砂利の山を見つめた。「冷たい金属の台の上に、ばらばらに置かれたりしちゃいけない。〈王〉にはふさわしくない。でも、自分が骨を盗めば大騒ぎになると分かっていた。あなたに電話をしたのは、あなたなら騒ぎを抑えるのに手助けしてくれると思ったからです。でも、ぼくは間違っていた」

「他の被害者も、トンネルの中でVIP同様の埋葬をしてもらえた理由は？」

「みんな自分なりに、『王』になったからですよ。借り物の時間で、ではありましたが。それに〈王〉である父が地下に埋葬されている。ということは父にとって十分いい場所で、ならば他の三人にとっても十分いい場所なんです」

ヴィンセントは、ローケの父親が埋葬されている砂利の山を見つめた。

「きみがトールとルーネのところへ移ったのは、お父さんが……消えたときなのかい？」彼が訊いた。

「ぼくはここに残りたかった」ローケはうなずいてから言った。「だけど、もう無理だった。父から教えてもらったルーネの電話番号を暗記していたんです。ルーネに電話をして、彼の弟が死んだことを伝えました。彼は最初当惑しましたよ、みんな、ぼくたち二人はずっと前に死んだと思っていましたからね。でも、二人の家に住まわせてもらえることになった」

「そのとき、きみはいくつだった？」

ヴィンセントは体を少しよじった。臀部に痛みを感じ始めていたし、冷たさが肌にどんどん浸み込んできていた。

「十歳。トールは二十歳でした。トールは当初からぼくを保護してくれて、トンネルで暮らしている間に得られなかったことをすべて教えてくれた。ルーネはほどなくして亡くなって、それからは、ぼくとトールだけの生活になった」

ヴィンセントは、床に座る姿勢を変えた。バッグを横目で見た。彼が動く音を耳にして、ローケはライトを彼に向けた。その明かりで、ニクラスがよく見えた。先ほどとまるで同じ姿勢で座っている。ヴィンセントは、ニクラスに二人の会話が聞こえているのか気になった。あるいは、彼が生きているのかさえも不明だ。

「何をしたんですか？」ローケが苛立ったように言った。

「すまない、もう若くないので体がこわばってしまってね」

「とにかく、繰り返しますけど、あなたには失望しているんですよ」

「ここ最近、わたしは自分らしくないんだ。きみの話に戻るけれど、きみは地上に出てきて、落ち着いたようじゃないか。そんな生活が殺人の原因となる理由が、ぼくにはよく理解できない」

暗闇の中のロークが鼻先で笑うのが聞こえた。でも、ロークが話を続けるだけの十分な時間がまだあるのは明らかだった。彼が焦った様子でない限り、大丈夫だ。

「トールは、母と父に対するぼくの怒りを理解してくれた」彼が言った。「命は贈り物だ、と父はよく言っていた。そう簡単に捨てちゃいけない、命が象徴するものすべてに反することだってね。なのに、彼は命を捨てたんです。トールの話だと、祖父のハラルドは、自分たちの家系はヴァイキングだ、といつも言っていたそうですよ。そして、戦場以外でヴァイキングが命を捧げることはないと。命とは、自らの意志で諦める権利があるものではないんです。だから トールは、諦めた人間に再スタートのチャンスを与えたらどうなるのか確かめたかった。砂時計にはどんな意味があるのかって訊かれましたね。明白じゃないですか? すべてには終わりがあるというメッセージですよ。でも、もし砂時計を逆さにするチャンスが得られたらどうなります? トールが知りたかったのはそこです。もしもどん底にいる人間が最大の夢を叶えられるとしたら、何を目指すのか? でもトールは、その結果に感銘を受けなかった。講師? ロックスター? それが人間の最高の望み? そういうことなら人々を徹底的に刺激しよう、という考えが浮かんだんです。ゼロからの再出発です」

「ハラルド。ルーネ。ビヨーン。トール。ローケ」ヴィンセントはうなずいた。「すべてヴァイキングの名前だ」

「ぼくの場合、ロークはミドルネームで、ファーストネームではありません。でも、ロークがぼくの正式な名前であるべきだ、とトールが言ってくれた。マティアスではなくてね。ローケ——破壊をもたらす者」

ヴィンセントは、山積みになったバッグに、また目をやった。

＊

ミーナは、ユーシュホルムの大きな家のゲートの外でパトカーを止めた。

「なあ」隣に座るクリステルがつぶやいた。「どうやって中に入るんだ？　あのゲートはおれたちのパトカーより頑丈そうだぞ」

クリステルは、今度は同行すると言って譲らなかった。ゲートの横の壁には、スピーカーとカメラが設置されている。トールが自分たちを入れてくれるかミーナは不安だったが、彼は刑事たちがここへ来た理由を知らない。試してみるしかない。アーダムとルーベンは、地下鉄内でニクラスとヴィンセントとローケの捜索作業の指揮を執り、ミーナとクリステルとユーリアは、トールを連行するために、この家に来た。

ミーナはパトカーから降りて、スピーカーの下のボタンを押した。数秒後に、ガサガサと音が聞こえた。

「どなた？《イェス》」

「警察の者ですが」ミーナが言った。「トール・スヴェンソンさんはご在宅ですか？」

「ごめんなさい《ソーリー》、ミスター・スヴェンソンは今不在なんです《ノット・ヒア・ライト・ナウ》」女性の明るい声が、スピーカーから聞こえてきた。「わたし掃除してます《アイ・ジャスト・クリーン・ハウス》」

「わたしたちは警察です《ウィー・アー・フロム・ザ・ポリス》」ミーナが英語に変えて言った。「中に入れてくれませんか？《クッド・ユー・プリーズ・レット・アス・イン》」

スピーカーが静かになった。それからカチッという音がして、ゲートが内側に開き始めた。

ミーナがパトカーに乗り込むと、クリステルが目を見開いていた。

「こりゃ運がいい」彼が言った。

「わたしの腕がいいんです」ミーナが言った。

彼女は私道に向かって方向を変えてから、ユーリアとクリステルと一緒にパトカーを降りた。

ユーリアが最初に玄関ポーチを上がって、呼び鈴を鳴らした。長い黒髪の女性がドアを開けた。

「どうぞ中へ《プリーズ・カム・イン》」彼女が不安げに三人を見ながら言った。「でもわたし《バット・アイ・ドント・ノウ・ウエン》ミスター・スヴェンソンがいつ帰ってくるか《ウィル・ビー・バック》分からない。それにわたしもう帰るところ《アンド・アイ・アム・ジャスト・リーヴィング》」

「ごめんなさいね《アイム・ソーリー》」ユーリアはそう言ってから、警察手帳を見せた。「家宅捜索をさせていた《バット・ウイー・ニード・トゥ・サー》だきます《チ・ザ・ハウス》」

「分からないです《アイ・ドント・ノウ》」女性はおずおずと言った。「掃除したばかり《アイ・ジャスト・クリーンド》」

「靴はちゃんと脱ぎますね」そう言って、クリステルは女性を通り過ぎて、家の中へ入っていった。

*

「わたしはあの橋の上にいた」

突然聞こえてきたその声に、ヴィンセントは驚いた。ニクラスだった。かすれて弱々しい声だった。続きを話す前に、ためた唾を呑み込む音が聞こえた。

「ヴェステル橋の上に立っていました」ニクラスは繰り返した。「そのとき男の子が近寄ってきた。寒い秋の日だった。あの男の子には、どこか人を惹きつけるところがあった。とても無垢な感じでね、わたしは、どうして自分がここに立って人生を終わらせようとしているのかを話した。どうして彼に話したのか、今でも分からない。最終的に身を投げるまでの時間稼ぎだったのだろう、と思います。わたしが話し終えると、その少年は解決策を提示してきました。契約です。わたしが死を数年先延ばしにするのなら、わたしの問題を解決してやる、というんです。どうせ死ぬと決めているのなら、それまでまともな人生を送れるようにしてやると」

「ローケ？」そう言ったヴィンセントに、ローケはうなずいた。

「最初はバカバカしいと思った」ニクラスが言った。「わたしの悩みに対して、そんな若い子に何ができるというんです？　でも、彼は携帯でだれかに電話をした。わたしは成人男性と話をさせてもらった。その男性は、契約は本物だと保証した。二人はわたしに最低十年与え、わたしの悩みはすべて解消すると言いました。わたしは好奇心をそそられました。あまりにナンセンスなので、かえって現実的に感じられたんです。それに、自分が何をしようとしていたのかを考えると、わたしには失うものがなかった。だから、受けたんです。詐欺だと判明したら、次の日に飛び降りればいいだけの話だ、と考えたのを覚えています。でも、詐欺ではなかった。彼らは約束を果たした。わたしの悩みはすべて解決した」

「二十年与えた理由は？」ヴィンセントがローケに言った。

「ルールがあるわけではないんです」ローケは肩をすくめた。「ニクラスには二十年。でも、マルクスは十七年。最後に橋の上で見つけたのがマルクスだった。最初にトンネルに置いたのも彼。エリカとヨンに与えたのは十八年。大切なのは時間じゃなくて、彼らが夢の頂点に到達できるか、ということです。みんな、すでに命を終わらせようとした人間なんです。贈られた命を無駄にして、安易な道を選ぼうとした連中だ。だからぼくたちは、生きていれば体験できたことを体験させて、自分たちが何を失うところだったのかきちんと悟ったかを確かめたかった。ニクラスに関しても同じだ」

「そして、わたしには失うものがたくさんある」ニクラスがぽつりと言った。

爆弾探知犬は、レーダーを意味するラーダルという名前のラブラドールだった。トンネルの中で、ルーベンの前を歩いている。Tセントラーレン駅は三階構造で、通勤列車を含めれば四階になる。各階に複数のトンネルの入り口がある。捜索するトンネルの入り口は、避難通路と職員用スペースを除いても十四箇所。警察本部長が緊急要請に対応可能なすべての人員と、爆発物処理班の犬を動員した。けれど、捜索作業は時間がかかる。あまりにも時間がかかる。

爆弾処理技術者たちはトンネルの中にロボットを送り込むことを提案したが、それではローケとヴィンセントを見つけることはできない。ニクラスもだ。だから手作業でトンネルの中を捜索しなくてはならない。けれども、警察官はまばらにしか配置されていないし、範囲は広く、短時間で捜索しなくてはならないトンネルがたくさんある。ルーベンがドッグハンドラー訓練を受けていたので、自分専用の犬を連れて歩くことができたのは運がいい。

トンネルは異常なほど静かだ。ルーベンは、地上の大混乱のことを敢えて考えないようにした。Tセントラーレン駅はストックホルム中央駅と直結していて、頻繁に爆破予告を受けるが、おおむね虚偽だ。しかし、今回は深刻な脅威であることから、首相は要員に関する約束を十二分に果たしてくれた。警備隊、警察、警備センター、ストックホルム都市交通、そしてスウェーデン国鉄間の調整が、記録的な短時間で成された。それでも、全路線が通るTセントラーレン駅を閉鎖して、ストックホルム地下鉄線を効果的に規制する決断は受けがよくなかった。それに加えて、中央駅を出発・到着するすべての長距離・通勤列車を停止させなくてはならず、空港と中央駅間で観光客を運ぶ高速列車アーランダ・エクスプレスに関しても同様となる。ストックホルム全市の、見方によってはスウェーデン全域の交通の中心機能を停止して、人々を避難させる必要がある。そのため、出動可能な治安警察全員が招集され、国家作戦部がヘリコプターでの監視を担当し、国家爆発物処理班も送り込んだ。

　数千人とは言わないまでも、駅に入ることを許されず憤慨した数百人の人々が、地上で彼の同僚たちに怒鳴っているのだろう、とルーベンは想像した。

　特別部隊が、ユーリアの班とともにトンネルの中を捜索しており、ルーベンとしては、そろそろ何か発見することを望んでいた。いつまでも駅を閉鎖し続けるわけにはいかないし、自分たちに残された時間はさほど長くない。ニクラスに残された時間が終われば、ローケはトールの爆弾を作動させるに違いない。そうなれば、すべてがおしまいだ。

「ドアを閉めていってください《ジャスト・クローズ・ドア・アフター・ユー》」トールの家の掃除婦はそう言って、そそくさと玄関ポーチの階段を下りていった。

ミーナは、その女性がゲートのほうへ消えていく姿を見ていた。それから、クリステルに続いて、家の中へ入っていった。玄関ホールだけでも、彼女のアパートの部屋全体くらいの大きさだ。天井には大きなシャンデリアが下がっている。

「トール」ユーリアが呼んだ。「警察の者です」

「トールはここにいると思いますか？」ミーナが言った。

ユーリアがうなずいた。

「掃除婦が真実を語ったとは思えない」彼女は言った。「あまりにも緊張してたもの」

ユーリアは拳銃を抜き、銃口を床に向けて握った。ミーナとクリステルも同じ行動をとった。

「おれはここに陣を構えよう」クリステルは言って、玄関ドアの前に立った。「トールがここにいて、万が一逃げ出そうとしたときに備えて」

ミーナは、驚いたように彼を見た。こんなに積極的なクリステルを今まで見たことがなかった。でも、その姿勢には好感が持てる。玄関を塞ぐ年配の刑事とは言い争わないのが賢明だ。

ユーリアとミーナは奥へ進んだ。階段を上がった二階には仕事部屋と寝室が二つ、そして、それぞれのバスルームがある。寝室はトールとローケ用だろう。けれども、トールはいない。

二人は一階へ戻った。

「トールを見かけた？」ユーリアに訊かれたクリステルは、頭を左右に振った。

一階には食堂があり、部屋の大半は、巨大なクルミ材のテーブルで占められている。一階には、暖炉とグランドピアノとキッチンがある居間もある。キッチンの大きさからして、恐らくトールは厨房スタッフを雇っているのだろう。トールはそこにもいない。それでも、ミーナはユーリアに同意していた。この家の中にいるのが自分たちだけとは思えなかった。

「時が経つにつれて、あの契約のことも考えなくなっていた」ニクラスが言った。「物事はすべて自分に都合がいいように進んだ。裏で常に糸を引く人間がいることを忘れることにした」

ヴィンセントは、鼻に入った埃でくしゃみをしないよう我慢した。くしゃみで隅に置いてある爆弾が爆発するとは思わないが、それでも確信が持てなかった。

「一緒に仕事をし始めたときに、トールに気づかなかったのですか？」ヴィンセントが言った。

「彼の声で」

「それは不可能ですよ。彼がわたしの人生に姿を現したのは、あの橋の出来事から何年も経ってからですから。声を覚えている人は、まずいないでしょう」

「ファウスト」ヴィンセントが言った。「あなたはファウストだった」

パズルのピースが、徐々にはまり始めた。

「そう」ニクラスが小声で言った。「わたしは悪魔に魂を売った」

「違う！」甲高い怒声でローケが言った。「トールは悪魔なんかじゃない。その逆だ。ぼくたちは、あんたたちの願いを聞いてやったじゃないか！」

「あんたたち？」ヴィンセントが言った。

「エリカ、ヨン、マルクス。連中だって同じだ」ローケが言った。「橋の上にいたあの三人をぼくは見つけた。全員、命を投げ捨てる寸前だった。そうせずに、彼らは数年生きるチャンスを得て、夢だって叶えられた。ぼくたちがみんなに贈り物をしたんだ！　ニクラス、あんたはあのとき、あそこで命を絶とうと決心していた。そのことは変わらない。ぼくとトールは、あんたが終わらせようとしていた命の大切さに気づくよう取り計らったに過ぎない。あんたがもう死にたくないと思ったところで、ぼくたちにはどうでもいいことだ。契約は契約だから。だってあんたはあの橋の上ですでに、死のうと決めていたじゃないか」

ルーベンは、ストックホルムがいかに脆弱なのか、考えたことがなかった。でも、Tセントラーレン駅の閉鎖は、町中のインフラに影響を及ぼす。適切な場所を狙うだけで、百万都市が麻痺してしまう。トールはそこを分かっているのだ。

ベルトに装着しているトランシーバーが雑音を立てた。

「ブルーラインを北方向に行けるだけ行って調べた結果」トランシーバーからアーダムの声が聞こえた。「南方向と同様、何も見つからず、どうぞ」

ルーベンは懐中電灯を手に、トンネルの壁を眺め回した。彼が信じている昔ながらの刑事の勘が、何かがおかしいと告げた。もう見つけていたっていいはずだ。もう時間はそれほど残っていない。ヴィンセントが受け取った手掛かりには、何と書いてあったっけ？

時間切れになる前に四つ目を見つけよ。

彼には何の役にも立たない。

ルーベンはグリーンラインに沿って南の方向に歩き続け、線路の脇の広い空間にたどり着いた。修理素材置き場のようだ。爆弾探知犬のラーダルが、突然吠えた。犬は立ち止まって、体を緊張させた。

「どうした?」ルーベンはそう言って、トランシーバーを手に取った。「何かにおうのか?」

彼は通話ボタンを押した。

「こちらルーベン。爆発物の痕跡発見の可能性あり」マイクに向かって言った。「全班待機せよ。どうぞ」

ラブラドール犬は熟考しているようだ。それから緊張を緩めて、また歩き出した。

「こちらルーベン。誤報でした。ここにもなし。どうしてだ。隠す場所はそれほど多くないのに。どうぞ」ルーベンはトランシーバーに向かって悔しそうに言ってから、ベルトに戻した。

「また二階に行ってみるわ」ユーリアが言った。「調べ忘れた洋服ダンスとかないか、再確認する。トールがタンスの中に隠れるタイプの人間ではないと思うけれど、ひょっとしたら、ということもあるから」

「わたしは一階をもう一度チェックします」ミーナが言った。

居間も食堂もよく見通せるので、トールがいないのはすぐに分かった。カーテンの後ろに隠れていないか。調べてみると、そこにもいなかった。

キッチンはレストランの厨房のような構造で、脇にカウンタートップがあり、真ん中にガスコンロがある。キッチンには閉じたドアが二つある。すでにチェックしていたが、もう一度開けてみた。

片方のドアを開けると、そこは食糧庫になっている。大きいので、中に入れる。もうひとつのドアを開けると同じような部屋で、トールのワイン貯蔵室だった。壁の前の高い棚はボトルでいっぱいだ。恐らくその一本一本が、ミーナの月給より高価なのだろう。

ワインの貯蔵室のドアを閉めようとしたときに、彼女はあることに気づいた。左側にあるワイン棚にキャスターが付いている。おかしい。ここはそこまで大きい部屋ではない。彼女は拳銃をホルスターに戻し、その棚を引いてみた。棚はスムーズに一メートルほど前に移動し、開口部がむき出しになった。棚の裏側を覆っている背板が、ドアの役目を果たしていたのだ。ミーナは、酢の強い刺激臭に襲われた。

「ミーナ、外へ出て、家の周りをチェックしましょう」玄関ホールからユーリアが叫んだ。

「今行きます」ミーナは叫び返してから、棚の背後の部屋を覗いた。「あともう一箇所調べてから」


「当ててみようか？」ヴィンセントが言った。「きみは法医学委員会で襲われてもいない。きみが突然いなくなったのは、ミーナとナタリーより先にヴァルテル・ストッケンベリの家に行って、あそこに身を潜めていたニクラスを連れ出さなくてはならなかったからだね」

ローケは、暗闇の中でうなずいた。

「ぼくたちは臨機応変に動かなければならなかった」ローケが言った。「ミーナとナタリーがトールの部屋を出てからエレベーターで下りる前に、彼から電話があったんですよ。トールは職場を離れられないし、不審に思われたら困る。ぼくは適当な言い訳が思いつかず、とにかく数時間空けるしかなかった。トールがミーナに回り道をするよう勧めたこともあってか、ぼくは間一髪で間に合った。帰り道で二人を見かけたくらいです。今になってみれば、綿密に練られた計画とは言い難いですけどね。でも、その後アリバイ工作で向かった救急治療室では疑われなかったですよ。自分で怪我を作り込まなければならなかったですが。それに、このおかげで別の問題も解決できました。例のＤＮＡが一致した件が警察に伝わるのを、ほぼ二十四時間遅らせることができましたからね」

「ヴァルテルについては？」ヴィンセントが言った。「きみたち二人は、人々に選択肢を与えるんだ、と言ったね。ヴァルテルは自分が死ぬことに納得していたのかい？　彼がそう決めたという内容の契約書を、きみは作成したか？　それに、そこの爆弾が爆発したら死ぬことになる人々はどうなんだ？　彼らはみんな、死を選んだのか？」

「それは……正しいことをする代償としてぼくが支払わねばならないものですね」ローケは言ったが、その答えが今までと違って曖昧であることにヴィンセントは気づいた。

ローケの口から出てくる言葉は、もう彼自身のものではないのだろう、とヴィンセントは思った。どちらかというと、トールが言いそうな言葉だ。だから、ヴィンセントが理解しなくてはならないのは、トールの論理だ。彼の動機を理解しなくてはならない。ローケは若くて影響を与えやすい弟子だ。当初はローケの話どおりだったのかもしれない。二人は、人生を諦めた人々に、人生が与えてくれるものを見せたかった。彼らに学ばせたかった。

でも、トールの計画は、時とともに形を変えていった。もっと恐ろしいものに変容していった。壁に沿って重なり合う黒いバッグが、それを証明している。トールは、ローケをサポートしていると見せつつ、やがて利用するようになっていった。そして、今このトンネルの中で、ローケはやっとそのことに気づき始めている。彼は認めないだろうが。ここから脱出するためには、その亀裂をこじ開ける必要がある。

諦めて戻ろうとしていたルーベンは、彼の左手の通路を行った先に金属のドアがあることに気づいた。懐中電灯で照らしてみた。鍵が壊されていて、ドアはわずかに開いている。ローケとヴィンセントが地下のどこかにいるとすれば、確実にあそこだ。二人がいそうな場所は他にない。

ルーベンは拳銃を抜き、ラーダルの首輪を摑んだ。犬が吠えて、彼がここにいることがばれるとまずいからだ。できる限り音を立てずに近づいた。ドアの向こうからは何も聞こえてこない。だからといって、それが何かを意味するわけではない。彼は一秒待って心を落ち着けてから、ドアを足で押し開け、すぐに戸口から離れた。

何も起こらない。

ローケが武器を持っている場合に備えて、彼は撃たれる危険性を減らすべく、かがんで中へ入った。懐中電灯の明かりで、そこが倉庫だと分かった。床のマットレスと大量のウオッカの空き瓶を除くと、何もない。多分、あのヴィヴィアンの友人たちの寝場所なのだろう。でも、ヴィンセントもローケもニクラスもいない。

爆弾もない。

時間切れになる前に四つ目を見つけよ。

時間切れになる前に……

ルーベンは、部屋の真ん中で立ち止まった。

時間切れになる前に。

まさか。いや、そのまさかか？　ヴィンセントの謎解きは正しくなかった。〈達人メンタリスト〉が間違ったのだ。

ワイン棚の背後の部屋はトールのキッチンほどの大きさで、ここもキッチンのように見える。だがキッチンと違って、この部屋は全面タイル張りだ。二面の壁に沿って、作業台とコンロが複数ある。コンロの上には、大きなステンレス製の鍋が載っている。そこから、強烈な酢のにおいが漂ってくる。奥の壁には金属製のドアが二つあり、ミーナは冷蔵保存室だと推測した。彼女は中へ入っていった。近づいてみると、白いタイルとタイルの継ぎ目が変色している。錆茶色の染みだらけだ。ヴィンセントからもらったアンバーを思い出させる色だ。手でタイルを撫でて、それが何かを悟って引っ込めた。血だ。血だ。血の染みだ。

ミーナは振り向いて、鍋にもう一度目をやった。ここでローケとトールが遺体を煮たのだ。もちろん、まず死体をばらばらにして。そのときの血なのだ。突然、彼女の携帯電話が鳴った。その音に、彼女は跳び上がった。電話を手探りして取り出すと、見覚えのない電話番号からだ。

「ミーナ・ダビリ刑事です」彼女が答えた。

「もしもし、わたしはセバスティアン・バッゲといいます。実はヴィンセント・ヴァルデルさんと話がしたいのですが、つながらなくて。前回、彼と会ったときに、あなたの電話番号をいただいたものですから……」

「バッゲ？」ミーナが遮った。「昆虫学者の？」

「そうです」バッゲがうれしそうに言った。「例のカツオブシムシの件はどうなったか知りたくて、お電話を差し上げたんですが」

「ヴィンセントは……今ここにはいません」彼女が言った。「あの甲虫ですが、何千匹も自然史博物館から借りられるようです」

「えっ、そうなんですか？ 博物館が手放すのは、せいぜい数匹かと思っていました。だから、自分で繁殖させなくてはならないんです。フルサイズのコロニーができるまでは、しばらく時間を要するんです」

　そのとき、部屋の隅の作業台の横の床にあるそれが、ミーナの目にとまった。浴槽ほどの大きさで、土がびっしり詰まったテラリウム。

　まさか、勘弁して……

「もしもし？」携帯電話から、セバスティアン・バッゲの声が聞こえてくる。

　彼女は電話を切って、テラリウムに近づいていった。土がガラスの壁に沿って動いている。すぐ近くまで行くと、それは土ではなかった。その黒っぽいものは、五ミリから一センチほどの大きさの、小さい黒褐色の甲虫だった。太ってテカテカした恐ろしいほど大量の虫が、テラリウムの縁あたりまでびっしり入っている。這って出てこられないようにする唯一の障害物はガラスの蓋だ。

ミーナは嘔吐しないよう、口に手を当てた。

「『正しいことをする代償』というのは、どういうことだい?」ヴィンセントは思い切って、ローケの言葉に疑問を投げかけた。「爆弾がどうすれば『正しいこと』になるんだろう?」

「祖父は何が正しいか知っていた」ローケは大きな声で言った。まるで周囲の壁を自分の言葉で納得させようとしているかのように。「祖父は過去に行ったことで激しい非難を浴びたけど、人々は彼がしたかったことを理解していなかったんだ。ドイツはいわば炎による洗礼を受ける必要があったんだ。たしかに血は流されたでしょう——罪のない人々の血も——しかしそれこそが変革の代償だったんです。トールはそのことを知っている。他の人にはぼんやりと近視眼的にしか見えないものを、トールははっきり見通せる。秩序は無秩序《カオス》から生まれることを知っている。カオスの中で死んでいく罪のない人々は、よりよいもののために命を捧げるんです。それより素晴らしいことがあるでしょうか。それに、真に罪なき者なんていない——ましてやヴァルテルのような人間に罪がないなんてあり得ない。彼は古く腐敗したものの象徴なんですから」

「それはきみの言葉じゃないね」ヴィンセントが言った。「トールの言葉だ。ローケ、きみは命を大事にしている。すべての命を。だから、あんなことをしたんだろ。悩みを抱えている人々を助けた。落ち込んでいる人々に手を差し伸べた。彼ら自身が忘れてしまっていた命という贈り物を思い出させるために。きみが自分で言っていたじゃないか。なのに、今のきみは罪のない人々を犠牲にするつもりでいる。彼らに何の価値もないかのように。今のきみと、きみが教訓を教えようとした人々とは、もう何の違いもない。自分がだれなのか思い出そう」

ローケの目が落ち着きをなくして揺れた。口が開いたり閉じたりした。そこに突然ニクラスが割って入った。

「トールはそう言ってきみをわたしの父の家へ行かせ、わたしを誘拐させたのか？」ニクラスが叫んだ。「父は腐敗しているから死ななければならなかったのか？　言わせてもらうが、ヴァルテル・ストッケンベリはずっと正義の側に立っていた。みんな知っている。では、きみは何のために戦っているんだ？」

さっきまでのニクラスの絶望は消えていた。ローケは目を逸らした。暗闇の中で彼の頰を伝う涙をヴィンセントは見逃さなかった。

「あんたは法務大臣じゃないか」やっと、ローケが言った。「だから、あんたの犠牲は他の人間の犠牲より重要なんだ。あんたの社会的役割を考えれば、あんたはこの社会の全ての誤りの象徴ということになる。社会がうまく機能していたら、ぼくの父親は、〈王〉は、こんなところで暮らす必要なんてなかったし、死ぬ必要だってなかった。あんたは自分の仕事をちゃんとできなかったんだ。だからあんたはここで、古い世界が燃えるのと一緒に死ぬんだ」

時間切れになる前に四つ目を見つけよ。

このメッセージはニクラスの死ぬ時間のことではないのだとルーベンは気づいた。ヴィンセントは間違ったのだ。このメッセージは砂時計のことを言っている。だから、「時間」というのは言うまでもなく砂時計の時間のことであり、ヴィンセントの推理に拠れば、「時間」はTセントラーレン駅を指す。だからヴィンセントは、そこにニクラスがいると考えた。だがそうではない。メッセージは、「時間」の前に四つ目を見つけよと言っている。だからこの謎かけが最終的に意味するのは時間ではない。「四つ目」が見つかる場所なのだ。

ニクラスは「時間」の前にいる。つまりTセントラーレン駅の前の駅にいる。かつて存在した路線番号16番に関する情報によれば、それに該当するのはヘートリエット駅だ。

ヴィンセントはこれに気づかなかった。

あの有名なメンタリストが解けなかった謎を、このルーベン様が解いたのだ。どうだ！　彼はラーダルに目配せした。犬は舌を垂らして、不思議そうに彼を見つめた。

ルーベンはトランシーバーをベルトから外し、叫ばないように自制しながらマイクに向かって告げた。

「こちらルーベン。われわれは間違った場所にいる」彼ははやる思いで言った。「彼らがいるのはひとつ手前の駅、ヘートリエットだ。大至急そちらに急行せよ。どうぞ」

ヘートリエット駅は地上も地下も閉鎖されていない。それが何を意味するかを悟って、ルーベンはゾッとした。駅の真上には、その名のごとく広場《トリエット》があり、何百人もの人々が通過している。座席数が千七百以上のコンサートホールもある。きっと今はクリスマス・コンサートの最中だろう。地下の喫茶店やブティックには何百という人がいる。広場の周辺の建物は言うまでもない。ルーベンは急いで暗算してみた。

トールの爆弾が爆破したら、最低三千人が命を失う。ニクラスとヴィンセントを含めて。ルーベンは携帯電話を取り出して、時計アプリを見た。容赦なく時間がカウントダウンされていく。ローケが爆弾を爆破するまでの時間が確認できるよう、捜索隊のメンバーは全員、あの忌まわしい留守番電話の情報に合わせて、タイマーをセットしていた。

タイマーによると、残された時間は十七分四十二秒。間に合いそうにない。


「きみがここにいるのは分かっている」

トールの声が、キッチンから聞こえてくる。

「ローケの作業室も見つけたようだな」

ミーナは息をひそめていた。身を隠さなくてはならない。トールはまだこの部屋には入ってきていないし、彼女を目にしていない。冷蔵保存室だ。彼女は忍び足で金属ドアに近づき、そっと引っぱってみたが、鍵がかかっている。

「残念だな」トールが話し続けた。

その声は、先ほどよりも近くから聞こえる。

「物的証拠はその部屋にしかない。だからわたしを訴追したところで公判は難航して何年にも及び、きみたちは全員解雇される。だが、その部屋にはＤＮＡが残っている可能性がある。それは困るんでね」

この男を捕らえなくてはならない。チャンスは一度きりだ。でも、奇襲をかけるのにいい位置が見つからない。

「だから、きみには行方不明になってもらうことにする」ドアの向こうのキッチンから、トールが続けた。「きみの同僚たちは庭にいるから、きみがどこにいるのか不思議に思って中へ戻ってくるまで数分かかるだろう。それだけあればわたしには十分だ」

キッチンから金属音が聞こえた。ガチャガチャと何かが鋭い音を立てている。

「数分と言えば、ニクラスに残された時間もそう長くないはずだ」トールが言った。祖父は正しかった。「秘密を台無しにしたくはないんだが、風向き次第では、爆発音はここまで聞こえるかもしれない。もういつ起こってもおかしくない。そうなれば、やっと新しい秩序の到来だ。羊の群れは導いてやらねばならない。これ以上この国の人間を甘やかし続けるわけにはいかない。何でも当然だと思い込んで、自分では何もせずにい。弱者はふるいにかけられねばならない。自分たちがどんなに恵まれているのか、一秒とて考えたこともない。社会のことに愚痴をこぼすような輩は、自分たちがどんなに恵まれているのか、一秒とて考えたこともない。ハラルドが亡き今、毅然として弱き者どもを弱き者として扱える者はわたしらかいない。そんな弱虫どもとどんな気持ちで仕事をしていたと思う？　愚痴ばかり垂れるやつらに微笑みかけて、連中の意見に意味があるふりをするのが、どんなに苦痛だったか分かるかね？　あいつらは社会の害虫だ。おぞましい。そんな連中を根絶やしにし、誇り高きヴァイキングの世界を築く。そうなるべくしてそうなるのだ。人々は、わたしに感謝することになる」

部屋の中の空気がどんよりしてきた。ミーナは、トールに聞こえないよう祈りながら、曲げた腕で口を覆って咳をしなくてはならなかった。

「まあ、きみは感謝することはできないけどね」彼は続けた。「きみは今後何十年も語り継がれる謎になる。栄誉なことだろう？　誘拐された法務大臣の前妻が捜査の真っ只中で跡形もなく消えるわけだからね。むろん捜索は行われるだろう。でも、今きみがいる部屋が発見されることはない。棚をしっかり閉じれば、部屋は密閉される。そして、わたしが疑われることはない。だって、わたしはここにはいないことになっているからね。きみの同僚たちが、すでに証明してくれているじゃないか。まったくこの延長コードは使えんな」

キッチンからエンジンをかける音が聞こえる。振動するような音だ。ノコギリのようだ。ミーナは、また腕で口を覆って小さく咳をした。空気がなんだかおかしい。

「ローケがやったみたいに、後できみの骨を煮たいところだが」騒音に混じって、トールの叫ぶ声が聞こえた。「残念ながら、そんな時間はない。バラバラにするだけで我慢するさ」

トールが完全にいかれているのは明らかだ。ミーナは、トールに聞こえないよう、ゆっくりと拳銃を抜いた。いざとなったら彼を撃たなくてはならない。

「そろそろ行くぞ」彼が言った。「このノコギリは持ちにくいんだ。コードが足にからまるんでね。それより、さっきから聞こえてるシューッという音が何か考えてみたかい？　下を見てみたまえ、部屋に管が差し込んであるのが見えるだろう。キッチンからLPガスを引いてあげたよ。送風機も回してるから、今頃、ガスが部屋に充満し始めているんじゃないかな」

三回目の咳をしたミーナは、その理由が分かった。鍋からの酢のにおいのせいで、ガスのにおいに気づかないでいた。

「きみは銃を持ってるんだろうね」トールが言った。「でも発砲したらどうなるか、よく考えたほうがいい。かなりの爆発になるだろうね。さてナタリーは、わたしを殺そうとして自分が死んでしまった母親のことを、どう思うだろうね？」

トールの言うとおりだ。拳銃は使えない。動顚して、ミーナは辺りを見回した。身を隠せる場所はどこにもない。冷蔵保存室のドアは鍵がかかっている。コンロの上の鍋では小さ過ぎる。テラリウム。

まさか。

それ以外なら何でもいい。

彼女は死ぬことになる。

ローケは無言で二人を見つめていた。携帯電話のライトで、ローケの頰を絶え間なく流れる涙が見える。

「自分のしたことは分かってる」彼はむせび泣いた。「ぼくにも責任がある。だから二人と一緒に焼かれなくてはならない」

ヴィンセントは、皮肉たっぷりに拍手をした。ローケはもろい状態にある。どんなに辛くとも、ローケを自分の味方につけるために、ヴィンセントは彼をさらに追い込まなくてはならない。

「最高だ」最大限の冷笑をこめて、彼は言った。「トールは可愛い自爆テロリストに、大満足だろうね。自分は何もしなくていいわけだしね。今頃、自宅でネットフリックスでも観てるだろうな。きみのことなんてすっかり忘れて。きみは彼のために死のうとしているのにね」

「違う」ローケは、すすり泣きながら言った。「そんなことない。トールは影の存在から表舞台に飛び出して、新たなよりよい方向にこの国を導くんだから。誇り高い国にするんだ。ヴァイキングの時代のように。あの頃は、命に意味があった。みんな、そのことを悟るようになる。トールは約束してくれた……これを実現した人物として、ぼくが人々の記憶に残るよう取り計らうって」

「バカめ」ニクラスが小声で言って、セーターの袖で涙を拭いた。「大バカ野郎め」

彼は立ち上がろうとしたが、ヴィンセントが穏やかに引き留めて、また彼を座らせた。

「きみはもちろん、人々の記憶に残るよ」ヴィンセントが言った。「きみが思っているのとは違う形でね。トールの計画は、きみが恐ろしいテロリストでないと成功しない。彼はきみのような人間たちから国を守るんだ。だから彼は、きみを最悪のテロリストに仕立て上げるだろう。きみは永久に忌み嫌われる。きみの名前には唾が吐かれるだろう。そうなるよう取り計らってくれるのがトール、というわけだ」

ヴィンセントの眼前で、徐々に理解がローケの顔に広がってゆき、彼は部屋の隅に積まれたバッグの山に素早く視線を向けた。再び時計に目をやる。それから、ヴィンセントを見た。ローケの目は明らかに怯えている。チャンスだ。

「そんなことを許してはいけない」ヴィンセントはゆっくり、かつはっきりと言った。「地上の人々を助けるのに手を貸してほしい。きみはわたしの友だちじゃないか。こんなことは、きみにはふさわしくない。きみは〈王子〉だ。トールじゃなく、きみが英雄になるべきだ」

ローケは答えなかった。でも、彼の目からパニックがゆっくりと消えて、冷静さが取って代わったことに、ヴィンセントは気づいた。

ローケは決断した。

「あなたの言うとおりかもしれません」彼が言った。「トールにはぼくとは違う計画があって、真実をすべて話してくれなかったのかもしれない。だけど、ぼくを救ってくれた人でもあるんです。ぼくには選択の余地がない。彼はぼくの面倒を見てくれた命の恩人なんです。〈王子〉の命を救ってくれたんですよ。恩があるんです。ぼくの命は、彼が好きなようにすればいい。それは父だって同意すると思う」

ヴィンセントは、がっくりと肩を落とした。うまくいかなかった。もう、どうにもできない。地下にある汚れたコンクリートの部屋で、もうすぐ彼は死ぬ。地上から滴る、罪のない人たちの血を浴びながら。

「残り時間はどれくらいだ?」彼が小声で訊いた。

ローケは答えなかった。

ヴィンセントは目を閉じて、家族のことを思った。それから、ミーナのことを。最後にもう一度、彼女に触れたかった。

その場に立ちすくんでいるわけにはいかないとミーナは思った。行動に出なくては。部屋の隅にあるテラリウムに向かって走りながら、ポケットの中のパッケージからウェットティッシュを三枚引っ張り出した。そのうちの二枚を丸めて、耳に押し込んだ。最後の一枚は二つに引き裂いて、鼻の穴に詰めた。それからテラリウムの蓋を横にずらしてガラスの高い壁をまたいだ。熱帯のような暑さが襲ってきた。素早く動けば、自分が何をしようとしているのか考える余裕はないはずだ。

テラリウムの中に立ってみると、カツオブシムシたちは彼女の太腿の高さに達していた。虫たちは彼女をめがけて動き、波のように彼女の脚を圧迫してくる。彼女が座ると、虫は胸のすぐ上まで達した。興奮してお互いの上によじ登りながら、彼女に這いのぼってくる。

「入るぞ！」トールが叫んだ。

ミーナは目を固く閉じて心の中で叫びながら、カツオブシムシが彼女の全身と顔を覆うまで、後ろに傾いていった。理性の中の何かが壊れたが、それでも動きを止めず、甲虫の海に沈んでいった。ウェットティッシュが外れないことを祈るばかりだった。さもなければ、耳と鼻の中に何百もの虫が入り込んでくる。

ウェットティッシュと虫の大群を通して、部屋の中を走り回るトールのノコギリの音が聞こえてくる。

「どこにいる？」彼が怒鳴った。

まつげが引っ張られるような感覚を覚えていた。虫たちが瞼の下に入り込もうとしている。

目をさらに固く閉じた。

「冷蔵保存室の中か？　そうだろう？」

片方の鼻の穴のウェットティッシュが外れ、何かが彼女の鼻の奥めがけて動き出した。彼女の脳が機能を停止し始めた。もう限界だ。無理だ。虫がセーターの下に入り込み、彼女の肌の上を這っている。唇と唇の間をくすぐっている。

まともに考えることが難しくなってきた。今やミーナは、パニックそのものだ。すべての防衛機制を停止させようとしているパニックだ。彼女の生きる気力を根こそぎにしようとしている。恐怖はあまりにも大きい。死にたかった。諦めたかった。自分の体を覆ってカサカサと不気味な音を立てているムカつく生き物たちから優しい世界へ逃避したかった。ズボンの中で脚を這い上ってくる虫を感じた。死にたい。彼女は死にたかった。

そんなとき、ナタリーが見えた。目の前に立っているかのように、はっきり見えた。昔のスライドショーのごとく、数々の記憶が蘇ってきた。生まれたばかりのナタリー――赤くてべとついて産声を上げている。ナタリーの最初の一歩――バランスを取ろうと、両腕を広げてよちよちと歩き、ミーナの腕の中へ飛び込んでくる。

ニクラスに抱かれて二人の間にいる娘――傷ついて非難するような彼の目。写真を変えた。ナタリーの元を去った日――床に座って、明るい色のおもちゃの馬で夢中になって遊んでいる娘。ママが自分の元を永久に去るとも知らずに、嬉しそうにミーナに手を振っている。ミーナは急いで先へめくった。この写真は見るのが辛過ぎた。ティーンエージャーになった現在のナタリー――とても美しい。家でソファに座っている。キッチンでの写真――二人でジンジャーブレッド・ハウスを作っている。屋根にふんだんに貼った〈ノン・ストップ〉は真っすぐに並んでいるとは言い難い。ナタリーの微笑。ミーナと目を交わしている。一瞬、ヴィンセントが見えた。家にいる。彼女の家に。ヴィンセントとナタリー。

深呼吸しろと自分に言い聞かせた。不気味な虫たちは、彼女の太腿や背中や腹部を這い回っている。耳に詰めたティッシュを通して、虫がカサカサ動く音がまだ聞こえる。虫たちが入り込もうとしている。あちこちで彼女の防御を突き破って侵入しようとしている。

諦めるわけにはいかない。死に屈するわけにはいかない。もっと写真が必要だ、保存したいナタリーの記憶が必要だ。ヴィンセントの写真も。呼吸をコントロールすることに焦点を絞った。ヴィンセントから教わったように。吸って。吐いて。

ミーナは、トールがどこにいるのか分からなかった。

彼女は生き埋めになっている。

生きている繭の中に生き埋めになっている。

けれど、ここは繭だ。

そして、繭は守ってくれる。

ある考えが頭に浮かんだ。彼女はまだ拳銃を手にしている。トールの音に、拳銃を向けようとしてみた。もう、音が聞こえないところをみると、彼は立ち止まっているようだ。ノコギリのスイッチも切っている。

「ふむ、きみはここにいると思ったのに」当惑しながら彼が言った。「おかしいな」

彼の声は、遠くからぼんやりとしか聞こえない。でも、方向を定めるには十分だ。うまくやらなくては。こうするしかない。ミーナは彼の声がする方向に拳銃を向けて、やみくもに撃った。

寒さは骨の髄まで浸透していた。ヴィンセントの隣では、ニクラスがほとんど聞こえないような小声ですすり泣いている。ローケは時計を見つめている。

「時間です」彼が言った。

ローケは涙を拭って、ポケットから何かを取り出した。キーホルダーのようなものだ。ボタンがいくつか付いている、黒いプラスチック製のもの。ヴィンセントには見覚えがある。同じようなものを車の鍵に付けている。ガレージのドアを開閉するリモコンだ。あのリモコンからの信号を受信するものが、爆弾バッグのどれかに入っているのだろう。彼はそう考えて、全身をこわばらせた。あの黒いものを少し押すだけで、ヘートリエット駅はクレーターと化してしまう。

ローケは、何かに耳を傾けるかのように、突然動きを止めた。

最初、ヴィンセントには何も聞こえなかった。それから、壁を通して、女性の声がかすかに聞き取れた。ミーナだろうか？　いや、他のだれかだ。〈王子〉を呼ぶ声だ。

「ヴィヴィアン？」ローケが言った。「何をしているんだ？　あの人たちはここを離れなくちゃいけないのに」

彼は拳銃を二人に向けたまま、立ち上がった。

「何もしないように」彼が言った。「ここから出られる場所は一箇所で、ぼくはそこにいる。これを持ってね」

ローケは、もう片方の手で、リモコンを振った。

「信号は十分強いから、すべてのバッグの爆弾を同時に爆破できる。そして、ぼくは、指をずっとこの上に置いた状態でいる」

ローケは厳しい表情で二人を見つめた。それから、ニクラスとヴィンセントに拳銃を向けたまま、ドアのほうに後ずさりした。ロックを回し、ゆっくりとドアを開けた。外開きドアで、右方向に開いた。この暗い部屋の中では、トンネル内のわずかな明かりもありがたかった。

「〈王子〉?」

その声は、戸口の右側から聞こえた。右に向けて背中でドアを押していたローケが振り返った。突然、ドアが勢いよく全開した。ローケはバランスを失って転んだ。ヴィンセントが立ち上がるのと同時に、大きな手がドアの後ろから伸びてきて、ローケが手にしていた拳銃を奪い取るのが見えた。あの大男ヨンニの手だった。ヴィンセントが戸口へ急ぐと、ローケがドアを出てすぐのところに仰向けになっていた。

「それを……奪うんだ!」ヴィンセントは、ローケがもう片方の手に持っているリモコンを指しながら叫んだ。「爆弾を爆破させるものだ!」

「爆弾⁉」驚いたヨンニは叫んで、急いでローケの手首の上に立った。

ローケは痛みで叫び、反射的に手を開いた。ヴィンセントは足で狙いを定めて、彼の手からリモコンを蹴り飛ばした。

「どうして?」ローケが叫んだ。「ここで何してるんだ?」

ヴィンセントはかがんで、恐る恐るリモコンを床から拾い上げた。裏側の電池蓋を開けて電池を取り出し、送信できなくした。それから、そのプラスチック製のものを床に置いて、靴のかかとで踏みつぶした。そのとき初めて、ローケがポケットからリモコンを取り出してからずっと、自分は息を殺していたことに気づいた。

ミーナの周りのガラスは、拳銃からの銃弾で粉々になった。彼女はカツオブシムシの奔流に続くようにして、テラリウムから床に出た。息を殺し、覚悟した。爆発は起こらなかった。虫たちが銃口を十分覆っていたので、銃火がガスに引火することはなかったのだ。

甲虫たちは、ほぼ床全体を這っている。ミーナの横に、電動の解体ノコギリがある。そして、その脇に血を流すトールがいた。カツオブシムシの波が彼の体の半分を覆い、彼の上を強欲に動き回っている。彼は胸を押さえて、小さくあえいでいる。

＊

「ヨンニ、拳銃をよこせ」確かシェッレという名前だったとヴィンセントがおぼろに記憶する男が言った。

その男性は、ドアの外の薄暗い光の中から、手を差し出した。ヨンニはにっこり笑って、拳銃を渡した。それから、ローケに手を差し伸べて、立つのを手伝った。ヴィンセントはニクラスのところへ戻った。彼の脇を抱えて、ゆっくりと部屋から連れ出そうとした。

二人が部屋の外へ出ると、両腕をだらんと垂らして立つローケが、ヴィヴィアンを見つめていた。

「どうしてこんなことをするんだ?」彼が言った。「ぼくは、みんなの仲間じゃないか」

「おまえのパパのためだよ」老女は言って、ローケに一歩近寄った。「パパのことをすべて覚えているわけじゃないんだろうね。覚えているはずがない。だけど、おまえのパパは、何よりも暴力を嫌っていた。決して他人に危害を加えなかった。おまえがしたことを知ったら、パパは悲しんだだろうね」

「どうして分かったの?」ローケが、ひどくもろい声で言った。

突然ヴィンセントの目に、ローケの中の小さな子供が見えた。この暗闇の中で暮らした子供がそこにいた。

「すまなかった」常にパルメ暗殺事件のことを愚痴っていたOPが、ヴィヴィアンの斜め後ろでうなだれていた。

「あんたが?」ローケは、ひどく傷ついているようだった。「あんたなら分かってくれると思ってたのに。いつも世界の真の姿を見てきた人だから。だから、あんたにだけ話したのに。世界を知っている人だったから」

「おれだって、自分の言ってきたことのほとんどがたわ言だって知ってたさ。だけどさ、おまえが言ったことに比べると、よっぽどまともだ。三人殺して、おれたちみんなも粉々にするなんて、冗談じゃない！　いとこのためだって？　ヴィヴィアンに話すしかないじゃないか。なあ、おまえは〈王〉の息子だろ？　おまえはおれたちの息子なんだぞ、〈王子〉。おまえにそんなことをさせるわけにはいかなかった」

「新しい墓がいくつもあるのを見て、やったのはおまえじゃないか、って思ったんだよ」ヴィヴィアンが言った。「だから、だれにも何も言わなかった。でもわたしたちは、それがどんなに恐ろしいことなのか理解していなかった」

ローケの下唇が震え始め、ヴィンセントは、彼の心が崩れてゆくのが分かった。

最初は明快な話だったのだろう。命は尊重する、自分自身のも他の人々のも。命を粗末にした人間には教訓を与え、自分が何を捨て去ろうとしているのか気づかせる。ローケにとっては、シンプルなことだったのだ。

ところが、大人になるにつれ、トールが自分の目標のためにローケを支配し、利用し始めた。そしてついには、ローケが最も嫌うはずの人間にローケ自身を変えることに成功した。命を重んじない人間。何千もの人々を殺せる人間。ローケは今そのことを悟ったのだ、とヴィンセントは思った。

「〈王子〉」ヴィヴィアンが穏やかな口調で言った。「おまえは騙されたんだよ。おまえのパパは……」

たちがここにいるじゃないか。おまえのために、ここにいるんだよ。おまえのパパは……」

彼女が言い終わる前に、ローケは叫び始めた。その声はどんどん大きくなり、彼はむなしく月に吠えるオオカミのように、天井を見上げた。怪我をした子供のように叫び、その声は壁と壁の間を跳ね返って、たった一人の声が織りなすコーラスのように反響した。ローケの叫び声が大きくなり続け、ヨンニは耳を塞いだ。声は突然やんだ。そして、ローケは走り出した。

彼は、みんなの元を離れるべきではなかった。目に見える人たちは、暗闇で暮らす人たちと同様に、見えざる存在だった。いや、もっと見えない存在だったかもしれない。そして、彼は自分自身を騙してきた。自分が属することのできる家族を求めながら、自分を欺いてきた。彼にとって必要な唯一の家族は、ここ地下にいたのだ。

彼は、みんなの元を離れるべきではなかった。

〈王子〉は決然と走った。警察は、ここの地下で彼を発見するために、かなりの増援が必要となるだろう。増援はこちらへ向かっているはずだ。だが彼は今、後ろを気にする必要はなかった。警察は法務大臣を保護することで精いっぱいだから。そして、〈王子〉は目隠しをしても平気なほど、ここの道をよく知っている。彼はすでに、次の駅まであと半分というところまで来ていた。

二人は兄弟のようなものだ、と言ったトールを、彼は信じた。二人は似ている、とトールは言った。二人は血と魂であり、二人の血管の中を勢いよく流れる祖先伝来の遺産を分け合っていると言ってくれた。祖父ハラルドに関するトールの関心を共有することは彼にはできなかったが、トールの求めているものは理解できた。彼にとって、生きていた頃のビヨーンは素晴らしい父親だったが、トールにとってのルーネはそうではなかった。トールは愛情のある環境で育つことができず、煙と革のにおいがする暖かい抱擁に包み込んでもらえるのがどんなに素晴らしいことなのか感じたことがなかった。

トールは、王である父親を持ったことがなかった。

トールはよく地下室に閉じ込められて、ローケが育ったのとは違う暗闇の中で生きてきた。寒くて独りぼっちの暗闇。そこでは、祖父ハラルドのトロフィーが彼の友だちだった。ハラルドが語った兄弟愛と英雄譚、そして救うべき社会と結びついているトロフィー。

トールもローケのことを理解してくれた。地上に出てあの大きな家に移ってきたローケの口から湧き出る話のすべてに、トールは耳を傾けてくれた。彼が眠れずにいた長い夜、トンネルの中のネズミのバスターが食べ物を求めて爪でカリカリ引っ掻くように、孤独で胸が掻きむしられるとき、トールは話を聴いてくれた。だれの目に触れることもなく、最後の瞬間にだれもそばにいてくれることもなく、水中に落ちていったローケのママの話を、トールは聴いてくれた。パパのやせ細った体に列車が衝突したときの鈍い音の話や、王冠がパパの頭を離れて飛んで床に落ちた話をしたときも、トールは静かに聴いてくれた。

見えざる人たちが、パパの骨を煮てから高く積んだ塚に埋めて、国王にふさわしい葬儀をしてくれたことを話した。

眠れぬ長い夜、彼の小さな体にはたくさんの怒りが満ちた。トールに背中をゆっくりとさすってもらいながら、彼はその怒りを大声で発散させた。命は、人間が受ける最も価値のある贈り物なのだ、とパパは何度も何度も話してくれた。

ロードマンスガータン駅にたどり着いた彼は、線路に沿って走り続けた。プラットホームに立つ人々が彼を指して、線路にいてはいけない、と叫んでいたが、彼は無視した。この駅の向こう端のトンネルにたどり着くまで、そう時間はかからなかった。彼はやっとまた、闇に包まれた。

次の駅はオーデンプラーン。パパのお気に入りだった駅だ。トールが自分の計画について話してきたとき、彼はこう答えた——進めればいい。ずっと心に閉じ込められていたものを解放させる手段なのだからと。人々に教訓を教えるチャンスだ。命がどんなにもろくて価値のあるものかを教えるチャンスだ。自分にあるものを大切にすべきだと教えるいい機会だと。橋の上に立って飛び降りようとしていた人たちは、見えざる存在だった。彼とトールが、彼らを見える存在にしてやった。

けれど、全ては嘘だった。ヴィンセントの目には真実が映っていた。そして、それは本当だと彼は感じた。何年も経ってやっと気づいた。彼はゲームの駒だった。どんなゲームなのかも知らぬまま。トールは命など何とも思っていなかった。他人を傷つけたかっただけだ。権力を得るために。

最初は、そうではなかったはずだ。やがてトールの中の闇が膨らんで、大きな野心を抱くようになった。あの祖父を連想させるような野心を。ハラルドの思い描いていた世界秩序を築き上げるために、どんなに多くの命が消えようと、トールには関係なかった。トールが目指していたのはだれかを導くことだけだった。〈王〉になりたかった。でも、彼は決して王にはなれない。なぜなら〈王〉は、ローケと同じように、人間を愛していたから。

彼はローケという名前ですらなかった。それはトールが彼に与えた名前だった。

彼の名前はマティアス。

そして、〈王子〉。

トールは彼に嘘をついていた。けれど、トールは間違っていた。パパが正しかった。

彼の足の下の地面が振動し始めた。彼はペースを落とした。声が聞こえてくる。でも、実際耳で感じるよりは遠くからの声であることを知っていた。トンネルの反響で、大きく聞こえるのだ。ランプが光って消えた。明かりが暗くなり、壁に沿って長い影が動いた。オーデンプラーン駅に近づくにつれて、足元の振動はどんどん強くなっていった。

彼は目を閉じて、二人が一緒の姿を想像した。ママとパパが。やっと。二人は自宅のキッチンで踊っている。二人のそばには、チェック柄の撥水加工テーブルクロスがかかったテーブルと、ぼろぼろで不揃いのキッチンチェアが数脚。ママとパパは彼をじっと見つめて、笑いながら踊っている。彼は、そんな二人が恋しくてたまらなかった。それぞれ自分用の太陽があるかのように、二人は輝いている。そして、二人はもう、見えざる存在ではない。

二人は、自分たちのところへ来るよう、手招きをしている。パパは、またあの王冠をかぶっている。彼の記憶にある、幸せなときのパパだ。パパが〈王〉で、世界を所有していたときの姿だ。

ああ、パパがいなくてどんなに寂しかったことか。振動の上を軽い足取りで歩きながら、〈王子〉は二人のほうへ向かって歩いた。

目を開けると、二つの光が見えた。とてもはっきりと。光り輝いていた。ファンファーレが高らかに鳴り響き、王室の継承者の到着を伝えた。彼は両腕を広げた。

彼は家に戻ってきた。

プラットホームのベンチで、ミーナはヴィンセントの隣に座っていた。トールの家での出来事の後で、医者の診断を受けるようユーリアに言われたが、彼女は無視した。ヴィンセントに何が起こったのかを聞くや否や、着替えだけして彼のところへ飛んできた。医師がニクラスにもヴィンセントにも身体的負傷はないと言い、精神安定剤を処方するだけでいいという診断を下した。ニクラスはありがたく錠剤を受け取ったが、ヴィンセントは断った。今ミーナの隣に座る彼は、アスペンの葉のようにぶるぶる震えている。

「申し訳ない」彼が言った。「アドレナリンとコルチゾールが過剰分泌しているので、震えと動悸が止まらない」

ミーナは彼の胸に手を置いた。彼の言うとおりだ、脈が速い。彼女もそうだ。

ヴィンセントは彼女の手の上に自分の手を置いて、握った。

「すぐに治まります」彼が言った。「それにしても分からない。あのメッセージの意味をきちんと解釈できず、場所を間違うなんて。自分がそんなに愚かだったなんて……」

彼は黙った。閑散とした地下鉄駅は薄気味悪い。あと十分で列車の運転が再開されるが、今のところ、この駅は二人だけのものだ。大勢の人たちが憤慨して駅の外で待っているのだろう、とミーナは想像した。全員死んでいたかもしれないことを知らず、少しの間地下鉄に乗れないことにストレスを感じて苛立っているに違いない。

「〈影法師〉は今回のことをどう思っているんだろう？」ヴィンセントが言った。「満足しているだろうか？」

「どういうことです？」

ヴィンセントは、ズボンの片脚の裾を引っ張り上げた。黒いゴムバンドが足首に巻かれている。

「GPS発信機とマイクを身につけているんですよ」彼が言った。「〈影法師〉がずっとわたしを監視しているんです。彼はすべて聞いている。家族に再会したいのなら、今日がわたしにとって罪を償う最後のチャンスなんです」

「この町の半分を救ったのだから、十分罪を償ったでしょう」ミーナは言って、ヴィンセントの脇を抱えた。「さあ、行きましょう。駅が人でいっぱいになって、あの〈偉大なメンタリスト〉がどうしてここに座って震えているのだろうって不思議がる前に」

二人は立ち上がって、エスカレーターへ向かった。

「いつどこで〈影法師〉に会うことになっているんですか？」彼女はそう言って、エスカレーターを降りたところに立つ警備員に会釈した。「町中の警官を急行させます。あなたが家族を取り戻したらすぐに、〈影法師〉を捕まえられるように。今後ずっとそいつを閉じ込められるように、個人的に取り計らう」

「ありがとう」ヴィンセントが言った。「だけど、わたしたちは二人とも、それがうまくいかないことくらい分かっている。そもそもやつはこの会話だって聞いているわけで。わたしは、やつから連絡があるまで待たなくてはならない。やつはきっと、警察に捕まらないやり方で接触してくるでしょう」

ミーナはうなずいた。何もできないことがどんなにもどかしくとも、彼が正しいのは確かだ。それに、彼の家族の安全を脅かすようなことはできない。ヴィンセントがどれほど辛い思いでいるのか、彼女には想像もつかない。

二人が一階にある駅のドアから外へ出ると、太陽が雲の合間から顔をのぞかせ、日光がミーナの顔を暖めた。市内の他の場所にどんなに雪があろうと、ここヘートリエット広場はいつもぬかるんでいる。なのに今は雪の毛布に覆われて、太陽の下で美しく輝いている。至るところに、暖かさを満喫しながらお喋りしたり笑ったりしている人たちがいる。広場の物売りたちは、いつものように、商品を一番大きな声で売るのはだれか競い合っている。一人の女性がミーナににっこり微笑みかけて通り過ぎていった。この広場は活気に満ちている。人々はまるで、死を免れたばかりであることを、どことなく感じているかのようだ。

「どこへ行きましょうか?」ヴィンセントが言った。

「あなたはわたしの後について、オーシュタのわたしの自宅へ来るんです」彼女が言った。「〈影法師〉を捕まえることはできないかもしれないけれど、今あなたを一人にするわけにはいかない。どうせナタリーは、今夜はニクラスのところに行くでしょうし。パパが戻ってきてすごくホッとしているから、パパのそばを離れるようなことはしないでしょう。それに、わたしにはあなたをティーレセーのひと気のない自宅に帰すつもりはありません。〈影法師〉が接触してくるのを、あなたと一緒に待つ。これが終わるまで、わたしのところに泊って結構です」

ハリーはまだ彼女の母親のところに預けていた。孫のベビーシッターをしてもらえるか訊かれて、母は喜んで承諾した。ユーリアはハリーの世話をしてもらいたい理由を言わず、大変な状況で都合がつかないから、とだけ伝えた。嘘ではなかった。本当に大変な状況なのだ。でも、彼女の頭の中にあったのは地下鉄駅での大騒動ではなく、彼女の人生と結婚生活だった。この二つを同じことと見なすならば。

この時間なら、トルケルは職場から戻っているはずだ。ユーリアは彼には何も言っていなかった。彼がどう反応するか分からなかったからだ。でも、彼女が母に孫の世話を任せた理由は、夫と彼女が避け続けてきた問題を解決する必要があるからだった。二人はしっかり話し合う必要があった。将来について。ハリーについて。

自宅前の私道に車を停めたユーリアは、運転席に座ったままだった。何を言うべきなのか準備しておいたほうが、楽かもしれない。やっと夫と話し合おうと決めたからといって、彼女にプランがあるわけではない。頭と心が完全に戦争状態にあって、代わる代わる優勢を奪っているようだった。

ハリーの小さな橇が家の壁に立てかけてあり、そんな些細なことでユーリアはひどく胸が締めつけられるような感覚を覚えた。

二人は息子のために頑張ってきた。励まし合った。いつか家の壁に小さな橇を立てかけられるよう頑張った二人の間には、たくさんの愛があった。なのに、こんなふうになってしまった。

*

時が経てば、二人の関係を見つめ直せるようになって、どうしてこうなってしまったのか、改めて考える余裕ができるかもしれない。けれど、今はできない。何が悪かったのか知ったところで、そんなことに意味はあるのだろうか。うまくいかなかったと認めるだけで十分なときもあるのではないだろうか？　それとも、彼女は自分の失敗から何も学べない人間なのだろうか？

まったくもう。ユーリアは、ハンドルに頭を軽く打ち付けた。それから深呼吸を一回して、車を降りた。

ふわふわの粉雪が降ったばかりなので、玄関ドアの前の地面はきれいで何の跡もない。足跡もなければトルケルの車のタイヤの跡もない。かといって、彼が留守だとは限らない。よく二人の喧嘩の原因になったのが、彼が自分の弟に絶えず車を貸すことだった。

ドアの鍵を開けたユーリアは、もう一度深呼吸をしてから室内の玄関マットの上で足踏みをして靴の雪を落とし、ジャケットを脱いで掛けた。家の中の照明が消えていたので、明かりは待降節用の電気のロウソクと、クリスマスツリーのストリングライトだけだ。

「ただいま」

返事はない。

ユーリアは眉をひそめた。トルケルは帰宅しているはずだ。彼女は居間に、それから寝室に入った。そこにもトルケルはいない。彼女は室内を歩き回って天井の電気をつけ、夫のいそうな場所を考えた。いや、そんなふうに考えるなんて馬鹿げている。夫は車で生協へ行っただけかもしれない。でも、何となく、そうではない気がした。家の中の雰囲気がいつもと違う。

キッチンの電気をつけたとき、大きく白いロウソクに立て掛けてある手紙が目に入った。心臓がドキドキと打ち、彼女は一瞬、向きを変えてジャケットと靴を身につけ、車に乗り込んでどこかへ行ってしまおうかと思った。手紙を読まずに済むなら、どこでもいい。でも、そんなことは不可能なのも自覚していた。手紙はそこにある。超能力で消すことなどできない。

ユーリアは、キッチンの椅子にドスンと腰かけた。キッチンの家具はトルケルの父方の祖母から相続したもので、古いながらも美しい木製の家具セットだ。ユーリアとトルケルは、ひと夏の半分を費やして、この家具に徹底的に紙やすりをかけて塗装した。二人とも誇らしく、満足だった。

ユーリアは人差し指で、ゆっくりと封筒を開けた。中に入っている紙を取り出し、広げて、軽く震える両手に持ってじっくり読んだ。ひとつの人生の、一通の手紙を。

ひとつの終わりを。

手紙を読み終えた彼女は、少しの間座ったまま、まっすぐ前を見つめた。それから、テーブルの上にあったライターを取ってロウソクに火を点け、炎の上に手紙をかざした。白い紙に書かれた黒い文字が、ゆっくりと炎に呑み込まれていく。

灰になった手紙をテーブルの上に残し、火が完全に消えたところで、彼女は立ち上がった。まだ雪で湿っているジャケットを着て外へ出て、赤い橇を車まで運び、トランクに積んだ。ハリーを迎えに行こう。二人で橇に乗ろう。何らかの意味があるのはそれだけだ。

＊

だれかに肩を揺さぶられて、ヴィンセントは目を覚ました。彼は片腕をミーナに回して、横向きになって寝ていた。二人はガウン姿で眠りについた。ミーナが一枚余分に持っていたガウンは、ヴィンセントの膝丈ほどの長さだった。でも、気にならなかった。

ミーナの自宅に到着してから、彼女は一時間以上シャワーを浴びていた。蒸し暑いバスルームから出てきた彼女の髪は、二年半前に自分で切ったときよりも短くなっていた。彼女が泣きやむまで、ヴィンセントは無言で彼女を抱きしめていた。自分たちが巻き込まれた出来事については、二人とも話すことができなかった。

〈影法師〉からは一晩中、連絡はなかった。

ヴィンセントは覚えていないが、夜の間に二人はガウンを脱いだに違いない、ミーナはキャミソールとショーツ、そして彼はボクサーショーツ姿で横になっていた。彼の胸元に触れるミーナの背中は暖かく、彼女の柔らかいうなじは、彼の顔から十センチほどしか離れていない。こんなふうに一生横になっていられたら、どんなに素晴らしいことか。

けれど、肩を揺する行為は続いた。ナタリーではないかと思いつつ、彼は振り向いた。

ヴィンセントのほうに前かがみになって、〈影法師〉が立っている。ヴィンセントはビクッとし、期せずして肘で押してしまったミーナはうなった。〈影法師〉は唇に指を当てて、キッチンへ行こう、と示した。

ヴィンセントは注意深くミーナから腕を離し、ベッドから起き上がった。床にあった自分のシャツを着て、〈影法師〉の後に続いて寝室を出た。ドアを閉める前に、最後にもう一度ミーナにちらりと目をやった。できることなら、ドアを閉めたくなかった。視界からミーナが半秒消えるのすら嫌だった。でも、彼女を起こすのも嫌だった。

〈影法師〉はキッチンの椅子に腰かけ、向かいに座るよう、ヴィンセントに手で示した。

「ブラボー」〈影法師〉はそうささやいて、小さく拍手した。「きみならできると思っていたよ」

「要求はそれだったのか？」ヴィンセントが言った。「町中を救うこと。わたしは、おまえが満足するほど多くの人命を救ったのか？」

「いや、全然」〈影法師〉は頭を左右に振った。「きみたちが地下のトンネルでしたことは、確かにおもしろかった。だけど、それじゃない。これだよ。これなんだよ！」

〈影法師〉は腕をさっと動かして、ミーナのアパートを示した。

「どういうことだ？」

「分かってるだろう、きみが創り上げた……この人物……『達人メンタリスト』は、心理的防衛に過ぎないって。精神的な盾。きみが常に、何でもかんでも数えたり分析したりするのはどうしてだと思う？」

「ママも数えていた。今になって考えれば、ママにはASDの気味があったのだと思う」

〈影法師〉は熱心にうなずいた。

「ASDは遺伝することもある」彼が言った。「きみにもその気味はある。だが、きみが物の数を数えたり分析したりするとき、きみがヴィンセント・ヴァルデルであるとき、きみの合理的な思考が過度に活性化しているのだ。そうすることで、きみは自分の感情を制御しなくて済むようにしていた。ずっと長きにわたって、きみはそれから逃げていたんだ。きみの感情的自我は、今もきみの母親の死体と一緒に、あの匣《はこ》に封じられているのだよ。きみがそれに向き合ってこなかった。それどころか、ヴィンセント・ボーマンという皮を脱ぎ捨てて、ヴィンセント・ヴァルデルになろうと決めた。何事もコントロールせずにおれないメンタリストに。きみはその人物の中に隠れた。そして自分の家族の陰に隠れたんだ」

ヴィンセントは、半分閉まった寝室のドアに目をやった。隙間からミーナがかすかに見える。その光景に、彼は少し落ち着いた。

「ぼくの家族は」彼は言った。「どこにいる?」

「だが、家族の後ろに身を隠すことも『達人メンタリスト』を盾にすることもできなくなって、きみは今ようやく、自分にはどんな可能性があり得たのかを体験したわけだ」〈影法師〉は、ヴィンセントの質問を聞いていなかったかのように続けた。「ようやくきみは、ヴィンセント・ボーマンのままだったらどうなっていたかを理解し、感じた——そう、やっと感じたんだ」

ヴィンセントは、目に涙が浮かぶのを感じた。

「ぼくは子供だった」小声でそう言った。「仕方がなかった。感じないようにするのは、防衛機制だった」

「それがきみのアイデンティティーになった」〈影法師〉が言った。「けれど、ヴィンセント・ヴァルデルはもう存在しない。ヴァルデルはこの世から消えてなくなる——そう手紙に書いてあっただろう。もう彼は必要ない。すべてを感じるんだ、ヴィンセント」

七歳の頃から今まで溜め込んできた感情が、決壊したダムからあふれるように、突然こみ上げてきた。その存在すら知らなかった感情。ママに対する感情。姉への感情。自分自身に対する感情も。

そして、ミーナに対する感情。

彼女に対する、たくさんの感情。

大きな感情、小さな感情。彼が自覚していた感情と、名状し難い感情。凄まじい力で押し寄せてきたそんな感情に、彼は溺れるかと思った。それがどれくらい続いたのか、彼には分からない。

数秒か。

永遠か。

でもやっと、最大の感情が通り過ぎた。高潮は過ぎ去ったが、水面下にある彼の心の中では、まだ動いている。動きが止まることはないのだろう。他の人たちもみんなこうなのだろうか？みんなこんなものを心に抱えて生きているのだろうか？　新鮮だった。未知ではあるが、不快ではない。

「感じるか？」〈影法師〉が言った。「精神的な盾なしで在るというのがどういうことか、考えるのと同じくらい感じるというのがどういうことか感じているか？」

「ああ」ヴィンセントが弱々しく言った。「感じるよ。だけど、これは手に負えない……」

「まだ慣れていないからだ。ありのままの人間の在り方へようこそ。そこでは、階段やミネラルウォーターのボトルを数えたりもせず、何でも知っているということはなく、不合理で、感情に左右され、矛盾だらけだが、そのかわり愛が満ちている。今のこのミーナとの人生だって、ずっと自分のものにできたんだ。ヴィンセント・ボーマンのままでいる勇気さえあったなら。感じることを選ぶ勇気さえあったなら」

ヴィンセントは、また涙を浮かべながらうなずいた。

「ぼくは、この人生が欲しい」彼がつぶやいた。「心が痛むし、怖い。だけど、こんなふうに生きたい」

「なるほどな」〈影法師〉はそう言って、ヴィンセントに顔を近づけた。「でも、話はまだ終わっていない」

笑みが消え、〈影法師〉のまなざしが暗くなった。

「罰を受ける前に、おまえは自分が犠牲にしてきたものを理解しなくてはならない」

「罰だって?」ヴィンセントは目を見開いて言った。

「当然だろ。ヴィンセント・ヴァルデルになると決心したことで、おまえは母親に関する記憶を抑制しただけじゃない。おまえの決断のせいで、人が死んでいるんだぞ。イェーン。ケネット。トゥーヴァ。ローベット。アグネス。おまえが直接殺したわけではないにせよ、おまえは触媒だった。罪を免れることは不可能だ」

「ならば……おまえはどうするつもりだ?」ヴィンセントは不安そうに言った。

彼はまた、戸口の隙間からミーナを見つめた。彼女はまだ、ぐっすり眠っているようだ。ヴィンセントは心が苦しくなった。いや、苦しいんじゃない。心がひどく痛んでいる。そして呼吸がおかしくなっていた。まるで、部屋の空気が足りないみたいに。

〈影法師〉は背中を反らせ、両手の指先を合わせた。

「おまえへの罰は、『達人メンタリスト』ヴィンセント・ヴァルデルでい続けることだ。自分がヴィンセント・ボーマンのままでいたらどんなだったかを理解した今から、それは始まる」

「ミーナのアパートの部屋にはコンセントがいくつある？」

「どういうことだ？」

「目に見えるのは六つ」ヴィンセントは無意識に言った。「でも、ソファを動かして、ひとつ隠れたから、実際には七つ。階段にも六つ付いている、各階に二つずつ」

そう答えると同時に、頭の中の決壊したダムが自らを修理し始めるのを感じた。彼の生涯のほとんどにおいて、あらゆる感情を、本当の感情を貯めて、彼から遠ざけてきたダム。気づくのが遅過ぎた。ダムにできた新しい穴が塞がらないよう努めたが、数を数える人生に取って代わられてしまった。

彼は、またヴィンセント・ヴァルデルになった。

極度に理性的な『達人メンタリスト』。

彼は目を閉じた。もう一度泣けるなら、そうしただろう。少しして目を開けると、寝室のドアはきっちり閉まっていた。もうミーナは見えない。そして〈影法師〉はいなくなっていた。来たときと同じくらい気づかれることなく、消え去っていた。

一日目

ミーナが目覚めたとき、ヴィンセントはそこにいなかった。キッチンやバスルームに向けて耳をそばだててみたが、部屋全体が静かだ。彼の不在を物理的に感じた。彼女はあくびをして、ベッドから起き上がった。

ベッドの下の床には、衣服が散らばっている。もしかして……？　いや、だったら、覚えているはずだ。昨日の事件でどれほどのトラウマを抱えたにせよ。でも、どうしてヴィンセントはこんなに早い時間に去ったのか、理解できなかった。それに、どこへ行ったのだろう？　ミーナはベッドサイドテーブルから携帯電話を取って、彼に電話をかけた。応答なし。そうだ、ローケが、彼の電話を壊したんだった。

彼がいないことに、ひどく不安を覚えた。昨夜のヴィンセントは彼らしくなかった。もし彼が馬鹿なことをしたのなら、ミーナは決して自分を許せないだろう。

ヴィンセントは、少なくとも自分の衣服はほとんど持っていったようだ。黒い塊が付いたゴムバンドが床に落ちている。〈影法師〉がヴィンセントに渡したマイクだ。ミーナはバンドを拾い上げて、GPS発信機が入っているとヴィンセントが言っていた箇所を開けた。でもそこにあったのは電子装置ではなく、組み合わせたレゴのピースが数個だけだった。彼女は眉をひそめた。一体何なのだろう?

彼女はまた携帯電話を手にして、ユーリアが出ると、すぐに言った。「ヴィンセントから何か連絡はありませんでしたか?」

「もしもし、わたしです」ユーリアに電話をした。


「なかったわ。自宅にいるんじゃないの?」

そうだった。ユーリアは、ヴィンセントがミーナのところに泊ったことはもちろん知らない。他の人たちにも知られたくない。これは二人のことだし、世間には関係のないことだ。

「彼と連絡が取れないんです」そう言った。「昨日はかなり動揺していたようだから、ティーレセーの彼の自宅に行ってみます。彼の家なら分かりますから。ひとつお願いがあるのですが」

「何でもどうぞ」ユーリアが言った。「あなたとあなたの家族にはいろんなことが起こったのだから、必要なら少し休暇を取るのがいいと思うわ」

ミーナは深呼吸をした。今から伝えなくてはいけないことがどう受けとめられるか不安だった。何と言っても、重要な情報を警察に提供しなかったわけだから。

「怒らないで聞いてください」彼女は話し始めた。「ヴィンセントはクリスマスイブに、脅迫状を受け取っていました。何者かが彼の家族全員を拉致したんです。警察を巻き込むな、と彼は脅されていたので、わたしたちには何も話せなかった。わたしは、何も話さないように、と約束させられていました」

「何ですって?」ユーリアが叫んだ。「どうして今まで……。で、今はヴィンセントもいなくなったわけね?」

「分かりません。でも一昨日、ヴィンセントは〈ゴンドーレン〉で誘拐犯に会っています。二人を目撃した人がいるはずですから、だれかをあそこに行かせて、従業員に話を聞いてみてもらえませんか？　運がよければ、犯人の特徴が摑めるかもしれません」

「今すぐルーベンに電話するわ」

「ヴィンセント宅に到着次第、また電話をかけます」ミーナはそう言って、電話を切った。

＊

「あの読心術の人ですか？」テーブルセッティングをしながら、ウェイターが言った。

昼の混み合う時間帯まで、あと一時間。ルーベンは空腹だったが、サーラを含めた三人で昼食を食べる約束を祖母としていた。祖母のことだ、特上のアーモンドクッキーをデザートに用意しているはずだ。

「ええ、数日前に来店しましたよ」ウェイターは続けた。「でも、お連れさんはいませんでしたけどねえ。一人でカウンター席に座って、一人でつぶやいてましたよ。本当を言うと、あの人がこの店へ戻ってくることはないと思っていました」

「どういうことですか？」ルーベンが言った。「戻ってくるって」

ウェイターはテーブルの準備をする手を止めて、おもしろいことでも頭に浮かんだかのように笑った。それから、頭を左右に振った。

「実は、あの方は、二年半ほど前に来店したことがあるんです。店の改装前にね。あのときも一晩中カウンター席に座って、わめいたり叫んだり、えらい騒ぎでした。それから、男性用トイレに入って、いやあ、トイレがすべて壊されるんじゃないかと思うくらいの凄まじい音を立てていたんです。あれほどみっともない振舞いをした人が、まさかまた来るとは思いませんでした」

「そのときも一人だったわけですか？」

「ええ。あのときもお一人でした」

＊

ミーナが到着したとき、ヴィンセントの車は私道になかった。だからといって、何か意味があるとは限らない。彼女は私道に駐車した。ヴィンセントがドアを開けたときの台詞を暗唱した。何の説明もなく彼女をひどく怯えさせたのだから、うんと怒ってやるつもりだった。

重い足取りで雪の中を歩いて玄関まで行き、呼び鈴を鳴らした。雪かきをしていないなんて、彼らしくない。でも、彼には最近、他に考えることがいろいろあったのも事実だ。

また呼び鈴を鳴らしてみた。

「ヴィンセント？」

ミーナはノックをした。

応答はない。

取っ手を押し下げてみると、ドアが開いた。鍵がかかっていない。ますますヴィンセントらしくない。制服姿で来なかったことを後悔した。そうしていたら、少なくとも拳銃を携行できたのに。ナタリーと一緒にヴァルテルの家に入ったときの記憶が蘇った。今の状況は、あのときとあまりにも似ている。中に入るとヴィンセントが血だらけになって玄関ホールに倒れている姿を想像しかけた。

「ヴィンセント？　マリアさん？　ごめんください」

ヴィンセントの子供たちは何という名前だったっけ……〈影法師〉が約束を守ってくれたなら、もう家に戻っているかもしれない。そうだ、思い出した。

「レベッカ？　ベンヤミン？　アストン？　家にいますか？　わたしはミーナといって、あなたたちのお父さんの友人です」

静寂。

ミーナは家の中に入って、天井灯のスイッチを見つけた。

ホールには外套やいろいろなサイズのたくさんの靴や、アストンの橇があると想像していた。けれども、明らかにヴィンセントのものである二足の革靴以外、何もない。妙だ。まあ、彼女自身、片づけはお手の物だが、そんな彼女ですら、コートは玄関に掛けている。この家には一家族が住んでいるのだ。〈影法師〉が何から何まで持ち去れたとは考えられない。

では、家族のものはどこにあるのだろう？

明らかに何かおかしい。

彼女の頭の中の声が、何がおかしいのか本当は知りたくないのではないか、と言っている。ここを去ることだってできる、と言っている、不気味なほど何もない玄関のことは、もう考えるなと。いや、駄目だ。ヴィンセントを見つけなければ。

ミーナはキッチンへと進んだ。

そこもやはり空《から》だ。

百パーセント空なのではない。戸棚をいくつか開けると、変わった皿が数枚とコップが二つとカップが二つ、目に入った。それ以外はほとんど何もない。台所用品もほとんど見当たらない。壁にカレンダーが掛かっていて、キッチンカウンターにコーヒーメーカーが一台。ヨン・ラングセットと他の被害者に関するファイルが、キッチンテーブルの上に置いてある。でも、通常キッチンにあるような物はまるでない。

単に空なのではなく……まるで廃墟のようだ。

不自然なほどに荒れている。

家の中を歩きながら、ミーナは身の毛がよだつのを感じた。目にするものすべてが、言葉で言い表せないほどおかしい。ヴィンセントの仕事部屋を見つけて、ホッと一息ついた。少なくともそこは、彼の話と一致していた。〈影法師〉からのプレゼントが壁に貼ってあり、本棚には、だれかの手製のなぞなぞや言葉遊びやパズルがたくさんある。その大半はローケからのものだろう、とミーナは推測した。

「ヴィンセント?」彼女は呼んでみた。「ここにいるの?」

彼女は、仕事部屋から後ずさりして出た。ヴィンセントのことはよく知っている。でも、この家に住むヴィンセントなる人物のことはまったく知らない。ヨン・ラングセットに関するヴィンセントの言葉が、突然彼女の頭の中で響いた。

後から考えて、だれかの行動の変化の理由が分かったと思うのは簡単です。何があったの

かすでに知っているわけですから。その知識によって、実際に自分が見たものに関する記憶が変えられてしまう。

ミーナは足を速めた。必要以上にここに留まりたくなかった。でも、ヴィンセントがこの家のどこにもいないことを確かめなくてはならない。

右手の最初のドアを開けてみた。子供たちのうちのだれかの部屋だろう。そこも玄関やキッチンと同じくらいがらんとしているのを見て、彼女は深く息を呑み込んだ。人が住んでいた気配はまるでない。何もない。おもちゃも本棚も、ベッドすらない。壁はすぐにでも塗装を施す必要があり、床は灰色だ。彼女は部屋に入って、窓枠を手で擦ってみた。手のひらが埃で灰色になった。

今や、身の毛がよだつだけでなく、頭全体がかゆくなった。

「ヴィンセント?」彼女はささやいた。「一体何をしたの?」

他の二つのドアは開いていて、中はやはり空だ。ヴィンセントは家族が多い。妻と三人の子供がいる。彼らの痕跡があちこちになくてはならない。衣類。バッグ。袋。小物。本。パンの屑。汚れた服。アストンのおもちゃ。家庭を満たすもの。でも、その手のものは何も見当たらない。まったくない。

パニック状態で、彼女は目に入ったタンス類をすべて開けた。そんなことはまずあり得ないが、ヴィンセントは彼女以上の掃除マニアであるかもしれない。でも、すべて空っぽだった。

この家のはずがない。彼女がここに来たのは二年以上前のことだし、そのときは夏だった。

家を間違ったのだ。ここはヴィンセントの隣人の家だ。そう、きっとそうだ。ただ、郵便受けにはヴァルデルと書いてあった。それは断言できる。

正しい家ということだ。

おかしいのは、それ以外のすべてだ。

居間に足を踏み入れたミーナは、急に立ち止まった。突然、めまいを感じた。速く呼吸をし過ぎて、脳に酸素を取り込み過ぎたのだ。しかし、そうせずにいられなかった。彼女の理性的な一部は、ショック反応だと分かっていた。でも、分かったところで、歯止めなしに落下していくような感覚は和らげられない。転ばないよう、ソファの背もたれに寄りかかった。居間にはソファの他に、テレビと、魚が入った水槽がある。でも、彼女が注目したのはそれではなかった。一メートルほどの高さの巨大なアルファベットだ。何度も何度も書き足され、壁一面を覆っている。

UMBRA

「ヴィンセント」彼女はつぶやいた。あるいは、声には出さなかったのかもしれない。分からなかった。目に涙が浮かんだ。「嘘でしょ、ヴィンセント」

携帯電話の通知音に、ミーナは跳び上がった。目を数回手で擦ってから、画面に目をやった。リンシェーピン市の国立法医学センターからのショートメッセージだった。

お預かりした手紙の鑑定結果をお知らせします。

すっかり忘れていた。クリスマスイブにヴィンセントが〈影法師〉から受け取った脅迫状。分析してもらうため、センターに送っていたのだ。

本人の指紋以外は検出されず。他に手紙に触れた人物がいるとしたら、その人物は手袋を着用していたものと推測される。あるいは本人自身が書いたものか。

この事実に打ちのめされ、ミーナの脚から力が抜けた。家が空っぽなのには理由があった。ずっと空だったのだ。

家族はいなかった。

「どうして言ってくれなかったの？」ミーナはすすり泣きながら壁へ向かい、そこに書かれたアルファベットに手を置いた。そうすれば、彼を感じられるかのように。「助けてあげられたのに。分かっていたでしょ。独りでいる必要なんてなかったのに。どうして、ヴィンセント？」

そこで彼女は、ヴィンセントは彼女に話そうとしていたことを思い出した。それも何度も。彼女が耳を貸さなかったのだ。彼が言いたかったことを理解したくなかったのかもしれない。手から携帯電話が滑り落ちたが、床にぶつかった音はほとんど聞こえなかった。頭の中で、ヴィンセントの言葉があらゆる音をかき消していた。

解離性同一性障害……かつて多重人格と呼ばれた障害です。一人の人間の中にまるで異なる複数の人格が存在し、別々に現れるものです。稀ですが、実在します。この症状の持ち主は、その異なる人格がだれなのか分からない場合が多く、彼らの行動をコントロールできないと感じている。ですが、あの映画で描かれていないのは、解離性同一性障害は原則として、幼い頃の激しいトラウマが原因である点です。

彼はここで独りぼっちで暮らしていた。彼と彼のトラウマとで。

ミーナは大声で叫び、これ以上聞かなくても済むよう耳に手を当てたが、彼の声は続いた。

脳は、人間の最大の敵でもあり、最大の友でもある。人間を守るために脳が生み出すものは……並外れている。先ほどの話に戻ると、メフィストフェレスはファウストの一面に過ぎないのかもしれません。ときに人間の最大の敵は人間自身である。

壁のアルファベットをもう一度見つめたミーナの目から、涙がとめどもなくあふれたが、どうでもよかった。

自分は頭がおかしいだけで、すべてが空想なんじゃないかと思うときがある。

UMBRA

Ulrika《ウルリーカ》
Maria《マリア》
Benjamin《ベンヤミン》
Rebecka《レベッカ》
Aston《アストン》

UMBRA《アンブラ》——ラテン語で、最も暗い影。

一年後

ミーナは、窓から外を眺めた。今年の冬は雪が遅い。大晦日なのに、天候は、今はまだ十一月の初めだと思っているようだ。彼女は寒いのが好きだが、一年前の冬と違って、身を切るような寒さでないのにはホッとしている。

アマンダは彼女に消毒液の瓶を手渡そうとしたが、ミーナは断った。もう必要ない。アマンダは、瓶を机の上の、不規則に点滅する卓上サイズのミニ・クリスマスツリーの横に戻した。

「今日の気分はどうですか？」アマンダが言った。

ミーナは、彼女のほうを向いた。彼女が座る布地素材の椅子は、アマンダのオフィスにある他の家具と同様、淡いベージュの色をしている。心理カウンセラー育成講座では、天然木以外の色をした家具を置かないよう教えているのだろうか？

「そうですね」ミーナが言った。「昨日ルーベンとサーラから招待を受けました。婚約パーティーを開くそうなんです。婚約しただけでパーティーを開くなんて、少しおかしいと思いませんか？　でも、クリステルとラッセとアーダムとユーリアが参加するんです。アーダムは……イェシカとかいう彼女と一緒に来るみたいですよ。離婚したユーリアとはうまくいかなかったのですが、それでも、彼女は大丈夫だと思います、だって……」

「ミーナ」アマンダが遮った。「ここはあなたの同僚の話をする場ではありません。あなた、あなたの調子はいかがですか？」

ミーナは黙り込み、また窓から外を見つめた。

「大丈夫です」少ししてから言った。「掃除のほうは、まともになってきています。先月は、ナタリーと同じくらいしかシャワーに入りませんでしたし。クリスマス後のここ数日は、ナタリーとニクラスとわたしたち三人にとって、少し不思議な感じでした。一年前のほぼ同じ日に……すべてが起こったわけですから。ナタリーはいまだに祖父の死を悲しんでいます。でも、あの子は強い。実は、今晩娘とニクラスと一緒に夕食を食べることになっています。ナタリーが料理をするので、ニクラスは神経をピリピリさせているんです。何と言っても、彼は料理のファシストなだけにね。あの人がどれくらい自制できるか、見るのが楽しみです」

「一年前の、ほぼ同じ日」アマンダがそう言いながら、ノートに書き留めた。「その日に対するお気持ちは？」

「気持ちですか？　考えなかったことはありません。それに、ヴィンセントからは、いまだに何の連絡もない。丸一年ですよ。彼のことが心配で。何か知りませんか。同僚から聞かされていませんか？」

「ヴィンセント・ヴァルデル氏のことは、一年前のあなたの報告から推測するしかありませんが」アマンダが言った。「彼には援助が必要です。ですから、どこかの病院に入院して、必要なサポートを受けているよう願っていますね。でも、入院しているとしても、わたしがその情報を得ることはありません。患者についての秘密は法により厳密に守られていて、患者は自分の居場所を秘密にするよう求めることができるんです。そうなると、だれにも分かりません。精神科病棟では、よくあることです」

「でも、トールがストックホルム南部司法精神医療施設《ヘーリックス》に収容されていることは、みんな知っていますよね？」

「そうですね、そしてあなたが彼に負わせたのが大した傷ではなかったのは幸運でした」アマンダが言った。「トール・スヴェンソンの処遇については、早期に判決が下されたことが大きな理由です。彼の妄想は劇的に悪化したため、裁判の進行にも影響するようになってしまったからです。けれどヴィンセントは、自分の好きにできる。そして彼は姿を消した。ヴィンセントのような症例は……ユニークですね」

「彼そのものがユニークなんです」

「警察とは密接な関係にあるものの、わたし自身は警察官ではありませんので、刑事ドラマで観たことを頼りに話すことしかできませんが、例えば彼のクレジットカードがどこで使用されたか調べたりできないのですか？　あるいは、携帯電話とか？」

ミーナは肩をすくめた。

「ローケが彼の携帯電話を壊したので番号にかけてもつながらないし、新しい番号に関する情報は見つかりません。クレジットカードに関しては、彼が何も法に触れることをしていないので、警察を使って追うわけにはいきません。ヴィンセントは一般市民ですから、銀行も正当な理由なしに顧客の情報を開示することを嫌がりますからね」

「でも、あなたは試みた」

それは質問ではなかった。ミーナはもちろん、試みてきた。まず最初にしたことだ。でも、そのときは何の結果も得られなかった。その後も何度も当たってみたが、結果は得られていない。

彼女の横の机には、一週間前の新聞〈ダーゲンス・ニーヘーテル〉が置いてある。一面の記事に〈スウェーデンの未来〉の新しい党首の名前が挙げられている。でもミーナは、この人物の名前を記憶に留める価値はないと思った。昨年テッド・ハンソンが辞任して以来、党は新たな党首を見つけるのに苦労していた。就任したところで、政治に関する知識が乏しいがために全国レベルの政党を運営できず、ほとんどが一か月ほどで辞めている。〈スウェーデンの未来〉の勢力は目下、下り坂だ。ミーナとしては、完全に消えてほしいところだが。

「わたしがティーレセーのヴィンセントの家に入ったのが一年前だなんて」ミーナが小声で言った。「昨日のように感じられるんです。家は恐ろしいくらい……空っぽだった。まだ、あそこに行ったときの夢を見ます。ヴィンセントの家族全員が空想だったなんて」

アマンダはゆっくりとうなずいてから、手にしていたペンを置いた。

「まずはヴィンセントの心理鑑定をちゃんと行ってからでないと、意見を言うのはどうかと思うけれど」アマンダが言った。「十二か月間あなたから話を聞いて、達するのは同じ結論ですね。彼の家族は、潜在意識による空想の産物だったのだと思います。恐らく、自身の幼少時代のトラウマに対処するための手段だったのでしょう。こんなに深刻なケースをわたしは今まで聞いたことがありません。ヴィンセントはよほど苦しんでいたのでしょう」

「ヴィンセントの家族の一人一人が、彼自身の様々な面を象徴していたのではないかと思うんです」ミーナが言った。「アストンは彼の感情。ベンヤミンは彼の分析能力。レベッカは彼の社会性。マリアは彼のスピリチュアルな部分。恐らく彼は、自分が持つそうした部分を心地よく感じられないでいたのでしょう。そしてウルリーカは多分、彼の冷笑的な面を象徴していた。以前、言ったことがありますよね。でも、何が起こったのか、わたしにはいまだに理解できない」

「この話を取り上げるときがきたようですね」アマンダはそう言って、前かがみになった。

「このセッションにおけるわたしの目標は、いろいろなことが起こった後のあなたの心を、できるだけ落ち着かせるようにすることでした。わたしたちの焦点をあなたに合わせていたので、わたしが故意に取り上げなかったことがひとつあります。でも、時がきたようですね」

「何の話ですか？」

「ヴィンセントの症状におけるあなたの役割」

「わたしの？」ミーナが言った。

アマンダのカウンセリングを受けるよう勧めたユーリアに、ミーナは最初ノーと答えた。心理カウンセラーのような人たちに自分の頭の中を探られるのは、彼女がいちばん嫌なことだった。だがユーリアに、これは要望ではなく命令だと言われて、仕方なく受け入れたのだ。それでも、アマンダとの面談を楽しみに思ったことは一度もなかった。なのにこの新しい話題は、彼女が話したいなんてこれっぽっちも思わないようなものだった。そろそろ時間切れなのではないかという虚しい望みを抱きながら時計に目をやったが、そんな幸運はなかった。

「ええ、あなたの」アマンダは微笑んだ。「ヴィンセントの空想世界は、あなたが登場したことで和らぎ始めたのだと思います。彼にとって初めて、自分と向き合ってくれる人が現れたわけです。それで彼はもう以前ほど、外向きの人格を必要としなくなった。〈マリア〉があなたに嫉妬したり、夫婦が頻繁に言い争いをしたのは当然のことです。ヴィンセントにとって、〈マリア〉は実在するのですから」

「でも、どうしてわたしたちは気づけなかったのでしょう?」ミーナが言った。「どうして彼は何も言ってくれなかったんですか?」

「彼は彼なりに、自分の空想から抜け出そうとしていたのだと思いますよ。〈ゴンドーレン〉で〈ウルリーカ〉と争ったのも、自分が創り上げた偽りの現実への抵抗だったのでしょう。でも、うまくいかなかった。それで、自分を解放したいという欲求が、〈影法師〉を生み出した。〈影法師〉の正体は、われわれの知るヴィンセントに、彼が自ら捨て去った人生という事実と向き合わせ、その責任を取らせようとするヴィンセント自身の潜在意識でした。そして、このプロセスのなかで重要な部分を担っていたのが、あなたの存在だと言いたいのです。どれくらいの年月がかかったのかは分からないけれど、彼はやっとわれわれと同じ現実の中で生きたいと思うようになったのかもしれない――それはあなたのおかげなんです」

ミーナはしばらく黙り込んだ。窓から外を見つめた。アマンダの言葉をじっくり考えた。泣くつもりはなかった。

「彼がいなくて寂しい」彼女は小声で言った。「今の彼がだれであろうと。どこにいようと」

アマンダは無言でうなずいた。今のミーナにかける言葉はなく、そのことはミーナも分かっていた。アマンダは微笑んで、膝に置いていたノートを閉じた。対話の時間は終わったということだ。

「あとひとつ」アマンダが言った。「わたしたちが初めて顔を合わせたときに、あなたが言っていた『ウンブラ』のこと。ヴィンセントの自宅にはものがほとんどなかったようですが、彼を心理学的に理解したくて、あなたの報告書を精読してみたんです。彼は水槽に魚を飼っていましたね？　前にお話ししましたっけ、わたしはその魚について調べてみたんですよ。セントラル・マッドミノーと呼ばれる魚で、学名はUmbra limiっていうんです」

Umbra limi。かすかな笑みがミーナの顔をよぎった。何ともヴィンセントらしい。

＊

ヴィンセントは両手にアイスキャンディーを六本持って、ガソリンスタンドの売店から出てきた。家族は駐車場で車を降りて、日光を楽しもうとしていた。今年は本当に珍しい暖冬だ。彼は釣銭を何とかポケットに入れた。まだ現金払いができる店を見つけるのは楽ではないが、辛抱強く探せば見つかるものだ。

「アイスキャンディー・タイム！」彼が言った。

「ガソリンを入れるんじゃなかったの？」ウルリーカが言った。

「真冬にアイス？」レベッカが言った。「パパってどうしていつもそんなに変なの？」

「ウルリーカおばさんのアイスをもらっちゃおうかな？」アストンが言った。

「とんでもない」そう言ったウルリーカは、アイスを二つ奪い取った。

それから、自分の妹に向きを変えた。

「はい、マリア。ダークチョコレートのコーティングはあるほうがいい、ないほうがいい？」

そんな二人を見て笑ったヴィンセントは、帽子を少し下げた。店員には気づかれなかったが、まだしばらくは注意するに越したことはない。本当のところ、最後に気づかれたときからはだいぶ経つ。髪を暗めに染めてあご髭を生やすだけで、ここまで効果があるとはたまげた。

「車の中でアイスを食べるのは禁止」彼は言った。「座席がべたべたになるから」

座席にビニールカバーが敷いてある車の記憶が浮かんだ。ミーナの車だ。ミーナ。

ヴィンセントの心がうずいた。丸一年経ったのに、彼女に会えない寂しさは薄れていない。それどころか、寂しさは前にも増して強く感じる。でも、〈影法師〉は選択肢を与えてくれなかった。どんなに心が痛もうと、彼女のことを考え過ぎてはいけないのだ。今はまだ。彼がやるべきことを終わらせるまでは。

終わるときがくるとすれば。

「ベンヤミン、少しの間、運転の練習でもするか？」彼が言った。

「うーん、パパがもう少し運転してよ」ベンヤミンが言った。「パパが運転したほうがいいからね」

「そろそろ新しいおうちを見つけないの？」アイスキャンディーを食べ終えたアストンが言った。「もうホテルは嫌だよ。ずっと旅行しているみたいなんだもん。ねえ、ぼくたち、どこへ向かってるの？」

ヴィンセントは笑いながら、アストンの赤毛をくしゃくしゃにした。赤毛だったっけ？　違うぞ。ヴィンセントが瞬きをすると、アストンの髪は金髪に戻った。

ガソリンスタンドの出口付近に、クヴィービッツレまであと十三キロ、と書かれた案内標識がある。すべてが始まったあの農場まで、あと十三キロ。

「もうすぐゴールなのだと思う」ヴィンセントが言った。「見ればきっとそうなんだと分かるさ」


（了）

謝辞

作家としてのわたしたちは、読者であるあなたなしでは失業してしまうでしょう。ですから、第一に——この曲がりくねった道のような冒険に付き合ってくださり、ここにたどり着いたあなたに感謝いたします。

例によって、拙作を世界に紹介し続けてくださる、ヨアキム・ハンソン氏、シグネ・ベディンゲル氏、アンナ・フランクル氏、スティーヴ・ホワイト氏と〈ノディーン・エージェンシー〉のみなさんにお礼申し上げます。リリ・アセファ氏と〈アセファ・コミュニケーション〉のチームにも深く感謝いたします。わたしたちの作品が読者であるあなたの耳にも届いているのは、この方々のおかげです。

編集主任のエッバ・エストベリ氏と原稿コーチのヨン・ヘッグブローム氏はじめ、出版社〈フォールム〉のチームのみなさまと、いつものようにたくさんの仕事を押しつけてしまった編集者のシャシュティン・エデーン氏にも心からお礼を申し上げます。ピーア＝マリア・ファルク氏とクラーラ・ルンドストレム氏率いるマーケティング・チームの皆さんの足元には、バラの花びらを撒いてあげたいくらいです。

わたしたちの優れた装丁者のマルセル・バンディックソン氏、わたしたちの地下鉄に関するあらゆる質問に答えてくださった、スウェーデン国家鉄道株式会社・顧客サービス部のニコルとその同僚の皆さん、自力でデルメスタリウムが作れるようになりそうなくらい詳しくカツオブシムシについて教えてくださった、自然史博物館の昆虫学者マティアス・フォシュハーゲ氏、ガスに関する重要な知識をくださった、ストックホルム防火部門責任者で消防設備士のアンデシュ・パルム氏、そして、わたしたちがヘートリエット駅の最善の爆破法について質問したときに通報しなかったスウェーデン警察国家作戦部のテレーサ・マーリッチ氏には、厚く感謝の意を申し上げます(ただし、ここ一週間ほどは、わたしたちのオフィスの前に、黒いバンが駐車されております)。

いつものように、ケルダ・スタッグ氏とレベッカ・テーグリンド氏からは、犯行現場での科学捜査技術から人骨の年齢推定法に至るまで、計り知れないほど貴重な協力をいただきました。政治権力の場における日常をわたしたちのためにまとめてくださったカタリーナ・エーンブラード氏にも心より感謝いたします。

加えて、名前を挙げられるにふさわしいのに、わたしたちが名前を挙げそびれてしまった方々にも、どうもありがとう、と言わせてください。皆様の寛大さには、感謝の気持ちでいっぱいです。

また、いつものことながら、警察の捜査の詳細から世間一般の事柄に至るまで、事実から変更せざるを得なかったところもありますが、読者の皆さんが気づかなかったことを願うばかりです。

そしてもちろん、家族の理解なしに、このプロジェクトを成し遂げることは不可能でした。とりわけ、わたしたちそれぞれの伴侶であるリンダ・イーゲルマン氏とシーモン・シェルド氏は、なくてはならない存在でした。ある意味、この方々がわたしたちに耐えていること自体が奇跡なのです。特に、締め切りが近づいているときにはなおさら。ですが、わたしたちは、彼らの抱えたマゾヒズムを探究せず、こう言わせていただくことにします――ありがとう、そして、ごめんなさい。あなたたちのことが大好きです。

今回は、上記の方々の他にも、個人的に感謝の気持ちを伝えたい人たちがいます。ユーリア・ハンマシュテン氏。ルーベン・ヘーク氏。クリステル・ベンクトソン氏。ペーデルとアネット・イェンセン夫妻。アーダム・ブローム氏。サーラ・テメリック氏。あなたたちが刑事事件を解決したり、婚約したり、子供を儲けたり、恋に落ちたり、離婚したり、クリスマスを祝ったり、殉職したときでさえ（ごめんなさい、ペーデル！）、あなたたちの人生に寄り添わせてくれたことに感謝します。絶えずわたしたちを驚かせてくれたあなたたちと知り合いになれて、こんなに嬉しいことはありません。

わたしたちが一番感謝したい人たち、それは、本作品の主人公ヴィンセント・ヴァルデル氏とミーナ・ダビリ氏です。もう会えないなんて、心が痛みます。ですが、これから何をするにせよ、二人の今後の幸運を祈っています。街でばったり出会ったら、コーヒーをご馳走しますから、あれからどういう生き方をしてきたのか教えてくださいね。

あなたたちがいないことを、すでに寂しく思っています。

二〇二三年七月、カミラとヘンリック

解説

池上冬樹

まさかこんな結末が待っているとは思ってもみなかった。

おいおいやりすぎだろう！　とか、無茶苦茶だよ！　とか怒る人もいるかもしれない。ちょうど昨年の秋に、文春文庫から出たジェローム・ルブリの『魔女の檻《おり》』（さらにその前の『魔王の島』）などを思い出して、これだからヨーロッパのミステリは油断できないよなと苦笑いしながらわくわくして喜ぶ人もいるかもしれない。

　実は読む前に、海外の読書サイトにとんでスウェーデンの読者の感想を眺めていたら、「『シックス・センス』を見たときを思い出した」というのがあり、なんだそれは？　と読む前は思ったのだが、終盤のどんでん返しを読まされると、まんざら『シックス・センス』を引き合いに出すのも悪くない気がしてくる。

　ただ、ジェローム・ルブリのサイコ・サスペンスのように、全く行先の見えない展開ならいくらでも身構えて推理して読んでいくけれど、ミーナ＆ヴィンセントものは、リアリズムで押す警察小説＆サスペンスなので、謎解きの面白さはあっても、物語の土台を揺るがすような大胆などんでん返しはないだろうと思っていたのである。まあ、第一作『魔術師の匣《はこ》』も、第二作『罪人《つみびと》たちの暗号』も、主要登場人物の過去や親族に大いなる謎があり、犯人もまた実に意外、ということを考えれば、読者の予想を超えるどんでん返しのひとつではあるのだが、しかしまさか本書のような掟破りに近い真相を語られると、やはりびっくりしてしまう。

本書を読み終えたあと、あわてて第一作『魔術師の匣』を手にとった。本書の最終盤でレストランのウェイターが、二年半前に店で起きた出来事を語る場面があるので読み返したのだが、たしかに下巻の一二九頁に当該の場面が出てくる。しかし、誰がこの場面の真実に気づくだろう。そうか、作者たちはそういう意味でこの場面を作っていたのかと思う。すでに一作目から作者たちは、大どんでん返しの伏線をはっていたことになる。数頁先の女性の言葉なども、本書のあとに読み返せば、ちゃんとネタを割っていたことに気付く。そのときは妄想、ありもしない言いがかりと思ったものだが違っていたのである。さらにもうひとつ、これはさすがに具体的に言及できないが、本書ではどんでん返しの伏線として、ある有名な文学作品や心理学者への言及もあり、なるほどそれなりにきちんと情報は提示されていたことがわかる。

という紹介では、訳がわからないかもしれないので、まずは作品を紹介しよう。

本書『奇術師の幻影』は、スウェーデンを舞台にした『魔術師の匣』『罪人たちの暗号』に続くミーナ&ヴィンセントもの第三作で、完結編にあたる。

ミーナの元夫であるニクラス・ストッケンベリは、スウェーデンの法務大臣だが、何者かに脅迫されていた。その日ミーナと娘のナタリーと三人で食卓を囲んでいると、宅配会社の男が黒い封筒を届けにくる。裏には何も書かれていない。開けると白い紙に電話番号が書いてあり、それにかけると、録音した女性の声が聞こえてきて、「お客様の命は、あと十四日一時間十二分です」というメッセージが流れる。ニクラスは気分が悪くなるが、ミーナにはその話をしなかった。

一方、ストックホルムの地下鉄のトンネルで、人骨の山が発見される。大腿骨の骨折と歯型から四カ月前に失踪した実業家ヨン・ラングセットであることがわかる。メンタリストのヴィンセントの力をかりながら、ミーナたちがヨン周辺を探っていくと、隠された人間関係と人脈が見えてくる。

ニクラスは当初甘くみていたが、思っていた以上に自分の行動が脅迫者に把握されていた。刻々と時間が経過して残り少なくなっていく。実は、ヴィンセントもまた自身と家族に対する何者かの脅威に苦しんでいた。そしてミーナたちが追う事件も新たな展開をとげる。地下鉄のトンネルでまた別の骨が発見されたのだ。いったい誰の骨なのか？　誰が大臣を狙っているのか？　ヴィンセントに迫る脅威とは何なのか？

ひとつひとつの事件の展開も緊張感があって面白いが、それがだんだんと交錯していき、謎を深め、ドラマを強めていく。この事件の連繫《れんけい》が滑らかかつ劇的でいいし、相変わらずミーナとヴィンセントの事件への没入ぶりが読ませる。第一作『魔術師の匣』ではヴィンセントの過去が、第二作『罪人たちの暗号』では第一作で語られていたミーナ自身の娘と母親の問題が大きく事件に作用していたけれど、第三作の本書では、事件を通してミーナの元夫と娘との関係が緊迫感を増し、ヴィンセントは自身にとりつく謎の存在の探求がいちだんと深まっていく。それらがみな渾然《こんぜん》となって結末へとなだれ込んでいく後半のダイナミズムも実に読ませる。

しかし、事件と同じくらいに読ませるのは、刑事たちの私生活だろう。今回どんでん返しの精度を確認するために『魔術師の匣』を再読した話を書いたけれど、冒頭に、ルーベンとユーリアが〝猛獣のごとく性交に及んだ〟（上巻七四頁）という話が出てきて驚いた。ミステリの場合、どうしても事件中心に読んでしまうことになるのだが、レックバリの小説（とくに『氷姫』『説教師』などのエリカ＆パトリック事件簿）は、基本的に、連続テレビ・ドラマ的であり、事件と同じ比重で刑事たちの私生活が紡がれていく。メンタリストのヘンリック・フェキセウスと共著したミーナ＆ヴィンセント三部作も例外ではない。ミーナのみならず刑事たちの私生活が詳しく描かれているのだ。

文芸評論家の北上次郎さんも同じ見方で、「刑事たちの私生活が必要以上の分量で描かれる」と第一作『魔術師の匣』について書いている。構成に難があると思うかもしれないが、「小説は断じてストーリーではないと思うのはこんなときだ。（略）小説は無駄と寄り道があるから面白いのだ。そのことを久々に教えてくれる小説であった」と「小説推理」二〇二二年十一月号に書いてあるのだが、思い返せば北上さんが亡くなったのは、二〇二三年一月十九日。十二月上旬に緊急入院していたので、最晩年の書評となる。いったい第二作と第三作を読まれたなら、どんな書評を書かれただろう？　間違いなく、寄り道にみちた小説の面白さを称賛しただろうし、読者の意表をつく本書については「ぶっとぶぞ」と文庫解説に書かれていたかもしれない。なぜなら「ようするに、特捜班の連中が愛しいのだ。これに尽きる」（同）からである。登場人物たちの一人一人に思い入れを抱いてしまう。本当にキャラクターひとりひとりが愛しいのである。キャラクターが際立っている。

さきほどのルーベンとユーリアの話に戻すと、ルーベンとユーリアの性関係は一度だけで、ユーリアがトルケルと結婚する前の、ユーリアが泥酔した時の出来事であるけれど、本書を読んだ後にそれを知ると（僕だけでなくシリーズの読者も細かいことは忘れているだろう）、そうか、この二人にはそういう過去があったのかと、第二作から本書にかけて描かれる二人の私生活の変遷に、ある種の感慨を覚えることになる。

ルーベンは『魔術師の匣』と『罪人たちの暗号』では、かわいそうなことに〝好色漢〟と人物紹介欄にあり、たしかに若い女性を拾っては性的関係に耽ることを趣味にしている男だから間違いではないのだが、『罪人たちの暗号』では自分に娘・アストリッドがいることを知ってどぎまぎする姿が捉えられて、読む方も顔があからんでしまうほど初々しい。そこから子供を育てる同僚の女性たちの姿に自然と目がいくようになり、本書では、幸福とは何であるか考えて、ある女性とつきあうようになる。〝好色漢〟という文字が人物紹介から消えているのはそのためである。

ユーリアも『罪人たちの暗号』で息子ハリーを授かり、ややぎくしゃくしていた夫トルケルとの関係も、養育を助け合うことで距離が縮まっていく過程が微笑ましかったが、本書でもその関係は続いている。

刑事クリステルは、『魔術師の匣』で、事件関係者の犬（名前はボッセ。犬種はゴールデン・レトリバー）をミーナに代わって預かるようになり、『罪人たちの暗号』では愛犬をつれて、数十年ぶりに同性の友人のラッセと再会し、本書ではパートナーとなり、刑事仲間たちを手料理でもてなす場面もでてくる。

本書にはもう登場しないが、前作で凶弾に倒れたペーデル刑事の存在も依然としてある。三つ子の父親として特捜班の中で最も愛嬌のある刑事として慕われていたペーデルの死の衝撃はいまだ尾をひいていて、それぞれの人生を見つめなおす契機にもなっている。

その死の体験は、別の意味で、ミーナとヴィンセントの関係にも影を落としている。『魔術師の匣』のクライマックスの生きるか死ぬかの瀬戸際での体験が二人を精神的に結びつけ、恋愛感情を抱くようになりながらも、それを表には出さないように逆に距離を置くようになっている。『罪人たちの暗号』でも本書でも、ミーナとヴィンセントはおそろしいくらいに距離をおいていて、相手に踏み込まないようにしている。ヴィンセントには三人の子供がいて、妻のマリアが異常なまでの嫉妬心をもって夫を監視していることもある。ミーナはミーナで、毎日のように思い続けながらも十年間連絡をとっていなかった娘ナタリーとようやく『罪人たちの暗号』で再会し、母親と娘という関係の構築に腐心していることもある。というのもナタリーは母親は亡くなっているとばかり思っていたからで、娘は突然の母親の出現に納得いっていないのだ。

病的なまでの潔癖症であるミーナと、数学的規則の奴隷ともいうべきヴィンセントが、どんな経験をくぐり抜け、何を見いだすのか、二人の関係は一体どうなるのかが、本書の最大の見どころでもある。冒頭から何度も言及しているが、そこに大きなどんでん返しも用意されているのだが、それについてはもう触れない。各自で確認されたい。

なお、大胆なことをいうようだが、本書から先に読んで、『魔術師の匣』に戻り、『罪人たちの暗号』を読むのも一興だろう。今回、本書の解説を書くために、その順序で再読したら、ミーナやヴィンセントの私生活のみならず特捜班の刑事たちの人間模様なども実にクリアになって、そうか、転機はここか、それでああなったのかと家族・特捜班のアルバムをひもとくような楽しさを覚えた。それほどメイン・ストーリーの事件のみならずサイド・ストーリーも豊かで、本筋に織り込まれているからだし、本書の結末の伏線を確認すれば、ある人物が抱えている哀しみの深さと絶望感がいっそう胸に響くだろう。ラストシーンには心が痛くなる。

なお、これも北上氏のいう寄り道のひとつだが、同時代のミステリの魅力を作家名をあげて具体的に述べたり（『魔術師の匣』下巻六三頁）、『ダ・ヴィンチ・コード』の小説と映画について蘊蓄《うんちく》を述べたり（本書一四一～一四六頁）といった脱線もいたるところにあるのでなかなか愉しい。愉しいというより嬉しいのは、日本の話が時々出てくることだ。これは北欧ミステリを読んでいると気付くことで、とくにジョー・ネスボは日本贔屓《びいき》みたいで、彼の小説にはカローラがしょっちゅう出てくるし、『ヘッドハンターズ』には水子地蔵が出てくるし（！）、最新作『失墜の王国』にはニイガタ一〇〇〇という高級理容師鋏が出てきた。本書のミーナ&ヴィンセント三部作もそうで、『魔術師の匣』にはハチ公の映画の話（下巻二二五頁）、本書ではいきなり最初の頁に〝神戸ビーフ〟が出てきて、三島由紀夫（二一二頁）、日本人のお辞儀（三三九頁）と続いて、極め付きは〝特別な機会のためにとっておいた、日本の〈厚岸シングルモルトピーテッド〉〟（五三六頁）である。詳しくは本文を読まれたい。

ともかく、さまざまな愉しみと嬉しさと驚きのつまった三部作である。ぜひ読まれることをお薦めする。

（文芸評論家）

本書は文春文庫のために訳し下ろされたものです。

DTP制作　言語社

文春文庫

奇術師《きじゅつし》の幻影《げんえい》

定価はカバーに表示してあります

2025年4月10日　第1刷

著　者　カミラ・レックバリ
　　　　ヘンリック・フェキセウス
訳　者　富山《とみやま》クラーソン陽子《ようこ》
発行者　大沼貴之
発行所　株式会社 文藝春秋

東京都千代田区紀尾井町 3-23　〒102-8008
TEL 03・3265・1211㈹
文藝春秋ホームページ　https://www.bunshun.co.jp

落丁、乱丁本は、お手数ですが小社製作部宛お送り下さい。送料小社負担でお取替致します。

印刷・萩原印刷　製本・加藤製本
Printed in Japan
ISBN978-4-16-792359-4